W0180304

Vor allem durch seinen Roman »Berlin Alexanderplatz« wurde Alfred Döblin zu einem der kanonischen Autoren der literarischen Moderne. Das Lesebuch, das Nobelpreisträger Günter Grass zu Ehren Alfred Döblins zusammengestellt hat, erinnert daran, dass Döblin schon lange vor seinem Erfolgsroman ein höchst vitaler Autor der Avantgarde war und mit seinen fast vergessenen Exilromanen maßgeblich zur Aufklärung des 20. Jahrhunderts beigetragen hat. Neben Auszügen aus den wichtigsten Erzähltexten enthält das Lesebuch zahlreiche Beispiele von Döblins kritischer Publizistik und zentrale autobiographische Dokumente. Eingeleitet wird der Band mit Grass' berühmter Rede »Über meinen Lehrer Döblin«.

Alfred Döblin, 1878 in Stettin geboren, arbeitete zunächst als Assistenzarzt und eröffnete 1911 in Berlin eine eigene Praxis. Döblins erster großer Roman erschien im Jahr 1916 bei S. Fischer. Sein größter Erfolg war der 1929 ebenfalls bei S. Fischer publizierte Roman »Berlin Alexanderplatz«. 1933 emigrierte Döblin nach Frankreich und schließlich in die USA. Nach 1945 lebte er zunächst wieder in Deutschland, zog dann aber 1953 mit seiner Familie nach Paris. Alfred Döblin starb am 26. Juni 1957.

Günter Grass, 1927 in Danzig geboren, wurde nach einer Ausbildung als Bildhauer und Grafiker freier Schriftsteller. Nach zahlreichen Ehrungen wurde er 1999 mit dem Literaturnobelpreis ausgezeichnet. Sein Engagement für das Werk Alfred Döblins begann Grass mit der hier einleitend zitierten Rede (1967) und setzte es u. a. mit der Stiftung des Alfred-Döblin-Preises (1979) und der Übereignung seines ehemaligen Wohnhauses in Wewelsfleth an das Land Berlin fort (1985); seitdem dient das »Alfred-Döblin-Haus« als Aufenthaltsort für Schriftstellerstipendiaten.

Dieter Stolz, Jg. 1960, studierte Germanistik und Geschichte in Münster und Berlin. Er promovierte mit einer Arbeit über Günter Grass, war Assistent an der TU Berlin, anschließend Programmleiter beim LCB und Redakteur der Zeitschrift »Sprache im technischen Zeitalter«. Seit 2006 arbeitet er als freier Lektor und Gastdozent an verschiedenen Universitäten im In- und Ausland.

Alfred Döblin

Das Lesebuch

Herausgegeben von Günter Grass

Ausgewählt und zusammengestellt
unter Mitarbeit von Dieter Stolz

S. Fischer

© S. Fischer Verlag GmbH, Frankfurt am Main 2009
Satz: Fotosatz Reinhard Amann, Aichstetten
Druck und Bindung: CPI – Clausen & Bosse, Leck
Printed in Germany
ISBN 978-3-10-015512-2

Inhalt

Günter Grass:
»Über meinen Lehrer Döblin«

Döblin über Döblin:
»Ich halte nichts von den sogenannten Autobiographien«

»Heran an das Leben! Dichter! Dichter!«
Romane, Erzählungen und Erfahrungsberichte
aus sechs Jahrzehnten

»Tatsachenphantasie!«
Essays und kleine Schriften zu ästhetischen und politischen Fragen

Briefe:
»Ich bitte um eine zuverlässige geschichtliche Prognose, möglichst postwendend!«

»Die wichtigste Position ist die menschliche. Halten Sie fest zu ihr.«

Anhang

Günter Grass:
»Über meinen Lehrer Döblin«

Über meinen Lehrer Döblin

Rede zum zehnten Todestag Döblins in der
Akademie der Künste Berlin

Ich habe ihn nie gesehen, und so stelle ich ihn mir vor: klein, nervös, sprunghaft, kurzsichtig und deshalb übernah an die Realität gerückt; ein stenographierender Visionär, dem der Andrang der Einfälle keine Zeit läßt, sorgfältige Perioden zu bauen. Von Buch zu Buch setzt er neu an, widerlegt sich und seine wechselnden Theorien. Manifeste, Aufsätze, Bücher, Gedanken treten einander auf die Hacken, ein unübersichtliches Gedränge: Wo ist der Autor?

Wenn wir heute von Alfred Döblin sprechen – sobald wir überhaupt von Döblin sprechen –, wird zumeist vom »Alexanderplatz« gesprochen. Diese Versimplung eines Schriftstellers, den ich neben wie gegen Thomas Mann, neben wie gegen Bertolt Brecht stellen möchte, diese ausschließliche Kenntnisnahme des einen einzigen Werkes hat Gründe. Die Arbeit eines Thomas Mann, mehr noch die Arbeit des Bertolt Brecht, fügte sich bewußt in den von den Autoren entworfenen und im Detail vollendeten Plan der Klassizität. Überschaubar und nicht ohne Hinweise auf die durch sie verlängerte Klassik fügten die genannten Schriftsteller Quader um Quader auf festumrissener Basis; und selbst wenn Brecht mit einem Stück wie »Die Maßnahme« das Konzept umzuwerfen versuchte, gab er rasch genug auf, um späteren Interpreten die Einebnung dieser Ausbruchsphase zu erleichtern.

Die Sekundärliteratur über den einen wie über den anderen Autor sprengt Bücherregale. Bald wird uns Brecht, ähnlich wie Kafka, weginterpretiert sein. Solche Entführung in olympische

Gefilde blieb Alfred Döblin erspart. Dieser antiklassische Schriftsteller hat nie eine Gemeinde gehabt, auch nicht eine Gemeinde der Feinde; die von Walter Muschg besorgte ausgewählte Ausgabe der Werke beim Walter-Verlag liegt wie Blei.

Generationen wuchsen »platterdings« mit Thomas Mann auf; das Wörtchen kafkaesk geht uns, sobald wir mit Behörden Schwierigkeiten haben, leicht vom Munde; unsere Brechtomanen sind an ihren Partizipialkonstruktionen zu erkennen; nur Alfred Döblin bewegt keine Kongresse, lockt selten den Fleiß unserer Germanisten, verführt wenig Leser. Selbst der berühmte »Alexanderplatz« hat im heutigen Berlin keine Wiederkehr feiern können: Franz Biberkopf, sooft wir ihm in beliebigen Eckkneipen begegnen mögen, ist in Berlin-O geblieben, so verlockend dem gelegentlichen Verkäufer völkischer Zeitungen von damals heute der Vertrieb der »Morgenpost« sein könnte.

Deshalb sei es dem Vortragenden erlaubt, Mann, Brecht und Kafka, bei aller schattenwerfenden und oft angeführten Größe, respektvoll beiseite zu lassen und als Schüler dem Lehrer dankbar zu sein: Denn ich verdanke Alfred Döblin viel, mehr noch, ich könnte mir meine Prosa ohne die futuristische Komponente seiner Arbeit vom »Wang-lun« über den »Wallenstein« und »Berge Meere und Giganten« bis zum »Alexanderplatz« nicht vorstellen; mit anderen Worten: Da Schriftsteller nie selbstherrlich sind, sondern ihr Herkommen haben, sei gesagt: Ich komme von jenem Döblin her, der, bevor er von Kierkegaard herkam, von Charles de Coster hergekommen war und, als er den »Wallenstein« schrieb, sich zu dieser Herkunft bekannte.

Wie der »Ulenspiegel« ist der »Wallenstein« kein historischer Roman. Döblin sieht Geschichte als absurden Prozeß. Ihm will kein Hegelscher Weltgeist über die Schlachtfelder reiten. Seine Helden wider die Absurdität – sei es Franz Biberkopf im »Alexanderplatz«, sei es der Edward im »Hamlet«-Roman – haben das eine mit de Costers Tyll Claes gemeinsam: Kierkegaards »Redlichkeit«, die sich allerdings im »Wallenstein«, dem von de Coster unmittelbar beeinflußten Epos, kaum aufspüren läßt. Im »Wallenstein«-Roman wird der geschichtliche Ablauf visionär übersteigerter Absurdität kalt und wie ohne Autor aufgerissen, dann mehrmals zu Scherben geworfen.

Doch bevor wir vom Buch »Wallenstein« sprechen, das eigentlich »Ferdinand der andere« heißen müßte, soll versucht werden, dieses Buch zwischen Döblins Büchern zu finden.

In einem seiner letzten Aufsätze, »Epilog«, behandelt, ja, tut Döblin sein Werk ab. Wie mit linker Hand, nachlässig und ungeduldig, zählt er auf und nimmt gleichzeitig Abstand: Wichtig ist ihm allein das letzte Buch »Hamlet oder Die lange Nacht nimmt ein Ende«. Er ist Katholik geworden, mehr noch, mit der Unbedingtheit des konvertierten Katholiken ist ihm das eigene Werk nichts als eitel. Schon abgewendet, blickt er zurück: »Unser verruchter Geist kann nicht still sein … Satan geht zwischen uns.« Ihm, dem Phantasten der Vernunft, dem kühlen wie unbeteiligten Beobachter getriebener Massen und widersprüchlicher Realität, dem Registrator gleichzeitiger, sich bremsender, einander auslöschender Bewegungen, ihm, dem utopischen Weltbaumeister, der die Enteisung Grönlands auf Breitwand malte, hatte der Glaube geschlagen; ich kann ihm nicht mehr folgen.

Da liest jemand, der Emigrant Döblin, in der Nationalbibliothek Kierkegaard und beginnt, unaufhaltsam zuerst Christ, dann Katholik zu werden. Ein anderer liest, was weiß ich, die Bibel und wird Marxist. Als Vierzehnjähriger las ich »Schuld und Sühne«, verstand nichts und verstand zuviel. Die üblichen Lesefrüchte? Wohl kaum. Mehr das Buch als Spätzünder: Gelöst vom Autor, explodiert es im Kopf des Lesers; doch da wir annehmen können, daß Döblin immer den Zünder bereitgehalten hatte für den Fall, eines Tages, wie zufällig, auf der Suche nach Atlanten und Reisebeschreibungen und einsam, wie man nur in der Nationalbibliothek zu Paris einsam sein kann, auf den Zündstoff Kierkegaard zu stoßen, ist die oft über Jahrzehnte verzögerte Wirkung des Buches zumindest angedeutet. Denn wenig wissen wir von der Wirkung der Bücher. Noch weniger weiß der Autor, wohin sein Wort fallen wird.

Hier der Mann, der praktisch und weltlich dem Volk aufs Maul schaut, der, besonders im »Alexanderplatz«, die gesprochene Rede direkt und indirekt mit dem inneren Monolog konkurrieren läßt; dort der erfinderische Kopf eines Mannes, dessen Visionen und Utopien immer unterwegs sind, mystische Entrückung zu suchen. Wo ist der Autor? Eine Vexierbildfrage. Sollen wir ihn in den Urwäldern eines Jesuitenstaates am Amazonas, sollen wir ihn auf dem Berliner Schlachthof oder hingeworfen vor einem Marienaltar suchen, dessen heidnischer Zuschnitt uns an Vaneska, die Königin-Mutter seines utopischen Troubadour-Reiches nach der Enteisung Grönlands, erinnert?

Soviel ist gewiß: Döblin wußte, daß ein Buch mehr sein muß als der Autor, daß der Autor nur Mittel zum Zweck eines Buches ist und daß ein Autor Verstecke pflegen muß, die er verläßt, um sein Manifest zu sprechen, die er aufsucht, um hinter dem Buch Zuflucht zu finden.

So beginnt Döblins Epilog: »Es liegt ein Haufen Bücher da – ›da‹ ist ein falscher Ausdruck, es muß heißen: er liegt vor, ist geschrieben innerhalb von fünf Jahrzehnten, aber nicht da.«

Nach frühexpressionistischen Erzählungen, die später in dem Band »Die Ermordung einer Butterblume« gesammelt werden, veröffentlicht er 1915 seinen ersten Roman »Die drei Sprünge des Wang-lun« und ist sogleich unmittelbar da, wenn auch ohne augenblicklichen Erfolg.

Wang-lun, der Führer der Schwachen und Wehrlosen, wird, indem er das Schwachsein zur Ideologie erheben will, schuldig. Die Greuel der Schwachen und Gammler der Mandschu-Zeit messen sich an den Greueln der Herrschenden; Wang-lun, der sanfte Berserker, scheitert und löscht sich aus. Doch so sehr diese

These bester deutscher Kohlhaas- und Karl-Moor-Tradition entspricht, neu, wenn auch nicht ohne ornamentale Bindungen an
den Jugendstil, ist die Sprache, neu in diesem Roman und bestür-
zend revolutionär sind die Darstellungen der Massenszenen:
Menschen, in Bewegung geraten, stürmen Berge, werden zum
beweglichen Berg, die Elemente stürmen mit. Mit »Die drei
Sprünge des Wang-lun« gab uns Döblin den ersten futuristischen
Roman.

Die Expressionisten um Walden sehen fortan in ihm einen
Abtrünnigen; aber auch den Schriftstellern unter den Futuristen
– die futuristische Malerei schätzt er – erteilt Döblin in seinem
offenen Brief an Marinetti eine Absage. Einer Meinung sei er, solange es heißt, näher heran an die Wirklichkeit; aber Marinetti
reduziere die Wirklichkeit; die Technik, die bloße Maschinenwelt,
sei ihm Wirklichkeit. Döblin wendet sich gegen kategorische Erlasse, gegen die monomane Amputation der Syntax, gegen die
Sucht, Prosa mit Bildern, Analysen, Gleichnissen zu stopfen, er,
Marinetti, möge sich die Bilder verkneifen, das Bilderverkneifen
sei das Problem des Prosaisten. Und wörtlich: »... ob mit, ob ohne
Perioden ist mir gleich. Ich will nicht nur fünfzigmal ›trumb-
trumb, tatetereta‹ etc. hören, die keine größere Sprachherrschaft
erfordern ... ich will um die eigentümliche atemlose Realität einer
Schlacht nicht durch Theorien betrogen werden ...«

Der leidenschaftliche Brief endet abrupt: »Pflegen Sie Ihren
Futurismus. Ich pflege meinen Döblinismus!«

Ein Jahr später versucht sich der selbstbewußte Arzt gleichfalls
in kategorischen Erlassen. Er legt sein »Berliner Programm« vor.
Hart geht er Romanautoren an, die mit Ausdauer die »Probleme
ihrer inneren Unzulänglichkeit« bewegen. »Dichten ist nicht Nägelkauen und Zahnstochern, sondern eine öffentliche Angelegenheit!«

Döblin befindet: »Der Gegenstand des Romans ist die entseelte Realität. Der Leser in voller Unabhängigkeit einem gestal-

15

teten, gewordenen Ablauf gegenübergestellt; er mag urteilen, nicht der Autor.«

Döblin fordert, schließt aus, stellt Regeln auf: »Von Perioden, die das Nebeneinander des Komplexen wie das Hintereinander rasch zusammenzufassen erlauben, ist umfänglicher Gebrauch zu machen. Rapide Abläufe, Durcheinander in bloßen Stichworten; wie überhaupt an allen Stellen die höchste Exaktheit in suggestiven Wendungen zu erreichen gesucht werden muß. Das Ganze darf nicht erscheinen wie gesprochen, sondern wie vorhanden.«

Im Jahre 1917, während Döblin schon über einem Manuskript sitzt, das einen Teil seiner Theorien bestätigen und allzu einengende Regeln sprengen soll, setzt er die apodiktische theoretische Arbeit fort. Immer noch ist der Ton ausschließlich. In dem Aufsatz »Bemerkungen zum Roman« steckt der Autor, als wolle er sich gegen Versuchungen sichern, noch einmal die selbstgezogenen Grenzen ab: »Der Roman hat mit Handlung nichts zu tun; man weiß, daß im Beginn nicht einmal das Drama damit etwas zu tun hatte, und es ist fraglich, ob das Drama gut tat, sich so festzulegen. Vereinfachen, zurechtschlagen und – schneiden auf Handlung ist nicht Sache des Epikers. Im Roman heißt es schichten, häufen, wälzen, schieben; im Drama, dem jetzigen, auf die Handlung hin verarmten, handlungsverbohrten: ›voran!‹ Vorwärts ist niemals die Parole des Romans.«

Diesen Befund schreibt der Militärarzt Döblin mitten im Ersten Weltkrieg. Lazarette in Lothringen und im Elsaß fangen auf, was von Verdun zerstückelt zurückkommt. Während die Materialschlacht lehrt, was Fortschritt im Krieg heißt, versinkt der Arzt Döblin, sobald sich zwischen den Visiten Pausen ergeben, in den Materialien des Dreißigjährigen Krieges. Er, dem diese entlegene Zeitspanne anfangs nichts ist als eine Unzahl von Schlachten, deren Parteiungen verwirrend und kaum zu erinnern sind, beginnt, Chroniken, Dokumente, papierene Absonderungen der Ge-

schichte zu schichten, häufen, wälzen, zu schieben. Im »Epilog«
schreibt er dreißig Jahre später: »Ich planschte in Fakten. Ich war
verliebt, begeistert von diesen Akten und Berichten. Am liebsten
wollte ich sie roh verwenden.« Doch am Anfang, bevor er sich
mit Hilfe von Dokumenten wegzaubert in ein anderes Jahrhundert oder wie im »Wang-lun« in ein China, das er nur von Atlanten her kennt, vor diesem Wegtauchen steht der alles tragende
Einfall, die funkenschlagende epische Vision.

Im Jahr davor hatte sich der Militärarzt Döblin seiner ange-
griffenen Gesundheit wegen nach Bad Kissingen in Kur begeben.
Eine Zeitungsnotiz, die Anzeige eines Gustav-Adolf-Festspiels,
wirkte als Auslöser. Da sitzt er, klein, unruhig, kurzsichtig, unter
den Bäumen des Kurparks und sieht die Ostsee, sieht das unab-
lässige Fahren der Koggen und Korvetten, sieht Gustav Adolf mit
seiner Flotte von Schweden her aufkommen.

Rennende Schiffe, brusthebend geschwollene Segler, raheschla-
gend tauchen sie aus herabrieselndem Wasser, noch namenlos,
noch ohne Herkunft. Schweden bleibt dunkel, ohne Ankunft und
politische Bestimmung, ein bloßes Gleiten und Raumgewinnen,
das einem erholungsuchenden Militärarzt in Bad Kissingen die
gegenwärtige Realität Verdun verdrängt.

Diese Vision wird bald darauf benannt werden. Andromeda,
Regenbogen, Storch, Delphin, Papagei, Schwarzer Hund heißen
die Schiffe. Das Admiralschiff »Merkur« ist mit zweiunddreißig
Kanonen bestückt. Aus Svealand und Gotland, aus dem seenreichen Finnland kommen die Männer: Bei Wolgast in Pommern
gehen sie an Land.

Was dem Militärarzt Döblin als Bild durch die Kurgarten-
bäume schwamm, hat nun seinen Platz gefunden, ja, hat sich, ge-
messen am gesamten Vorhaben, reduziert. Eine Seite lang darf
die übersetzende schwedische Flotte den Anfang des fünften Buches einläuten, aber das Motiv der großen, gleichzeitigen Bewegung teilt sich dennoch dem gesamten Epos mit. Der eine einzige,

zielstrebige Ablauf, hier mit dem ersten Satz des Buches »Schweden« angedeutet – »Über die Wogen der graugrünen Ostsee kam die starke Flotte der Schweden windgetrieben her, Koggen Gallionen Korvetten« –, wird in aller Breite von Beginn bis Ende des sechsteiligen Buches variiert.

Es beginnt mit dem Siegesmahl des Kaisers Ferdinand. Der Ablauf dieses Bacchanals, die Vielzahl der überbordenden, teils kulinarisch, teils allegorisch dekorierten Speisegänge, die Hierarchie der Gäste in spanischen Krausen, in ungarisch-grün verschnürten Wämsern, in französischen Westen, unter Purpur-Überwürfen, wird genutzt, um zwischendurch die böhmische und des armen landlosen Pfalzgrafen Friedrich Niederlage gleichfalls zu Tisch zu tragen: »Ein Abt biß seinem Kapaun das Bein ab, addierte, während es zerkrachte, das zurückgebliebene kurpfälzische Silbergeschirr, das ihm in Böhmen von frommen Wallonen überreicht war.« Und mit der Tafelmusik, kurz vor den Törtchen und Konfitüren, sehen die platzvoll gemästeten Kardinäle, Äbte, Generale und Fürsten das geschlagene Heer des »… blondlockigen prächtigen Friedrich durch den Saal ziehen, reiten durch das Klingen, Tosen der Stimmen, Becher, Teller von dem herabhängenden Teppich des Chors herunter auf die beiden flammenden Kronleuchter zu, brausend gegen den wallenden Vorhang, den die Marschälle und Trabanten durchschritten: prächtig zerhiebene Pfälzerleichen, Rumpf ohne Kopf, Augen ohne Blicke, Karren, Karren voll Leichen, eselgezogen, von Pulverdunst und Gestank eingehüllt, in Kisten wie Baumäste gestaucht, kippend, wippend, hott, hott durch die Luft«.

So setzt Döblin die Akzente: Sieg, Niederlage, Staatsaktionen, was immer sich datenfixiert als Dreißigjähriger Krieg niedergeschlagen hat, ist ihm einen Nebensatz, oft nur die bewußte Aussparung wert. Ihm liegt am wirren Hin und Her der Winterquartiere suchenden Heere; ihm liegt an labyrinthischen, durch Kanzleien, Hofgärten und verschwiegene Galerien, in Beichtstühle verschleppten Hofintrigen. Von kaum bewegten Lippen liest er das Jesuitengeflüster ab; Rosenkränze und Absolutionen lösen Geschichte aus, deren Resultate er knapp am Ende vermerkt. Die verstrickten Zeremonien listiger Vorbereitung, in Wien oder bei Hof des Maximilian von Bayern gesponnen, wälzen sich, verzerrt und wie vor Hohlspiegel gestellt, mystisch gesteigert über Seiten, während das Ergebnis höfischer Anstrengungen, sei es die Absetzung Wallensteins, sei es die Weigerung des sächsischen Kurfürsten, Gustav Adolf und sein Heer durch kursächsisches Land passieren zu lassen, lediglich mitgeteilt wird, betont achtlos, weil es nun mal dazugehört; aber Geschichte, und das heißt die Vielzahl widersinniger und gleichzeitiger Abläufe, Geschichte, wie Döblin sie bloßstellen will, ist das nicht.

Der Dreißigjährige Krieg war und ist wohl immer noch Quelle wie Stimulans deutschsprachiger Literatur. Der Beginn des deutschen Romans läßt sich mit dem »Simplicius Simplicissimus« datieren. Ähnlich wie später Döblin hat Grimmelshausen das große Schlachtgeschehen beiseite gelassen; ja, mehr als Döblin hat er die beschränkte Perspektive des tumben wie schlauen Überlebenden, der nicht mehr sehen kann als das jeweilige Winterquartier, als die sich über Wochen hinschleppende Belagerung, als die Lust am Furagieren, zur Erzählerperspektive überhaupt gemacht. Wallenstein kommt bei Grimmelshausen nicht vor.

Bertolt Brecht hat später diese Perspektive auf die Bühne transportiert und den bewußten Gegensatz zu Schillers »Wallenstein«-Trilogie gesucht, die fortwährend Staatsaktionen in Szene setzte.

Sosehr es lockt, von Grimmelshausen bis Döblin, womöglich weiter bis Alexander Kluges »Schlachtbeschreibung«, die Zeugnisse deutscher Literatur und ihre jeweilige Perspektive im Hinblick auf den Dreißigjährigen Krieg und auf das »Unternehmen Barbarossa« zu vergleichen, es sei mir allenfalls erlaubt, Schillers

»Geschichte des Dreißigjährigen Kriegs« unserer Aufmerksamkeit zu empfehlen; denn wir dürfen in Döblin einen faktenversessenen Leser dieser Chronik vermuten. Offenkundig hat er den Fleiß des Klassikers ausgebeutet; Schillers historische Abhandlung war ihm Material. Mehr nicht? Einige Übereinstimmungen fallen auf, so Schillers Erkenntnis, daß Wallenstein dem Grafen Mansfeld den Grundsatz abgelernt habe, daß der Krieg den Krieg ernähren müsse, eine Erkenntnis übrigens, die bei Grimmelshausen praktiziert und bei Brecht zur Tendenz erhoben wird; doch Döblin gießt das Bild des sich selbst ernährenden Krieges über alle Seiten aus. Er zeigt uns Heere, die Plagen gleich übers Land fallen, kahlfressen, weiterziehen und ihre Schlachten wie nebenbei, zwischen Kahlfraß und Kahlfraß, schlagen.

Schiller war bemüht, uns den Dreißigjährigen Krieg überschaubar gegliedert darzustellen. Da ergibt sich eines aus dem anderen. Seine ordnende Hand knüpft Bezüge, will Sinn geben. Das alles zerschlägt Döblin mehrmals und bewußt zu Scherben, damit Wirklichkeit entsteht. Doch auch der Herzog von Friedland stellt sich, jeweils im Blick des einen und anderen, konträr dar.

Vereinfachend gesagt: Schillers aufgeklärter Idealismus betont im Wallenstein-Bild den Feldherrn und Staatsmann; Döblin entwirft uns einen von der Podagra geplagten Bankier. Immer wieder weist er darauf hin, daß Wallensteins Steigbügel, sobald er nicht umhinkann, ein Pferd zu besteigen, mit Watte, mit Seide umwickelt werden. Wallensteins Heer unterscheidet sich von den anderen Heeren grundsätzlich dadurch: Es ist ein Produkt eines Finanzgenies.

Es muß hier ununtersucht bleiben, inwieweit Döblins These Schillers Wallenstein historisch verbindlich korrigiert; auch sehe ich davon ab, Döblins visionären Entwurf mit den Erkenntnissen der heutigen Wallenstein-Forschung zu messen, zumal mir keine historische Arbeit bekannt ist, die von Döblin Kenntnis genommen, ihn widerlegt, bestätigt oder korrigiert hätte. Döblins Wallenstein ist, wie nebenbei, auch ein Feldherr, der sich gelegentlich gezwungen sieht, Schlachten zu schlagen, die er nicht hat verzögern, vermeiden können; in der Hauptsache aber ist Döblins Wallenstein der erste moderne Manager langfristiger Kriegsplanung, der erste Baumeister eines finanzmächtigen Kartells, das, vom Krieg gespeist, den Krieg speiste und bis heute nicht entflochten worden ist. Wallenstein verstand es, die verschiedensten Interessen wachzuhalten und – wie wir sehen werden – zu verbinden.

Vier Namen: Der Serbe Michna, der holländische Bankier de Witte, der Prager Judenrichter Bassewi und der berüchtigte Oberst von Wallenstein, sie beuten das geschlagene Böhmen aus. Michna, ein Metzgergeselle, plündert, geschützt von Wallensteins Truppen, die reichen Häuser der Böhmen. Bilder, Juwelen, Gold und Silber häufen sich im Prager Judenghetto.

Sie, die Ausgeschlossenen mit dem gelben Barett, mit dem gelben Stern, haben gelernt, zwischen Verfolgungen, den Reichtum ihrer Unterdrücker an sich zu ziehen, zu vergraben; beginnen können sie wenig damit, aber ihn stapeln und an das zerstörte Jerusalem denken, sobald sie den Reichtum besichtigen; das dürfen die Prager Juden mit verquälter Lust, bis Wallenstein kommt.

Der Bankier de Witte schlägt vor, den Reichtum anzulegen. Man möge die böhmische Münze pachten. Ein Vorschlag, wie er zugibt, den ihm zwei seiner besten Klienten gemacht haben: der angesehene Judenrichter Bassewi, der schon oft den römischen Kaiser mit Geld gestützt hat, und ein Soldat, der trotz gewisser Tapferkeiten in Venedig, auch während der Schlacht bei Prag, in Böhmen anrüchig ist: der derzeitige Oberst und Kommandant der Stadt, Eusebio Albrecht von Wallenstein.

Der Kaiser braucht Geld, der Kaiser braucht immer viel Geld, man möge das vielversprechende Geschäft machen. Ein Konsortium bildet sich. Für sechs Millionen jährliche Pachtsumme fällt den vier Geschäftsleuten die Prager kaiserliche Münze zu. Bald sind es nur drei, die mit Hilfe der Münze den Umlauf des Geldes regulieren, denn Wallenstein setzt den serbischen Metzgergesellen Michna unter Druck und bald darauf in Haft. Er droht, ihn der Plünderei anzuklagen: Michna verstecke seinen Raub, Silber möge er liefern, es fehle der Münze am Material.

Und dann prägen sie, soviel sie wollen. Sie beschneiden das Geld, sie untermischen unedles Metall, bis sich das Silber nur noch erahnen läßt. Wallensteins kriegsstarke Fähnlein sichern Tag und Nacht die Münze. Sie dingen gemietete und freiwillige Ankäufer. Sie dringen in die Bauernhäuser ein, pressen die letzten Dukaten heraus. Banden bilden sich, kaiserliche Trompeter verkünden auf den Plätzen, alles Silber müsse abgeliefert werden an die Münze. Darauf verschwindet das Silber. Schon werden für einen alten Reichstaler vier neue Gulden geboten. Oft steht der größte Spekulant des Landes, von Wallenstein, »lang hohlbrüstig, mit schwarzem Knebelbart, eine kostbare Diamantkette am Hut«, vor den Prägestöcken. Er sieht etwas. Die Zeit ist bald reif für ihn.

Nachdem der Münzvertrag abgelaufen war, versuchte der Kaiser, weiter zu münzen. Aber er fand nichts mehr vor, was sich zu Münzen hätte schlagen lassen. Bassewi und de Witte hatten sich zurückgezogen, bevor das aufgebrachte, verarmte Volk die Münze stürmte und dort nichts fand, außer leeren Prägestöcken.

Nur drei Monate lang durfte Wallensteins Schwindelwährung im Umlauf bleiben. Durch Dekret wurde der »lange« Gulden auf den sechsten Teil seines Wertes herabgesetzt. Der Staatsbankrott wurde erklärt. Die Truppen liefen davon. Und Wallenstein ersteigerte mit seinem rasch angeschwollenen Vermögen neue Güter und Ländereien: Friedland und Reichenberg, Welisch, Schuwigara und Gitschin.

Und all dieses, Reichtum und Ländereien, setzt Wallenstein auf eine Karte. Er bietet sich dem Kaiser an, will ihm das große

Reichsheer gegen die Feinde von innen und außen aufstellen, damit er nicht abhängig sei von Maximilian von Bayern und dessen Heer unter Tilly, damit er eine Waffe habe gegen den einfallenden Christian von Dänemark.

Wie spiegelt das Diplomatengeflüster Wallensteins Großmut? – »Wißt, lieber Freund, ich habe es ganz heraus, woher der von Wallenstein so toll kaiserlich gesinnt ist. Er streckt uns das Geld für das Heer vor, das Heer aber soll ihm aus dem Reiche sein Geld wiederbringen mit Zins und Zinseszins ...«

Die Armee als Kapitalanlage. Döblins rückblickende Vision läßt uns erschrecken: Lange bevor Krupp vor Verdun sein großes Geschäft machte, investierte Wallenstein sein Vermögen in Rüstungsgeschäfte. Krupp wie Wallenstein kauften sich je einen Kaiser. Und wir wollen immer noch nicht erkennen, daß Hitler sich nicht die Industrie, daß vielmehr die Industrie – Wallensteinsche Adepten – sich ihren Hitler kaufte. Nicht ohne Grund blickte der Militärarzt Döblin im Jahre 1917 von Verdun aus zurück. Krupp, wie alle, die nach einem Krupp verlangen, wie alle, die einen Krupp möglich machen, hat Vorfahren: Ein Metzgergeselle, ein Bankier, ein Judenrichter und ein Oberst bilden ein Konsortium und damit die materielle Voraussetzung für die anhaltende Dauer eines Krieges, der, mit Atempausen dazwischen, die wir Frieden nennen, bis heute anhält. Schillers Helden und ähnliche Pappenheimer sind allenfalls Spitzenwerte in einem Aktienpaket, dessen kletternder Kurs nur durch drohende Friedensverhandlungen zum Stolpern gebracht werden kann. Seitdem Döblin uns lehrte, Wallenstein als Meister der Hochfinanz zu begreifen, wissen wir, daß Abrüstungsverhandlungen nicht immer am begrenzten Willen der Verhandlungspartner, wohl aber oft genug an den Interessen einer Industrie scheitern, die es verstanden hat, jedermanns wirtschaftliche Interessen zu vertreten: Abrüstung könnte uns in Schwierigkeiten bringen. Das System Wallenstein verlangt stehende Heere.

Dieser Bankier und eigentliche Gewinner der Schlacht am Weißen Berg zieht mit zwanzig Karossen nach Wien. Beklemmung, ja, Abscheu erwartet ihn und will doch sein Geld. Festlichkeiten wie Schauspiele und Judenverbrennungen sollen zu seiner Erbauung veranstaltet werden. Das Wort geht um: «… da komme einer von den neuen Alchimisten, die machen Gold aus böhmischem Blut.«

Im Haus eines Kaufherrn steigt er ab, in dem schon der eine Kompagnon aus Prag, der Judenrichter Bassewi, wohnt. Draußen staut sich das gemeine Volk. Die Rauchfangkehrer grölen Judenspottlieder. Einen Judenfürsten nennt man Wallenstein, denn bewußt will er das hochmütige Wien beleidigen; er, vom Kaiser geladen, kehrt bei einem Juden ein. Dieser Pakt Wallensteins mit den Juden, ein Motiv, das durch das gesamte sechsteilige Werk Akzente setzt, verdient unsere Aufmerksamkeit, weil Döblin hier die Ursachen des mittelalterlichen Antisemitismus, der christlicher Natur war, mit der vorweggenommenen Emanzipation der Juden im neunzehnten Jahrhundert konfrontiert und gleichzeitig den Beginn des Zionismus formuliert, seine kraftvolle Beharrlichkeit und seine ideologischen Gefahren.

Kurz bevor Wallenstein seine Monopolstellung einhandelt, sehen wir den Judenrichter Bassewi in der Prager Synagoge mit fünf alten Männern zu Rate sitzen. Sorgen hat der eine: Wenn man mit Wallenstein zusammengehe und so zu Ruhm und Ansehen gelange, werde es den Prager Juden ergehen wie den Frankfurter Juden: vor die Stadtmauer werde man sie treiben; worauf der zweite alte Mann weiß: Das hat nur drei Jahre gedauert, dann kam der gleiche Trompeter, der sie ausgewiesen hatte, und blies zu ihrer Rückkehr. Bassewi weist darauf hin, daß die Katholischen alle Calvinisten und Reformierten aus Böhmen verjagt hätten, Platz sei jetzt da für die armen gedrängten Juden; man möge sich ausdehnen im Böhmischen. Der Einwand dagegen lautet: Selbst wenn sie uns hereinlassen ins Land, wir gehen nicht hin, wir siedeln nicht: »Was steht geschrieben vom Lande Böhmen? Wo steht etwas geschrieben vom Lande Böhmen? Nirgends. Werd' ich ein alter Narr sein, aus meinem Haus gehen, mich in Böhmen ansetzen.« Sein Nachbar darauf: »Und wie lange denkst du und deine Kinder hier in der Finsternis zu sitzen?«

Die uralte Antwort, die bis heute gilt, lautet: »Was werd' ich fragen? Ist doch alles klar für uns Juden. Wird es heißen, wir sollen wieder das Bündel schnüren, nach Jerusalem wandern, gelobt, gelobt sei unser Herr –, so werd' ich's tun.«

Bassewi strebt einen Kompromiß an. Man könne geduldig auf Jerusalem warten und trotzdem und neben den Christen mitten im Licht sitzen. Dem wird widersprochen: Wenn die Kinder Israels einmal im Licht sitzen, werden sie Jerusalem vergessen und sich schämen, beschnitten zu sein; Judäa werden sie verkaufen für ein kleines Dorf in Böhmen.

Der Judenrichter und die fünf alten Männer seufzen in der Synagoge. Die Lösung findet Bassewi: Man wolle dem Kaiser Geld geben und dafür einen kleinen Brief erhalten, damit die böhmischen Juden fortan Handel treiben dürfen auf dem Land, in den Dörfern, auf den Marktplätzen. So geschieht es. Aber das katholische Böhmen, das soeben noch mit scharfen Hunden, mit Brand und Folter seine Mitchristen verfolgt und vertrieben hat, empfindet den Freibrief für die Juden als Kränkung. Rasch wächst der Haß. Vorerst kann Wallenstein die böhmischen Juden schützen; vorerst bedarf der Bankier Wallenstein der Unterstützung aller Ausgestoßenen mit dem gelben Barett, mit dem gelben Stern. Deshalb trumpft er in Wien auf und erträgt es gelassen, Judenfürst genannt zu werden.

In den folgenden Tagen wird die Stadt Wien mit Geldgeschenken überschüttet. Wallensteins Depeschen durchlaufen die Wiener Kanzleien. Grob, unvermittelt knallt er den Würdenträgern, Beichtvätern und Gesandten die mehrstelligen Anweisungen seines Bankhalters de Witte auf den Tisch. Man lacht entsetzt, ja, peinlich berührt über die Höhe der Dotationen und streicht sie ein.

Nicht die Türken, kein Heer der protestantischen Stände und Kurfürsten, Wallensteins Geld zermürbt das kaiserliche Wien. Denn der Kaiser empfängt Wallenstein. Froh sind die Kammerherren, weil er alleine, ohne seinen Juden Bassewi kommt. Döblin spart die Begegnung zwischen dem Wucherer aus Prag und dem Kaiser aus. Ein kurzes Warten und Mantelablegen im Vorzimmer, ein filmischer Schnitt, Wallenstein kehrt zurück, läßt den Kaiser allein. Der verwundert sich und legt die Hand vor die Augen. Wer war bei ihm gewesen? Es ist ihm, als habe er diesen Kopf schon gesehen; es ist ihm, als sei er diesen »lautlos hellen kleinen Augen schon öfter begegnet«.

Dieses erste Treffen zwischen Wallenstein und Ferdinand rafft der Autor in einem Traumgesicht des Kaisers zusammen. Er verzichtet auf Dialoge, Verhandlungen, Finten und blendet auf zur Totale des Kaisers, wie er die Schnallenschuhe übereinanderlegt, die Armstütze sucht, die Hand vor die Augen hält, bis das Bild sich einstellt: Er reitet auf moosigem Waldboden, ein sanfter Wind bläst. »Es wird heller; es ist die Helligkeit, die der Mund junger Kätzlein hat, bleiches Rosa. Er bemerkte, daß er ein Gießen, Rinnen überhört hatte bis eben. Und dann lag es am Himmel, über der Erde, etwas Schwarzes, Breites, langsam Bewegliches. Das Pferd lief noch weiter. Er konnte den Rumpf nicht wenden, den Kopf nicht abdrehen, um dem Atem zu entgehen, der von oben gegen ihn anwehte ... Menschliche behaarte Brust, die sich über ihn schob, Haare, die wie Wolken, Spinnweben über ihn flockten, menschliche Arme, denen er entgegenritt. Aber ein Wulst, fleischige glatte schlüpfrige Säulen und kalt wie die Haut eines Salamanders. Federnde Bewegungen machte es, mit Ruck, her und hin kam es dichter über ihn. Und unter immer neue Arme glitt er, er schnappte nach Luft, keuchte auf. Ein Tausendfuß, unter dessen Bauch er ritt. Tiefer mußte er sich krümmen auf dem wogenden rastlosen Pferderücken. Ein weiches Wallen des Bauches benahm ihm den Atem, es waren geblähte luftgefüllte schwappende Säcke; sein Bewußtsein schwand auf Sekunden. Seine Kehle suchte ein ›Äh, äh‹ auszusprechen, seine Ohren rangen nach Klang. Und der Schwanz des Unwesens schlug von oben herunter, herum von unten wie eine Peitsche, erst unter die Fußsohlen, daß es mit elektrischem Zucken ans Herz drang und stach, dann mit feinen Stacheln gegen die Nasenlöcher, tief tief ins Gehirn herauf tötend. Dann fuhr es gegen den Nabel von vorne her, wirbelte wie ein Drehbohrer, in den Magen, den Leib, den Rücken. Und jetzt dröhnte es auf einmal, ein volles Orgelwerk, sinnlos ungeheuer von der Tiefe in die Höhe tosend, bei einem gellen pfeifenden Ton verharrend, knirschend an- und aussetzend, wie ein Hund, den man an einen Pflock mit den Pfoten angebunden hat, der sich krampft, streckt, krampft, streckt, beißt, beißt. – Er war mit heiserem Gekreisch aufgewacht. Er nahm die Hand langsam von den Augen, besah sich seinen Handteller, als wenn etwas von dem Traum daran klebe, rieb ihn am Knie.«

Dieses Traumgesicht, diese Raffung aller Wallensteinschen Faszination und Bedrohung, verstärkt die Wirkung der Dekrete und Freibriefe, die der Kaiser dem Tausendfuß und Kartellbaumeister ausgestellt hat. Einfach ist die Rechnung und allen Beteiligten bekannt: »Stellt Habsburg keine Armee auf, ist es voraussichtlich verloren, samt der ohnmächtigen Liga. Gewinnt die Liga allein, ist der Kaiser in einigen Jahren erdrückt von dem Bayern.«

Also wurde dem frischernannten Herzog von Friedland ein kaiserliches Dekret ausgestellt, wodurch er zum Kapo über alles Volk aus dem Reich und den Niederlanden ernannt wurde. Bassewi und de Witte arrangierten die Geldgeschäfte: Gegen ein Darlehen von neunhunderttausend rheinischen Gulden zu sechs Prozent war dieses Ermächtigungsgesetz zu haben.

Was jetzt kommt, abrollt, ist nur noch die Folge der großen Finanzaktion. Breit ausgemalt, verwirrend in seiner Widersprüchlichkeit und doch folgerichtig in Wallensteins Kopf entworfen. Rasch werden die Regimenter aufgestellt:»Nehmt, was ihr kriegt!« – »Wenn man keinen Falken hat, muß man mit Raben beizen.« Gefährliches, beutelüsternes Volk rottet sich unter Wallensteins Fahnen zusammen: Die Städte werden erpreßt, Kaution zu zahlen gegen drohende Einquartierung. Ein wachsendes Heer, dem der inzwischen begnadigte und frischgeadelte Metzgergeselle Michna das Getreide zu requirieren hat, überschwemmt das Land, beginnt, sich vom Krieg zu ernähren, rüstet sich – anfangs ein schlecht armierter, buntscheckiger Haufen – zur perfekten Kriegsmaschine. Wallensteins Rechnung geht auf.

Hier findet sich nicht Gelegenheit, Döblins Fresco bis ins Detail zu betrachten. Wenn dieses Buch auch »Wallenstein« heißt, breiten Raum nehmen Maximilian und die Liga, der puritanische Kreuzfahrer Gustav Adolf, die sächsischen und kurpfälzischen, die französischen und die böhmischen Intrigen des Grafen Slawata ein. Und immer wieder Ferdinand, von dem es heißt, er vertraue Wallenstein, wie eine Frau ihrem Mann vertraue. Ein verfallener, blindlings hingerissener Kaiser, dessen Plan, ihn, den Besitzer der Macht, ihn, den personifizierten Willen, zu demütigen, mit der Verfallenheit wächst.

Döblins epischer Aufriß – denn einen geschlossenen, wohlausgewogenen Roman kann man den »Wallenstein« nicht nennen – endet mit einer Szene, die alle historischen Fakten hinter sich läßt und nicht mehr Rücksicht nimmt auf den Dokumentenwust der Geschichte. Ins Fabelreich enthoben, flieht der Kaiser. Er entzieht sich dem Hof, dem Reich, der weltlichen Macht. Am Ende sehen wir ihn lallend, schon närrisch, aus seiner Verantwortung gerückt und anonym gleichgemacht mit Marodeuren herumziehen. Während Wallensteins Ermordung noch mit den Fakten vorformulierter Geschichtsabsonderungen inszeniert wird und sich dennoch nicht parallel zu Schillers Szenarium verhält – denn nicht der Verräter stirbt, vielmehr der Gläubiger, dem Kaiser und Reich verschuldet sind –, wird Ferdinand, der entflohene Kaiser, von einem koboldartigen Waldzwerg ermordet. Lust und Verzückung führen die Waffe. Vom Kaiser ist nichts mehr. In entmaterialisierte Heiterkeit und geschichtslose Unwirklichkeit mündet ein Buch, das schwer zu tragen hatte an dokumentarischen Abläufen und langsam sich wälzendem Faktengeröll. Ferdinand sucht und findet den Stillstand; er löst sich auf.

Doch dieses Kapitel, visionär wie die Auslösung des gesamten Komplexes, also die Überfahrt der schwedischen Flotte, greift schon über in Alfred Döblins nächsten epischen Entwurf: »Ferdinands Tod« ist einerseits Abschluß des »Wallenstein«-Epos und andererseits Beginn des utopischen Abenteuerromans »Berge Meere und Giganten«. In seinen Bemerkungen zu diesem Buch schreibt Döblin: »Wie ich zu Kriegsende aus Elsaß-Lothringen den ›Wallenstein‹ ohne Schlußkapitel nach Hause brachte, fühlte, suchte ich in mir herum, wie ich ihn enden sollte. Am besten, dachte ich manchmal, gar nicht. Dann wurde ich damals, Anfang 1919 in Berlin, von dem Anblick einiger schwarzer Baumstämme auf der Straße tief betroffen. Er muß dahin, dachte ich, der Kaiser Ferdinand.«

Es lohnte die Untersuchung, inwieweit und wie oft das Bild von Baumstämmen, glatten, trockenen wie schwarzen, feuchten, schwitzenden Rinden, zwischen denen etwas geschieht, Döblins Werk beeinflußt hat oder wieweit sich der Autor dieser Fixierung bewußt gewesen ist.

Wir erinnern uns: Im Kurpark sitzt der kurzsichtige Militärarzt und sieht zwischen Kurparkbäumen die schwedische Flotte schwimmen; wir erinnern uns: Zum ersten Mal begegnet Wallenstein dem Kaiser Ferdinand und löst ein Traumgesicht aus; zwischen Baumstämmen auf Moosboden reitet der Kaiser, über ihm der haarige atmende Bauch eines Tausendfüßlers; wir hören: Ein Waldzwerg ersticht im Walde den Kaiser. »Es war Regenwetter. Die Tropfen klatschten. Ferdinand lag auf zwei sehr hohen

Ästen. Das dünne kühle Wasser floß über die hellen Augen. Der Kobold hatte kleine Zweige zu sich heruntergezogen, er saß vom Laub gedeckt. Schaukelte den Körper auf den großen Ästen, knurrend stirnrunzelnd.«

Auch im »Alexanderplatz« endet das siebente Buch im Wald. Abermals ist der Wald Zeuge eines Mordes. Reinhold erwürgt Biberkopfs Mieze. Nach dem Mord setzt ein Sturm den Wald in Bewegung. Die Natur spielt mit. Doch während der »Wallenstein«-Roman den weltflüchtigen Kaiser in einen ortlos mythischen Wald führt, wird im »Alexanderplatz« im Freienwalde bei Berlin, also genau lokalisiert und wie mit Hilfe eines nachträglichen Polizeiberichtes, gemordet.

Schon lockt es mich, dieses Waldmotiv, diese nassen schwitzenden Stämme in »Berge Meere und Giganten« zu suchen. Die große Szene nach dem uralischen Krieg: Marduk, der Präfekt der märkischen Landschaft, sagt sich los von der Forschung, Technik, vom Fortschritt. Er, selber ein Forscher, setzt die wissenschaftliche Elite des Landes gefangen, treibt sie in einen von ihm gezüchteten Versuchswald; und dieser Wald beginnt zu wachsen; die Stämme schwellen, scheiden klebrige Säfte aus, nehmen den Wissenschaftlern Platz, Luft und Atem, saugen sie auf, verwandeln sie in Bäume, die gleichfalls Stamm in Stamm ineinander übergehen, bis am Ende ein Klumpen tropische Wucherung menschlichen Geist, Forscherdrang und Zerstörungswillen in sich aufgenommen hat.

Zwischen dem Tod im böhmisch-mythischen Wald und der Ermordung der Mieze im Freienwalde bei Berlin entwarf Döblin den utopischen Massenmord in einem utopischen Wald, wobei mir, dem Leser, kein Wald wirklicher aus dem Buch wuchs als die synthetische Zucht des Forschers Marduk, der aller Wissenschaft ein Ende setzen wollte, der, selber ein zerstörender Denker, das Denken als Ursache aller Zerstörung in Vegetation einschloß, nur sein Gedanke blieb außerhalb und setzte sich fort.

Doch ehe ich Sie zu utopischen Abenteuern verführe, ehe ich mich in »Berge Meere und Giganten« verliere und den Turmalin- schleiern wie der Enteisung Grönlands das Wort rede, ehe also die nach der Enteisung wuchernden Wälder tierisch in Bewegung geraten und Europa überschwemmen – »… an der Westgrenze Hamburgs an der See verwüsteten die anwandernden Untiere ganze Stadtteile. Die starken Sicherungen des Senats nutzten nichts, sie fielen nur zum Verhängnis der Stadtschaft aus. Durch die brennenden Würfe, die Strahlen wurden die Tiere zerrissen, ihre Teile aber, Flüssigkeit spritzend, schleppten sich verendend und andere aufsprießende Wesen mit sich schleppend in die Straßen und Anlagen. Die grausigsten Mißformen wurden da sichtbar. Verbackene Bäume, aus deren Wipfeln lange Menschen- haare herausragten, übergipfelt von Menschenköpfen, toten ent- setzlichen häusergroßen Gesichtern von Männern und Frauen. Die Schwanzflossen eines Seetiers in eine Siedlung vor der Stadt fallend sammelten um sich Haufen toten Materials, Eggen Wagen Pflüge Bretter. In die wandernde sprießende dampfende Masse gerieten Kartoffelfelder, laufende Hunde, Menschen. Das wallte wie ein Kuchen auf, quoll hoch, zappelte über die besäte Ebene, rollte sich wie eine Lavamasse verheerend langsam vorwärts. Und überall wuchsen aus der sich rundenden schlagenden Masse Stämme, stockhohe Blätter hervor« –, ehe ich also Marduks Ver- suchswald die Stadtschaften verheeren, sich auswachsen lasse – und kein Wort sagte ich über die Urwälder im Amazonas-Roman, kein Wort über die Richterfunktion des Waldes in der frühex- pressionistischen Butterblumen- Erzählung –, ehe ich also bis zum Ende seines Lebensberichtes – Döblin verabschiedet sich als Apfelbaum – diesem Motiv nachgehe, will ich mich in die Schluß- phase meiner Verbeugung vor meinem Lehrer retten: Wer sich mit ihm und seinen mythischen, realen wie utopischen Wäldern einläßt, läuft am Ende Gefahr, zwischen nassen, schwitzenden, wuchernden Bäumen den Ausweg zu versäumen, zwischen Büchern und Theorien, die einander aufheben und widerlegen wollen, den Autor zu verlieren.

Aber das wollte Döblin: hinter seine Bücher zurücktreten. Auf Anfrage einer Zeitung sagte er 1928: »Mir ist als Arzt der Dichter meines Namens nur sehr von weitem bekannt.« Eine autobiographische Skizze verrät uns, daß er im Jahre 1878 in Stettin geboren wurde. Und weiter: »Medizinstudium, eine Anzahl Jahre Irrenarzt, dann zur Inneren Medizin, jetzt im Berliner Osten spezialärztlich praktizierend.«

Stichworte begleiten die Suche nach dem Autor. Wie weit hat ihn der Vater geprägt, ein Stettiner Schneider, der mit vierzig Jahren die Frau samt fünf Kindern sitzenläßt und sich übers Meer davonmacht? Seinen Motiven nachgrübelnd, hat Döblin die Geschichte des flüchtigen Vaters mehrmals mit bissigem Spott variiert; doch seine Reiselust, sein Verlangen auszubrechen, tobte sich auf Landkarten, in Archiven aus. Preußische Strenge fesselte ihn an Berlin-O. Sosehr ihn ein Ausflug nach Leipzig im April 1923 verlockte, den kleinen Ausbruch zu wagen, er mußte zurück in die Pflicht und überlieferte uns nur den Seufzer: »Ach, habt Ihr's gut in Leipzig. Ich muß wieder zu Ziethen und Scharnhorst.«

Also jemand, der sich beschieden hat: Die Technik findet er bei Siemens und Borsig, den Turbinenmythos liefern die hausgemachten Manifeste. Etwa ein Weltbaumeister mit festem Wohnsitz? Ein neuer Jean Paul zwischen Zettelkästen?

Immer noch auf der Suche nach dem Autor bleibt er klein, nervös, sprunghaft, kurzsichtig und ist dennoch ein Mann der Tagespolitik, der sich nicht scheut, direkt einzugreifen. Mitglied der USPD seit 1921, später Mitglied der SPD. Sein preußischer Zuschnitt befähigt ihn, einerseits mit Langmut den Parteikleinkram mitzubetreiben und später andererseits, als die Sozialdemokraten das »Schund- und Schmutz-Gesetz« mitverabschiedeten, die Partei zu verlassen, ohne sogleich verkünden zu müssen, er habe sich radikalisiert, Brücken hinter sich abgebrochen, die große Enttäuschung erlebt. Döblin wagte es, mit seinen Widersprüchen zu leben. Der bis heute fleißig geübte Modetanz des Sichdistanzierens war nicht seine Bewegungsart. In unzähligen Aufsätzen hat er der sozialen Demokratie das Wort geredet. Sosehr er in Marx' Schriften die »klare, historische und ökonomische Durchdringung der Realität« bewunderte: Der Marxismus des zwanzigsten Jahrhunderts war für ihn nur noch die Lehre eines schroffen Zentralismus, die Lehre der Wirtschaftsgläubigkeit und des Militarismus. Der Kassenarzt im Berliner Osten bekannte, er gehöre weder einer deutschen noch einer jüdischen Nation an; seine Nation sei die der Kinder und Irren. Also ein Menschenfreund und Phantast? Ein produktiver Spinner? Ein aktiver Sozialdemokrat, der in seiner epischen Dichtung »Manas« ein mystisches Indien besingt? Was war er noch? Ein wortreicher Kunstverächter und ein Mitglied der Preußischen Akademie der Künste; ein emanzipierter Jude und ein Kierkegaardscher Katholik; ein seßhafter Berliner und so lange ein unsteter Landkartenreisender, bis mit Hitler die Kolbenheyer und Grimm die Macht ergriffen hatten, bis er vertrieben wurde und ihn die Emigration wider seinen Willen in Bewegung zu setzen verstand.

Als französischer Offizier kehrt er mit seinem letzten Roman heim und findet in der Bundesrepublik keinen Verleger. Erst 1956 erscheint in der DDR bei Rütten & Loening der »Hamlet«-Roman. Wie heißt die hausbackene Redensart im Land der Dichter und Denker: Zu Lebzeiten vergessen. Döblin lag nicht richtig. Er kam nicht an. Der progressiven Linken war er zu katholisch, den Katholiken zu anarchistisch, den Moralisten versagte er handfeste Thesen; fürs Nachtprogramm zu unelegant, war er dem Schulfunk zu vulgär; weder der »Wallenstein« noch der »Giganten«-Roman ließen sich konsumieren; und der Emigrant Döblin wagte 1946 in ein Deutschland heimzukehren, das sich bald darauf dem Konsumieren verschrieb. Soweit die Marktlage: Der Wert Döblin wurde und wird nicht notiert. Einem seiner Nachfolger und Schüler fiel ein Stück Erbschaft als Ruhm zu, den in kleiner Münze zurückzuzahlen ich mich heute bemühte. Indem ich mich auf den einzigen futuristischen Produktionsweg innerhalb des Döblinschen vielsträngigen und bis zum Schluß produktiven Arbeitssystems beschränkte, indem ich unsere Aufmerksamkeit auf den »Wallenstein«-Roman als Zeugnis futuristischer Romantechnik zu lenken versuchte, also den politischen, essayistischen, katholischen Döblin aussparte, indem ich aus dem Komplex »Wallenstein« nur die Analyse des Feldherrn als Großbankier hervorhob, kann diese Reverenz, zehn Jahre nach dem Tod meines Lehrers, allenfalls dazu beitragen, Sie neugierig zu machen, Sie zu Döblin zu verführen, damit er gelesen werden möge. Er wird Sie beunruhigen; er wird Ihre Träume beschweren; Sie werden zu schlucken haben; er wird Ihnen nicht schmecken; unverdaulich ist er, auch unbekömmlich. Den Leser wird er ändern. Wer sich selbst genügt, sei vor Döblin gewarnt.

Döblin über Döblin:
»Ich halte nichts von den
sogenannten Autobiographien«

Autobiographische Skizze

In Stettin 1878 geboren, als Knabe nach Berlin gekommen, bis auf ein paar Studienjahre dauernd in Berlin ansässig und an dieser Stadt hängend. Gymnasialbildung, Medizinstudium, eine Anzahl Jahre Irrenarzt, dann zur Inneren Medizin; jetzt im Berliner Osten spezialärztlich praktizierend.

Als Pennäler schon literarisierend; der erste Roman, lyrisch, Ichroman, in der Prima. Als Student der Roman ›Der schwarze Vorhang‹, der vor zwei, drei Jahren gedruckt wurde. Mir war aber die ganze Literatur zuwider; ich hatte keine Lust, mich mit den Verlegern herumzuschlagen; Medizin und Naturwissenschaft fesselten mich außerordentlich. Ich habe in einer verbissenen Wut, doch nicht durchzudringen, nicht einmal in meiner Umgebung, dazu auch in Hochmut und Gewißheit: ›Ich weiß schon, was ich kann, ich habe Zeit‹, ein ganzes Jahrzehnt nichts Rechtes vorgenommen. Sondern mich in Psychiatrie und Klinik herumgetrieben, bis in die Nächte bei Laboratoriumsarbeit biologischer Art; es gibt eine Handvoll Publikationen von mir dieser Art. 1911 wurde ich aus dieser Tätigkeit gerissen, mußte in die mich erst fürchterlich abstoßende Tagespraxis. Von da ab Durchbruch oder Ausbruch literarischer Produktivität. Es war fast ein Dammbruch; der im Original erst fast zweibändige ›Wang-lun‹ wurde samt Vorarbeiten in acht Monaten geschrieben, überall geschrieben, geströmt, auf der Hochbahn, in der Unfallstation bei Nachtwachen, zwischen zwei Konsultationen, auf der Treppe beim Krankenbesuch; fertig Mai 1913. Vorher hatte ich die tröpfelnden Novellen des verflossenen Jahrzehnts

Der Vater, Max Döblin,　　　*Die Mutter, Sophie Döblin,*
in den Fünfzigern　　　　*etwa sechzigjährig*

zum Bande ›Ermordung einer Butterblume‹ zusammengefaßt;
erschien bei Müller-München. 1913/14 schrieb ich den Novel-
lenband ›Die Lobensteiner‹ als Erholung von der ›Wang-lun‹-
Arbeit. August bis Dezember 1914 der Roman ›Wadzeks Kampf
mit der Dampfturbine‹. Dann kam der Krieg; ich flottierte in
Lothringen und im Elsaß herum. Mitte 1916 warf ich mich in
den ›Wallenstein‹; ich schrieb in großer Ruhe; monatelang
Krankheitspausen; fertig Ende 1918. Rückkehr in die Praxis.
Seit da Kleineres: Die Szenenreihe ›Lusitania‹ (Genossenschafts-
verlag Wien), Essays und politische Satire (Linke Poot: ›Der
deutsche Maskenball‹), ein Schauspiel ›Die Nonnen von Kem-
nade‹. Seit zwei, drei Monaten über einer neuen großen epischen Arbeit: Nichthistorie, aber zukünftige, aus der Epoche
um 2500 – Höhegewalt der Technik und ihre Begrenzung durch
die Natur. – Von meiner seelischen Entwicklung kann ich nichts
sagen; da ich selbst Psychoanalyse treibe, weiß ich, wie falsch
jede Selbstäußerung ist. Bin mir außerdem psychisch ein Rühr-

Alfred Döblin (2. von links)
mit seinen vier Geschwistern
Hugo, Meta, Kurt und Ludwig

mich-nicht-an und nähere mich mir nur in der Entfernung der epischen Erzählung. Also via China und Heiliges Römisches Reich 1630.

Erster Rückblick

Dialog in der Münzstraße

Es ist Mittag. Ich sitze in einem kleinen Café am Alexanderplatz, und mir fällt ein: in dieser Gegend, hier im Osten Berlins, sitze ich nun schon, seit ich nach Berlin kam, seit vierzig Jahren. Hier bin ich zur Schule gegangen, es kamen kleine Lücken, Studienzeit, Assistentenzeit, Krieg, aber immer wieder ging es zurück zwischen Alexanderplatz und Jannowitzbrücke, später noch östlicher, bis nach Lichtenberg hinaus. Mir fällt ein: ich möchte hier manchmal weg, nach dem Westen. Es gibt da Bäume, der Zoo ist da, das Aquarium und dann gar der Botanische Garten mit den Treibhäusern, die dampfen, – ah, das sind leckere Dinge. Guten Tag, Herr Doktor. – Guten Tag. – Wie geht's Ihnen? Im Café am hellen Tag? – Ist so meine Stunde (wenn ich bloß wüßte, wer der Kerl ist). – Was macht die Praxis? – Danke, danke, ein Jahr wie das andere. Man kommt so durch. – Und die Kinder? Wissen Sie, Sie müßten weg von hier, für Sie ist doch das eigentlich nichts. Sie müßten nach dem Westen, unter die Menschen. – Hm, und wie? – Soll ich Ihnen sagen, Herr Doktor, hab Sie ja schon öfter hier gesehen, hatte zu tun, ja, ich wüßte schon was für Sie, aber Sie wollen nicht. – Na nu, warum denn nicht? – Nee nee, machen Sie keine Fisematenten. Sie wollen nicht. Kann mir schon denken, wenn ich Sie ansehe. Ist nicht wegen der Praxis oder so. – Nu bin ich aber schwer neugierig. – Können Sie auch (setzt sich an meinen Tisch, den Hut nimmt er nicht ab, das ist hier so üblich). Hat mir ein Doktor gesagt, Kollege von Ihnen, sind ganz andere

Dinge. Ja. Wissen Sie, haben Sie mal gehört: sexuelle Erniedrigung der Frau? – (Ich staune Bauklötze, ich kriege einen Schreck, Donnerwetter, was ist das.) – Na ja, hängt damit zusammen. Manche Menschen wollen nicht, wollen durchaus nicht, was sie sollten, obwohl sie's könnten. Man soll's nicht für möglich halten. Mir hat's der Doktor auf den Kopf zugesagt. Ist nicht Impotenz, im Gegenteil. Erst sagt man: schlapper Kerl, keine Traute, dann kommt's heraus: er will gar nicht. Man erniedrigt sich. Aus Vergnügen, aus Spaßvergnügen. Komisch, was? Das gibt's. – Donnerwetter (das sind die Freudbrüder, damit gehn sie hausieren). – Na, was sagen Sie nun? – Da muß ich mal erst meine Tasse austrinken. So. Nun sagen Sie mir, was soll denn da für ein Vergnügen bei sein? – (Er tuschelt an meinem Ohr, schiebt den Hut zurück, grinst.) Sadismus! Gegen sich selbst! – (Ich hab's erwartet, platze heraus, ich lache meilenlang. Das Café geht in Stücke.) Großartig. So was passiert einem in der Münzstraße. – (Er strahlt). Na, was sagen Sie, Doktorchen? – (Jetzt sagt er Doktorchen, nachher machen wir Güterteilung.) Da stecke ich mir erst 'ne Zigarette an. Sie auch? Also, wie gesagt, also es ist sehr, wirklich sähr schön! Warten Sie noch einen Moment, ich muß noch mal lachen, es sind meine Restbestände. So, das wäre heraus. Jetzt habe ich mich bis zur Siegessäule hingelacht. – Wie steht's also mit der Sache, Doktorchen? – Ausgezeichnet. Bloß bei mir ist kein Geschäft damit zu machen. – (Der Kerl kneift das Auge.) Sagt jeder. – Sehen Sie mal durchs Fenster, neben dem Ober vorbei. Da sehen Sie Leute, lauter graue, einfache Leute, die vorbeilaufen und was tun. Das sind wir Arbeitsmänner, das Proletariat. Sehen Sie sich die an und dann mich. – Gemacht. Den Unterschied möchte ich in preußischen Pfandbriefen haben. – Passen Sie auf, jetzt kommt die Bibel: das ist mein Herz, und das ist mein Blut, oder so ähnlich. Ist Neues Testament. Diese Leute hier und diese Straße, das ist das Blut. Und hier sitzt das Herz. Diese Leute, das ist die Luft, und ich bin die Lunge. Und dann: das ist die Armee, und hier sitzt ein Soldat. – (Er schnüffelt, beobachtet mich verdächtig, kratzt sich das Kinn.) Verstehe ich nicht. – Wenn Sie mein Leben kennen würden, – ich meine, mein ganzes Leben, früher, würden Sie es schon verstehen. Ganz ohne Sadismus. Wie sich das so zusammenläppert, was man Leben nennt. Wenn man es hinterher betrachtet, steckt eine klare Logik drin, der Sinn. Sie erzählen da von Freud, mit der Erniedrigung, oder Adler. Nach denen entwickelt sich die ganze Welt aus Defekten. Erst ist ein Loch da, und dann entsteht was drum rum. Aber bei mir ist prinzipiell damit nichts zu machen! Defekte, die habe ich wie jeder anständige Mensch. Im übrigen steht bei mir geschrieben: ich bin hier zu Haus, und es geht mir gut, es geht mir vorzüglich. (Obwohl ich gern ins Grüne möchte, einmal einen Baum zu sehen oder einen kleinen See.) Ich bin eine Kröte und kröte hier vergnügt herum. Ohne Sadismus. Auch ohne Masochismus. Die liefere ich nur in Romanen. Ich bin ein Arbeitsmann und ein Proletarier. Übrigens, wenn Sie mich nach dem Kurfürstendamm bringen, kröte ich da auch herum. Ich bin gar nicht kleinzukriegen. Ich bin nämlich vom lieben Gott geschaffen, und der hat mich aus einem fetten Stück Erde gemacht. Einige andere Herren, ich will keine Namen nennen, hat er aus Irrtümern hergestellt, die ihm so zwischendurch unterlaufen sind, am Schabbes, bei der Nachspeise. – (Der Kerl schnüffelt, wischt raus.) –

Ankunft in Berlin

Wollen Sie bitte, Herr Doktor, statt dieser Dialoge, die ja schrecklich interessant sein mögen, nicht lieber etwas von sich erzählen? –

Also, ich bin vor vierzig Jahren nach Berlin gekommen, nachdem ich vorher geboren bin. Ich kam in Berlin in einem Zustand an, der sich nicht sehr unterscheidet von meiner Geburt, zehn Jahre vorher, in Stettin. Es war gewissermaßen eine Nachgeburt. Es hat aber keiner etwas davon gemerkt. (Ich bin ja wirklich in Stettin nur vorgeboren.) Wir fuhren also von Stettin nach Berlin. Meine Mutter unterhielt sich im Zug mit Leuten, die die Stadt kannten. Unsere Gegend, die Blumenstraße, wurde sehr schlechtgemacht, da sind viele Fabriken und Rauch, das Gespräch war sehr lebhaft und in einem Fluß. Ich wagte nichts zu sagen, genauer, etwas zu fragen. Ich saß in Geburtswehen. Mir wurde bänglich und immer bänglicher. Es betraf meinen Bauch. Die Wehen nahmen an Heftigkeit zu. Und als wir uns den Häusern Berlins näherten, war ich am Ende meiner Kraft. Ich stand am Fenster, es war finster, spät abends, ich gab nach. Das Kind war da, es lief in meine Hose, mir wurde wohler, ich stand in einer Pfütze. Dann setzte ich mich beruhigt. –

Nachher fuhren wir durch die fremde große Stadt, und da geschah das zweite Wunder. Wir setzten uns in einen Zug auf einem hellen Bahnhof. Der fuhr ab, durch die Nacht, fuhr ein paar Minuten, dann hielt er, und – wir waren wieder auf demselben Bahnhof. Ich glaubte mich zu irren. Aber das Spiel wiederholte sich zwei-, dreimal. Wir fuhren, derselbe Bahnhof kam, und nachher stiegen wir aus und waren bald zu Hause. Ob wir im Kreis gefahren sind? Aber warum und wozu, und schließlich sind wir doch angekommen. Erst als gereifter Mann habe ich den rätselhaften Vorgang durchschaut. Es wurde mir klar und klarer: wir waren Stadtbahn gefahren. Die Bahnhöfe sehen sich abends ähnlich in Berlin, besonders wenn man aus Stettin kommt. Wir waren von Friedrichstraße nach Jannowitzbrücke gefahren. Aber es war mir ein unvergeßbares Erlebnis; es übt seine beruhigende Wirkung noch heute auf mich aus. Wir waren sechs Personen, die da so zauberhaft reisten: meine Mutter, zweiundvierzig Jahre alt, und wir fünf Geschwister, lauter Stettiner Vollheringe, vier Jungen und ein Mädchen, ich der vorjüngste. Wir hatten den

Staub, ich auch das Wasser Stettins von uns geschüttelt. Denn da war uns etwas geschehen. Wir waren aus einem kleinen Paradiese vertrieben worden.

Man bereite sich
auf eine baldige Katastrophe vor

In Stettin an der Oder lebte einmal mein Vater. Der hieß Max Döblin und war seines Zeichens ein Kaufmann. Da das aber eigentlich kein Zeichen ist, so war er Inhaber eines Konfektionsgeschäftes, welches nicht ging. Worauf er eine Zuschneidestube eröffnete, die einen guten Verlauf nahm. Dieser Mann war verheiratet und hatte es im Laufe der Jahre, wenn auch nicht zu Geld, so doch zu fünf Kindern gebracht. Auch ich war darunter. Er war mit vielen Neigungen und Begabungen gesegnet, und man kann wohl sagen: was ihm seine Begabungen einbrachten, nahmen ihm seine Neigungen wieder weg. So daß also die Natur in diesem Mann ein merkwürdiges Gleichgewicht hergestellt hat. Eines Tages nun wurde dieses Gleichgewicht auf eine besonders heftige Weise gestört; wie und wodurch, das werde ich gleich erzählen. Jedenfalls beschloß der Mann in seiner Unruhe, nach Mainz zu fahren. Dies wird alle Kenner Stettins in Erstaunen versetzen. Denn wenn man in Stettin aus dem Gleichgewicht gerät, fährt man nicht nach Mainz. Bisweilen nach Gotzlow oder Podejuch oder, wenn es schlimm wird, in die nahegelegene Klapsmühle. Aber Mainz ist ungewöhnlich. Und es war in der Tat ein Haken dabei, den niemand merkte, nicht einmal ich, obwohl ich schon über neun Jahre war. Der Haken war: wie mein Vater nach Mainz fuhr, kam er da nicht an. Das lag an der Richtung seines Zuges. Der nämlich nach Hamburg fuhr.

Und als der Zug in Hamburg hielt, ging die Bewegung in meinem Vater noch weiter. Auch Hamburg war nicht das Richtige.

Nicht Mainz, nicht Hamburg, es sollte und mußte noch weiter sein. Es war Amerika. Das Wasser liegt zwischen Hamburg und Amerika. Neunundzwanzig Ozeanflieger sind schon in dem Wasser ertrunken. Mein Vater wollte und mußte herüber, der Drang in ihm war zu groß. Er nahm sich ein Schiff. Obwohl das Gleichgewicht in meinem Vater gestört war, war er doch so besonnen, kein Flugzeug zu nehmen, – vielleicht darum nicht, weil es damals keine Flugzeuge gab. Jedenfalls: er fuhr zu Schiff, wie schon Kolumbus, und darum kam er an. Ob die Freiheitsstatue schon 1888 im Hafen von New York stand, weiß ich nicht. Bestimmt richtete sie mein Vater damals in Gedanken auf. So weit also hatte der Stettiner fahren müssen, um sein Gleichgewicht wieder herzustellen. So sonderbar war das Schicksal. Er hatte gesagt, er wolle nach Mainz fahren, aber schon das Billett stimmte nicht, der Zug fuhr anders, das Wasser kam, und nun saß er in Amerika.

Und er war auch nicht allein gefahren. Er hatte sich einen Mechaniker, einen Doktor, zur Herstellung seines Balancements mitgenommen, einen Leibdoktor, Leibmechaniker. Es tut nichts zur Sache, daß es ein junges Mädchen war. Frauen eignen sich ja für viele Berufe, sie werden Juristen, Abgeordnete, Minister, warum nicht auch Mechaniker. Ja, man erkennt die Besonnenheit unseres Amerikareisenden auch daran, daß er sich ein Mädchen und keinen Mann mitnahm. Denn wer versteht sich besser auf Herstellung des Gleichgewichts, auf alle Schwankungen der horizontalen und vertikalen Lage, als junge, unschuldige Mädchen. Das Mädchen, das mit ihm über den gewaltigen Ozean fuhr und von ihm erkoren war, hieß Henriette, und mit Nachnamen – sagen wir – Hecht. Es war merkwürdigerweise ein Fischname, wie das die Wasserkante mit sich bringt. Aber sie war – ein rätselhaftes Spiel der Natur, eine Paradoxie – vollkommen Fleisch. Offenbar hatten die Hechte im Laufe der Generationen ihre Natur verändert, und so stand sie lieblich vor dem Mann, der mein Vater war, und er fand Wohlgefallen an ihr.

Mein Vater hatte zwei Augen, ein linkes und ein rechtes. Mit dem rechten Auge blickte er immer auf seine Familie. Das linke aber war bei ihm weitgehend selbständig. Während das rechte Auge stets von Sorgen getrübt war, schwer bewölkt und zu Regengüssen geneigt, freute sich und lachte das linke, und das Hochdruckgebiet war weit entfernt. Damit man nicht die sonderbare Verschiedenheit seiner beiden Augen erkannte, trug er eine goldene Brille. Die deckte alles, und dadurch wurde er ein ernster Mann, der er ja auch war, ein vielseitiger Mann. Meine Mutter war eine einfache Frau. Und da sich ihr Mann zu Hause öfters die Brille abnahm, so wußte sie, daß er schielte. Und sie war, wie das nun einmal Frauen sind, neugierig, wohin er schielte. Für das rätselhafte Naturspiel an sich hatte sie gar kein Interesse. Die reine Wissenschaft war ihr egal. Wie sie auch später gar kein Organ dafür hatte, den wunderbaren, schon erzählten Vorgang zu ergründen, der darin bestand, daß ihr Mann nach Mainz fuhr, aber es kam ein Zug auf dem Bahnhof an, der fuhr nach Hamburg an der Elbe – blinde Gewalt der technischen Kraft –, und kaum war der Zug dort angelangt, wird der Mann von einem Ungestüm erfaßt, muß nach St. Pauli an den Hafen, wird in ein Schiff verstaut und soll und muß über den Ozean, obwohl dieser so tief ist und später viele darin ertranken. Nichts davon interessierte meine Mutter. Sie blieb bis an ihr Ende dabei: der Mann ist mit einem Weib ausgerückt. Eine schrecklich einfache Formulierung. Mein Vater hat später sehr darunter gelitten. Sagen wir: etwas gelitten. Sagen wir: gar nicht. Er ist vorsichtigerweise nämlich nicht wiedergekommen.

Meine Mutter also interessierte sich heftig in Stettin, wohin mein Vater schielte. Und je mehr sie die Geheimnisse seines linken Auges zu ergründen suchte, um so dunkler wurden die Schatten über seinem rechten. Aber das schreckte sie nicht. Es war nicht Heroismus bei ihr, es war Temperament und Unbesonnenheit, die leicht in Heroismus ausarten, wobei ihnen aber gar nicht wohl ist.

Mein Vater bemerkte mit dem linken beweglichen Auge in Stettin viele Menschen, Einwohner und Einwohnerinnen, Steuerzahler und Steuerzahlerinnen. Aber nicht das interessierte ihn, ob und wieviel sie Steuer zahlten, sondern ob sie männlich oder weiblich waren. Er nahm eine simple naive Trennung vor. Er war eine Art Fleischbeschauer. Die männlichen fielen gleich ab. Blieben die weiblichen. Die waren in großer Zahl in Stettin vorhanden. Ich kann mich nicht genauer auf sie besinnen, denn ich war damals so klein. Aber ich erinnere mich, wie ich öfter als ganz kleiner Junge von einem Dienstmädchen an der Hand ins Freie geführt wurde, Kinderwagen fuhren mit, es ging in ein Tanzlokal draußen. Da saß ich dann auf der Bank, und im Saal tanzten viele erwachsene Menschen, große Männer und große Frauen, die Frauen kenntlich an den Röcken, die Männer meist in Uniform, mit Schnurrbärten, Soldaten, gewaltige Männer, die stark schwitzten. Solche Mädchen muß auch mein Vater in Stettin entdeckt haben, und die Entdeckerfreude ließ ihm keine Ruhe. So gehen berühmte Gelehrte noch nachts in ihre Laboratorien, blicken in ihre Mikroskope oder rechnen oder stellen noch einmal ihre Apparate zusammen, fangen mitten in der Nacht an zu destillieren, den Schmelzpunkt zu bestimmen. Schließlich: ist die Entdeckung eines Menschen, einer Menschensorte nicht ebenso merkwürdig und beunruhigend und aufregend, wenigstens für den, der sie macht? Und andererseits: ist die Entdeckung eines neuen Elements oder einer chemischen Verbindung seelisch anders, beglückt sie anders, erregt, entflammt sie anders als die eines neuen Menschen? So hängt die Liebe mit der Entdeckerfreude zusammen. Mein Vater muß viel gesucht und viel entdeckt haben. Er betrieb die Wissenschaft gründlich und mit Ausdauer, und es hätten sich ihm da große Perspektiven eröffnet, wenn diese Wissenschaft staatlich anerkannt gewesen wäre. Es war offenbar die Disziplin, für die er am begabtesten war.

Aber während meine Mutter sonst keinen Anteil nahm an seinen vielen anderen Neigungen – er komponierte ja, dichtete, zeichnete –, in dieser einen Passion wurde sie mitgerissen. Wenigstens hier knüpfte sich zwischen ihr und dem Mann ein gewisses eheliches Band. Wenn der Mann auf seinen Kriegspfad ging und sein linkes Auge in Aktion trat, dann geriet auch sie in Erregung. Der Geschichtschreiber muß leider feststellen, daß sie sich auf dem Pfad nicht ebenso bewaffnete wie der Mann. Er trug Rosen, sie aber schwang einen Regenschirm. Er war geladen mit Zärtlichkeit und hohen männlichen Gaben, sie aber mit Zorn. Er ging einsam wie ein Hirsch Wasser suchen, sie aber trug Geschosse, ihn beim Trunk zu stören. Das waren die Unterschiede zwischen den Ehegatten. Sie dachte an ihre Kinder, die Familie und daß dies ihr angetrauter Mann war; er aber: wie schön es sich in der Sonne spazieren ging Arm in Arm, – ach, es war nicht der Arm seiner Frau. Es war überhaupt nicht immer derselbe Arm. Der Mann lebte in starker Unruhe. Er hatte die Weite der Natur entdeckt und die Mannigfaltigkeit der Stettinerinnen. Er wechselte die Quellen seiner Erquickung. Erst spät gewöhnte er sich an eine, und das war das Allerschlimmste, denn diese Quelle war nun zufälligerweise nicht seine Frau. Eigentlich muß man sagen, das Gegenteil wäre ein Zufall gewesen. Denn es gibt notorisch Millionen Frauen auf der Welt; warum soll ein Mann grade seine eigene Frau lieben? Das wäre doch ein höchst merkwürdiges Zusammentreffen! So war es bei meinem Vater. Die Frau, die starke Frau mit dem Regenschirm, nahte. Gerüstet mit Zorn und mit der entschiedenen Abneigung, hier irgendwie etwas zu ›verstehen‹. Sie trug mit sich Legitimität, Pathos, Ansprüche. Die Tragödie war eingeleitet. Der donnernde Jupiter zeigte sein Dasein. So wandeln Menschen im Grünen, und eine Wolke zieht sich zusammen, und sie regnen ein. Man glaubt im Grünen zu wandeln, und schon hat man den Regenschirm vergessen.

Als damals in Stettin in unserem Hause das Gewitter in Aktion getreten war und nicht aufhören wollte, dachte der Mann, so scheint es, an die Wilden in Afrika. Sie haben nichts an, aber sie haben ein Strohdach über sich. Wenn ein Mann an einen andern Arm denkt, so ist es schlimm; wenn er aber an ein anderes Dach denkt, dann ist es gefährlich, und das Verhängnis ist kaum aufzuhalten. Mein Vater fing unter den ständigen Gewittern an zu träumen, vorwiegend von Mainz, der Zug fuhr aber nach Hamburg, dann kam das Meer und Amerika. Was weiter kam, träumte er nicht. Es ist das Schlimme an den Träumen, daß sie zu früh aufhören. Er hätte auch träumen sollen, was nach Amerika kam.

Die Geschichte wird noch einmal erzählt

Erzähle noch einmal die Geschichte. – Wer, ich? Warum? – Frage nicht.

Erzähl sie mir noch einmal. Bitte. –

Hm. Also, wenn es durchaus sein soll. –

Es gab eines Morgens in Stettin einen furchtbaren Tumult bei uns im Hause, Weinen und Geschrei, meine Mutter lief eine Treppe hinauf, Gespräche mit den älteren Geschwistern, fremde Leute kamen. Ein Brief war aus Hamburg eingetroffen, mein Vater, damals zweiundvierzig Jahre alt, war auf der Fahrt nach Amerika. Er schrieb in seinem pathetischen, großartigen Stil – der Mann konnte Ihnen schreiben, die rührendsten Briefe –: ›Goldene Berge werde ich euch bieten.‹ Vorausgegangen waren jahrelange Streitigkeiten zwischen Mann und Frau, Weibergeschichten. Zuletzt drehte es sich, wie gesagt, um ein junges Mädchen, eine seiner Arbeitnehmerinnen, zwanzig Jahr jünger als er, ein Nähfräulein mit dem Vornamen Henriette. Meine Mutter hatte ihr aufgelauert, Tätlichkeiten waren vorgekommen – wenn ich mich recht besinne, auch zwischen den Eheleuten. Es gab ein Tohuwabohu bei uns in Stettin, Verwandte der Mutter kamen, Geschäftsfreunde des Vaters, die Bestände wurden aufgenommen, an den hinterlassenen Schulden hatte meine Mutter noch viele Jahre abzuzahlen. Wir Kinder natürlich sofort aus den höheren Schulen genommen und provisorisch zu einer kleinen Privatlehrerin geschickt. Das ist das Leben. Rette sich, wer kann. Während bei uns alles drunter und drüber ging, der Tag mit Unruhe, Sorgen und Weinen anfing und ebenso endete, während meine Mutter ihre Verwandten alarmierte und für uns bettelte – trieb sich der Mann, der diese Familie gegründet hatte, in New York mit dem jungen Mädchen herum, das zwanzig Jahre jünger war als er, saß mit ihr in Tingeltangels, bewachte sie eifersüchtig, und er lebte da monatelang in New-York in Liebe und Freude, bis das Geld alle war.

Er ist dann nach Europa zurückgekehrt und hat mit dem Mädchen bis an sein Lebensende zusammen in Hamburg gelebt. Meine Mutter hat ihn einen Bigamisten genannt, aber das ist nicht wahr. Sie hat sich erst spät, als sie eine Erbschaft machte, von ihm scheiden lassen. Er hat in Hamburg ein kleines, sehr ärmliches Dasein geführt, zuletzt mußte er unterstützt werden. Uns hat er einmal nach Hamburg kommen lassen – war ein Streit mit der Henriette vorausgegangen oder besann er sich auf seine Pflichten? Aber das Wort Pflicht kam in seinem Lexikon nicht vor – er hatte geschworen, es sei nun alles aus mit dem Mädchen. Der Eid hielt kein halbes Jahr. Dann kamen anonyme Briefe, und wir saßen wieder im Osten Berlins. Er tat auch einmal so, als wolle er sich Arbeit in Berlin suchen, hatte schon Stellung, dann behagte ihm dies und jenes nicht, er verschwand ohne Abschied, es kam ein Telegramm vom Lehrter Bahnhof, und – er saß in Hamburg, am alten Fleck.

Der Mann hat sich wohlgefühlt in Hamburg in seiner Armut und Kümmerlichkeit. Mein ältester Bruder hat ihn gelegentlich besucht, hat auch die Gefährtin des Mannes gesprochen, sie wohnten zusammen in einem armen Stadtteil, proletarisch in sauberen Räumen. Der Mann hatte zuletzt einen ehrwürdigen weißen Bart, trug seine goldene Brille und sah wie ein alter Volksschullehrer aus. Er hat sich viel mit Freimaurerei beschäftigt. Am Ende befiel ihn ein Halsleiden. Es war der Kehlkopfkrebs. Daran starb er. Mein Bruder hat die Leiche im Regen auf den Friedhof begleitet, es ging sonst keiner mit, und hat das Grab richten lassen. Er, der am schwersten von all dem Unglück getroffen war, hatte damals noch eine schreckliche Aussprache mit der Frau. Sie war selbst leidend, konnte sich wenig bewegen. Sie sagte, daß sie an allem unschuldig gewesen wäre.

– Der Mann hat sich in verbrecherischer Weise aus einer wahrscheinlich schweren Situation gerettet. Er war roh genug, seine ganze Familie den Verwandten seiner Frau aufzubürden. Er dachte sich: verkommen werden sie nicht, das Hemd ist mir näher als der Rock. Über Nacht hatte er uns alle in Not gestoßen und zu Bettlern gemacht. Er war ein Lump, nehmt alles nur in allem.

– Es ist nicht recht, meinen Sie, so streng über einen nahen Verwandten, den eigenen Vater, einen Toten zu urteilen? Ich müßte nicht Sohn meiner Mutter sein und nicht alles mitgemacht haben, wenn ich diesen Ton unterdrückte. Ich kann so urteilen nur mit Worten, er hat mit Taten über uns geurteilt so streng wie möglich: Ihr seid mir schlechte Luft, und hat sich allen Herzenspflichten und juristischen Pflichten eines Vaters entzogen. Ich habe nicht den Eindruck, daß ihm das schwergefallen ist. Der Vater hat über seine Familie geurteilt, es war aber, unter Berücksichtigung aller Umstände, nicht nötig, so hart, so wegwerfend grausam über die Familie zu urteilen. Alles Recht der Persönlichkeit in Ehren, aber man macht es sich zu leicht, wenn man glaubt zur Persönlichkeit zu kommen, indem man die Verantwortung zerbricht. Wir leben in keinem Beduinenstaat, der Vater hat nicht Allmacht über die Familie, er muß sich meine Antwort gefallen lassen. Wenn die Sünden der Väter heimgesucht werden an den Kindern bis in das dritte und vierte Glied, so haben die Kinder das Recht, die Väter vor ihr Tribunal zu ziehen und Klage zu erheben. Der Mann ist tot. Vor dem großen Reinigungsfilter, in das wir alle eingehen werden, will ich haltmachen und still sein.

Zum dritten Mal!

Du mußt ran, zum drittenmal. Du sollst noch einmal davon sprechen. – Aber was denn? Von dieser Sache? Ich hab es schon zweimal gesagt. Warum denn? – Du wirst es schon sehen, du weißt es schon, fang nur an. – Ich weiß nicht. – Fang an. –

Seine Eltern waren sehr strenge Leute. – So ist's recht. Fang mit den Eltern an. – Sie verheirateten ihn mit fünfundzwanzig Jahren. – Sieh mal, wie du alles weißt, mein Junge. Immer sachte so weiter. – Er war schwach, nachgiebig. Er widerstrebte wenig, er ließ sich verheiraten, er macht eine gute Partie mit der Freudenheim, eine schöne Person und Geld. Du lieber Gott, das sind doch alles keine Entschuldigungen. – Wir wollen doch einmal sehen. Nur weiter. – Es ist nicht viel weiter. Sie kriegen Kinder, sein Geschäft geht kaputt, er macht eine Konfektionsstube auf. Dann –. – Was ist dann? – Dann sterben seine Eltern. – Ah. So. Dann sind also die Eltern tot. – Ja. – Das ist wohl ein wichtiger Punkt? – Ich muß einmal sehen. Ich muß doch einmal sehen. Also die Eltern sterben. Sie haben ihn verheiratet. Der Mann ist allein. Daraus ergibt sich eine gewisse Schwierigkeit für die Frau. Aber ich habe etwas vergessen. – Bitte. – Es wird mir schwer, davon zu sprechen, aber ich muß es wohl sagen. Also: der Mann und die Frau stimmten nicht gut zusammen. – Wegen der Partie? Ich meine, weil seine Eltern das Ding gedreht hatten? – Auch deswegen, von ihm aus. Aber das ist es nicht. Sie stimmten nicht zusammen. Überhaupt nicht. – Hm, hm. – – Ja. Es ist wohl nicht schön, wenn ich davon spreche. – Ich denke, man soll Wahrheiten ruhig aussprechen. Es klärt. Man sieht vielleicht dann auch anderes besser. – Die Frau nämlich, meine Mutter, war nüchtern, aus einer Kaufmannsfamilie. Er, der Hamburger, war ein Luftikus, ein begabtes Wesen. Er war sehr begabt. – Nun, und? – Er verfügt über ein ganzes Arsenal von Begabungen. Er spielt Violine, Klavier, ohne Unterricht gehabt zu haben. Wir selbst hatten bei ihm ja die ersten Musikstunden. Das Klavier, weiß ich noch, war eine Zeitlang ein Kasten ohne Beine; oben auf der Platte wurde bei Tag meist zugeschnitten. Es fiel Staub zwischen die Tasten von den Stoffen, man mußte einen Blasebalg nehmen, um ihn zu entfernen. Der Mann komponierte. Ein Stück von ihm setzte sogar der Musiklehrer unserer Schule, des Friedrich-Wilhelmstädtischen Realgymnasiums, für Orgel. Er saß über Büchern auf Kompositionslehre. Er sang, und nicht schlecht. Er schrieb Gelegenheitsgedichte, war ein fixer Zeichner. Er war geschickt im Entwerfen von Kostümen. Eigentlich ein unheimlich talentierter Knabe; lauter künstlerische Dinge. Die Begabungsfülle war, glaub ich, von mütterlicher Seite auf ihn gekommen. Seine Mutter war eine geborene Jessel; der Komponist des ›Zinnsoldat‹ und anderer Operetten: Léon Jessel, ist sein Vetter. Aber bei meinem Vater gedieh nichts recht.

Erstens war er ein Luftikus und trieb nichts beständig, dann hatten sie ihn zu Hause natürlich nichts lernen lassen – das hat ihn sehr gegrämt –, und nachher hing die Familie an seinem Bein. Das waren wir, fünf Stück, und die Frau. Er war auch ein triebhaftes Wesen, ohne allen Ehrgeiz. In dem Mann, ja ich seh ihn noch vor mir, war etwas Weichliches, Schlaffes, Schwächliches und Ruhendes. Er lebte so hin mit seinen Gaben. Er schlenderte, fühlte sich nie eigentlich unglücklich. Ein Windhund, nehmt alles nur in allem. Aber kein unedles Tier.

– Dies ist alles sehr gut, was du sagst. Du siehst, wie nötig es war, daß du noch mal anfingst. Also ruhig weiter. – Es sind schlimme Dinge, die ich spreche. Ich weiß sie gut, aber ich er-

innere mich ungern daran. Es führt geradewegs zu mir. – Aber
bitte, wir haben Zeit. Ich dränge gar nicht. Wird es sehr schwer? –
O nein, es geht schon. Also, wovon sprach ich, meine Mutter, ja.
Meine Mutter hatte nicht viel Respekt vor ihm. Sie nannte ihn:
›gebildeter Hausknecht‹. Ein böses Wort. Ein schlimmes Kapitel,
dieser Kaufmanns- und Geldstolz in der Familie meiner Mutter.
Das waren alles sehr lebhafte, aktive, praktische Leute, Verdiener
und einige auch Genießer. Was darüber lag, war unbekannt!
Nein, nicht bloß unbekannt, sondern lächerlich! Es war Anlaß
zum Höhnen, zum Ironisieren. Wie wenn Indianer oder Neger
zu uns kommen und die Kinder sie ausspotten. Eine fürchterliche Sache. Von dieser Seite her kam eine der Minen, über der
die Ehe meiner Mutter mit diesem vielbegabten weichlichen
Mann aufflog. Das ist es. Ich muß es schon sagen. Ich kann davon sprechen, denn ich habe diesen Hohn, diese Borniertheit,
diese bittere, anmaßende Härte selbst kennengelernt. Ich hätte
nicht gewagt, nicht wagen dürfen, meine Schreibereien zu Hause zu zeigen. Es wußte lange Jahre niemand zu Hause, daß ich
schrieb. Und als 1906 von mir ein kleines Theaterstück in einer
Matinee zusammen mit einem Stück von Paul Scheerbart aufgeführt wurde, da kam es nicht unter meinem Namen, dem meiner
Familie, heraus, sondern unter einem Pseudonym. Aber schon
vorher, etwa 1902, war mir unter diesem häuslichen Druck etwas fast Schweres, eigentlich nur Tragikomisches, passiert. Da
ich vermied, meinen Namen unter meine Schreibereien zu setzen, hatte ich meinen ersten Roman, er liegt noch in meinem
Rollschrank, an Fritz Mauthner, der damals Kritiker in Berlin
war – es ist seitdem kein Theaterkritiker seines Ernstes in Berlin
erschienen –, geschickt unter einem Pseudonym. Mauthner war
augenleidend, er lebte im Grunewald, schrieb mir nach der Ana-
tomie, wo ich damals arbeitete, an meine Deckadresse: ich
möchte ihn besuchen, ihm selbst aus dem Manuskript vorlesen,
er sei augenleidend. Eine ganz sonderbare Scheu und Furcht

hielt mich zurück davor, ihn zu besuchen. Ja, ich weiß, woher ich diese Scheu habe. Ich hatte also schon ein schlechtes Gewissen vor meinen Arbeiten. So hatte sich das eingeprägt. Bis ins zweite Glied. Ich fuhr einmal bis zum Grunewald, um ihn aufzusuchen. Dann hatte ich es geschickt eingerichtet, daß es schon dunkel war und ich in der Finsternis den Weg zu ihm nicht fand. Vom sichern Hafen schrieb ich ihm einen Brief, worin ich ohne Angabe der Gründe um Rücksendung meines Manuskriptes bat. Und jetzt fängt die eigentliche Tragikomödie an. Mauthner schickte das Manuskript an meine Deckadresse an ein Paketpostamt. Oranienburger Straße. Und als ich dort erschien, um mein Manuskript abzuholen, gab man es mir nicht. Pakete werden nur gegen Legitimation ausgehändigt. Aber wie sollte ich mich legitimieren. Ich zeigte Mauthners Karte vor. Das genügte nicht. Ich war ratlos – und ich blieb ratlos. Das Gegebene, nämlich den Tatbestand, zu erklären, wagte ich nicht. Das schlechte, das grausam schlechte Gewissen! Das zweite Glied! Oh, das ist ein Leiden. Daß so etwas möglich ist. Man hätte mein Manuskript geöffnet, ich – hätte mich zu Tode geschämt. So ist dies Manuskript unabgeholt auf dem Paketamt liegengeblieben. Lange Monate habe ich darunter gekrankt. Die Handschrift meines ersten Romans (die ›Jagenden Rosse‹) ist auf diesem Paketpostamt weggeworfen oder eingestampft. Eine Abschrift hatte ich nicht. Ich faßte einen Entschluß: ich schrieb nach den Skizzen, Entwürfen und aus der Erinnerung das Ganze noch einmal, mit Bitterkeit, über mich verzagend. Ganz schwarz wurde ich darunter.

Ja. Es ging so weiter und blieb so. Als ich schon Arzt war und ein Buch von mir erschien, fragte meine Mutter:»Wozu machst du das? Du hast doch dein Geschäft.« Sie meinte die ärztliche Praxis. Um sie zu beruhigen, mußte ich ihr sagen, daß ich etwas damit verdiene. Es war nicht wahr (übrigens finde ich jetzt, wo sie nicht mehr lebt: die Frau hatte nicht so unrecht. Eigentlich – hätte ich's lassen sollen –). Es war ihr eine Spielerei, das Schreiben, eine Zeitvergeudung, unwürdig eines ernsten Menschen. Das war noch ganz ein Charakterzug der Menschen, die aus kleinen Verhältnissen in das Reich kamen und Geld verdienen mußten, und sonderbar, es war ganz und gar nicht das, was ich später in Polen bei den Juden traf und was mich da so sehr tief erfreute, die Ehrfurcht vor dem Buch, die Ehrfurcht vor dem Geist. Mein Vater hatte solche verschütteten Gaben mit sich getragen. Er war – ethnologisch das Opfer der Umsiedlung. Alle seine Werte waren umgewertet und entwertet. Darum, darum also gedieh seine Ehe nicht. Erst in meiner Generation ist wieder die Besinnung, auch die freudige Besinnung auf die Herkunft und die alte Ehrfurcht schwer und langsam wieder aufgekommen. Ich – habe die große Umsiedlung überstanden.

Meine Mutter, ich kann jetzt ruhig weitersprechen, es war doch gut, daß ich es sagte, meine Mutter hatte keinen Respekt vor ihrem Mann. Er galt auch bei ihrem Brüdern nichts. Da fängt, jetzt seh ich besser, fängt der Mann, der im übrigen ein Schürzenjäger ist, an, außerhalb des Hauses Luft zu schnappen, nämlich die Luft, die ihm im Hause fehlt. Der Mann wird langsam ein verlogner Rebell, – verlogen; er wagt sich nicht heraus. Solange seine Eltern leben, duckt er sich. Dann wird er frech. Ich kann auch sagen: mutiger, entschlossener. Er wird oft erwischt. Er vernachlässigt ganz evident seine Frau. Er ist außerdem älter geworden, er ist an die gefährlichen Vierzig geraten, und da muß er die H. treffen. Das legt das Schicksal wie ein Experiment auf ihn. Er gerät in Flammen, der Mann wird das noch nicht gekannt haben, es ist offenbar eine wirkliche, ganz starke Liebesleidenschaft. Er ist reif dafür. Es wird vieles damals in ihm die Leidenschaft geschürt haben und Holz zum Feuer gewesen sein. Es war die Krise in seinem Leben. Nun kommt sein Wagen ins Rutschen und Rollen. Zu Haus wächst die Kälte, die Unfreiheit, der Streit. Da – rückt er einfach aus. Endlich, endlich. – Was sagst du: endlich? – Es kam mir so. – Du bist blaß. Es trifft dich wohl sehr. Vielleicht hören wir jetzt auf. – Nein, danke. Ich kann sprechen. Ich bin doch kein Jüngling mehr, daß mich Einsichten umwerfen. Ich sehe alles klar. Ich sprech es jetzt gern aus. Es fürchte die Götter das Menschengeschlecht! Sie halten die Herrschaft in ewigen Händen und können sie brauchen, wie's ihnen gefällt. – Können wir weitersprechen? – Doch. Es war die Krise im Leben meines Vaters. Er rückt, er rückt einfach aus, dieser Mann. Es tut mir wohl, das so zu sehen. Jetzt bitte ich etwas aufhören zu dürfen. – Gut, gut. Wir haben ja Zeit. – (Eine lange Pause, geschlossene Augen. Dann:) Fahren wir fort. Also mein Vater, der war abgeschwommen von Stettin.

Das kann er jetzt. So weit ist er. Es geht ganz leicht. Es ist dann gar kein Grund anzunehmen, daß dieser Mann jemals wiederkehren wird. Denn warum? Gewissensbisse, wenn sie überhaupt auftreten, treten zurück hinter dem Gefühle des neuen Daseins, der Freiheit. Wird sich seine Frau ändern? Nicht die mindeste Chance. Sie hängt an ihm, er ist ihr Mann, aber ihre Naturen sind sich fremd. Es findet keine Berührung statt. Bei dem blutjungen Mädchen drüben ist er aufgeblüht. Er fühlt sich da wohl. Es ist sein, unbegrenzt sein Element. Seine Existenz. Er wird bei ihr bleiben. Es wird aus ihm vielleicht nichts werden mit allen seinen Gaben. Sein Vater hatte ihn zwingen wollen, etwas Falsches zu werden. Resultat: Desertion, der Mann um sein halbes Leben betrogen, seine Familie Bettler. Man hätte ihn jung laufen lassen sollen oder ihm eine derbe oder sehr kluge Frau geben, Kandare oder ganz lose Zügel. Jetzt ist er deklassiert. Immerhin aber: er lebt, lebt, man verstehe, er lebt in dieser Klasse, auf einem andern Kontinent, seiner Natur entsprechend. – Nun wollen wir aufhören. Es ist wohl alles gesagt. Für jetzt. – Ja. Was soll ich aber zu dem Ganzen sagen.

Unanfechtbar wie sein hartes Urteil über seine Familie ist das Urteil seiner Familie über ihn. Ich kann daran nicht rühren. Für den, der noch andere Taten hinzunimmt, die Taten anderer, seiner Eltern, wird das Urteil schwer. Man gelangt zu keinem Urteil. Nur zu einem Kopfsenken. Zu einer Anklage vielleicht nach einer andern Richtung. Schließlich bleibt, bleibt eine Einsicht, eine Lehre, eine Warnung, für jetzt, für uns, die wir leben.

Übrigens hatte er eine Schwester

Der Mann, von dem ich sprach, hatte übrigens eine Schwester, die in vieler Hinsicht ganz sein Gegenteil war. Sie war von der strengen Art seiner Eltern. Diese Frau hätte vorzüglich zu ihm gepaßt. Sie hieß Henriette, merkwürdigerweise auch Henriette, und hatte einen Mann, einen höchst weichen, etwas trottelig lebendigen Herrn mit viel Gemüt und Herz. So weit ich sah, hatte er es nicht gut bei ihr. Sie war höllisch klug. Sie hatte mächtig und stramm zu Hause die Hosen an. Als sie an einem Herzschlag starb, noch nicht alt, es kam ganz rasch und unerwartet, verheiratete sich der Mann, man möchte sagen stehenden Fußes, weiter. Er lebte selig auf. Der hätte es wagen sollen auszurücken. Sie hätte ihn vom Nordpol, von den Fidschiinseln, vom Kap der allerbesten Hoffnung an ihre liebende Brust zurückgeholt.

Ehre, dem Ehre gebührt

Meine Mutter habe ich in der Erinnerung als eine Frau, die bis in ihr Alter ansehnlich war. Sie gab viel auf ihr Äußeres, ließ sich noch in ihrer letzten Krankheit frisieren, liebte Schmuck und Putz. Sie war von großer Wärme für ihre Kinder und später für ihre Enkel. Das Besorgen von Wäsche und Unterzeug war ihr eine Herzenssache. Sie war nicht sehr klug, ihre Schwester war viel klüger. Das schulmäßige Bildungsniveau ihrer Familie stand im allgemeinen nicht hoch. Sie war in Samter, in der Provinz Posen, geboren, wo ihr Vater, den ich als kleinen Mann mit einer weißen Halsbinde in Erinnerung habe, kleiner Kaufmann war, Dorfkaufmann mit Materialwaren. Seine Kinder sprachen Deutsch, aber auch Polnisch und schon etwas abgeschwächt Jiddisch. Wenn meine Mutter an Verwandte schrieb, schrieb sie gern in jiddischen Buchstaben, die an Türkisch oder Arabisch erinnern; von meinem Vater ist mir das nicht bekannt. Übrigens stammte auch er aus Posen, aus der Stadt Posen selbst. In Samter war meine Mutter aufgewachsen, ihre Brüder waren schon früh, um 1865, nach Breslau und Berlin gezogen, sind begüterte Holzhändler geworden, die Firmen florieren noch heute. Meine Mutter, im Exil in Berlin, war mit uns und dem Haushalt von morgens bis abends beschäftigt. Eine Zeitlang vermietete sie Zimmer. Sie wusch selbst, ein Mädchen konnte sie sich nicht halten. Sie war tapfer und rüstig. Man ist nicht lange Zeit sehr unglücklich. Sie hatte eine eigentümlich skeptische und resignierte Lebensauffassung. Ihre Kernsprüche verraten eine bedauerlich gute Bekanntschaft mit dem Dasein: ›Wie einem ein Haus einfällt, fällt's mir auf den Kopf‹ und die mehr beruhigenden Sätze: ›Wie einer will‹ und: ›Es ist schon immer wie geworden, es wird auch weiter wie werden…‹ Sie konnte großartig deklamieren, und wir können noch das herrliche Gedicht auswendig, das sie an trauten Abenden aufsagte. Man muß es laut aufsagen, mit heroischen Gesten, so dringt man am ehesten in seinen Geist ein:

> ›Geh Meister, nimm mich auf zum Schüler,
> Ist's einem ernst, so ist es mir.
> Ich werde nicht nach Wochen kühler,
> Mich treibt nicht eitle Ruhmbegier.
> Nach andern, ja nach schönern Reizen
> Verlangt's allmächtig meinen Sinn:
> Drum, Meister, laß mich Maler werden –‹

Weiter weiß ich nicht. Außerdem übermannt mich die Rührung. Ich weiß nur, es endet kolossal schmerzreich mit den Worten: ›Vom Liebchen auf das Leichenbett.‹

Vom Schicksal der entwurzelten Familie

Der älteste Sohn, Ludwig, reüssierte großartig. Er war echtes Kaufmannsgewächs mit dem Familiensinn der Mutter, der Musikneigung des Vaters. Er wurde der Ernährer der Familie, der zweite Vater. Er kam ins Geschäft zu den Holzonkels, machte sich selbständig und verließ erst die Familie, als er sich verheiratete. Auf ihn fiel die Hauptlast, die der entflohene Familiengründer abgeworfen hatte, und er trug sie brillant. Wir Jüngeren besuchten in Berlin Gemeindeschulen, ich allein bog nach drei Jahren ins Gymnasium zurück. Bei uns allen schlug das Blut des Vaters stark durch. Hugo, der zweitälteste Sohn, hielt es nur kurze Zeit als Kaufmannsstift in einem Geschäft aus, dann mußte er zum Theater. Rasch hatte sich auch der lustige Knabe in die Tochter seines Lehrers verliebt, das war Paul Pauli, der alte Baumert aus den Webern, und die Tochter, Martha, geheiratet. Man kennt ihn von Berliner Bühnen und vom Film.

Im jüngsten Bruder, Kurt, steckte die Musikleidenschaft, er kam vom Klavier nicht los, wurde ein ausgezeichneter Pianist. Aber da war keine Möglichkeit zum regelrechten Studium, er blieb im Geschäft. Er verband sich zuletzt mit dem ältesten Bruder.

Die Schwester Meta ist schon tot. Sie wurde 1919 bei den Lichtenberger Unruhen von einem Granatsplitter getroffen, als sie vormittags aus ihrem Haus trat, um Milch für ihre kleinen Kinder zu holen. Sie konnte noch, den Splitter im Leib – sie wußte nicht, was ihr passiert war – die Treppe hinaufgehen. Da blieb sie dann liegen. Auf dem Bett fand man Blut an ihrem Mantel. Sie lebte noch einen Tag.

Ich war damals nicht weit von ihr in Lichtenberg und habe diesen Putsch und die grausigen, unerhörten, erschütternden Dinge der Eroberung Lichtenbergs durch die weißen Truppen miterlebt. Um dieselbe Zeit, wo in unserer Gegend die Granaten und Minenwerfer der Befreier ganze Häuser demolierten, wo viele in den Kellern saßen und dann, schrecklich, wo viele füsiliert wurden auf dem kleinen Lichtenberger Friedhof in der Möllendorfstraße – man muß die Leichen da vor der Schule liegen gesehen haben, die Männer mit den Mützen vor dem Gesicht, um zu wissen, was Klassenhaß und Rachegeist ist –, um dieselbe Zeit wurde im übrigen Berlin lustig getanzt, es gab Bälle und Zeitungen. Nichts regte sich, als dies in Lichtenberg geschah, und die vielen Zehntausend Arbeiter in Berlin blieben alle still. Damals habe ich gesehen, wie notwendig es war, daß diese sogenannte Revolution zurückgedrängt wurde. Ich bin gegen die Unfähigkeit. Ich hasse die Unfähigkeit. Diese Leute waren unfähig zu einer Handlung. Mit Schlappschwänzen, Dummköpfen und Phrasendreschern muß man Fraktur reden. So ist es damals gegangen, und wer Fraktur geredet hat, ob er links oder rechts ist, ich steh auf seiner Seite. Es war um diese Zeit – ich muß weiter davon sprechen – einmal eines Mittags die ganze Siegesallee, die Bellevuestraße, der Potsdamer Platz gestopft voll mit Menschenzügen. Wer diese Menschenmassen gesehen hat und bei ihnen Wagen mit Maschinengewehren, Tausende kräftiger Männer, und diese Masse, Arbeiter, tat nichts als Hoch und Nieder schreien, und eine andere große Arbeitermasse zog neben ihr, in anderer Richtung, sang auch die Internationale und schrie ›Nieder‹, wo die drüben ›Hoch‹ schrien – wer dies erlebt hat, der wird wissen, welchen Widerwillen ich gegen solche erbärmliche ›Revolution‹ empfand. So fremd, so feindlich mir die weißen Truppen waren, ich trat zurück und sagte entschlossen: dies ist gut, sie sind besser als die drüben. Hier geschieht ein gerechtes Gericht. Entweder sie wissen, was Revolution ist, und sie tun Revolution, oder ihnen gehören Ruten, weil sie damit spielen.

Ich wollte von meiner Schwester sprechen. Ich konnte an dem schrecklichen Vormittag, wo die Beschießung von der Warschauer Brücke her einsetzte, nicht zu ihr. Das Feuer aus schwerer Artillerie auf die Frankfurter Allee war zu stark. Sie war auch rasch in eine nahe chirurgische Klinik gebracht worden. Als die Zeichen einer inneren Verblutung deutlich wurden, machte man ihr noch einen Leibschnitt. Umsonst. Ein großes Gefäß war angerissen, sie starb in der Narkose. Meine Mutter war damals schon schwer leidend, sie wohnte in Lichtenberg bei ihrem ältesten Sohn. Als ich mit dem Ehemann meiner Schwester zu ihm in die Wohnung kam, hörte meine Mutter meinen Bruder nebenan krampfhaft weinen bei der Nachricht. Ihr Gesicht war steif, wie es die Krankheit machte, ihre Hände und der Kopf zitterten stärker. Sie sagte gleich: »Sie ist tot.« Und dann: »Warum sie und nicht ich.« Meine Schwester hatte es nicht sehr gut zu Hause gehabt. Sie war unter der Wahnidee des Bürgertums aufgewachsen: ›Du sollst, mußt und wirst heiraten.‹ Obwohl wir nichts hatten, vermied man alles, um sie in ein Geschäft zu stecken. Kein Gedanke war der Familie fremder, als daß die Tochter einfach wie jeder andere Geld verdient und sich auf eigene Füße stellt. So ging die Schwester herum und wurde lange, lange nicht verheiratet. Mein ältester Bruder zog unter Riesenopfern eine große Summe als Mitgift aus seinem Geschäft. Der Mann, den sie dann heiratete, war schon vor der Ehe zweifelhaft. Sie wurde gewarnt, aber sie wollte von Haus weg, sie wollte ihre Wirtschaft. Eine kurze schlimme Ehe. Der Mann hatte sie des Geldes wegen genommen. Nach ein, zwei Jahren war die Ehe geschieden. Die Frau hauste einige Jahre mit ihren Möbeln allein, dann – es konnte ja so nicht bleiben, und noch immer, noch immer war der einzige Weg die Heirat –, dann heiratete sie wieder, einen Handwerker, einen sehr einfachen, ordentlichen Mann. Mit ihm fuhr sie nach Konstantinopel, nach Antwerpen. Wir haben sie da einmal besucht. Sie hatte aus der ersten Ehe dieses Mannes, er war Witwer, zwei Kinder übernommen, und da sie arm waren und nichts hatten, bekam sie noch vier Kinder. Sie hatte früher zu Hause bei uns oft erregte Tänze mit meiner nicht weniger leidenschaftlichen und heftigen Mutter. Später stand die Tochter, die vielgeprüfte und erfahrene Frau, aufs herzlichste auch mit ihr. Ihr Schicksal war schwer wie das meiner Mutter, aber sie bestand es ebenso tapfer wie sie und wurde nicht gebrochen. 1914 wurde Antwerpen beschossen und von den Deutschen eingenommen. Sie hat diese Belagerung und Beschießung mit ihren Kindern mitgemacht, auf einem großen Transport kam sie gleich nach der Einnahme Antwerpens nach Deutschland.

Obwohl sie sich schwer mühte, war sie doch immer guter Laune und gab rechts und links Rat und war sehr beliebt. Es war ein Ende, das gut zu ihrem Bilde paßt, das sie dann traf: der Tod beim Einholen von Milch für ihre kleinen Kinder. Die Kinder sind dann gut herangewachsen, sie gehen in die Schule oder, siehe da, sogar die Töchter, sind schon selbständig, stehen auf eigenen Füßen, obwohl sie jung sind. Es geht ihnen allen gut. Dies sage ich, in einem leisen Denken, daß sie es selber hört.

Lebensabschluß meiner Mutter

Wir zogen von der Blumenstraße nach der Landsberger nahe dem Friedrichshain, dann nach der ganz neuen Marsiliusstraße gegenüber der Fabrik, in den vierten Stock – ich konnte von da auf den Hof meiner Gemeindeschule herüberblicken nach der Blumenstraße. Dann kam der Grüne Weg, wo wir auch einmal die Ehre hatten, den alten Herrn, den Hamburger, als Gast bei uns zu sehn. Die Familie trat langsam aus dem Stadium des Bettelns heraus, hauptsächlich durch die Arbeit des ältesten Bruders. Wir wohnten in der Wallnertheaterstraße, folgten dem ältesten Bruder, als er sich selbständig machte, nach der finsteren Markusstraße und später noch östlicher in die Memeler Straße an der Warschauer Brücke. Allmählich schmolz die Familie zusammen. Als erster verließ Hugo, der Schauspieler, das Nest: er heiratete sehr jung, und meine Mutter hatte von ihm das erste Enkelkind. Dann heiratete der älteste Bruder, und wir waren noch zu dritt bei der Mutter. Dann kam die Eheschließung meiner Schwester, und ich ging auswärts studieren. Blieb noch bis kurz vor ihrem Ende der jüngste Bruder bei meiner Mutter.

Im Leben der Frau vollzog sich da um 1908, wie sie schon über sechzig Jahre war, eine glückliche Wendung. Ein sehr heller Lichtstrahl fiel in ihr Leben: sie erbte einen großen Betrag von einem ihrer Brüder. Sie war von dem Augenblick an wirtschaftlich selbständig und gut gestellt. Es entsprach ihrer Art, daß sie uns von dem, was sie hatte, gab, soviel sie nur konnte. Sie ging jetzt in Sommerfrischen, machte kleine Reisen, auch einmal eine große, nach Antwerpen zu meiner Schwester. Aber schon damals hatte sie rätselhafte Zeichen eines Leidens an sich. Ihr rechter Arm zitterte, ihre rechte Hand zitterte, und es war solch merkwürdiges Reißen in dem Arm, das gar nicht weichen wollte, durch Einreiben nicht, durch Elektrisieren und Massieren nicht. Es war 1910. Ich zeigte sie meinem damaligen Chef am Urbankrankenhaus, Albert Fränkel. Er sagte kopfschüttelnd, es sei eine putzige Sache, man müsse beobachten. Nach einem halben Jahr war alles deutlich: der Arm war steifer geworden, sie konnte sich nicht das Haar mehr machen, das Zittern der Finger hatte einen eigentümlich rhythmischen Charakter, das Pillendrehen zwischen Daumen und Zeigefinger. Es war der Beginn der Schüttellähmung, der Paralysis agitans. Die dann ihren langsamen schweren furchtbaren, langsamen schweren jämmerlichen Verlauf, Ablauf, Hinablauf nahm. Langsam stellte sich die Spannung, Steifigkeit und Härte auch im rechten Bein ein, griff nach links über. Den Kopf befiel ein Zittern, die Gesichtsmuskeln wurden eigentümlich streng. Sie wußte nicht, was sie hatte. Man sagte ihr: es sind die Nerven.

Und sie sagte, ja, das sei nicht wunderbar nach dem, was sie alles hinter sich hätte, die Arbeit die langen Jahre, allein mit fünf Kindern, dann noch abvermietet und selbst gewaschen. Ich fuhr mit ihr nach Wiesbaden, sie besserte sich, aber das war alles Trug. 1914, Ende Juli im Trubel der Kriegsgefahr, brachte ich sie nach Oeynhausen. Die Bahnhöfe waren von Soldaten gefüllt, auf der Rückfahrt lagen Posten an manchen Brücken. Ich fuhr mit Russen, die rasch nach Hause wollten. Ich konnte mich in Berlin kaum aus dem Zug pressen, so stürmten neue Menschenhaufen die Coupés. Aber Oeynhausen tat der alten Frau nicht gut, die Bäder schwächten sie. Ich erinnere mich noch, wie sie mich später in der Frankfurter Allee einmal besuchte, Oktober 1914 zum Geburtstag Peters, meines Ältesten. Sie kam mit Geschenken; es ging sehr, sehr langsam die Treppe herauf und herunter.

Ende 1914 wurde ich einberufen, ich sah sie zwei Jahre nicht, meine Urlaube waren mit eigenen Krankheiten erfüllt. Dann kam ich nach Lichtenberg, wo sie wohnte mit dem jüngsten Bruder. Welches Bild. Ich stieg die Treppe hinauf. Ich wußte, sie hatte eine Krankenschwester bei sich. Ich klingle, es öffnet niemand. Ich klingle und klopfe. Da bewegt sich drin eine Tür und ein ganz langsamer schnurrender Schritt naht. Drin wird die Kette abgenommen, und sie steht da. Das ist sie, die ›Oma‹. Ihr Haar ist schlohweiß und dünn. Es ist heut noch nicht gekämmt, es hängt ihr seitlich über die Ohren. Die Frau ist so klein, so klein. Sie steht starr mit rundem Rücken vornübergebeugt, den Kopf hat ihr das Leiden stark auf die Brust gedrückt, die Hände hält sie wie Pfötchen fest gegen den Leib. Sie blickt kläglich, so kläglich, wie bittend von unten herauf. Dicke Säcke sind unter ihren Augen, an den Oberlidern hat sie gelbe Flecke. So steht sie an der Tür. »Du bist es, Fritz. Warum kommst du denn gar nicht?« Eine monotone, leise vibrierende Stimme, der Klang von früher ist da, aber brüchig. Ich habe sie langsam in die Stube geführt, die Schwester war einholen gegangen, ich setzte sie auf einen Stuhl. Ich habe damals bei ihr gewohnt, die Urlaubstage. Obwohl sie äußerlich so sehr verändert war, von der Krankheit in den Boden gedrückt, hatte sie noch ganz ihre alten Gewohnheiten und ihre Art, die Hausfrau, die rechnete, die Mutter, die sich kümmerte, alles greisenhaft. Sie ließ sich gern erzählen, lachte auch gelegentlich. Sie war unbehilflich wie ein Stock, mußte gesetzt, gefüttert und gewaschen werden. Aber noch konnte sie, auf die Füße gestellt, die kleinen Schritte machen; wenn sie aber fiel, konnte sie sich nicht aufrichten. Es kam das Kriegsende, wir waren alle wieder da, es besuchte sie bald der, bald der. Sie zog zu meinem ältesten Bruder, bei der Beschießung Lichtenbergs trug man sie in den Keller.

Ich will nicht schildern, was geschah, als sie das letzte Jahr nicht mehr sitzen konnte, wie sie bettlägerig wurde. Wer diese Krankheit kennt, weiß: das ist das Ende vom Lied. Die Menschen bleiben in ihrer Unbehilflichkeit wie ein Stein auf dem Fleck liegen, auf den man sie gelegt hat, und der Druckbrand befällt ihr Fleisch. Da lag sie denn in ihrem letzten Jahre in ihrem Zimmer – mein Bruder war mit ihr nach dem Tiergarten gezogen –, behütet von der Krankenschwester, ein Gerippe mit starren Gliedern, aber doch noch mit den unverkennbaren lieben Leidenszügen unserer Mutter. Das war ihr dünner weißer Scheitel. Ihr Blick. Sie litt nicht so viel. Die sie sahen, litten mehr. Es gibt Morphium und noch stärkere Dinge. Ich behandelte sie mit anderen zusammen. Manchmal setzte man sie auf, sie war wie eine Puppe aus einem einzigen Stück, furchtbar von Wunden bedeckt, an der Hüfte, den Hacken, den Schultern, der schreckliche Druckbrand. Meist war sie klar, aber auch viel verwirrt, von dem schleichenden Wundfieber, von Betäubungsmitteln, von senilen Delirien. Bis die Ruhe eintrat und die Seele ein Erbarmen hatte und den Körper losließ.

In Weißensee liegt sie neben ihrer Tochter. Auf ihren Grabstein haben wir die Worte setzen lassen: Die Liebe höret nimmer auf.

Vermittlung der Bekanntschaft
mit einem Familienmitglied

Wir haben die Ehre, ein Mitglied dieser Familie vorzustellen, den in Berlin ansässigen Alfred Döblin, den vorjüngsten Sohn der Familie. Sein Bild legen wir in mehreren Exemplaren bei, ferner seinen Handabdruck. Er ist als Sohn des obengenannten Max Döblin und seiner Ehefrau Sophie, geborene Freudenheim, am 10. August 1878 in Stettin geboren.

Er ist 160 Zentimeter groß. Nacktgewicht 114 Pfund; Brustumfang, Einatmung: 92 cm, Ausatmung: 86 cm; Kopfmaße: Umfang 58,5 cm, Längsdurchmesser 22 cm, Querdurchmesser 16 cm. Er ist heriditär stark kurzsichtig und astigmatisch.

Gesichtsfarbe meist blaß, sichtbare Schleimhäute mäßig durchblutet, die Muskulatur schwach entwickelt, kaum Fettansatz. Die Reflexe an den Pupillen auf Lichteinfall und Naheinstellung sind regelrecht, die Reflexe der Kniesehnen und Achillessehnen deutlich gesteigert. Händedruck beiderseits gut, keine Auffälligkeiten der motorischen Kraft. Kein Schwanken beim Augenschluß, kein Zittern der Hände. Normale Stich- und Berührungsempfindlichkeit der Hautdecke. Rachenreflex vorhanden. Die Brust- und Bauchorgane sind ohne Befund.

Das Gesicht ist schmal, die Haare dunkelbraun, gut vorhanden, mit grauen untermischt, die Augenfarbe ist graublau. Am Mund fällt der Überbiß auf, angeblich in der Familie erblich, ebenso wie die Kurzsichtigkeit. Der Gaumen ist hoch. Im Gebiß fehlen: Eckzahn links oben, 1. Backzahn rechts oben, Weisheitszahn links unten und rechts oben.

Der Knochenbau ist grazil. Der Untersuchte gehört im ganzen mehr dem mageren beweglichen Typ an, den Kretschmer in die schizoide Reihe stellt.

Die Nase ist charakteristisch stark, auch lang, liegt im Profil in einer Linie mit der zurückfliehenden Stirn. Sie ist, vorn abgebogen, die eines Juden. Ethnologisch ist er kein reiner Typus, es liegen nordische Akklimatisationseinflüsse vor, erkenntlich an dem Langschädel, der graublauen Augenfarbe und der Farbe der Kopfhaare, die angeblich in der Jugend flachsblond war und erst später nachdunkelte. Mehrere Kinder des Untersuchten zeigen den nordischen Anpassungstypus noch deutlicher. Seine Handschrift analysiert Dr. Max Pulver (Zürich) wie folgt:

Sein Temperament:
Eine Legierung aus nervös und motorisch: beispielloser Aktivitätsumfang; sehr zart, aber subtil sinnlich mit umfassender Ausstrahlung in die entferntesten Ätherregionen, so gut wie in die Abgründe des Kollektiv-Unterbewußten.

Der Elan zur Gestaltung ist das erste, dann ein weit ausgreifendes Umklammern breiter Gebietsgruppen.

Stoff existiert für ihn nicht, alles ist seelenhaft, in einem fast gasförmigen Aggregatzustand.

Selbstdisziplin drängt zur Analyse; die bürgerliche Gründlichkeit wird durch Abgründigkeit ersetzt.

Mut und Lust des Fabulierens, Märchen auf analytischer Grundlage.

Die schöpferische Welle immer wieder durch Selbstkontrolle gestaut, immer wieder durch ihre immanente Leichtigkeit weiter schwingend. Gigantische Ausmaße der Fabel wie des Arbeitsschwunges.

Das private Ich:
Hellfühlig im Zusammenhang mit physischer Schwäche; bescheiden, umhegt von Enge, Notwendigkeit des Druckes; der Alltag gebrochen, aber nicht zerbrochen.

Hier gütig, aber knapp, Diplomatie gebrauchend aus menschlicher Rücksichtnahme.

Durch die Pressung notwendigerweise etwas empfindlich, ebenso wie durch die ungeheure Dilatation seines Wesens.

Als Verteidigung Sarkasmus, Spott.

Ehrgeizimpulse können die persönliche Selbstbescheidung gefährden.

Unter Menschen:

Größeres Selbstgefühl, direkt, fast naiv.

Kann mit der Türe ins Haus fallen, zeigt kleine Eitelkeiten, aber auch Mut, seine Gesinnung zu vertreten.

Trotzdem Routine der Öffentlichkeit gegenüber vorliegt, macht ihn diese bis zu einem gewissen Grade sich selber fremd.

Ich-Impulse mischen sich ein.

Sein Beruf:

Kinder- oder Nervenarzt.

Dazu Künstler.

Große sensible Aufnahmebereitschaft, unerhörte Fähigkeit analytischen Eindringens, namentlich in der Richtung des Seelisch-Unbewußten.

Dabei starke Verankerung in der Physiologie; wahrscheinlich mehr Neurologe als Psychoanalytiker.

Die Worte ›medizinisch‹ und ›Literatur‹ zeigen charakteristische Schreibstörungen.

Kollision der Interessen wahrscheinlich in ihrer Projektion subjektiv gefärbt.

Gesundheit:

Zäh, mit einiger Ökonomie im Energieverbrauch; dabei sind Schwächezustände nervöser Art registriert, daneben Stoffwechselstörungen wahrscheinlich.

Die sehr ungewöhnliche Wesenszusammensetzung erlaubt hier keine weitere Prognose. (…)

Dr. Alfred Döblin und Erna Reiß, cand. med., Famula,
spätere Erna Döblin, im Sommer 1911.

Zwei Seelen in einer Brust

Der Nervenarzt Döblin über den Dichter Döblin:

»Mir ist als Arzt der Dichter meines Namens nur sehr von weitem bekannt. Wenn ich ehrlich sagen soll, ist er mir eigentlich gar nicht bekannt. Ich habe im Berliner Osten eine mittelgroße, nicht allzu große kassenärztliche Tätigkeit, ich bin Nervenarzt und bin den Tag über einigermaßen dadurch beschäftigt. Meine literarischen Neigungen sind nicht groß, Bücher langweilen mich erheblich, und was insbesondere die Bücher des Mannes anbelangt, der, wie Sie sagen, meinen Namen trägt, so habe ich sie gelegentlich bei Bekannten in die Hand genommen; aber was ich da erblickte, ist mir völlig fremd und auch total gleichgültig. Dieser Herr scheint ja eine große Phantasie zu haben, ich kann da aber nicht mit. Meine Einnahmen erlauben mir weder Reisen nach Indien noch nach China. Und so kann ich gar nicht nachkontrollieren, was er schreibt. Ich lese außerdem dergleichen Dinge lieber [o]riginal, nämlich direkt Reisebeschreibungen, wovon ich übrigens ein großer Liebhaber bin. Ich kann mit dem Herrn, ich meine den Autor, der denselben Namen trägt wie ich, auch seines Stils wegen nichts anfangen. Er ist mir einfach zu schwer, man darf von abgearbeiteten Leuten nicht verlangen, sich durch so etwas freiwillig durchzuarbeiten. Erlauben Sie mir übrigens eine allgemeine Bemerkung, die etwas politisch oder ethisch klingt. Mehr als die Bücher dieses Autors sind mir seine gelegentlichen Äußerungen bekannt, die mir meine Zeitung bringt, die ich natürlich lese. Ich muß gestehen, ich werde aus dem Mann nicht klug, politisch und allgemein. Mein Appetit, ihn kennen zu lernen, wächst nach diesen Äußerungen keineswegs. Manchmal scheint es mir, er steht bestimmt links, sogar sehr links, etwa links hoch zwei, dann wieder spricht er Sätze, die entweder unbedacht sind, was bei einem Mann seines Alters durchaus unzulässig ist, oder tut so, als stünde er über den Parteien, lächle poetische Arroganz. Kurzum: Sie sind es gewesen, Herr Redakteur, der mich nach meiner Meinung über den Autor, den Mann mit der roten Nase, gefragt hat; die zufällige Namensübereinstimmung hat Sie dazu verleitet, ich selbst hätte mich nie mit ihm befaßt, so wenig wie mit den anderen jungen Autoren, und ich sage noch einmal kurz: der Herr ist [mir] beinahe unbekannt, er interessiert mich nicht, ich bin mit ihm weder verwandt noch verschwägert, und ich sehe ruhig seinem Urteil über mich entgegen, da Sie mir ja angekündigt haben, Sie wollen ihn auch über mich befragen. Seine scheinbar spaßhaften Anwürfe werden mich nicht berühren.«

Der Dichter Döblin über den Nervenarzt Döblin:

»Ich bin Ihnen sehr dankbar, Herr Redakteur, obwohl ich zu Ostern, wie Sie sich denken können, allerhand zu leiden habe, unter Umfragen usw., daß Sie diese merkwürdige Frage an mich gerichtet und in gewisser Hinsicht meine Kenntnisse bereichert haben. Ich bin eben beschäftigt mit einem Berliner Roman, ich meine, einer epischen Arbeit in normaler Sprache, die sich mit dem Osten Berlins, der Gegend um den Alexanderplatz und das Rosenthaler Tor herum beschäftigt. Da war mir Ihre Bitte, mich über den Nervenarzt meines Namens zu äußern, ein interessanter Wink. Vielleicht kann ich da noch etwas Material holen, dachte ich mir, nicht bloß bei der Heilsarmee, auf dem Viehhof, aus Kriminalakten. Ich fuhr also hin und will Ihnen berichten. Der Mann macht einen lebhaften und nicht gerade schlechten Eindruck. Ich war in seiner

Sprechstunde, habe in seinem Wartezimmer gesessen. Solch Wartezimmer ist das merkwürdigste Milieu, das man sich denken kann. Und als ich mich dem Herrn vorstellte und wir uns angelacht hatten – wir stammen, weiß Gott, aus den verschiedensten Gegenden –, da erzählte er mir vieles, was ich mir sogar mit seiner Erlaubnis sofort notierte. Diese Kassenärzte sind nicht zu beneiden. Ich sah die eigentümlich drangvolle Arbeit, in der er sich bewegte, und dabei noch mit besonders gearteten Kranken. Ich bin überzeugt, er ist kein besonderes Exemplar in dieser Branche, aber gerade so, wie er da anonym arbeitete, gefiel er mir ganz gut. Er ist mein gerades Gegenstück, fiel mir zwischendurch ein, wie er da sachlich hantierte, sprach, aufmerkte: ich immer ein Einzeltänzer, Primadonna, wie einmal mein Verleger sagte, er grauer Soldat in einer stillen Armee. Ich bin überzeugt, ich habe keinen besonderen Eindruck auf meinen Namensvetter gemacht. Einige Male wurde mir ganz bänglich, als er mich ansah mit einem psychotherapeutischen Blick. Ich habe derlei Defekte, wahrscheinlich Komplexe, und der Routinier da roch wohl so etwas. Seien Sie mir bitte nicht böse, wenn ich Ihnen gestehe, daß ich aus diesem Grunde meine Kenntnisse und unsere Bekanntschaft mit diesem Namensvetter nicht sehr vertiefte. Ich habe, ehrlich gesprochen, mich nicht sehr wohl auf dem Stuhl ihm gegenüber gefühlt; da fallen einem gar zu viel unangenehme Dinge ein. Aber ich bewahre dem schlanken, nicht großen Mann mit der Doktorsbrille ein gutes Gedächtnis und würde mich eigentlich freuen, wenn Sie mir verraten würden, was dieser Anonymus, dem ich sicher nicht Autor, sondern bloß Mensch gewesen bin, Ihnen über mich erzählt hat.«

Selbstporträt

Da schlendert nun ein älterer Herr, Zigarette im Mund, Hände in den Manteltaschen, trägt eine scharfe Brille, hat ein glattes lebendiges Gesicht. Es ist *Alfred Döblin,* der in Paris ebenso spaziert wie einst in Berlin. Nur Arzt darf er hier nicht sein; wie würde er sich erst über die Pariser freuen, wenn sie deutsch sprächen und ein bißchen berlinerten. (Er wird eben sechzig, ein Stettiner.) Es ist lange her, daß er sich (1900–1910) in die Wellen der neuen geistesrevolutionären Strömung warf. Nach einigem Herumplanschen hier (siehe einige Novellen und Essays) bekundete er Realistik und Phantasie (dazu eine philosophisch-mystische Unterströmung) in den Romanen ›Wang-lun‹ (1916), ›Wallenstein‹ (1920), bis zum ›Berlin Alexanderplatz‹ (1929). Im Ausland legte er ein bilderreiches Buch ›Babylonische Wanderung‹ vor, die tragisch-burleske Emigration eines Gottes, dann ein knapperes Werk ›Pardon wird nicht gegeben‹, gesellschaftskritisch, zuletzt das zweibändige ›Land ohne Tod‹, ein Gegenüber der mythischen Welt südamerikanischer Indianer und der europäischen Zivilisation, eine Art epischer Generalabrechnung mit unserer Zivilisation.

In Berlin 1912

Als Militärarzt im Krieg

Dichten heißt, Gerichtstag über
sich selbst halten

Wieder einmal geht es mir sonderbar. Ich saß drüben in Amerika die längste Zeit in dem schönen, heißen und mir etwas zu stillen Hollywood, schrieb Werk auf Werk und versenkte, was ich geschrieben und also zur Welt gebracht hatte, still und gelassen in meinem Schreibtisch, wie es auch andere in meiner Nähe taten. Als dann der Krieg zu Ende war und man nach Europa zurückgehen konnte, da wurde es zwar möglich, langsam seinen Käfig zu öffnen, – was beherbergte er, Hunde, Katzen und Vögel, oder vielleicht böse Schlangen? – Und seinen lebendigen Inhalt ins Freie zu lassen, denn sie sollten und wollten sich zeigen, da richtete der und jener, der sich mir nun näherte, seinen Blick statt auf meine Tiere, die ich so sorgsam behütet und herübertransportiert hatte, auf den Besitzer dieser Menagerie, also auf mich selber, und fragte: »Wer bist du, erzähle uns von dir.« Um es kurz zu sagen: man legte mir nahe, mich selber anzuschauen, den Blick nicht auf die Welt, sondern auf mich und mein Leben zu richten und mich autobiographisch zu äußern. »Sie müssen doch viel erlebt und gesehen haben. Erzählen Sie uns doch davon etwas.« Ja, es ging mir sonderbar. Ich dachte: Ich habe so viel geschrieben, haltet Euch doch an das, was gehe ich euch an. Bin ich eine Primadonna, um deren Privatleben man sich kümmert? Ich erzähle eine kleine Episode, ein Gleichnis:

Einmal kam ein Journalist zu einem Astronomen und ließ sich von ihm die Herrlichkeiten des Sternenhimmels zeigen und als der Astronom geendet hatte, fragte er seinen Besucher, der ihm anscheinend mit Interesse zugehört hatte: »Nun, Herr X., Sie sind stumm. Es ist überwältigend, nicht wahr?« Darauf der Besucher: »Entschuldigen Sie, Herr Professor, gewiß. Sie zeigen ja alles sehr deutlich, aber nichts für ungut: Sie haben Tinte an Ihrem Zeigefinger.«

Um es ohne Umschweife zu sagen: Ich mag die Autobiographien nicht. Ich halte nichts von den sogenannten Autobiographien. Es gibt farbige, die über ein ganzes Zeitalter berichten, wie Goethes: Wahrheit und Dichtung, oder wie das Buch von Kügelgen. Es gibt auch Bücher, in denen der Autor sich wirklich intensiver und scharf selber anblickt, wie Rousseau in den »Confessions« und es gibt wirklich Dokumente, verhüllte und offene, Werke einer echten Selbstanalyse wie einiges bei Dostojewskij und gar wie die Bekenntnisse des heiligen Augustin. Aber sogar in den besten Beispielen dieser Art läuft alles durcheinander, Enthüllung und Verdecken und Verdrängen. Das habe ich schon längst gemerkt, und darum sage ich: Wenn man schon dichtet, warum nicht ehrlich und ganz dichten.

Und wieviel besser und um wieviel klarer und schärfer als irgendwo sonst hat etwa Dostojewskij von sich gesprochen und sich dargestellt in seinem: »Brüder [Karamasoff]«, und in den Gestalten seines Romans: »Der Idiot«. Man denke an den Satz: An Euren Früchten soll man Euch erkennen, der Apfel und die Birne zeigen schon, von welchem Baum sie stammen. Und zweitens: Eine wirkliche Autobiographie ist nicht möglich. Man kann Vorgänge und Ereignisse seines eigenen Lebens berichten und auch Betrachtungen daran anschließen, aber tiefer geht es nicht. Wie soll man es auch machen, wie soll man an sich herankommen? Wir tauchen in diesen Schlund und bringen immer nur irgendein Bild mit. Denn man kann nicht zugleich der Mann sein, der in den Spiegel schaut, und der Spiegel. Da ich es nie mit dem Roman, sondern immer nur mit der Epik zu tun hatte, mochte ich die heutige Psychologie nicht. Am unglücklichsten aber erscheint mir immer die Neigung, siehe Strindberg u. a., sich auf sich selbst zu werfen und sich scheinbar zu psychologisieren. Welche unglückliche Neigung! Statt mit den Augen, wie es sich gehört, in die Welt zu blicken, statt zu hören, was es da zu hören gibt, und teilzunehmen an den Vorgängen draußen, und sich selber kritisch und vernünftig anzufassen, an seiner Seele zu bohren und sie nicht atmen zu lassen. Es hat mir immer genügt, um mir die Zunge zu lösen, etwas zu finden, zu empfinden und dann kam mein Inneres in Aktion und konnte sich darstellen, was es ist.

So stürzte ich mich, als die psychologischen Wellen hochschlugen, vor 30, 40 Jahren, statt auf mich, in die weit entlegene Geschichte eines chinesischen Boxeraufstands in meinem Roman: »Die drei Sprünge des Wang-lun«. Oder ich wanderte einige Jahrhunderte zurück und begegnete da einem stillen, frommen und ratlosen Kaiser Ferdinand und seinem gewaltigen Feldhauptmann Wallenstein. Wer überhaupt Augen hat zu sehen, sieht da. Und dies schien mir und scheint mir [n]och heute die legitimste Art, von sich zu sprechen.

Wenn ich aber in der letzten Zeit ein Buch schreibe wie die »Schicksalsreise« so geschah es nicht, um einfach ein Buch zu verfassen, das von meinen letzten Jahren berichtet, sondern deutlicher, direkter, offener und entschlossener vorzugehen, als in den früheren Werken. Es geschah, um aus der Dichtung herauszuspringen und zu handeln nach dem Grundsatz: Dichten heißt Gerichtstag über sich selbst halten.

»Heran an das Leben!
Dichter! Dichter!«
Romane, Erzählungen und
Erfahrungsberichte aus
sechs Jahrzehnten

Modern
Ein Bild aus der Gegenwart (1896)

Geschäftiges Leben flutete in der Leipzigerstraße. Auf dem Trottoir drängte sich ein Pêle-mêle von allen Ständen, allen Berufen. Naserümpfend betrachtete da die »Weltdame« die Erzeugnisse der Hutindustrie und wies ihrer Begleiterin die ungeschickte Form dieser oder jener eleganten Kapotte. Über ihrer Schulter schaute kritischen Blicks ein junger Mann, anscheinend vom Fach, auf die Dekorationen und die Anordnung der Sorten. Er blies mit zufriedener Miene den Rauch einer schlechten Cigarre der Dame ins Gesicht, die sofort indigniert und empörter Miene vorbeirauschte. Hübsche Geschäftsmädchen mit beweglicher Figur eilten Arm in Arm vorüber; sie stießen und drängten kichernd, ungeniert jedem Herrn ins Gesicht sehend. Da trottete schweren Schritts der Bankbeamte mit seiner großen Ledermappe, – Ausläufer bekannter Firmen, – Bummler, der Deutsche nennt sie Flaneurs, in der Hand die lange Cigarette, mit der andern einen dünnen Stock wirbelnd, Leute, die bei jedem Schaufenster stehen bleiben, – Commis, Soldaten – – alles das wogte auf dem Trottoir nebeneinander; keiner sieht auf den andern in dem Gedränge, jeder hat genug mit sich zu thun. Vor manchen Läden war es geradezu beängstigend, bei Wertheim mußte man sich fast jeden Schritt erobern, Damen waren fast hilflos in solchem Getriebe und gar den Damm zu überschreiten, war ein Wagnis, das sich mit Recht nicht jeder zutraute. Dann konnte ganz hinten am Dönhoffsplatz ein Heuwagen, bis zum Umfallen beladen, nicht vorwärtskommen – bis zur Friedrichstraße standen die Pferdebahnen, eine hinter der andern. Und an dem

Hindernisse, da nun ein Lärm! Dick alles ringsum von Menschen besät; alles ist neugierig und fragt, schreit. Schutzleute, berittene wie solche zu Fuß, wettern und schimpfen, einer notiert den Namen des Kutschers, der dies Pech gehabt hatte; um den Wagen selbst sind einige Leute beschäftigt. Sie schieben, heben, schreien, endlich ein gewaltiger Ruck und der Wagen ist von den Schienen herunter. Und nun rollen die Pferdebahnen, alle in doppelter Eile, – es waren ganze zwanzig Minuten Aufenthalt gewesen durch diesen verwünschten Heuwagen! Die Menge löste sich sofort auf, unter gütiger Beihilfe der Schutzleute; dann gehts langsam am Dönhoffsplatz vorbei, Schritt vor Schritt. Gemütlich tritt einer dem andern auf die Hacken, lacht über irgend etwas Unmögliches in der Ausstellung, es soll da zum xten Male der Ballon geplatzt sein, schupst sich, was zu jedem Vergnügen gehört, kurz – man amüsiert sich, bis Alles wieder seinen alten Gang geht. –

Aus dem Palaste eines großen Knabengarderoben- und Puppengeschäfts tritt ein junges Mädchen, etwa 24 Jahr. Eine mittelgroße Figur; anständig gekleidet, auf dem Hute ein par [sic] bunte Fähnchen, das Haar sauber gekämmt, so machte sie, wie der Berliner sagt, einen reinlichen Eindruck. Niedergeschlagen ging sie einher.

Sie hatte kein Auge für das Treiben um sich her, keinen Blick für die glänzenden Auslagen der Schaufenster.

Matten Blicks sah sie vor sich hin.

Und die Frage: Was nun? war verstummt in ihr, – sie war gleichgiltig geworden.

Gewohnheit stumpft ab.

Wie lange ging sie denn schon auf die Suche? Ein Monat, zwei, zwei einhalben Monat. Und jeden Tag gelaufen, müde, totmüde [sic] gelaufen, und jeden Morgen will Hoffnung und – jeden Tag zurückgewiesen.

Und bitteres Weh und Trübsal hatte sich ihrer bemächtigt.

Gott ja, warum war sie denn auch krank geworden, sie die Arme! Dazu hatte sie doch kein Recht!

Zuerst hatte sie fast verzweifelt, als ihr so täglich aus jedem, jedem Geschäfte dieses stereotype: »Bedaure sehr. Augenblicklich alles besetzt an Näherinnen.« entgegentönte.

Bisher hatte sie geweint, geschluchzt in jammervoller Verzweiflung – sie hatte eine Trösterin: die Religion. Sie war als fromme Katholikin auferzogen. Alle Heiligen, alle Wunder konnte sie aufzählen –, viel mehr auch nicht. Und ihr gläubiges Herz hatte sie sich bewahrt, trotz aller Angriffe auf ihre »Einfalt«, ihre »Klugheit«, – sie konnte ja noch beten zur reinen Jungfrau Maria, der Gebenedeiten!

Wenn sie so kniete, müde, abgespannt, abgehetzt, allein in ihrer armseligen Kammer, dann löste sich ihre Qual in strömenden Thränen. All ihre Wehmut sank mit diesen Thränen und sie dankte inbrünstig, in glücklicher Schauer, ihrem Herrgott, daß sie noch beten konnte. »Kommt zu mir, so ihr mühselig und beladen seid!« *Sie* fühlte die Liebe, die umfassende, weltüberwindende Liebe dieses Wortes in ihrer ganzen Fülle und Hingebung. Doch nach und nach vergaß sie auch dieses. – Nur ab und zu griff sie zur Bibel, sie vergaß ihres Gottes in dem Drange des Lebens, der Not des Augenblicks. Sie plapperte abends lieber mit ihren Freundinnen, bei denen sie wohnte, oder auch mit – Freunden vor der Hausthür. Die Großstadt, die Großstadt rückt dir näher, – Weh dir Armen! –

Auf dem Dönhoffsplatz setzte sie sich auf eine Bank. Ringsum eine spielende, fröhliche Jugend.

Herrliche Bäume streckten ihre Kronen hoch empor, es springen in dem grünen Rasen die Springbrunnen, glitzend und zerstäubend im Sonnenlicht. Der ganze Platz ist in Licht gebadet.

Und es springen die Brunnen, und die grünen Blätter sie rauschen – rauschen – rauschen.

Jugendzeit, – Jugendzeit!

Lichtübergossen steigt vor ihr der Himmel empor, das Dorf mit seinem Backofen, den Ställen und dem Weiher. Da der Pfarrer in seinem Amtskleide, mit so milder zufriedener Miene, – o, wenn sie ihm jetzt beichten sollte! Da ist ja auch die Mutter, die liebe Mutter und da auch die Jungs; wie die Lümmel ihr zuschreien: »Bertha!« »Bertha!« Der ruppigste von den dreien kniff sie noch in den Arm, sie wollte ihm eins geben; sie holte aus, mit ihrem Sonnenschirm –

»Aber Mächen, ha, Bertha, uff; nu schläft die am heller lichter Tage noch in! Nu hör doch, jotte doch! Los! Na een bisken duselig biste ja ooch noch!«

Und die Freundin nahm sie auf; Arm in Arm gingen die beiden weiter nach Hause.

»Halb zog sie sie, halb sank sie hin« spöttelte ein Commis, der sie über den Molkenmarkt gehen sah. »Olles Kamel, halt deine Schnauze. Bertha, du jehst aber ooch zu latschig. Wat haste denn bloß; Mädchen?« Bertha starrte in die Leere – gedankenlos; sie wußte selbst nicht, wie ihr heute war, – so – so eigentümlich – so warm – wohlig warm – ein seltsam schönes Gefühl. »Müde – möchte schlafen.«

»Na komm man, los.«

Und so zogen sie weiter, Straße nach Straße – – Leipzigerstraße – Andreasplatz, aus dem Viertel des Besitzes in den der Arbeit, oder auch der – Nichtarbeit; doch in jedem Streben danach, – wir sahen Bertha.

Arbeiten ist gut, besser arbeiten können.

Denn jeder hat Recht auf Arbeit!

Alle gleiches!!

Und gleiche Pflicht der Arbeit!

Alle gleiche!!

Niemand aber darf ruhen auf dem, was andre für ihn gearbeitet haben, – noch darf er erben, auf Grund des Zufalls der Geburt. Sondern alle haben gleiche Pflicht zur Arbeit. Da stoßen wir auf die Schäden unsrer Gesellschaftsordnung, denn sie gebietet weder eins noch gesteht sie das andre zu; weder Männern noch Frauen. »Wie?« so tönt es mir entgegen, »wie, Frauen Recht auf Arbeit und, unverschämte Forderung, Frauen Pflicht zur Arbeit?!«

Und ich sage euch: Alle gleiche Rechte, alle gleiche Pflichten. Was diese Leute zu der entrüsteten Frage getrieben hat, das ist offen und klar. Es ist das Neue, Unerhörte, das Rütteln am alten fest Eingewurzelten – und, famose Logik, *darum* Heiligen, das Heilige der Familie, des Besitzes, – was schließlich eins ist. Frauen arbeiten, unsre zarten, schönen Fräuleins, Damen etc etc p.p. arbeiten!

Sehen wir uns doch einmal an, was so ein Geschöpf mit der kostbaren Zeit anfängt. Ich glaube und ich weiß, der Hauptteil des Tages ist dem Äußern gewidmet, dem Ministerium des Äußeren, der Kleidung oder auf gut deutsch der Garderobe.

Nun gut. Warum putzen sich denn diese Leutchen eigentlich? Wer, um weiter zurückzugreifen, wer putzt sich denn? Die Crême der Gesellschaft und wer sonst Geld hat. (Bitte nicht zu vergessen, daß Crême Zahnschmerzen verursacht.) Und nun, wozu putzen sie sich, wer treibt sie dazu? Die wenigsten haben wohl darüber nachgedacht. Es ist das eine, das Alles sagt, es ist der Kapitalismus. »Schönheitsgefühl!«, so schallt es mir wieder entgegen, »elender Verleumder!«

O, wie ich zermalmt bin von der Wucht des Wortes. So, nun sagt mir doch, ihr Verehrer einer göttlichen Weltordnung, fragt sie doch selbst warum!

Sie wissens!

Jede Woche, ja fast jeden Tag wechselt sie die Robe, um 3 Uhr eine Dinerrobe, morgens 10 Uhr ein helles Negligée, um 4 Uhr nachmittags une robe de promenade, um 5 Uhr für den Fife o. clock thee [sic] eine dunkle und so fort, in infinitum. Dann muß sie sich frisieren lassen, einen neuen Roman Zolas lesen (die Gemeinheiten hat der Buchhändler gleich rot angestrichen, damit sie nicht lange zu blättern braucht), und muß sich schnüren las-

sen und andre solche Geschmacksachen. Das Leben solches Wesens hat nur einen Zweck, einen möglichst hohen, reichen, vielleicht auch schönen Gatten zu ergattern. Nicht darf sie sich den
Lebensgefährten wählen, ihn, an den sie ihr ganzes Leben gebunden ist und wohl auch sein soll, sie steht da, neben ihr der Vater
mit einem Plakat: »x 1000de Mark. Jeder, der mir paßt, kann das
Geld bekommen – unter der Bedingung, daß er meine Tochter
mitnimmt.« Und fast in allen Ständen wird die Ehe als eine Ver-
sorgungsanstalt angesehen, besonders bei denen, die die Ehe als
eine von Gott eingerichtete loben und preisen. Da fällt mir gleich
mein lieber Faust ein: »Spottet ihrer selbst und weiß nicht wie!«
Dann muß man auch Gesellschaften haben, Bälle mitmachen,
Konzerte, die teuersten Bäder besuchen (es kommt nämlich nur
auf die Höhe des Preises an, je höher, desto besser) und bei all
dem ist das Leben so einer aus den »oberen Zehntausend« ein
leeres Blatt. (N.B. Es wurde neulich gezählt und es ergab sich, daß
es nicht 10 sondern Elftausend sind.) Der Gatte aber, der hohe, er
muß hasten, jagen, betrügen ohne Rast und Ruh. Muß schinden
und pressen, d.h. nicht sich, sondern eben die andern, nur ein
Ideal, Geld, und Geld, und Geld!

Denn Geld ist kein Mittel, es ist Selbstzweck.

Es gilt nur das Eine, gleichen Schritt mit den andern halten,
nicht zurückstehen; denn jeder »Fehler« wird mit blutigem Ge-
klatsch bestraft. Na, die Ehe, die ist auch danach. Doch davon
später.

Zwei Parteien giebt es jetzt, wer Recht hat, das wird die Zukunft zeigen; teils zeigt die Gegenwart es schon. Klein aber überzeugt ist die eine, die andre klammert sich an dem Alten, »Heiligen« fest, ihre persönliche Ansicht von dem Rechte *darf* sie nicht
aussprechen, sie spräche sich damit ihr Todesurteil.

Viele Gegner giebt es, die sich trotz der besten Beweisführung
nicht überzeugen lassen, – weil sie sich nicht überzeugen lassen
dürfen, sagte Bebel einst im ReichsTage [sic]. Er, der große Frau-

enkenner, er hat und wird stets Recht haben. – Die Zukunft wird es beweisen. –

Es beherrschen die Interessen den Menschen, und der großen Mehrzahl schreiben die Interessen die Gedanken vor. Darum: Principiis obsta, ja, ich ergänze auch ein Non possumus!

Das Feldgeschrei dieser Partei ist: »die Frau gehört ins Haus! Mutter soll sie sein, Hausfrau! Ja, o, wie schön, wie idealschön ist doch die deutsche Mutter, die liebend mit besorgtem Auge in der Wirtschaft schwebt, Alles verschönend, Alles mit traulicher Zufriedenheit, still heiterem Glücke überziehend.« –

Bravo, Bravissimo, es lebe die deutsche Frau! Na, ihr seid mir recht. Aus der Not macht man bekanntlich sehr gerne eine Tugend. Nun, sagt mir doch, – geht einen Augenblick aus eurer bürgerlich beschränkten Hülle heraus, – wie viel solcher Hausfrauen, Mütter etc giebt es, noch mehr, wie viele *kann* es geben?

Es lebe die Narrheit! (Pardon, sie lebt ja schon) Ihr Männer, ihr, die ihr euch streitet im fürchterlichsten Kampfe, hat der Mensch Willenfreiheit, hat er sie nicht, was ja ganz unverantwortlich wäre, euch entgegen [unleserliches Wort], euer Beruf ist es wohl, Kinder zu zeugen, zu essen, zu trinken, Kaffee zu kochen?!

Denn mit dem gleichen Recht, – ist des Weibes Beruf Kinder zu gebären, so ist euer, Kinder zu zeugen! Fürwahr, eine riesige Lebensaufgabe das! Was Trieb ist, nennt ihr Beruf, was Bedürfnis, Beruf! Heillose Verwirrung der Begriffe!

Und giebt es solche Frauen, die von des strengen Mannes Stirn jedweden Wunsch als Befehl ablesen, und ich weiß, es giebt viele, ob sie nun sehr klug sind, – das lassen wir lieber dahingestellt.

Die erste Frau war die erste Sklavin des Mannes, ein Dienstbote, ein Lustwerkzeug unter andrem Titel. Doch, wir wollen in Ordnung die jetzige Stellung der Frau betrachten.

Unsere Gesellschaftsform hat drei Klassen gezeitigt, die haarscharf sich trennen: die erwähnten oberen Zehntausend, besser die Aristokratie, der wohlhabende Bürgerstand, das Proletariat.

Von der ersten Klasse habe ich schon oben gesprochen. In dieser Klasse ist die Frau ungefesselter, man kann fast sagen frei. Größtenteils sind die Ehen durch eine Geldheirat geschlossen; die Tochter hat sich dem Willen des hohen Vaters zu fügen, unweigerlich. Die Ehe, welche Ehe führen sie aber auch! Die Ehe ist zersetzt, moralisch, zersetzt durch den Besitz: das Familienleben zerfließt und zerflattert in alle Winde. Es lebt der Mann, es lebt die Frau, chacun à son goût, in der Familie gilt die Frau aber fast stets als Luxusmöbel, Repräsentantin und Dekorationsstück. Auch die Erziehung der Kinder liegt in fremden Händen; die Frau hat wenig Einfluß auf die Art und Weise des Erziehens, stets hat der Mann das Wort. Sonst aber ist die Frau ungebunden, im Leben, im Verkehr. Oft lebt man auch, um des lieben Friedens willen getrennt, wie Kaiser Wilhelm I und Kaiserin Augusta, doch nach außen darf nichts, absolut nichts dringen von dem Familienleben. Ja, so etwas ist modern!

Wenn ich das Wort modern höre, muß ich immer an ein Wortspiel denken. Modérn wird módern. Das erste Mal betont man die zweite Silbe, das zweite Mal die erste! – Ein sehr wahres, lehrreiches Bild!

Ganz anders, familiär, steht es mit dem Bürger, dem gebildeten Manne des »Volkes«. Das ist der Stand, dem bekanntlich die Religion erhalten werden muß. Man sagt, die Religion ist die transcendentale Widerspiegelung des jeweiligen Gesellschaftszustandes. Wollen also die »Großen« des Staats, dem *Volk* soll Religion erhalten werden – –, ich glaube, jeder kann weiterschließen.

Doch ich will ja von der Frau reden, nicht von der leidigen Religion.

Von dieser Bürgerkaste ist wohl zuerst der Ruf erschollen von dem »Naturberuf der Frau«, denn hier allein ist Raum für solche Gebilde. In diesem Kreise hat fast jede Familie einen gewissen Wohlstand, dann ist »natürlich« die Frau Hausfrau, Mutter, glücklichenfalls auch Schwiegermutter. Denn es ist hergebracht, wie gesagt, daß die Frau im Hause bleibt; – – daß man sich in dem Volke der Denker wohl langsam erinnern wird, es giebt um zu essen, noch Restaurants etc. Speiseanstalten, hat große Aussicht. Es würde damit die »Hausfrau« stürzen. Und wegen des Wohlstandes, wegen einer gewissen Zufriedenheit mit dem sichern Alten (es giebt, bei Gott, nichts Kulturwidrigeres als die Zufriedenheit), darum ist hier auch solch Ideal einer Mutter und Hausfrau häufig.

Doch wie überall, so auch hier: der Ehevertrag ist ein Kaufvertrag. Die Bildung der Frau ist entsetzlich einseitig beschränkt, meistens die berühmte Bildung der »höheren Töchter«: Perfekt französisch, Schlachtengeschlage, und andere Spielereien. Doch keine Idee von dem furchtbaren Kampfe der Menschen um Erwerb, um Sein und Nichtsein, dem Kampfe, der sich selten offen zeigt, wie bei dem neulichen Streik der Konfektion. Allerdings besteht zwischen ihnen und den Gymnasiasten kein großer Unterschied, die in den seltensten Fällen zu sehen verstehen oder sich um »solchen Unsinn« garnicht kümmern. Haben sie doch noch soviel Zeit! Und unter diesen gebildeten Töchtern diese Unkenntnis von der Wichtigkeit, der Bedeutung der geschlechtlichen Funktionen. Treten doch oft »Fräulein« in die Ehe, ohne eine Ahnung von den Anforderungen zu haben, die an sie gestellt werden, von ihren Pflichten.

Ja, die ganze Pflicht ist es wohl, den Mann zu lieben, nicht wahr?

Welche Art diese »Liebe« ist, darauf will ich nicht näher eingehen, diese Tierchen lieben an ihrem Manne eben nur den Mann. Doch das ist natürlich. Hier ist das Wort natürlich in seiner vollen Bedeutung aufzufassen: von der Natur veranlaßt.

Der Mensch ist zuerst Mensch und erst darauf Alles andre. Sein Körper verlangt seine Rechte.

Es darf kein Glied des Körpers vernachlässigt werden, bei Strafe der furchtbarsten Krankheiten. Und wer es wagt, der Natur zu trotzen, seine »tierischen Triebe« zu unterdrücken, er wird in diesem Kampfe gebrochen unterliegen.

Tierische Triebe!

Was ihr tierisch nennt, ist das einzige natürliche bei unsrer Gesellschaft.

Und den jungen Leuten in der Schule wird mit der größten Scheu alles verheimlicht, was irgendwie »Anstößig« sein könnte und den unschuldigen Kindern ihre Unschuld nehmen könnte, sie verderben könnte.

O Gott, die armen unschuldigen Schäfchen!

Und die Folge solcher Erziehung?

Allgemein bekannt.

Man sagt, die Scham ist aufrecht zu halten.

Scham! – Schamlose Scham!

Wie lächerlich diese Scheu, gewisse Thatsachen offen auszusprechen, wie unendlich dumm!

Nein, statt der Jugend klar und deutlich zu sagen, der Mensch ist das oberste der Tiere und es ist kein Unterschied, wenn die trächtige Kuh jämmerlich blökend wirft und die Mutter unter furchtbaren Schmerzen gebiert, da hüllt man dies in geheimnisvolles Dunkel, undurchdringlichen Schleier!! Alle möglichen Märchen, besser Lügen müssen diese Lücken ausfüllen, Storch, Engel und dergleichen. Und doch, o über unsre herrliche Erziehung, welches Kind von 12 Jahren kennt nicht schon all diese Geheimnisse; das ungeheure Rätsel löst sich auf. Aber wie!

Ein einfacher Naturvorgang ist solchen Kindern wie eine schmutzige Gemeinheit erklärt von unreifen Altersgenossen, und – ja, ja – die Scham?

Unter den Mädchen, – allgemeines Erröten, lüsternes Drängen nach der Gemeinheit; denn nun ist es die Gemeinheit, die erstrebt wird. Die Jungs, die Herren Jungs, die jungen Herren, na, die sind ein bischen offener unter sich und die peinlich gehütete Scham – – !

Wie herrlich weit wir es doch gebracht!

Zu diesem Verheimlichen etc. tritt ja noch eins, die verrückteste Kleidung der Frauen, die allem möglichen alles mögliche erlaubt.

Der Rock auf den Hüften, dann treten doch die Hüften schön hervor, und die Korsetts, eine Wespentaille ist stets interessant, – die Unterleibskrankheiten und ähnliche Kindereien genieren nicht; dann recht hohe Hacken, um möglichst lang hinzufallen – alles dies und viel, viel mehr andres ist so eingebürgert bei den Frauen, daß eine abfällige Kritik oder gar Abstellungsbitte Achselzucken hervorruft.

Der Kapitalismus treibt die Frauen in dieser Mittelklasse zu dem Kampfe um die Universität.

Deutschland muß sich das erst überlegen. Es überhastet sich nicht gerne.

In diesen »Kern« des Volkes haben unsere Dichter das Frauenideal hineingedichtet, das Ideal eines Geibel, Chamisso, Heyse etc. Ihre Frauen sind ganz famos. Ihre Gedanken, all ihr Sein ist eine einzige unermeßliche Traum-Schlafseligkeit, und wir besitzen eine gewaltige Galerie flacher unbedeutender Frauengestalten aus dieser Zeit. Unsre Modernen suchen noch die Frau, die neue Frau. Ich glaube, sie wird in der Wirklichkeit eher vorhanden sein, als sie sie finden. Doch – genug von dem Bürgerstand, den Bourgeois. Dies alles ist die Damenfrage gewesen.

Wir kommen nun zur Frauenfrage, die ernster, viel ernster ist. Denn hier handelt es sich nicht um Universität etc., das Leben will man sich erobern! In frühester Jugend wird das Mädchen angehalten, zu verdienen, möglichst an Selbständigkeit zu denken. Bald soll sie sich selbst ernähren, denn die Eltern haben für sie nichts übrig. Gelernt wird auf der Gemeindeschule das Allernotwendigste. Für bessere Bildung fehlt Zeit – Geld.

Bei dem riesigen Angebot von Arbeitskräften ist man froh, überhaupt ein Unterkommen zu finden. Auf große Ansprüche verfällt das Mädchen garnicht erst.

So übernimmt sie für einen Hungerlohn jede, jede Arbeit, schwieriger als die des Mannes, selbstredend viel weniger bezahlt, ist sie doch nur eine – Frau!

Verheiratet, kann sie nicht den Tag über daheim bleiben. Es heißt, verdienen, den Mann unterstützen, die Familie ernähren, Kinder auffüttern, von Mutter und Hausfrau nicht die Rede, aber sie ist eine Frau, die gleichverpflichtete *Gefährtin* des Mannes.

Unverheiratet ist die Frau den größten Gefahren ausgesetzt. Um nur einigermaßen einen Begriff von dem Lohn eines Mädchens zu machen, will ich einige Zahlen anführen. Die Arbeiterinnen der Papierindustrie treten in Ausstand, um einen Lohn von 13,50 M pro Woche zu erzielen. Wie müssen die Löhne also bis jetzt gewesen sein! In der Bekleidungsindustrie ein Durchschnittslohn von 6–9 M wöchentlich, in der Perlindustrie 5–6 M, und die Schürzenarbeiterinnen erhalten kaum 3–4 M!!

Pfui!!

Elende Ausbeutung!

Und diese armen Wesen haben noch furchtbare Konkurrenten, die ihnen selbst dies wenige nehmen.

Und wer sind sie?

Es sind die Frauen der kleinen Beamten, die sich für ihr »standesgemäßes« Auftreten ein *Taschengeld* verdienen wollen!

Mit diesem Lohne vergleiche man die Ausgaben eines Mädchens, Ausgaben, um nur das Leben zu fristen. Und das ist das Entsetzliche, – – aus diesem jammervollen Leben *können* sie sich retten; es giebt eine Rettung – eine Rettung – die Prostitution! – – – – – – – – Und wieder und immer wieder der Satz: Der Mensch ist ein Mensch!

Ein unerbittliches Naturgesetz sagt, du mußt deinem Geschlechtstriebe folgen!

Und unsere Gesellschaft sagt, du mußt heiraten! Und heiraten können heißt, Geld zur Ernährung einer Familie besitzen.

Besitzt du kein Geld, und willst du »lieben« – so – giebt es

eine Prostitution. Und du kannst auskömmlich leben und brauchst
dich nicht zu schinden. So ist unsre Sitte beschaffen.

Sitte ist, was einem Gesellschaftszustande Bedürfnis ist. Möge
jeder selbst folgern.

In Berlin sollen allein 20 000 Prostituierte sein, eine Zahl, die
sicher viel zu niedrig gegriffen ist.

Daß gerade Berlin so stark mit Prostituierten bevölkert ist, –
denn ich darf sagen, bevölkert –, erklärt sich leicht aus dem Aufschwung seiner Maschinen etc. etc. Industrie, deren größere Ver-
besserung jedesmal eine Menge Arbeiter überflüssig macht und
so seine Arbeiterinnen prostituiert.

Herrliche Zustände wahrlich! Jede Vervollkommnung ist mit
dem Zugrundegehen von 1000den Menschen zu bezahlen!!! Die
Choristinnen der Theater sind mit seltenen Ausnahmen fast
sämtlich Prostituierte. Um so eher, je mehr sie das Unglück haben, schön zu sein. Für einen entsetzlichen Lohn müssen sich
diese Mädchen ernähren, weiterfortbilden, und noch die aller-
teuerste Toilette selbst stellen! Die Polizei meint es mit den Leuten, welche die Mädchen prostituieren, sehr gut. Wöchentlich
muß sich die Arme untersuchen lassen, ob sie nicht ansteckend
krank ist, damit der Betreffende ja keinen Schaden nähme!

Der Staat erklärt mit diesem Organisieren die Zivilehe für
nicht ausreichend.

Dieses Entkleiden vor den Polizeiärzten, dieses Betasten en
masse!, es muß auch die letzte Scham in den Unglücklichen töten. Oft sind es gar nicht schlechte Mädchen, die sich so entwürdigen. Ein Beispiel, das charakteristisch ist, will ich anführen.

Ein Schreiber Namen X verdiente monatlich – 40 M, womit er
die Frau und zwei Kinder zu ernähren hatte. Die Gattin unter-
stützte ihn nach Kräften. Der Mann wurde entlassen. Mit Einwil-
ligung des Mannes prostituierte sich die Frau. Die Sache wurde
der Polizei bekannt. Eines Tages brachte ein Schutzmann die Aufforderung an Frau X, sich um 1 Uhr im Polizeipräsidium einzu-

finden, zur Untersuchung. Die Gattin erschoß sich mit dem Mann. Dieses Drama konnte natürlich neben den Hoffesten nicht aufkommen. Es wurde unterdrückt.

Was geht uns doch dies Pöbel an, das sich an den ersten besten wegwirft?! –

Ein furchtbares Übel ist die Prostitution, *kein* notwendiges.

Sie ist die Folge des Kapitalismus.

Fort mit der Geldehe!

Wir verlangen eine neue, bessre Eheform.

Nicht wird mit der freien Liebe die Familie untergraben, sie soll auf bessrem Boden erbaut werden; ein Privatvertrag sei sie, in den sich keiner, weder Staat noch Kirche, einzumischen hat!! Die freie Liebe bezweckt allein eine gesündere Ehe, eine leichte, unendlich leichtere Eheschließung und Scheidung.

Die Frau aber sei gleichgestellt dem Manne, gleich im Recht, wie gleich in der Pflicht.

Und die Hauptursache alles Übels: der Kapitalismus – auch er wird fallen – mit ihm Vieles andre – – – und eine neue Welt wird erblühen, schöner – besser als jetzt, eine Welt, in der Alle gleiche Arbeitspflicht haben, gleichen Genuß von der Arbeit und ohne Arbeit kein Genuß und keine Arbeit ohne Genuß, ja, die Arbeit sei selbst ein Genuß!!

Wir aber wollen kämpfen, diese Welt zu erringen, denn sie *ist* erringenswert! –

Solange aber die Frau sich nicht gleich *fühlt* dem Manne, solange wird sie ihm untergeordnet sein, solange wird sie sich durch ihn erniedrigen, entwürdigen lassen.

Und so kehren wir denn zu unsrer Erzählung zurück. Sie hat den Vorzug, wahr zu sein. *Leider* ist sie wahr. –

(…)

Die Ermordung einer Butterblume
(1913)

Der schwarzgekleidete Herr hatte erst seine Schritte gezählt, eins, zwei, drei, bis hundert und rückwärts, als er den breiten Fichtenweg nach St. Ottilien hinanstieg, und sich bei jeder Bewegung mit den Hüften stark nach rechts und links gewiegt, so daß er manchmal taumelte; dann vergaß er es.

Die hellbraunen Augen, die freundlich hervorquollen, starrten auf den Erdboden, der unter den Füßen fortzog, und die Arme schlenkerten an den Schultern, daß die weißen Manschetten halb über die Hände fielen. Wenn ein gelbrotes Abendlicht zwischen den Stämmen die Augen zum Zwinkern brachte, zuckte der Kopf, machten die Hände entrüstete hastige Abwehrbewegungen. Das dünne Spazierstöckchen wippte in der Rechten über Gräser und Blumen am Wegrand und vergnügte sich mit den Blüten.

Es blieb, als der Herr immer ruhig und achtlos seines Weges zog, an dem spärlichen Unkraut hängen. Da hielt der ernste Herr nicht inne, sondern ruckte, weiter schlendernd, nur leicht am Griff, schaute sich dann am Arm festgehalten verletzt um, riß erst vergebens, dann erfolgreich mit beiden Fäusten das Stöckchen los und trat atemlos mit zwei raschen Blicken auf den Stock und den Rasen zurück, so daß die Goldkette auf der schwarzen Weste hochsprang.

Außer sich stand der Dicke einen Augenblick da. Der steife Hut saß ihm im Nacken. Er fixierte die verwachsenen Blumen, um dann mit erhobenem Stock auf sie zu stürzen und blutroten Gesichts auf das stumme Gewächs loszuschlagen. Die Hiebe sausten rechts und links. Über den Weg flogen Stiele und Blätter.

Die Luft von sich blasend, mit blitzenden Augen ging der Herr weiter. Die Bäume schritten rasch an ihm vorbei; der Herr achtete auf nichts. Er hatte eine aufgestellte Nase und ein plattes bartloses Gesicht, ein ältliches Kindergesicht mit süßem Mündchen.

Bei einer scharfen Biegung des Weges nach oben galt es aufzuachten. Als er ruhiger marschierte und sich mit der Hand gereizt den Schweiß von der Nase wischte, tastete er, daß sein Gesicht sich ganz verzerrt hatte, daß seine Brust heftig keuchte. Er erschrak bei dem Gedanken, daß ihn jemand sehen könnte, etwa von seinen Geschäftsfreunden oder eine Dame. Er strich sein Gesicht und überzeugte sich mit einer verstohlenen Handbewegung, daß es glatt war.

Er ging ruhig. Warum keuchte er? Er lächelte verschämt. Vor die Blumen war er gesprungen und hatte mit dem Spazierstöckchen gemetzelt, ja mit jenen heftigen aber wohlgezielten Handbewegungen geschlagen, mit denen er seine Lehrlinge zu ohrfeigen gewohnt war, wenn sie nicht gewandt genug die Fliegen im Kontor fingen und nach der Größe sortiert ihm vorzeigten.

Häufig schüttelte der ernste Mann den Kopf über das sonderbare Vorkommnis. »Man wird nervös in der Stadt. Die Stadt macht mich nervös,« wiegte sich nachdenklich in den Hüften, nahm den steifen englischen Hut und fächelte die Tannenluft auf seinen Schopf.

Nach kurzer Zeit war er wieder dabei, seine Schritte zu zählen, eins, zwei, drei. Fuß trat vor Fuß, die Arme schlenkerten an den Schultern. Plötzlich sah Herr Michael Fischer, während sein Blick leer über den Wegrand strich, wie eine untersetzte Gestalt, er selbst, von dem Rasen zurücktrat, auf die Blumen stürzte und einer Butterblume den Kopf glatt abschlug. Greifbar geschah vor ihm, was sich vorhin begeben hatte an dem dunklen Weg. Diese Blume dort glich den anderen auf ein Haar. Diese eine lockte seinen Blick, seine Hand, seinen Stock. Sein Arm hob sich, das

Stöckchen sauste, wupp, flog der Kopf ab. Der Kopf überstürzte sich in der Luft, verschwand im Gras. Wild schlug das Herz des Kaufmanns. Plump sank jetzt der gelöste Pflanzenkopf und wühlte sich in das Gras. Tiefer, immer tiefer, durch die Grasdecke hindurch, in den Boden hinein. Jetzt fing er an zu sausen, in das Erdinnere, daß keine Hände ihn mehr halten konnten. Und von oben, aus dem Körperstumpf, tropfte es, quoll aus dem Halse weißes Blut, nach in das Loch, erst wenig, wie einem Gelähmten, dem der Speichel aus dem Mundwinkel läuft, dann in dickem Strom, rann schleimig, mit gelbem Schaum auf Herrn Michael zu, der vergeblich zu entfliehen suchte, nach rechts hüpfte, nach links hüpfte, der drüber wegspringen wollte, gegen dessen Füße es schon anbrandete.

Mechanisch setzte Herr Michael den Hut auf den schweißbedeckten Kopf, preßte die Hände mit dem Stöckchen gegen die Brust. »Was ist geschehen?« fragte er nach einer Weile. »Ich bin nicht berauscht. Der Kopf darf nicht fallen, er muß liegen bleiben, er muß im Gras liegen bleiben. Ich bin überzeugt, daß er jetzt ruhig im Gras liegt. Und das Blut – –. Ich erinnere mich dieser Blume nicht, ich bin mir absolut nichts bewußt.«

Er staunte, verstört, mißtrauisch gegen sich selbst. In ihm starrte alles auf die wilde Erregung, sann entsetzt über die Blume, den gesunkenen Kopf, den blutenden Stiel. Er sprang noch immer über den schleimigen Fluß. Wenn ihn jemand sähe, von seinen Geschäftsfreunden oder eine Dame.

In die Brust warf sich Herr Michael Fischer, umklammerte den Stock mit der Rechten. Er blickte auf seinen Rock und stärkte sich an seiner Haltung. Die eigenwilligen Gedanken wollte er schon unterkriegen: Selbstbeherrschung. Diesem Mangel an Gehorsam würde er, der Chef, energisch steuern. Man muß diesem Volk bestimmt entgegentreten: »Was steht zu Diensten? In meiner Firma ist solch Benehmen nicht üblich. Hausdiener, raus mit dem Kerl.« Dabei fuchtelte er stehen bleibend mit dem Stöckchen in der Luft herum. Eine kühle, ablehnende Miene hatte Herr Fischer aufgesetzt; nun wollte er einmal sehen. Seine Überlegenheit ging sogar soweit, daß er oben auf der breiten Fahrstraße seine Furchtsamkeit bespöttelte. Wie würde es sich komisch machen, wenn an allen Anschlagsäulen Freiburgs am nächsten Morgen ein rotes Plakat hinge: »Mord begangen an einer erwachsenen Butterblume, auf dem Wege vom Immenthal nach St. Ottilien, zwischen 7 und 9 Uhr abends. Des Mordes verdächtig« et cetera. So spöttelte der schlaffe Herr in Schwarz und freute sich über die kühle Abendluft. Da unten werden die Kindermädchen, die Pärchen finden, was von seiner Hand geschehen war. Geschrei wird es geben und entsetztes Nachhauselaufen. An ihn würden die Kriminalbeamten denken, an den Mörder, der schlau ins Fäustchen lachte. Herr Michael erschauerte wüst über seine eigene Tollkühnheit, er hätte sich nie für so verworfen gehalten. Da unten lag aber sichtbar für die ganze Stadt ein Beweis seiner raschen Energie.

Der Rumpf ragt starr in die Luft, weißes Blut sickert aus dem Hals.

Herr Michael streckte leicht abwehrend die Hände vor.

Es gerinnt oben ganz dick und klebrig, so daß die Ameisen hängen bleiben.

Herr Michael strich sich die Schläfen und blies laut die Luft von sich.

Und daneben im Rasen fault der Kopf. Er wird zerquetscht, aufgelöst vom Regen, verwest. Ein gelber, stinkender Matsch wird aus ihm, grünlich, gelblich schillernd, schleimartig wie Erbrochenes. Das hebt sich lebendig, rinnt auf ihn zu, gerade auf Herrn Michael zu, will ihn ersäufen, strömt klatschend gegen seinen Leib an, spritzt an seine Nase. Er springt, hüpft nur noch auf den Zehen.

Der feinfühlige Herr fuhr zusammen. Einen scheußlichen Geschmack fühlte er im Munde. Er konnte nicht schlucken vor Ekel, spie unaufhörlich. Häufig stolperte er, hüpfte unruhig, mit blaubleichen Lippen weiter.

»Ich weigere mich, ich weigere mich auf das entschiedenste, mit Ihrer Firma irgendwelche Beziehung anzuknüpfen.«

Das Taschentuch drückte er an die Nase. Der Kopf mußte fort, der Stiel zugedeckt werden, eingestampft, verscharrt. Der Wald roch nach der Pflanzenleiche. Der Geruch ging neben Herrn Michael einher, wurde immer intensiver. Eine andere Blume mußte an jene Stelle gepflanzt werden, eine wohlriechende, ein Nelkengarten. Der Kadaver mitten im Walde mußte fort. Fort.

Im Augenblick, als Herr Fischer stehen bleiben wollte, fuhr es ihm durch den Kopf, daß es ja lächerlich war, umzukehren, mehr als lächerlich. Was ging ihn die Butterblume an? Bittere Wut lohte in ihm bei dem Gedanken, daß er fast überrumpelt war. Er hatte sich nicht zusammengenommen, biß sich in den Zeigefinger: »Paß auf, du, ich sag dir's, paß auf, Lump verfluchter.« Zugleich warf sich hinterrücks Angst riesengroß über ihn.

Der finstere Dicke sah scheu um sich, griff in seine Hosentasche, zog ein kleines Taschenmesser heraus und klappte es auf.

Inzwischen gingen seine Füße weiter. Die Füße begannen ihn zu grimmen. Auch sie wollten sich zum Herrn aufwerfen; ihn empörte ihr eigenwilliges Vorwärtsdringen. Diese Pferdchen wollte er bald kirren. Sie sollten es spüren. Ein scharfer Stich in die Flanken würde sie schon zähmen. Sie trugen ihn immer weiter fort. Es sah fast aus, als ob er von der Mordstelle fortliefe. Das sollte niemand glauben. Ein Rauschen von Vögeln, ein fernes Wimmern lag in der Luft und kam von unten herauf. »Halt, halt!« schrie er den Füßen zu. Da stieß er das Messer in einen Baum.

Mit beiden Armen umschlang er den Stamm und rieb die Wangen an der Borke. Seine Hände fingerten in der Luft, als ob sie etwas kneteten: »Nach Kanossa gehen wir nicht.« Mit angestrengt gerunzelter Stirn studierte der totblasse Herr die Risse des Baumes, duckte den Rücken, als ob von hinten etwas über ihn

101

wegspringen sollte. Die Telegraphenverbindung zwischen sich und der Stelle hörte er immer wieder klirren, trotzdem er mit Fußstößen die Drähte verwirren und zudrücken wollte. Er suchte es sich zu verbergen, daß seine Wut schon gelähmt war, daß in ihm eine sachte Lüsternheit aufzuckte, eine Lüsternheit nachzugeben. Ganz hinten lüsterte ihn nach der Blume und der Mordstelle.

Herr Michael wippte versuchend mit den Knieen, schnupperte in die Luft, horchte nach allen Seiten, flüsterte ängstlich: »Nur einscharren will ich den Kopf, weiter nichts. Dann ist alles gut. Rasch, bitte, bitte.« Er schloß unglücklich die Augen, drehte sich wie versehentlich auf den Hacken um. Dann schlenderte er, als wäre nichts geschehen, geradeaus abwärts, im gleichgültigen Spaziergängerschritt, mit leisem Pfeifen, in das er einen sorglosen Ton legte und streichelte, während er befreit aufatmete, die Baumstämme am Wege. Dabei lächelte er, und sein Mäulchen wurde rund wie ein Loch. Laut sang er ein Lied, das ihm plötzlich einfiel: »Häschen in der Grube saß und schlief.« Das frühere Tänzeln, Wiegen der Hüfte, Armschlenkern machte er nach. Das Stöckchen hatte er schuldbewußt hoch in den Ärmel hinaufgeschoben. Manchmal schlich er bei der Biegung des Weges rasch zurück, ob ihn jemand beobachtete.

Vielleicht lebte sie überhaupt noch; ja, woher wußte er denn, daß sie schon tot war? Ihm huschte durch den Kopf, daß er die Verletzte wieder heilen könnte, wenn er sie mit Hölzchen stützte und etwa rings herum um Kopf und Stiel einen Klebeverband anlegte. Er fing an schneller zu gehen, seine Haltung zu vergessen, zu rennen. Mit einmal zitterte er vor Erwartung. Und stürzte lang an einer Biegung hin gegen einen abgeholzten Stamm, schlug sich Brust und Kinn, so daß er laut ächzte. Als er sich aufraffte, vergaß er den Hut im Gras; das zerbrochene Stöckchen zerriß ihm den Ärmel von innen; er merkte nichts. Hoho, man wollte ihn aufhalten, ihn sollte nichts aufhalten; er würde sie schon finden. Er kletterte wieder zurück. Wo war die Stelle? Er mußte die Stelle finden. Wenn er die Blume nur rufen könnte. Aber wie hieß sie denn? Er wußte nicht einmal, wie sie hieß. Ellen? Sie hieß vielleicht Ellen, gewiß Ellen. Er flüsterte ins Gras, bückte sich, um die Blumen mit der Hand anzustoßen.

»Ist Ellen hier? Wo liegt Ellen? Ihr, nun? Sie ist verwundet, am Kopf, etwas unterhalb des Kopfes. Ihr wißt es vielleicht noch nicht. Ich will ihr helfen: ich bin Arzt, Samariter. Nun, wo liegt sie? Ihr könnt es mir ruhig anvertrauen, sag ich euch.«

Aber wie sollte er, die er zerbrochen hatte, erkennen? Vielleicht faßte er sie gerade mit der Hand, vielleicht seufzte sie dicht neben ihm den letzten Atemzug aus.

Das durfte nicht sein.

Er brüllte: »Gebt sie heraus. Macht mich nicht unglücklich, Ihr Hunde. Ich bin Samariter. Versteht Ihr kein Deutsch?«

Ganz legte er sich auf die Erde, suchte, wühlte schließlich blind im Gras, zerknäulte und zerkratzte die Blumen, während sein Mund offen stand und seine Augen gradaus flackerten. Er dumpfte lange vor sich hin.

»Herausgeben. Es müssen Bedingungen gestellt werden. Präliminarien. Der Arzt hat ein Recht auf den Kranken. Gesetze müssen eingebracht werden.«

Die Bäume standen tiefschwarz in der grauen Luft am Wege und überall herum. Es war auch zu spät; der Kopf gewiß schon vertrocknet. Ihn entsetzte der endgültige Todesgedanke und schüttelte ihm die Schultern.

Die schwarze runde Gestalt stand aus dem Grase auf und torkelte am Wegrand entlang abwärts.

Sie war tot. Von seiner Hand.

Er seufzte und rieb sich sinnend die Stirn.

Man würde über ihn herfallen, von allen Seiten. Man sollte nur, ihn kümmerte nichts mehr. Ihm war alles gleichgültig. Sie würden ihm den Kopf abschlagen, die Ohren abreißen, die Hände in glühende Kohlen legen. Er konnte nichts mehr tun. Er wußte, es würde ihnen allen einen Spaß machen, doch er würde keinen Laut von sich geben, um die gemeinen Henkersknechte zu ergötzen. Sie hatten kein Recht, ihn zu strafen; waren selbst verworfen. Ja, er hatte die Blume getötet, und das ging sie garnichts an, und das war sein gutes Recht, woran er festhielte gegen sie alle. Es war sein Recht, Blumen zu töten, und er fühlte sich nicht verpflichtet, das näher zu begründen. Soviel Blumen wie er wollte, könnte er umbringen, im Umkreise von tausend Meilen, nach Norden, Süden, Westen, Osten, wenn sie auch darüber grinsten. Und wenn sie weiter so lachten, würde er ihnen an die Kehle springen.

Stehen blieb er; seine Blicke gifteten in das schwere Dunkel der Fichten. Seine Lippen waren prall mit Blut gefüllt. Dann hastete er weiter.

Er mußte wohl hier im Wald kondolieren, den Schwestern der Toten. Er wies darauf hin, daß das Unglück geschehen sei, fast ohne sein Zutun, erinnerte an die traurige Erschöpfung, in der er aufgestiegen war. Und an die Hitze. Im Grunde seien ihm allerdings alle Butterblumen gleichgültig.

Verzweifelt zuckte er wieder mit den Schultern: »Was werden sie noch mit mir machen?« Er strich sich mit den schmutzigen Fingern die Wangen; er fand sich nicht mehr zurecht.

Was sollte das alles; um Gotteswillen, was suchte er hier!

Auf dem kürzesten Wege wollte er davonschleichen, querabwärts durch die Bäume, sich einmal ganz klar und ruhig besinnen. Ganz langsam, Punkt für Punkt.

Um nicht auf dem glatten Boden auszugleiten, tastet er sich von Baum zu Baum. Die Blume, denkt er hinterlistig, kann ja auf dem Wege stehen bleiben, wo sie steht. Es gibt genug solch toten Unkrauts in der Welt.

Entsetzen packt ihn aber, als er sieht, wie aus einem Stamme, den er berührt, ein runder blaßheller Harztropfen tritt; der Baum weint. Im Dunkeln auf einen Pfad flüchtend, merkt er bald, daß sich der Weg sonderbar verengt, als ob der Wald ihn in eine Falle locken wolle. Die Bäume treten zum Gericht zusammen.

Er muß hinaus.

Wieder rennt er hart gegen eine niedrige Tanne; die schlägt mit aufgehobenen Händen auf ihn nieder. Da bricht er sich mit Gewalt Bahn, während ihm das Blut stromweise über das Gesicht fließt. Er speit, schlägt um sich, stößt laut schreiend mit den Füßen gegen die Bäume, rutscht sitzend und kollernd abwärts, läuft schließlich Hals über Kopf den letzten Abhang am Rand des Waldes herunter, den Dorflichtern zu, den zerfetzten Gehrock über den Kopf geschlagen, während hinter ihm der Berg drohsam rauscht, die Fäuste schüttelt und überall ein Bersten und Brechen von Bäumen sich hören läßt, die ihm nachlaufen und schimpfen.

Regungslos stand der dicke Herr an der Gaslaterne vor der kleinen Dorfkirche. Er trug keinen Hut auf dem Kopf, in seinem zerzausten Haarschopf war schwarze Erde und Tannennadeln, die er nicht abschüttelte. Er seufzte schwer. Als ihm warmes Blut den Nasenrücken entlang auf die Stiefel tropfte, nahm er langsam mit beiden Händen einen Rockschoß hoch und drückte ihn gegen das Gesicht. Dann hob er die Hände an das Licht und wunderte sich über die dicken blauen Adern auf dem Handrücken. Er strich an den dicken Knollen und konnte sie nicht wegstreichen. Beim Ansingen und Aufheulen der Elektrischen trollte er weiter, auf engen Gäßchen, nach Hause.

Nun saß er ganz blöde in seinem Schlafzimmer, sagte laut vor sich hin: »Da sitz ich, da sitz ich,« und sah sich verzweifelt im Zimmer um. Auf und ab ging er, zog seine Sachen aus und versteckte sie in einer Ecke des Kleiderspindes. Er zog einen anderen schwarzen Anzug an und las auf seiner Chaiselongue das Tagblatt. Er zerknäuelte es im Lesen; es war etwas geschehen, es war etwas geschehen. Und ganz spürte er es am nächsten Tage, als er an seinem Pulte saß. Er war versteinert, konnte nicht fluchen, und mit ihm ging eine sonderbare Stille herum.

Mit krampfhaftem Eifer sprach er sich vor, daß alles wohl geträumt sein müsse; aber die Risse an seiner Stirn waren echt. Dann muß es Dinge geben, die unglaublich sind. Die Bäume hatten nach ihm geschlagen, ein Geheul war um die Tote gewesen. Er saß versunken da und kümmerte sich zum Erstaunen des Personals nicht einmal um die brummenden Fliegen. Dann schikanierte er die Lehrlinge mit finsterer Miene, vernachlässigte seine Arbeit und ging auf und ab. Man sah ihn oft, wie er mit der Faust auf den Tisch schlug, die Backen aufblies, schrie, er würde einmal aufräumen im Geschäft und überall. Man würde es sehen. Er lasse sich nicht auf der Nase herumtanzen, von niemandem.

Als er rechnete, bestand aber am nächsten Vormittag unerwartet etwas darauf, daß er der Butterblume zehn Mark gutschrieb. Er erschrak, verfiel in bitteres Sinnen über seine Ohnmacht und bat den Prokuristen, die Rechnung weiter zu führen. Am Nachmittag legte er selbst das Geld in einen besonderen Kasten mit stummer Kälte; er wurde sogar veranlaßt, ein eigenes Konto für sie anzulegen; er war müde geworden, wollte seine Ruhe haben. Bald drängte es ihn, ihr von Speise und Trank zu opfern. Ein kleines Näpfchen wurde jeden Tag für sie neben Herrn Michaels Platz gestellt. Die Wirtschafterin hatte die Hände zusammengeschlagen, als er ihr dies Gedeck befahl; aber der Herr hatte sich mit einem unerhörten Zornesausbruch jede Kritik verbeten.

Er büßte, büßte für seine geheimnisvolle Schuld. Er trieb Gottesdienst mit der Butterblume, und der ruhige Kaufmann behauptete jetzt, jeder Mensch habe seine eigene Religion; man müsse eine persönliche Stellung zu einem unaussprechlichen Gott einnehmen. Es gäbe Dinge, die nicht jeder begreift. In den Ernst seines Äffchengesichts war ein leidender Zug gekommen; auch seine Körperfülle hatte abgenommen, seine Augen lagen tief. Wie ein Gewissen sah die Blume in seine Handlungen, streng von den größten bis zu den kleinsten alltäglichen.

Die Sonne schien in diesen Tagen oft auf die Stadt, das Münster und den Schloßberg, schien mit aller Lebensfülle. Da weinte der Verhärtete eines Morgens am Fenster auf, zum ersten Male seit seiner Kindheit. Urplötzlich, weinte, daß ihm fast das Herz brach. All diese Schönheit raubte ihm Ellen, die verhaßte Blume, mit jeder Schönheit der Welt klagte sie ihn jetzt an. Der Sonnenschein leuchtet, sie sieht ihn nicht; sie darf den Duft des weißen Jasmins nicht atmen. Niemand wird die Stelle ihres schmählichen Todes betrachten, keine Gebete wird man dort sprechen: das durfte sie ihm alles zwischen die Zähne werfen, wie lachhaft es auch war und er die Hände rang. Ihr ist alles versagt: das Mondlicht, das Brautglück des Sommers, das ruhige Zusammenleben mit dem Kuckuck, den Spaziergängern, den Kinderwagen. Er preßte das Mündchen zusammen; er wollte die Menschen zurückhalten, als sie den Berg hinaufzogen. Wenn doch die Welt mit einem Seufzer untergegangen wäre, damit der Blume das Maul gestopft sei. Ja, an Selbstmord dachte er, um diese Not endlich zu stillen.

Zwischendurch behandelte er sie erbittert, wegwerfend, drängte sie mit einem raschen Anlauf an die Wand. Er betrog sie in kleinen Dingen, stieß hastig, wie unabsichtlich, ihren Napf um, verrechnete sich zu ihrem Nachteil, behandelte sie manchmal listig, wie einen Geschäftskonkurrenten. An dem Jahrestag ihres Todes stellte er sich, als ob er sich an nichts erinnerte. Erst als sie dringender auf eine stille Feier zu bestehen schien, widmete er ihrem Andenken einen halben Tag.

In einer Gesellschaft ging einmal die Frage nach dem Leibgericht herum. Als man Herrn Michael fragte, was er am liebsten esse, fuhr er mit kalter Überlegung heraus: »Butterblume, Butterblumen sind mein Leibgericht.« Worauf alles in Gelächter ausbrach, Herr Michael aber sich zusammenduckte auf seinem Stuhl, mit verbissenen Zähnen das Lachen hörte und die Wut der Butterblume genoß. Er fühlte sich als scheusäliger Drache, der geruhsam Lebendiges herunterschluckt, dachte an wirr Japanisches und Harakiri. Wenngleich er heimlich eine schwere Strafe von ihr erwartete.

Einen solchen Guerillakrieg führte er ununterbrochen mit ihr; ununterbrochen schwebte er zwischen Todespein und Entzükken; er labte sich ängstlich an ihrem wütenden Schreien, das er manchmal zu hören glaubte. Täglich sann er auf neue Tücken; oft zog er sich, hoch aufgeregt, aus dem Kontor in sein Zimmer zurück, um ungestört Pläne zu schmieden. Und so heimlich verlief dieser Krieg, und niemand wußte darum.

Die Blume gehörte zu ihm, zum Komfort seines Lebens. Er dachte mit Verwunderung an die Zeit, in der er ohne die Blume gelebt hatte. Nun ging er oft mit trotziger Miene in den Wald nach St. Ottilien spazieren. Und während er sich eines sonnigen Abends auf einem gefallenen Baumstamm ausruhte, blitzte ihm der Gedanke: hier an der Stelle, wo er jetzt saß, hatte seine Butterblume, Ellen, gestanden. Hier mußte es gewesen sein. Wehmut und ängstliche Andacht ergriff den dicken Herrn. Wie hatte sich alles gewendet! Seit jenem Abend bis heute. Er ließ versunken die freundlichen, leicht verfinsterten Augen über das Unkraut gehen, den Schwestern, vielleicht Töchtern Ellens. Nach langem Sinnen zuckte es spitzbübisch über sein glattes Gesicht. O sollte seine liebe Blume jetzt eins bekommen. Wenn er eine Butterblume ausgrübe, eine Tochter der Toten, sie zu Hause einpflanzte, hegte und pflegte, so hatte die alte eine junge Nebenbuhlerin. Ja, wenn er es recht überlegte, konnte er den Tod der alten überhaupt sühnen. Denn er rettete dieser Blume das Leben und kompensierte den Tod der Mutter; diese Tochter verdarb doch sehr wahrscheinlich hier. O, würde er die alte ärgern, sie ganz kalt stellen. Der gesetzeskundige Kaufmann erinnerte sich eines Paragraphen über Kompensation der Schuld. Er grub ein nahes Pflänzchen mit dem Taschenmesser aus, trug es behutsam mit der bloßen Hand heim und pflanzte es in einen goldprunkenden Porzellantopf, den er auf einem Mosaiktischchen seines Schlafzimmers postierte. Auf den Boden des Topfes schrieb er mit Kohle: »§ 2043 Absatz 5«.

Täglich begoß der Glückliche die Pflanze mit boshafter Andacht und opferte der Toten, Ellen. Sie war gesetzlich, eventuell unter polizeilichen Maßregeln zur Resignation gezwungen, bekam keinen Napf mehr, keine Speise, kein Geld. Oft glaubte er, auf dem Sofa liegend, ihr Winseln, ihr langgezogenes Stöhnen zu hören. Das Selbstbewußtsein des Herrn Michael stieg in ungeahnter Weise. Er hatte manchmal fast Anwandlungen von Größenwahn. Niemals verfloß sein Leben so heiter.

Als er eines Abends vergnügt aus seinem Kontor in seine Wohnung geschlendert war, erklärte ihm seine Wirtschafterin gleich an der Tür gelassen, daß das Tischchen beim Reinemachen umgestürzt, der Topf zerbrochen sei. Sie hätte die Pflanze, das gemeine Mistzeug, mit allen Scherben in den Mülleimer werfen lassen. Der nüchterne, leicht verächtliche Ton, in dem die Person von dem Unfall berichtete, ließ erkennen, daß sie mit dem Ereignis lebhaft sympathisiere.

Der runde Herr Michael warf die Tür ins Schloß, schlug die kurzen Hände zusammen, quiekte laut vor Glück und hob die überraschte Weibsperson an den Hüften in die Höhe, so weit es seine Kräfte und die Deckenlänge der Person erlaubten. Dann schwänzelte er aus dem Korridor in sein Schlafzimmer, mit flakkernden Augen, aufs höchste erregt; laut schnaufte er und stampften seine Beine; seine Lippen zitterten.

Es konnte ihm niemand etwas nachsagen; er hatte nicht mit dem geheimsten Gedanken den Tod dieser Blume gewünscht, nicht die Fingerspitze eines Gedankens dazu geboten. Die alte, die Schwiegermutter, konnte jetzt fluchen und sagen, was sie wollte. Er hatte mit ihr nichts zu schaffen. Sie waren geschiedene Leute. Nun war er die ganze Butterblumensippschaft los. Das Recht und das Glück standen auf seiner Seite. Es war keine Frage.

Er hatte den Wald übertölpelt.

Gleich wollte er nach St. Ottilien, in diesen brummigen, dummigen Wald hinauf. In Gedanken schwang er schon sein schwarzes Stöckchen. Blumen, Kaulquappen, auch Kröten, sollten daran glauben. Er konnte morden, so viel er wollte. Er pfiff auf sämtliche Butterblumen.

Vor Schadenfreude und Lachen wälzte sich der dicke, korrekt gekleidete Kaufmann Herr Michael Fischer auf seiner Chaiselongue.

Dann sprang er auf, stülpte seinen Hut auf den Schädel und stürmte an der verblüfften Haushälterin vorbei aus dem Hause auf die Straße.

Laut lachte und prustete er. Und so verschwand er in dem Dunkel des Bergwaldes.

Die drei Sprünge des Wang-lun
Chinesischer Roman (1915)

Zueignung

Daß ich nicht vergesse –.

Ein sanfter Pfiff von der Straße herauf. Metallisches Anlaufen, Schnurren, Knistern. Ein Schlag gegen meinen knöchernen Federhalter.

Daß ich nicht vergesse –.

Was denn?

Ich will das Fenster schließen.

Die Straßen haben sonderbare Stimmen in den letzten Jahren bekommen. Ein Rost ist unter die Steine gespannt; an jeder Stange baumeln meterdicke Glasscherben, grollende Eisenplatten, echokäuende Mannesmannröhren. Ein Bummern, Durcheinanderpoltern aus Holz, Mammutschlünden, gepreßter Luft, Geröll. Ein elektrisches Flöten schienenentlang. Motorkeuchende Wagen segeln auf die Seite gelegt über das Asphalt; meine Türen schüttern. Die milchweißen Bogenlampen prasseln massive Strahlen gegen die Scheiben, laden Fuder Licht in meinem Zimmer ab.

Ich tadle das verwirrende Vibrieren nicht. Nur finde ich mich nicht zurecht.

Ich weiß nicht, wessen Stimmen das sind, wessen Seele solch tausendtönniges Gewölbe von Resonanz braucht.

Dieser himmlische Taubenflug der Aeroplane.

Diese schlüpfenden Kamine unter dem Boden.

Dieses Blitzen von Worten über hundert Meilen:

Wem dient es?

Die Menschen auf dem Trottoir kenne ich doch. Ihre Telefunken sind neu. Die Grimassen der Habgier, die feindliche Sattheit des bläulich rasierten Kinns, die dünne Schnüffelnase der Geilheit, die Roheit, an deren Geleeblut das Herz sich klein puppert, der wässerige Hundeblick der Ehrsucht, ihre Kehlen haben die Jahrhunderte durchkläfft und sie angefüllt mit – Fortschritt.

O, ich kenne das. Ich, vom Wind gestriegelt.

Daß ich nicht vergesse –.

Im Leben dieser Erde sind zweitausend Jahre ein Jahr.

Gewinnen, Erobern; ein alter Mann sprach: »Wir gehen und wissen nicht wohin. Wir bleiben und wissen nicht wo. Wir essen und wissen nicht warum. Das alles ist die starke Lebenskraft von Himmel und Erde: wer kann da sprechen von Gewinnen, Besitzen?«

Ich will ihm opfern hinter meinem Fenster, dem weisen alten Manne,

Liä Dsi

mit diesem ohnmächtigen Buch.

Erstes Buch

Wang-lun

Auf den Bergen Tschi-lis, in den Ebenen, unter dem alles duldenden Himmel saßen die, gegen welche die Panzer und Pfeile des Kaisers Khien-lung gerüstet wurden. Die durch die Städte zogen, sich über die Marktflecken und Dörfer verbreiteten.

Ein leiser Schauer ging durch das Land, wo die »Wahrhaft Schwachen« erschienen. Ihr Name Wu-wei war seit Monaten wieder in allen Mündern. Sie hatten keine Wohnstätten; sie bettelten um den Reis, den Bohnenbrei, den sie brauchten, halfen den Bauern, Handwerkern bei der Arbeit. Sie predigten nicht, suchten niemanden zu bekehren. Vergeblich bemühten sich Literaten, die sich unter sie mischten, ein religiöses Dogma von ihnen zu hören. Sie hatten keine Götterbilder, sprachen nicht vom Rade des Daseins. Nachts schlugen viele ihr Lager auf unter Felsen, in den riesigen Waldungen, Berghöhlen. Ein lautes Seufzen und Weinen erhob sich oft von ihren Raststätten. Das waren die jungen Brüder und Schwestern. Viele aßen kein Fleisch, brachen keine Blumen um, schienen Freundschaft mit den Pflanzen, Tieren und Steinen zu halten.

Da war ein frischer junger Mann aus Schan-tung, der das erste Examen mit Auszeichnung bestanden hatte. Er hatte seinen Vater, der allein im Fischerboot ausgefahren war, aus schwerster Seenot gerettet; ehe er dem Vater nachfuhr, gelobte er, den Wuwei-Anhängern zu folgen. Und so ging er, kaum daß die freudevollen Examensfeiern vorbei waren, still aus dem Haus. Es war ein ehrerbietiger, etwas scheuer Jüngling, mit eingekellerten Augen, der sichtlich schwer unter seinem seelischen Zwiespalt litt.

Ein Bohnenhändler, ein rippendürrer Mann, lebte fünfzehn Jahre in kinderloser Ehe. Er grämte sich tief, daß niemand nach seinem Tode für ihn beten würde, seinen Geist speisen und pflegen würde. Als er fünfundvierzig Jahre alt wurde, verließ er seine Heimat.

Tsin war ein reicher Mann vom Fuße des Tschan. Er lebte in dauernder Wut, weil er, wie sehr er sein Geld schützte, alle Monate bestohlen wurde, wenn auch nur um Kleinigkeiten. Dazu kamen Erpressungen durch die Polizisten, Steuerbeamten; mehrmals brannten Häuser von ihm ab, von Böswilligen angesteckt. Er fürchtete, daß er eines Tages ohne Habe und Gut dastehen würde. Er fühlte sich macht- und rechtlos. Da verschenkte er sein ganzes Geld an blinde Musikanten, alte Hurenwirtinnen, Schauspieler; zündete selbst sein Haus an und ging in den Wald.

Junge Wüstlinge zusammen mit Dirnen, die sie aus den bemalten Häusern befreit hatten, wanderten herzu. Oft sah man die Dirnen, die zu den verehrtesten Schwestern gehörten, in eigentümlichen Verzückungen unter den purpurnen Kallikarpen, in den Hirsefeldern, und hörte sie unverständlich stammeln.

Sechs Freundinnen vom nördlichen Kaiserkanal, die man als Kinder verheiratet hatte, sprangen in dem Monat, in dem sie in das Haus ihrer Gatten gebracht werden sollten, mit einer Pferdekette aneinandergebunden, unterhalb ihrer Heimatstadt in den Kanal. Sie wurden, da sie beim Hineinstürzen sich an den Ufermauern verletzten, hängen blieben und laut schrien, gerettet von einigen vorüberziehenden Karrenschiebern, welche sie auf das nächste Polizeigewahrsam transportierten, nachdem sie die ganz willenlosen Mädchen mit Kleiderfetzen zur Not verbunden hatten. Als sie, auf dem Amt freundlich verpflegt, sich erholten und zurecht machten, kamen ihre Väter draußen angestürzt. Die Mädchen hörten die lärmende Auseinandersetzung mit den Wachen, stiegen durch ein hinteres Fenster hinaus und entkamen. Sie schlugen sich von Ortschaft zu Ortschaft durch, hielten sich in einer geschützten Berghöhle verborgen, verschafften sich durch Aushilfsarbeit auf den umliegenden Gehöften, in den Mühlen Nahrung. Die Jüngste von ihnen, ein fünfzehnjähriges blühendes Mädchen, die Tochter der Nebenfrau eines alten Lehrers, starb da, indem ihr ein Räuber Gewalt antat und sie dann erwürgte. Der Räuber trat nicht viel später zusammen mit den Mädchen einer Gruppe der Sektierer bei.

Im nordöstlichen China, in den Provinzen Tschi-li, Schantung, Schan-si, ja in Kiang-su und Ho-nan, in großen Städten mit hunderttausenden von Einwohnern, in den tüchtigen Arbeitsdörfern wie in den Spelunkennestern kam es alle paar Tage vor, daß einer auf den Markt ging und vor irgendeinem Betrüger, vor einem Bettelpriester, vor einem lahmen Kind, in einen Eselstrog sein Geld und seine Wertsachen ausschüttete. Daß Ehemänner aus kinderreichen Familien verschwanden; man traf sie nach Monaten in entfernten Distrikten, mit den Vagabunden bettelnd. Es ging hie und da ein unterer Beamter wochenlang wie benommen und träge herum, antwortete bissig auf jede Frage, zuckte frech mit der Achsel bei einer Rüge; dann beging er plötzlich ein erstaunliches Verbrechen, unterschlug öffentliche Gelder, zerriß wichtige Aktenbündel oder griff einen harmlosen Menschen an und zerbrach ihm Rippen. Verurteilt ertrug er seine Strafe und Schande gleichmütig, oder entwich aus dem Gefängnis, ging in den Wald. Dies waren die Leute, denen die Trennung von Familie und Besitz am schwersten wurde und die sich nur durch ein Verbrechen von ihnen ablösen konnten.

Sie trugen nichts vor, was man nicht schon wußte. Eine alte Fabel, die sie erzählten, ging von Mund zu Munde:

Es war einmal ein Mann, der fürchtete sich vor seinem Schatten und haßte seine Fußspuren. Und um beiden zu entgehen, ergriff er die Flucht. Aber je öfter er den Fuß hob, um so häufiger ließ er Spuren zurück. Und so schnell er auch lief, löste sich der Schatten nicht von seinem Körper. Da wähnte er, er säume noch zu sehr; begann schneller zu laufen, ohne Rast, bis seine Kraft erschöpft war und er starb. Er hatte nicht gewußt, daß er nur an einem schattigen Ort zu weilen brauchte, um seinen Schatten los zu sein. Daß er sich nur ruhig zu verhalten brauchte, um keine Fußspuren zu hinterlassen. –

Ein Seufzen preßte das Land aus. Man hatte so glückverschleierte Augen nie gesehen. Ein Zittern ging durch die Familien. Und wenn abends wieder von den »Wahrhaft Schwachen« und der alten Fabel gesprochen wurde, sah einer den andern an und morgens forschten sie, wer verschwunden sei.

Ein geheimes süßes Leiden schien besonders die jungen kräftigen Männer und Frauen befallen zu haben. Sie schienen fortgezogen zu werden von einer Art bräutlichem Schmerz.

Wang-lun war das Haupt der Bewegung.

Er stammte aus Schan-tung, aus einem Küstendorfe namens Hun-kang-tsun, im Distrikt Hai-ling; der Sohn eines einfachen Fischers. Er erzählte später in beiläufigen Wendungen, sein Vater sei der erste der dortigen Fischerzunft gewesen; an der Wand des Zunfthauses stünde noch der Name seines Vaters, des Begründers dieses Hauses. Aber in ganz Hai-ling gab es kein Gildenhaus. Die zweihundertzwanzig Familien des Örtchens schlugen sich mühselig durch. Die Männer schwammen zum Fang auf dem Meere; die Frauen bestellten die wenigen Felder. Der Boden war so knapp, daß man künstliche Äcker auf den breiten Terrassen der Kalkfelsen anlegte, welche dicht an den Strand traten. Mühsam schleppte Mann und Weib die lockere Erde auf Holzmulden herauf, über die schmalen Serpentinen, Mulde nach Mulde, dann warfen sie den spärlichen Dünger, trockene Krebsschalen und Menschenkot.

Dort über dem Meere wirtschafteten Weiber, Kinder und alte Männer tagsüber; Geplärr und dumpfes Rumoren scholl herunter in das leere Dorf. Es hatten früher hier mehr Familien gewohnt. Aber über fünfzig Häuser waren eines Tages von einem vorüberziehenden plündernden Haufen, der von Tschifu herkam, in Brand gesteckt worden. Dem alten Dorfschulzen hatten sie zwischen zwei Gneisblöcken die Füße gequetscht, als er nicht die zweihundert Taels zahlte, die sie verlangten, dann ihm mit einem Balkenschlag den linken Arm zermalmt und ihn, nachdem sie ein breites Loch in das Eis geschlagen hatten – es war Winter –, in einen Tümpel geschleudert. Das stoßweise Gebrüll der sechs Mann, die den jammernden Schulzen immer wieder mit Brettern niederdrückten, das Klatschen der Planken auf der Eisfläche, das laute Schlingen und Wasserspeien des Ertrinkenden, dazu das ungeduldige Wiehern ihrer gestohlenen Pferde, war eine der wenigen Kindheitserinnerungen Wang-luns.

Mit Sonnenaufgang fuhr der alte Wang in den beiden heißen

Monaten aufs Meer hinaus, auf einer zweimastigen Dschunke, die am Bug aus zwei großen grünen gemalten Glotzaugen spähte. Zu fünfen saßen die Fischer drin. Die Segel schwellten; sie legten die Ruder hin; gleichmäßig glitten sie einher über dem dunklen Peiho neben der Nachbardschunke. Sie warfen draußen das verschlungene scharfriechende Netz aus, spannten es von Dschunke zu Dschunke. Die Drehrollen, die das Netz senkten und zogen, knarrten, heulten, standen fest.

Die Männer blieben bis zum späten Nachmittag draußen. Die Sonnenhitze fiel wie ein trockener sengender Regen über Mensch und Getier. Dickwanstig saß der alte Wang unter seinem tellerförmigen riesigen Strohhut auf der Ruderbank und warf mit spitzen Steinen nach den Seemöwen, die hinter den Dschunken aus der flimmernden Luft tauchten. Während die andern Bootsleute im Schiff die Pfeife rauchten oder Tabak kauten. Sobald Wang seine Schleuder ordnete, setzte sich ein kleiner Bootsmann vor ihn an den hinteren Mast, rauchte sorglos, holte vorsichtig einen elastischen Weidenstock unter dem Tauwerk hervor. Die Schleuder knarrte, der Kleine reckte sich mit tönendem Gähnen, die Schleuder wickelte sich um seinen Stock und ausgestreckten Arm, knallte mit dem Stein unfehlbar dem gespannt wartenden Wang vor die Brust oder auf die Beine. Betrübt sah er seiner schwirrenden Möwe nach. Das Boot schwankte unter dem Lachen der vier, die sich auf die nassen Bretter legten.

Wang torkelte großspurig durch die Teestuben, bewarb sich einmal, eines unbeschäftigten Morgens aus seinem Bohnenfeldchen aufstehend, um die Stelle eines Ortsvorstehers auf dem Amt, zur weinenden Wut seiner abgerackerten Frau, die den Spott über Wang voraushörte. Gern lag er im Sande, neben den Becken, die seine beiden Söhne mit Holzkohlen füllten zum Trocknen der Tintenfische. Zündeten sie um die Zeit der Ebbe die Becken auf der Dschunke selbst an, so trabte er zum Strande und hockte sich hin. Da lagen halb umgestülpt die leeren Fischkörbe, ausgebreitet im Sande die gedörrten Tiere, die in der Sonne sich schön färbten. Sie fühlten sich glühend an.

Der Dickwanst stocherte in den Schlammlöchern herum, zog lange Sandwürmer heraus, von denen er die Hälfte seiner Frau zum Trocknen und Verkauf gab. Er selbst behielt sich abseits ein großes Maß, trocknete sie heimlich und schlürfte seine herzhaft köstliche Suppe hinter den Körben.

Dann kamen nach einer Weile die beiden Knaben von der Dschunke herüber, wickelten ihm, da er schwitzte, seine Beinbinden los. Sie kauerten ernst vor ihm mit ihren kleinen Rattenschwänzen, den Zöpfchen und legten die Hände auf den Schoß. In hochmütig näselndem Tone, laut, daß ihn die Nachbarn hörten, redete Wang über sie hinweg, den feisten Rumpf aufgetakelt, rückwärts gestützt auf den Ellenbogen; das nannte er seine Unterrichtsstunde. Er kannte in der Tat die Fibel, das Buch der tausendachtundsechzig Worte des Tscheou-hing-tse; bis auf einige Fehler kannte er es auswendig; es schien auch, als ob er aus dem Frauenbuche einige Sätze gelernt hätte. Immer wieder erklärte er den Kindern, daß er bedaure, nicht streng genug zu ihnen zu sein; Strenge zu ihnen sei seine heilige Pflicht, denn – und die Kinder fielen singend ein: »Erziehung ohne Strenge ist des Vaters Trägheit.«

Und alle paar Tage hörte der künftige Lehrer dreier Provinzen, daß Freude, Zorn, Kummer, Furcht, Liebe, Haß und Begier die sieben Leidenschaften seien. Nicht oft konnten die Kinder ihn unbeschäftigt anhören. Wang-luns Gesicht war schwarzbraun und viereckig, breit; kräftige Linien holten ein reges, verschlagenes Gesicht aus. Die zarte mehr gelbe Tönung der Haut seines gleichaltrigen Bruders nahm trotz aller Meeresgluten keinen tieferen Schatten an; der Knabe blieb elastischer, weicher und ernster als Wang-lun, der wegen seiner bösartigen Späße unter den Spielgefährten wenig beliebt war, auch wenig Verständnis für einen der Sätze seines Vaters hatte: daß zu den fünf höchsten sittlichen Beziehungen die Bruderliebe gehörte.

Munter, mehr spielend als tätig, saßen sie rotkäppig auf den kantigen Steinen des Strandes an dem großen Fischnetz. Auf einer grasbewachsenen Düne hinter ihnen zehn Männerschritte entfernt lagerte der unförmige alte Wang; die nackten, dunkelbehaarten Beine aufgestellt und übereinander geschlagen, kratzte er sich die kleinen eingetretenen Muscheln von der klobigen Fußsohle ab. Er hielt in seiner liegenden rechten Hand ein Ende des Netzes, das die Knaben mit dem dickflüssigen Saft der Mandarinenschale färbten. Er rückte sich höher; die Kinder schnalzten musikalisch, er spuckte und grunzte. Dröhnend entfuhr ihm von Zeit zu Zeit eine Belehrung, zum Beispiel: »Der Kürbis gilt seit altersher als Zeichen der Fruchtbarkeit.« Bis ihm ein Windstoß scharfen Sand ins Gesicht wehte, er sich hustend aus seiner Grube herauswälzte und ihre Farbschüssel umwarf. Mit kläglich bettelndem Blick sagte er, sie hätten wohl nicht den richtigen Ort zum Färben gewählt. Und sie wickelten ihm seine Binden wieder um und zogen ein paar Schritt weiter.

Das größte Ereignis im Leben von Wang-luns Vater war, als der Alte zu seinem Bruder reiste, zur Hochzeit seines Neffen, dreihundert Li entfernt von Hun-kang-tsun. Der Alte sah drei Wochen den Strand und die mageren Bohnenfelder nicht. Ein Barbier, der nebenbei Zauberer war, wohnte im Hause seines Bruders; Wangschen saß abends viel mit ihm zusammen.

Und am Morgen, nachdem er zurückgekehrt war, ging er mit langsamen Schritten zu einem Manne, der Tischlerarbeit verstand, versprach ihm ein Maß getrockneter Sandwürmer, entsprechend einem Wert von vierhundertfünfzig Käsch, wenn er ihm ein rotes hohes Schild schnitzte mit der Inschrift: »Wangschen, Schüler des berühmten Zauberers Kwoai-tai aus Lui-hsia-tsun, Wind- und Wettermeister.« Als es dunkel geworden war, nach sechs Tagen, holte er das blanke Schild, schwarze Charaktere auf himbeerrotem Grunde, blau gerändert, mit seinem ältesten Sohne ab, band es mit zwei Fischertauen, auf das Dach seines Hau-

ses steigend, am vorspringenden Firstbalken an, während seine
Frau schlief, so daß da über den Torweg frei ein Schild herabhing:
»Wang-schen, Schüler des berühmten Zauberers Kwoai-tai aus
Lui-hsia-tsun, Wind- und Wettermeister.«

Die Frau bekam am Morgen, als sie das prunkende Schild sah
und ihren noch schlafenden Mann geweckt hatte, ihren Nerven-
anfall, den sie seit Jahren nicht gehabt hatte. Sie hatte damals, als
einer der Brandstifter zum Fenster hereinrief, ob außer ihr noch
jemand in der Wohnung wäre, voll Entsetzen die beiden einjähri-
gen Kinder zwischen ihren weiten Pluderhosen festgehalten, dabei mit dem »Nein« scharf den Kopf nach rechts geworfen. Jetzt
wogte ihr etwas Grünes durch den Kopf, die beiden Taue des
Schildes wuchsen breit wie Blätter, sägten ihr zwischen den Augen; ein blauer gelenkloser Arm langte zwischendurch, eine Hand
strömte ihre Finger auf sie zu. Im Takt warf die Frau ihren Kopf
von links nach rechts, von rechts nach links, ihre Beine schlugen
zusammen, sie tanzte wie die Figur eines Puppenspielers; die
Kinder versteckten sich vor ihr auf dem Ofenbett.

Und hell schrien sie auf und rasten auf die Dorfstraße zwischen kläffende kleine Hunde, als aus dem Hof Wang, der alte
elefantenbeinige Klumpen, in das räucherige Zimmer drang, mit
einer Tigermaske hin und her stapfte und dabei schnaufend sang,
über die Frau, die hingesunken war, strich, flüsterte. Nach einer
halben Stunde schlief die Frau. Eine Menge von Kindern und
Weibern stand an der Tür, schwieg auf dem Hof, stob vor der nahenden Tigermaske schnatternd auseinander.

Dieser Tag war eine Wendung im Leben Wang-schens. Seine
Frau sagte kein Wort über das rote Schild, ja sie wurde wortkarg
im Umgang mit dem Mann, schlich ihm aus dem Wege.

Er gab sich jetzt nicht mehr als kleiner Gelegenheitslehrer. Er
studierte emsig im Hofe unter einer Erle die sonderbaren Zeichen auf einer Bambustafel, die er von dem Zauberer mitgebracht hatte, ging zwischen dem Misthaufen und Geräteschup-

pen gehobenen Hauptes auf und ab, zitierte laut: »Acht mal neun gleich zweiundsiebzig. Zwei regiert das Paar. Durch Paar vereinigt man das Unpaar. Das Unpaar regiert den Zodiak. Der Zodiak beherrscht den Mond. Der Mond beherrscht die Haare. Daher wachsen die Haare in zwölf Monaten.« Verblüfft sah er von Zeit zu Zeit auf die Tafel; sann, über sich selbst beschämt, nach, befreite sich durch eine rasche niederwerfende Geste. Er ging mit krauser Stirn zwischen den eifrig arbeitenden Fischern am Strand abends herum, äugelte versunken mit den violetten Wolkenballen, blieb vor dem kleinen Pudel eines Korbarbeiters lange nachdenklich stehen, sagte träumerisch, als wenn er mit sich spräche: »Sieben mal neun gleich dreiundsechzig. Drei beherrscht den Polarstern. Dieser die Hunde. Daher werden die Hunde in drei Monaten geboren.«

Nur in der ersten Zeit lachte man hinter ihm, dann bürgerte sich die Auffassung ein, daß er wahrhaft das Zeug zu einem taoistischen Doktor habe, dieser ehemalige Clown des Dorfes. Er wußte so vieles: daß die Schwalben und Sperlinge ins Meer tauchen und zu Eidechsen werden; er konnte den tausendjährigen Fuchsdämon, den neunköpfigen Fasanendämon und den Skorpiondämon bannen; und niemand verstand, was er vom Yin und Yang, dem lichtvollen Männlichen und dem finsteren brütenden Weiblichen sagte.

Er fuhr auf See. Als er eines Morgens versuchsweise nicht zu den Dschunken herabgegangen war, stand seine Frau still vor ihm am Ofenbett. Er erkannte zwischen den zwinkernden Augenlidern, daß sie ihn wie sonst mit einem Faustschlag in die Seite wecken wollte, aber dann ging sie, weckte den fünfzehnjährigen Lun und den Bruder. Und jeden Morgen vor Sonnenaufgang weckte sie die beiden Burschen; oben schnarchte einer behaglich im Halbschlaf.

Wang-schen ging vormittags zum Nachdenken in den kleinen Tempel des Medizingottes, im vorletzten Gebäude des Dorfes.

Da er mit jedem im Dorf und in der Nachbarschaft bekannt war, nahmen die Leute viel seine eigentümlichen Dienste in Anspruch, seine Kunst, den »Teufelssprung« zu üben, besonders aber, die »Schwangerschaft zu brechen«. So nannten die Bewohner dieses Teils von Schan-tung eine sonderbare Sitte. Man fürchtete, wenn sich in der Nähe einer schwangeren Frau alte Männer oder kränkliche Kinder fänden, daß sie in den Leib der Schwangeren einziehen könnten, vielleicht um sich so gesund und wieder jung zu machen. Wang-schen tobte bei solcher Not in seiner weißen Tigermaske vor der hockenden Frau im Zimmer herum, feite ihren Leib, indem er ihn mit Schilfsträngen schlug, stieß schwitzend unkenntliche Silben aus. Bisweilen brachte er tausend Käsch von diesen Übungen nach Hause.

Aber einmal kam er von einer Austreibung über die Straßen, sachte, in seiner quer über das Gesicht gezogenen Maske, gelaufen, in seinen Hof, vor seine Stubentür, wo er plump hinfiel. Die Frau riß ihm das Holzbrett vom bleischwarzen Gesicht. Er keuchte. Aus seiner Brust pfiff es; er wälzte seinen Leib und griff um sich. Die Frau rannte nach Kräutern, machte zwei Ziegelsteine für seine Füße heiß. Ein kleines Mädchen schickte sie; das mußte betteln, als hätte es keinen Käsch, um Geld für ein Bambuslos im Medizintempel. Der Krämer und Dorfapotheker gab den Absud, den die Losnummer bezeichnete. Wang spie ihn wieder aus.

Dann erhob sich nachmittags Lärm von vielen Stimmen vor dem Hause. Unaufhörlich Gongschlag auf Gongschlag; Klingeln, Rufe von weither. Schwere Trägerschritte dröhnten vom Hof herein in das stickige Krankenzimmer. Der Medizingott kam selbst, eine rohbemalte Holzsäule, zu seinem Schüler, die Diagnose zu stellen, die Heilung zu bringen. Die Mutter rief dem Schlafenden in die Ohren: »Zeige dich, zeige dich doch!« Sie stützten den Halbblinden, der murmelte und gähnte. Im Zimmer war es wieder still.

122

Draußen schritt der Gott zum Apotheker; die Träger schwankten in den Laden mit ihren Stangen, der Stab des Gottes zeigte an die unterste Ecke des Regals. Heimlich und entsetzt machte der junge Apothekergehilfe, den Rücken gegen sie gekehrt, das Abwehrzeichen des Tigers; der Stab hatte den Trank des schwarzen Wassers bezeichnet.

Und dem Kranken half nichts mehr.

Der Gott stand schon allein in seinem verfallenen ärmlichen Häuschen am Ende des Dorfes. Es war finster geworden. Sein dicker Schüler, der tapfere Dämonenzwinger, wälzte sich um die dritte Nachtwache hastig auf den Rücken. Die Frau fragte ihn, was er wollte. Sie konnte ihm nur noch die Schuhe anziehen, mit denen man den Totenfluß überschreitet, die Schuhe bestickt mit Pflaumenblüte, Kröte und Gans, und mit einer weißen offenen Wasserlilie.

(…)

Viertes Buch
Das westliche Paradies

(…)

Auf die Meldung des großen Sieges erhielten die Gouverneure von Tschi-li und Schan-tung die zweiäugige Pfauenfeder. Mit den Dekreten Khien-lungs traf sein eigenhändiger Brief an die Führer ein, in dem er die vollkommene Ausrottung der Rebellen und Ketzer befahl. Wie großes Gewicht Khien-lung auf die gründliche Erledigung der Angelegenheit legte, erhellte aus den Ernennungen, die er für den zweiten Teil des Feldzuges anordnete; er stellte den Feldherren den Präsidenten des Zensorenhofes, Sze-hoh, und den kenntnisreichsten und belesensten seiner Schwiegersöhne Lah-wang-tao-roh-tsi als Berater zur Seite. Ferner ließ er in Solon und Kirin tüchtige mandschurische Bogenschützen in großer Zahl anwerben, die nach ihrer Aushebung sofort auf den Kriegsschauplatz rückten.

Die geschlagenen Bündler flüchteten durch das südliche Tschi-li, traten in das Bergland von Schan-tung, sammelten sich an mehreren Gebirgsorten, wo sie neuen Zustrom erfuhren. Sie stiegen geordnet in die Ebene des großen Kanals, den sie überschritten. Die kaiserlichen Truppen, nördlicher und östlicher stehend, konnten nicht verhindern, daß Wang-luns Anhänger in einer blinden Zerstörungswut die Stadt Sou-chong nicht ganz zwei Wochen nach dem Fall Schan-hai-kwangs ansteckten, zwei weitere Distriktsstädte besetzten, schließlich die ummauerte Stadt Tung-chong belagerten und einnahmen. Diese Orte grenzten dicht an Tschi-li; ihre Eroberung gefährdete die Grenzdepartements Kwan-ping und Ta-ming; der Tsong-tou erhielt Befehl, diese Gegend zu decken.

Wang-lun lag in Tung-chong am Kaiserkanal. Alle Rebellentruppen waren konzentriert in einem Umkreis von zwei Tagesmärschen. Der sengenden Hitze folgten Regentage, Sturm. In dem prasselnden Wetter warfen die Bauern die zweite Saat. Der Handel dieser reichen Gegend stand still, der Verkehr auf dem Kanal abgeschnitten. Die Rebellen in einer rasenden Betriebsamkeit zündeten alle umliegenden Dörfer in Brand. Den kommenden Anmarsch der Regulären hemmten sie durch das Ziehen mächtiger Querwälle, in die sie Kanalwasser leiteten. Die Hauptstraße unterwühlten sie; haushohe Hecken-, Bambus- und Sandbarrieren richteten sie von Strecke zu Strecke auf. Die Wachtürme, die durch aufsteigenden Rauch Signale geben konnten, trugen sie ab. Bauern, deren Anwesen sie nicht zerstörten, leisteten Frondienste.

Vormittags saß Wang im Magistratsjamen von Tung-chong und hielt Gericht. Die letzten Siege hatten das Heer erfrischt;

man lebte im Kriege, man wog Siege und Niederlagen. Glück und Unglück hing an den schwarzen Mingfahnen; mit Zärtlichkeit und Entschlossenheit hielt die Masse des Heeres zu ihnen.

In diesen Tagen bot Wang-lun, sitzend auf dem Ofenbett des Gerichtszimmers im Jamen von Tung-chong, seiner regsamen Umgebung ein vielfach wechselndes Bild von Heiterkeit, Entflammtheit und Entrückung. Man kannte dies Verhalten an ihm schon seit der Pe-kinger Schlacht, nur daß die Auffälligkeiten des Zustandes zunahmen; einige behaupteten sogar, daß er mitten in den Kämpfen den Ernst verliere, Soldaten der Feinde die Mützen abrisse, sie auf seinen Gelben Springer stecke, mit den Angreifern wie eine Katze spiele, unbekümmert um den Stand des Gefechtes. Wie sehr er in die Eigentümlichkeiten des Kriegslebens versank, zeigte auch seine Ungeniertheit im Verkehr mit den Weibern der eroberten Städte. Wang nahm sich, was ihm gefiel, während er strenge Zucht über die Wahrhaft Schwachen übte. Er bat oft einen oder den andern seiner Freunde um Entschuldigung wegen seiner Liederlichkeit; sein Verhalten sei vielleicht lächerlich, aber man solle nicht schlecht davon denken; es solle sich niemand einfallen lassen, schlecht davon zu denken. Er fühle sich eigentlich recht glücklich und zuversichtlich; er hoffe, es werde alles noch besser gehen; längere Gespräche mied er; er mied auch die Unterhaltung mit der Gelben Glocke. Ngoh, der Sou-chong hielt, ekelte und graute vor Wang; sie hatten, abgesehen von den dienstlichen Mitteilungen, keinen Verkehr miteinander. Oft bemühte sich die Gelbe Glocke, Aufklärung von Wang zu bekommen. Als ihm Wang auswich, ging er in schwerer Beklemmung, in heftiger Trauer umher. Er hatte den unklaren Wunsch, Wang zu trösten und vor irgend etwas zu bewahren. Die Besorgnis der Gelben Glocke um Wang war so stark, daß er einige zuverlässige Leute beauftragte, den eigentümlichen Mann zu beobachten und ihm zu berichten; aber er konnte diese peinlichen Berichte nicht anhören und wußte sich in seiner Angst und seinem Mitleid nicht zu helfen.

Einmal brachte man vor Wang in das Jamen einen Räuber, einen zerlumpten, finster blickenden Halunken, der sich als Wahrhaft Schwacher vor Bauern ausgegeben hatte und dann, eingelassen, über die Wehrlosen hergefallen war; vielleicht zehn Fälle schweren Raubs in der nächsten Umgebung Tung-chongs waren ihm nachgewiesen. Wang fragte den starkknochigen, nicht mehr jungen Gesellen, woher er stamme. Der kniete und schwankte viel seitlich, weil man ihn, um Geständnisse zu erzwingen, nachts einige Stunden auf sechs dünnen Kettchen hatte knien lassen. Er seufzte und bat, ihn freizulassen; er sei unschuldig, man habe ihn verwechselt. Dann, den vertieften Blick seines Richters auf sich gerichtet sehend, bat er dringender mit Händeausstrecken, ohne Wangs Fragen zu beantworten. Schließlich sagte er, er sei der Sohn eines Pastetenbäckers aus Tung-chong; früh wäre er dem weggelaufen, weil er sich nicht für die Bäckerei geeignet hätte, er könne nämlich keine Hitze vertragen, auch jetzt nicht; es sei ein unglückliches Geschick. Und dann log er weiter, bis er schließlich von der Rebellion sprach, wie er mit den Bündlern sympathisiere; er verplapperte sich, indem er angab, daß ihn manche Bauern für einen frommen Bruder gehalten hätten. Er mußte auf den Wunsch des Richters aufstehen und von einem der Häscher geführt in der Halle auf und ab spazieren. Mit schiefen Blicken, oft zusammenknickend, beobachtete der Verbrecher seinen sonderbaren Richter, der ihm unverwandt nachblickte.

So alt wie dieser war Wang auch; dieses Schicksal also hätte er gefunden ohne den und jenen Zwischenfall, ohne Su-koh in Tsinan, ohne das Elend auf Nan-ku und anderes. In Tsi-nan ging er herum wie dieser; jetzt schleppte man den Halunken hier; er hätte es vielleicht nicht so dumm gemacht wie der, aber einmal, einmal wären auch ihm die dünnen Kettchen unter die Knie ausgebreitet worden.

»Wenden!« rief Wang, »weitermarschiert!«

Ein verhungerter Bursche mit Klauen und Armen, wie ein

Affe, zahnloses Maul, dürre Waden; er konnte klettern wie er lügen konnte. Sein Bruder, sein Bruder! Wie gelogen, so wahr geredet; kein Wahrhaft Schwacher, aber sein Bruder.

Erstaunt besah sich Wang den Mann, sah sich nicht satt an seinen Lumpen, verglich seine eigenen Hände mit denen des Strolches; beobachtete ganz insgeheim den Häscher, ob die etwas merkten und sich auch wunderten, daß er hier oben saß und nicht selber da unten ging. Nein, man merkte nichts. Ob man nicht die Rollen vertauschen sollte, war der Halunke nicht zu beneiden? Verflucht sollten Su-koh und Nan-ku und alles sein, daß sie ihn bezwungen, weggerissen von seinem Wege hätten. Wer solch großes Maul haben und so scheel blicken könnte!

Nachdem der Verbrecher mehrmals vor dem Ofenbett auf und ab geschleift war, ließ Wang den Glücklichen, ununterbrochen sich Verneigenden ohne Strafe ins Gefängnis zurückschaffen.

Bei Einbruch der Dunkelheit schlich Wang in den Gefängnishof, wies die Aufseher beiseite, setzte sich neben den grinsenden Mann, der an den Füßen gekettet freudig seinen Gast umhüpfte. Statt ihn auszufragen, fing der Richter im Gaunerkauderwelsch mit ihm zu flüstern an, so daß der Gefangene erst stumm, erschreckt zurückwich, dann vergnügt einfiel, denn er wußte schon, wie gemischte Elemente zu den Wahrhaft Schwachen strömten. Der Gefangene erzählte witzige Geschichten von den singenden Brüdern und gar den aberdummen Schwestern, die die unglaublichsten Tiere seien; sie faßten zusammen einen Plan zu fliehen, den einen jungen Aufseher zu bestehlen und zunächst draußen den Bauern einen Denkzettel zu geben, die den Verbrecher festgenommen hätten. Der Gauner kam ins Schwatzen und Wang hörte zu; sie schlugen sich flüsternd die Schenkel. Sie mußten sich beiseite setzen, die andern Gefangenen kamen angehüpft und wollten an der Unterhaltung teilnehmen. Als Wang die zudringlichen Fratzen der Männer sah, die verstümmelten Nasen, Ohren, wurde er rasch stiller. Er hörte über das hastige Geplap-

127

per seines Nachbarn weg, starrte die grausigen, lachenden, struppigen Köpfe an. Beängstigt stand er auf, gab dem Verbrecher ein paar gute Worte, ging auf die Straße. Ihm fror der Magen; seine Därme stiegen ihm zum Zwerchfell. Durch die morastigen Straßen, in denen selten eine Laterne vor einem Hause brannte, hastete er; kleine Patrouillen liefen an ihm vorbei.

Nicht Verbrecher sein, kein Mord, kein Mord! Wie soll man das ertragen, zu morden! Helfen den andern, verstümmelten, helfen! Ihre Gesichter wieder gutmachen! Nan-ku, widerstreben, nicht widerstreben, das Schicksal besänftigen! O, diese waren schlecht und arm, sie sollten zu ihm kommen; dann brauchten sie nicht auf Ketten knien, nicht in ihrem Kot liegen, nicht die lange Rute dulden. Sein Bruder, seine Brüder, o, so wäre er geworden! Nicht morden, nicht morden!

Er gab am nächsten Morgen Befehl, keinen gefangen zu nehmen, auch die Gefängnisse alle zu entleeren. Wer von Verbrechern, die ergriffen würden in den Städten und der Umgebung, sich bekennen würde zum Wu-wei und gegen die Mandschus kämpfen, sollte in den Bund aufgenommen werden. In lebhafter Unruhe herumgehend schickte er mittags zu der Gelben Glocke, der eilig kam.

Wang erwartete den graubärtigen Offizier vor der Tür seines Jamens, zog ihn in das Haus, griff wortlos nach seinen Händen, umarmte ihn: »Wäre Ma-noh noch am Leben, würde ich zu ihm schicken; du müßtest dabei sein. Ich will dir bekennen: heute nacht habe ich die armen Verbrecher im Gefängnis besucht, aber ich kann nicht mehr Verbrecher sein. Ich hoffte es noch manchmal, aber es ist ein Irrtum von mir; das sind alte Geschichten, man wird nicht wieder jung. Ich habe sie im Gefängnis gesehen mit den abgeschnittenen Nasen, Ohren; sie haben nach mir gespuckt; o, giftig blicken sie. Du hast das noch nicht gesehen, Gelbe Glocke. Such dir einen aus, sieh ihn dir an, dann wirst du, wirst du mir recht geben, daß diese Menschen schrecklich, schrecklich sind. Ich weiß nicht, wie man schlafen kann, wenn man denkt, daß es so schreckliche Menschen gibt. Und wie ich es selber über mich brachte, einmal zu morden. O, sind dies Unglückliche, lieber Bruder, sind dies Arme; vom Mord laufen sie ins Gefängnis, vom Diebstahl legt man sie an Ketten, schlägt ihre Fußsohlen, schneidet ihnen Stücke Fleisch aus, brennt ihre Ohren ab; und wenn sie dann leben bleiben, dann rauben sie wieder, und sie wissen gar nicht, was man von ihnen will, wie das enden soll, warum alles so sonderbar zugeht: Mandarine da, und da Kaiser, und da Bauer, und da Verbrecher. Ja wie soll das enden? Ich habe mein Wu-wei beschworen, damit ich mir und ihnen helfe; es sollte dann gut sein; alle auf Nan-ku haben es mir geglaubt und es ging vielen so gut. Ich will doch kein Königreich gründen; stoßen, schlagen könnte ich mich, so vergeßlich bin ich. Für sie und mich ist das Wu-wei gestiftet, und ich will uns untergehen lassen.«

Die Gelbe Glocke nahm Wangs Arm von seinen Schultern; sie hockten zusammen auf einer schmutzigen Binsenmatte an der Tür; Wang hob die Arme nach den Wänden: »Die goldenen Buddhas müßten hier stehen, wie bei Ma-noh in der Hütte; die milden Götter sagen alles und nur gutes. Bin ich nicht wieder auf Nan-ku? Ich möchte wieder ganz in Weichheit, in Ruhe auf Nan-ku sein unter den Brüdern.«

Die Gelbe Glocke sprach mit einer zitternden Stimme:

»Hat es sich so gewendet in dir, Wang? Ich habe so um dich gefürchtet. Du konntest uns leicht verloren gehen, dachte ich. Ich dachte es nur. Ich bin ja glücklich für dich und für mich. Was fehlt dir noch?«

»Alles, lieber Bruder. Ich habe dich darum rufen lassen! Was hab ich nun, sag mir, inzwischen getan, seit ich von Nan-ku herunterkam? Ist das gut gewesen? Wie soll ich mein Leben verstehen?«

»Ich weiß es nicht, ich hab nicht alles gesehen, was du getan hast.«

»Das Wu-wei ist gut. Das kann mir niemand entreißen. Ich habe solche Angst um mich, Gelbe Glocke, daß ich den Weg verfehle. Und die Gefangenen sollen alle mit mir kommen, ich muß für sie sorgen.«

Der andere begütigte Wang; er mußte den Mann in der Halle herumführen; das Schicksal des Heeres sei gleich, das Wu-wei würde nicht untergehen.

Als sie wieder auf der Matte saßen, schwieg auch Wang bald, der sich anklagte. Nach einer Pause sagte die Gelbe Glocke leise, aus einer Versunkenheit auftauchend, er wolle seinem Bruder eine Geschichte erzählen.

»In einem Dorf der Provinz Tschi-li soll einmal eine Familie Hia gelebt haben. Hör mir ruhig zu, Wang, es ist eine Geschichte, die dich angeht; sei ruhig, lieber Bruder, ich will dir ganz meine Meinung sagen und dir helfen. Die Frau tat ihre Arbeit auf dem Feld, sie ging mit den Ochsen in der Frühe hinaus und pflügte. Ihren Mann liebte sie. Eines Morgens, bevor sie aufstand, kam aus der Wand ein scharfes Flüstern: ›Dein Mann trinkt Wein in der Schenke; er hintergeht dich mit deiner Nachbarstochter; er möchte sie zur Nebenfrau.‹ Ihr Mann nahm sie in die Arme, bevor sie aufs Feld ging, und küßte sie; sie faßte ihre beiden Kinder bei den Händen an und sie saßen mit ihr auf dem Feld. Die Ochsen brüllten; die Frau spielte mit den Kindern und ging nicht an den Pflug. Um Mittag wanderte sie mit den Kindern wieder nach Hause; leidenschaftlich herzte sie ihren Mann, sagte, daß sie sich krank fühle. Er mußte sich die Schürze umbinden, den Strohhut aufsetzen und pflügen. Sie setzte sich auf ein verfallenes Grab hinter dem Haus, dachte, wie die Männerliebe von Reisig und Stroh sei, weinte erbärmlich, und sann auf Trost. Mit entschlossener Miene erhob sie sich: ›Tu mir ein Liebes an‹, betete sie zu einem Buddha, ›rette mich.‹

In der finsteren Nacht schlüpfte sie von ihrem Lager herunter, nahm mit Winken der Hände Abschied von dem schlafenden

Mann, mit Streicheln von den leise atmenden Kindern, ging in die blaue Nacht hinein, über ein breites Kohlfeld, und hinter einem weiten Brachacker stand ein Berg, in dessen steile Seitenwand die Treppe eingeschnitten war, auf der man in bestimmten Monaten zum Buddha kommen konnte. Es mußten schon andere aus dem Dorf diese Nacht hinaufgestiegen sein, denn während sie kletterte, bemerkte sie frische, erdige Fußstapfen. Ihr graute, weil die Treppe kein Ende nahm und sie fürchtete schwach zu werden. Sie trat und trat; sie holte andere ein; mit einem Mal glitten sie eine kleine Strecke tiefer und wurden dann von einem Schwung höher und höher getragen, ohne die Füße auseinanderzunehmen. Auf der Plattform saß der Gott mit angezogenen Knien auf einem Esel; zwei Männer mit Schirmen, Fächern und Laternen standen hinter ihm, und hielten den Esel beim Zaum, machten freundliche Gesichter. Auch der Gott lächelte; er hatte ein schmalausgezogenes Gesicht mit einem Ziegenbart; die Füße versteckte er in seinem grauen Obergewand. Die Frau stellte sich ganz zuletzt und wartete gesenkten Gesichts. Als die Männer ihr zuwinkten, schlich sie zögernd näher in den Lichtkreis; der Gott legte seine dünne Hand, die wie aus weißer Jade vom Laternenlicht durchschienen wurde, auf ihr Haar und fragte sie, indem er sie aufforderte, den Rücken ihm zuzuwenden und dann zu sprechen. Stockend redete sie, wobei ihr wurde, als ob auch sie aus durchsichtiger Jade war. Sie kehrte sich dem Gott wieder zu; er bückte sich, flüsterte ihr ein sonderbares Wort ins Ohr, sagte leise, nun könne sie wieder nach Hause, es sei gut. Sie legte die Hände vor das Gesicht, stand eine Weile, bis einer der beiden Männer sie an die Treppe führte.

Nun verging ein ganzer Sommer, bis die Frau, die nur manchmal noch aufs Feld ging, sich häufiger abermals auf das Grab setzte, ihre Kinder an sich zog und schließlich am Ende der Ernte wieder nach der Treppe wanderte. Das Steigen tat ihr wohl; ihre Füße schmerzten, das machte ihr Behagen; es schien ihr, als ob sie die ganze Nacht in die Höhe stieg. Sie ging ganz allein; es war nicht der Monat, in dem man den Gott aufsuchen durfte, aber sie sah dem ernsten alten Wächter oben ins Gesicht und verlangte zugelassen zu werden; sie habe ein Recht dazu, das ihr niemand bestreiten dürfe. Er führte sie traurig auf die dunkle, ungeheure Plattform, sagte, der Gott wäre da, sie sollte nur sprechen. Sie schrie sofort, nannte ihren Namen, klagte den Gott an, daß er ihr nicht geholfen habe. Er antwortete von ferne: ›Was willst du von mir, Frau?‹ Da rief sie: ›Nicht du hast zu fragen, sondern ich. Ich wollte sterben. Aber du hast mir ein Trostwort gegeben, hast mein Leben verlängert. Was willst du von mir? Darum komme ich zu dir. Ich bin die ganze Nacht gelaufen, um dich dies zu fragen.‹ Hart, ganz in ihrer Nähe fragte die Stimme: ›Wo hast du deine Kinder? Wer hat dein Hirsefeld im Sommer bestellt?‹ ›Mir sollst du helfen; meinen Kindern geht es gut; mein Hirsefeld kümmert nur mich.‹ ›Das Wort hat dir nicht geholfen, weil du widerspenstig warst, Frau.‹ ›Du hast mich an der Nase herumgeführt im Sommer, du bist ein sauberer Gott.‹ ›Frau, du hast deinem Mann und dir nicht helfen wollen.‹ Sie brach in Gelächter aus: ›Und das nennst du noch Trost?‹ Sie sprach kein Wort weiter. Vor einem Runzeln seiner schmalen Stirne, die sich dicht vor ihr aufstellte, schrumpfte sie zusammen, sauste als ein zackiger Stein den Abgrund herunter bis zum Beginn der Treppe, wo sie aufprallend in die Wolken stieg. Sie tauchte zwischen den Sternen unter, schwirrte als ein Meteor mit den Schwärmen heimatlos vor den Wolkentüren. – Hast du mich verstanden, Wanglun?«

Der saß mit gesenktem Kopf und nickte: »Ich habe einen Wink bekommen und soll ihn annehmen. Ich schlage dem Schicksal nicht ins Gesicht; aber glaube mir, Gelbe Glocke: Entschlüsse helfen dem Menschen nichts, wenn er unruhig ist. Man bezwingt mit Entschlüssen nichts in sich. Es muß alles von selber kommen.«

Er hob plötzlich sein ernstes Gesicht zur Gelben Glocke: »Du freust dich über mich. Und ich freu mich, weil ich heute diesen Wink bekommen habe und weil es mir wieder gut gehen wird. Ich fühle, lieber Bruder, es wird mir wieder gut. Ich fange wieder an Menschen zu lieben. Was für ein Durcheinander habe ich erlebt, jetzt kann ich wieder aufstehen und ruhig gehen und unser Wu-wei auf den Händen tragen.«

»Weh uns, Wang, daß wir es auf den Händen tragen müssen, mit Schwertern, mit Beilen. Weh ihnen, die uns Arme, Gute angreifen.«

»Es soll uns nicht kümmern, lieber Bruder. Sie machen das Wu-wei nicht schlecht. Wir, nur wir gehen den richtigen Weg, der auf den Gipfel der Kaiserherrlichkeit führt. Ich will leben, so lang ich darf unsere gute Lehre verteidigen. Diese Nacht wollte ich euch verlassen mit dem Verbrecher. Ich will diese Nacht nicht vergessen, in der ich zum zweiten Male auf dem Nan-kupaß gesessen habe.«

Die Gelbe Glocke hielt immer streichelnd Wangs linke Hand: »Dies bist du, so wollte ich dich kennen, so bist du, lieber Bruder. Das Fieber hat dich verlassen. Man kann uns erschlagen; wer kann uns etwas anhaben?«

Sie erhoben sich; auf Wangs Bitte begleitete ihn die Gelbe Glocke durch die Straßen. Als sie eine Stunde gegangen waren, kamen sie an einen niedrig bewachsenen grünen Anger, der von einem seichten Bach durchrieselt wurde. Stämmig und breit schritt Wang-lun aus; es hing sein Gelber Springer an einem Strick um seinen Hals; er baumelte blank über dem blauen, kurzärmeligen Kittel; ein spitzer Strohhut bedeckte seine Stirn, die von einer roten Narbe durchschrägt war; herrische Augen in einem tiefbraunen Gesicht blinzelten gegen die Sonne. Die Gelbe Glocke machte mit langen Beinen weite Schritte; er ging gebückt, grauer Kittel und graue Hosen, auf Strohsandalen wie Wang; eingefallene Schläfen, tiefliegende Augen mit einem schwarzen

Strahl, flatternder Bart. Die Lerchen und Finken sangen über ihnen.

Wang zeigte mit dem Finger nach der Mauer, lächelnd: »Nach Nan-ku kommen wir heute nicht.«

Sie streckten sich an dem Bächlein hin, schwiegen. Die Gelbe Glocke murmelte: »Ich werde nicht mehr viele solche Tage haben. Ich werde nicht mehr lange im Kaoliang liegen. Vor Schön-ting habe ich mit Ma-noh gelegen; im Lamakloster war eine schöne Sonne. Die Salzsieder klopften an die Tür, wir erschraken. Liang-li saß neben mir.«

»Du hast diese Schwester nie vergessen, Bruder Gelbe Glocke.«

Der Offizier hob abwehrend den Arm: »Wenn die Sonne scheint, denkt die Gelbe Glocke an Liang-li aus Schön-ting; wenn sie nicht scheint, wundert er sich, warum sie nicht scheint und warum er Liang vergessen hat.«

»Sie ist in der Mongolenstadt gestorben.«

»Wang, sie ist im Westlichen Paradies. Hinter den weißen westlichen Wolken erkenne ich manchmal ihr feines, kluges Gesicht.«

Das Tuten, Klappern von den Häusern herüber. Ohne Unterlaß zwitscherten die Vögel, die ganz hoch schwärzliche, regsame Klümpchen waren. Wang, liegend, zog die Beine an, warf sich um auf den Leib, kroch hoch und beobachtete die Vögelchen, wie sie fielen und stiegen, und den kleinen Bach. Er nahm seinen Strohhut ab, zog seinen Kopf aus der Schlinge seines Schwertseils, dann stach er das Schwert in den weichen Boden, stülpte den Hut über den Knauf, schwang die Arme und setzte die Beine, als wenn er Anlauf nehme: »Aufgepaßt, Bruder Gelbe Glocke, ich mache Sprünge.«

Mit einem Satz stand er jenseits des Bächleins: »Jetzt bin ich auf Nan-ku. Ma-noh tut, was ich tun will. Es wird alles schlecht. Ich muß weiter springen.«

Er sauste neben sein Schwert; der Hut flog vom Luftzug herunter: »Jetzt im Hia-ho. Eine schöne Zeit, Gelbe Glocke. Der Damm, der Hwang-ho, der Jang-tse; eine Frau hatte ich. Das Wu-wei kommt zu mir gewandert, noch bin ich nicht da, ich kann nicht so rasch folgen. Schlachte, mein gelbes Schwert! Und jetzt –«

Er hob sich im dritten Sprung über das Wässerlein: »Wo bin ich? Auf Nan-ku wieder, bei dir, Gelbe Glocke. Der Wink war gut. Die Verbrecher waren gut. Ich bin wieder zurückgekehrt aus dem Hia-ho, ich bin wieder zu Hause, in Tschi-li. Komm zu mir herüber, lieber, lieber Bruder: bringe meinen Gelben Springer mit, denn hier muß gekämpft werden.« Die Gelbe Glocke stand neben ihm.

Sie umschlangen einander die Schultern, sahen in das rieselnde, flinkernde Wässerlein: »Der Nai-ho«, lachte die Gelbe Glocke. Beide hielten sich fester. Wang senkte den Kopf, seufzte leise: »Der Nai-ho. Es kann anders nicht kommen.« Auch die Gelbe Glocke zitterte leicht: »Ich hatte ein gutes Schicksal gehofft für uns. Die blumige Mitte muß ich ungern verlassen.«

Am Abend dieses Tages der drei Sprünge ließen sich zwei Damen aus der Stadt zu Wang führen. Eine elegante, schlanke Dame betrat zuerst das stille Jamen, in dem Wang auf der Matte sitzen blieb. Sie hob das Lid des linken Auges selten; dann und wann erkannte man auf dem Augapfel große, weiße Flecken. Eine rundliche, sehr schöne Frau folgte, die sich weniger sicher bewegte als jene elegante. Die erste Dame nannte sich Pei, die andere Jing. Auf der Matte sich niedersetzend erwarteten sie Wangs Begrüßung. Die Ältere ließ sich aber nicht aus der Ruhe bringen, als der Mann sie barsch nach ihren Wünschen fragte. Sie kämen aus der Roten Stadt. Sie hätten noch vor der Belagerung flüchten müssen. Sie böten den Bündlern ihre Dienste an. Die Dame Pei erzählte in Breite ihr Schicksal, endete mit der Erklärung, daß sie imstande sei, noch jetzt in die Rote Stadt einzudringen und die Häupter der Mandschudynastie mit einem Zauber umzubringen. Wang war einiges von der Angelegenheit dieser Zauberfrau zu Ohren gekommen. Eine kleine Zeit blieb er stumm auf seinem Platz. Dann stieg er herunter, dankte den Damen, bat sie, ihm ihre Adressen zu hinterlassen, schickte zwei Soldaten zu ihrem Schutz mit. Wang kam an dem Abend nicht zur Ruhe unter dieser Sache. Erst sandte er nach der Gelben Glocke; dann mußte der Bote zurückgeholt werden. Er wollte allein zu einem Beschluß kommen. Im Hof des Jamens trabte er herum. Das war ein neues Zeichen. Unerwartetes Ende der Mandschus. Sollte man zugreifen, mußte man nicht? Noch nicht der Nai-ho! Aber der anfängliche Widerwille kehrte zurück. Irgend etwas war unerträglich an dem Vorschlag. Er war ekel, das Ganze war sinnlos, es kam von außen her, war kein Wink, es störte nur den Verlauf. Was er mit der Gelben Glocke an dem kleinen Wasser erlebt hatte, war endgültig und da sollte niemand eingreifen. Nicht morden. Die Wege lagen alle eben da.

Und noch ehe die Nacht kam, schickte er vier Soldaten zu den Damen, die sie unter Aufsicht eines Offiziers aus der Stadt geleiteten. Man drohte ihnen Rutenhiebe an, wenn sie den Wahrhaft Schwachen wieder unter die Augen träten.

Es ist beschlossen, vollendet, jauchzte Wang. Glücklich schlief er ein. Im Traum stand er unter einer Sykomore, an deren Stamm er sich hielt. Über seinen Kopf wuchs der Wipfel des Baumes in die grüne Breite und Höhe, so daß er, als die schweren Äste sich senkten, ganz eingehüllt und versunken im kühlen Blattwerk war und niemand ihn mehr sehen konnte von den vielen Menschen, die vorüberspazierten und sich an dem unerschöpflichen Wachstum ergötzten.

(…)

Wadzeks Kampf mit der Dampfturbine
(1918)

Erstes Buch
Die Verschwörung

Gabriele fuhr das Schöneberger Ufer entlang, kutschierte über die Brücke auf die andere Seite des Spreekanals. Vor einem alten Hause in der Straße am Blumeshof stieg sie aus. Wie sie in das Halbdunkel des Speisezimmers eintrat und vor der abgeblendeten Hängelampe stand, die einen runden Fleck Gaslicht auf den Tisch warf, knarrte die Tür vom Empfangszimmer; ein Blumenbukett kam ihr aus dem Halbdunkel entgegen; Wadzek sagte mit seiner gewöhnlichen Stimme: »Guten Abend, guten Abend, liebes Fräulein.« Ein altes schiefes Hausmädchen half Gabrielen ablegen.

Wadzek schlenderte im Zimmer herum. Er wippte, schnellte um alle freistehenden Möbel des Zimmers, dämpfte sein Organ, krähte. Er hatte ein kindliches langes Gesicht mit struppigem rotblonden Bart. Ging an die Stühle, Etageren heran, beschnüffelte sie, immer freundlich, verwandtschaftlich, verschwägert mit allen. Im Straßennegligee trabte er, die Hände bis zu den Ellenbogen in den Hosen, um jede Feierlichkeit zu vertreiben. Er schien sich nur im Schutze eines Gegenstandes wohl zu fühlen, trat selten in die Mitte des Zimmers. War er aus dem Kontakt getreten, schlüpfte er mit verschwiegener Bewegung wieder zurück. Als ihn Gabriele lockte sich zu setzen, drehte er sich auf dem Stuhlsitz, suchte Anschluß an die Fransen der Tischdecke. Da sie ihm zu tief hingen, zerrte er an einem kleinen Tablettdeckchen, auf dem die Blumenvase stand.

»Lassen Sie doch die Vase«, sagte Gabriele.

Er ärgerlich zog den Arm zurück: »Ich bin nervös. Das geht niemanden etwas an. Eine Vase kann mich nicht nervös machen. Eine Vase gehört an ihren Platz.«

Er blickte unsicher über den Tisch, neben die Stuhlbeine, trat über zwei Teppichmuster auf das Büfett zu; er hatte die Insel verlassen.

»Sind Sie darum hergekommen, Herr Wadzek, um mich von Ihren Nerven zu unterhalten?«

»Mißverstehen Sie mich nicht dauernd, liebes Fräulein. Eine Vase ist nicht belanglos. Es ist wie mit den Kleidern. Wenn Sie diese Vase –: Sie müssen mir schon verzeihen, wenn ich haften bleibe an diesem Gegenstand. Eine gründliche Erörterung kann nur beruhigen, kann nur allerseits, ich sage mit Bewußtsein allerseits, beruhigen.«

»Sie wollten von meiner Vase sprechen.«

»Wie mit den Kleidern. Sie sitzen nicht, sie hängen. Sie schlenkern. Mal ist die Schulter hochgerutscht, mal sieht man das Korsett, mal schleppt der Rock, und vorn ist er zu kurz. Bei Gerson hat alles gesessen.«

»Aber, Herr Wadzek, doch nicht meine Kleider.«

»Doch nicht Ihre. Wie auch das? Durchaus nicht, im Gegenteil. Es ist eine allgemein zutreffende Bemerkung, die durch Ihre Ausnahme und so weiter und so weiter. Ich habe doch selbst auf dem Wohltätigkeitsfest im Bellevuehotel gesehen –«

»Wie kommen Sie auf das Wohltätigkeitsfest?«

»Es ist eine etwas schiefe Bemerkung meinerseits. Selbst gesehen ist vorbeigesprochen, keineswegs vorbeigedacht. Ich will mich nicht falsch beschuldigen. Schneemanns Vetter hat mir sehr genau erzählt, er ist Plakatmaler, erstklassiger Dekorateur, so genau, daß ich mir alles ganz vorstellen kann mit geistigen Augen. Wie Sie an der blauen oder grünblauen Nische vorübergingen, welche den Meeresboden darstellte, hineinguckten und sagten:

›Was ist hier für ein Rauch!‹ Es war Ihnen zu rauchig auf dem Meeresgrund. Wie Sie mit Stawinski plauderten.«

Sie lachte heftig: »Von dem hat er Ihnen auch erzählt?«

Wadzek blieb entrüstet stehen: »Was beschuldigen Sie mich? Sie haben eine äußerst kränkende Art an sich, Fragen zu stellen.« Er war furchtsam und suchte durch ein beleidigtes Wesen zu entwaffnen. Sie suchte ihn aus dem Schatten zu locken; er ging unsicher weiter: »Halten Sie mich doch nicht mit Nebensachen auf. Sie bringen mich damit nicht aus dem Konzept.«

Sie schwieg. »Kindereien«, platzte er heraus, »Kindereien sind das. Ich könnte Ihnen von Ihrem Schritt, von Ihrem Gang erzählen, von –«

»Wovon noch? Und was ist mit meinem Gang?«

»Aber ich tue es nicht.«

»Aus Edelmut.«

»Nennen Sie es Edelmut. Es ist zwar Psychologie, Takt, Rücksicht, aber es tut nichts zur Sache. – Ich kann schon gar nicht mehr reden.«

Er setzte sich still an den Tisch.

»Hab' ich Sie verletzt, Herr Wadzek?«

Er dozierte, anscheinend kalt, im Tone eines Zeitungsberichts: »Ihr Gang hat zweifellos etwas, was imstande ist, Männer aus ihrer Ruhe zu bringen. In der Lombardei, wo ich letztes Frühjahr war, ist es anders; Mailand, Turin, Umgegend. Sie setzen einen Fuß vorwärts, langsam, viel zu langsam für unsere Begriffe, ziehen den rechten nach, und dabei schwankt Ihr Oberkörper in einer Weise nach vorn, nicht geradlinig, wie etwa hier meine Hand, wenn meine Finger Ihre Beine darstellen. Wie eine reife Frucht, oder Fruchtschale. Als wenn Sie vorhätten, sich hinzuschütten. Ich könnte auch sagen: wie ein Bassin mit Wasser, wie ein Goldfischbassin, das Sie bis an den Rand schaukeln.«

»Nehmen Sie doch Ihre Hände vom Tisch. Jetzt werden Sie lächerlich.«

Er zog sie rasch weg, versteckte sie in sein Taschentuch unter dem Tisch: »Entschuldigen Sie. Freilich. Der Vergleich war etwas gewagt; sozusagen, an den Fingern herbeigezogen.«

Sie stand auf; ernst, matt: »Gott, wie abgeschmackt. Was wollen Sie eigentlich?«

Wadzek blieb beharrlich. Da er geschlagen war, wurde er frech: »Rommel hat das Bild von der Fruchtschale sicher auch empfunden. Ihr Leib schaukelt, als wenn er obenauf Äpfel trüge. Oder als wenn er mit Wasser gefüllt wäre.«

»Jetzt reden Sie glücklich von meinem Bauch.«

»Ihr Bauch ist kein Gesprächsthema, gnädiges Fräulein. Ich weiß selber, daß sich ein Gespräch um sozusagen ernstere Sachen zu drehen hat. Die Abrundung der Unterhaltung, wir wollen das festhalten, erfordert den Übergang –«

»Auf meinen Bauch.« Sie lachten zusammen.

»Sie sollten mir behilflich sein, gnädiges Fräulein.«

»Ich warte, bitte.«

Er verschwand wieder an der Wand: »Es geht nicht so. Mit: ich warte, bitte, – kann ich nicht sprechen. Ich will niemanden beleidigen, aber das sind Phrasen, mit denen man mich ruiniert. Ich finde da keinen Boden, keinen Faden.«

»Ich soll Rommel um etwas bitten.«

»Totschlagmanieren«, schrie er, blieb am Bücherregal stehen, blies das Gesicht auf, streckte die Brust vor. »Um gar nichts sollen Sie ihn bitten. Nicht von mir. Ich brauche keine Bitten. Bitte hin, Bitte her. Was wagen Sie gegen mich?«

Er schüttelte den Arm gegen sie. Gabriele zischte: »Ich verbiete Ihnen zu schreien. Fluchen Sie, seien Sie gemein. Schreien Sie nicht.«

Er ging weiter, höhnte: »Sie werden mich nicht aus meiner Ruhe bringen. Die Ruhe ist ein gottvolles Geschenk meines seligen Vaters, mein einziges Erbstück. – Ich habe ein Anliegen an Ihren Freund, – Anliegen ist vielleicht zu viel gesagt. Und Sie überfallen mich umsonst mit Ihren Kraftausdrücken.«

»Also Anliegen.«

Er stöhnte, verdrehte die Augen: »Der Herr erbarme sich. In welche Höhle bin ich geraten.«

Sie raschelte auf ihn zu: »Wenn Sie sich erlauben, noch ein Wort weiter zu sprechen.«

Sie sank auf einen Schaukelstuhl: »Das schneit in meine Wohnung, hat ungeputzte Stiefel, bindet sich keinen saubern Kragen um. Zu Hause schmatzt es mit seiner Frau. Was hab' ich mit Ihnen zu tun? Ihr mißbraucht mich. Tun Sie nicht so entgeistert. Rommel hält mich aus, Sie amüsieren mich manchmal; ich bin nichts Besseres als Rommels Mätresse. Das hab' ich mir gewählt. Daß man mich aber anbläfft wie Sie mit Ihrem: ›der Herr erbarme sich‹, das hab' ich mir nicht gewählt.«

Wadzek riß den Mund auf, sperrte die Arme weit: »Es ist solch grenzenloser Irrtum. Wenn Sie wüßten, wie ich Ihnen zugetan bin. Wir alle, die Ihnen den Boden geebnet haben in Berlin. Und wie wir Sie alle wirklich schätzen, verehren gelernt haben, liebes Fräulein Gabriele.«

Sie beobachtete ihn: »Wieviel Kinder haben Sie?« Er trabte, fuchtelte versunken mit den Händen: »Wirklich schätzen gelernt.«

»Wieviel Kinder Sie haben.«

»Kinder? Warum? Eins.«

»Sie haben eine Tochter?«

»Tochter, ja; eine Tochter. Herta ist neunzehn Jahre; sie ist nicht eigentlich schön. Sie ist nach ihrer Mutter.«

Gabrieles Augen funkelten: »Ich möchte Ihre Tochter kennen lernen. Oder haben Sie etwas dagegen?«

»Herta ist ein Berliner Kind. Sie wollen meine Herta kennen lernen. Das, – natürlich, es sind solche plötzlichen Einfälle. Ich will es ihr sagen; ich will es mir überlegen, natürlich, gnädiges Fräulein.«

»Ich möchte Ihre Tochter kennen lernen.«

Wadzek überschrie sie; Gabriele sollte ihn von einer gewissen Transaktion, die Rommel vorhatte, rechtzeitig, frühzeitig, vorzeitig informieren. Er wehrte hoheitsvoll Gabriele ab: »Nur kein Erbarmen. Kein Almosen. Keine Aufdringlichkeit.« Gabriele blieb kalt, besah ihre Nägel. Wadzek, mitten im Zimmer, zupfte seinen blonden Bart. Sie blickte hoch: »Freilich, wer spricht von Almosen. Wir geben uns gegenseitig Aufträge, die wir geneigtest zu effektuieren bemüht sind.«

Schon an der Tür, wand sich der kleine Mann, wühlte mit den Händen in den Hosenbeuteln: »Es handelt sich nämlich −«; er trat sich beklommen auf die Füße, zog die Stirn kraus, sah Gabriele finster von unten an.

Sie drehte ironisch den Kopf zur Seite: »Frauen haben merkwürdige Auffassungen von manchen Dingen?«

»Es ist etwas Richtiges daran. Man kann sich schwer äußern«, wütende Blicke, Hand an der Tür, »man darf sich nicht äußern, man darf nicht. Es ist das Denkvermögen der Frau, das undifferenzierte Denkvermögen, mit dem ich immer zu kämpfen habe. Geschäftsbetrieb ist eins, Familienbetrieb, Familienverkehr das andre. Aber das werde ich nicht klarmachen.« Er stand zitternd vor ihr: »Werde ich das klarmachen?« Sie sagte: »Ich weiß nicht, ob ich nicht auch um die Bekanntschaft Ihrer Frau Gemahlin bitten soll.« »Also, wie gesagt −« Er warf die Tür.

Schneemann war ein fauler Mensch. Bei einem Besuch der Eisengießerei Rommels hatte ihn Wadzek kennen gelernt. Männer wie er gab es viele in der Stadt; als Rechtsanwälte hielten sie sich kleine Büros, suchten in Tageszeitungen, Aufsätzen, eventuell Broschüren Reichsgerichtsentscheidungen zu kritisieren; als Ärzte vermochten sie sich keine Praxis zu gründen, aber sie taten sich als Bakteriologen hervor und entdeckten einen neuen Typhusbazillus, worauf sie in einem Generalregister 2. Band, St. 617 Absatz B vermerkt wurden. Schneemann litt als Ingenieur an Ideen. Wie alle Männer seiner Art hatte er eine kluge leidende Frau, mehrere Kinder. Er suchte in Stettin frühzeitig ein bestimmtes Gas mit einem schwer aussprechbaren Namen aus der Kohle zu gewinnen. Es gelang ihm, als er zu den Versuchen das Vermögen seiner Frau aufgebraucht hatte. Damals brachte eine große Fabrik dasselbe Verfahren heraus mit denselben Gesichtspunkten; kurz vorher war bei Schneemann eingebrochen worden. Er verließ Stettin. Die schlechte Bewachung der Wohnung, die Polizei war schuld, die ganze elende Entwicklung des Heringsnestes. Auf dem Bahnhofplatz, wo die Dienstmänner herumstanden, verfluchte er die Stadt: »Verflucht soll Stettin sein und Gotzlow, Podejuch und das ganze Pommern.« Die Frau, die weinte, mußte ihn in die Bahnhofshalle ziehen; die Dienstmänner hatten einen Gesprächsstoff für den Nachmittag.

In Berlin wurde er kleiner Betriebsingenieur bei Rommel; es dauerte einige Zeit, bis sich seine Maschinerie darauf einstellte. Er überhäutete sich mit Verbissenheit. Aus seinem Grimm wurde eine Verbissenheit. Er diente, diente, diente. Er setzte sich allmählich in Opposition zur liberalen Politik, las konservative Zeitungen, pries den Handwerker, den Landmann, die sich nicht von dem großstädtischen Unternehmertum vergewaltigen ließen. Kleine Vereine, denen er angehörte, beglückte er durch improvisierte Brandreden gegen die Selbstverwaltung der Städte. Im allgemeinen war er still, plante hitzig weiter, dachte nach, konstruierte auf dem Papier. Da er keine Versuchsstätte hatte, ließ er es auf sich beruhen, beschränkte sich auf das Tüfteln. Dick war er, untersetzt, mit Glatze; hatte ein sehr breites Gesicht, ging sorgfältig angezogen, war langsam, gedankenvoll, ohne Ausdauer. Seine Zitate kamen aus der Tiefe und stammten aus Goethe: »Denn es ist das Mächtige, was man dir auch sage«, – gemeint war »das Niederträchtige«, das er nicht mitzitierte. Er entdeckte in sich in Berlin eine Leidenschaft für das Militär, zu dem er wegen seiner Korpulenz nicht gekommen war. Er träumte heftig und viel; z. B., daß er wie ein alter Römer mit dem Schild im linken Arm dastand, das kurze Schwert in der rechten Faust, so den Angriff erwartend. Seinen jungen Kindern verbot er gelegentlich mit flüsternden Worten Lärm zu machen: »Nicht zu laut trommeln, nicht zu laut! Zu hoher Mast lockt den Blitz herbei.« Mit eigentümlichem Blick sah Schneemann dabei um sich.

Mit dem Fabrikdirektor Wadzek ging er kegeln. Als Gerüchte verlauteten, daß Rommel die Maschinenfabrik Wadzeks aufsaugen wollte durch allmählichen Ankauf der Aktien, zog Wadzek seinen Freund ins Vertrauen wegen der Gegenmaßnahmen. Die Gespräche wirkten heftig auf Schneemann ein. Seine Lebendigkeit ließ nach. Wie ein Verschwörer ging er herum; seine Schritte waren auf Holzfußboden enorm schallend. In sein hohes Bauernbett vergraben, mußte er jetzt sehr lange schlafen. Bisweilen nahmen ihn die Debatten so mit, daß er in einem lähmungsartigen Zustand, völlig dumm neben dem erregten Wadzek saß, der an ihm rüttelte. Darauf grunzte er: »Laß nur gut sein, Franz, du hast mich ganz auf deiner Seite.« Sie siezten sich sonst. Der bissige, erregte Wadzek, der Feind des Unterjochers Rommel, war immer der Heros Schneemanns gewesen; jetzt folgte er Wadzek durch dick und dünn, in krampfhafter Spannung.

Sie saßen im Café Stern an der Chausseestraße; in ihren Unterredungen kamen sie zu dem Entschluß, Rommel ins Herz zu treffen. Die Wendung stammte von dem dicken Schneemann, der über den Marmortisch weg Wadzek Stöße erteilte. Sie schickten den Kellner weg. Minutenlang schwiegen sie und blähten sich auf. Wadzek flüsterte, am Tage nach dem Gespräch mit Gabriele: »Sie will meine Tochter. Das sind Menschenopfer.« Schneemann fragte: »Welche?«

»Das ist egal. Ich habe doch nur eine. Man kann nicht in sie hineinsehen. Was raten Sie?«

»Zurückhaltung, Vorsicht, große Vorsicht.«

144

Wadzek prahlte: »Ich gebe sie ihr. Und wissen Sie warum? Schneemann, das ist mein Geschoß. Die kleine Herta, jawohl. Mit dem Pfeil, dem Bogen. Hab' ich mal die Türe auf, dann bin ich drin.«

»Wadzek, Sie haben den Mut, Ihre Tochter in diese Löwenhöhle zu werfen?«

»Löwenkäfig, sehr richtig. Sie halten auch diesen Ausdruck für passend.«

»Ich könnte es nicht über das Herz bringen, meine Tochter –«

»Jedenfalls sind wir über diesen höchst charakteristischen Ausdruck aneinandergeraten, Gabriele und ich. Aber ich gebe ihr meine Tochter. Wir sind Könige, gleichsam Könige, wenn wir arbeiten; alles andere unterwirft sich, muß dienen, Familie, Haus, Tochter. Ob gern oder ungern, ist gleichgültig. Wir haben jetzt andere Waffen als zu früheren Zeiten.«

»Geht sie?«

»Sie muß. Ich setze sie in ein Auto und schicke sie hin.«

»Menschenopfer«, schüttelte sich Schneemann in aufrichtiger Bewunderung, pellte sich ein Stück Goldpapier von den Lippen ab, das von der Zigarette hängen geblieben war.

Wadzek redete, während sie sich die Hüte aufsetzten, der Kellner mit dem Service klapperte: »Ich entschließe mich in diesem Augenblick dazu. Ernsthaft, ganz ernsthaft. Ich laß mir von meiner Frau nicht dreinreden. Der patriarchalische Gesichtspunkt ist der richtige. Das Kind wird in den Wagen gesetzt und geht hin.«

»Für die Moral bürgen Sie?«

»Bürge ich. Übrigens«, und dabei faßte Wadzek den dicken Schneemann unter den Arm und zog ihn auf die Straße, »würden Sie an der Moralität Ihrer Kinder zweifeln? Wenn solche Dinge in Frage stehen? Ich meine: noch dazu, wenn es sich um Dinge von solch überwältigender Tragweite handelt. Würden Sie an der Moral Ihrer Töchter zweifeln?«

»Meine älteste ist sieben Jahre –«

»Sagen Sie acht oder achtzehn oder achtundzwanzig. Ehrlich ans Herz gefaßt, Schneemann: würden Sie an der Moral Ihrer Töchter alles in allem zweifeln?«

Triumphierend lächelte er ihn an: »Würden wir an der Moral unserer Töchter zweifeln? Sie und ich? Schneemann, was?« –

Nachdem Wadzek seiner Frau erklärt hatte, daß er wieder Fühlung mit der Firma Jakob Rommel gewonnen habe, Fühlung im guten Sinne, und daß Herta gewissermaßen ein Unterpfand ihrer guten Beziehungen bilden solle, gab Frau Pauline nach; Herta stand an der Tür und dachte: »Ich wäre auch ohne euch hingegangen.« Sie schrieb nach dem Blumeshof schon längst verehrende Briefe, backfischhaft schwärmerisch.

Mitte Januar notierte die Börse: Lokomobil- und Dampfmaschinenfabrik Heinersdorf (Wadzek) 95½; Anfang Mai 74. In der Generalversammlung der Aktionäre hatte man gerötete Gesichter; niemand blieb sitzen; das Direktorium vermochte nicht durchzudringen. Als einer rief: »Fenster auf« – es war ein dunkler Tag, man saß in einem Hinterzimmer der Bavaria, – brüllte ein anderer: »Ja, mehr Licht in diese Machinationen.« Die Erörterungen über den Rückgang von Aufträgen waren endlos: »mangelnde Propaganda«, »die Direktion geht nicht mit der Zeit mit«, »wir sind nicht mehr auf der Höhe«. Wadzek wurde höhnisch: woher die Herren Fachkenntnisse hätten, ob es an der Börse eine Professur für Wärmekinetik gebe. Die lärmende Aufforderung, ein bestimmtes Rommelsches Modell, Expansionsmaschine, aufzunehmen, eine Abteilung für Turbinenbau anzulegen, lehnte er als schwachsinnige Zumutung ab.

Seine Ideen entwickele er fort, seine Ideen und keines anderen, erklärte er; er stehle nicht, habe dies durchaus nicht nötig. Zwei Direktoren an seinem Tisch drängten ihn, mit seinem alten sehr wirksamen Größenwahn als Fachmann dreinzuschlagen. Er zuckte mit dem Mund; zu einem Prokuristen der Fabrik beugte er sich über den leerstehenden Stuhl: »Ich garantiere, sie bewilligen neue Gelder, um samt und sonders zu verkaufen, wenn die Aktien anziehen. Es ist eine Freude mit dem Pack zu arbeiten.«

»Sagen Sie's doch, sagen Sie's doch laut.«

Er redete; seine klugen Äuglein liefen über die ersten Sitzreihen; er wurde immer von dem prustenden Gelächter eines Aktionärs unterbrochen, der auf zwei Stühlen saß, gemästet wie ein Schlächtermeister, den grünen Jägerhut schief auf dem ratzekahlen Kopf, hinter mächtigen Kehlwampen mit ganz hoher Stimme laut und ungeniert um sich sprach, dabei gelegentlich mit dem linken Daumen auf Wadzek zeigte. Wadzek sagte: »Die Fabrik ist gut, die Produkte sind gediegen. Die Vervollkommnung meiner Prinzipien bringt weiter als das neue Gefusche. Das Ganze ist ein Bluff von Rommel, auf den Sie nicht hereinfallen werden. Diese Geschichte, wie man sich eine lästige Konkurrenz vom Halse schafft! Er weiß, was ihm noch von mir blüht! Für Klippschüler eine Neuigkeit: Ausstreuung von modernen Ideen. Pusten werde ich Rommel und daran glauben. Schlauer Mann, versteht sich auf Tricks für das Publikum. Sieht man. Seine Turbos und Modell 65 sind heute rentabel, morgen stellen sich die Fehler heraus, die mäßige Verwendungsmöglichkeit. Die ganze Anlage ist zum Deibel. Unsere Konstruktionen sind erprobt, gut, sehr gut –«

»Gewesen«, quietschte der Schlächter.

»Über Gelächter fühlt sich ein Mann von Intelligenz erhaben. Ihr Geld, meine Herren, täuschen Sie sich nicht, ist tot ohne uns, die Konstrukteure. Mischen Sie sich nicht in unseren Streit, den Streit der Ideen. Von unserem Streit verstehen Sie nichts. Gleitet ab von mir, das Gelächter, vollkommen; es läßt mich völlig unberührt. Hier sind Dinge, an denen Sie nicht teilnehmen können. Ganz überflüssig, daß Sie mir sagen, daß ich Sie brauche. Ihr Geld hat Pech gehabt, daß es an Sie geraten ist. Ihr Geld tut mir leid; es ist ein Volk, das ohne Strategie geführt wird. Ich bekomme meine Truppe.«

Ein alter, feingekleideter Herr verfolgte den hin und her tänzelnden Wadzek mit einer Hornlorgnette: »Er ist goldig, Kinder. Goldig ist er.«

»Reden wir nicht. Die Zeit tut mir leid.«

»Mir tut mein Geld auch leid«, platzte der Schlächter heraus, drehte sich auf seinem Stuhl nach hinten, offenes Maul. Angesteckt die Nachbarschaft.

»Sie sehen doch«, sagte fiebernd und fade lächelnd Wadzek.

Wadzek schäumte. In der Wohnung warf er einen Handschuh weiter, der auf der Ofenkonsole lag, krachend auf die Diele:

»Sie zwingen mich, vergewaltigen mich.«

»Was ist los?« flehte die dicke Frau Wadzek am Fenster.

»Was los? Ich bin auf Abbruch verkauft. Ich geh' als Monteur in die Häuser, schraube Glühbirnen an. Werde Schornsteinfeger.«

Er machte blitzartig rasche Bewegungen, strich sich mit einer Hand über die andere, als ob er die Haut abstreifte, sägte mit dem linken Arm, knixte zusammen. »Meine Zeit ist um. Rommel kommt.«

Er streckte den Hals vor.

»Du brauchst nicht die Gurgel hinzuhalten«, hob die Frau die Arme.

»Sonst packt er mich beim Schopf und dreht mir den Kragen um.«

Als sie ihn mit offenem Munde ansah, stieß er bissig hervor: »Die Ohren schneidet er mir ab«, fletschte nach ihr die Zähne.

»Fränzel, ich hab' doch nur gefragt. Man kann nicht mit dir reden.«

Wadzek saß rittlings auf dem Stuhl, die Stuhllehne fest vor der Brust, wie ein Reiter, dem das Pferd durchgehen will.

»Wie Schneemann lieg' ich unter der Decke, die sie mir über den Kopf gezogen haben. Sie kriegen mich nicht so weit. Sie werden an mir was erleben. Einmal! Pauline!« schrie er drohender mit ganz verfinstertem Gesicht. »Sie kriegen mich nicht so weit. Ich hab' mich ehrlich mit ihnen jahrelang herumgeschlagen. Bin ich ein ehrlicher Mann gewesen?«

»Ja doch, Fränzel.«

»Franz heiße ich. Man darf mir nicht die Arbeit aus der Hand nehmen, mich auf die Straße schicken. Wegen Geld. Wegen Geld. Mich wie eine Gans rupfen. Sie tun unmenschlich, unmenschlich an mir. Ich ertrag es nicht.«

»Aber, Franz, es ist ja noch nicht so weit. Du machst dir alles so schwer.«

Die Frau wanderte ungeheuer an ihm vorbei; er redete sonst nie Geschäftliches mit ihr, sie wußte keine Antwort. Er sprach leise in Angst, ließ das Pferd los, öffnete die Arme, seine blauen Augen gingen abwesend im Zimmer herum. »Geld brauch' ich, Pauline. Ich muß mit Rommel sprechen, ich muß betteln bei Rommel.« – Er stöhnte, schüttelte gefoltert den Kopf. Er blickte stumpf an seiner roten Weste entlang, bemerkte, wie er auf dem Stuhl saß, stand langsam auf, schwang das linke Bein herum.

»Du bist wohl durch den Schmutz gegangen«, flüsterte sie entsetzt; der linke Lackstiefel war wie aus Lehm gezogen.

»Kann sein«, gleich darauf blickte er sie hitzig, voll Grimm an. Unsicher zappelte er am weißen Ofen, legte sich den blauen Seidenschal um, kramte unter Zeitungen, die auf dem Tisch lagen; seine Hände arbeiteten abwesend, während er lebhaft mit den Augen zwinkerte, lautlos die Lippen bewegte. Befangen sagte er, als er den leichten Sommerpaletot unter den Arm knautschte, den Schirm nahm: »Ich habe mit dem Mann eine Auseinandersetzung. Wir dürfen uns nicht ausweichen. Du wirst sehen, daß sie nötig war.«

An der Tür wollte sie ihn fragen, ob er nicht den linken Lackstiefel putzen lassen wollte. Aber sie traute sich nicht. Er blickte sich um, ob sie ihn zurückrief, nicht zu Rommel ließ. Sie legte die Zeitungen zurecht.

Im Norden lag die Turbinenfabrik Rommels. Die Elektrische fuhr durch lange Straßenzüge aus dem Zentrum Berlins, über wimmelnde Plätze, auf breiten Dämmen. Das Leben der Stadt nahm kein Ende; hinter leeren Baustellen stiegen neue Buden, Restaurationen auf, Ablegestellen für Kohlen, Eisen; wie ein Korallenstock vergrößerte sich die Stadt. Die verdrängten Bäume stellten sich in Gruppen, Reihen hin. Und dann gab es plötzlich ein feines Surren. Surren, Summen von der Art, daß die Menschen sich zuerst die Ohren rieben, die Stirn kraus zogen, weil es nicht wich. Staubförmig lag es in der Luft verteilt.

Wie man weiterfuhr, stellte sich ein ruckförmiges Schüttern alle fünf Sekunden ein, als wenn entfernt ein Block auf die Erde geworfen würde. Bei einer Biegung um die Ecke verschwanden Bauzäune, Baracken; vor einer roten, langen Mauer qualmte eine Lokomotive mit Güterwaggons. Fronten aus Glas mit Stahlrippen, rote, unabsehbare Fronten, zahllose schwarze Dächer, Schornsteine. Schmalspurschienen unter einer voluminösen Einfahrt.

In der schallenden kühlen Torhalle Schlüsselkästen, Tafeln mit Anschlägen.

Rechts hinter dem gitterversperrten Torweg in den Gartenanlagen ein niedriges Gebäude, grau, für sich: Rommels Wohnung.

Parterre: Niedrige, gebräunte Räume; zuerst ein langer Kontorraum mit abgegrenztem Ladentisch; Bänke an der Wand. Mächtige Schreibtische, an denen vier Männer sich zu zweien gegenübersaßen.

Dahinter ein kleines Zimmer; sehr eingewohnt; nicht sauber, abgerissene Tapeten. Ein niedriger Geldschrank im Hintergrund, Plan von Berlin zur rechten Wand, Plan von Deutschland; ein kleiner Tisch seitlich mit Globus. Am Fenster links der Tisch. In Augenhöhe darauf eine weiße Tafel mit fünfstelligen Logarithmen, armhoch, mit Zahlen für einen Weitsichtigen.

Rommel saß auf seinem Polsterstuhl, sah Wadzek über seine

Brillengläser an. Dem riesengroßen, breitschultrigen Mann hingen die unordentlichen Haarsträhnen in die Stirn. Er schmatzte mit den Lippen, pappelte wie eine alte Frau mit den Kiefern. Vor ihm stand auf dem Tisch ein kleines blaues Glas mit einem abgebrochenen Zahnbürstenstiel, damit rieb er von Zeit zu Zeit seine Zähne. »Es reißt wieder drin«, sagte er zu Wadzek, nachdem er ihn mit einem »Ah, große Ehre« begrüßt hatte. »Sie sind obenauf«, und er drückte die Zähne gegeneinander, daß es knirschte. Dann ließ er ihn ruhig sitzen. Stille. Klappern, Flüstern von nebenan.

»Was macht die Frau, was machen die Kinder, aber bitte, setzen Sie sich. Der Stuhl ist wacklig, warten Sie.«

Und er stampfte mit seinem Krückstock nach hinten an die Bureauwand; ein älterer Mann in blauer, verschossener Livree auf gebogenen Beinen kam aus dem Kontor.

»Einen anderen Stuhl.«

Der rotnasige Mann stellte den Stuhl hin, lächelte vertraulich den Gast an: »Der Herr Wadzek selber.« Als Rommel dann die Brille von der dicken, pickligen Nase hochschob auf die Stirn und den Gast mit seinen wasserblauen Augen dicht beglotzte und polterte: »Sie wollten sonst etwas«, war das Gespräch entschieden; es konnte nur mit Lärm oder Gefasel ausgehen.

Wadzek sprach hinter der Stuhllehne mit zittriger Stimme von der Geschichte der Industrie, des Geistes. Gebrauchte öfter den Ausdruck: »Wir unter uns.« Es sei eigentlich lächerlich, darüber zu reden.

Rommel brummte: »Sie sind in Not, die Konjunktur ist schlecht für Ihre Artikel, ja ja.« Da er undurchdringlich dasaß, sich die Zähne des Unterkiefers betastete, fuhr Wadzek erregt heraus, angreifend. Die Moden wechseln, Karussell, heute oben, morgen unten, Tradition, keine Tradition, einer hätte Verantwortung für den andern »von uns«. Erzählte von dem Kirchhof auf dem Potsdamer Platz, der schon seit hundert Jahren dastände, mitten auf dem Potsdamer Platz vor dem Bahnhof, trotz des Verkehrs. Der Alte knurrte, den Stuhl rückend, mit den Nüstern vibrierend; er konnte nichts von Krankheit und Kirchhof hören.

Wadzek nach diesem Trumpf lehnte den Rumpf zufrieden gegen seinen Stuhl, spreizte die Finger. Rommel rückte energisch seinen Stuhl gegen das Fenster, seine unrasierten Bartstoppeln krauend:

»Schon ganz recht, nur müssen Sie sich nicht an mich wenden, sondern mehr an einen Menageriebesitzer. Oder einen, der eine Bude hat, und der ausschreit: zehn Pfennig der kleinste Zwerg der Mark Brandenburg. So reich bin ich nicht, daß ich mir ein Museum mit Kuriositäten zulegen kann.«

Als Rommel zum Fenster hinausblickend murmelte: »Ihre Zeit wird später kommen, halten Sie sich, suchen Sie durchzuhalten«, stieg Wadzek die Galle ins Blut, er wetterte, während seine Augen flimmerten: »Es sind Schurken an der Arbeit, Herr Rommel, die mich vernichten wollen. Sie sitzen überall, man kann nicht heran an sie, weil sie sich einhüllen. Man kann sie rechts und links finden.«

»Was kommen Sie mir mit Schurken, Kirchhöfen, Menageriescherzen? Sprechen Sie deutlich, wenn Sie was wollen. Wer hat Ihnen etwas getan, was wollen Sie?«

Gehässig lehnte Wadzek ab: »Mir hat niemand etwas getan. An mich kommt keiner heran. Aber man möchte gern.«

Rommel trieb ihn mit stahlharten Blicken weiter zu sprechen; er hielt ihn fest. Wadzek quasselte ironisch, tat nonchalant, von oben her. Er amüsierte sich, lachte, dabei wandten sich seine Augen haßerfüllt auf Rommel und wichen von ihm zurück. Das Geschrei wurde größer. Als er zu Börsenwitzen überging, gähnte der alte Mann neben ihm, zwang ihn zu einer überfließenden Unterhaltung über Herta, die sich mit Fräulein Gabriele angefreundet habe. Wadzek war völlig aus der Balance; hatte seine Gewohnheit, im Schatten zu gehen, aufgegeben. Er legte ungeniert seinen

Arm um die Stuhllehne, hing halb über dem Stuhl. Er griff auf den Schreibtisch nach einer Schachtel: »Ich darf mir eine Zigarre nehmen.« Überhörte, völlig beschäftigt mit dem Abknipsen und Anzünden, wie Rommel fragte, ob er nicht eine schwächere Nummer nehmen wolle. Der Diener stellte eine Flasche Fachinger vor den Alten. »Geben Sie mir die Hand, Herr Wadzek. Seien Sie vernünftig.« Wadzek nahm die Glückwünsche Rommels entgegen, der ihn beneidete, daß er die starke Marke rauchen könne. Der Gast seufzte in sich: »Ich bin für ihn tot, er drückt mir sein Beileid aus.« Laut sagte er, während er stolz grimassierte: »Wenn mir vielleicht Wilhelm ein Handtuch geben will. Ich schwitze ordentlich.«

»Es ist die Zigarre, Herr Wadzek; zu stark für Sie, verlassen Sie sich drauf. Man darf sich mit Zigarren nicht vergreifen. Sie nehmen das Herz mit.« Er hinkte ohne Stock um ihn, lachte: »Ordentlich schwitzen Sie. Auch im Nacken. Der Kragen ist ganz weich.«

(…)

Der schwarze Vorhang
Roman von den Worten und Zufällen (1919)

Vermerk

Dieser kleine, mein zweiter, Roman ist 1902/3 geschrieben; er hat viele Jahre bei allen möglichen Verlegern gelegen und war schon mit anderen Sachen für meinen Nachlaß reserviert. Durchschnittlich brauche ich um ein Buch herauszubringen vier Jahre, das heißt vier Jahre Ringkampf mit den Verlegern, welche damit zweifellos den Zweck der Reifung meiner Sachen und Anregung meiner Arbeitsfreude verbinden. Vier mal vier Jahre lassen also das Beste für mich und diesen Roman erwarten; er ist nun hoffentlich gut abgesetzt, durchgegoren, goldig geklärt mit reichlich Bodensatz. Etwas Patina und Schimmel wird allgemein Genugtuung bereiten.

Wie im ersten Träumen, wenn der Leib Kissen und Decke nicht empfindet, das Seelchen anhebt, sich sacht um einen Pfahl zu schwingen, rascher, rascher, holla, hurra husch, und die Besinnung an einem Wollfaden gebunden folgt, sich verrennt, verstrickt, taumelt, fällt, einschläft, ja einschläft, – also verstricke ich mich nunmehr in mein Gleichnis. Was bei solcher wahrhaft homerischen Breite nicht weiter verwundert. Wehmütig erinnert es mich an einen Mann, der lange Monate Ziegelsteine kaufte, so viele, schöne, blanke Ziegelsteine, daß er über dem Anhäufen, Verschuppen und Bewachen seinen Häuserbau vergaß, immer wieder nachsann über das Vergessene, schließlich einen Heringsladen eröffnete.

Es war aber ein plumper, breitschultriger Mensch mit einge-
sunkenem Rücken, dessen Seele sich so verwirrend schnell erregte, – ein braunhaariger, sehr junger Mensch in einem großen
Zimmer. Das schien so leer und weit in dem gelblich-weißen
Licht der Lampe vor Johannes' Sitz; denn die Schatten reckten
sich lang und wollten sich schier körperlich, stark und schwer von
Tischen, Stühlen, Spinden abstoßen ins Leere.

Die Geräte und Gegenstände standen an den Wänden, in Zim-
mermitten unbewegt und in sich gezogen da und duldeten das
leichte Licht und die Schatten.

»Hier genoß er seines Geistes und seiner Einsamkeit und
wurde dessen zehn Jahre nicht müde«: Mit zusammengebissenen
Zähnen las, würgte, kaute, schluckte er an dem Worte. Sein Grimm
kletterte an dem Satze hinauf, kauzte oben auf der Stange und
machte Männchen; und alles war unten geblieben und sah hinauf. Leise zogen sich seine Muskeln zusammen, um das anstei-
gende Weh zu zerdrücken und zu übertönen.

Es wäre eine leichte Fortführung, wenn die Spannung auch
auf seine Finger überstrahlte, wenn der unglückselige junge Mann
nun nach dem Buch, dem Unheilerreger, krampfte und ihn mit
wiegenden Händen, – etwa, während sich die Lippen mit einem
»Zucken« öffnen, – in das Zimmer und die Schatten schleuderte.
Dieser Mann ist ja nur erdacht, und für erträumte Dinge gelten
keine Naturgesetze, die so fremdartig putzen würden, wie eine
graue Perücke den Kindskopf eines Dirnchens.

Noch ist die Seele keine Mondfinsternis und ließe sich berechnen. Wenn ich gelaunt bin, fallen alle Steine nach oben, singen
alle meine kleinen Hexchen: fair is foul and foul is fair.

Aber Johannes liebte dieses Buch allzusehr, weil es einen braun-
marmorierten Deckel und wunderschönes gelbes Papier hatte
und über die gelbe Ebene sich ein schwarzes Buchstabenheer
wälzte, bald in dicht geschlossenen Zügen, bald einzeln und in
Abteilungen, frech wie Jäger ausschwärmend. Und jetzt in dem

scharfen Licht trug jeder Buchstabe am Rande rasch aufhuschende Purpurfarben, als ob sich der gebannte Geist der Worte befreien und dem Schwesterlicht anvertrauen wollte.

Sondern der Krampf dehnte und zog sich ganz auf das Zwerchfell; Johannes breitete die Arme mit den losen Ärmeln über das offene Buch und fing, indem er den Kopf in das Dreieck der verschränkten Arme legte, auf die hergebrachte Art zu schluchzen an. Das war ein immer erneutes Glucksen, Schnaufen und Zusammenfahren. Die Tränen fielen auf das Buch und das Wasser floß aus den Augen, rann durch den Tränenkanal, die Nasengänge in den Rachen, daß Johannes schluckte und das Salz schmeckte. Die Spannung erschöpfte und löste sich allmählich. Er stützte bald den Kopf auf die Linke, leidend, wischte das Buch ab und schob es zurück. Eine Kühle, eine gedämpfte Bitterkeit überzog ihn, während die Erschütterungen abflossen, nachließen und ganz verklangen; ihm war, als ob er einen Angriff abgeschlagen hätte, der ihm mit Gewalt ein Unrecht antun wollte. Lange saß er so und beruhigte sich. Dann schneuzte er sich noch einmal, griff, noch immer schluchzend, nach einem Bleistift und schrieb, trotzig, in Holzhackerschrift:

»Ein König liebte – den weißen Wein. Aber es wuchs keiner in seinem Reiche, weder im Osten, wo das Gebirge fruchtbare Abhänge bot, noch im Westen, wo sein Land sich zu einer hügeligen Ebene flachte, und aus den Flüssen schädliche Dünste stiegen. Über seinem Kopfe ging immer wieder die Sonne hinweg, aber seine Hoffnung mußte erblassen wie der bleiche Liebling seines Herzens.

Die Höflinge feierten ihre Feste; die Augen aller träumten lieblich, und alle schauten sich mit Neigung in die bekränzten Gesichter; zwischen ihnen ging der stille Herrscher und gähnte, und die Sucht bohrte und schüttelte den Suchenden, als wieder das verfluchte Sonnenrot auf seinen Weg fiel und darüber wie ein Hohn hinschwebte.«

Als Johannes dies hinschrieb, fühlte er selbst etwas Höhnisches in sich auflachen; er starrte vor sich hin und verbarg das Gesicht in den Händen.

»Alle Seligkeiten liegen über meinem Reiche; ich mag sie nicht, verachte sie. Nur dies einzige, was ich begehren muß, dieses winzige, diesen – lumpigen – weißen –«

Es zerrte und stieß hinterlistig an seinen Bleistift und wollte ihn rückwärts stoßen, um einen queren, dicken Strich über das Papier zu ziehen, vergleichlich dem Wege eines Pudels, dem man die Schwanztrottel in Tinte getaucht hat, und der nun mit Geheul fortläuft. Die Hand sank zusammen und lag wie ein weißer Tierleichnam flach auf dem Tisch.

Sie schrieb nicht weiter, und war alles ganz still. Ja, er lächelte sogar mit gesenktem Kopf, der eben so grimmig geweint hatte.

Vielleicht fallen hier und da noch Worte, genug, um alle Farben aufzuhellen, welche im Weinen und Lächeln Johannes' sich mischten.

Ich werfe Bröckchen auf den Weg und kleine Kiesel, wie es die Schwester im Märchen tat, dem das Brüderchen im Wald verloren war.

Aber die Brosamen pickten die Stieglitze und Hänflinge, und die Kiesel verwehte der wilde Wind in der Nacht. »Wo mag doch mein klein Brüderchen sein, lieber Stieglitz, lieber Hänfling, du loses Windchen?«

Ein Wurm, der an Johannes' Seele fraß, war, daß so wenig Vogelgeschrei über seinen Weg gehallt hatte. Er beneidete manchmal heimlich einen Verbrecher und spottete nicht, wenn von der Vergangenheit einer Frau die Rede ging.

Über sein verschlossenes Gesicht legte sich dann ein Schmelz von Ehrfurcht; etwas Warmschwärmerisches quoll in ihm auf. Sein Herz schmachtete nach Taten, nach absonderlichen Taten.

Schon hatte in ihm die Lust zu kostbaren Gefühlsmischungen dunkel präludierend angeschlagen, verlieh seiner Einsamkeit ein kopfhängerisches, schwermütiges Erhobensein und gab seinem Selbstbewußtsein die komischen Flügel einer Gans.

Nur daß Vater und Mutter fern von ihm in der Heimat gestorben waren, während er selbst sich krank durch sein letztes Schuljahr wälzte, war, was er von sich wußte: eine herrische, starkknochige Mutter mit kühlem Blick, ein fügsamer, gedrückter Vater, der nicht klagte, stillstilles Alräunchen, das langsam vertrocknete und einging. Und er hauste bei einer fetten, glotzäugigen, kropfhälsigen Frau aus seiner Sippe, deren Tochter verdorben und deren Sohn verschollen war; und die nun in dem engen Bezirk weniger Straßen ihr behäbiges, dickwanstiges Dasein führte mit leichter Atemnot.

Über Johannes' Appetit, Schnupfen, zerrissene Socken und schmutzige Hemden herrschte sie junonisch und mit einer herzlichen Teilnahme, die er oft ungeduldig und seufzend abwehrte. In ihrem schwarzseidenen Kleide gedieh sie, als eine Rose von übergroßer Pracht, die sich über ein kartoffelblasses Pflänzchen beugte.

Wenn er hingesehen und sich erinnert hätte, so hätte er zugegeben, daß stumme Dinge mit vieler Seltsamkeit und Kraft über seine Wege geschlüpft waren die früheren Jahre.

Während täglich Wasser und Nahrung von Pflanzen und Tieren durch seinen Körper strömte, von denen Verwandtes in ihm verblieb, und Blut, Knochen, Schleim erneuerte, Tags und Nachts, war unbemerkt Schweres in Krankheiten und Gesundheiten durch ihn geschlichen, wie geduckte Eidechsen im Grün, und hatte Spuren hinterlassen. Wenn auch das Gebrüll der Schmerzen und Entzückungen bald verklang, so hallte ihr Stöhnen und Röcheln noch lange dumpf nach.

Da riefen sie seine Gedanken ganz heimlich an; und er lag platt auf dem Bauch über sich selbst, beschnüffelte und warf sich unruhig. In dem schweren Körper begann das Leben mit Raschheit und Heftigkeit zu arbeiten. Keine Mutter hatte Johannes zart sprechen gelehrt, keine Schwester seine Sprunggelenke im Tanz gelockert und seinen Sinn an süße, feine Nichtse gekettet. Wenn seine dumpfe Stimme sprach, starrte man auf ihn und gab ungern Antwort.

Er staunte, erriet nichts, zog sich unsicher in sich zurück, immer mehr; er trieb ins Sinnieren und Träumen hinein, bald verlernten Muskeln, Sinne und Wünsche das unbedenkliche schnelle Zucken und Antworten, schlossen sich zarten, inneren Gewalten enger an und wurden ein Spiel in ihrer Hand. Halb gelöst von allem Wirklichen sog der Selbstfrohe oft den Rauch ein, der zu ihm wie aus dem Nichts aufstieg, und jenes glückliche Lächeln schwamm um seine Lippen, das später wie ein Leidenszug in dem schlaffen Gesicht des Vereinsamten erschien.

(…)

Wallenstein (1920)

Fünftes Buch

Schweden

Über die Wogen der graugrünen Ostsee kam die starke Flotte der Schweden windgetrieben her, Koggen Gallionen Korvetten. Bei Kalmar unter Öland, bei Västervik, Norrköping, Söderköping hatten sie die gezimmerten Brüste und Bäuche auf das kühle Wasser gelegt, schwammen daher. Die bunten langen Wimpel sirrten an den Seilen und Gestängen. Voran das Admiralsschiff Merkur mit zweiunddreißig Kanonen, dann Västervik mit sechsundzwanzig, Pelikan und Apollo mit zwanzig, Andromeda mit achtzehn; dreizehn auf Regenbogen, zwölf auf Storch und Delphin, zehn auf Papagei, acht auf dem Schwarzen Hund. Der Wind arbeitete an der Takelung, die Segel drückte er ein, die breiträumigen Schiffe bogen aus, stießen vor, glitten wie Wasser über Wasser. Dann griff der wehende Drang oben an, sie beugten sich vor, schnitten, rissen schräg wirre sprühende Schaumbahnen in die glatte fließende Fläche, stellten sich tänzelnd wieder auf. Die Tausende Mann, die Tausende Pferde auf den Planken. Das Meer lag versunken unter ihnen. Die Schiffe rannten herüber aus Älvsnabben, dem weiten Sammelplatz, nach einem anderen Land. Da stand die flache deutsche Küste. Wie Urtiere rollten torkelten watschelten die brusthebenden geschwollenen Segler, tauchten, hoben sich rahenschlagend aus dem herabrieselnden Wasser. Als die flachen Boote, die Kutter Briggen Schoner, vorm Ufer anschwirrten, erschien der weiße Strand. Triumphierend leuchteten die nassen bemalten Gallionen und Koggen. Auf den stillen verlassenen Strand stiegen Menschen nach Menschen, fremdländische Rufe. Drohend schlugen von den Schiffskastellen Kanonensalven über das Land.

Die Männer aus Svealand und Götaland, von Söderhamn Örebro Falun Eskilstuna, Fischer Meerfahrer Bergmänner Ackerer Schmiede, die starkbeinigen kleinen Menschen aus dem seenreichen Finnland, die noch mit den Bären und Füchsen zu kämpfen hatten, in Waffen geübt, schwärmten in Eisen und Stahl, Pferde Wagen und Kanonen führend, über die wehrlose Insel. Hinter ihnen kleine schwarzhaarige scheue Männer, behende Lappen, mit Pferden Pfeil und Bogen. Sie führten Faschinen Körbe, schleppten Brot und Bier.

Sie liefen Schloß Wolgast an; überschwemmten es im Nu. Die Oder floß breit und ruhig in die Ostsee; an ihr lag die Stadt des Pommernherzogs Bogislaw, Stettin. Er hatte jahrelang die Aussaugung und Bedrückung der friedländischen Truppen erduldet, war an die Kurfürsten gegangen, an den Kaiser in Regensburg. Weißhaarig mit einer kleinen Leibwache stand er auf dem Bollwerk, zitterte trotz der Wärme in seinem silbergestickten Röckchen. Im blauen Wams mit plumpem Wehrgehenk verhandelte ein schwedischer Kapitän mit ihm in der Sonne drei Stunden. Währenddessen fuhren langsam die achtundzwanzig Kriegsschiffe näher, Merkur mit zweiunddreißig Kanonen, Västervik mit sechsundzwanzig, Apollo, Pelikan mit zwanzig, Andromeda mit achtzehn, Regenbogen mit dreizehn, Storch Delphin mit zwölf, Papagei mit zehn, Schwarzer Hund mit acht. Hinter und zwischen ihnen schwankten die riesigen Transportschiffe. Da zog sich der Herzog, den Hut lüpfend, einige Minuten in ein Zelt zurück, das man hinter ihm aufgestellt hatte, und sprach mit seinem Oberst Damitz, der Pommerns Neutralität mit den Waffen der Bürger zu verteidigen schwur. Bogislaw schüttelte ihm, Tränen in den Augen, die Hand; es sei zuviel, erst die Kaiserlichen, dann die Schweden. Ging, nachdem er sich geschneuzt hatte, gebrochen zu dem stolz wartenden Parlamentär hinaus. Nach ihrer Unterhaltung zogen sich die Kriegsschiffe zurück, ließen den Transportern Platz; Hunderte auf Hunderte Schweden bestiegen das Bollwerk; der Herzog stand noch starr vor seinem Zelt, wurde nicht beachtet. Viertausend Mann nahm Stettin auf; die Bürgerfahnen zerstreuten sich ängstlich.

Nach fünf Tagen saß der Herzog im Stettiner Schloß mit dem beleibten blonden Gustav Adolf an einem Tisch; der erklärte ihm, während er schlaff zuhörte, sie hätten gemeinsame Interessen, die sie auch schriftlich formulieren müßten; der Römische Kaiser sei ihrer beider Feind. »Es ist mein Kaiser«, sagte Bogislaw, »dem ich Treue als Reichsfürst schuldig bin.« So einigten sie sich nach Gustavs mitleidigem Lächeln; demütig unterschrieb der Herzog, daß er sich mit dem Schweden zu gemeinsamer Verteidigung gegen die Landesverderber verbünde; »unbeschadet Kaiserlicher Majestät«, das setzte der Herzog selber zärtlich hin. Die pommerschen Stände fanden sich im Schloß ein; ihre große Not erörterte der König beredt vor ihnen; er suchte ihren Zorn auf den Kaiser zu entfachen. Nach einer Konferenz mit ihrem Herzog fanden sie sich bereit, dem schwedischen Ansinnen entsprechend zweihunderttausend Taler zu zahlen und eine dreiprozentige Hafenzollabgabe zu gewähren.

Wie die Schweden aus der traurigen Stadt, in der sie eine Besatzung zurückließen, hinausritten und -marschierten, stießen sie in ein leeres Land. Die wenigen Bauern liefen erstaunt um die fremden starken Scharen, die Lappen mit den Bogen, hörten durch Dolmetscher, daß diese Männer alle über die Ostsee gekommen seien, um sie zu beschützen in ihrem Glauben und gegen die Bedrückungen der Kaiserlichen. Sie verbreiteten das Gerücht von der anschwemmenden Menschenwelle weiter, retteten ihre Pferde und Vorräte an feste verborgene Orte. Durch Vorpommern verbreiteten sich die Fremden, zehntausend Infanteristen, zweitausendfünfhundert Reiter, in völliger Einsamkeit, bei Damgarten wippten sie über die Mecklenburger Grenze. Wie rann es durch die erwartungsvolle Seele des Königs und seiner Umgebung, daß dies das Land des gigantischen böhmischen Mannes war, das wehrlos vor ihnen lag.

Das Wort ließ der König wieder schwellend aus seinem Munde los, Trommler trugen es über die Dörfer: er sei der schwedische König, ein Bekenner der lutherischen Lehre, der mit seinen Männern zu Schiff herübergekommen sei, weil er von der Not seiner Glaubensverwandten gehört hätte. Er hätte es kühnlich gewagt herüberzukommen und die Löwenhöhle zu betreten, wenn auch ihn das Untier anspringen sollte. Sie aber seien zu seiner Verwunderung vom alleinseligmachenden Glauben abgefallen und in des bösen Wallenstein Dienste getreten. Sie sollten achtgeben. Wenn sie seinem Rufe nicht nachkämen, Hab und Gut mehr achteten als ihre Seligkeit, so wolle er sie als Meineidige, Treulose, Abtrünnige, ja ärgere Feinde und Verächter Gottes als die Kaiserlichen mit Feuer und Schwert verfolgen und bestrafen.

Vor dem harten Geschrei der Eindringlinge grinsten die Leute. Das Stillschweigen und Lächeln verbreitete sich wie ein Luftraum um das marschierende Heer, bis sie auf Savelli stießen, den kaiserlichen Feldmarschall, vor dessen stumm wartenden Massen sie grollend und fauchend zurückwichen, zurück durch den Paß von Ribnitz nach dem ausgemergelten Pommerland. Die prunkvollen Orlogs, die breiten Transporter schaukelten auf der Oder bis nach Dievenow; die Wochen aber schlichen hin. Untätig lungerten die Fremden auf dem pommerschen Boden, ihr feister König stieg mit seinem Sekretär, dem hinkenden Lars Grubbe, durch die Lager, sprach ihnen, äußerlich sorglos, zu, lachte gezwungen, wenn sie ihm nachriefen »Dickkopf, Schmerbauch«, gab, sich gemein machend, ihnen ihren Ton wieder. Sie duzten ihn: »Monsieur König, wenn du so streng bist, schaff uns auch Schuhe.« Er zog sich auf der Lagergasse seine hohen Stiefel aus, ging barfüßig weiter; sie schwenkten auf Stangen die Stiefel und warfen sie hinter ihn: »Zahl uns Sold!« Es hieß kurzen Prozeß machen; man konnte nicht in Pommern verkommen. Aus Preußen kamen schwedische Reiter herüber, man wartete auf sie in den eisigen Winter hinein.

Dann zogen sich die Schweden aus Stettin und Pommern, von den Schiffen und den Inseln zusammen wie ein Geschwür, das aufgehen will, belauerten vor Damm ein paar Wochen die Kaiserlichen, die drüben in Greifenhagen in Massen verdarben unter Schauenburg, dem Nachfolger des toten Torquato Conti, der das Land verelendet hatte. Am Weihnachtsmorgen um fünf Uhr begann drin das Läuten, die Kanonenschläge aus Eisen Kartätschen und Granaten legten sich über das gräberübersäte Vorgelände, die armseligen Häuschen draußen, in die verzweifelte Söldner aus der Stadt geflüchtet waren, schoben sich blitzend über Mauern und Kirchen, sprangen mit Geröll und Gekrach auf die verriegelten Tore. Die gingen auf nach Süden, und ehe eine Bresche geschlagen war, ergossen sich die armseligen Söldner über die Brücke, ihr Leben rettend durch die Flucht, wateten durch die mörderische Kälte des Stromes, trollten klagend durch den Schnee, viele ohne sich umzublicken, bis die Kanonen hinter ihnen verhallten, auf Frankfurt zu.

Zersprengt die ruhmreichen Regimenter Sparr Wallenstein Götz Altsachsen. In der Mauer ein Loch so groß, daß zwanzig Wagen einfahren konnten. Hindurch warfen sich im Schwung die Schweden, sprengte die schnaubende Kavallerie, weg über die Toten im Mist, über die Häuser hin, über die Bewohner, an deren Leib und Gut sie sich sättigten, bis die Trompeten bliesen. Geschrei Geächz Gejubel zum Himmel auf am Tage der Geburt des heiligen Christkindes.

Das Tosen der Fremden hielt tagelang an, ganz Pommern hatten die Deutschen geräumt. Wie ein Tänzer, der auf der Zehenspitze steht und sich wie zum Hinstürzen schräg nach vorn fallen läßt, um im wilden Wirrwarr davonzurasen, so blieben die Männer von Götaland eine Woche in Gartz und Greifenhagen; dann riß es sie über den pommerschen Boden, die flache breite Tenne.

Und in einem Sturz herunter nach Brandenburg. Der apathische Kurfürst Georg Wilhelm flehte, an seinem Land sei nichts mehr als Sand und Kiefern. Gustav richtete Kanonen auf Berlin. Den schwächlichen Schloßherrn ließ er zu sich in einer Kutsche ins Lager holen, dankte ihm für die endlich gefundene Entschlossenheit, und er werde ihm Gelegenheit geben, sich an dem Kampf für die evangelische Sache zu beteiligen, mit dreißigtausend Talern monatlicher Abgabe.

Der König erhob sein Herz. Sein Hauptquartier schlug er in Bärwalde auf. Sein Gesicht bekam Farbe. Er suchte Parteigänger.

Im Schlosse zu Upsala hatte er zwei Jahre zuvor zu acht Männern gesprochen:»Der Stein ist auf uns gelegt, daß wir den Kaiser entweder in Kalmar erwarten oder ihm in Stralsund begegnen. Nun muß mein letztes und höchstes Ziel sein ein neues Haupt der evangelischen Christenheit, das vorletzte eine neue Verfassung unter den evangelischen Ständen, das Mittel dazu der Krieg. Zugrunde gerichtet muß der Katholik werden, sonst kann der Evangelische nicht bestehen; ein Vergleich oder Mittelding besteht nicht.« Er hatte Männer und Kapital aus seinem Reich genommen, daß die Menschen in Ost- und Westgötland und Svealand sich von Baumrinde und Eicheln nährten; den Alleinverkauf von Getreide, ein Kupfer- und Salzmonopol hatte er an sich genommen, den Münzstand verwildert. Sein hahnenlautes Gekräh in Bärwalde:»Der König von Schweden ist hier«, lockte einen schuldenverkommenen verluderten deutschen Fürsten an, einen Landgrafen von Hessen-Kassel. Der verschwur sich, breitbeinig und feige vor dem lauernden König sich bückend, ihm seien seine Prozesse verdorben und durch die Parteilichkeit des Kammergerichts verloren gegangen; kein Recht hätte mehr der Evangelische im Reich. Der König, die Verlogenheit des bramarbasierenden Schlemmers vor sich erkennend, versprach mit tränenden Augen, empört zitternder Stimme, sich des Hilfeflehenden anzunehmen zur Ehre Gottes und zur Verteidigung unschuldig bedrängter Christen. Sie gingen nicht auseinander, ohne daß der Landgraf einen Geldvorschuß vom Schweden annahm unter ehrfürchtigem Speicheln von dem ritterlichen Amt des Eindringlings, dem er versprach, das Hessenvolk gegen den Kaiser rebellisch zu machen. Wogegen ihm der leutselige Fremde das Fürstbistum Paderborn, Höxter, das Eichsfeld, Hersfeld in baldige Aussicht stellte. Trunken zog der Hesse ab.

Eine geängstigte Sondergesandtschaft der alten Stadt Magdeburg lief ihm auf dem Wege unversehens zwischen die Beine; er führte sie im Triumph selbst in das Haus des schmerbäuchigen frommen Schweden, von dessen Lippen noch einmal Lobsprüche ableckend, ehe er sich in sein Land verkroch.

Den Magdeburgern hatte der Hesse das Herz schon mutiger gemacht mit seinem verführenden Jubelpreisen des Messias aus dem Norden; lecker rückten sie an vor ihm, der noch seinen Zorn ausschrie über das Unrecht, das der Hesse erfahren hatte. Sie standen zu fünf nebeneinander. Und nun erst, wo sie die sanfte und unverständlich sprudelnde Sprache der Türhüter, des einführenden Kämmerers hörten, fuhr ihnen ein kaltes peinliches Gefühl über die Haut. Sie verloren ihre Angriffskraft und brachten es auf das Zureden des listig sie anblickenden mächtigen Mannes auf dem Sessel nur zu matt gezimmerten Wendungen. Nur einem unter ihnen, einem jungen Habenichts, gelang es, über sein Unbehagen hinwegzukommen; er floß über von Scheltreden auf die Ligisten, den weiland Friedländer und sein Pack, stimmte ein, als jener liebreich nach dem Römischen Kaiser fragte, daß er nichts sei als ein gierig weites Maul und das sündhafte Restitutionsedikt das Tranchierbesteck, mit dem er sich den Braten zurecht machen wolle.

Die Worte fand der rot werdende Gustav verständig, schrie wieder des Hessischen Unrecht aus, und nach zehn Minuten standen da im hitzigen sich steigernden Wechselgespräch die fünf Männer mit geschwollenen Köpfen, schmähend auf den Römischen Kaiser, den blinden Hund, schändlichen volksverräterischen Papisten, gestikulierend, triefend vor Genugtuung, sich gegenseitig anrufend ermahnend, und ihnen korrespondierte das aufgewühlte schwerblütige Geschöpf aus Schweden, der überseeische König, der gierig den Kaiser schwur anzupacken gerade wie ein Hund den andern, bei der Schnauze, der Flanke, ihm die Seite aufzureißen, den Kiefer zu brechen für alle Schmach, die er der evangelischen Brüderschaft angetan habe. Ihre brühende Hingerissenheit verdampfte und sie spuckten noch; der König freute sich satt. Er dankte ihnen. Sie würden voneinander nicht lassen. Er schickte ihnen einen gewandten jungen Menschen mit, der ein unwiderstehliches Mundwerk hatte, Stalmann, der die alte Stadt Magdeburg in den Rausch der nahenden Befreiung setzen sollte. Die fünf zogen mit ihm, wie königlich belohnt, ab.

Gustav Adolf saß noch am Abend, wie sie ihn verließen, mit dem hinkenden blassen Grubbe und einem kahlen Riesenschädel, Oxenstirn, dem Kanzler, zusammen, prustete, schäumte. Sein Werk gedieh. Die Magdeburger wollte er nicht lassen. Lachte, grölte: trefflich hätte der Kaiser sie malträtiert, das Diversionswerk Magdeburg sollte geschmiedet, die halbe kaiserliche Armee daran gebunden werden, inzwischen werde er sich auf Frankfurt werfen. Auch Oxenstirn hegte volles Vertrauen auf die evangelische Festigkeit der Magdeburger, seufzte hoffnungsfreudig über Stalmann.

Noch in diesen Tagen beschlich den König in Bärwalde der Mann, den er lange erwartet hatte, der glotzäugige rotbäckige aus Bayern flüchtige Charnacé. Der Franzose fuhr ihm mit einem Jubelschrei an die Brust; nun sei endlich die Stunde da, wo er auf dem Boden des verruchten heimtückischen gewalttätigen Deutschland neben einem anderen Fremden stehe. Ja, sie stünden hier im Deutschen Reiche; der Kaiserliche sei von seinem Boden geflohen und er sei glücklich und freue sich, freue sich. Und er wiegte sich in den Hüften, öffnete liebevoll demütig die Hände vor dem König. »Ich bin«, tat Gustav grimmig, »nicht wie eine Maus in diese Scheuer gekrochen, um drin fremdes Korn zu beknabbern, sondern Ordnung zu schaffen und zerrissenen Glaubensverwandten zu helfen.« »Unermeßlich ist die Grausamkeit Habsburgs, Mörder und Totschläger sind seine verhungerten Soldaten. Wir wollen helfen, das Reich von dieser Plage zu befreien. Rechnet auf uns.« »Ihr seid katholisch. Hä! Ich mag die Katholischen nicht.« »Wir lieben Euch, Majestät von Schweden. Ich kann nur jubeln vor Euch, seht mich an. Was kommt es jetzt darauf an, ob katholisch oder evangelisch. Ihr steht in Pommern; wir betrampeln deutschen Boden, ohne daß es uns einer verwehren kann. Wir schlucken ihre Luft. Wenn Ihr Trompeterkorps Trommler habt, laßt sie schmettern und schlagen, schwedische Weisen; ich will Franzosen heranholen, daß sie blasen, man soll hören: Fremde sind im Heiligen Römischen Reich; der Habsburger sitzt in Wien: er soll kommen, uns verjagen.« Gustav staunte: »Habt Ihr einen abgründigen Haß, Herr.«

Dann begann das Feilschen; Soldaten hatte der Franzose nicht, aber Geld. Er leitete die Unterhandlungen ein mit dem grinsenden Hinweis auf seine Schlauheit; es sei ja im Regensburger Vertrag geschrieben, Frankreich dürfe keinen Feind des Kaisers unterstützen. Und er täte es doch. »Aber«, dabei lachte er wie ein Narr, »heimlich!« Wenn er sagte »hunderttausend Reichstaler«, schrie der König »nicht genug«. Sagte er »zweihunderttausend«, »nicht genug«. Gustav Adolf neben dem Riesenschädel Oxenstirns trieb den Franzosen höher und höher, schwur, er verkaufe seine Seligkeit nicht so billig, wenn er einen Papisten an sich hänge, müsse mehr haben dafür. Auf vierhunderttausend Reichstaler kam der Franzose. Da hatte der Schwede genug. Soviel sollte ihm der Franzose, lachte er mit Wonne, jährlich beisteuern, damit er den Götzendienern den Garaus machen könne und zuletzt vielleicht ihm selber, dem zarten Franzosen. Er wolle dreißigtausend Mann zu Fuß bereit halten, dazu sechstausend Reiter. In lärmender Freude, Hohn im Herzen, schied man voneinander.

Und wie der Hesse die Magdeburger geführt hatte, lockte der Welsche die Holländer hinter sich. Fast versprach sich Charnacé, als er mit der holländischen Deputation tuschelte:»Er ist ein Tölpel«, wollte er sagen,»man muß ihn vorsichtig nehmen, er ist verbissen in seinen evangelischen Aberwitz, man darf ihn nicht stören.« Dann fiel ihm ein, daß er Protestanten vor sich hatte, und schaukelte sich vergnügt neben ihnen: auf ganze vierhunderttausend Reichstaler hätte ihn stolz der Schmerbauch getrieben; achthunderttausend, nein, eine Million hätte er bieten können. Seien sie gewarnt. Sie dankten mürrisch, mißtrauisch ließen sie ihn nicht zu den Verhandlungen zu; die Hochmögenden im Haag zahlten dem Schweden soviel sie vermochten, weil es ihr Glaubensverwandter war.

Die Schweden hatten bei Greifenhagen am Sieg gelutscht, Stiefel Brot Bier Geld strömten ihnen zu, man hatte nicht Lust zu verweilen, schob sich über Neubrandenburg, Treptow, Klempenow auf Demmin an der Mecklenburger Grenze, zwischen Morasten gelegen. Der römische Herzog Savelli, der den päpstlichen Dienst quittiert hatte, schlemmte hier. Den Bauern pflegte er die Pferde vom Pflug zu nehmen, um die Haut an den Schinder zu verkaufen. Nach drei Tagen Kapitulation. Der Schwede sagte lustig im Zelte dem Italiener, er bedaure, daß er zu Rom seinen herrlichen Posten verlassen habe. Dann, nachdem er trompetenblasende Abordnungen mehrerer Regimenter versammelt hatte, ließ er den eleganten Herzog mit goldenen Ketten, langem Zobelpelz, prächtigem ins Gesicht gezogenem Federhut vor einen Pflug spannen; ein aufgegriffener Bauer mußte ihn anzäumen. Die Soldaten trommelten, Hunde sprangen über den keuchenden Herzog, eine Pferdehaut mit Hufen und Schwanz wurde von rückwärts über seinen Prunk gebunden, er stürzte zusammen. Der König stand auf, die Knechte schwangen die Peitschen: »Mag sich das Fell seiner erbarmen. Pflüge! Pflüge!«

Auf das Gerücht von dem landfreundlichen Vorgehen des überseeischen Söldnerführers sammelten sich an der Brandenburger Grenze, aus der Gegend von Schwedt und dem Finowkanal, Bauern, zogen in dichten Rotten mit Fahnen dem König nach, den sie bei Anklam im Schneesturm mit seinem jubilierenden Heere stellten. Er wollte weiter südwärts, auf Kurbrandenburg. Die zehn alten Männer, die mit drei buntbemalten Fahnen demütig vor ihm standen, blickte von seinem ungeheuren Streitroß Gustav freudig an, gedachte eine evangelische Gesandtschaft zu begrüßen. Er war so ungeduldig, zu hören, was sie hatten, daß er ihnen nicht nachgab, sie im Quartier anzuhören, sondern sofort auf durchwehter kahler Landstraße zwischen dem Rollen des Trains und dem Flöten und Klappern der Soldaten. Sie mußten mehrfach die Plätze wechseln, weil der König sie nicht verstand, Dolmetscher dazwischenliefen, der Schnee ihnen in den Mund stäubte. Wenn der fremde König denn sich so der Bauern annehme, wie er vor Demmin an dem Landverderber Savelli gezeigt habe, so möge er an sie denken. Und dann zählten sie ihre Leiden auf; das Pferd des Königs bäumte sich, Gustav tauschte zornige Blicke mit seinen Begleitoffizieren. Mit einem Fluch warf er seinen Reitstock auf den Boden. Er zwang sich zur Ruhe, bückte sich herunter, als man ihn wieder aufhob, schrie dicht bei ihnen, ob sie evangelischen Glauben wirklich hätten, wie sie vorgäben, ob sie ihn nicht belögen, nicht wüßten, daß der Heiland für sie am Kreuz gestorben sei, aber nicht, damit sie das heilige Bekenntnis wie ein faules Stück Fleisch wegwürfen. Sie beteuerten, sie seien fromme lutherische Christen, aber sie verkämen, verhungerten mit Weib Kind und Vieh, wenn noch ein Heer in ihr Land fiele;

baten mit aufgehobenen Händen ihn um ihres gemeinsamen Glaubens willen um Verschonung mit dem kriegerischen Einfall. Er wütend und speiend, sie umkreisend. Sie verstanden nicht, was er sagte, im Toben stotterte er mit gedunsenem Gesicht schwedisch; er hätte sein Volk geplündert, um den alleinseligmachenden Glauben zu bewahren, für sie an erster Stelle, und sie bettelten bei ihm. Sein Pferd sprang um sich; er ließ sie nicht von der Stelle. »Herr, wir sind fromme evangelische Christen, der Krieg verdirbt uns.« Da nahmen sich die Offiziere der Wut ihres Herrn an, der sich von ihnen nicht losreißen konnte; sie ritten auf die Bauern los, schlugen mit flachen Klingen auf ihre Köpfe. Gustav selbst, sich befreiend, riß sein Pferd herum; und sein schweres kettenschaukelndes Tier, zu langsamem Schritt gebändigt, stampfte zwei Bauern an; andere warfen sich in den Schnee. Er ritt davon, die Herren hinterdrein. Kreischend beluden sich die Bauern mit den getretenen Männern, die Fahnen zerschlugen sie: »Das ist kein Evangelischer, das ist kein Christ.« Kreischend marschierten sie Tag und Nacht durch die Dörfer. Jubilierend das schwedische Heer hinterher.

Der kleine eisgraue Brabanter war von Regensburg wie ein Glücksbetäubter aufgebrochen. Er hatte vor der Kriegsbühne gestanden, an dem Spiel neiddurchwühlt gemäkelt; durch einen Vorgang wie im Traum war er von seinem Platz bewegt, er, der Tilly, mitten ins Spiel gestellt. Der klagende strenge uralte Tserclaes von Tilly regierte die ungeheure Szene von dem weithin sichtbaren Platze aus, gegen den sich eben Kurfürsten und Stände erhoben hatten. Er wollte nicht mehr Tilly sein, der dem quälenden bayrischen Maximilian unterstellt war; verwischt, versenkt der fabelhafte Feldzug in Ungarn, die Jagd hinter Mansfeld, gnadenlose Vertilgung der Rebellen, Verschlingen der Dänen. Die Taten Wallensteins liefen wie Doggen, die man tritt, neben ihm; eines Tages werden sie verrecken. Heimlich schwellte es ihn, als er nach Norden zum Heere fuhr, das ihm von Wallenstein überkommen war; die prächtigen sechzehnspännigen Karossen Wallensteins trabten durch sein Gedächtnis, rotjuchtenüberzogene Troßwagen in langer Reihe, silberne Partisanen der Leibgarde. Es labte ihn; dabei stieg hinterrücks ein unheimliches Gefühl der Ohnmacht über ihn, er suchte ihm bang auszuweichen.

Und wie er nach Norden vorstieß, wehten wilde Gerüchte um ihn; es wurde deutlicher: das schwedische Heer hatte sich spielend der Außenforts des Reichs bemächtigt, auseinandergestoben die Regimenter des Savelli. Das konnte wahr sein. Tilly rang mit sich. Seine Nächte waren durchtobt vom keuschen sorgenvollen Widerstreben gegen seinen Ehrgeiz, die Sehnsucht. Es hieß Farbe bekennen. Er war tief verstrickt in diesen Kampf. Die Gerüchte wehten an ihm vorbei. Er wollte ein frommer Christ bleiben, nicht rebellieren, wie es auch kam.

Und zittrig schwur der alte Wicht eine Stunde, sich im Zaum zu haben, schüttelte in der nächsten Stunde den Friedländer am Kragen, schwitzte vor Freude, war matt und arm.

Draußen unter den Schneestürmen begann es von Tag zu Tag lebendiger zu werden. Der Lärm war kriegerisch, Reiter, Wagen, schreiende Marketender; einmal kämpfte die Begleitung des Brabanters mit bewaffneten Wegelagerern.

Da mußten die Vorhänge des Wagens geöffnet werden. Auf der Chaussee, auf den Feldern: es hatte sich etwas begeben!

Da lag nicht nur Schnee! Zertrümmerte Fähnlein schamlos unter ihren Führern vorbei! Bauernhöfe, vor denen Kanonen standen, riesige Rohre auf Wagen, um die sich keiner kümmerte. Diese Welt; es hatte sich etwas begeben. Der Schwede hat sich der Außenforts des Reichs bemächtigt, er steht bei Frankfurt.

Wo stehen die Wallensteiner? Wo ist Savelli?

Überall verhungerte aufgelöste Verbrecherbanden. Sie wollen ins Reich; hier ist alles kahlgefressen; der Schwede ist hinter ihnen. Den Herzog Savelli hat der Schwede bei lebendigem Leib geschunden, aus Rücken und Brust Riemen geschnitten. Bei Stettin steht kein Wallensteiner mehr, in Mecklenburg haust der Schwede, aus Brandenburg läuft alles davon.

Die Vorhänge blieben offen. Wimmelnde Felder. Rotten von versprengten Wallonen, Musketiere, die ihre Gewehre verkaufen. Sie gehorchen nicht; Weiber – wessen Frauen und Töchter –, Kühe, Ziegen treiben sie, die verruchten Wallensteiner. Schwappen, wie er sie angreifen will, ins Reich zurück, an ihm vorbei. Wie Sand durch Fugen, sind nicht zu stopfen. Als hätte der teuflische Friedländer, bevor er das Haus verließ, alle Balken eingesägt, Fundamente mit Pulver gelockert, Wände durchstoßen. Der Brabanter, mit Abscheu Entsetzen gefüllt, wurde von seiner Karosse in diese brandenburgischen Gegenden gerissen, vor das widrige Zerstörungswerk des bösen ungeheuerlichen Menschen. Die Schweden auf Usedom; Stettin eingenommen, Schauenburgs Truppen in Gartz, Greifenhagen verjagt; Demmin, Bärwalde. Nichts von Savelli, Torquato Conti, Schauenburg, die er anspannen wollte vor seinen Wagen.

Die Karosse, vom Strom der Flüchtenden zur Seite getrieben bei Brandenburg, hielt. Er sah: das war das Ende, stand im Schnee, war allein, der Feldhauptmann des Kaisers und der Liga. Vor dem sich Europa beugen sollte. Zerrissen lag er einige Tage im Brandenburger Schloß. In schwerer Erschütterung trug er sich herum; inwendig ausgekühlt unter der Niedertracht des Böhmen. Er suchte sich zurück. Kaum ein einziges Regiment fand er kriegsbrauchbar; die Verwüstung der alten Armee, seiner Armee, war bis ins einzelne gegangen. Noch sangen sie rechts und links Lieder vom Friedländer.

Er begann sein altes kleines Handwerk. Um Truppen zu haben, schleppte er seine eigenen herauf; drei Regimenter aus Oldenburg und Ostfriesland, sechshundert Reiter. Stumpf erwartete er sie. Und wie sie anrückten, war keine Nahrung für sie, kein Futter für die Pferde da. Kaum seiner Sinne mächtig, schrieb er; seine sehr matten Hände schrieben dem Bayern, dem bayrischen Maxi-

milian Briefe wie früher; die Bundeskasse mußte um Hilfe angegangen werden; abgezählte zweihunderttausend Gulden schickte
man herauf. Die Maschinerie arbeitete wieder, die Truppen waren
da, da lagerten sie, sie wollten Futter Heu Brot. Aus Mecklenburg
war nichts zu holen: Wallenstein, kam es zurück, hatte in sein
Herzogtum Beamte seiner böhmischen Verwaltung geschickt, die
an sich nahmen, was nicht niet- und nagelfest war; es konnte ihn
keiner mehr beerben.

Vom Zorn angestachelt fand der Brabanter seine alte Zähigkeit und Klarheit wieder, er wollte hier im Eis nicht zum Gespött
verkommen. Mit Sack und Pack rückte er gegen den König vor,
reizte ihn zum Kampf. Der König wich aus, wich nach Pommern
zu. Tilly gab nicht nach. Es mußte gefochten, geschlagen werden.

(…)

Sechstes Buch
Ferdinand

(…)

In die wandernden Scharen der Landesflüchtigen, in die Ver-
ödung der Landschaften geriet Ferdinand hinein. Er war dem
Bandenführer entwichen, der ihn zehn Tage gefesselt hatte, um
ihn an den Wiener Hof gegen ein Lösegeld wieder auszuliefern.
Er strudelte mit den Bettelnden Hungernden Plündernden. Ferdinand, längst schmierig wie sie, aß Fleisch von gefallenen Pferden wie sie, lief vor hetzenden Hofhunden; Kaspar Weinbuch,
der vertriebene Müller aus Bamsham, mit ihm. Sie hielten sich
keine zwei Tage an einem Ort auf; der Boden war lebendig, er

hob sich auf, stieß sie von sich. Ferdinand, dünn geworden, sein Gesicht knochenmager, überzogen von einer schlaffen faltigen schmutzüberkrusteten Haut, er ging krummer, rascher als sonst, sein hellblauer Blick bestimmt und sehr lebhaft. Redete und fuchtelte nach rechts und links: »Kein Erbarmen! Kein Erbarmen! Gebt nicht nach. Es sind Teufel in der Welt; wenn ihr sie nicht bezwingt, kommt die Sintflut, und was Lebensodem in der Nase hat, wird ausgerottet. Es kann nicht anders geschehen. Der Herr kann sich nicht anders retten.« Seine Parole wie Kaspar Weinbuchs, eines noch jungen einarmigen Menschen, der seine Mühle angesteckt hatte, weil er für die Italiener mahlen sollte: »Gebt nicht nach. Braucht Gewalt! Kein Mitleid! Braucht eure Arme, eure Zähne. Sterbt nicht, sterbt nicht hin. Wo ist eine Rettung für die Menschen, wenn ihr vergeht. Die Mühle, die die nächsten Geschlechter, Kinder und Enkel und Enkelkinder zermahlen soll, steht schon da, unser Blut, unsere Knochen hängen am Mühlrad. Sie muß brennen. Gebt nicht nach. Sterbt nicht! Sterbt nicht!«

Sie plünderten viel, um leben zu bleiben, verteidigten sich, trugen Waffen; Pferde konnten sie nicht halten, da der Hafer ausging. Obwohl sie sich oft in leere Häuser einquartierten, litten sie furchtbar unter der Kälte.

Ferdinand legte sich den Namen Grimmer bei. Die hetzenden harten Reden flossen aus seinem Munde; er wollte nicht sehen, wie sich Verzweifelte in die Städte schlichen, sich satt zu essen und zu wärmen, ob man sie auch totschlüge, oder sich bei den verfluchten Söldnern anwerben zu lassen. Grimmer, krumm an seinem Stock laufend, tröstete und reizte sie: »Fürchtet Gott! Fürchtet ihn! Wisset, daß eine grausige Macht hinter der Welt ist, der wir Verantwortung schulden. Gebt keine Nachsicht. Mordet, mordet! Vergeßt ihn nicht!«

Was manche dieser Horden vor sich trugen, war das Schrecklichste, das die umlaufende Bevölkerung gesehen hatte: Kreuze aus starken Baumästen, mit Stricken zusammengebunden, daran hing ein wirklicher faulender Leichnam, bald ein Mann, bald ein Weib, manchmal ein Weib und an jedem Querast ein baumelndes Kind; den pestilenzialischen Geruch schienen die das Kreuz trugen nicht zu merken.

Sie wurden allenthalben zersprengt. Über Furth irrte Grimmer mit Kaspar Weinbuch. Es war Frühling geworden, als sie böhmischen Boden betraten. Fließender Regen ohne Ende. Man ängstigte sich vor den hetzenden Gesellen, trieb sie weiter. Eine alte Fischerin, die sie für Stunden aufnahm und beköstigte, warnte sie, zeigte die Kinder ihrer Tochter, drei junge Geschöpfe, die sie bei sich hatte; Vater und Mutter waren bei einer böhmischen Revolte umgekommen: »Oh, was haben sie von den lieben Kindern. In der Erde, so jung, so jung.« Böhmen hätte gelernt, sei still geworden. Während der bärtige Müller finster lachte, streichelte Grimmer die Hände des alten Weibchens: »Was willst du? Es ist ja alles wahr, was du sagst. Ich möchte es so gern glauben. Es hilft aber nichts.«

Sie betrachtete ihn traurig: »Wie lange wirst du alter Mann noch herumlaufen; wirst ruhig sein wie ich.« »Ach, es hilft nicht, Weibchen, was du sagst. Du willst dich sterben legen. Alle wollen sich sterben legen. Bleibt doch leben, haltet euch steif.« »In der Bibel steht: meine Kraft ist in dem Schwachen mächtig.« »Ihr wollt sterben. Ihr könnt nichts als sterben.«

Der Müller riß ihn, der versunken in der Hütte saß, mit sich fort, brüllte draußen: »Das Volk, Männer und Weiber, ist eins; träge und lahm. Wollt Ihr sie gründlicher studiert haben als wir.«

Vor ihnen scholl das Gerücht: der Friedländer, des Kaisers Feldhauptmann, sei in Eger erschlagen auf kaiserlichen Befehl, seine Freunde, die hohen Offiziere, mit ihm. In Mies sollte er begraben sein, auf dem Boden seines ehemaligen Feldmarschalls von Ilow. In dem Ort suchte und suchte Grimmer, er wollte zu ihm auf die bewachte Grabstätte im Franziskanerkloster. Sie hiel-

ten sich lange hier auf. Und wie Weinbuch schon unwillig weiter-
drängte, knarrten eines Mittags Reisewagen in das Dörfchen von
Osten; eine edle noch junge Frau stieg herunter in grauer Kleidung des Leides, um die Stirn die Kreppbinde, vom Ärmel fiel
der weiße Trauerstreifen; vier Frauen hinter ihr; Isabella, das
Weib des toten Friedländers. Da vermochte Weinbuch den andern nicht von der Stelle zu bringen.

Eine kleine Bande Klopffechter, Sankt Markus- und Lukasbrü-
der, trollte am selben Tage in das Dorf ein, die Kunst des Fechtens
mit allen Gewehren zu zeigen; ein jovialer wohlgenährter Zahnbrecher und Steinbrecher war dabei, die beiden herumlungern-
den düsteren Tröpfe wurden von ihm erblickt, angelockt, zu seinen Schauprozeduren herangeholt; er fütterte sie.

Aus dem dumpfigen Boden wurde der Körper, der ehemals sich
mit dem Herzog Albrecht von Friedland, dem Böhmen von Wallenstein, bewegt hatte, geschaufelt: zwischen zwei dünnen Kiefern-
brettern lag er geklemmt. Dorfbevölkerung hatte die Witwe aufgeboten zur Begleitung der Leiche über die Bannmeile; auf zwei
Stangen trugen alte Bauern den Sarg, mit einer grauen Decke war
er überhängt, damit man nicht sähe, daß dem zu langen Toten die
Unterschenkel zerschlagen und umgebrochen waren.

Armselig hinter den vier Mönchen zwischen den Bittfrauen
und Groschenweibern die ganz verhängte Fürstin. Schritt, Schritt.

Von weitem folgte Ferdinand, auf zwei Stöcken, die Kappe in
der Hand, weinend, das vibrierende graue Gesicht von dem warmen Wasser gefühllos überlaufen.

Weinbuch schimpfte über das Geplärr. Das Maul breitziehend
ließ ihn der Müller, schlug sich zu den andern, die auf Kosten der
Fürstin den Tod im Wirtshaus versoffen mit Bier und Rosmarin-
wein. Auf einen Leiterwagen lud man an der Wegkreuzung den
Herzog; die Witwe fuhr hinterdrein, auf Gitschin zu, in die Kar-
tause Walditz.

Grimmer, dem ein stoppliger Backen- und Kinnbart gewachsen war, war von dem Tag an von einer sonderbaren Einsilbigkeit; sein Gesicht war unbeweglich. Er stand, als ein kläglicher kleiner Zug Flüchtlinge vor ihnen vorbeizog und der Müller die Arme ausstreckte und zu reden anfing, stumm und wartend abseits. Der Müller jauchzte die alten lockenden wilden Worte: »Nicht nachgeben! Beile genommen! Schlagt aus nach rechts, schlagt aus nach links! Gehämmert in die Mauern!« Die Flüchtlinge reckten die Arme wie er.

»Was stehst du da?« fuhr ihn der Müller an, wie sie gingen, gefährlich. Still und ohne Klage sagte der andere: »Ich kann's nicht. Ich bring' es nicht heraus.« »Was bringst du nicht heraus.« »Ich kann nicht fluchen.« »Was bist du für einer. Du bist selbst angefressen. Legst dich selbst zum Sterben.« Es war mit Grimmer nichts anzufangen.

Ferdinand hatte sich, als er unter die flutenden Menschenmassen geriet, überwältigen lassen. War dem Jammer, der ihm begegnete, unterlegen. In Graus und Reue hatte er geschrien: »Beile genommen! Beile! Nicht nachgeben!« Das schlief schmerzlich vor Wallensteins kläglichem Holzsarg ein.

Und nun kam die Dunkelheit über ihn. Er wußte nicht, was wurde, aber er wartete. Ein großes Bedürfnis nach Schlaf hatte er. Es wäre möglich gewesen, daß er ohne Widerstand hinstarb. Und dann regte sich eine Bewegung in ihm. Er seufzte, und die Erinnerung trat in ihm auf: »Gebt Raum, gebt Raum.« Sanftheit und Stille, worin er Platz nehmen wollte. Der Balken, an dem er sich entlang tastete. Oft blickte etwas in ihm auf Wallensteins Sarg. Er fühlte sich bewogen, viel hinter dem Sarg herzugehen, Hände zu drücken, die gebrochenen Beine auf Watte zu schienen.

Die Fechtbrüder und der Zahnbrecher hatten Gefallen an ihm, nahmen ihn und den Müller auf ihrem Wagen mit; er sollte für sie ausrufen. Sie gerieten in Streit mit dem Müller, als der sich daran machte, in ihrer Weise sie zu erregen. Als Weinbuch in seinem Zorn ihnen einmal zwei gute Degen mit einem Stein zerbrach, prügelten sie ihn. Der Müller entwischte; den andern, der mit ihm wollte, ließen sie nicht fort. In die Zone der Heere reiste die Bande, um besseren Gewinn zu finden. Als die ersten Kompagnien in der Gegend von Joachimstal an ihnen passierten, bettelte Grimmer, sie möchten ihm das schenken, den Anblick der Söldner, er wolle fort von hier. Jubelnd kam einmal der dicke Quacksalber an: er habe den andern mit dem braunen Bart, den Kaspar, den Müller, gesehen. Wo, wolle er nicht sagen: hoch in der Luft, an einem Soldatengalgen hänge er; hätte wohl das Maul sehr voll genommen. Grimmer flammte: »Führt mich hinein. Führt mich hin. Ich will ihnen alles sagen. Er ist einen guten Tod gestorben.« Und er schrie über Weinbuch und weinte: »Laßt mich fort! Helft mir doch.« Sie lachten: »Gewalt! Gewalt! Lauf mit deinen Krücken. Wir werden einen Hund gegen dich jagen, daß er dich umrennt.« Er hob die Hände und zitterte: »Ihr könnt nichts für eure Wildheit.«

In einem Birkenwald, der eben grünte, lag an dem Platze, wo sie ihr Lager aufschlagen wollten, ein brauner Frauenschuh, und nicht weit kam ein ganz feines Winseln zwischen den Stämmen her. Sie gingen dem Winseln nach. Da lag entblößt und zerhackt ein zusammengebogener Frauenkörper und auf der Erde hinter seinem Rücken streckte ein verpacktes kleines Kind die weißen Beinchen in die Luft, schlug mit den blauen Händchen, winselte. Mit einem markerschütternden Geheul, als hätte er die Sinne verloren, warf sich Grimmer an die Erde, kroch auf den Knien vor die Frau, deren eisiges Gesicht er bestrich. Sie rissen ihn von der Zerhackten los; er ließ den Stock liegen, tastete nach dem Kind, hielt es fest. Sie vermochten nicht, es ihm aus dem Mantel herauszuziehen; er warf sich, als sie damit begannen, auf das Gesicht und deckte das Kind. Sie bewogen ihn dann, aufzustehen; das Wesen schrie in seinem Mantel; er stand wie ein Bock; sie mußten ihm das Geschöpf lassen; grausig brüllte er, er gäbe es nicht ab.

Die Bande stahl Frauen und erpreßte mit ihnen Geld, verkaufte unerlaubte Hartmacherbriefe. Sie ließen den Grimmer mit seinem Kind nicht los, weil er schon zuviel von ihnen wußte. Er besänftigte sich, folgte, war gut zu ihnen. Aber es war etwas Gespanntes in ihm, wovor sie Furcht hatten. Das Kindchen gab er einer Nonne ab. Er bohrte, bohrte, sie sollten ihn laufen lassen. Welches Recht sie hätten, ihn zu halten. Er drohte; sie lachten. Verzweifelt saß er stundenlang in einer Wagenecke, rang die Hände. Sie ließen ihn im Stroh gackern. In ein rasendes Gezänk ließ er sich mit ihnen ein; da er ihnen rachsüchtig schien, nahmen sie ihn nicht mehr auf die Märkte, in die Dörfer hinein mit; sie wollten ihn schon kirre kriegen. Er hatte in dieser Zeit die Aufgabe, mit einigen Roßbuben auf die Wagen zu achten. Als die Buben berichteten, daß der Grimmer, statt sich um die Wagen zu kümmern, mit vorbeiziehenden Wallonen lange heimliche Gespräche führte, daß auch einzelne Wallonen sich schon mehrfach in der Nähe des Quartiers hätten sehen lassen, beschlossen sie, sich seiner zu entledigen; sie waren der Meinung, daß Grimmer an Flucht oder Verrat dachte.

Sie kamen bei Kaaden vorbei, wo ihnen das Kind eines Ratsherrn in die Hände fiel. Die aus der Stadt aber hatten einige Reiter, die sich hinter ihnen hermachten. In ihrer Angst ließen sie das Kind auf der Landstraße zurück. Als sich die Reiter damit noch nicht zufriedengaben und nach ihnen suchten, spannten sie die Pferde von den Wagen, ritten davon mit allem, was sie schleppen konnten; den Grimmer ließen sie bei den Wagen. Er wurde von den Reitern gefaßt, nach Kaaden gebracht und in der Stadtmauer eingesperrt. Die Büttel, von den Angehörigen des Kindes noch bestochen, ließen ihre Wut an ihm aus.

Ferdinand aber schien, seit er die Quälereien von der Fechterbande erfahren hatte, ein vollkommener Narr geworden zu sein. Er war von einer flutenden, stoßweise ihn durchrollenden Erregung heimgesucht. Wie ihn die Räuber auf die Straße warfen und er gefangengenommen wurde, war er, als wäre er alle Sorgen losgeworden. Er hatte schon die Wallonen im Wald nicht, wie die

Buben erzählten, aufgefordert, ihn zu befreien, sondern nur von sich erzählt. Er sei in einem hohen Amt gewesen, hätte es aufgegeben. Denn das Regieren hätte wenig Zweck. Es läuft alles von selbst. Es ist auch alles gut, hätte er erkannt; man müsse nur wissen wie. Man könne mit ihm tun, was man wolle, man täte ihm nicht weh. Er forderte die Wallonen geradezu auf, ihm doch Hiebe zu versetzen, sie täten ihm Gutes damit an. Als ihm einer dann einen Faustschlag gegen die Schulter gab, sank er in das Gras, wand sich vor Schmerz, aber lächelte verzerrt: es mache nichts, es täte ihm wohl; sie ließen ihn blaß, halb ohnmächtig sitzen. Im Stadtkerker wurde er gemißhandelt, daß er meist seine Besinnung verlor. Sobald er aber frei war, erzählte er wieder, er sei der Kaiser Ferdinand, der Römische Kaiser, es ginge ihm jetzt besser. Wie gegen einen Klotz verfuhr man mit ihm; um ihm Geständnisse zu erpressen, brannte man ihn an Stirn und Arm und streute Salz in die Wunden. Er gab zu, was er von der Bande wußte, sich selbst beschuldigte er nicht. In dem Keller stand er bei jeder Vernehmung vor dem Richter und dem Henker, der gebückte graue Mann, bejammerte Richter und Henker, beschwor sie, an sich zu denken und nicht an das Gesetz und den Kaiser; er sei Kaiser gewesen, er spräche sie frei von der Verpflichtung; Mehrer des Reiches möchte er sein, und darum möchten sie davon ablassen, ihn zu quälen: es helfe ihnen nichts.

Er rief sie an: »Ihr müßt euch freuen. Es ist Mai oder Juni. Es ist eine schöne Zeit. Macht nicht so finstere Mienen. Euer Handwerk verdirbt euch, es macht euch die Brust eng. Würde doch kein Tier so finster und trübe leben wollen wie ihr. Lacht. Wenn man lacht, begrüßt man die anderen Wesen.« Sogar nach einer peinlichen Prozedur des Streckens bat er matt: »Ihr müßt nicht so strenge Mienen machen. Es ist ja alles in der Welt so schön. An mir müßt ihr keinen Anstoß nehmen. Ich bin kein Schelm; meinetwegen braucht ihr euch nicht zu erbittern. Und auch mit den andern könntet ihr fröhlicher fertig werden. Fröhlich, fröhlich.

Ich bin es auch und möchte darum leben.« Er glitt an seiner Stange entlang.

Sie lachten aber nicht. Und ganz finster wurden sie erst, als der Henker eines Morgens Grimmers Zelle leer fand.

Die Klopffechterhorde hatte von seiner Einkerkerung gehört; sie gereute es nicht gerade, ihn überliefert zu haben, aber sie wollten dem Ratsherrn einen Possen spielen, nachdem sie um den Prellohn gekommen waren. Sie überwältigten, da sie starke Menschen waren, eines Nachts die Posten der Stadtwache vor dem Kerker, nachdem sie unbemerkt über die Mauer gestiegen waren. Grimmer, vom Fackellicht aufgeschreckt, blinzelte sie aus dem Stroh an; sein Gesicht tieftraurig, er erkannte sie nicht. Dann, als sie ihn anhoben und mit einem Mantel bedeckten, begrüßte und streichelte er sie flüsternd. Sie schleppten ihn mühselig über die Mauer, Ferdinand verbiß jeden Schmerz. Während sie selbst vor Übermut kicherten, mußten sie seinen Jubel dämpfen. Der dicke Steinschneider, der sein Pferd führte, fragte ihn, als sie davon durch den sausenden Wald ritten, ob er nicht einen Priester haben wollte. Ferdinand lachte: »Noch nicht. An meinen Heiland glaube ich. Aber wenn ich Sünden bekennen sollte, ich wüßte nicht, welche ich bekennen sollte.« »Du bist schlecht«, warnte der andere. »Nein, verzeih mir. Es hat sich mir alles verwischt. Weißt du, wo ist Sünde und Tugend?«

Nach vierstündigem Ritt lagerten sie in einer Hütte, wo die anderen Gesellen schon warteten, blieben dort ungestört einige Tage. Ferdinand lobte sie für die Wohltat an ihm. Sie ließen ihn viel allein.

Als man zu dem tief gelbsüchtigen fiebernden Ferdinand, dessen Körper aus vielen Wunden eiterte, einen Barfüßermönch schickte, weinte er heftig, gestand: »Die Sünde, ja, das ist es.«

»Nun siehst du.«

»Ich kenne sie, ich weiß, was Sünde ist.«

»Siehst du.«

»Nur, ich kann sie nicht fühlen. Mir ist alles verwischt. Wer hat mir das angetan?«

»Du bist krank, du frierst, du schüttelst dich im Frost.«

Aber Ferdinand blickte ihn ruhiger aus seinen hellen Augen an: »Ich bin verzaubert. Ich kann nichts als mich freuen.«

Der Barfüßer sprach Gebete, segnete ihn, ging davon.

Ferdinand überwand das Fieber. Sehnsüchtig, wenn die Horde fortgerasselt war, kroch er zur Tür hinaus auf allen vieren in den grünen Wald. Es war sonnig. Er suchte sich zu heilen.

Der Wald, der Grund eines weiten Meeres, Tag und Nacht durchwogt und aufgewühlt. Die jungen und alten Bäume hielten sich mit Wurzeln an der Erde fest; Geäst und Blattwerk, hungrig hochgeworfen, wurden am Schopf gefaßt, nach unten gebogen, seitlich geschnellt, im Kreis geführt. Vielfarbige Blumen wuchsen im versteckten Gras. Ferdinand zog sich an dünnen Stämmen hoch, fühlte seine Knie; die Luft blies in seinen geöffneten Mund, der Atem ging leise aus seiner matten Brust; er rutschte wie ein weicher Wurm ab auf das Moos. Er pendelte und schwankte getrieben wie ein Ertrunkener in der Luft. Wie dunkle Zauberworte klang manchmal in ihm auf: das Reich, der Krieg, der Thron. Auf Minuten breitete er stöhnend die Arme aus: »Ich bete nicht, Maria muß mir helfen, sie wird mir verzeihen.« Unversehens, wie er lag, hatte ihn das pelzige Moos.

Kopfbeugend und mit Ungeduld ging und stand er, bis sich die Horde verlaufen hatte, um sich zwischen den stummen Bäumen wieder einzufinden.

Auf einem Baum erwartete ihn ein sonderbares Wesen. Es saß zwischen starken Ästen, streckte den kleinen braunschwarzen Kopf zwischen Blätterhaufen hervor. Ein verwahrloster junger Mensch, stark am ganzen Körper behaart. Er ließ die Äste zusammenschnellen, sah wieder herunter. Über Schulter und Bauch hatte er sich einen fellartigen Lumpen gebunden; er stieß und hangelte mit den affenartigen mageren Beinen. Der Kobold, die schwarze knochige

Brust nach einiger Zeit herunterbeugend, krächzte etwas Wortähnliches, lief vorsichtig, wie er Ferdinand kriechen und liegen sah, auf den Ästen um ihn herum, dann am Boden. Ferdinand winkte ihm. Er floh.

Von Tag zu Tag kam er dichter. Einmal schwang er sich zu dem Kranken, griff schnell nach seinem Brot, aß im Fortlaufen. Er beobachtete Ferdinand aus fliegenden grauen Augäpfeln, die rastlos in ihren flachen Höhlen spielten, ohne daß sich die kleinen Lider bewegten. Schließlich betastete und beschnüffelte er den sitzenden Mann, der ihm öfter die Hand hinstreckte. Er wich ihr aber zuckend aus, zuletzt nahm er sie bei den Fingern, besah sie dicht, drehte und hob sie, beschnüffelte sie, ließ sie los. Saß da, um plötzlich auf ein Geräusch einen Baum anzuspringen und zu verschwinden.

Einmal, wie Ferdinand die Tür der Hütte aufließ, schlich das Geschöpf hinein, kam rasch mit einem großen Stück Fleisch heraus, das er auf einem Baum verschlang. Wie er wieder neugierig Ferdinand beobachtete, der sich an seinem Stock hochschob und einige Schritt schleifte, stellte er sich neben ihn, stützte ihn geschickt von hinten, indem er ihm unter den Arm griff; dabei kicherte er mit demselben Krächzen, mit dem er sprach.

Ferdinand verstand rasch seine kindlichen Bezeichnungen. Einmal morgens – Ferdinand hatte ihm wegen seines stechenden Geruchs verwiesen, in die Hütte zu gehen – erwartete ihn das Geschöpf listig lauernd schon draußen. Es winkte, lachte, gab zu verstehen, daß es etwas Schönes wüßte. Und dann stützte es Ferdinand unter einem Arm, zuletzt trug das kleine Geschöpf keuchend den andern eine Strecke bergigen Bodens auf dem Rücken. Von einer nahen Anhöhe zwischen Gesträuch sahen sie herunter. Da war ein Fluß und an ihm ein weites buntes klingendes Badehaus. Schwimmende Tische; auf den Galerien gingen Damen mit geschlitzten Mänteln. Von oben warfen sie Blumen herunter, die unten spannten ihnen Laken entgegen. Die lustigen Fräulein

streckten die Hände nach der Galerie um Geschenke aus, sie tanzten im Bad, das Gewand schwamm obenauf. Flöten und Lauten
spielten. Bälle mit Glöckchenbehang flogen über dem Wasser.
Der Waldmensch kreischte leise, knirschte mit den Zähnen, hatte
funkelnde Augen, leckte sich einen hochspritzenden Tropfen
wonnig vom Mund. Er hüpfte mit Ferdinand vorsichtig zurück.

Ferdinand liebte das wilde Geschöpf außerordentlich. Er wunderte sich selbst. Überaus stark griff ihn die Neigung, dieses sonderbare Verlangen zu dem Tierwesen. Er war in vieler schmerzhaf-
ter Spannung, gesundete mehr; sein Gesicht und Hände häuteten
in der Sommerluft. Die Bande ließ sich oft tagelang nicht sehen,
er mußte mit Brot und Fleisch haushalten. Da war der Waldmensch weg. Zwei Tage stellte er sich nicht ein. Es fehlte nicht
viel, daß Ferdinand, leicht erschöpflich wie er war, ihm nachging.
Bis er eines Mittags allein in der Hütte liegend von dünnen Rufen, dann einem knackenden Geräusch und nahem Scharren
überrascht wurde.

Vor einem Gestrüpp das braunschwarze Geschöpf. Es bückte
sich über etwas Weißem. Winkte krächzend lachend schnarrend
Ferdinand mit Händen und Blicken zu. Das Weiße hob sich. Es
war ein junges rothaariges Fräulein, nur leicht gekleidet. Er
mußte sie aus dem Bad gestohlen haben. Das nicht schöne pok-
kennarbige Mädchen streckte aus seinem tödlich blassen Schrek-
ken, immer wieder ohnmächtig, Ferdinand die Arme entgegen.
Der aber sah sie kaum an. Der Waldmensch fletschte die Zähne,
schleppte sie rückwärts, knurrend fauchend und brünstig kreischend ins Gebüsch, nach Ferdinand, der herausgetreten war,
sich umschauend, hob ihr die Tücher ab, verging sich glucksend
und schlagend an ihr.

Ferdinand hatte mit hellen überweiten verglasten Augen in der
Nähe gestanden. Das Waldtier winkte ihn hervortauchend, ko-
chenden Leibes, zu dem Fräulein heran, fiel ihm grunzend und
speichelnd um die Brust. Es hauchte ihn hitzig an. Die wand sich

im Gras, wollte weglaufen. Ferdinand zitterten unten die Knie. Er konnte sich von diesem betäubenden Atem nicht losmachen. Er drückte halb willkürlos den Waldmenschen an sich. Schaurig, fast unerträglich strömte es über ihn bei der Berührung der zottigen Haut und bei dem starken schweißgemischten Dunst. Er kannte kein Erbarmen mit dem Fräulein unter der Aufpeitschung seines Innern. Er vermochte, wie es durch ihn raste, die Arme fest um den Kobold zu schließen, verzehrt von Angst und Hingenommenheit. Das Mädchen war fort. Das heiße Geschöpf lachte ihn an, schüttelte sich losgelassen, knurrte, schnarrte, wie es das Fräulein nicht sah, schwang sich davon.

Ferdinand saß mit flimmernden Augen in der dunklen Hütte, blinzelte. Sah sich um, wußte nicht, wo er war. »Ich muß fort«, war ihm bewußt. Als er zwei Stunden geschlafen hatte, war er schweißgebadet. Sein Kopf floß. Durch seinen Traum hatte sich das Schaurige Betäubende gewaltig und fessellos geschwungen.

Am nächsten Morgen kam die Bande. Den Abend zuvor hatte er noch mit Ästen nach dem Waldmenschen geworfen, wie der sich ihm grinsend nähern wollte, hatte die Tür vor ihm zugeklemmt.

Aber wie sie über Hügel und Felder fuhren, wurde er wieder eine Beute der Betäubung. Klee Heckenrosen Lupinen zogen vorbei. Und so blieb es tagelang in der Ruine, in deren Kellern sie sich versteckten und Ferdinand, der leidlich gehen konnte, als Wächter beließen für die gestohlenen Pferde Rüstungen Säcke, während sie draußen ihr Handwerk trieben. Hier entschlüpfte Ferdinand, völlig modelliert von dem Erlebnis. Etwas Geheimnisvolles lag über ihm. Im Schnappsack trug er Brot Käse und Rauchfleisch mit sich. Grau und sehnig war er, das Gesicht noch gelb. Er machte einen beunruhigenden Eindruck auf die Leute, die ihn beköstigten und schlafen ließen. Wich ihnen aus.

Ihn trieb es, wie er auch widerstrebte und sich wand, nach dem Wald und der Gegend des Koboldes. Er grollte und lobte sich in einem Gedanken, daß er ihm ausgewichen war. Wie er eine Baumrinde berührte, fühlte er, wohin er gehörte; er bekam die Hand, als friere sie fest, kaum los von dem Stamm.

Er näherte sich nach Tagen erregt dem Ort. Von Schreck durchzuckt, fand er die Hütte. Das niedrige Holzgestell, die groben braunen Latten. Es benahm ihm den Atem. Einen Augenblick stand sein Herz still. Er ließ sich nieder. War tief beglückt. Den ganzen Tag wartete er, schlief im Freien ein. Und noch einen Tag. Er ging und bewegte sich wie in einem festen Schlaf. Wie er im Morgengrauen aufwachte unter Gezwitscher, saß der braunzottige Kobold neben ihm, betrachtete ihn von der Seite, lachte ihn an. Ferdinand aufwallend blieb ernst, berührte ihn bittend. Der wies ihm den Buckel, schien ihn schleppen zu wollen. Ferdinand legte die Hände an das Wesen, genoß, im Innersten durchrieselt, die Berührung. Der quietschte, kratzte sich, gab wegkriechend Zeichen auf die Hütte, schnarrte, lallte. Die Hüttentür war offen. Der Mann ging, sich duckend, hinein. Eine Bande mußte erst jüngst dagewesen sein; es lag Brot und Schinken unter dem Tisch, auf den Bänken; sie waren übereilt abgezogen.

Ferdinand setzte sich hin, sah atmend dem Kobold zu, der alles durcheinanderwarf, zuletzt mit einem Stück Brot davonrannte.

Sommerliches Rauschen im Wald, die Sonnenlichter spielten.

Der Waldmensch öffnete gegen Abend, wie es glührot geworden war, die Tür. Ferdinand lag gestreckt auf der Bank. Das Geschöpf klopfte mit dem Finger gegen die nackten Fußsohlen des Mannes. Der richtete sich auf.

Ein breites flaches Messer lag unter dem Tisch neben der Bank. Das Geschöpf stieß mit den Zehen daran. Im Moment bückte es sich, faßte mit einem langen behaarten Arm herunter. Seine Augen glitzerten.

Rittlings schwang er sich vor den Mann auf die Bank, drückte sich fest an den erschauernden freudvoll blickenden und senkte blitzschnell das Messer von hinten in seinen Rücken. Mehrmals. Sie hielten sich Auge in Auge. Ein leichtes Staunen kam in Ferdinands Ausdruck. Er erzitterte bis in die Fußspitzen, legte sich seitlich um.

Das Geschöpf rutschte von der Bank, blickte das Messer an, sauste damit hinaus, gab Stöße in den Grasboden, schleuderte das Messer von sich gegen die Hütte.

Nach zwei Tagen schlich es herein, aß. Faßte den Körper, der unter dem Tisch lag, an beiden Füßen, spannte sich wie ein Pferd vor, lief mit ihm hinaus, zerrte ihn über das Gras. Der Kobold war so stark, daß er den mageren Körper im Kreis um sich schwingen konnte. Er schnalzte kicherte freute sich daran.

Lief mit ihm über Gebüsch Äste. Es war Regenwetter. Die Tropfen klatschten. Ferdinand lag auf zwei sehr hohen Ästen. Das dünne kühle Wasser floß über die hellen Augen. Der Kobold hatte kleine Zweige zu sich heruntergezogen, er saß vom Laub gedeckt. Schaukelte den Körper auf den großen Ästen, knurrend stirnrunzelnd.

Unter die aufmarschierenden Heere der Kaiserlichen Sachsen Schweden Bayern gerieten von allen Seiten die losgelösten verzweifelten Volksteile. Viele gingen zu den Truppen über, von Lohn und Nahrung verlockt. Was ihnen störend in den Weg kam, zerklatschten die Heere.

Die Söldnermassen selbst brachen gegeneinander los, schlugen sich nieder, verfolgten sich, metzelten sich von neuem, Kaiserliche Sachsen Schweden Bayern. Im Westen hatten sich die Welschen gesammelt. Sie warteten in frischer Kraft auf ihr Signal, um sich hineinzuwerfen.

Die beiden Freundinnen und ihr Giftmord
(1924)

Die hübsche blonde Elli Link kam 1918 nach Berlin. Sie war 19 Jahre alt. Vorher hatte sie in Braunschweig, wo ihre Eltern Tischlersleute waren, angefangen zu frisieren. Es passierte ihr ein kleiner Bubenstreich: sie nahm einer Kundin fünf Mark aus dem Portemonnaie. Ging dann auf einige Wochen in eine Munitionsfabrik, lernte in Wriezen aus. War leicht und lebenslustig; es heißt, daß sie in Wriezen nicht asketisch lebte und Sinn für Kneipgelage hatte.

Sie kam nach Berlin-Friedrichsfelde. Der Friseur, bei dem sie arbeitete, fand sie fleißig, ehrlich, von sehr gutem Charakter. Er behielt sie bis zu ihrer Verheiratung, ein einviertel Jahr. Daß sie lebenslustig war, entging ihm auch nicht. Bei den Ausgängen mit einer ihrer Kundinnen begegnete sie November 19 dem jungen Tischler Link.

Elli hatte eine besondere, wenn auch nicht seltene Art. Sie war harmlos frisch, von der Munterkeit eines Kanarienvogels, wie ein Kind lustig. Männer anzulocken, machte ihr Vergnügen. Vielleicht gab sie sich dem und jenem hin: das war Neugierde, Freude, den anderen, das Männchen zu beobachten, dann kameradschaftliches Herumbalgen, das Spaß machte. Sie wunderte sich und fand es lustig, aber komisch, wie wichtig die Männer das nahmen, wie sie sich aufregten. Sie liefen an, man quirlte sie herum, schickte sie weg. Da kam dieser junge Tischler Link.

Er war ernst und beharrlich. Er redete von politischen Dingen, die sie nicht verstand, war leidenschaftlicher Kommunist. Er hängte sich an sie. Sie hatte solchen blonden Wuschelkopf, gesunde volle Backen, blickte so vergnügt in die Welt. Sie konnte so übermütig sein, daß ihm das Herz aufging. Er wollte sie zur Frau. Die wollte er neben sich haben.

Das war ihr gar nicht komisch. Link fiel aus dem Rahmen der Männer, die sie sonst kannte. Er hatte den Beruf ihres Vaters; sie kannte die Arbeitsdinge, von denen er erzählte. Das beschränkte sie etwas in ihrer Art sich zu geben. Sie konnte nicht mit ihm umspringen wie mit den anderen Männern. Es ehrte und beglückte sie, daß dieser Mann um sie warb; sie war in ihrem Familienniveau. Aber sie mußte sich auch ändern; er legte seine Hand auf sie.

Sie berichtete tastend nach Hause: sie habe eine gute und feste Stelle und der Tischler Link, ein fleißiger Arbeiter mit schönem Einkommen bemühe sich um sie. Sie ließ sich von Haus dafür loben. Vater und Mutter freuten sich. Und Elli, wie sie alles überdachte, merkte selbst etwas Angenehmes in sich. Sie war ihm eigentlich ganz gut. Er hatte vor, sie zu versorgen; sie sollte eine eigene Wirtschaft führen. Es kam ihr vor: eine Ehe ist etwas furchtbar Drolliges, aber Nettes; er will mich versorgen und freut sich darüber. Sie war ihm eigentlich recht gut. Von gelegentlichen heimlichen Seitensprüngen ließ sie auch jetzt nicht.

Link war ihr ganz verfallen. Sie merkte es, je länger sie zusammen waren. Zuerst achtete sie nicht darauf. Männer waren immer so. – Aber dann war es unbequem. Es war auch so stark bei ihm und dann immer gleichmäßig. Und ganz leise stieg etwas in ihr auf: ganz leise verdachte sie ihm dies Wesen. Link hinderte sie, den Faden weiter zu spinnen, den sie angefaßt hatte: er wäre ein ernster Mann, von der Art ihres Vaters, sie wollten eine Familie gründen. Nun sank er auf die Stufe ihrer früheren Liebhaber. Nein tiefer, weil er so an ihr hing, so schrecklich aufdringlich an ihr festhielt. Zu ihrem Ärger, ihrem Schmerz bemerkte sie, mit dem konnte man ja umspringen. Er forderte es geradezu heraus.

Sie blieb bei ihm. Es war alles schon im Lauf. Aber es ging ihr je länger je mehr bitter nahe. Es wurmte sie. Dieser Link hatte etwas vorgespiegelt; sie selbst war dadurch avanziert. Jetzt schämte sie sich, auch vor sich. Es war eine unterirdische Enttäuschung.

In Zornausbrüchen kam das ab und zu heraus. Sie war oft nicht nett zu ihm. Fuhr ihn in einem furchtbaren Tone an, brüllte ihn an wie einen Hund. Er dachte bestürzt: sie will mich loswerden.

Sie wischte darüber weg. Er will mich heiraten; warum nicht. Eine eigene Wirtschaft war nicht zu verachten. Und dann war er so jämmerlich; er tat ihr leid. Sie würde mit ihm schon fertig werden. Es gab viele Stunden, wo sie sich vergnügt etwas vorphantasierte, sie würde Ehefrau sein, eine Familie haben, wie die in Braunschweig, ihr Mann war in guter Stellung, er liebte sie, er war ein ernster Mann. November 1920, sie war 21 Jahr, er 28, heirateten sie.

Sie zogen zur Mutter des Link. Es war keine eigene Wirtschaft da. Die Mutter hatte ausziehen wollen, tat es aber nicht. Die Frau war nicht sehr freundlich zu ihrem Sohn, auch der Sohn hing nicht an der Mutter. Die Frau wollte die junge Schwiegertochter nicht aufkommen lassen. In den Zwistigkeiten ergriff Link die Partei seiner Frau, schaffte ihr Raum. Er schimpfte gemein auf die Mutter. Die junge Elli hörte zu. Sie bekam Furcht, er könnte einmal auch mit ihr so umspringen. Wie sie ihm das sagte, brummte er: was faselst du? Sie konnte bald schärfer gegen die Schwiegermutter auftreten, als das Einkommen des Mannes gering wurde, und er ihr erlaubte, Kundinnen zum Frisieren anzunehmen. Sie besorgte jetzt die Wirtschaft an den Wochentagen, hatte den Haushalt in der Hand; sonntags und sonnabends, wo sie im Geschäft Aushilfe tat, durfte die alte Frau einspringen.

Dann kam eine Zeit, wo Link öfter abends ausging, bald Abend um Abend, allein ausging, die junge Frau zu Hause ließ, wo sie klagte, daß er sich wenig um sie kümmere; sie konnte ihm nichts recht machen. Er hatte sie gedrängt zu der Ehe. Was war geschehen?

Er war mit der Mutter in Arbeit und übler Laune aufgewachsen. Er wollte vorwärts kommen. Die Frau, der lustige Wuschelkopf, nahm keinen Anteil an ihm, blieb wie sie war, überließ sich ihren Einfällen, war so und so. Manchmal hängte sie sich an ihn, manchmal war er Luft. Sie dachte: wer ist er denn? Er war ein derber Mann, nannte sich gern einen Kuli. Und jetzt, um sie ganz zu haben, näherte er sich ihr – körperlich.

Sie hatte sich früher öfter mit Männern eingelassen. Jetzt drängte sich einer an sie, den sie nicht, belustigt oder ärgerlich, abschütteln konnte, wenn es zu viel wurde. Dieser verlangte etwas von ihr. Er hatte das Recht des Ehemanns für sich, und – die körperliche Berührung behagte ihr nicht. Sie erduldete sie, blieb stumm dabei. Es erregte sie in einer gar nicht angenehmen Weise. Sie zwang sich dazu, den Mann zu erdulden, da sie wußte, das ist so in der Ehe, aber ihr war lieber: es gebe so was nicht. Sie war zufrieden, wenn sie wieder allein lag.

Link hatte eine junge, niedliche Frau geheiratet. Er war glücklich gewesen, daß sie ihm zugefallen war. Jetzt fluchte er für sich. Was war das? Sie trieb es zu weit mit ihren Kindereien, sie war nicht lieb zu ihm. Man konnte nett mit ihr sein bei Tag, auch da war sie oft schlimm, aber in der Umarmung war sie tot. Er grollte ihr. Sie änderte sich nicht, jetzt hatte er kein Heim. Er konnte zärtlich zu ihr sein wie zu einer Puppe, aber wenn er sich mit ihr verbinden wollte, um sie ganz zu gewinnen, blieb sie fremd, nahm ihn nicht an.

Sie fühlte sein Unbehagen. Es machte ihr Freude. Schadenfreude. Er sollte sie nur lassen. Und dann wieder war sie Ehefrau, bemühte sich umzufühlen, aber vermochte doch nicht. Ihr dämmerte ängstlich, daß sie sich da nicht zurecht fand. Es huschte durch sie, trieb sie oft ihm nachzugeben. Aber immer stärker das

Gefühl: ich mag nicht. Und dann die massive Empfindung des Ekels.

Er lief abends weg in seine Versammlung, die möglichst aktiv und radikal sein mußte. Er bohrte sich in den Gedanken – ein altes schreckliches Unwürdigkeitsgefühl tauchte auf –: ich bin ihr nicht gut genug, sie spielt sich groß auf. Aber dann zitterte er: ich werde sie unterkriegen. Aufs Heftigste erschütterte ihn ihre geschlechtliche Abneigung.

Wie sie sich jetzt gegenüberstanden, war ihre Position sehr verändert. Er war enttäuscht, um das betrogen, was er in der Ehe suchte: Elli gab dem heftigen, in sich entzweiten Menschen nicht Freude, frischen und neuen Impuls. Sie gab ihm keine Möglichkeit zu einer warmen hegenden Liebe, die er in der ersten Zeit bei ihr empfunden hatte und wegen derer er um sie geworben hatte. Es war eine Enttäuschung ähnlich ihrer, als sie fühlte, er ist nicht der ernste Mann, dem ich folgen will. Mit Schimpfen, gereizten Auftritten suchte er es von sich abzuschütteln. Dann fing er an zu kämpfen. Die Sache war lebenswichtig für ihn. Er gab Elli nicht auf. Zunächst benutzte er die Situation, um sich für manches von früher zu rächen: er ließ sich gehen, tobte um Nichtigkeiten. Das Rachegefühl war schon gut, versöhnte ihn beinah mit ihr. Es war die erste Hälfte 1921. Sie waren erst einige Monate verheiratet. Er wollte sie behalten, die so nett und lustig war; sie hatte noch die Art, die ihm gefiel und an ihre gute Zeit erinnerte. Er wollte das festhalten. Er wollte sich an ihr festhalten. Er wollte sie lieben. Er kam auf einen schlimmen Weg.

Ohne daß er wußte, warum und wie, unter deutlichem inneren Widerstreben, verfiel er darauf, geschlechtlich wild mit ihr zu sein. Heftiges, Wildes, Besonderes, von ihr zu verlangen. Es gab einen förmlichen Ruck in ihnen; eine Umstellung vollzog sich in ihm. Er konnte dem wüsten Antrieb nicht widerstehen. Er merkte erst später: es war die Art, wie er mit gelegentlichen Mädchen umging, aber heißer, leidenschaftlicher. Er wollte sein Mißgeschick in dieser Wildheit begraben. Er wollte Elli bestrafen, degradieren gerade hierin, worin sie sich ihm entzog. Sie mochte das nicht; um so besser; gerade ihr Widerwille erregte ihn, steigerte den Reiz. Er wollte Wut. Ganz unterirdisch begleitete ihn noch ein anderes Gefühl: wie er jetzt seine alte verpönte Art an sie herantrug, unterwarf er sich ihr damit noch einmal. Er entblößte sich vor ihr. Sie sollte es gut heißen. Sollte ihn gut heißen. Sie sollte ihn gut machen. Wenn nicht so, dann so.

Sie verstand es. Fing die Geste richtig auf. Sie hatte schon den Hang, manches mitzumachen, um sich zu bestrafen für ihr geschlechtliches Versagen. – Nicht immer beruhigte sie sich an dem Ekelgefühl, das sie völlig einspannte, und das den Mann im ganzen unsauber erscheinen ließ, ihm einen schlechten Geruch gab. Jetzt witterte sie, bei allem Widerwillen, ja Schrecken, daß er sich veränderte, und daß er trotz allem nicht von ihr losließ. Ja, daß er der alte, der bettelnde Liebhaber war, sich ihr auf eine neue Art unterwarf. Sie witterte: zwischen allem Toben, Schimpfen, Schlagen unterwarf er sich ihr aufs Neue. Und während sie ihm nicht die warme Hingabe, Leib und Seele gewähren konnte: dies lag ihr besser. Es war ihr eine angstvolle Erregung, aber nicht ohne Lust, wie er ihr jetzt kam. Sie freute sich schon, daß er kam und daß er litt, weil er sie entbehrte. Und dann war es eigentlich eine Fortführung ihres Zankes, ein Fertigkämpfen auf eine besondere Weise. Es war mehr Schlägerei als Umarmung. Es war doch nicht mehr die dumme, erbärmliche, süße Art von früher, dieses Tätscheln, unmännliche Liebessäuseln. Er hatte ein neues Seelengebiet in ihr eröffnet.

Wirklich wurde auf dieser Linie zwischen ihnen ein zitternder Friede geschlossen. Er wurde auf neue Art nach Hause geführt und, wie er wollte, von ihr gebunden. Er hatte nicht von ihr gelassen. Und sie war von ihm fortgerissen. Es war nicht zu leugnen: sie war ihm nähergekommen. Aber es war ein gefährlicher Weg.

Es blieb nicht bei der Heftigkeit der Umarmungen. Die Veränderung ging bei ihm und ihr weiter. Die Wildheit flackerte in den Tag hinein. Sie wurden beide mehr unausgeglichen und nach Ausgleich bedürftig. Sie wurden mürrischer oder gereizter, gespannt. Sie hatte ein Auge für ihn und lauerte, wie er sich weiter entwickeln würde.

In ihm war ein keuchendes Fieber, sich loszulassen. Er tobte vor ihr, zerriß Kleidungsstücke, schüttete Wäschekörbe aus. Dabei bemerkte er selbst, daß es ihm Freude machte. Sie sollte ihn immer besser sehen wie er war. Er entblößte sich immer mehr und auf seine Selbstvorwürfe bekräftigte er sich: sie muß bestraft werden und er war der Herr im Hause. Und zwischendurch bemerkte der enttäuschte Mann, der ein neues Leben mit Elli hatte beginnen wollen, wie er zurückfiel, und wußte nicht wie sich dem entziehen. Manchmal befiel ihn ein Schreck. Jammer kam über ihn, um sich, um Elli, um seine Ehe. Kummer, wie alles gekommen war. Es war gut, wenn er nicht zu Hause war. In diesen Monaten, gegen Mitte des ersten Ehejahres, trieb er sich fast Abend um Abend in Lokalen herum, steckte den Kopf in radikalpolitische Ideen. Und fing an zu trinken. In der Trunkenheit fand er seine alte Freiheit und Ruhe wieder. Es gab da keine Sehnsucht. Kam er betrunken nach Hause, war da die Frau. Sie mußte ihm zu Willen sein. Mit Schlägen oder ohne Schläge. Und es war alles gut.

Wie er sich so entwickelte, wurde Elli stiller. Sie kam ins Hintertreffen. War sie nicht eigentlich schon unterlegen? Ein Haß regte sich in ihr. Er schlug öfter auf sie ein. Es wurde manchmal drei Uhr nachts, daß sie stritten. Jetzt waren diese Streitigkeiten schon nicht mehr unsichtbare Umarmungen. Die Wildheiten hatten fast ganz ihren alten lockenden Sinn verloren. Es waren nackte Rohheiten. Und wenn er sie überfiel, war auch aus dem Geschlechtlichen jedes Gefühl genommen; sie hatte nichts als furchtbaren Ekel, gesteigerte Empörung und Haß. Elli, mit Lächeln und

Spott in die Ehe getreten, hatte einen gewalttätigen Herrn über sich.

Aufmerksam und mit Vergnügen beobachtete seine Mutter, in deren Wohnung sie noch waren, die Entwicklung. Ihr Sohn nahm schon nicht mehr die Partei der Elli; die Mutter hetzte gegen die junge Frau.

In Elli brannte ein einziger Zorn. Sie wollte weg von Link. Als sie bei ihrer täglichen Auseinandersetzung davon sprach, warf er ihr höhnisch den Reisekorb vor die Füße. Noch größer als auf Link war ihr Zorn auf die hetzende Mutter. Elli drohte, es werde noch etwas passieren, wenn nicht bald eine Änderung eintrete. Die Mutter, sie hatte ein schlechtes Gewissen, fürchtete sich vor der Schwiegertochter. Einmal trank sie eine Tasse Kaffee, die ihr Elli gab. Ihr kam vor, als ob der Kaffee einen beißenden scharfen Geruch hatte. Und als sie ihn vorsichtig mit der Zunge abschmeckte, brannte er unangenehm. Sie fuhr gegen die Schwiegertochter heraus: du willst mich vergiften! Elli kostete selbst den Kaffee, zuckte mit der Achsel: bei mir kannst du hundert Jahre alt werden. Die alte Frau erzählte im Haus davon, auch ihrem Sohn, der sehr finster wurde.

Elli aber warf sich herum. Nicht lange nach dem Vorfall, Juni 1921, verließ sie das Haus, fuhr zu ihren Eltern nach Braunschweig. Alles Geld, dessen sie habhaft werden konnte, auch das für das Fahrrad, das der Mann verkauft hatte, dann die Groschen aus dem Gasautomaten nahm sie rachsüchtig mit.

Vierzehn Tage war sie in Braunschweig. Sie erzählte von den ehelichen Zuständen, soweit sie sprechen konnte. Die biederen Eltern nahmen kopfschüttelnd Kenntnis. Man sprach nicht oft davon. Die Eltern hielten alles für übertrieben, Elli war ein Kindskopf, sie sollte sich beruhigen. Elli suchte selbst von den schrecklichen Dingen wegzukommen. Sie suchte sich fast mit Gewalt in ihre alte Umgebung wieder einzufinden. Sie bekam nicht Recht von den Eltern, aber sie war auch geneigt, sich mit Zwang auf die ruhige Meinung der Eltern einzustellen.

Der mürrische Mensch saß inzwischen allein in seiner Wohnung in Friedrichsfelde bei der Mutter. Hörte ihr Schimpfen an auf die schlechte Frau, die weggelaufen war, und brüllte sie an. Er war wütend auf die Mutter, auf Elli, vergrämt über sich. Und alles Schimpfen half nicht darüber weg, daß ein starker Schlag gegen ihn geführt war; er war ernüchtert. Es kamen Briefe von ihm in Braunschweig an. Aus einem hörte Elli die Stimme ihrer Schwiegermutter heraus: wegen dieser Tasse Kaffee hatten sie sich in Berlin fürchterlich gestritten, jetzt fing er wieder damit an: »Du mußt mir versprechen, daß du das mit der Mutter nicht ausführen wirst, dann wird alles anders werden.« Er schrieb in einem zaghaften, uneingeständlich versöhnlichen Ton. Die Eltern drängten, sie solle doch gehen, er warte doch auf sie. Ihr war schon etwas freier. Der Vater freute sich, als sie sehr zögernd fortging; sie wollte den Eltern willfahren. Die Mutter konnte sich nicht recht abfinden mit dem unentschlossenen Ausdruck, dem gespannten Gesicht ihrer lustigen Tochter.

Und kaum sie in Berlin zusammen waren, fing die Hölle wieder an. Es war, als wenn sie ihre abgebrochene Unterhaltung fortführten. Sie glitten, kaum sie sich sahen, sich unverändert wiedererkannten, heißhungrig in diese Unterhaltung hinein. Hinzu tat er seinen Ärger über ihre Flucht, die erlittene Beschämung, und dann die Scham, daß er sie zurückgeholt hatte. Das mußte er verdecken und wettmachen. Elli stellte sich ihm, aber jetzt fing sie bald an zu beben, zu leiden. Ihre Eltern hatten sie nicht behalten wollen. Er schlug sie und war stärker als sie. Sie wollte diesen endlosen quälenden Kampf nicht. Sie fühlte, wie sie sich selbst entfremdete. Sie dachte an früher, wie es ihr gegangen war und wie es zu Haus war. Was war sie zu Hause und in Wriezen gewesen, und später. Sie saß hilflos über sich, ihrer selbst überdrüssig, schlaff und dann wieder zu allem fähig.

Er merkte etwas von ihrer Feindschaft. Es gab ihm einen Ruck. Er wurde erschüttert, erinnert. Er schimpfte. Was heulte sie? Sie war selbst schuld. In einem Gemisch von Groll und schlechtem Gewissen, manchmal gegen seine alte Zärtlichkeit ankämpfend, ging er herum. Es müßte etwas geschehen. Eine Änderung müßte geschehen. Er führte den Entschluß aus, den er schon in Ellis Abwesenheit gefaßt hatte, betrieb den Umzug, die Trennung von seiner Mutter. Er dachte: wir ziehen weg von der Mutter, das wird helfen.

Sie zogen möbliert nach der W.-straße zu einer Frau E. Es war Anfang August 21. Sie gingen auch in diesen Tagen manchmal zusammen aus. Am 14. August nahm sie Link mit in die Gastwirtschaft von E., dem Jagdheim, wo er einen Mann treffen wollte, den er kurz vorher kennengelernt hatte. Es war der Eisenbahnschaffner Bende. Der hatte seine Frau auch mitgebracht, Margarete, Gretchen.

Sie war drei Jahre älter als Elli, 25 Jahre alt. Hatte scharfgeschnittene, fast strenge Züge, braune Augen, eine große etwas knochige Figur. Sie saß neben ihrem Mann, einem ehemaligen Unteroffizier, einem strammen, ja massiven Menschen. Er war nicht dunkel und zerrissen wie Link, war nicht wie der hinter seiner Frau her. Er kannte auch andere Wege. Er war forsch und gewandt, der mit seiner Frau fertig wurde und sich etwas gönnte. Sie waren drei Jahre verheiratet. Verschlossener als Elli war die Bende. Sie war gar nicht leicht und lebenslustig. Sie wohnte mit ihrer Mutter zusammen, an der sie hing. Während des Krieges hatte sie sich mit Bende verlobt. Schwärmend hatte sie sich ihm angeschlossen. Schrieb noch im September 1917 ihrem lieben Willi, der im Kriege war: »o selige Stunden, o trautes Glück, wann kehrst du wieder zu mir zurück,« nannte sich seine treue Grete. Im Mai 18 war Hochzeit gewesen. Die Ehe war dann sehr schwankend. Sie kam schwer gegen den Mann auf. Ohne ihre Mutter wäre sie völlig an die Wand gedrückt worden.

Elli hielt um diese Zeit Umschau. Sie mußte sich irgendwo anlehnen.

Die Frauen sprachen sich an. Während die Männer tranken, grobe Späße machten, sahen sie sich. Sie forschten sich mit Blicken aus. Die Bende hatte das bekümmerte Wesen Ellis bemerkt, aber noch mehr ihre kindliche Art, die zierliche Figur, den blonden Wuschelkopf. – Sie gingen zusammen. Sie wohnten beide in der W.-straße, verabredeten sich. In der Wohnung der Bende fand Elli noch Margaretens Mutter, Frau Schnürer, eine freundliche, ältere, blauäugige Frau. In der Wohnung kam man sich näher.

Die Frauen merkten, daß Elli gern und oft zu ihnen kam. Und Elli sah, daß die beiden Frauen gegen den Mann zusammenhielten. – Frau Schnürer war eine mütterlich ruhige Frau, Gretchen herzlich gut zu Elli, wärmend gut. Nach nicht langem Sondieren und Vorfühlen erfolgte auf beiden Seiten die Entladung. Da hatte Elli erzählt, was sie erzählen konnte, krampfartig, stoßartig; schmachtend ihr abgenommen von der anderen. Elli hatte etwas erreicht: man nahm sie schützend auf. Sie brauchte nicht nach Braunschweig fahren. Es war eine förmliche Veränderung, eine Befreiung. Sie hatte sich auf den alten, guten Teil ihrer Seele gestellt. Saß nun nicht mehr hilflos da, oder schrie, wenn er tobte und wußte doch, daß sie nicht aufkam. Jetzt sah sie alles bald wie im Beginn: das war doch der Mann, der sich ihr angehängt hatte. Unter dem sie fast schwach, nein, schrecklich geworden war. Und schob die peinlichen Erinnerungen von sich. Das Bild der Bende, dies Bild hielt sie fest, wenn sie nach Hause ging.

Grete Bende war ein merkwürdiges Geschöpf. Sie erging sich in starken, unklaren Gefühlen. Romantische, romanhafte Phrasen liebte sie. Sie durchschaute nicht viel, hatte erfahren, daß sie

oft anstieß; sie schmückte und erhob sich mit einem schwallarti-
gen dunklen Pathos. Sie war bei ihrer Mutter aufgewachsen, hatte
das Haus noch nicht verlassen, wohnte eigentlich noch jetzt bei
ihrer Mutter. Unter der engen Anhänglichkeit an die Mutter war
Grete unfrei geblieben, reich an Gefühlen, aber ihren Selbstän-
digkeitstrieb hatte die Mutter und sie selbst zum Verkümmern
gebracht. Sie machte oft Anläufe zur Freiheit, meinte es nicht
ernst, blieb wie sie war, im Stadium des Kindes. Ein Anlauf zur
Freiheit war auch die Verbindung mit Bende. Auch der mißlang.
Sie war zu schwach, um einen unruhigen Mann wie diesen zu
halten, oder gar mit weiblichen Mitteln zu beherrschen, enttäuschte ihn, der nach Zügel und Überlegenheit verlangte, forderte seine Heftigkeit und Willkür heraus. Hilflos, aufs Stärkste
eifersüchtig, flüchtete Grete wieder zu der Mutter, die sie immer
erwartete. Die Neigung der Schlechtweggekommenen sich zu
entrüsten, zu klagen, war sehr gesteigert. Die Masse von unbe-
friedigten Gefühlen, das Wogen in ihr hatte zugenommen. Jetzt
kam Elli, die kleine verspielte Person, mit der lustigen bubenhaf-
ten Art. Grete wurde von dieser, die eigentlich Hilfe und Stütze
suchte, bewegt, angefaßt, umgetrieben, wie vorher von keinem
Menschen. Keiner hatte um sie, die ernste, stille und mehr trübe,
recht geworben. Und wie sie, geschmeichelt, gereizt und entzückt
von diesem lustigen und auch gedrückten Wesen, schwankte, wie
sie ihre Gefühle zu ihr richten sollte, wies ihr Elli selbst den Weg.
Hier mußte Grete trösten, zustimmen, aufrichten. Das löste sie
etwas von ihrer Mutter; zugleich zeigte sie sich als echtes Kind
ihrer Mutter, indem sie deren Rolle spielte. Sie zog Elli an sich.
Die war ihr Trost, Ersatz für den schlechten Mann, den sie nicht
festhalten konnte. Im Gefühl für Elli versteckte sich die Bende,
hüllte sich warm ein, wie sie es brauchte. Die Link mußte man
schützen, sie brauchte Hilfe. Sie wollte sie ihr geben. Die Link war
ihr Kind.

So stellten sich die beiden aufeinander ein. Die Bende ließ ihr aufgestautes Liebesgefühl auf Elli los. Und Elli, entlastet, zärtlich gelockt, fand sich aufatmend in ihrer alten Rolle wieder, war der muntere kleine Frechdachs der früheren Zeit, der die Bende entzückte.

Link war erschüttert durch ihre Flucht zu den Eltern. Trotz seines fortgesetzten Tobens hatte er einen Schlag weg. Nach dem Umzug blieb Unsicherheit in ihm. Er tastete, fühlte, er war an einem Wendepunkt. Elli besserte sich. Aber er sah: nicht sehr und nur vorübergehend. Und auch er konnte, nein, wollte sich nicht im Zaume halten; einige Dinge, einiges Schimpfen lief schon wie von selbst hin. Von sich aus hatte er das Gefühl: sie könnte es ihm doch nicht so krumm nehmen. Aber in Ellis Stimme kam jetzt – es war auffällig – wenn sie sich stritten, leicht ein herausfordernder Ton, etwas Fremdes, Neues. Sie machte in irgendeiner Weise – er fühlte es und es reizte ihn stärker – machte nicht mit. Sie trieb, wenn sie sich zankten, den Streit mit einer unglaublichen Verbissenheit vor. Und das stieß ihn weiter. Er wollte nicht, er klagte: man hatte jetzt seine eigene Wohnung, er hatte schönen Verdienst; warum wurde es nicht besser?

Der Kampf, den Grete Bende gegen ihren Mann führte, ziemlich ergebnislos und meist mit Schlappen, diesen Kampf führte sie jetzt erliegend, erlegen über die Wände ihrer Wohnung hinaus. Sie kämpfte gegen einen schlechten Mann. Gegen Link. Der wurde ihr fast eins mit Bende. Und sie kämpfte heftiger gegen Link, weil ein Kampfpreis da war, ein noch ungenannter: Elli. Sie konnte Rache nehmen an ihrem Mann und auch – es wühlte sie ungeheuer auf – ein lebendiges Wesen ungestört an sich ziehen, ganz ungestört ein Geschöpf für sie, nur für sie. Sie konnte lieben.

Elli trug heiß die Wut ihrer Streitigkeiten zur Bende, die sich daran delektierte. Link kämpfte, ruderte und rang weiter. Er merkte nicht, daß er mit zwei Menschen kämpfte, oder mit einem neuen, leidenschaftlich starken. Elli hatte einen zweiten Willen, die Bende. Und dieser Wille war hart, weil er keine unmittelbare Berührung mit ihm hatte, sondern abstrakt, ganz allgemein aus dem Leeren gegen ihn anfuhr.

Enger zogen sich die beiden Frauen zusammen. Die Bende zog sie zusammen. Die Frau konnte Elli gar nicht loslassen. Sie begehrte ihre Hand in alles an dieser Ehe zu stecken. Sie hatte, das war ein Zeichen ihrer Unsicherheit und Heftigkeit, gar kein Vermögen, aufzuhören mit dem, was sie der Elli zu sagen hatte. Sie mußte ihr, eifersüchtig, empfindlich für alles und jedes, Instruktionen geben. Merkwürdig aufreizend, dabei wohl verständlich blieb es der Bende in der ersten Zeit, welchen sonderbaren Widerstand Elli ihr entgegensetzte. Elli haßte ihren Mann, aber doch nicht so wütend, wie die Bende gerne mochte. Elli schwankte, wie – die Bende selbst schwankte. Heute kam die Blonde aufgeregt, jammerte, sprühte Zorn; Grete redete tröstend auf sie ein; sie saßen herzlich nebeneinander. Und am nächsten Tage war Elli gut, aber ließ kein Wort von Link verlauten. Und verächtliche Worte, die üblichen Schimpfereien auf ihn überhörte sie. Das war der Bende unsagbar traurig. Sie sprach sich oft zur Mutter darüber aus, verheimlichte ihr, was sie fühlte. Man müßte Elli, das Kind, von diesem schlechten Mann, dem Schuft, der sie schlug und der solche Frau gar nicht verdiente, befreien. Immer wieder ließ sie sich von dem einwickeln. So redete sie empört und zitterte dabei.

Sie drängte sich enger an Elli. Das Briefschreiben, ein eigentümliches Briefschreiben begann zwischen den beiden Frauen, die in derselben Straße wohnten, sich täglich sahen und noch in der kurzen Abwesenheit ihr Gespräch, die Bemühung und das Abwehren fortsetzen mußten. Es war der Liebende und der Geliebte, der Verfolger und der Verfolgte, die sich hier faßten. Sie schrieben sich erst nicht viel. Dann entdeckten sie Reize in dem Schreiben. Merkten, es war etwas Besonderes daran, das Spiel, das sich Freundschaft, Verfolgung, Liebe nannte, fortzusetzen, während der andere nicht da war. Es war etwas eigentümlich Erregendes, eine Heimlichkeit mit Süße; und halb bewußt, halb unbewußt führten beide die Linie weiter im Schreiben, die sie schon innehielten: die Bende das Weiterverfolgen, Anziehen, Festhalten, Verdrängen des Mannes, die Link die Neigung zu spielen, sich einfangen zu lassen, die Beteuerungen, sich zu unterwerfen. Die Briefe waren scheinbar ein Mittel der gegenseitigen Hilfe, des Komplotts gegen die Männer, zugleich und vornehmlich bald ein Instrument der Selbstberauschung. Sie stachelten sich darin, beruhigten sich, überlisteten den anderen. Die Briefe waren ein großer Schritt auf dem Wege zu neuen Heimlichkeiten.

Gretens Mutter hielt zu den beiden Frauen. Herzlich und schmeichlerisch begegnete ihr Elli. Sie nannte die Frau S. bald ihre zweite Mutter. Auch die Frau S. stieß der Ehemann Bende ab; die Tochter war ihr Einziges und das behandelte er schlecht. Sie sah scharfäugig und mitfühlend, wie die Tochter um den Mann kämpfte, wurde mit abgestoßen, als die Tochter abgestoßen wurde. Sie war empört, zog sie mütterlich enger an sich. Es war kein nur negatives Gefühl, das sie da hatte; sie nahm im Grunde ihre Tochter, ihr Einziges wieder. Der Kreis erweiterte sich, Elli trat ein, wurde die Freundin der Tochter. Sie hatte ein Schicksal wie Grete. Gegen die Männer kapselten sich die drei Frauen ab, ließen sich selbst durch warme Gefühle aneinander binden. Sie waren eine kleine Gemeinschaft, so verschieden ihre Einstellung aufeinander war. Sie fühlten sich gut in ihrem Gefühle, wurden dreifach sicher in ihrer Abweisung der rohen Männer. Grete Bende schrieb einmal an Elli: »Als ich gestern nach acht Uhr vorn am Fenster stand und noch auf dich wartete, da sagte Mama zu mir: sieh dir mal die drei Tulpen an. So fest wie die zusammen sind, so fest wollen wir drei, Elli, du und ich, auch zusammenhalten und wollen kämpfen, bis wir drei den Sieg errungen haben.«

Ihr Spiel zueinander war so eingestellt. Da geriet die Bende rasch in ein süßes Fieber, das mit der Elli zusammenhing. Ganz allmählich, sehr langsam weckte dieses Fieber ein ähnliches in Elli. Sie wurden auf dem Weg der Heimlichkeiten, der erst nur gegen die Männer gerichtet war, stark weitergetrieben. Sie verbargen es sich noch, auch jede vor sich, daß der Weg seine Richtung verloren hatte.

Zwischen und nach den Brutalitäten der Männer, dem Abwehren ihrer tierischen Angriffe: diese Zartheit, dieses Einfühlen und Hinhören des einen auf den anderen. Es war etwas von der Einhüllung des Kindes durch die Mutter. – Elli war munter spielerisch, lustig und schmeichlerisch zu der Bende. Aber die leidenschaftliche, von überschüssigen Gefühlen getriebene Freundin sprach ihr zu, drückte ihr die Hand, hielt sie so an sich. Solche lockende Zartheit hatte Elli – sie mußte es sich gestehen – noch nie kennengelernt. Sie war eigentlich nur auf die Rolle der Schmeichelkatze und des lustigen Frechdachses eingestellt. Sie wurde jetzt, ganz ohne ihren Willen, ja zu ihrer eigenen Verwunderung, die gar nicht angenehm war, berührt und gefangen. Elli hielt sich immer, um sich vor sich zu rechtfertigen, die Rohheiten des Mannes vor, den Anlaß dieser ganzen Freundschaft. Sie schämte sich heftig – sie wußte selbst nicht warum – ihrer Heimlichkeiten mit der Bende. Und das schwächte sie auch in ihrer Position gegen den Mann. Sie wurde deshalb, ohne daß die Bende es begriff, gelegentlich abweisend gegen die Bende. Es geschah aber auch, daß sie ihr Schuld- und Schamgefühl – der Verbindung mit der Bende – in Erregung und Wut auf den Mann umwandte, dies Schuldgefühl damit überdeckte, manchmal blind, manchmal in dem dunklen Gefühl: er hat das mit auf seiner Kappe, ohne ihn wäre ich nicht dahin gekommen. Und jede schlimme Szene zu Hause warf sie heftiger an die Bende: gerade wollte sie bei ihr bleiben, sie hatte Recht bei ihr zu bleiben. Das Gefühl für die Freundin entwickelte sich in der Tiefe weiter und zog wie ein Polyp andere an sich.

Link arbeitete, suchte die Frau zu versöhnen, fuhr wieder gegen sie an, trank. Sein Weg war monoton, nur in einer Steigerung begriffen. Er hatte vor allem die Frau wieder, ihre Eltern standen ihm bei, sie würde sich die Hörner an ihm ablaufen. Er fiel sie unverändert geschlechtlich an: mit ausgesprochenem Ekel, mit offenem Abscheu und Empörung erlitt sie es. Sie wollte ganz weg davon, weg von dem Seelengebiet, das er ihr aufgerissen hatte, dem des Streits, der Wildheit, der Haßverflochtenheit.

Ihr Kopf wurde wirr unter den Erregungen mit der Freundin und dem Mann. Sie lief zur Freundin, um sich Ruhe zu verschaffen. Ihre kleine Wirtschaft vernachlässigte sie. Wenn ihr der Mann morgens für den Haushalt und für kleine Besorgungen Aufträge gab, vergaß sie es, in ihrem inneren Trubel, und weil sie überhaupt nicht denken wollte. Sie mußte sich kleine Aufträge aufschreiben. Und ihm, der das beobachtete, machte es Freude, ihr Aufträge zu geben, damit sie über Tag an ihn zu denken hatte, damit er sie binde und klein kriege. Er konnte ihr dann abends, wenn er nach Hause kam, zeigen, wer sie war. Ihre Angst, wenn er kam; meist angetrunken. Sein wahnsinniges Toben. Dann war sie ihm schon nicht mehr diese bestimmte Elli. Er tobte, weil er Herr war. Es war der Rest, die Ruine seiner Liebesleidenschaft. Zerbrach, was er fassen konnte, griff nach Geschirr, Tisch, Rohrstühlen, Wäsche, Kleidung. Sie schrie: »Sei doch nicht so streng mit mir! Ich mach doch alles, was ich kann. Wie soll ich es denn machen? Hau mir doch nicht immer auf den Kopf! Du weißt doch, daß ich am Kopf nichts vertragen kann.« – Er: »Reiß den Verstandskasten zusammen!« Sie: »Mann, du erreichst mit der Strenge gar nichts, nur mit einem guten Wort. Du verschlimmerst die Sache bis ich für nichts garantiere. Du machst so lange, bis das Maß überläuft.« »Du kleines Ding! Was kannst du schon machen. Hier ist der Gummiknüppel. Der wird dir helfen!«

Ihr Haß auf den Mann. Sie schrieb erbitterte Briefe an ihre Eltern, die sie zurückgetrieben hatten. Sie sollten wissen, wie es mit ihnen stand. Sie mache ihrem Mann sein Heim so ungemütlich, daß er schon gehen solle. Sie besorge ihm nur sein Fressen. Sie hasse ihn, daß sie ihn anspucken möchte, wenn sie ihn sähe. Sie möchte nur, daß er arbeiten müsse, für Alimente und für sie. Sie wolle ihm wieder ausrücken, und das Bett, das er gekauft habe, auch die Bezüge seiner Mutter, alles wolle sie mitnehmen. Unter Eheleuten gebe es keinen Diebstahl.

Der Haß faßte sie zwar an und sie stürzte sich willentlich tiefer in den Haß, aber immer waren ihre Worte noch erbitterter als ihr Gefühl: sie suchte ihre Neigung zu der Bende zu rechtfertigen, die sie sich und den anderen nicht eingestehen wollte. Sie sprach auf diese Art verschleiert von der Bende. Ein sonderbarer Zwiespalt entstand in Elli; er wurde ihr im Umgang mit der Bende täglich deutlich, brannte ihr förmlich auf die Nägel. Die Dinge mit Link besprach Elli mit der Bende täglich, aber sie war in eine Rolle gedrängt, mußte übertreiben, manches falsch darstellen; sie mußte den Rest ihrer Bindung an Link leugnen. Sie führte eine Art Doppelleben. Dieses Hin und Her war nicht ihr Wunsch.

Aber schon entschied es sich, wenigstens für jetzt. Die Liebe zwischen den beiden Frauen flammte auf. Aus dem bloßen Freundschaftsbeteuern, Trösten, Küssen, Umarmen, Sich-auf-den-Schoß-setzen wurden geschlechtliche Akte. Es war die Bende, die gefühlsstarke, leidenschaftliche, die zuerst zuckend dazu hingerissen wurde. Anfangs war Elli ihr Kind gewesen, das sie beschützen mußte. Jetzt bewunderte sie die kleine entschlossene Aktive. Sie schob sie ganz in die Rolle eines Mannes hinein. Dieser Mann liebte sie, dieser ließ sich von ihr lieben; sie war als Frau nicht sehr glücklich bei Männern und ganz und gar nicht bei ihrem eigenen Mann. Jetzt war Elli ihr Mann. Sie mußte ihr immer wieder ihre Liebe versichern. Nicht genug Beteuerungen und Liebesbeweise konnte die Bende empfangen. Elli, im Wegdrängen von Link, ließ sich willentlich auf diesen Weg führen. Ihre Aktivität, ihre männliche Entschlossenheit bekam einen geschlechtlichen Boden und steigerte sich gefährlich dadurch.

Nach diesen Vorgängen wuchs in ihnen die Sicherheit und das Gefühl, zusammenzugehören. Ein Scham- und Schuldgefühl war da, aber es schwächte sich gegen die Männer ab. Elli stieß heftiger ihren Mann zurück. Es war die Wahrheit, was sie der Bende sagte und schrieb: daß sie ihrem Mann oft den Verkehr verweigerte und ihn nur gezwungen duldete.

Damals gegen Ende 21 kam es bei Streitigkeiten zwischen den Links rasch zu schweren Handgreiflichkeiten. Elli war vollkommen im Haß auf ihren Mann. Der Mann war stärker; sie trug Beulen und kleine Verletzungen am Kopf davon. Sie ließ sich von Sanitätsrat L. ihre Verletzungen attestieren.

Denn in ihren Gesprächen mit der Bende war sie schon zu dem Entschluß gekommen, sich von Link zu trennen. Die Bende und sie hatten öfter – ein Rauschzustand der beiden begann – den phantastisch schönen Plan durchsprochen: sie wollten zu dritt, die Mutter, Elli und Grete zusammen ziehen. Darum saß in Elli der Gedanke der Ehescheidung fest. Sie dachte nur daran, aktiv zu sein, männlich zu sein, der Freundin ihre Liebe zu beweisen. Sie hatte kaum mehr einen Blick für den Mann. Er arbeitete vor Weihnachten die Nacht über, zweimal vierunddreißig Stunden. Aber sie lief zu der Bende. Der Ehemann Bende hatte Elli schon das Haus verboten; ihm gefiel das Klatschen und Zusammenhocken der Frauen nicht. Auch der Ehemann Link wünschte nicht Ellis Verkehr mit der Bende. Er glaubte nicht an Ellis Besuche bei der Bende, war eifersüchtig auf einen unbekannten Mann. Die beiden Frauen waren in Furcht von ihren Männern ertappt zu werden, trafen sich oft nur im Husch auf der Straße. Das gefährliche Briefschreiben, das die Gefühle übersteigerte, nahm zu: es war schon eine Flucht vor den Männern, ein ideelles Zusammenleben ohne Männer. Sie gaben sich selbst die Briefe auf der

Straße, ließen sie sich gelegentlich zutragen. Ein Gardinenzeichen hatten sie an den Wohnungen verabredet, für die Anwesenheit und Abwesenheit der Männer.

Eine schlimme Sylvesternacht kam. Link, der dumpfe trübe Mensch, war wieder aufs Äußerste gereizt. Als er mit Elli einen Augenblick allein war, drohte er ihr: »Komm nur nach Hause, dann kannst du deine Knochen zusammensuchen.« Elli, in Angst vor ihm, erzählte es seiner Schwester, bei der sie waren. Die nahm Ellis Partei. Elli solle doch von ihm gehen, wenn es nicht anders würde; dann solle er eben wieder zur Mutter zurückgehen. Die Schwester richtete es ein, daß die Eheleute die Nacht über dablieben. Am Morgen des ersten Januar ging Elli nach Hause. Er kam erst gegen Abend, betrunken. Das Brüllen, Schimpfen: »Du Hure, Sau!«, das Schlagen ging los.

Am 2. Januar lief Elli heimlich weg. Die Vorbereitungen zur Flucht hatte sie mit der Bende und ihrer Mutter besprochen. Die hatten in der Nähe ein Zimmer bei der Frau D. ausfindig gemacht. Mit grünen und blauen Flecken an der rechten Schläfe erschien Elli bei dieser Frau. Sie war in Freiheit. Der Mann wußte die Adresse nicht.

Die Bende hatte ihren Triumph. Sie war eigentlich mitgeflohen, auf ihre mutlose, schwankende Art. Ihr war leichter; sie war jetzt stärker, gesicherter in den Kämpfen zu Hause. Elli war ganz ihr. Überschwänglich begrüßte sie die Flucht. Elli müßte festbleiben, sie müßten zusammenbleiben, jetzt müßte das Eisen geschmiedet werden. »Aber mein Lieb, wenn du zurückgehst oder jemand anders liebst, so sind wir für dich verschollen vor deinem Angesicht.« Sie kannte, mit einem Schluß von sich aus, die Unsicherheiten und Blößen Ellis, warnte sie vor Link, vor dem Schuft und Strolch. Sie solle nicht auf Briefe von ihm hereinfallen, die der reine Hohn und Affenliebe seien. Er müßte im Rinnstein krepieren. »Das eine sage ich dir fest und heilig, kehrst du wieder zurück, so bin ich für dich für immer verloren.« Ängstlich sah die Liebende, daß Elli wie eine Gejagte geflohen war, auch nur durch ihre Mithilfe geflohen war. Es mußte gefährlich werden, wenn sie sich beruhigte und Link anfinge zu werben. Sie schrieb der Elli – denn sie schrieb noch immer weiter, aus Lust an der traumhaften Athmosphäre der Briefe –: sie besäßen, sie und ihre Mutter, zuviel Ehrgefühl und Charakter, um Ellis Schwelle wieder zu betreten, wenn sie zu ihrem Mann zurückkehre. Sie könne gar nicht daran denken; das Herz bräche ihr vor Kummer und Trauer zusammen.

Link saß allein. Die Mutter war jetzt nicht in seiner Wohnung. Er trank, fluchte für sich, ging zu seiner Mutter, schimpfte. Es war wieder eine infame Leistung der Elli. Die war hart. Er sah schon, sie würde ihn wieder unterkriegen. Seine hilflose Wut bei dem Gedanken, daß das kleine Ding wagte mit ihm so zu spielen. Das Rebellieren nützte nichts. Es war nur obenhin. Er fühlte schon das andere. Er war schon unterlegen, suchte sie schon wieder zu lieben. Er widerstand in den ersten Tagen der Rachsucht und des Schmerzes. Dann war er der alte, der Mann der Verlobung. Die Szenen der letzten Tage stellte er sich vor. Er war furchtbar schlimm zu der kleinen Elli gewesen. Sein altes Minderwertigkeitsgefühl spielte auf; er wollte besser werden; das las er so: er sehnte sich nach ihr. Und immer stärkere Unwürdigkeit und Leiden und immer stärkere Sehnsucht jeden Tag, den sie nicht kam, an dem er nichts von ihr hörte. Er parlierte mit seiner Zimmervermieterin, die ihm bestätigte, als er so betrübt war, daß Elli es immer sehr eilig hatte, zu ihrer Freundin zu laufen, und dann wurde alles in der Wirtschaft verbummelt. Noch ein paar Tage sträubte er sich, dann streckte er die Waffen. Er schrieb an ihre Eltern nach Braunschweig, er war froh, als er das Papier unter den Fingern hatte und das Gespräch mit ihr begann. Er klagte: »Wie oft habe ich meine liebe Frau gebeten und immer wieder gebeten, sprich doch einmal ein paar Worte, wenn ich nach Hause komme. Wie oft habe ich gebeten: geh nicht den ganzen Tag zu Bendes.« Und dann: »Auch daß ich Elli geschlagen habe, muß zu verstehen sein. Denkt daran, um meiner Frau ein schönes und gemütliches Weihnachtsfest bereiten zu können und weiter zu kommen, habe ich lange gearbeitet, und von solcher Arbeit komme ich körperlich und geistig abgespannt nach Hause. Elli will Einkäufe machen und geht gegen meinen Wunsch und den des Herrn Bende doch zu ihrer Freundin. Elli verläßt das Haus nicht, trotzdem Herr Bende es ihr verboten hat. Es kommt dort zum Krach zwischen den Eheleuten. Warum muß Elli das tun? Elli hat mir ins Gesicht geschlagen und hat auch von mir ein paar Klapse bekommen.« Er endete den Brief mit langen Liebesbeteuerungen.

Die Frau saß nicht weit von ihm, bei Frau D., beruhigte sich, war froh, von der Bende geführt zu werden. Sie war diesmal nicht zu den Eltern gegangen. Hier war ihre Freundin, war alles klar und rein. Sie suchte einen Rechtsanwalt auf, Dr. S., erzählte ihm von den Mißhandlungen. Der Anwalt beantragte eine einstweilige Verfügung, wodurch ihr das Getrenntleben gestattet wurde und ihrem Mann aufgegeben wurde, ihr einen Prozeßvorschuß und eine monatliche Rente zu zahlen. Zur Glaubhaftmachung wurde das ärztliche Attest und eine eidesstattliche Versicherung der Frau Bende und ihrer Mutter überreicht. Am 19. 1. erging die einstweilige Verfügung antragsgemäß ohne mündliche Verhandlung. In der Ehescheidungssache wurde Termin auf den 9. 2. anberaumt.

Das war Ellis Kampfhandlung. Sie war auf dem Wege sich zu befreien, die Verhakung mit Link zu lösen. Diesen Weg wäre alles weiter gegangen. Aber da saß einige Häuser entfernt Link, gequält, sich beschuldigend, eine krankhafte unglückliche Natur, manchmal sich mit Schnaps und Bier beruhigend, und verlangte nur nach seiner Frau. Er wurde jetzt schon so dringlich, daß er das Briefschreiben ließ, die Eisenbahn besteigen und selbst nach

Braunschweig zu ihren Eltern reisen mußte. Er konnte nicht von ihr lassen. Er war im Sturz, ganz zügellos. Wie er die Frau schlug, trank bis er betrunken war, die Sachen zerriß, Stühle zerbrach, so mußte er die Briefe schreiben, zur Bahn fahren. Es war kein Drang, etwas zu bessern, sich zu ändern, sondern ein trübes, fesselloses Nachgeben. Ein knirschendes Getriebensein.

Die Familie in Braunschweig empfing ihn nicht freundlich. Die Briefe der Elli hatten verstimmt, die Mutter war unsicher. Der Vater hielt zuletzt an seinem alten patriarchalischen Standpunkt: die Frau gehört zum Mann. Er gab dem Link die Adresse Ellis. Und als auf die flehentlichen, fast unterwürfigen Briefe kalte ablehnende Antworten kamen, fuhr der Vater selbst mit Link nach Berlin.

Der Ring um Elli und Link sollte geschlossen werden. Der Vater und Link selbst, die beiden Männer schlossen ihn. Es war nur die Frage, wer von beiden überleben würde, Elli oder Link.

Elli hatte von sich aus, auch getrieben durch die Bende, den Loslösungsprozeß eingeleitet. Aber wie sie allein in ihrem Zimmer oder mit der Bende saß, tauchten schon andere Gedanken in ihr auf. Und verstärkten sich, als das Drängen der Familie begann und zuletzt Link mit dem Vater ankam. Der fürchterliche Link, der Zwang, den er auf sie ausübte, seine Vergewaltigungen, die Wutsphäre um ihn, stießen sie ab, aber nun fing die liebesdurstige Bende sie ein. Und manches fehlte auch sonst. Sie fand, die Bende konnte ihr doch nicht so viel bieten wie ihr Mann. Bieten, das heißt auch häuslichen Rahmen, gesellschaftliche Würde, von dem Finanziellen und dem Normal-Geschlechtlichen, dem sie sich doch schon angepaßt hatte, abgesehen. Sie war aus dem Regen in die Traufe gekommen. So hatte sie es auch nicht gemeint. Solche Bindung, solche Hingabe an die Bende: das wollte sie auch nicht. Immer pochte in ihr die Scham und das Schuldgefühl wegen dieses Verhältnisses. Das wurde ganz stark, als der Vater ankam.

Locker in der Welt herumflattern, eine nicht zu feste Ehe führen, in jedem Fall mit Vater und Mutter zusammenhängen: das waren ihre dringendsten Bedürfnisse. Sie war, obwohl sie sich schon jung ganz frei bewegte, nie ganz aus dem Elternhause gekommen, war immer Tochter geblieben. Und auch ihre Lustigkeit war ganz die einer Haustochter, die das Geschlechtliche ablehnt, ja fürchtet.

Mit dem Vater kam Link. Sie hatte gewußt, daß er nach ihr fahnden würde, und daß er sich strecken würde, um sie zu finden. Er war ein roher Schuft, die Bende hatte schon Recht. Es war ihr eine Freude, ihn vor dem Vater herunterzureißen. Sie sprach bei diesen Auseinandersetzungen ganz im Tone der Haustochter; sie war die Tochter dieses Mannes. Der einfache Mann aus Braunschweig hatte schweren Stand vor ihr. Link war weich, gab seine Schuld zu. Sie blieb dabei, ihm im Triumph, auch ihren Haß und ihre Rachsucht entladend, mit Vorwürfen wegen seiner Rohheiten und Schlechtigkeiten zu überschütten. Sie war ganz eine Seele mit dem Vater.

Es war nicht lange her, da war sie zum Rechtsanwalt gelaufen zu der Scheidungsklage. Jetzt bog sie um. Der Vater blieb dabei: die Frau gehört zum Mann. Die Begegnung mit dem Vater war ihr wieder ein Erlebnis; das war ihre Familie, ihr Boden; sie beugte sich herunter zu diesem Quell. Sie hatte den größten Teil ihrer frischen Spannung abreagiert. Sie wollte und mußte ihrem Vater folgsam sein. Sie mußte es. Jetzt besonders hing sie innig mit ihm zusammen. Er war es, der sie mit Link zusammengab. Link erhielt ein anderes Gesicht. Jetzt erschien auch in schärferem, sehr unangenehmem Licht ihre Verbindung mit der Bende. Und sie schämte sich, ihren Vater hörend und ihn betrachtend, ihrer eigenen männlichen hassenden Wildheit. Link war zahm; die Eltern kümmerten sich um sie: es könnte alles gut werden, es würde alles gut werden.

Der Vater reiste ab. Sie sagte ihm zu, zu Link zurückzukehren.

In ihr war noch, und besonders nach seiner Abreise, eine gewisse Unruhe und ein Rest von wachem Zweifel. Es war etwas Unbefriedigendes in dem Entschluß zurückzukehren. Sie fühlte, nachgebend, das Schwierige in sich; ihre Besorgnis, die Angst, das Widerstreben entlud sich in Streitszenen. Sie gab noch zwei Tage das Zimmer bei Frau D. nicht auf. Zwei Tage war sie noch unschlüssig, hin und hergezogen. Es erleichterte sie, als der Mann am dritten Tage außer sich geriet und sie bedrohte. Dann kehrte sie in ihre gemeinsame Wohnung zurück. Sie folgte. Der Vater und der Mann hatten sie bestimmt. Sonderbar wenig schämte sie sich vor der Bende; sonderbar war ihr Gefühl für die Freundin in den letzten Tagen zusammengeschrumpft.

Wie Link sie hatte, war ihm wieder wohl. Es hatte ihn wieder losgelassen oder er war gesättigt. Er konnte beruhigt sein. Konnte schlafen, arbeiten, lachen, sich mit ihr freuen. Was hatte er für eine gute Frau! Und sie sah ihn an. Sie war übermütig. Arm in Arm gingen sie. An die Bende dachte Elli wenig. Sie dachte, die laufen zu lassen. Es waren Tage fast noch schöner als bei der Verlobung. Zehn Tage. Es war eine willentliche Verdunklung, fast ein Traumzustand, in den beide versunken waren, den sie sich zum Teil vorspielten und der nicht lange zu halten war.

An Kleinigkeiten wurden sie wach und erkannten sich. Mit der Wiederkehr eines Tonfalls fing es an, mit Verstimmungen, kleinen Streitigkeiten. Dann rutschten beide ab. Es lief den schon gebahnten Weg.

Sie waren beide wieder auf die Erde gestürzt. So kam es ihnen vor; sie hatten sich garnicht erhoben, nur vergessen. Und wie gestürzt. Was war alles zerschmettert. Mit der Wut der Enttäuschung, im schrecklichsten Zorn stand sie da, dachte mit Grimm an den Vater, – aber es war nicht der Vater, an den sie jetzt dachte. Und jetzt eben erst war sie geflohen, dieser Link holte sie zurück, die Ehescheidung war schon eingeleitet: und dazu brachte er sie zurück. Auch er war ergrimmt, sah nicht, daß er nicht den Willen zur Versöhnung gehabt hatte und sie nicht. Er war entschlossen, ihr jetzt nichts auszulassen. Nachdem er ihr nachgelaufen war, nachdem er sie mit Gewalt hatte zurückholen müssen, sollte sie es bezahlen.

Link kam es vor, als ob er seine Freiheit wieder hatte. So zerrüttet war er. Es kam aber auch ihr vor, als wenn sie sich ganz wieder hatte. Er ließ sich vollkommen los. Und auf die Frau los. Das Trinken gab ihm Mut, starke Impulse. Der furchtbare demolierende Geist, der in ihm hauste, der enttäuschte zurückgestoßene, trieb ihn immer von neuem zu Bier und Schnaps. Damit lockerte er alle Bremsen in sich. Die Frau mußte er unterkriegen, sie fühlen lassen, wer er war. Immer mehr, immer tiefer mußte er sie unterkriegen. Er hänselte sie wie ein Insekt. Das Essen schüttete er in ihr Bett. Nach Gummiknüppeln, Boxschlägen, Spazierstöcken griff er. Er tat es nicht aus Freude. Es war ein unglücklicher Mann. Er tat es schon zwangsartig, in blindem Zerstörungsdrang, mit einer bitteren Verzweiflung und unter Selbstquälereien. Oft hob er sich nach diesen Zuständen, in denen er sich ausraste, aus seiner wilden barbarischen Verfinsterung und wurde müder und gelassen, wenn er sie geschlagen und beschimpft hatte, die Garderobe, Wäschekissen zerrissen. Meist aber war es ein fruchtloses Ringen in ihm selbst. Ein dumpfes Drängen nach Entladung. Mit dem Dolch ging er oft auf sie los. Und dann, wenn sie sich von ihm losgemacht hatte, – sie bettelte, schlug mit Händen und Füßen, er wollte sie einmal nachts nakkend aus dem Fenster werfen, – dann lief er noch eine Zeit tobend herum, ging hinaus und nicht lange darauf hörte sie es röcheln: da hing er an der Stubentür an einem Strick, oder an der Klosettür, war schon blau. Sie schnitt ihn ab, mußte ihn entsetzt, mit Widerwillen und Ekel hinlegen.

Immer deutlicher drängte sich um diese Zeit in das Leben und durch das Leben dieses Mannes das Schicksal seines Vaters, der mit Erhängen geendet hatte. Je mehr er verfiel, um so mehr wurde er Beute, Darstellungsmittel dieses alten Schicksals. Er war um diese Zeit auch ohne Zutun der Frau auf dem Weg des Todes. Seine Zerrüttung war enorm. Die Zeichen epileptischer Entartung traten hervor.

Sein geschlechtlicher Drang war gesteigert. Er suchte häufiger und intensiver sich und die Frau zu erniedrigen. Er lockte sie wieder und trieb sie in die finstere Haßsphäre. Erregte in ihr diese Triebe, die sich dann furchtbar gegen ihn selbst richten sollten. Es war im Grunde sein eigener Haßtrieb, der ihn später umbrachte. Er mußte in ihrem Leib wühlen, Sinnlichkeit aus jeder Hautfalte herausfühlen. Er hatte den Drang, sie unbildlich, fast körperlich zu verschlingen. Es war kein bloßes Wort, wenn er ihr in der wilden Verschlingung sagte: er müsse ihren Kot haben, er müsse ihn essen, verschlucken. Das kam in der Trunkenheit vor, aber auch ohne den Alkohol. Es war einmal Selbstpeitschung, Unterwerfung, Kasteiung, Buße für die eigene Minderwertigkeit und Schlechtigkeit. Es war auch ein Heilungsversuch dieses Minderwertigkeitsgefühls: durch Beseitigung des Mehrwertigen. Unabhängig davon die wilde Lust, Mordwut, in bestialische Zärtlichkeit gehüllt.

Sie wuchs rasch in der brutalen Haßsphäre, die er erzeugte, mit ihm zusammen. Sie wehrte sich äußerlich noch immer, suchte es von sich abzuschieben: ob er sich nicht seiner Zumutungen schäme. Darauf er zynisch: »Wozu bist du meine Frau? Dann hättest du keinen Kuli heiraten sollen.« Sie zog sich dann in sich zurück, versteckte sich. Ihn aber hatte sie mit in sich eingezogen.

Was sollte geschehen? Was sollte nun geschehen? Sie hatte öfter den Mann gebeten, sie wollte ein Kind haben. Er hatte geantwortet, wenn eins käme, das würde er gleich auf Eis legen, oder ihm eine Nadel in den Schädel stecken. Sie war allein. Überwand ihre Scham gegen die Bende wegen der Rückkehr, warf sich wieder an die Frau. Es war ihr am Anfang nicht wohl dabei. Aber sie brauchte die Freundin, um zu sprechen, sich Luft zu machen, und sie wußte nicht, wozu noch. Es arbeitete gewaltig in ihr. So gewaltig, daß sie oft wirr war, nicht wußte, wo sie saß, was sie machte. Das war die verwirrende Wut, daß sie Link wieder gefolgt war, daß er sein Wort, das er ihr und dem Vater gegeben hatte, Frieden zu halten, gebrochen hatte. Der bodenlose, sie ganz umwühlende Haß auf den Mann, der die Autorität des Vaters benutzt hatte, gemißbraucht hatte und ihr in Streitigkeiten höhnend entgegenhielt: jetzt entkommst du mir nicht wieder. Es wurmte, sagte sie später, unaufhörlich in ihrem Gehirn; sie kam nicht dagegen an. Die Haßsphäre überwältigte sie, sog alle Energie in ihr auf. Um sie zu strafen für Vergeßlichkeit, Zänkerei, geschlechtliche Zurückweisung, entzog er ihr das Kostgeld, duldete nicht, daß sie selbst arbeiten ging, meinte, sie könne seinetwegen bei Männern sich Geld verdienen.

Grete Bende hatte sich, als zuletzt Link zu Elli ging bei der Frau D., wegen Elli geängstigt. Es war ihr am Tag darauf bitter, zu erfahren, daß Elli schon wieder zu Hause war und daß vielleicht um dieselbe Stunde, wo sie sich ängstigte, Elli in den Armen Links lag. In der Woche darauf sahen sie sich nicht viel; Elli wich der Freundin aus. Und als sie sich auf der Straße trafen, ließ Elli nach kurzem verlegenen Gespräch die Freundin stehen, die sich gleich vor ihr geliebtes Papier setzte, klagend, wie wehe sie ihr doch eben getan hätte, »wo du nur allein weißt, daß ich an dir hänge, wie eine Klette am Kleide. Warum läßt du es mir so sehr fühlen, wenn du dir mit Link gut stehst. Könnte immer losweinen, als ich dich, mein Lieb, wieder habe gesehen, wie du mit dem zusammen dort munter gingst.« Der Gram der Bende dauerte nicht lange. Sie nahm Elli als reuige Sünderin wieder an. Sie war pikiert: wie Elli ihr dies hätte antun können. Aber ihre Leidenschaft war zu heftig.

Elli war verzweifelt, durcheinander, niedergebrochen. Und wie sie nach der Freundin griff, wußte sie nur eins: sie brauchte sie, sie wollte sie haben, sie mußte sie jetzt haben. Sie dachte verzweifelt nur: sie mußte den Mann bestrafen, die Kränkung, die Schande, die er ihr und dem Vater angetan hatte, abtun. Es mußte ein Ende mit Link sein. Er hatte ihr wilde Gefühle eingeimpft. Sie liebte plötzlich ihre Freundin aufs Leidenschaftlichste. So daß die sich selbst wunderte. Sie liebte die Bende wie ein Flüchtiger sein Versteck oder seine Waffe. Sie stürzte sich zornwütig, drohend in jene Liebe. Zugleich hängte sie sich an ihre Freundin, um sich vor dem äußersten zu bewahren, denn sie ahnte schon, was ihr die Rachsucht eingab, und sie wollte sich jetzt mit der heftigsten Liebe einhüllen, blind und taub machen. Schon brachte Elli das geheimnisvolle verdunkelnde Wort heraus, das sie später unaufhörlich wiederholte: sie wollte der Freundin ihre Liebe beweisen.

Was jetzt in Elli an Liebesleidenschaft zur Bende erwachte, war kein starker, schlummernder Trieb, sondern diese besonderen Umstände erzeugten und schufen die Leidenschaft. Sie trieben etwas verkümmert in ihr Liegendes auf, einen alten Mechanismus, der erledigt war. Wie Ertrinkende bei einer Schiffskatastrophe zu ungeheuerlichen Handlungen kommen, die man nur sehr schwer ihre, für sie charakteristische nennen kann. – Was jetzt in Elli aufkam, beherrschte sie schrecklich eine ganze Zeit lang und sie konnte ihm nicht ausweichen. Es war der furchtbare Mann, den sie in sich aufgenommen hatte und den sie so wieder ausstoßen mußte.

Die beiden Frauen heizten ihre Liebesgefühle durch immer neuen Haß auf die Männer, – genauer nur auf Link, denn die Bende lief mit ihrem Haß auf ihren Mann nur nach, paradierte mit ihm. Mit diesen Haßgedanken suchten sie zu rechtfertigen und zu verschleiern die verpönte Besonderheit ihrer Liebe, die sie selbst sogar für verbrecherisch und strafbar hielten. Und Elli fand in diesen Gesprächen, Umarmungen, Berührungen eine besondere Sicherheit und Festigung. Es war ganz ihre Meinung, was die Bende einmal schrieb: »Es ist wahrlich ein Trauerspiel, daß wir solche Kerls auf dem Halse haben und wir uns solchen Zwang antun müssen.« Es war Ruhe und Sicherheit in einer besonderen Seelenzone, in einer Zone, in die sie sich verbannte, um sich mit dem Mann auseinanderzusetzen. Es war eine ihr angemessene Zone: gefährliche Rachegedanken arbeiteten in ihr, Heimliches, Strafbares wollte sie tun. Sich der Bende in die Arme werfen, war schon der erste entscheidende Schritt auf ein verbotenes Gebiet.

Es tauchte zuerst in Elli die Idee auf: er muß aufs Krankenbett, damit er sieht, was eine Frau wert ist. Das war schon ein glatter Todeswunsch, aber sie verhüllte ihn sich: bewußt wollte sie den Link noch nicht beseitigen. Bewußt dachte sie: wie ändere ich ihn, wie bessere ich ihn. Die beiden Frauen waren jetzt sehr getrieben. Die Männer hielten sie auseinander, Link zeigte sich in voller Rohheit. Man wußte nicht, was man tun sollte. Man lief zu Wahrsagerinnen, die die üblichen dunklen Andeutungen über die Zukunft machten. Der Scheidungsplan wurde von Elli erwogen, dann wieder fallen gelassen. Warum wurde er fallen gelassen? Eine andere Lösung war schon in Ellis Seele vorbereitet; sie sagte: sie zweifle, ob man sie scheiden würde. In ihren Briefen schämte sie sich jetzt oft, daß sie zu Link zurückgekehrt ist und ihrer Freundin solchen Schmerz bereitet hat: »Aber nur du, nur du sollst es erleben, das will ich dir zeigen, daß ich alles opfern werde, und wenn es mein Leben kostet.«

Die klare, ja nüchterne Elli geriet in diesen Wochen mit der Freundin in eine sonderbare phantastische romantische Erhobenheit. Es war etwas Ähnliches, aber außerordentlich gesteigert wie das, was sie zwei Wochen mit Link verbunden hatte: ein traumartiger, jetzt rauschartiger Zustand. Es trat eine Verschiebung ihrer ganzen seelischen Perspektiven ein; ihr inneres Timbre veränderte sich. Das war die Wirkung der beiden faszinierenden Kräfte

218

in ihr: des unbezwinglichen Haßgedankens auf Link, dieses Gedankens, den sie ausstoßen wollte, und der Liebesleidenschaft zu der Freundin. Besonders diese Leidenschaft trieb Elli heroisch auf, drängte sie zu Männlichkeit und Heroismus; immer wieder das Wort »ich beweise dir meine Liebe«. Diese beiden überstarken, verkoppelten Gefühle strömten eine Faszination über ihre Seele aus. Unter diese Faszination geriet sie, sie kam lange nicht mehr heraus. Sie war oft in Entzücken, und in diesem Entzücken fand sie, daß sie nur für die Bende lebe: »Laß es kosten, was es wolle, nur glücklich sein und in Liebe aufgehen.« Sie wies die Bende zurück, als die sagte, sie sei schuldig: »Nein ich gebe dir keine Schuld.« Und daneben kam immer das andere heraus: »Rache will ich üben und weiter nichts.« An wem wollte sie Rache üben, wen wollte sie bestrafen, warum nahm dieser Trieb so phantastische Formen an? Es war schon nicht mehr dieser besondere Mann, diese reale Person Link, den sie angriff.

Zuerst war die Haßsphäre in ihr, die er erzeugt hatte, etwas in ihr, daß die stärksten Kräfte ihrer Seele an sich zog: das dehnte sich selbständig aus, wuchs, suchte Objekte. Gegen die Haßsphäre, diese in sie gehämmerte fremde Gewalt, stellte sich ihr eigenes, altes, seelisches Grundgefühl auf. Sie war in einer inneren Gleichgewichtslage gewesen, die sich nicht leicht hergestellt hatte. Aus dieser Gleichgewichtslage war sie geraten durch den Haß. Das feine Spiel der statischen Kräfte war gestört; der Mechanismus mühte sich wieder, sich einzustellen, verlangte Rückkehr zum alten sicheren Zustand. Sie mußte die übergewichtige neue Last von sich abstoßen, einer gleichmäßigen Verteilung der inneren Kräfte zustreben. Und um so mehr drängte sie dazu, als diese Haßsphäre ihr inhaltlich fremd, böse, gefährlich, angsterregend war, als sie ihre innere Reinheit, ihre Freiheit, Jungfräulichkeit zerstören wollte. Denn Elli war und blieb immer in einem gewissen Sinne jungfräulich. Sie war in einem Reinigungsprozeß begriffen; um einen eingedrungenen Infektionsstoff sammelten sich die Eitermassen an. Es war schon der unterirdische Wille zu einer Tat in ihr gediehen. Die Faszination, den Traumzustand konnte er brauchen, den benötigte er. Dieses Klima mußte er sich schaffen. Und Elli, schon lange führungslos, ließ es geschehen, ja drängte hinein. Es war für sie eine Entrückung, ein Schlaf, in den sie flüchtete.

Das Schwerste aber waren ihr nicht diese Dinge um Link. Es war ihr innerer Zwiespalt, Frau Bende. Auch die Bende war nicht gut. Ja, Link und die Bende, fühlte Elli dunkel, gehörten zusammen. Die Bende drängte und warb auch um sie, wie Link geworben hatte; beides enttäuschte Schwankende, Liebesdurstige. Sie beseitigte gewaltsam, fast todesmutig den Zwiespalt, der in ihr entstanden war. Sie wollte beide nicht, wie sie waren. Verzweifelt schlug sie sich auf die lockende Seite, der sie schon selbst widerstrebte.

Elli war in eine furchtbare Krise geraten. Sie war von ihrem Schicksal angegriffen wie ihr Mann. Sie war selbst in Lebensgefahr. Nach einer rasenden Szene mit Link dachte sie daran, durchzubrennen, oder sich selbst zu vergiften, ihm vorher Lysol zu geben.

Was war der Grund für die Wahl des Giftmordes statt eines raschen Totschlags? Der Haß in Elli war enorm; sie mußte sich zurückziehen, um sich zu behaupten. Es war nicht nur Schwäche und Feigheit, die sie die weibliche Methode des Mordes wählen ließ. Link machte öfter Selbstmordversuche durch Erhängen. Wie war es schon merkwürdig, daß sie ihn immer wieder abschnitt. Sie stand entsetzt davor; mußte ihn abschneiden und hinlegen; er konnte sein elendes Leben weiterführen. Es waren die Instinkte, die auch noch in dem Rauschzustand wirkten, die sie an den Eltern hielten, die bei der Wahl der Mordart mitwirkten. Sie wollte töten, um Link von sich abzulösen und dann zu den Eltern zurückzukehren. Die Beseitigung des Mannes mußte

unbemerkt bleiben. Der Giftmord lag im Zuge ihrer Rückwärtsbewegung auf die kindlichen und Familiengefühle. Da war noch
die Haßverhakung mit dem Mann. Er hatte sie gereizt, sich mit
ihm im Haß zu verbinden; und dieser Haß war auf Töten aus,
aber nicht auf den Tod. Sie töteten sich schon immer; sie wollte
ihn behalten, um ihn länger töten zu können. Sie hing weiter an
ihm, wenn sie ihn langsam vergiftete. Leise wirkte mit der Gedanke, der ehrlich gefühlte Gedanke, er wird sich bessern. Das
war der häufige unterirdische, unentschlossene Gedanke, den sie
vor der Bende verheimlichte: ich will ihn überhaupt nicht töten,
ich will ihn nur bestrafen; er wird sich bessern. Über die sadistische Liebe hinaus war Neigung zu Link in ihr, die aus ihrem Familiensinn floß: es war ja ihr Mann. Und sie durchschaute, als sie
zu Grete schwieg, bei aller Leidenschaft bitter und verächtlich
auch drüben Gretes Verhakung mit dem Bende.

Sie erschien oft ganz abwesend und verändert vor der Freundin, mußte sich entschuldigen, daß sie immer gegrübelt habe,
wie sie etwas bekomme. Die Angst, daß sie »nichts bekomme«
und wie sie etwas bekomme, machte sie krank. – Und dann das
Verwirrte, Verzückte: »Du mein Lieb, sollst es erleben, daß ich
um dich kämpfe und ich werde es schaffen. So habe ich doch niemals Ruhe auf der Welt. Aber ich werde ihm Ruhe verschaffen.«

Es sollte Rattengift sein. Sie schrieb später: für zweibeinige
Ratten. Das war das Unauffälligste, das konnte man vielleicht besorgen.

Die Freundin hatte diese Entwicklung miterlebt, hingerissen.
Manchmal mit Angst, aber immer unter Liebesschauern und selig sah sie die Freundin so gehen. Ihre Ehe war um diese Zeit nicht
schlecht; sie beachtete ihren Mann nicht sehr, war viel zu sehr
absorbiert durch die Dinge Ellis. Sie hörte glückselig die Beteuerungen der Link an. Daß dieser Mensch wegkommen sollte, der
Schuft, der ihr die Freundin beinahe wieder entrissen hatte, war
ihr Recht. Aber sie beschwor sie, recht vorsichtig zu sein, damit

sie nicht unschuldig jahrelang leiden müsse. »Mama und ich verlassen dich nie und nimmer.« Von jetzt ab nahm auch Elli wenig Kenntnis mehr von der Rohheit ihres Mannes; die Faszination bewirkte eine Unempfindlichkeit für äußere Reize; es drang nichts mehr durch. Dies war für sie erledigt. Sie blickte immer auf ihren Stern, das war der Mord, jetzt schon sicher der Mord.

Die Link ging zu dem Drogisten W. Bat ihn um Gift gegen die Ratten in ihrer Wohnung. Er verkaufte ihr Rattenkuchen. Nach einiger Zeit kam sie wieder, drängte, ihr doch ein stärkeres Gift zu geben. Der Kuchen habe nicht gewirkt. Er verkaufte ihr sehr leichtsinnig für zwei Mark Gift, 10 – 15 Gramm Arsen. Der Entschluß, Link zu beseitigen, war fest in Elli; es war ein Kind ihrer Seele und ganz geboren. Jetzt hatte sie den Entschluß durch die Furchtbarkeit der Ausführung zu tragen. Sie machte sich im Beginn davon keine Vorstellung.

Es waren die Monate Februar-März 22. Der Anfang ging leicht. Sie hatte es vielleicht provoziert, vielleicht auch einfach kommen lassen: er torkelte abends betrunken nach Hause, warf ihr das Essen an den Kopf, stieß sie über das Bett, verlangte Quetschkartoffeln. Darin bekam er die erste Giftdose. Nach drei Tagen eine zweite. Der Mann wurde krank; Magen- und Darmerscheinungen traten auf. Er lag acht Tage, ging dann wieder zur Arbeit. Dann wurde es schwerer und schwerer. Die Vergiftung befiel den ganzen Organismus. Sie sah, wie er vergeblich zu schwitzen versuchte, aber »das Zeug saß fest«. Es schien alles gut zu verlaufen, er kam nicht richtig auf die Beine, sie wollte nicht locker lassen. Aber es kamen andere Dinge. Langsam mußte sie durch den Schleier ihrer Faszination die Tat sehen. Einmal, wie er sich besser fühlte, war er nicht nach Hause gekommen; sie fürchtete, er sei zusammengebrochen, ein Arzt habe ihm den Magen ausgepumpt und das Gift festgestellt. Trübe, erregende Worte hörte sie von Seiten der Freundin: ein Mensch solle aufplatzen von Gift. Sie glaubte es und fürchtete sich. Und öfter wußte sie selbst nicht, wie ihr war: sie hatte eine schreckliche Unruhe in sich, konnte laufen, soweit sie die Beine trugen. Sie fragte die Bende, ob das das böse Gewissen war.

Die Freundin sah, wie es um Elli stand. Wenn sie doch dem Mann gleich das ganze Gift gegeben hätte, daß alles zu Ende wäre. Und dann die ungeheure Furcht vor der Entdeckung. »Bloß mein einziges Lieb, sei du auch sehr vorsichtig, daß es nachher nicht ans Tageslicht kommt. Denn das sind die Schufte nicht wert.«

Und als der Ehemann Bende hörte, daß Link krank war, meinte er leichthin: »Na, wenn ihm die Link nur nichts gegeben hat. Gerühmt hat sie sich ja, sie würde sich an ihm rächen.« Die Frau: »Dann würde der Arzt doch nicht Grippe festgestellt haben, die auf die Lunge geschlagen ist.« Und eine Nachbarin, eine Frau N. äußerte zur Mutter der Bende: sie denke, es sei mit der Krankheit Links nicht richtig; Frau Link habe da bestimmt was gemacht.

In größter Unruhe, völliger Zerfahrenheit Frau Link. Sie war matt, pflegte den Mann. Sie baute auf, sie baute ab. Wie er saß, lag und nicht verging. Er war ihr in einer ganz neuen Weise zuwider, ja schrecklich. Der vergiftete Mensch. Sie sah, was sie tat; er war ihr ein Grauen, eine körperliche Anklage. Sie pflegte ihn, war oft furchtbar gezwungen, ihm besonders gut zu sein. Die Aufgabe, die sie sich gestellt hatte, war entsetzlich. Sie erlahmte, als er sich wieder einmal erholte. Sie wollte bis zum Frühjahr warten.

Das scharfe, überscharfe Auge der Freundin sah manches davon. Ob nicht Elli vielleicht verliebt in ihren Mann sei. Nein, nein, gab die wieder, sehr gequält. Was wolle sie nur, sie täte es ja nur der Freundin wegen. Sie mußte sich verteidigen wegen ihrer Besorgnisse um Link; wenn die so groß wären, dann »brauchte sie ihm doch das Zeug nicht zu geben«. Die Bende riß in den Gesprächen mit der Link sehr den Mund auf. In ihrer Gefühlsschwelgerei war es ihr herausgefahren: sie werde auch ihren Mann vergiften. Sie, die mit ihrem Mann oft erträglich lebte und immer an ihm hing und um seine Liebe rang. Sie meinte es nicht ernst und ehrlich mit dem Vergiften. Die Link gab ihr etwas Arsen ab. Sie warf es draußen entsetzt weg, gab der Freundin eine klägliche Erklärung: der Mann würde zu Hause nichts mehr essen, wenn er es merkte, und dann würde sie auch nichts von der »Viktoria« bekommen, wenn es herauskäme. Wetteifernd mit Elli und um sie zu belohnen, log sie auch einmal, es wäre ihr heute aber beinahe ganz schlecht gegangen. Sie hätte versucht, ihrem Mann Salzsäure zu geben, er hätte es bemerkt, hätte sie gezwungen, selbst davon zu essen und nun sei ihr so schlecht. Elli glaubte es. Noch anderes, was die Bende in dieser Zeit sagte und tat, war nichts als schwärmerische Nachäfferei der Freundin. Sie redete von dem Zwang, den sie sich zu Hause anlege, sie empfinde gar nichts für ihren Mann. Aber es sei doch besser, wenn man gegen Bende noch nichts täte; sonst wäre es sonderbar für die anderen, wenn die beiden Kerls zusammen weg seien.

Elli sah das schreckliche Bild des kranken Mannes, wie er im Fieber die Stube auf und ab ging, die Wände vor Schmerzen hoch kroch. Grausam litt sie darunter. Sie mußte in die Briefe flüchten, sich bestärken: ich lasse nicht locker, er soll büßen und wenn ich schließlich selbst noch daran glauben soll. Von Zeit zu Zeit brach in ihr eine ganz viehische Unbekümmertheit aus; nach dem Übermaß ließ plötzlich alle Spannung nach. Sie brachte ihm dann gleichgültig die Suppe mit Krankenmehl »und besorgte es ihm« dabei. Und es machte ihr geradezu Spaß, wie sie es trieb: vor den Augen so und hinter dem Rücken schüttete sie das Gift in das Essen: »Wenn das Schwein doch nur bald krepierte. Das Schwein ist ja so zähe. Heute habe ich ihm Tropfen gegeben, aber ordentlich. Da hatte er auf einmal solch Herzklopfen und sollte ihm Umschläge machen. Hab ihn aber gar nicht aufs Herz gelegt, sondern unter den Arm, was er nicht merkte.«

Das waren nicht häufige Momente zynischer Entspannung. An manchen Tagen wußte sie sich nicht zu halten vor Schuldgefühl und innerer Qual. Da lag sie vor ihm und bat ihn, doch bei ihr zu bleiben, sie wollte ihn pflegen. Da war sie wieder die Ehefrau, das Kind aus der Braunschweiger Familie, und er der Mann, den der Vater ihr gegeben hatte. Die Furcht vor Strafe: »Wenn Link erfährt, daß er vergiftet ist, bin ich ohne Gnade und Barmherzigkeit verloren.«

Welches Schwanken in den Worten und Briefen, die sie um diese Zeit mit der Bende tauschte. Sie, die aktive männliche, phantasierte sich fast in die Rolle einer Hörigen der Bende hinein. Mitten in den schrecklichen Meldungen von Links Zustand schrieb sie: »Wenn ich es mit Link geschafft habe, dann werde ich dir wohl genug bewiesen haben, daß ich nur um deinetwillen, mein Lieb, es durchgesetzt habe.« Einmal unter dem Geraune und Gerede und falschen Befürchtungen nahm die Link den Rest des Giftes und warf es in das Klosett und dann stand sie ratlos da. Der Entschluß, Link zu beseitigen, drängte, vergewaltigte sie. Sie zergrübelte sich den Kopf, was sie anfangen sollte. »Grete versuch doch mal, ob du etwas bekommst. Ich könnte mir alle Haare ausreißen. Warum mußte ich doch so töricht sein? Nun ist alles Essig. Gretchen, verschaff mir bitte, bitte, etwas. Ich glaube kaum, daß ich mal richtig von ihm frei komme und ich muß, ich will ihn los sein. Denn ich hasse ihn zu sehr.« Und die Frauen saßen zusammen, weinten; sie hatten sich zu Schweres übernommen. Die mißtrauische Bende fühlte heimliche Vorwürfe aus der Art ihrer Freundin: ihr war weh ums Herz, wie sie einmal schrieb, sie fühlte ihre Schuld und fürchtete für ihre Liebe.

Elli ging noch einmal zu dem Drogisten. Bekam das Gift wieder. Das Opfer lag inzwischen zu Hause herum oder lief zu Ärzten. Sie stellten Grippe fest. Seine Wutausbrüche ließen nach. Aber der finstere, mürrische Mensch blieb er. Die Verstimmung über seinen kläglichen Zustand entlud er von Zeit zu Zeit an der Frau. Er war ein Arbeitstier. Wenn er nur heraus könnte, arbeiten könnte. Manchmal, wenn er Elli ansah, empfand er Reue. Sie saß neben ihm und weinte; er wußte nicht warum. Keine Aufhellung seiner Seele, keine Erwärmung bis zuletzt. Die Vergiftung ergriff den Magen und Darm, machte schwere katarrhalische Entzündungen. Erbrechen, choleraartige Durchfälle traten besonders nach den großen Dosen auf. Sehr blaß und grau wurde er, der Kopfschmerz, die Neuralgien, Schwäche im ganzen Körper. Bisweilen Herzanfälle, ohnmachtsartige Zustände, Delirien.

Die schrecklichen Tage Ende März vor seinem Ende verbrachten die beiden Freundinnen in größter Anspannung. Die Bende war die ruhigere trotz ihrer Furchtsamkeit: sie war fern vom Schuß und vor allem, sie fühlte immer selig, daß hier etwas für sie geschah. Sie schwatzten beide noch phrasenhaft, es solle bald niemand mehr ihr Glück zerstören. Dabei waren sie oft in fieberhafter Angst. Immer wieder sprach die Bende der Freundin Ruhe zu, warnte sie, nur bei einer eventuellen Vernehmung später keine Reue zu verspüren und es einzugestehen. Sie erschrak einmal freudig, als die Link morgens früh zu ihr kam; dachte schon, sie brächte eine bestimmte Nachricht.

In der Seele Ellis war für Link selten eine Empfindung. Sie war nun beherrscht von dem Gedanken: es muß ein Ende damit sein. Sie hatte noch manchmal Haß auf den Mann, weil dieser Zustand zu lange dauerte. Oft auflebend, oft von ihr gerufen die betäubende süße Faszination, das sehr hilfreiche Gefühl: ich tue es für meine Freundin, ich beweise ihr meine Liebe, nachdem ich ihr solchen Schmerz mit meiner Rückkehr bereitet habe. Sie hatte sich damals fast mit Gewalt, wie nie vorher, in diese Liebe gestürzt. Aber leise und manchmal trat jetzt die Liebe zurück vor der Neigung mit allem ein Ende zu machen. Mit dem Nachlaß des Hasses auf Link sank auch die Liebesempfindung. Ein Zurück aber gab es nicht. Sie hegte Todesgedanken gegen sich selbst. In die Form gehüllt, sie würde sich einer Bestrafung entziehen, sprach sie verschleiert davon: »Kommt es an den Tag und ich müßte büßen, so machte ich sofort Schluß mit mir.« Und ein andermal: »Wenn es an den Tag kommt, was mir gleich ist, dann sind meine Tage gezählt wie seine.«

Gegen Ende März 22 ging wieder das Gift aus und da konnten beide, die Link und die Bende, das Leiden, die Angst, das Hangen und Bangen nicht mehr ertragen. Die Bende willigte ein, daß die Frau den Mann ins Krankenhaus schaffte. Die Energie Ellis war gebrochen. Sie schrieb der Freundin, schwach und dankbar: ja, sie werde es tun; und wenn sie zum zweiten Mal heirate, so werde sie ihre Freundin heiraten.

An dem Tage, an dem Link in das Lichtenberger Krankenhaus gebracht wurde, am 1. April 22, starb er, 30 Jahre alt.

Der Frau war ein Stein vom Herzen gefallen. Sie dachte nicht eigentlich an Link. Sie tat nach außen vergrämt, aber war ganz glücklich, erlöst. Worüber? Daß sie nicht mehr töten brauchte, daß sie sich selbst wieder hatte, daß ihr eigenes Kranksein jetzt zu Ende ging. Das Pendel ihrer Seele mußte sich jetzt, hoffte sie, wieder einstellen. Ja, was war alles geschehen? Sie empfand nur unklar, daß eine Fülle von Schrecklichem jetzt gewichen war. Keine Rohheit gegen den toten Mann war in ihrem Gefühl, weil kaum ein Gedanke an ihn. Ja, sie konnte jetzt in manchen Augenblikken, wo sie an ihn dachte, wehmütig sein. Einen Brief schrieb sie in diesen Tagen an ihre Eltern: Link sei besser geworden; er habe zuletzt sein Versprechen gehalten. Sie konnte vor sich und vor anderen nur gut von ihm sprechen. Ihr war ein Glück geschehen; sie kam in ihr altes, reinliches, glattes Milieu. Nach der ängstlichen Gespanntheit der letzten Wochen kam ein freudiger Überschwang. Es war ein Durcheinander; sie sah nichts ab.

Gegen die Bende hielt sie wie immer einige Gefühle zurück und war nur Freude. Sie dachte schon an eine weitere Zukunft:

wollte vorläufig nicht heiraten, aber vielleicht später, wenn sich etwas bietet, wo sie in die Wirtschaft kommt und wo einer einen Geldbeutel mitbringt. »Nun bin ich die junge lustige Witwe,« jubelte sie, ohne auf das Gefühl der Bende Rücksicht zu nehmen, »mein Wunsch war ja, Ostern frei zu sein. Da ich nichts anzuziehen habe, nun kann ich mir etwas kaufen. Und wenn sollte mal das Glück auch an dich herantreten und Mutter dann nach hier kommt, dann kennt sie uns nicht wieder. Dann sind wir die lustigen Witwen aus Berlin.«

Die Bende hatte sich in den letzten Wochen schrecklich geängstigt und konnte den Termin der Beerdigung nicht erwarten. Bei der Tötung Links fand sie sich als der Hehler, der so gut ist wie der Stehler. Sie ging nicht mit zu der Beerdigung, aber ihre Mutter. Sie glaubte, die Freundin beruhigen zu müssen: »Der größte Schuft ist, der heute unter der Erde liegt. Der Kerl müßte im Grab keine Ruhe finden.« Aber am gleichen Tag schrieb sie: »Mein Lieb, ob du in dem Moment an mich denkst, wo er in die Gruft gesenkt wird, da ich doch eigentlich am allermeisten die Hauptschuldige bin. Mir brennt das Gesicht wie Feuer. Es ist jetzt zehn nach ein halb vier. Gleich, wenn alles pünktlich ist, beginnt die großartige Feier und der Herr Kommunist marschiert von dieser Welt.«

Elli hatte keine Ermunterung nötig. Zynisch und übermütig, aber nicht ganz ehrlich, renommierte sie vor der Freundin: »Habe alles durchgeführt, was ich im Schilde hatte. Habe dadurch meine Liebe bewiesen, daß mein Herz nur für dich schlug und Link Liebe vorgeheuchelt bis auf den letzten Tag. Wo du manchmal sagtest: ich hätte Mitleid mit ihm. Nein, mein Lieb. Nun bin ich erst glücklich, daß ich es für vier Mark geschafft habe und seine gottlose Schnauze gestopft habe.«

Aber dann kamen schon mehr und mehr Ernüchterungen, Entspannungen bei Elli. Der Frau Schnürer erzählte sie, der Mutter Gretens, vom Krankenlager Links, wie er immer arbeiten wollte und wie sie oft weinte, weil er es jetzt so gut mit ihr meinte. Sie saß oft wehmütigen Gesichts da. Die Faszination ließ nach. Es war nicht die Furcht vor Strafe bei ihr wie bei der Bende, sondern die beginnende schreckliche Klarheit, das Zurückschwingen in den alten Zustand. Betrübt sah die Bende sie an, fühlte, daß sich Elli auch gegen sie richtete: »Du gibst mir ein großes Rätsel zu raten auf. Was mach ich mir für Gedanken und Vorwürfe. Auch wenn ich bei dir bin, so ist das von dir zu mir alles so gezwungen, als wenn du mir bloß immer sagen willst, ich habe Schuld, daß du das gemacht hast.« Die Betrübnis der Bende war groß. Sie sagte einmal verzweifelt, sie gebe sich an allem schuld; Elli liebte sie nicht wirklich; sie hätte damals, als sie zurückkehrte zu Link, ein glückliches Leben anfangen können.

Elli, die Witwe, hob sich aus ihrer unklaren Trauer, verteidigte sich vor der Freundin: »Liebes Gretchen, wie kannst du sagen, daß ich mich um Link habe. Bin ich denn nicht rüdig genug? Wenn das alles Zwang wäre, wäre ich nicht so ausgelassen. Glaube mir, daß sich mir nicht eine Faser gerührt hat. Ich war kalt und habe alles mit kaltem Herzen gemacht und ich bereue es auch nicht im Geringsten. Ich bin nur froh und glücklich, daß ich erlöst bin.«

Um diese Zeit tat die Bende, wetteifernd und werbend um die Freundin, tat so, als wäre sie aktiv und wollte auch ihren Mann beseitigen. Es waren vielleicht solche hingerissene, rauschartige Gedanken in ihr. Sie wurde um diese Zeit sehr durch den Schmerz und die Angst um die Freundin bedrängt. Aber wenn sie einen Schritt vorwärts machte, ging sie zwei zurück. Sie besuchte die verhutzelte Wahrsagerin Feist, holte Tropfen, erzählte ihrer Freundin, sie gebe sie dem Mann. Sie war sehr aufgewühlt und durch die Liebe zu ihrer Freundin zu Dingen gedrängt, die außerhalb ihrer Natur lagen. Sie haßte ihren Mann gar nicht, und wenn sie Elli umarmte, bei aller Lust trauerte und weinte sie, drängte zu ihrem Mann. Immer vertröstete sie die Freundin: »Warte auf mich und bleibe mir treu. Es wird ja doch hier ein Weilchen vergehen.« Zugleich dabei der verzückte Gedanke, Elli zu sich zu holen, mit ihr und der Mutter zu leben. Schrecklich klang es der Bende, der warmblütigen, gefühlsvollen, als die Freundin ihr keck zurief, bis Pfingsten spätestens sollte die Freundin frei sein für sie. Die Bende las bedrückt, was Elli lockend schrieb: wie schön es jetzt sei, allein, nicht zu rennen, den Pudel zu spielen, auf nichts mehr Rücksicht zu nehmen. Das Kindliche und Harte in Elli, das Lustige, Unbekümmerte und zugleich Eisige wurde auch ihr sichtbar. Jetzt war die Bende in einem Konflikt, fast in einer Krise. Es war ihr beinah lieb, daß die Katastrophe, die Entdeckung hereinbrach.

Man hatte bei Link geschwankt zwischen Grippe, Malariafieber und Vergiftung durch Methylalkohol. Auf dem Totenschein schrieb man Vergiftung durch Methylalkohol. Die Mutter Links, gehässig auf Elli, brachte den Stein ins Rollen. Elli hatte ihr erst nach seinem Tode Mitteilung von seiner Erkrankung gemacht und dann gesagt, er sei an Alkoholvergiftung gestorben. Sie ging zur Polizei, beschuldigte die Schwiegertochter. Es erfolgten Vernehmungen. Die Leiche wurde durch Gerichtsärzte obduziert, Leichenteile dem Chemiker Dr. Br. zur chemischen Untersuchung überwiesen. Die chemische Untersuchung verlief ergebnislos auf Methylalkohol oder Arzneimittel. Sie erwies das Vorhandensein ganz erheblicher Mengen von Arsen. Die vorgefundenen Mengen genügten für den Tod mehrerer Menschen. Die Gerichtsmedizinalräte stellten chronische Arsenvergiftung fest mittels unerhört großer Arsenmengen.

Die Haussuchung in der Wohnung der Frau Link förderte einen Stoß Briefe zu Tage, eben die Briefe der Bende, dazu eine Anzahl ihrer eigenen, die die Bende ihr zurückgegeben hatte. Die Briefe hatte sie zum Teil in ihrer Matraze verwahrt. Frau Bende war in diesen Tagen des niedergehenden Gewitters bettlägerig.

Am 19. Mai, anderthalb Monate nach dem Tode Links, erfolgte
die Verhaftung seiner Witwe. Am 26. Mai wurde Frau Bende festgesetzt. Die Ermittlungen gingen auch gegen die Frau Schnürer.

Die kurzen Mitteilungen über die Vorfälle in der Presse erregten enormes Aufsehen. Das Ermittelungsverfahren zog sich fast
ein Jahr hin. Die Hauptverhandlung wurde vom 12.–16. März 23
in Berlin am Landgericht geführt.

Elli Link war von Anfang an geständig. Sie war ein verschüch-
tertes Schulmädel. Dann regte sich ihr Trotz. Der Haß auf den
Mann lebte auf; sie fühlte sich schuldlos; hatte sich nur verteidigt,
den Bösewicht beseitigt.

Ihre Freundin war erschüttert, aufs Fürchterlichste verängstigt.
Und – befreit. Ihr altes, sehr schlechtes Gewissen saß ihr im Nak-
ken. Sie hatte auch ein schlechtes Gewissen gegen ihre Freundin.
Es war ihre unfreie Art, sich schuldig zu fühlen, aber auszuweichen, sich hinter tönender Entrüstung zu verstecken. Sie leugnete
bis in die Hauptverhandlung; ein dünnes, sehr durchsichtiges Lügen.

In der Haft kam Elli zu sich. Die Faszination war völlig gewichen.
Ihr war unklar, wie alles gekommen war; sie schrieb in der Unter-
suchungshaft: »Wie soll ich dieses noch schildern. Es ist und
bleibt mir verschleiert, es bleibt mir alles nur ein Traum.« Kein
Gefühl der Gefahr in ihr. Es war nicht mehr der heiße Grimm auf
Link, der in ihr lebte, aber allgemeine Dumpfheit und Bitterkeit,
die sich auch gegen den toten Link richtete, eine dumpfe, bittere
Ablehnung, ein entschiedener Widerwille, an dem sie sich er-
holte. Ein sicheres Festhalten seiner Rohheiten und Bosheiten.
Damit wurde sie aktiver und bewegte sich. Die Eltern in Braun-
schweig setzten sich in Bewegung ihr zu helfen. Wie unbesorgt
Elli war, zeigte ihre Erbitterung auf die Mutter des Link, die die
Anzeige erstattet hatte und sogar jetzt sich an die Sachen Ellis,
oder den Nachlaß Links heranmachte. Elli alarmierte den Rechts-

anwalt, der früher ihre Scheidungsklage geführt hatte; ob sie sich das gefallen lassen müsse. Sie machte ihren Eltern und Geschwistern in einem Brief Ende 22 Vorwürfe: man hätte ihre Sachen aufbewahren sollen. Alles, was in ihrem Besitz war, sei fort, sie könnte sich die Haare einzeln ausreißen. »Die Alte sucht Grund, um mich zu belasten, aber fällt ein Wort, dann melde ich mich zum Wort, denn das Maß läuft doch mal über. Link hatte doch nichts weiter als die zerrissene Wäsche. Wenn die Rechtsanwälte sich nicht große Mühe geben, kann ich mich auf Jahre gefaßt machen. O, die Frau. Warum erzieht sie so herzlose Kinder? Vielleicht laufe ich barfuß; das könnte der Alten gefallen.« Sie berichtet dann, daß das Wetter hier noch immer schön sei, die Luft sei herrlich: »Werdet nur nicht krank, ich möchte doch alle gesund und munter wiedersehen. Haltet mir bitte meine Sachen in Ordnung; ich muß sehen, was ich mache; denn ich habe viele Verpflichtungen. Es grüßt Euch von Herzen Eure Tochter und Schwester Elli.«

Es hatte ihr geschienen, als ob sie ganz frei von Link geworden wäre, als ob sie sich von ihm befreit hätte. Aber sie war nicht in ihr altes Gleichgewicht zurückgeschwungen. Jetzt, wo die Faszination des Hasses und die Liebesleidenschaft gewichen war, wo man sie seinetwegen strafen wollte, fing sie wieder an, mit ihm zu kämpfen. Sie trug ihn noch mit sich herum. Tieferes in ihr war mit ihm verbacken. Sie träumte viel und schwer in der Untersuchungshaft. Einiges schrieb sie auf. Hier sind ihre Träume.

»Mein Mann und ich gingen durch einen Wald, kamen an einem eingezäunten Abgrund vorbei. Wir kamen ins Gruseln, in diesem Abgrund hielten sich Löwen auf. Link schimpfte und sagte: ich werfe dich gleich hier hinunter! Schon lag ich tief unten. Die Löwen stürzten sich auf mich los, aber ich streichelte und liebkoste die Tiere, gab auch meine Stullen zu fressen. Diese Tiere taten mir nichts. Kletterte den Abhang beim Füttern herauf und sprang dann über den Zaun. Link aber sagte wütend: Du Aas krepierst nicht. Hier war eine Tür, die nur angelehnt war. Ich gab Link einen Stoß, der stürzte hinunter. Die Löwen haben ihn zerrissen und lag mit dort in einer großen Blutlache.«

»Ich saß mit einem kleinen Mädel im Zimmer und spielten, scherzten, liebkosten. Lehrte ihr einige Sätze, die die Kleine sagen sollte, wenn Link nach Hause kam. Als wir ihn sahen, gingen wir Link entgegen und sagten: Guten Tag, Papa, wie ist der Tag verlaufen. Als die Kleine auch einige Wörter hervorbrachte, sagte er: das Jör ist auch ganz ein Schlag nach dir. Riß mir das Kind weg, faßte es an den Beinen und schlug es mit dem Kopf auf die Tischecke.«

»Link kaufte einen kleinen Hund. Er wollte den Hund zum Wachen erziehen. Nahm den Stock und haute das Tier ganz fürchterlich. Der Hund schrie schon, wenn er Link seine Stimme hörte. Ich konnte dieses nicht mit ansehen und schalt darüber, daß er das Tier so schlug: ›Du erreichst im Guten und Lieben viel mehr.‹ Da Link nicht hörte, nahm ich ihm den Stock fort und schlug ihn damit über den Kopf, daß er tot umfiel.«

»Es lagen im Saal lauter Tote. Dieselben sollte ich waschen und anziehen, ich aber durch Unvorsichtigkeit eine Bank umstoße. Fielen die Toten alle zu Boden, beim Aufnehmen bekam ich das Gruseln, wollte so schnell eilen und rufen. Aber ich kam beim Laufen nicht von der Stelle und der Ruf blieb mir im Halse stecken.«

»Hatte Termin. Meine Strafe wurde sehr hart. Als ich mir den Kopf zerbrach: wie endest du nun am leichtesten, kam eine Aufseherin und meinte: ich helfe ihnen. Nahm ein Messer und schnitt mir den Körper durch.«

»Ich hörte mein Muttchen rufen und ging ans Fenster. Da hörte ich jemand in meine Zelle kommen. Der riß mich vom Fenster.«

»In meinem Zimmer hatte ich eine ganz kalte Person, ob eine Sie oder einen Er weiß ich nicht; ob die Gestalt tot war, weiß ich auch nicht. Es tat mir so sehr leid, daß die Person so kalt war. Nahm ich einige glühende Kohlen aus dem Ofen und legte dieselben ans Bett, um damit die Person erwärmt werden sollte. Aber im Nu stand alles in Flammen und ich war ganz von Sinnen, glich einer Wahnsinnigen. Wer mir dieses Gefühl nachfühlen kann, wenn man erwacht und ist nichts von wahr.«

»Eine Person stand mit einem Eimer, worin eine Schlange lag, im Zimmer. Die Person zeigte der Schlange den Weg, wo dieselbe schleichen sollte, und diese umzingelte mich und biß mich in den Hals.«

»Ich betrachtete eine weiße Fahne mit einem schwarzen Adler, rauchte eine Zigarette dabei. Aus Versehen brannte ich ein Loch herein. Wurde darum vors Kriegsgericht geführt, und bekam lebenslänglich Zuchthaus. Aus Verzweiflung erhängte ich mich.«

»Wir übten uns im Ballfangen, mit vier Bällen. Die Bälle färbten sich in der Luft. Mit einem Mal hatten sich die Bälle verwandelt in Köpfe, die mich so anguckten, daß ich angst und bange wurde. Da bekam ich das Gruseln und lief fort. Aber ich strengte mich so sehr an und kam nicht von der Stelle. Da rief ich Muttchen, steh mir doch bei. Aber auch dieses blieb im Halse stecken. Als ich erwachte, war ich wie in Schweiß gebadet.«

»Ging über Land. Als wir eine Mühle erlangten, betraten wir dieselbe und baten um etwas Mehl. Der Müller so hartherzig war und uns die Tür wies, ärgerte ich mich wahnsinnig, gab ihm einen Stoß und flog ins Mühlrad. Dort wurde er ganz zerstückelt.«

»Mein Mann hatte immer die Absicht, ins Ausland zu wandern. Der Wunsch ging in Erfüllung, wo er mich mitnahm. Auf dem Schiff wunderte ich mich über alles, was ich sah, wollte auch viel wissen. Durch dieses viele Fragen wurde Link ungemütlich und warf mich über Bord. Dieses hatte jemand gesehen und wurde gerettet. Als ich wieder bei Link war, paßte ihm das nicht; ich wurde ihm lästig. Da packte es mich wieder, daß er mich erst mitlockte, nun wollte er mich lossein. Da gab ich ihm einen Stoß. Link fiel so unglücklich ins Wasser und kam nicht wieder zum Vorschein. Aber ich sehe ihn immer hinter mir kommen.«

»»Hast mir doch immer versprochen, wolltest mir ein Paar Schuhe kaufen, kannst mir den Wunsch doch erfüllen.‹ ›Ja, ich werde dir ein Paar Holzschuhe kaufen. Sind gut genug für dich.‹ Ich sagte nein, danke, dann will ich keine. Für dieses ›Danke‹ schlug er mich an den Kopf, so daß ich nicht wußte, was um mich her war. Als ich langsam wieder zur Besinnung kam, saßen wir in der Straßenbahn. Link sagte: hast du nun ausgemault? Da überlegte ich erst, was überhaupt los war. Da konnte ich mich nicht beherrschen. Beim Aussteigen stieß ich ihn vor die Straßenbahn, wurde auch gleich überfahren, so daß er ganz zerstückelt im Blute lag.«

Öfter erschienen im Gefängnis vor Ellis Augen im Traum und Halbschlaf Gegenstände und Gesichter, die sich gewaltig vergrößerten. Sie sagte, die Augen schmerzten ihr davon; sie bekam Angstgefühle und Herzklopfen, daß sie oft nicht wußte, was sie machen sollte. Sie ertappte sich beim traumhaften Herumwandeln. Sie bangte sich vor der Nacht, machte kalte Abreibungen. Das tat ihr wohl; aber die schlimmen Träume verschwanden nicht.

Die andere, die Bende, hatte auch oft nachts ihren Mann vor Augen. Er drohte ihr mit Dolch und Beil. Eine furchtbar drükkende Angst überwältigte sie dann. Sie träumte aber auch Leichteres, Angenehmeres. Sie lief über grüne Wiesen mit vielen Blumen, sah manchmal klaren Schnee, spazierte mit ihrem Hund. Sehr oft träumte sie von ihrer Mutter und weinte im Schlaf, so daß eine Frau, mit der sie zusammen war, sie weckte. Sie sah, wie ihr Mann mit ihrer Mutter tobte. Dann träumte sie von Frau Link, von ihrer Elli, die vor ihr stand, weinte und sagte: »Link hat mich wieder so geschlagen.«

Elli war heftig von den Ereignissen, der Inhaftierung, den Vernehmungen, angegriffen worden. Sie kam nicht nur zu sich; es trat, die Träume zeigten es, eine Veränderung in ihr ein. Jetzt erst sah sie völlig und deutlich ihre Tat, jetzt erst war Link wirklich durch Gift von ihr getötet worden. Das Aufhören der Leidenschaftsfaszination bewirkte das im Zusammenhang mit den Familiengefühlen, Elterninstinkten, die die Haft und das Gericht sehr lebendig gemacht hatten. Von hier strömten jetzt übergroße Massen gesellschaftlicher Impulse. Während sie bei Tag scheinbar lustig und ruhig sich bewegte, war sie in der Nacht und im Traum Objekt der heftig aufflackernden, fest in ihr sitzenden, bürgerlichen Impulse. Sie drängte zu den Eltern, zur Mutter: sie wollte zu ihrem Muttchen, das sie rufen hörte, aber man riß sie aus der Zelle vom Fenster zurück. Das war die Straftat, die sie von der Mutter entfernte.

Sie arbeitete vergeblich und immer wieder an dem Faktum: »Link ist tot, ich habe ihn ermordet,« und wurde damit nicht fertig. Wiederholte sich in ihren Träumen dauernd den Mordvorfall, mußte immerzu morden, dazu trieben die Elterninstinkte, und brachte immer neue Rechtfertigungsversuche vor. Ihre Träume waren ein ständiger Kampf; der Versuch der anklagenden Elterninstinkte, sich schrankenlos zur Herrschaft zu bringen und die Widerwehr der übrigen Kräfte Ellis dagegen, auch in der heilsamen Absicht, einer Überschwemmung durch die fürchterlichen lähmenden Gewalten zu entgehen. Als Rechtfertigung führte sie sich den bildlichen Sturz in den Abgrund zu den Löwen vor. Elli sagte in dem Bilde, warum sie den Mann von Löwen zerreißen ließ. Sie war mit ihm durch den Wald, der schlimmen Ehe, gemeinsam gewandert. Dann waren sie an eine eingezäunte Stelle gekommen, einen verbotenen Ort, einen Abgrund, der offenen Wut, des Hasses, der Perversion. Der Mann suchte sie herunterzustürzen; es gelang ihm nicht; sie rettete sich. Er selbst kam hier um. Es war nur recht. Sie sprach im Traum schützend nur von seiner Perversion, nicht von ihrer.

Sie demonstrierte sich seine Brutalität; am eindringlichsten, wo er das Kind, das ihn begrüßen sollte, bei den Beinen anfaßte und mit dem Kopf gegen die Tischkante schlug. Da sprach sie noch Heimlicheres aus. Sie selbst war solch kleines Mädel gewesen, hatte in Link eine Vaterähnlichkeit gesehen, hatte sie in ihm gesucht. Sie wollte ihn Vater ansprechen, ihm entgegengehen wie das kleine Mädel des Traums. Aber er enttäuschte sie in der furchtbarsten Weise. Sie klagte ihn an, er suche sie zu töten, er hätte versucht, das Kind in ihr zu töten. Sie wandte sich so verborgen schutzsuchend an die Eltern selbst und suchte sie als ihre Zeugen: sie sollten gut sein. Sie phantasierte: er warf sie vom Schiff, schlug ihr vor den Kopf. Die Enttäuschung ihrer Verbindung mit Link: er hatte ihr Schuhe versprochen und bot ihr Holzschuhe, die gut genug für sie waren. Die sexuellen Überfälle kehrten wieder in der Verschleierung des Bildes von der Schlange, die aus dem Eimer auf sie zukroch und ihr in den Hals biß.

Und ihr eigenes Vergehen suchte sie sehr klein zu machen; sie hätte nichts getan als eine Zigarette geraucht und aus Versehen ein Loch in die weiße Fahne mit dem schwarzen Adler gebrannt. Das war die Verletzung des Gesetzes.

Sie wollte sich nicht mit dem Mord und mit Link auseinandersetzen. Sie jammerte, daß sie immer morden, sich immer mit ihm beschäftigen mußte, mit dem doch Toten. Lauter Tote lagen in ihrem Saal, sie sollte sie waschen und anziehen. Sie wollte sie wegstoßen, wollte weglaufen, aber war an die Stelle gebannt.

Dazu aber war in ihr lebendig und wütete in den Träumen fort der Sadismus, die krampfhafte Haßliebe, die er in ihr geweckt hatte. So verbunden hing sie noch an dem Toten. Sonderbar überlagerten sich in ihr die Dinge: die Neigung sich wieder zu reinigen, Kind zu sein, zu den Eltern zurückzukehren, trieb ihr solche Phantasien in den Kopf; zugleich schluckte daran, sättigte sich an ihnen der sadistische Drang. Sie gruselte sich, konnte sich aber nicht losreißen. Sie konnte nicht zu den Eltern zurück über den Stachelzaun des Gewissens, und in dem Haß wollte sie nicht bleiben. Sie dachte in ihrem Hin und Her sich durch den Tod zu retten; eine Aufseherin im Traum half ihr, schnitt ihr den Körper mit einem Messer durch. Einmal erhängte sie sich, wie es ihr

Mann öfter versucht hatte. In diesem Traum mit der Kriegsflagge der Marine identifizierte sie sich auch mit dem Mann, der im Krieg Matrose gewesen war, und bestrafte sich, indem sie sein Schicksal erlitt.

Sie strafte sich überhaupt mit diesen Phantasien. Sie fürchtete sich vor ihnen und verhängte sie über sich.

Im Gesicht und in den Bewegungen blieb sie die harmlose, schuldlose, muntere Frau. Ihr Inneres, erneut in einer Krise, rang schwer und warb um die Wiederkehr zu den Eltern.

Sie hatte die Bende nicht vergessen. An die geschlechtlichen Dinge erinnerten die sonderbaren Bilder von dem Ballspielen mit den vier Bällen. Einmal lag, erzählt ein Traum, in ihrem Zimmer eine »ganz kalte Person«, um die sie sich sehr auffällig bemühte, die sie wärmen und zum Leben erwecken wollte. Es war – träumte sie diskret, aber sehr deutlich – weder ein Er noch eine Sie. Auffällig leid tat ihr diese Person, ihr, die sonst so stark sich in Mord vertiefte. Es war nicht der tote Link. Endlich einmal nicht der tote Link. Sie hing noch an Grete und es wurde deutlich: Grete war nicht nur räumlich von ihr getrennt, Elli hatte den Wunsch, sich von ihr zu lösen. Elli schämte sich dieser Neigung, die aber noch in ihr lebte. Sie stieß diese Neigung weg, wie sie den Toten und den Mord wegstieß. Sie zeigte so, wie eng die Neigung mit Link und der Tat zusammenhing. Aber es war noch immer Süßes dabei. Sie wollte Grete lebendig machen, aber wollte es nur scheinbar, tat nur so. Sie tat es mit einem ganz unmöglichen Mittel, mit glühenden Kohlen, die sie erwärmen sollten. Natürlich verbrannten sie die kalte Person. Elli wollte die Bende haben und wollte sie nicht haben. Wie die Kohlen dann das Bett verbrannten, war Elli ganz von Sinnen, »glich einer Wahnsinnigen.« So war sie vorher vor einem anderen mächtigeren Zwiespalt in den Tod geflohen.

Ellis Innere wurde in der Haft sehr vertieft. Unter großen Schwierigkeiten, mit Erscheinungen, die eine leichte Psychose streiften, vollzog sich die Veränderung, deren Richtung auf neuen Anschluß an die Familie ging.

Der anderen, der Bende, geschah nicht viel in der Haft. Sie war viel einfacher, innerlich elastischer, umfangreicher in ihren Gefühlen. Sie hing immer mit ihrer Mutter zusammen; dieses Zentrum war unversehrt. Weich, eifersüchtig und empfindlich hatte sie Elli manches vorzuwerfen. Aber sie liebte sie, auch in ihren Träumen, hegte ihre Liebe. Elli blieb ihr Kind, das sie vor dem bösen Mann beschützte.

Über die Hauptversammlung vom 12.–16. März wurde von allen Berliner Zeitungen, auch von zahlreichen auswärtigen, ausführlich und in großer Aufmachung berichtet. Täglich wechselten die sensationellen Überschriften: Giftmischerinnen aus Liebe, die Liebesbriefe der Giftmischerinnen, ein seltsamer Fall.

Elli Link saß blond und unscheinbar auf der Anklagebank, gab verschüchtert Antwort. Margarete Bende, großgewachsen, trug einen Ledergürtel um die schlanke Taille; das Haar voll, sauber gewellt, die Gesichtszüge energisch. Ihre Mutter aufgeregt, weinte viel. Die Frau Ella Link wurde angeklagt, »durch zwei selbständige Handlungen vorsätzlich einen Menschen, nämlich ihren Ehemann, getötet zu haben, und zwar indem die Tötung mit Überlegung ausgeführt wurde; zweitens der Bende zur Begehung ihres Verbrechens, nämlich des versuchten Mordes an dem Ehemann Bende, durch Rat und Tat wissentlich Hilfe geleistet zu haben.«

Frau Margarete Bende, »durch zwei selbständige Handlungen erstens der Link zur Begehung ihres Verbrechens, nämlich des Mordes an dem Ehemann Link, durch Rat wissentlich Hilfe geleistet zu haben. Zweitens den Entschluß, einen Menschen, nämlich den Ehemann Bende, zu töten, durch vorsätzliche und mit

Überlegung begangene Handlungen, die einen Anfang der Ausführung dieses beabsichtigten, aber nicht zur Vollendung gekom-
menen Verbrechens enthalten, betätigt zu haben.«

Die Mutter, Frau Schnürer angeklagt »durch zwei selbständige
Handlungen von dem Vorhaben erstens des Mordes an Link,
zweitens des Mordes an Bende, zu einer Zeit, in der die Verhü-
tung des Verbrechens möglich war, glaubhafte Kenntnis erhalten
und es unterlassen zu haben, hiervon der Behörde oder den
durch die Verbrechen bedrohten Personen zur rechten Zeit Anzeige zu machen, und zwar ist der Mord an Link und ein strafba-
rer Versuch des Mordes an Bende begangen worden.«

Verbrechen und Vergehen strafbar nach §§ 211, 43, 49, 139, 74
des Strafgesetzbuches.

Es waren 21 Zeugen geladen, darunter der Ehemann Bende, die
Mutter des toten Link, der Vater der Elli, die Wirtin der Eheleute
Link, der Drogist, die Wahrsagerin. Als Zeugen und Sachverständige die Ärzte, die den Kranken Link behandelt hatten. Dann die
Gerichtsärzte, die die Obduktion vorgenommen hatten, der Chemiker, der die Analyse der Leichenteile ausgeführt hatte. Hinzu
kamen psychiatrische Sachverständige.

Auf die einleitende Frage des Vorsitzenden des Landgerichts
an Elli Link, ob sie zugebe, ihrem Ehemann Arsen gegeben zu haben, antwortete sie: ja. Sie gab dann an, daß sie sich von ihrem
Mann habe befreien wollen. Er sei oft betrunken nach Hause gekommen, habe die schlechte Behandlung seiner Mutter auf sie
übertragen, sie mit Dolch und Gummiknüppel bedroht. Er habe
sie geschlagen, die Wohnung verunreinigt, im ehelichen Leben
die abscheulichsten Zumutungen an sie gestellt. »Wollten Sie Ihren Mann vergiften?« »Nein. Ich dachte immerzu daran, daß er
mich schlug, daß sein Herz nicht mehr für mich war. Und deshalb beherrschte mich Tag und Nacht nur der eine Gedanke: frei,
nur frei. Das machte mich für alles andere kopflos.« Als der Vorsitzende zweifelte: sie hätte ihm einen Teelöffel auf einmal in das

Essen getan, danach sei er so schwer erkrankt, daß er in das Krankenhaus gebracht werden mußte und dort starb, was sie sich denn dabei dachte, Frau Link: »Ich dachte an die Mißhandlungen. Er hatte mich ja so dämlich geschlagen, daß ich nicht wußte, was ich machte.« Auf den Hinweis des Vorsitzenden, daß sie von den fürchterlichen Dingen in ihrer Ehescheidungsklage nichts gesagt hatte, und auch in ihrem Briefwechsel mit Frau Bende nichts von alledem zum Vorschein gekommen sei, Frau Link: »Ich habe nichts davon gesagt, weil mir alles so peinlich war; verschiedene Angaben habe ich aber meinem Anwalt gemacht.« Ihre Vernehmung war beendet, nachdem sie sich noch auf Veranlassung ihres Verteidigers, Rechtsanwalt Dr. B., näher über die Mißhandlungen seitens ihres Mannes ausgelassen hatte.

Der Vorsitzende zu Frau Bende gewandt: sie solle das gleiche wie Frau Link bei ihrem Ehemann versucht haben; sich von der Kartenlegerin ein zum Glück unschuldiges weißes Pulver habe geben lassen. Frau Bende, Margarete: »Ich war mehrfach bei der Frau F. und habe mir die Karten legen lassen, weil ich an die Karten glaubte. Ich habe meinen Mann zuerst geliebt, weil ich glaubte, Gegenliebe zu finden. Ich habe ihn geheiratet, wie er war, mit einem einzigen Anzug auf dem Leibe. Die Ehe wurde aber unglücklich, weil mein Mann bei Verbrechern tätig war und mich mit meiner Vaterlandsliebe und meinem Gottvertrauen, in denen ich großgezogen bin, verhöhnte und verspottete. Er bedrohte mich schließlich mit Erstechen oder Erschlagen, und als ich sagte: ich merke ja nicht viel davon, du aber, da sagte er mir: mir kann keiner, ich spiele den Geisteskranken.« Auch sie gibt an, sich geschämt zu haben, von diesen Dingen in den Briefen zu sprechen. Sie versucht verfängliche Äußerungen in den Briefen harmlos zu deuten. Fest behauptet sie, mit ihrem Mann nichts Böses im Sinn gehabt zu haben. Gegen Frau Link hatte sie zwar einen gewissen Verdacht, jedoch hat sie nicht gewußt, daß sie ihren Mann ermorden wollte. Sie sahen sich beide seit lange zum ersten Mal wieder, in der Verhandlung, auf der Anklagebank hinter den Schranken. Sie wußten nicht, wie sie zueinander standen, blickten prüfend eine zur andern. Sie freuten sich leise. Keine belastete die andere.

Die dritte Angeklagte, die Mutter der Frau Bende, weint: »Ich habe von allem nichts gewußt. Wenn ich Kenntnis davon gehabt hätte, dann hätte ich alte Frau dafür gesorgt, daß das Unheil vermieden würde.«

Die 600 Briefe kamen mit Unterbrechungen zur Verlesung. Von Zeugen, besonders der Ehemann Bende, der gesunde, vierschrötige Mann. Er hatte keine Vergiftung an sich bemerkt. Interessant war die Mitteilung des chemischen Sachverständigen, daß im März in den Kopfhaaren des Bende Arsen gefunden wurde. Man könne noch nach zwei Jahren im Körper, besonders in den Haaren und der Haut Arsen nachweisen; ein Schluß auf die Menge des zugeführten Arsens sei aus dem Nachweis nicht möglich. Es wurde eingewandt, daß der Mann arsenhaltige Medikamente im Verlauf einer Kur gebraucht habe. Frau Bende und ihre Mutter eiferten, solch Rezept bei ihm gesehen zu haben, was er bestritt. Gewisse sexuelle Besonderheiten mußte er gedrängt zugeben. Am Schluß des zweiten Verhandlungstages, nach der sehr belastenden Verlesung der Briefe, die sie in die schreckliche Zeit zurückführte, erfolgte eine Art Zusammenbruch der Angeklagten. Sie nahmen laut weinend voneinander Abschied. Frau Bende fiel ihrer Mutter in die Arme, schrie: »Liebe Mutter, denk an deine einzige Tochter. – Gott verläßt uns nicht.«

Vor Ende der Briefverlesung wurde Ellis Vater vernommen. Er hatte vieles in dieser Sache in der Hand gehabt, hatte nichts gewußt davon, wußte es auch jetzt nicht. Er war ein grader einfacher Mann. Elli liebte ihn, bemäkelte seine Entschlüsse auch jetzt nicht. Er bekundete, seine Tochter habe sich wiederholt über ihren Mann und über Mißhandlungen durch ihn beklagt. Ein sehr wichtiger Zeuge, ein Arbeitskollege des toten Link. Der sagte mit großer Bestimmtheit aus, der Ehemann Link sei ein in der Trunkenheit brutaler Mann gewesen, der zu sexuellen Exzessen neigte, sich ihrer rühmte. Das hätte ihn, den Zeugen, veranlaßt, dem Link die Freundschaft zu kündigen.

Als noch einmal der Ehemann Bende auf Veranlassung des Staatsanwalts sich über Vorfälle bei angeblich vergifteten Speisen äußern sollte, kam es zu einem erregten Auftritt. Frau Schnürer hatte sich bisher leidlich ruhig verhalten, jetzt sprang sie auf, schleuderte roten Gesichts ihrem Schwiegersohn entgegen: »Sie haben meinem Kind mehr Gift eingeflößt als Sie bekommen konnten. Der Mann dort hat mein Kind vergiftet, und daher bin ich dieser Frau (Frau Link) für ihr Tun dankbar. Denn sonst läge mein Kind schon unter der Erde.«

Von den Sachverständigen, die man nun rief, nach dem Chemiker und den beiden Obduzenten, äußerte sich zuerst in einem umfangreichen Gutachten Sanitätsrat Dr. Juliusburger, ein psychologisch und psychiatrisch besonders geschulter Arzt, ein feiner allgemein gebildeter Mann. Es handele sich um einen besonders seltenen und schwierigen Fall. Man wisse nicht, wo die Natur ihr Werk anfinge und wo die Krankheit beginne. Frau Link besäße eine auffallende Gleichgültigkeit im Kommen und Gehen der Gefühle. Ihre große Oberflächlichkeit sei hervorstechend. Eine wirklich ernste, gesunde Gefühlsreaktion sei bei ihr nicht wahrzunehmen. Frau Link sei überschwänglich in der Liebe gegen die Freundin und im Haß gegen den Mann. Von Perversionen ist in den Briefen nichts zu finden, denn Frauen lassen sich lieber malträtieren, als dem Arzt Andeutungen über ihre Eheerlebnisse zu machen. Die Briefe zeigten einen Schreibdrang, wie man ihn deutlicher nicht finden könne. Die Briefe, 600 innerhalb von fünf Monaten geschrieben, oft täglich mehrere, sind ein Beweis für die ins Krankhafte gesteigerte Leidenschaft ihrer Liebe zueinander. Der Inhalt der Briefe ist Grausamkeit gepaart mit betonter Wollust. Es ist nicht auffallend, wenn sich dabei Züge von echtem

Mitleid zeigen. Es geht eine Art Rauschzustand durch die Briefe, der entschieden pathologischer Natur ist. »Wir empfinden es förmlich nach, welcher Rausch der Liebe und des Hasses insbesondere die Angeklagte Link durchtobt hat.« Sie ist die beeinflußbarere Natur von kindlicher Konstitution. Sie war der Bende untertan, hörig und wollte ihr den Beweis erbringen, daß ihre Liebe echt sei. Sie hat die Briefe trotz ihrer Gefährlichkeit nicht vernichtet. Man könnte das für die berühmte Strafecke halten. Man kann auch versuchen, es aus geistiger Schwäche heraus zu erklären. Aber wenn man den Rauschzustand betrachtet, so ist zu sagen, daß für Elli Link die Briefe Kleinode, eine Art Fetisch waren. Wo ist nun der Übergang zur Krankhaftigkeit zu sehen? Bewußtlosigkeit hat nicht vorgelegen. Von Wahnvorstellungen und Sinnestäuschungen findet sich keine Spur. Der Fall, findet der vorsichtige menschenfreundliche sensitive Mann, steht an der Grenze. Man kann, was Frau Link anlangt, sagen, daß sie im Bann überwertiger Gefühle stand. Man hat es bei ihr mit einer krankhaft gesteigerten Gemütsart zu tun. Man kann also nicht sagen, daß § 51 (Strafausschluß wegen Unzurechnungsfähigkeit) nicht zutrifft, und kann ebenfalls nicht erklären, er trifft zu. Frau Bende hält der Sachverständige für die stärkere aktive Natur. Wenn man ihre Persönlichkeit und die Kette der Briefe betrachte, so liegt, meinte der Sachverständige, bei ihr eine nicht so hochgradige und abnorme Überspannung von Gefühlen vor wie bei der Link, aber eine starke Minderwertigkeit. Er glaubt, daß auch hier ein Grenzfall ist.

Der zweite Sachverständige war der Sanitätsrat Dr. H., untersetzt, breit, mit buschigem herabhängenden Schnurrbart. Er ist ein nüchterner exakter Mensch, ein Wissenschaftler, auch ein Kämpfer. Er ist der Mann, der in Fällen dieser besonderen Art, der Beziehung Gleichgeschlechtiger, die größte praktische Erfahrung hat. Er kam zu dem Schluß, daß dieser langsame Giftmord das Ergebnis eines tiefen Hasses sei. Bei der Angeklagten Link besteht eine körperliche und geistige Entwicklungshemmung, bei der Bende eine auf erblicher Belastung beruhende geistige Beschränktheit. Er wies darauf hin, daß bei einer Schreibsucht, wie sie vorlag, die Neigung bestehe, zu übertreiben, so daß nicht alles, was in den Briefen stehe, ohne weiteres glaubhaft sei. Die Ursache für den tiefen Haß sieht er vor allem in der gleichgeschlechtigen Veranlagung der Frauen, die infolgedessen die Zumutungen ihrer Männer äußerst schwer empfanden und in dem Streben zueinander nur noch von der fixen Idee geleitet wurden, wie sie die Link aussprach: nur frei. Dieser fanatische Haß schränkt zweifellos die Zurechnungsfähigkeit ein, aber weder dieser Haß noch die gleichgeschlechtige Neigung schließt nach seinem Dafürhalten die freie Willensbestimmung im Sinne des § 51 aus. Der Sachverständige gibt aber auf die Frage des Verteidigers zu, daß die Auffassung des ersten Sachverständigen richtig sein könne; er persönlich halte die Voraussetzung zur Anwendung des § 51 nicht für gegeben.

Der Gerichtsmedizinalrat Dr. Th.: Die Angeklagte Link hat planmäßig und überlegt gehandelt. Da sie aber körperlich und geistig nicht ganz vollwertig sei, müsse man die Tat anders bewerten, als bei einer Vollwertigen.

Der vierte Sachverständige, Sanitätsrat Dr. L. lehnte jede Milderung ab. Er stellte fest, daß die Angeklagte Link sich in ihrer Lebensführung nie unselbständig gezeigt habe. Man könne sie nicht als eine schwer Minderwertige betrachten; denn jeder Mörder sei ja schließlich ein minderwertiger Mensch, dem eben die normalen Hemmungen fehlen. Es sei für jede Leidenschaft das Maßlose, Unüberlegte charakteristisch; der eine sei einer schwächeren, der andere einer stärkeren Leidenschaft fähig, ohne daß man dabei von Krankheit sprechen könne.

Der erste Staatsanwalt bat nun die Geschworenen auf ihren Bänken bei der Link die Schuldfrage auf Mord, bei der Bende die auf versuchten Mord und Beihilfe zum Mord zu bejahen. Aus der langen Dauer der Tötung wie aus dem Briefwechsel gehe klar hervor, daß die Link mit voller Überlegung gehandelt habe. Gegen die Annahme mildernder Umstände spräche die kalte Rohheit und Grausamkeit, welche die Briefe zeigten. Den Frauen hätte der Weg der Ehescheidung offen gestanden.

Die Reihe war an den Juristen, den Verteidigern. Der Verteidiger der Link, Rechtsanwalt Dr. A. B.: Die Frau sei mit großen Erwartungen in die Ehe gegangen und dann von dem Mann ausgesucht ekelhaft gequält worden. Die Brutalität des Mannes habe sie schließlich zum Weibe gedrängt. Der Affekt in ihr habe sich bis zum Wahnsinn gesteigert. So habe sie den Entschluß zur Tat gefaßt. Es fehlte ihr in diesem Zustand jede Urteilskraft und klare Überlegung. Sie handelte scheinbar zweckmäßig wie eben der Wahnsinnige innerhalb des Wahnsinns. Die abstoßende Rohheit der Briefe, die manische Schreibsucht, das Aufbewahren der Briefe beweist den Rauschzustand und seine Stärke. Angesichts des Urteils des ersten Sachverständigen – er könne die Frage nach § 51 nicht entscheiden – und der Erklärung des zweiten Sachverständigen – er halte die Auffassung des ersten Sachverständigen für möglicherweise richtig – müsse man nach dem Rechtsgrundsatz urteilen: im Zweifelsfalle für den Angeklagten.

Der Verteidiger der Bende, Dr. G., warf ein, daß sich die Anklagen gegen die Bende nur auf den Inhalt der Briefe stütze, die kein sicheres Beweismittel seien. Die von dem Giftmordversuch getroffene Person könne sich nicht einmal an das vermeintliche Salzsäureattentat erinnern. Ebenso unhaltbar sei der Verdacht der Mitwisserschaft gegen die Frau Schnürer, der sich auch nur auf die Briefe stütze.

Den Geschworenen auf den Bänken, die alles angehört hatten, wurden zwanzig Schuldfragen vorgelegt: sie lauteten bei Frau Link auf Mord bzw. Totschlag und Beibringung von Gift sowie auf Beihilfe zum versuchten Mord an Bende, bei Frau Bende auf Beihilfe zur Tat der Link und auf Mordversuch bzw. versuchten

Totschlag und Beibringung von Gift, bei Frau Schnürer auf Unterlassung der Anzeige des ihr bekannt gewordenen beabsichtigten Verbrechens.

In ihrem abgeschlossenen Zimmer sahen sich die Geschworenen, diese ernsten ruhigen Männer, dann gegenüber der merkwürdigen Frage, die man ihnen mitgegeben hatte, und mancher von ihnen wurde noch stiller. Es war keine Versammlung von Affektbereiten, Zornmütigen, Hitzigen, Rachgierigen, keine Recken mit Schwertern und Fellen, keine mittelalterlichen Inquisitoren. Man hatte vor ihnen einen großen Apparat aufgeboten. Fast ein Jahr hatte die Voruntersuchung gedauert. Weit hatte man in das Vorleben der Angeklagten hineingeleuchtet. Eine kleine Schar geschulter Männer hatte die körperliche und seelische Verfassung der Frauen beobachtet und versucht, sich ein Bild zu machen auf Grund ausgedehnter Erfahrung. Lichter auf die Vorgänge warfen die Äußerungen des Staatsanwalts, der Verteidiger. Bei all dem drehte es sich aber nicht um die Tat, um den nackten Giftmord, sondern beinah um das Gegenteil einer Tat: nämlich wie dieses Ereignis zustande kam, wie es möglich wurde. Ja man ging darauf aus, zu zeigen, wie das Ereignis unvermeidlich wurde: die Reden der Sachverständigen klangen in diesem Ton.

Man war gar nicht mehr auf dem Gebiet des »Schuldig-Unschuldig«, sondern auf einem anderen, auf einem schrecklich unsicheren, dem der Zusammenhänge, des Erkennens, Durchschauens.

Der tote Link hatte sich an Elli gehängt, die ihn nicht recht mochte. Sollte man ihn dafür schuldig sprechen? Eigentlich müßten sie es; es war die Ursache und so doch auch die Schuld des Folgenden. Er hatte zweimal Elli deutlich gegen ihren Willen festgehalten, hatte sie gequält und gemißbraucht.

Elli selbst hatte sich von ihm zur Ehe verleiten lassen. Sie war von Haus aus nicht voll entwickelt, geschlechtlich kühl oder besonders. Ihre weiblichen Organe waren nicht regelrecht ausgebildet. Sie stieß den Mann zurück. Das reizte ihn, reizte sie, der Haß war da und dann das Folgende.

Und so ihre Freundin. Es war schwer, unmöglich, von Schuld in dieser Ebene zu sprechen, nicht einmal von größerer und kleinerer Schuld. Die Geschworenen in dem geschlossenen Zimmer sahen sich vor die Notwendigkeit gestellt, einen Uterus, einen Eierstock schuldig zu sprechen, weil er so und nicht so gewachsen war. Sie sollten auch eigentlich Recht sprechen über den Vater, der Elli wieder ihrem Mann zugeführt hatte – und dieser Vater war der Inbegriff einwandfreier bürgerlicher Gesinnung. Ein Urteil über ihn fiel auf sie zurück.

Ein anderer Gedanke aber stand im Vordergrund: es ist etwas geschehen; was läßt sich tun, damit es nicht wieder geschieht. Man hatte einzugreifen. Das Gericht fragte nicht nach der Beteiligung, »Schuld«, Kleins, des Vaters, der Mutter Kleins; es griff ein Faktum heraus, den Mord. Das Unrecht durfte sich in bestimmten Grenzen bewegen; überschritt es die, so mußte man eingreifen. Die Geschworenen wurden gedrängt, wegzublicken von dem, was innerhalb des Kreises, der Grenzen geschah; die Skala der Vorgänge mußten sie außer acht lassen. Eigentlich war es eine Inkonsequenz, ihnen erst diese Skala zu zeigen und sie dann zu veranlassen, sie nicht zu beachten. Eine leichte flimmernde Erinnerung an die Skala der Vorgänge durften die Geschworenen anklingen lassen: nach dem Tatbestand wurden sie gefragt, und dann: liegen mildernde Umstände vor?

Nach zweistündiger Beratung kehrten sie zurück, ließen die Geschworenen als ihren Spruch verkünden: die Link ist der vorsätzlichen Tötung ohne Überlegung mit mildernden Umständen schuldig. Die Bende ist der versuchten Tötung nicht schuldig, wohl aber der Beihilfe zum Totschlag; hierbei werden ihr die mildernden Umstände versagt. Die Angeklagte Schnürer ist der Mitwisserschaft nicht schuldig.

Der Staatsanwalt, wieder an seinem Platze, das Gesetzbuch vor sich, beantragte die für diesen Schuldspruch höchste gesetzliche Strafe: für die Link fünf Jahre Gefängnis, für die Bende zunächst irrtümlich ein einhalb Jahr Gefängnis, da er die Versagung mildernder Umstände übersah, dann fünf Jahre Zuchthaus. Der Verteidiger der Bende erhob sich verblüfft, wies auf das Paradoxe hin, die Mörderin mit Gefängnis, die Helfershelferin zu Zuchthaus zu verurteilen. Es sei klar, daß die Geschworenen der Bende die mildernden Umstände nicht versagt hätten, wenn sie über das Strafmaß orientiert gewesen wären. Die Geschworenen, selbst erschreckt, nickten.

Die Bende und ihre Mutter schrien auf bei dem Antrag des Staatsanwalts. Ihr Verteidiger bat da den Gerichtshof, bei der Bende das geringste zulässige Strafmaß zu verhängen.

Elli Link wurde zu vier Jahren Gefängnis, ihre Freundin zu ein einhalb Jahr Zuchthaus verurteilt. Als strafmildernd wurde bei beiden die rohe Behandlung angesehen, als strafschärfend der grausame Charakter ihrer Tat. Aus letzterem Grunde auch wurden der Link die bürgerlichen Ehrenrechte auf 6 Jahre, der Bende auf 3 Jahre aberkannt. Die Untersuchungshaft wurde beiden angerechnet. Die Mutter der Bende ließ man frei.

Die durch das Strafmaß der Bende überraschten Geschworenen, noch nicht beruhigt, traten nach Schluß der Sitzung zusammen, verfaßten ein Gnadengesuch auf Umwandlung der Zuchthausstrafe in Gefängnis.

Die beiden Frauen, die zusammen den dreißigjährigen Klein getötet hatten, wanderten in die Gefängnisse, wurden die Jahre über gehalten. Saßen da, zählten die Tage, die Feste, sahen nach Frühjahr und Herbst und warteten. Warteten: das war die Strafe. Langeweile, kein Geschehen, keine Erfüllung. Es war ein wirkliches Strafen. Man nahm ihnen nicht das Leben, wie sie es Klein genommen hatten, aber einen Teil davon. Die schwere, nicht wegzuleugnende Macht der Gesellschaft, des Staates prägte sich ihnen ein. Zugleich wurden sie bitterer, matter, schwächer. Link war nicht tot; hier war sein Testamentsvollstrecker; man gab es ihnen zurück mit Einsamkeit und dem Warten, Elli mit den Träumen. – Der Staat schützte sich nur schwach durch diese Strafe. Er griff nichts an von dem, was die Beweisaufnahme angerührt hatte, arbeitete nicht entgegen dem schrecklichen Unwürdigkeitsgefühl, das Link in den Tod geführt hatte: das Gefühl wuchs allenthalben weiter. Belehrte nicht die Eltern, Lehrer, Pfarrer, aufmerksam zu sein, nicht zu binden, was Gott getrennt hatte. Dies war die Arbeit eines Gärtners, der rechts und links die Unkrautballen ausrupft; die Samen fliegen inzwischen weiter. Und wenn er vorne fertig ist, muß er sich umdrehen: es fängt hinten schon wieder an.

Zeitungsnotizen. Dr. M. in einer Berliner Zeitung: »Ein Sexualmord am Manne aus der Leidenschaft des Geschlechts, das zur Frau treibt, man hatte ihn hier erwartet. Es ist nicht so. Mord ist geschehen, bewußt ausgeführt und doch – man sieht diese unscheinbaren Geschöpfe mit dem harmlos blonden Vogelköpfchen, man verfolgt diese kühlen graublauen Augen, man hört die kosenden, doch ganz unsinnigen Briefe und schüttelt den Kopf. Ein kindliches Wesen, das nur Zärtlichkeit braucht, nicht Liebe, stößt auf einen Mann, der nicht streicheln kann, liebend quälen muß, mißhandelt. Die Leidende findet eine Frau, gleichaltrig, die ganz Ähnliches duldet, flüchtet sich in Hingabe an diese Gefährtin, findet einen Halt in ihrem stärkeren Charakter. Aus Freundschaft und verdrängtem Eros wird sexuelle Verbundenheit. Was liegt näher, als daß der Plan auftaucht, sich von den mißhandelnden Männern zu befreien.«

In den Zeitungen entspann sich, nach der politischen und religiösen Färbung, ein Streit über das Urteil. Das Organ einer konfessionellen Partei äußerte: »Die Geschworenen haben in Moabit wieder einmal ein erstaunlich mildes Urteil gefällt – als Motive wurden sexuelle Verirrungen und die dadurch heraufbeschworenen Streitigkeiten in der Ehe festgestellt und sie genügten vollauf zur Erklärung der Tat. Aber das Gericht ließ sich von den Verbrecherinnen, die sich reinzuwaschen versuchten, allerhand erzählen, von Mißhandlungen sowie von ungeheuerlichen Zumutungen des Ermordeten. Um ihrer Milde die Krone aufzusetzen, reichten die Geschworenen noch ein Gnadengesuch für die Mörderinnen ein. Mag man in dieser Zeit des allgemeinen Sittenverfalls mit dem einzelnen Verbrecher auch noch so viel Mitleid aufbringen, wohin kommt aber die Gesellschaft, wenn Verbrechen so milde beurteilt werden. Würden Geschworene und Richter und auch die Verteidiger in derartigen Fällen ihr gutes Herz entdecken, wenn sie selbst die Leidtragenden wären? Dabei soll die Strafe doch auch abschrecken, oder sind die heutigen Vertreter der Rechtspflege allgemein Gegner der Abschreckungstheorie geworden?«

Der Sachverständige Dr. H., der erfahrenste Kenner des Gebiets der gleichgeschlechtlichen Liebe, veröffentlichte selbst in einer Zeitschrift unter der Überschrift: »Ein gefährliches Urteil« Betrachtungen zu dem Urteilsspruch, der »in seiner Milde in der Kriminalgeschichte wohl einzig dastünde«. Die sexuelle Triebinversion entspringe an sich keinem verbrecherischen Willen, sondern einer unglücklichen Keimmischung. Keinenfalls gebe den Gleichgeschlechtlichen ihre Anlage ein Recht, Hindernisse mit Gewalt zu beseitigen oder gar die Menschen aus dem Wege zu schaffen, die ihrer Verbindung entgegenstehen. Letzteres sei aber geschehen. Das Urteil der Geschworenen ermögliche es den beiden jungen Frauen, binnen wenigen Jahren ihre Absicht, eine zweite Ehe miteinander einzugehen, auszuführen. Dr. H. wendet sich mit aller Entschiedenheit dagegen in der gleichgeschlechtlichen Veranlagung als solcher auch nur einen Entschuldigungsgrund für einen so verbrecherischen Giftmord zu erblicken. Es sei ein tragisches Verhängnis, daß der Vater der Angeklagten Link, die nicht zur Ehe und Mutterschaft taugte, zweimal dem Mann zurückführte: die Frau gehört dem Mann. Intelligenzmängel beider Frauen – die Link leide an einer Entwicklungshemmung, Infantilismus, die Bende an einer an Schwachsinn grenzenden Beschränkheit – seien nicht so stark, um ihren freien Willen auszuschließen. Es bleibt dahingestellt, ob die Berichte von der brutalen Behandlung durch die Ehemänner den Tatsachen entsprechen oder nicht. Es scheint sicher zu sein, daß der stark neuropathische Link seine Frau bis zur Selbsterniedrigung liebte; durch die Leere und Kälte seiner Frau scheint er außer Rand und Band geraten zu sein, durch seine Wut steigerte sich ihre Furcht, durch ihren Trotz sein Zorn. Dr. H. weiß aus reichlicher Erfahrung, wie sehr Freundinnen dieser Art imstande sind, Männern das Leben zu vergiften. Ihm schrieb einmal eine solche: »wehe dem Mann, der uns auf dem Ehemarkte ersteht; wir betrügen ihn um sein Lebensglück selbst ohne es zu wollen.« In diesem Straffall aber ist der verbrecherische Schritt von der bildlichen zur wirklichen Vergiftung getan worden. Und der Fachmann sah sich genötigt, darauf hinzuweisen, welche gefährlichen Schlüsse aus dem milden Urteil gezogen werden könnten, ja wie gemeinschädlich es wirken könnte. Er wies auf die Notwendigkeit sexueller Aufklärung, zweitens auf die Wiedereinführung der unüberwindlichen Abneigung als Ehescheidungsgrund: »Ein Staat, der die Grundlage der Eheschließungen gänzlich privatem Ermessen überläßt, handelt nicht folgerichtig, wenn er sich bei Trennung solcher Ehe auf den entgegengesetzten Standpunkt stellt.«

In einer kleinen Studie über den Straffall diskutierte K. B., ein Schüler des eben zitierten Sachverständigen, die Frage: ist der Haß der Frauen nur durch die Rohheit der Männer entstanden und ihre homosexuelle Liebe nur eine Folge der erworbenen Abneigung gegen das andere Geschlecht, oder war die gleichgeschlechtliche Empfindung bei ihnen angeborene Anlage und somit der eigentliche Grund der ehelichen Disharmonie? Die Link habe, was zu glauben sei, vor der Ehe nicht mit Männern verkehrt, habe ihren Spaß gehabt sie anzulocken und sitzen zu lassen. Sie ließ sich als Soldat photographieren; ihr Körperbau und ihre Bewegungsart zeigten für homosexuelle Frauen typische Merkmale des männlichen Einschlags. Die Bende war nicht so eindeutig. Und doch zeigten besonders ihre Gesichtszüge und ihre Wesensart viele mehr männliche Merkmale, so daß, zusammen mit der homosexuellen Freundschaft, angeborene Gleichgeschlechtigkeit im höchsten Grade wahrscheinlich sei.

Die Strafe wurde an beiden Frauen vollzogen. Die Ehe der Bende wurde wegen beiderseitigen Verschuldens geschieden: bei ihr die Straftat, bei ihm Ehebruch.

Epilog.

Überblicke ich das Ganze, so ist es wie in der Erzählung: »da kam der Wind und riß den Baum um.« Ich weiß nicht, was das für ein Wind war und woher er kam. Das Ganze ist ein Teppich, der aus vielen einzelnen Fetzen besteht, aus Tuch, Seide, auch Metallstücke, Lehmmassen dabei. Gestopft ist er mit Stroh, Draht, Zwirn. An manchen Stellen liegen die Teile lose nebeneinander. Manche Bruchstücke sind mit Leim oder Glas verbunden. Dennoch ist alles lückenlos und trägt den Stempel der Wahrheit. Es ist in unsere Denk- und Fühlformen geworfen. Es hat so sich ereignet; auch die Akteure glauben es. Aber es hat sich auch nicht so ereignet.

Von seelischer Kontinuität, Kausalität, von der Seelenmasse und ihren Ballungen wissen wir nichts. Man muß die Tatsachen dieses Falles, die Briefe, Handlungen hinnehmen und es sich planmäßig versagen, sie wirklich zu erläutern. Nicht einmal dann, wenn man hier und da noch stärker in die Tiefe ginge, wäre etwas geschehen.

Da sind zuerst die fürchterlich unklaren Worte, die man gebrauchen muß, um solche Vorgänge oder Zusammenhänge zu beschreiben. Auf Schritt und Tritt Verwaschenes, oft handgreiflich Kindisches. Die summarischen dummen Worte für die Beschreibung innerer Vorgänge: Neigung, Abneigung, Abscheu, Liebe, Rachegefühl. Ein Mischmasch, ein Durcheinander, für die elementare praktische Verständigung gemacht. Man hat hier Flaschen etikettiert, ohne ihren Inhalt zu prüfen. Link faßt eine Neigung zu der munteren kindlichen Elli: was verändert sich da eigentlich in ihm, wie setzt die Veränderung ein, wie verläuft sie, und was ist ihr Ende. Ein ganzes Konvolut von Tatsachen wird mit dem bequemen Wort Neigung weniger bezeichnet, als übersehen. Denn das Gefährliche solcher Worte ist immer, daß man mit ihnen zu erkennen glaubt; dadurch versperren sie den Zugang zu den Tatsachen. Kein Chemiker würde mit solchen unreinen Stoffen arbeiten. Zeitungsberichte und Romane, die solche Lebensabläufe hinstellen, haben, indem man sie oft hörte, viel dazu beigetragen, daß man sich mit solchen leeren Worten begnügt. Die meisten Seelendeutungen sind nichts als Romandichtungen.

Psychischer Zusammenhang oder gar Kausalität, wie soll man sich das denken? Mit dem Kausalitätsprinzip frisiert man. Zuerst weiß man, dann wendet man die Psychologie an. Die Unordnung ist da ein besseres Wissen als die Ordnung.

Wer bildet sich nun ein, die eigentlichen Motore solcher Fälle zu kennen? Ich hatte, als ich über die drei, vier Menschen dieser Affäre nachdachte, das Verlangen, die Straßen zu gehen, die sie gewöhnlich gingen. Ich habe auch in der Kneipe gesessen, in der die beiden Frauen sich kennenlernten, habe die Wohnung der einen betreten, sie selbst gesprochen, Beteiligte gesprochen und beobachtet. Ich war nicht auf billige Milieustudien aus. Mir war nur klar: das Leben oder der Lebensabschnitt eines einzelnen Menschen ist für sich nicht zu verstehen. Die Menschen stehen mit anderen und auch mit anderen Wesen in Symbiose. Berühren sich, nähern sich, wachsen aneinander. Dies ist schon eine Realität: die Symbiose mit den anderen und auch mit den Wohnungen, Häusern, Straßen, Plätzen. Dies ist mir eine sichere, wenn auch dunkle Wahrheit. Greife ich einen einzelnen Menschen heraus, so ist es, als wenn ich ein Blatt oder ein Fingerglied betrachte und seine Natur und Entwicklung beschreiben will. Aber sie sind gar nicht so zu beschreiben; der Ast, der Baum, oder die Hand und das Tier muß mitbeschrieben werden.

Was wirkt dann, was entwickelt sich alles über den einzelnen hinaus. Verblüffend sind die Statistiken. Die Welle der Selbstmorde bewegt sich jedes Jahr gleichmäßig auf und ab. Es gibt da einige große Regeln. In den Regeln tritt hervor eine Kraft, eine Wesenheit; der einzelne merkt die Kraft, die Regel nicht, aber er führt sie aus.

Wie sonderbar ist das einfache Faktum: der Mensch ist jung und er hat bestimmte Triebe; er wird älter und er bekommt andere. Das geht dem einen wie dem anderen so. Und jeder empfindet sein Jungsein und seine Liebe als seine Privatsache und glaubt sein Ich zu exekutieren. Man könnte keinen Menschen verstehen, wenn nicht einer wie der andere wäre, das heißt: keiner wie er selbst. Da wird schon ein allgemeiner wirklicher Motor sichtbar: das Lebensalter, die Menschenart selbst. Er bestimmt in dieser oder jener Art Lebensäußerungen. Er ist der Motor und nichts anderes.

Wenn der trübe Link Elli ansieht und Neigung zu ihr faßt, was reagiert da im Einzelnen, Speziellen? Wann treten Menschen in Berührung und welche mit welchen? Wenn ich vom Weltlauf im Großen, Ganzen absehe. Was an ihren Stoffen, an bestimmten einzelnen oder an ihrem Gesamtorganismus verlangt zum anderen, und was ist bei der Verbindung erreicht und wie weit geht die Verbindung? Die allgemeine Chemie macht sich sehr konkrete Vorstellungen über die Art und den Grad der Wirkung von Stoffen aufeinander. Es gibt das Gesetz der Massenwirkungen, eine Affinitätslehre, spezifische Affinitätskoeffizienten. Reaktionen verlaufen mit sehr verschiedener Geschwindigkeit, die genau festgestellt wird; die Stoffe werden unter bestimmten Bedingungen aktiv; genau studierte Gleichgewichte stellen sich her. Hier sind sauber Stoffe und ihre Verhaltungsweise zueinander studiert; alle Einflüsse werden festgestellt. Diese Methode ist gut. Übrigens, was da festgestellt wird, ist nicht belanglos für das, was im Organischen abläuft. Um unsere Dinge zu zergliedern, muß man auch hier hingehen, zu den nicht organisierten Stoffen und den allgemeinen Kräften. Denn wir unterliegen ihnen auch und es sind dieselben, die sich in der Natur, im Reagenzglas, im Versuchskolben und in uns auswirken, die wir sind.

Wirkliche Motore unserer Handlungen kann die Tierkunde bloßlegen. Die größte Masse unserer Seele wird von Instinkten gestellt. Die Zergliederung der Instinkte, ihre Bloßlegung bringt Motore, ganz entscheidende, unserer Handlungen zutage.

Darüber hinaus liegen sehr entfernte und unkenntliche Motore. Man kann in manche menschliche Organe schneiden, ohne daß wir es merken; diese Organe sind empfindungslos. Große Geschwülste wachsen völlig unbemerkt im Menschen. Ein Kind ist übellaunig, nämlich nicht ausgeschlafen; aber es begründet seine Laune damit: ein anderes Kind habe es geschlagen. So können Kugeln aus dem Unsichtbaren auf uns treffen, uns verändern und wir merken nur die Veränderung, nicht den eigentlichen Motor, das Wirksame, die Kugel; in uns verläuft dann alles kausal. Da wir auf den Schlag auf unsere Art reagieren, glauben wir im Zusammenhang mit »uns« zu sein.

Dies sind die entfernten, noch unkenntlichen Motore unserer Handlungen. Sie sind durchaus so, wie Elli zeigt: sie spielt mit

Männern und weiß nicht, warum sie nur spielt. Da motiviert der so und so gestaltete Eierstock, da ein noch ganz dunkler parapsychischer Einfluß oder eine Gruppe solcher Einflüsse, da ein Komplex des Weltlaufs. Und da ist es nicht der Mensch, der sich darstellt und entwickelt, sondern eine breitere oder engere Weltmasse.

Die Schwierigkeiten des Falles wollte ich zeigen, den Eindruck verwischen, als verstünde man alles oder das meiste an solchem massiven Stück Leben. Wir verstehen es, in einer bestimmten Ebene.

Berge Meere und Giganten (1924)

Sechstes Buch
Island

Der Plan der Enteisung Grönlands wirkte wie ein Bergsturz erschütternd auf die Städter. Ein an Grausen grenzendes Staunen warf die Gedanken um. Ingenieure Physiker vertieften sich in den Plan. Die Senate nahmen überall vollzählig an den Erörterungen teil. Man hatte das Gefühl vor einer Entscheidung der ganzen Existenz zu stehen. Die Senate spannten sich, waren auf der Hut, wie bei der Freigabe der synthetischen Ernährung.

Die Fachleute hatten vor, die beispiellose Gewalt der schmelzenden Gletscher für sich arbeiten zu lassen. Sie griffen weiter aus; man wollte bei der Enteisung Grönlands nicht stehen bleiben, sondern eine klimatische Änderung der ganzen nördlichen Halbkugel herbeiführen. Man mußte im Verlauf der grönländischen Affäre zu ungewöhnlichen ausgedehnten Heizmaßnahmen greifen; es lag kein Grund vor, sie auf Grönland zu lokalisieren. Man konnte die Attacken ausdehen auf die Zone der arktischen Länder mit Spitzbergen Nowaja Semlja Baffinland Grantland, den Parryinseln. Delvils physikalischer und hydrographischer Berater, Escoyez, ein aus Spanien gebürtiger Mann mit berberischem Einschlag, ein halbes Wasserwesen, der in selbstkonstruierten Gehäusen abenteuerliche ozeanische Tiefen durchsuchte, schlug eine Änderung im Salzgehalt der atlantischen Gewässer vor. Er hatte die Golfstromdrift an der englischen und skandinavischen Küste studiert. Er meinte: der warme Golfstrom ist reicher an Salz als das Meereswasser, das er durchfließt. Die treibende Kraft der Golfstromdrift selbst ist der Wechsel der Jahreszeiten: die sommerliche Wärme dehnt das Salzwasser aus, schwemmt es, gießt es über das kalte. Das ist alles, das ist die Drift. Salzwasser reißt aber Salzwasser, eine Zähigkeit die andere mit. Man möge die warme Wassermenge, die vom Äquator dem Norden zuströmt, vermehren, indem man das große ozeanische Flußbett selbst mit Salz anreichert und zwar vom Boden aus. Die Meeresböden in der Nachbarschaft der großen Drift werden in weiten Abständen aufgesprengt, das hochgehende Gestein zertrümmert. Der Auslaugungsstoff, Chlornatrium Magnesium Magnesiumsulfat schwefelsaurer Kalk Chlorkalium kohlensaurer Kalk, geht in das Wasser über. Man hat das Bett des Golfstroms durch solche salzspürende Sprengungen systematisch zu erweitern, von den Küsten Kubas Floridas Neufundlands an. Der sommerliche Andrang, die Überschwemmung mit warmem salzreichen Wasser, die Transgression, das benachbarte Salzwasser mitreißend, wird an Umfang verzehnfacht, wird sich weit über die Nordsee und Neufundland erstrecken. Escoyez, das zähe braune Wasserwesen, erklärte: man hätte eigentlich nur nötig, den äquatorialen Kochtopf zu vergrößern. Wenn die Leutchen in Grönland bis jetzt frieren und auf Spitzbergen kalte Nasen hätten, so dürften sie sich darüber nicht wundern. Wer glaubt, die Natur ließe den Menschen gebratene Krammetsvögel in den Mund fliegen, irre sich. Freilich zeuge es im Grunde nur von der fürchterlichen Stupidität des Menschen, daß er sich mit Klima und anderen irdischen Dingen wie mit göttlichen Verordnungen abfinde. Es gibt auch eine göttliche Verordnung, daß man verhungert, wenn man sich sein Brot nicht holt. Es gibt auch eine göttliche Verordnung, daß man seinen Verstand gebraucht. Wie man sich bettet, so liegt man. Der Spottvogel meinte: das gelte auch vom Fluß in seinem Bett. Aber nur bis jetzt. Man kann göttliche Verordnung beim Flußbett des Golfstroms spielen. Der Golfstrom werde nicht schlauer sein als die Menschen. Man streut ihm Salz auf den Schwanz, und dann kommt er schon und macht piep. Hinter den Scherzen Escoyez' stand kalter Ernst. Man ließ ihn und seine Mitarbeiter Karten entwerfen, Schürfungen vornehmen. Vor allem, man ließ ihn das bezaubernde Gerücht von der Veränderung des nördlichen Klimas verbreiten.

Die Augen anderer Männer hingen an Grönland, an den niedergehenden Gletschern. Ihnen war gleichgültig, was aus dem neuen Erdteil wurde und was von dem ganzen Plan gelang. Sie dachten nur daran, wie sie die entbundenen Gewalten angreifen sollten. Die Gewalten, die sie sich gar nicht ungeheuer genug vorstellen konnten. Sie stellten Rechnungen an über Umfang und Gewicht der niedergehenden Gletscher, der zu Tal steigenden Lawinen, über ihren Inhalt an drängender Wassermasse. Die rasch ins Meer stürzende Menge mußte ein abenteuerliches Gefälle, ein noch unausdenkbares Triebwerk darstellen. Techniker der Kraft warfen sich über Pläne zur Ausnützung der grönländischen Gefälle. Sie erregten den Kreis der Senate leidenschaftlich. Man kannte Lawinen, Lawinenstücke, die niedergehend durch den bloßen Luftdruck starke Wälder umbrachen. Hier sollte im Umfang eines Erdteils, der Australien gleichkam, zu etwa gleicher Zeit ein Lawinenfeld niedergerissen werden, wie es kein Kontinent hatte. Das Gefälle durfte nicht verpuffen; es war absurd, Lawinen und ganze Meere unbezwungen in den Ozean stürzen zu lassen. Sie mußten gefaßt werden, ihre Kräfte hergeben. Es war gleichgültig für welche Zwecke sie sie hergaben. Niemand im Brüsseler Senat, dem der alte phlegmatische Danois aus der Gruppe der Krafttechniker berichtete, fragte danach. Niemand dachte an das Wogen und Träumen der Siedler. Gewiß war, daß man die ungeheuren Gefälle rings um den grönländischen Kontinent bezwingen mußte. Das Pferd durfte nicht aus der Wildnis jagen ohne gebändigt zu werden, mochte man auch Überfluß an Kräften haben.

Ehe noch ein Plan durchgearbeitet war, fühlte man in den Stadtschaften den ängstlichen Drang, alles von sich zu geben und über die benachbarten Völker hinzubreiten. Es war wie eine Sicherung, ein Verlangen sich anzuschließen, ein hinsinkendes Gefühl: wir wollen nicht allein sein. Über die Stadtschaften der nördlichen Kontinente flitzten Agenten der Senate; heftiges immer wiederholendes Erzählen Berichten Ausmalen Hin- und Herhorchen. Überall leuchteten Augen auf. In Algerien lösten sich aus der Landschaft um Konstantin und südlich des Atlasgebirges vom Gestade des Schottdjerid magnetisch gezogene arabische Scharen, zogen nach dem Norden. Aus Sizilien, aus der noch wimmelnden Stadt Raha südlich der saharischen See am Niger stiegen dunkle Gandus auf; mit ihren Flugwagen durchschnitten sie die Luft, ließen sich in London nieder. Ein Zucken ging durch sie, wie sie sich niederließen, genauer hörten, was geplant wurde.

(…)

Siebentes Buch
Die Enteisung Grönlands

Sehr zögernd lösten sich die Schiffe von Island. Sehr langsam kreuzten sie das starke atlantische Wasser. Das dumpfe abgründige Schollern füllte noch ihre Ohren. Sie hörten es, als wenn eine Muschel auf ihren Ohren läge. Lagen auf dem Meer, das sie vor Monaten, endlos langen Monaten betreten hatten, von den Shetlandinseln her am sechzigsten Breitengrad. Das Meer, mit Steinschotter die Küsten schlagend, Ozean, breites hundertmeiliges Wasser, schwarzes wellenüberlaufenes Wesen, von dünnen Winden geschoben, überflattert von fliegenden pfeifenden Tieren. Sie hatten einmal Muckle Roe und Foula, das Mainland, die zackigen

Inseln Yell, Samphrey, Uyea, Unst verlassen, Vogelberge waren verschwirrt. Die Sonne sahen sie wieder, mit fremden großen forschenden Augen, Unband von Feuer, einäschernde Hölle alles Kriechenden Fliegenden Hüpfenden, das weiße wallende Flammenmeer, metallene Wolken von sich werfend, die in Schlacken zurückfielen. Zwitschernde Metalle, Gluthauch an Gluthauch, die Urwesen frei blühend, Helium Mangan Kalzium Strontium. Sie gingen hin und her zwischen Deck und Kajüten, spürten dem Aufblasen des kalten Nordostwindes nach, staunten die Wellen an. Unklar erinnerten sie sich, was hinter ihnen lag. Sie waren aus Brüssel London, südlichen Stadtreichen gekommen; man hatte sie gesammelt. Man hatte Brücken über Island geworfen. Die Städte, sie erinnerten sich der Städte. Wie sonderbar die Siedler. Ihretwegen hatte man sie hergeschickt. Das Meer floß unter ihnen. Gut, daß es da lief. Sie wollten nicht in die Städte. Wie merkwürdig alles durchhellt wurde, Senate Stadtschaften Fabriken Apparate. In der Mark hatte Marduk, der große Tyrann, gekämpft; Zimbo kam nach ihm. Die Stadtschaften hatten den Siedlern nachgeben müssen; darum schickte man sie her, nach Island, Grönland. Was für Menschen waren da hinten. Nichts hören. Weiter Meer fahren. Grönland, nach Grönland.

Das arktische Mittelmeer lagerte auf zwei Tiefenmulden. Zwischen Spitzbergen und Grönland sank die Nordmeertiefe fünftausend Meter tief ein. Eine unterseeische Bodenschwelle, die kaum dreihundert Meter unter dem Wasserspiegel verlief, der Thomsonrücken, trennte breit die Nordmeertiefe vom Atlantischen Ozean. Von Ostgrönland lief die Schwelle auf Island. Im Nordosten trennte eine Schwelle die Nordmeertiefe von der Meeressenke um die neusibirischen Inseln. Der grönländischen Ostküste fern folgend fuhren die Schiffe der Stadtschaften über das eisige Meer. Die warme tropische Golfstromdrift, die den Ozean hinter sich hatte, sandte ihr Wasser herüber auf Island, umkreise die Insel, lief an der Südspitze Grönlands vorbei. Von Norden und Osten schwamm neben ihm, bedeckte ihn, mit Treibholz und Eis beladen, der Ostgrönlandstrom; der eisige Labradorstrom kam von Westen, vereinigte sich mit ihm. Sie fuhren über die schweigenden Untiefen.

Und plötzlich wurden sie der Turmalinschiffe, der schwimmenden Fracht unter sich gewahr. In den Bäuchen der Schiffe ruhten die Schleier, die mit der Glut der Vulkane geladen waren. Im Stoß den rasenden hauchenden Feuerflächen entrissen. Da fuhr mit ihnen das dröhnende geliebte Island. Die achtkuppige Hekla, sprudelnd die Lava von der Thjorsa bis zum aufgischenden Meer. Die Schiffe des Myvatngeschwaders fuhren mit ihnen. Sie hatten die Gruppe der Turmalinschiffe nach den Vulkanen benannt, denen ihre Kraft entstammte. Das war die Klasse der Leirhukrschiffe. Der breitschultrige Herdubreid, der schreckliche Dyngja. Die Katla, am Südhang des Vatnagletschers der gigantische Öräfa. Es war, wie die Menschen es bedachten, ein Widerwillen in ihnen nach Grönland zu fahren, diese Schleier, dies Leben und Blut wegzugeben, über das Land zu breiten nach dem Befehl der Stadtschaften. Herdubreid Katla Hekla Myvatn fuhren mit ihnen; sie waren ihrer Obhut übergeben. Kein Führer erriet, daß eine Anzahl der Menschen, die mit ihnen über dem Meer, dem südwärts treibenden Ostgrönlandstrom hingen, im Kopf hatten, die Turmalinschiffe mit ihrer Liebe zu decken. Sie wollten die Frachthallen sprengen. Geschützt von den Menschentransportern fuhren die Turmalinklassen, in langem Zug. Leichte Fahrzeuge bahnten ihnen den Weg durch das Packeis. Vorsichtig zwischen Eisbergen führten sie sie hindurch. Aus allen Schiffen umschwärmten die Turmalingebäude immer Boote; immer waren sie ihnen nahe wie die Hand einer Pflegerin. Da kam, nachdem sie ziellos eine Woche gekreuzt hatten, unerwartet der Befehl, alle Maschinen anzusetzen und sich nach einem Plan um Grönland zu verteilen, vom Melvilleland jenseits des achtzigsten Breitengrades bis zum Kap Farwel unter der sechzigsten Breite. Sie sollten die

Dänemarkstraße im Osten durchziehen, im Westen die Baffinbai bis zum Ellesmereland. Es kam auch der Befehl, nur wenige Schutzschiffe für die Turmalinschiffe zu stellen, niemand sollte sich zu dicht den großen Frachtern nähern. Die an die Versenkung der Frachter gedacht hatten, fühlten sich im Augenblick ertappt. Sie erfuhren bald, daß die Führer etwas anderes zu der Warnung bewogen hatte.

Ruhig schwammen die Hallen mit der Last der Vulkangluten über dem Wasser. Die Schiffe begannen eine merkwürdige Gesellschaft zu bekommen. Bald hinter Island bemerkten die Menschen der Begleit- und Wachschiffe die große Zahl von Fischen, die sich um die Flotte sammelte. Sie schoben es auf die besonderen Fahrrinnen, die sie gerade nahmen. Schon nach zwei drei Tagen erkannten sie, daß die Fische hinter den Turmalinfrachtern her waren. Der braune Tang löste sich nicht von dem Schiffskörper. Wellen schlugen ihn nicht ab. Wenn Eisschollen eben einen Teil des Bugs glatt gescheuert hatten, so hingen fast im Augenblick, wie magnetisch gezogen, fast wie aus dem Schiffe sprießend, neue Tangbüschel an seinem schweren Rumpf. Die Turmalinfrachter zogen den Tang wie Barthaare hinter sich. Bei langsamer Fahrt waren die Schiffsleiber von den braunen grünlichen nassen Büscheln ungeheuer umwallt. Die Schrauben schmetterten und schlugen sich ihre Drehflächen frei; aber in den langen Schraubentunnel wucherten die Pflanzen ein, tauchten in den dunklen engen Kanal am Boden der gewaltigen Fahrzeuge, umwanden die schweren glatten rollenden Metallbalken. Die Männer mußten herunter in die eisigen Räume, mit Haken und Messern die bunten Büschel abziehen, die im Begriff waren, das Schiff zu ersticken. Sie brachten zum Erstaunen der Besatzungen den schweren Pflanzenfilz herauf. Es waren nicht die gallertigen Gebilde der zierlichen Algen, die auf den Wellen unter ihnen schaukelten, wiesenartig dicht beieinander, das Meer olivgrün färbend. Sondern armdick quellende Sträucher, vielfach verästelt, mit zollangen scharfgezähnten Blättern; apfelgroße Beeren trieben sie, die ihnen als Schwimmblasen dienten; wie Köpfe erhoben sie sie. Reinigungskommandos traten auf allen Frachtern in Tätigkeit. Mit Besen mußten sie die Algenbüschel von den Treppen herunterstoßen; mit Stöcken schlugen sie sie vom Gestänge ab. Um die Turmalinfrachter, als wären sie durch Signale, durch einen Ton, einen Geruch bezeichnet, schwammen Wale. In wellenförmigem Auf- und Absteigen begleiteten sie die großen Frachter, drängten sich blind durch die Wachschiffe. Man sah sie mit offenem Rachen schwimmen, von den rasch stoßenden Schwanzflossen getrieben. Sensenförmig gebogene lange schmale Zähne standen zu Hunderten honiggelb auf den großen Kiefern; das Wasser quoll zwischen den Zähnen in den Schlund; wurde in Springbrunnen weiß aus den Nasenlöchern auf den schwarzen Scheitel gespritzt. Das Gewimmel der glänzenden dunklen Rücken, die hohen Wasserstrahlen. Die scheuen Tiere fuhren wie verbissen hinter den Transportern her. Als die Begleitschiffe Boote gegen sie aussetzten mit Harpunen, die sie sich zur Unterhaltung anfertigten, wichen die Tiere aus. Wie man ihnen aber den Weg hinter den Frachtern verstellte, gingen sie schwanzschlagend mit Zorn auf die Boote los. Die Lichtanlagen und der Verständigungsdienst von den Frachtern wurde in diesen Tagen schwächer. Die Ingenieure erkannten, daß die Vulkanschiffe die Störung in sich selbst tragen mußten. Keine Hitze strömten die Berge der Steinschleier aus. Man beging die Hallen, durch deren ganze Weite die Schleier ausgespannt waren. Die ölige Isolierung war nirgends durchbrochen. Es waren andere Substanzen, unbekannte, die ausgeströmt wurden. Düster brannten nachts die Vulkanschiffe, hinter einem Nebel fuhren sie; die Lampen zuckten erloschen zu manchen Stunden. Da gaben die Führer, in Unruhe geratend, die Weisung, das ziellose Kreuzen zu beenden, alles bereit zu halten, den Angriff auf Grönland vorzunehmen.

Die Vulkanschiffe aber, schwer sich durch die Eiswüste wälzend, waren von einem Zauber berührt. Sie fuhren, als wollten sie im Eis versinken. Eine Nacht langsamer Fahrt genügte, um die Schiffe wie mit Tauen an das Meer zu fesseln. Der schwimmende abgerissene sterbende Tang wuchs auf, trieb neue Stiele und Blätter. Die Kanten der Eisschollen waren mit den Algenvölkern überzogen, die sich an die Schiffsleiber mit langen Stengeln, palmblattartigen Organen hefteten und die Schiffe mit dem Eis verklammerten. Mit Brennen und Sprengen wurden die Frachter freigemacht. Die Menschen auf den Schiffen selbst und in ihrer Nähe wurden eigentümlich mitgenommen. Nur für wenige Tage konnten Menschen zu den Turmalinfrachtern abkommandiert werden. Nach kaum einem Tag gingen sie in einer Müdigkeit herum, die zwangsartig war und die sie vergeblich durch Bewegungen Waschen von sich entfernten. Wie Opiumraucher setzten sie sich hierhin, dorthin, taten mühselig ihre Arbeit. Es wurde ihnen schwer das Gesicht zu bewegen. Mit diesem maskenartigen Ausdruck brach der Zustand aus. Dabei war ihr Inneres süß bewegt; sie blickten oft zwischen den Leitern Türen hindurch die Wände Decken, den Himmel an, sahen Landschaften, in denen sich Bäume überpurzelten, die Wolken sich lang auszogen, warm heruntertropften, ihnen auf die Brust, die Lippen; sie leckten, schluckten. Ein heftiges bald unbezwingbares Liebesempfinden durchlief sie. Die Männer zitterten im Frost der Erregung, die Frauen schüttelten sich, gingen zuckend langsam. Jedes Glied an ihnen war mit Wollust geladen, jede Bewegung brachte sie dem ausbrechenden Taumel näher. Sie umschlangen sich, und wenn sie ihre Leiber vermischt hatten und voneinander ließen, waren sie ungesättigt. Sie küßten und umarmten Seile, rieben und schlugen Arme und Beine, den Rumpf an Treppenstufen. Über Bord ragten die mächtigen Algenstiele; die zogen sie her, zu denen fühlten sie Verlangen. Das wonnige Wimmern, das ratlose Seufzen, angstvolle Stöhnen der Nichtzuberuhigenden. Dann lachten sie wieder, ließen sich und die

Dinge los, taten dämmernd eine Arbeit. Aber der Speichel lief ihnen aus dem Mund, es drehte so weich hinter ihren Stirnen; sie warfen die Köpfe in den Nacken. Man mußte beim Fortgang der Eisfahrt schon am Ende des zweiten Tages die Menschen von Bord reißen. Alle entbehrlichen Kräfte wurden von den Vulkanschiffen genommen. Die Flotten stürmten durch den Ozean ihren Bestimmungsorten zu.

Jetzt sah man schon nachts mit bloßen Augen, was in den Riesengebäuden der Vulkanfrachter lag. Wenn die Sonne versank, Lichter auf den andern Schiffen aufflammten, fuhren die Hekla Leirhukr Dyngja Katla Myvatn, als wären sie, auf denen keine Lampe brannte, in ein dünnes Licht gehüllt. Man konnte die Schiffe im schwarzen Wasser im ganzen Umfang bis zum Kiel herab erkennen; Schrauben Masten Seile, die andrängenden Pflanzenmassen zitterten ein feines weißes Licht. Von Stunde zu Stunde wuchs die Intensität des Hauches. Im Finstern sah man, daß das Wasser viele Meter um die Schiffe leuchtete. Weiter und weiter entfernten sich die Menschentransporte und Begleitschiffe von den schwimmenden Speichern; nur für Stunden wagten sich kleine Mannschaften herüber. Ein Schrecken hatte alle befallen. Sie lagen zerknirscht auf den Schiffen herum. Was sollten sie tun? Was sollte man tun mit den schrecklichen Vulkanhallen, die man hinter sich herzog, die wie Ungeheuer über sie herwuchsen. Keiner dachte mehr an Sprengung. Die Führer wurden angefleht, die Turmalinhallen in das hohe Eis hinaufzuführen und dann zu fliehen. Aber was würde geschehen mit den Schleiern. Die Speicher konnten lostauen, ins Meer nach Süden getrieben werden, ihre Isolierung konnte zerbrechen; sie konnten als furchtbare Flammen- und Strahlenwesen gegen die Kontinente vorgehen. Man mußte sich ihrer entledigen, aber man konnte nicht fliehen. Nach Grönland. Und die Führer und Besatzungen zitterten, was geschehen würde, wie es verlaufen würde. Man fuhr. Metallisch blitzten im Wasser die Scharen der Fische auf. Die

Lachse blaugrau mit dunklen wedelnden Flossen. Der Schwarm
der scheuen Makrelenhechte gefolgt von Thunen und aufsprin-
genden jagenden Boniten. Es war, als wenn sich die Pflanzenwie-
sen vom Meeresboden hochhoben losrissen, an die Schiffskörper
hingen. Mit ihrem lebenden Gewichte beschwerten sie die riesigen Turmalinfrachter. Die schienen nichts davon zu fühlen. Ihr
Bug hob sich von Stunde zu Stunde höher aus dem spritzenden
Ozeanwasser. In den Nächten liefen sie wie glühende Wesen über
dem Wasser. Das Mittschiff folgte, das Achterschiff. Die Schiffe
schienen sich bereit zu machen über den Ozean zu fliegen. In
nicht ausdenkbarer Weise, ein Graus der begleitenden Men-
schenflotte, überragten die Vulkanklassen die anderen Schiffe.
Mit Bug und Steven, entblößter Außenhaut, liefen sie ohne zu
schwanken auf der Meeresoberfläche wie auf Schienen. Bald
mußte der Kiel die Wasserlinie erreicht haben, die Schiffsschrau-
ben leer in die Luft schlagen. Und wie sie bergig hoch über den
andern in den Geschwadern rollten, begannen ihre Rümpfe zu
torkeln. Wild und brünstig hoben sich die Schiffe an. Toben und
Klatschen war um sie; die Maschinen in ihren Leibern arbeiteten; eine todesmutige alle Angst verbeißende Besatzung, stünd-
lich wechselnd, hielt sie in Gang. Die seilartigen Stiele der Pflanzen, die sich über die Planken und Masten legten, rissen die
fahrenden Schiffe entzwei. Die Eismassen, die sich an ihre Leiber
schmiegten, sich mit ihnen verlöteten, schüttelten sie von sich.
Kilometerweit um die Frachter stießen Vögel auf sie zu; sie fielen
über die Gebäude her, setzten sich auf die kriechenden Algen,
auf Stengeln Blättern an der Außenverschalung krabbelten sie
pfeifend zwitschernd schreiend herum. Tausende von Eistau-
chern, hell schreiend, flatterten auf Drähten Tauen, durch die
Luken Deckfenster, bedeckten mit ihren zuckenden befiederten
Leibern die Außenbordstreppen, unbehilflich springend, hielten
sich dicht über dem Kiel am Schiffsrumpf angeklammert. An-
drängende aufschnellende Fische jagten sie hoch, der starke Strahl

der Wale wirbelte sie betäubend in die Luft. Über das Eis von Grönland kamen Vögel herübergeweht.

Es waren keine Schiffe mehr. Es waren Berge Wiesen. Und die Schiffe klangen. Sie klangen mit demselben hohen Ton, den die Schleier von sich gegeben hatten, als die Fluggeschwader sie von den Feuerseen Islands abzogen. Durch das Flügelschlagen Krächzen Zwitschern drang unheimlich der helle gleichmäßige Ton, der leise sanft aufsurrte, wie der Dampf aus den Düsen einer Turbine.

Das Land, das die Seefahrer zwischen dem dreißigsten und vierzigsten Längengrad suchten, war nicht zu sehen. Eine starke Eisbarriere hatte es um sich gelegt. Aus der Richtung, in der es lag, schwoll scharfe Kälte und immer neues weißes Eis. Das helle glasige Eis schob sich über die ozeanische Fläche in Blöcken Schollen Bergen. Je mehr sich die Geschwader auf der östlichen und westlichen Seite dem grönländischen Erdteil näherten, um so höhere Berge hatten sie zu umwandeln. Von Küsten, die man nicht sah, segelten die weißen und bläulichen Massen an. Eisschollen flogen vor dem Nordsturm her, mit Höckern und Zacken, drehten sich, knirschten und krachten gegeneinandergeschoben, eine auf die andere getürmt, kippten überlastet um, schwappten im offenen Wasser auf und ab. Burgen und Zinnen näherten sich, übereinander gerammte hohe Stockwerke der Schollen. Durch die Nächte schimmerten sie. Das Wasser, aus dem sie entstanden waren, spülte an ihnen hoch, troff von ihnen herunter. Es fiel im Schwall über sie, nagte Spalten in sie hinein. Sie zogen durch die dämmrigen Nächte wie Fabelwesen, armlange Zapfen hingen an ihren Balkons, gläsern klirrten sie; mit einem Schlag fielen die zerbrechlichen Galerien auf die treibenden Schollen.

Die Seefahrer suchten Grönland. Sie waren, wie sie hinter den sprengenden und rammenden Hilfsschiffen fuhren, schon im Bereich des Landes; das waren die Vorboten der Gletscher. Wie ein reicher alter Baum wachsend Jahr um Jahr seine Früchte trägt, die Äpfel, die immer neu aus diesem Boden steigen, von demselben Stamm, demselben Wesen gebildet und geboren werden, so lag Grönland jenseits in der Dämmerung, Millionen Meter breit, trächtig, auf dem schwarzen Meer; Eis wuchs auf ihm, das Land schüttelte sich nicht. Schweigend, aus der Überfülle glitten die Massen ins Meer.

Im Osten hinter der breiten Eisbarre trat die Küste, wildes Alpenland hervor. Dunkle Wasserspiegel der Fjords, schwarze Berggipfel. Von allen Bergstufen stiegen Gletscher in die Tiefe der Felsgassen. Über die Gebirgskämme schoben sich Eispyramiden. Die Talfurchen von den weißen Trümmern gefüllt. In Gaal Hanikas Bai am vierundsiebzigsten Breitengrad fuhr ein Geschwader ein, in panischer Furcht vor den Turmalinfrachtern, die sie eskortierten. Sie hatten nur das rasende Gefühl, vor diesen Schiffen fliehen zu müssen. Sich der Turmaline um jeden Preis entledigen. Insel Clavering lag in der Bai, gebirgig vergletschert wie das Land. In den Felsboden der Küste brannten diese Menschen, ihrer Sinne nicht mächtig, hohe leichte Stangen und Pfeiler ein. Auf Klippen des flachen Wassers nahe der Küste setzten sie Hilfsträger. Über Pfeiler Stangen Träger warfen sie die Kristallschleier ihrer Schiffe, verbrannten augenblicklich die Frachter, die sie entleert hatten. Sie waren wie Menschen, die Blut an den Fingern nach einem Mord haben und sich keinen Rat wissen, als sich rasch die Finger abzuhacken. Unter die Schleier breiteten sie fiebernd die Platten zur Aufnahme der elektrischen Spannung; zweigten, sich überstürzend, Drähte von dem großen Kabel ab, das die Expedition hinter sich zog. In einer Nacht fuhr der Strom aus dem Kabel über die Platten. Die Isolierung der Schleier schmolz. Weißrote Grelle. Erderschütterndes Donnern. Die Insel warf weiße Wolken hoch, Dampf rot von unten angeglüht; er schoß wild in unablässigem Sprudeln auf. Die Anlage zerstört, Pfeiler und Hilfsträger geschmolzen. Der Schleier quer wirr auf dem Gletscher, fraß sich in ihn ein. Der hielt nicht still, riß Spalten auf, der Schleier senkte sich in die Schluchten. Der Gletscher stürzte über den Schleier; das Eis verdampfte. Dann aber wogten zwei Berghäupter gegen den Schleier an, der von den angeglühten niedergehenden Gletscherblöcken eingerissen war. Und wie sie über den lohenden surrenden Kristallen, in das Wolkengebrodel klafterten und sich breit schleudernd über das Gewebe senkten, wie ein Ringkämpfer über die Brust des niedergeworfenen Gegners, zersprangen verbrausten die Kristalle. Die Bergmassen rutschend begannen sich zu bewegen, als wäre etwas Lebendiges unter ihnen. Sie drückten die knisternden Schleiertrümmer herunter, rollten überschoben sich fielen zusammen. Krachend öffneten sie sich über dem begrabenen erloschenen Gewebe; wie aus einem Schlot gischten Dämpfe aus ihnen. Stundenlang gischten die weißen und schwarzen Schmelzdünste über der Insel in hohen auf- und abschwellenden Strahlen. Die besinnungslose nahe Mannschaft des Geschwaders war mit ihren Schiffen über die Bai geworfen, auf die Klippen, zwischen die Schollen gestaucht.

Um die Zeit des Vorgehens dieser Schiffe schien eine Panik sich bei allen Flotten auszubreiten. Man drängte trotz des schweren Ausgangs der Affäre in Gaal Hanikas Bai auf zahlreichen Schiffen zu ähnlichen gewaltsamen Akten. Rückwärtsbewegung einzelner Flottenteile, zersprengtes Vordringen auf das Festland wurde gemeldet. Steinern blieben De Barros Kylin Wollaston; sie erschienen unter den Besatzungen, die nach einem Halt suchten. Beschwörend bezaubernd gingen Frauen mit ihnen über die Flotte; griffen die Verwirrten an: »Denkt an den Myvatn, an den Herdubreid. Denkt, was ihr schon verrichtet und bewältigt habt, was hinter euch liegt. Wir geben nicht nach. Niemand von uns wird nachgeben. Wir erliegen nicht. Ihr vergeßt nicht, wer ihr seid.« Die keuchenden Menschen schluckten bissen die Zähne zusammen. Eine entsetzliche Zeit verlief bis zur Ankunft der Ölwolkenschiffe.

(…)

Achtes Buch
Die Giganten

Über der Westküste Skandinaviens erschienen die Untiere gegen Ende des Jahres. Etwas später befuhren sie die britischen Gewässer, tauchten vor Jütland und der Bretagne auf. Die Stadtschaften, die noch in der Hand starker Senate waren, hatten beim Zurückfluten des großen Expeditionsgeschwaders die Grenzen gegen Norden und Westen gesperrt. Von dem Expeditionskorps lief nur ein versprengter, rasch gefangengesetzter Teil die europäische Küste nördlich Stavangers am Boknafjord an; die Hauptmasse stürzte nach Süden an den alten Sammelplatz der Färöer und Shetlands. Britische Kommissare hatten schon im Herbst durch Schottland eine Verteidigungslinie gegen das verdächtige Geschwader gezogen, von der Lorne zur Moraybucht südlich des Kaledonienkanals; Vorpostenschiffe deckten die Nordsee und den Zugang zur Irischen See. Von niemandem gehindert, von niemandem erwartet brachen die grönländischen Untiere ein, diese abenteuerlichen, den Menschen gräßlichen Wesen, Mißschöpfungen einer unmäßigen Kraft, die über Grönland aus dem schrecklichen Flammenschleier blies.

Rudel der keuchenden blasenden Wesen ruderten flogen über den Ozean, straßenlange Reptilien, schwarzbäuchig, manche schillernd beschuppt, manche mit scheckiger Haut und breiten stumpfen Mäulern, manche wie Krokodile gepanzert. Dann Vogeltiere mit langen spitzen Zähnen, die in Doppelreihen standen. In Haufen zogen sie an, einzeln wie Festungen und Schiffe, eine Masse von Felsen Baumwaldungen Tieren mit sich schleppend. Sie schwärmten an, verhüllt unter den Waldungen auf ihren Rücken; mit den Füßen rissen sie sich die Moose und Schachtelhalme ab, die über ihre Augen wucherten. Bisweilen stürzten sich fliegende Echsen in die See, um die Flammen zu löschen, die an ihren Hälsen, auf ihren Rücken entstanden. Mit der Angst gejagter

272

Wesen flohen sie. Zwischen ihren Zehen, auf ihren rollenden aderdurchzogenen Flughäuten wurden Schlachten zwischen den Geschöpfen geschlagen, die sie mitschleppten. Sie klammerten sich an die Krallen der Ungetüme an, hingen an deren geblähten Halswampen in Reihen Ketten Girlanden. Tauchten die Tiere in See, so wurde der größte Teil der Bevölkerung von ihnen abgeschwemmt, schwamm an der Oberfläche, suchte die großen Tiere wieder zu fassen, wenn sie hoch kamen. In die See tauchend spülten sich die wandernden Tierriesen die zerfallenden Leichen ab. Aber mit sich selbst, unter sich schleppten sie Leichen. Sie kämpften miteinander, sobald sie sich berührten, schlangen zerrissen sich. Und je mehr sie sich von Grönland entfernten, um so größer wurde ihre Not. Über See erschlugen sie sich; hungrig, aber oft konnten sie sich von den Besiegten nicht losreißen, die sich an ihren Rüsseln Borsten Hornplatten verklammert hielten. Mit der triefenden Masse wankten sie weiter, die Sprossen in sie hineintrieb. Und wie die Untiere die offenen, von dem rosenfarbigen grönländischen Licht nicht beschienenen Meere befuhren, die Kälte über sie kam, wurden sie unsicher. Zuckten zwischen Meer und Himmel auf und ab, flüchteten vom Meer in die Wolken, die sie nicht wärmten. Sie konnten wenig sehen unter dem trüben Sonnenlicht. Verwirrt kehrten viele um. Aber die Geschwader der neu abfliegenden Tiere kamen über sie; diese Tiervölker zerrissen sie, schleppten sie nach Süden weiter. Unaufhörlich wie ein Blütenbaum seinen gelben Sonnenstaub warf Grönland seine lebendigen Massen von sich.

Auf Skandinavien schmetterten sie nieder; dies war das erste Land, auf das sie stießen. Fjorde mit Granitklüften, wenige Wiesen, Schneeberge im Hintergrund. Hunger Beklemmung trieb die wandernden Untiere von Tag zu Tag stärker. Da prasselten sie über die Klippen, bedeckten kleine Menschensiedlungen. Im Sturz zerschellten viele, die sich über das Land warfen, als wären es Wellen. Die lebend herunterkamen, fingen an am Boden, an den Klippen zu beißen zu kauen zu schlingen. Zerrissen sich die Gaumen, ihre Zähne splitterten. Dröhnend drohend erhoben sie sich von ihren felsigen Opfern, schlugen mit den Klauen auf ihnen herum, schluckten mit blasenden Nüstern Steinbröckel Kiesel, griffen sich nach dem Rücken, stopften sich Farne, die sie abknickten, hinterher. Die Steine zerschrammten schlitzten ihnen den Darm. Speiend drehten sie sich im Kreise.

Nach Bergen kam ein Rudel vogelartiger Echsen mit den Rückenhöckern von Dromedaren, langen Hälsen, zweifüßige beflügelte Unwesen, die ein helles Schreien bei ihrer Annäherung ausstießen, das sich wie Kichern anhörte. Sie zerdrückten eine Zahl von Straßen und Anlagen. Mit den Haustrümmern stopften sie sich Menschen in den Schlund. Brände brachen um sie in der Stadtschaft aus. Die Waldungen von Farnen Bärlappbäumen auf den Tierrücken wurden ab und zu von dem Feuer ergriffen. Zerstörend warfen sich die flammenden Tiere um, wälzten sich durch die Stadt.

Eine eigentümliche Art Fischwesen war gleichzeitig bei Bergen aus dem Meer aufgestiegen, Wesen von außerordentlicher Länge, die noch die der Echsen übertraf. Sie waren übermäßig wurmartig schmal gewachsen, hatten ein Wirbelskelett, das mit Schädel Rippen Wirbelkörper deutlich an dem fleischlosen Leib sichtbar war. Diese Tiere schienen sinnlos vor Hunger zu sein, waren halbblind. Wie Schlangen ringelten sie tonlos die Klippen vom Meer herauf; ihre Leiber nahmen kein Ende. Sie schnauften mühsam, paßten sich der Luft an. Aber eine ganze Zahl schnellte zu rasch aus dem Wasser hoch; ihre schmächtigen Leiber schwollen plötzlich an, zuckten hingen über den Klippen; die Därme quollen ihnen aus den Schnauzen. An ihnen schlangen die Vogelechsen.

Sie kamen alle nicht weit. Flogen etwas, senkten sich wieder auf den Boden. Es schien, als ob der Rest ihrer Kraft sie bei der Berührung mit den kalten Steinmassen der Erde verließ. Keines der skandinavischen Tiere, obwohl von niemandem verfolgt, kam über den sechzigsten Breitengrad auf dem Landweg nach Süden. Sie fraßen Bäume Ackererde. Dann lagen sie lahm. Warfen sich, schnellten wie in einem Anlauf hoch, verkamen. Die Waldungen Gärten Vögel Weichtiere hatten sie schon verschlungen, oder sie waren verbrannt. In die Erde fraßen sich die grönländischen Untiere ein, wie sie starben. Wuchsen dann sonderbar in ihre Gräber. Wo sie reglos lagen, wucherte die Erde, die sie verschlungen hatten, in ihren Mäulern, zwischen ihren Vogelkiefern, in den Schlundröhren, Eingeweiden aus, durchdrangen die Weichteile in langen spitzen Kristallen, sogen die Weichteile nach. Und um die Leiber herum, in den Bodenhöhlungen zitterte die Erde, ließ feine Kristallbündel sprießen, so daß die Riesenleichen in zackigen Nestern lagen. Die Körper der Untiere selbst aber vom Boden verschlungen, waren nichts als eigentümliche Bodenerhebungen, die sich wie Tierrümpfe über den Berghängen, über Ackerflächen hinzogen, von blitzenden Steinen begleitet.

Die Untiere, die weiter den Süden erreichten, Jütland bestiegen, sich nahe Hamburg zeigten, waren Quallen und Medusen mit Armen, die sich untereinander zu starken Schwimmflossen verbanden. Auf das flache Land, über die sandigen Küsten wälzten sich in einem wilden Trieb, in zitternder Verwirrung die riesenstarken gallertigen Wesen. Ihre Körper, unter dem grönländischen Licht blühend durchsichtig, hatten in der Kälte der Meere die Gelbröte des Dotters angenommen; blutige geschwollene Stränge durchliefen sie. Sie rollten fauchten; dellten sich krampfhaft zusammen, sprangen flogen vorwärts. Sie spritzten Schleim um sich, sanken mehr in sich zusammen. Über Flüssen hingen sie, pumpten Wasser in sich. Aber dies Wasser war nur eine Erinnerung an das Wasser, in dem sie gediehen waren; war schweres kaltes liebloses Wasser. Sie soffen mehr, spien es im Wirbel aus. Ihre Arme hangelten nach Blöcken an den Wegen, würgten sie sich in die Mundöffnung. Diese Blöcke konnten sie nicht zerknirschen; die stürzten ihnen durch die Darmwindungen. Über die

Landschaften sanken die schattenhaften Wesen hin. Bräunlich und violett tröpfelte Blut von ihnen; sie fielen wie mächtige Spinngewebe über die jütischen Ebenen.

Wen die Fasern des Gewebes berührten, was von dem dampfenden blasenwerfenden Blut bespritzt wurde, veränderte sich im Augenblick. Schafherden leckten übergischt an dem Blut. Die Zunge quoll ihnen über die Zähne weg, fiel auf das Gras, sich verbreiternd verdeckend. Die Tiere standen da, zerrten an den fürchterlichen Organen, an denen sie sofort erstickten. Andere sogen glotzend blökend an den roten Fleischmassen, die ihnen unaufhaltsam aus den Mäulern wuchsen; zugleich schwoll ihnen auch der Gaumen, Rachen, den der Saft berührt hatte. Die dehnten, wölbten sich. Riesenschädel, den ganzen Rumpf in Umfang und Gewicht übertreffend, trugen sie auf den Hälsen, die zu schwach für die Last waren. Die Schafe wurden auf den Boden hingezogen, zappelten mit dem kleinen Anhang ihrer Rümpfe. Rasch kamen eine Anzahl Tiere um, die gierig an dem Blut der Medusen geschluckt hatten und deren Leib Rippen Rückgrat von den anschwellenden Eingeweiden in Stunden zersprengt wurden. Bei Hamburg erfolgte das erste große Verderben der Menschen. Siedler und Einwohner der Stadtschaft wurden betroffen. In die Häuser hinein wurden im Bogen das Blut und der Schleim der verendenden Urtiere gesprenkelt. Menschen, die am Kopf oder den Gliedmaßen begossen wurden, verloren im Augenblick die Besinnung. Ihre wuchernden Organe erdrosselten sie selbst. In den Zimmern wurden Menschen, denen eine Hand bespritzt war, von den schweren wuchernden Fleischmassen aufgesogen; die Hand die Finger füllten den ganzen Raum, kleiner kleiner schrumpften Arme Beine der Rumpf dahinter. Das Herz schlug nicht mehr, die Menschen lagen weiß tot, nicht größer als eine Faust, manchmal wie ein Apfel, ein Karton einlaufend unter dem dunstenden Riesenorgan, dessen Haare wie Spieße aufrecht standen, die an den starren Wänden geknickt wurden. Die tolle Szene in der kleinen Bauernsiedlung, wo eine Bäuerin den Hahn gefaßt hatte, um ihn in den Stall zu tragen. Der Kopf des krähenden Vogels, seine bespritzten Füße jäh anwachsend machten sich nicht los von den Armen und der Schürze der Frau. Die Frau wurde von der Last hingeworfen; die Krallen des Vogels durchwuchsen die Arme der schreienden gellenden schlagenden bald ohnmächtigen. Das Tier lag auf dem Weib, wuchs auf ihm, über Menschengröße. Der Kopf und die Füße wuchsen. Der Rumpf aber hatte noch Leben, so dürftig er auch war; denn die Füße waren in das starke fette Weib verwurzelt. Aus der sogen die Organe ihre Stoffe. Das Weib rann in ihren Kleidern ein. War längst tot, ihr Kopf schon hinter ihrem Halskragen, unter dem Brustausschnitt verschwunden. Leere Hüllen der Ärmel; der Kalk der Knochen wurde aufgesogen. Nach langen Stunden erlosch an dem Vogel das schreckliche Wachstum. Das Tier war selbst schon tot, von seinen Gliedern aufgezehrt. Man sah Schweinsohren, Ochsenschnauzen durch die Dachsparren ihrer Ställe wachsen; noch kläglich brüllten die Tiere, dann verstummten sie. Es waren überall bewußtlose sterbende Wesen, die so wuchsen.

An der Westgrenze Hamburgs an der See verwüsteten die anwandernden Untiere ganze Stadtteile. Die starken Sicherungen des Senats nutzten nichts, sie fielen nur zum Verhängnis der Stadtschaft aus. Durch die brennenden Würfe, die Strahlen wurden die Tiere zerrissen, ihre Teile aber, Flüssigkeit spritzend, schleppten sich verendend und andere aufsprießende Wesen mit sich schleppend in die Straßen und Anlagen. Die grausigsten Mißformen wurden da sichtbar. Verbackene Bäume, aus deren Wipfeln lange Menschenhaare herausragten, übergipfelt von Menschenköpfen, toten entsetzlichen häusergroßen Gesichtern von Männern und Frauen. Die Schwanzflossen eines Seetiers in eine Siedlung vor der Stadt fallend sammelten um sich Haufen toten Materials, Eggen Wagen Pflüge Bretter. In die wandernde sprießende dampfende Masse gerieten Kartoffelfelder, laufende

Hunde, Menschen. Das wallte wie ein Kuchen auf, quoll hoch, zappelte über die besäte Ebene, rollte sich wie eine Lavamasse verheerend langsam vorwärts. Und überall wuchsen aus der sich rundenden schlagenden Masse Stämme, stockhohe Blätter hervor. Die Arme Beine, die sich aus dem flirrenden dunklen Gewebe vorstreckten, waren aus Fleisch und Knochen, oft dunkel umborkt, mit Zehen und Fingern, die sich zu Blattfächern ausbreiteten. Lange Haarmähnen fluteten über die Oberfläche des weichtierartigen Wesens, der dünstenden schlingenden Schnecke; Ranken und Häuserbalken waren in die Haare verfilzt. Über den Tälern und Erhebungen der wallenden Masse rasten Gespanne, Pferde mit Wagen, abspringende Menschen. Sie liefen rissen sich los, bis sie einsanken festklebten, die Pferde an den Wagen, Menschen treibend daneben. Die Pferde wurden durchflutet, von den Hufen den Hinterbeinen hochwachsend, scheinbar sich aufbäumend, aber nur aufgespannt aufgerichtet. Ihr Wiehern Geifern erlosch, die Augen, die ängstlichen blutüberlaufenen Kugeln, sanken zurück. Sie zappelten mit den Vorderbeinen. Waren sie Stämme? Fraßen sie das Laub, die Halme Stauden, die ihnen aus den Mäulern wuchsen? Aus den Rippen quollen ihnen die Wagenbalken. Der Kutscher wuchs aus seinem Sitz, von den drängenden Stämmen getragen, mit ihnen verschmolzen. Dann erweichte alles, was das Urgeschöpf trug, verbreitete sich, quoll zusammen, ebnete sich in seine Decke ein.

Über das Wattenmeer der Friesischen Inseln drangen Einzeltiere, die noch kraftvoll waren. Sie stürmten gereizt gegen die Flammenmassen, die ihnen über den Jadebusen entgegengeworfen wurden. Das war ein vulkanisches Brausen, als die breiten springenden Reptilien das Feuer durchzogen. Aus ihnen selbst kam grünes Feuer, das das weiße Menschenfeuer zu dämpfen schien. Sie erreichten das Land, zerknickten die Maschinen am Land und kauten sie. Aber waren selbst zerbrochen. Sie tobten schleppten sich Meilen landeinwärts. Dann stießen aus den schwarzen plumpen vergeblich sich mühenden Leibern, aus den Augen Nüstern, zwischen den Schuppen des Leibes grüne steile Flammenbüschel. In denen verbrauste die Kraft der Tiere, die schnappten verzuckten. Von den brennenden puffenden Körpern, die sich wanden, machten sich Teile los. Unter den Flammen sprangen und spritzten von den Rümpfen ab die Zehen, Krallen der Zähne, Schuppen; die Flügel zerbrachen. Die Teile, Zehen Schuppen Hautfetzen rollten ins Land, die Weser entlang, mischten sich mit Grashalmen Birken Tannen. Riesenbäume wanderten da; die Erde unter ihnen wuchs mit ihnen, schwoll, als wäre sie flüssig gallertig und schäumte, an ihnen hoch. Die Bäume zogen ihre Wurzeln aus der Erde, schritten vorwärts, wakkelnd, sich drehend, zogen im Zickzack hin, schlossen nahe Bäume in sich ein, rissen sie mit. Die Bäume schnaubten aus vielen Poren. Verlangsamten ihren Gang, standen gelähmt, schaukelten schwach ihre Kronen.

Der Einfall der grönländischen Untiere dauerte den Winter durch. Eine panische Flucht von den Küsten setzte ein. Die Ostsee war von Schiffen überladen. In wenigen östlichen Stadtzentralen verloren auch die Senate die Führung. Die Herren der großen westlichen Stadtschaften machten sich stark. Die einströmenden durchströmenden Massen der Siedler erhoben gegen sie ihr anklagendes Geschrei; der Boden der Stadtschaften zitterte unter dem Grauen vor den grönländischen Wesen. Gelähmt waren große Teile der Bevölkerung, auch der Führer. Und neben der Angst wütete unter den Menschen ein unbestimmtes finsteres Schuldgefühl. Ihm konnten sich auch die Wissendsten nicht entziehen unter dem Schauer der Dinge, die sie erlebten.

(…)

Die Zeitlupe (1926)

Der Mandrill erschrak. An der Schaukel seines Käfigs hing ein schwarzes fremdes Ding, ein blitzendes Ding, gerade zwischen Seil und Holzbrett. Der alte Herr, der eben mit dem Schuft von Wärter da war, hatte es verloren; die Schaukel hatte ihm das Ding aus dem Rockschoß gestreift. Und die geblähte blutrote Nase des Mandrills, die geschwollene offene Schnauze, als die Schaukel jetzt wippte, das Instrument in den Sand kollerte! Er blickte nach oben, zur Seite, der Käfig war leer. Er knurrte in seiner Ecke, und plötzlich, noch eben kauernd, warf er sich über das Ding, packte es, wollte es brechen, rang es sich zornröchelnd vor die Stirn. Mit dem rechten Auge blickte er durch das Glas, mit dem linken drunter. Eben hatte er geschrien, jetzt fing ein schreckliches tiefes Grunzen an. Da ging – die buschige Backe zog sich rechts hoch – da ging in dem Käfig dicht bei ihm der alte Herr mit dem Wärter! Sie gingen langsam, furchtbar langsam in dem Käfig, langsam, kaum sich bewegend langsam durch den Käfig! Von der Schaukel weg, die Rücken gegen ihn! Mit dem rechten Auge sah er sie, der linke Arm hob sich hin nach ihnen, das linke Auge sah nichts, der Käfig war leer. Er sabberte perplex vor sich. Das schwere Ding stürzte ihm von der Hand herunter. Und der Mandrill saß da, die Hand noch an der Stirn, saß da mit dem gelben Kinnbart, die nackten Hände glatt am Boden, drehte den struppigen Kopf. Dann schwang er die Arme, versteckte sich in die Ecke, das Gesicht gegen die Wand. Und als er das Ding hinten wieder sah, war er mit einem Riesensatz darüber, nahm es zwischen die Zähne. Mit seinen pelzigen Armen suchte er es gegen seine Brust zu zerpressen, aus der Schnauze geriet ihm das schwere Ding gegen die Nase, rutschte den Nasenrücken herauf. Und da saß es schon wieder vor den Augen. Vor den Augen. Das wilde unaufhaltsame Schreien des Tieres, das nicht abriß. Das hohle, tiefe Grunzen des Tieres, das sich auf die Beine erhob und langsam, langsam hinging, hinschlich, jemandem nachschlich, den beiden Rücken da, dem schwarzen Professor, dem Wärter im Kittel. Ein Bein, noch ein Bein, noch ein Bein, jetzt würde er sie kriegen, jetzt, jetzt. Und immer wilderes Brüllen.

Die Türe des Käfigs sprang auf, die Stange des Wärters ragte durch, mit der Stange jagte der Wärter den Mandrill in die Ecke. Das schwarze Ding lag im Sand. Darüber hatte sich die Bestie geärgert. Er nahm es auf, drohte dem geifernden Vieh. Das Ding war ordentlich zerschrammt.

Zwei Stunden darauf lief der Löwenwärter durch den Zoologischen Garten, der schon dunkel war, klingelte beim Direktor, rannte, als sich keiner meldete, ins Verwaltungsbüro: es sollte einer mitkommen, rasch, ins Wärterhaus. Dem neuen Affenwärter ist was passiert. Der Gibbon oder der Mandrill muß ihn gebissen haben; er ist ganz verrückt. Und im Laufen mit dem Bürochef fragte er: »Sind eigentlich Affen giftig? Gibt es giftige Affen? Er muß vergiftet sein.« Und auf dem dunklen Korridor im Wärterhaus flüsterte er, während er nach der richtigen Tür suchte: »Oder es muß ein Gehirnschlag sein; aber dazu ist er zu jung.«

Im kleinen Wohnzimmer brannte Gas. Der junge Wärter, die Mütze auf, saß am Tisch. Man sah sein Gesicht nicht. Eine Hand hatte er eisern fest über der Backe. Vor die Augen geklatscht hielt er das schwarze Ding, die Doppellupe. Er schnappte wirklich wie ein Verrückter. Er war tiefblau. Der Mann war am Ersticken. Als wenn er Geige spielte, zog er dabei den linken Arm ein und aus. Oder als wenn er etwas einfädelte in eine kolossale Nadel. Sie schlugen ihm die Hand herunter, wanden ihm das Ding aus den Fingern. Und sofort wurde der Mann lose, sein Kopf schwankte, die blaue Farbe floß ab, er sank gegen die Stuhllehne. Wie sie ihn anredeten, kam er erst ganz zu sich. Und da sprang er schon auf, machte sich taumlig Platz zwischen den Leuten, verlor seine Mütze, stürzte hinaus. Man hörte ihn draußen rufen: »Selma! Selma!« Eine Frau oder ein Mädchen, das ihn öfter besuchte.

Der Bürochef und die anderen standen kopfschüttelnd unter der Gaslampe. Was der wohl gehabt hat? Ob er öfter so was hat? Eigentlich ist der Mann zu der Arbeit hier nicht brauchbar. Wenn er so was im Käfig kriegt, kann ihm allerhand passieren. Der Bürochef nahm das schwarze Ding vom Tisch: »Das gehört dem Professor, eine astronomische Sache. Schleppt der Mann das auf sein Zimmer. Wie heißt er eigentlich?« »Der Affenwärter?« »Ja.« »Das ist Wagner.« »Ist doch eigentlich sonderbar, daß der Mensch fremde Dinge auf sein Zimmer schleppt. Verlorene Gegenstände sind ein für allemal im Büro abzugeben. Wozu haben wir die Fundstelle eingerichtet. Keine Ordnung unter die Leute zu bringen.«

Der Professor, stellte sich dann heraus, hatte nicht nur das Instrument, sondern auch seinen Mantel dagelassen, im Vorraum des Büros. Man klingelte herum in der Stadt und stellte fest, der Professor saß ganz dicht in der Nähe beim Abendbrot in einem vornehmen Restaurant. Da traf ihn der Löwenwärter, der Professor war in Gesellschaft, dankte sehr und hieß die Sachen draußen in der Garderobe abgeben.

Gegen ein Uhr nachts, kurz vor Schluß des Lokals, traten drei Herrschaften aus dem Raum, ließen sich die Garderobe geben, ein Herr, seine Dame und sein Freund. Der Herr und sein Freund hatten schon ihre Mäntel an, die Hüte auf. Der Herr war eben dabei, der Dame in den Pelzmantel zu helfen, als er in seine Brusttasche faßte, weil ihn da etwas drückte, und da bemerkte er erst, daß er einen falschen Mantel anhatte. Ein dickes Ding steckte in der Tasche, er zog es heraus, ein Glas. Er lachte, eine Hand noch am Pelzkragen der Dame, hob das Ding an die Augen. Die Dame –

wartete – wartete. Er ließ die Hand nicht herunter. Schließlich riß sie sich von dem Herrn los. Sie standen in einer Nische. »Solche Scherze haben doch ihre Zeit, Franz. Du mußt doch wissen, wo du bist. Du liebst es neuerdings, mich vor den Leuten lächerlich zu machen.« Ohne seine Antwort abzuwarten, – sie sah, daß er mit einer Art Opernglas dastand und sie betrachtete, es war eine Unverschämtheit, es war der Gipfel der Unverschämtheit, es war geradezu toll – sie bat den Freund: »Ziehen Sie mir doch den Kragen zurecht hinten. Blicken Sie sich doch gar nicht nach ihm um. Es ist einer seiner sogenannten Späße, es soll ein Spaß sein. Ich weiß nicht, wofür er mich hält.« Der Freund wollte zu dem Herrn zurück. Sie sprühte: »Lassen Sie ihn. Sie hören doch, was ich sage. Wollen Sie mich hier allein stehenlassen? Die Leute sehen uns schon an.« Der Freund mußte ihr nach, die weichen Treppen herunter, sie stürmte nur so. Vor der Tür stampfte sie: »Es ist unglaublich, es ist eine Schande. Er hat sich schon drinnen so benommen. Ich fahre nach Hause.« Aber sie lief nur bis zur Ecke, dann kehrte sie um: »Wir werden hier warten. Ich muß ihn sprechen. Er muß mir antworten. Der Tapps, der unglaubliche. Er ist ein Tapps. Jawohl, mein Herr, Ihr Freund ist ein Tapps.« Er meinte diplomatisch und unversehens mit Perspektiven, er habe den Herrn ja gar nicht verteidigt, keineswegs. Übrigens sei Freundschaft ein übertriebener, zu ehrender Ausdruck für ihr Verhältnis. Er sei solcher Ehre nicht würdig. »Ach was, Ehre. Reden Sie doch nicht auch Blech.« Am Lokal aber erklärte die Dame, es sei ihrer gänzlich unwürdig, hier zu warten. Sie erschrak auch, weil ein älterer Mann aus der Türe trat, den Freund scharf fixierend. Es war der Professor, der seinen Mantel vermißte und einen falschen trug.

Oben schloß man das Lokal, ließ nur auf der Treppe Licht für den Wärter. Der Herr aber, die Lupe vor Augen, trat schrittweise tiefer, rückwärts in die Nische. An die Wand gepreßt stand der Herr. Ein schmaler Lichtstreifen fiel zu ihm herein, im Dämmerlicht stand er, wurde eingeschlossen. Das Haus wurde finster, die Straßen finster. Aber siehe da, um ihn war es nicht dunkel. Langsam zog sich seine Freundin, seine Geliebte vor ihm den Pelzmantel an. Sie war dicht bei ihm. Seine freie Hand drückte langsam, unsäglich zärtlich verweilend ihren Kragen zurecht. Daß er den Geruch ihres Parfums, sie stand so nahe bei ihm, nicht einfangen konnte. Sie bewegte den Kopf, der Kragen verschob sich. Sie drehte sich zu ihm um. Was für einen fragenden Blick sie für ihn hatte. Es war schon 4 Uhr nachts, als ihn, bebend und vor Sehnsucht in sie, in alle Einzelheiten ihres bloßen Halses, Kragens, Kopfes vertieft, der Blick erreichte, der ihn summen und stöhnen machte. Verstand sie ihn nicht, was verstand sie nicht, sie ging von ihm, sie löste sich von seiner Hand, sie wollte ihn verlassen, warum wollte sie ihn verlassen? Er hob die Ferse vom Boden, um ihr zu folgen, beugte das Knie.

Im Auto fragte Carla: »Wohin fahren Sie mit mir?« Der Freund führte sie, sehr erfahren und triumphierend, daß er auch mit Carla recht behalten hatte, er wollte es dem Herrn morgen erzählen, in ein unbedeutendes Café, das noch offen war. Sie sollte sich da ausschütten, es würde Tränen und liebevolles Verständnis geben. Man fuhr dann in ihre Wohnung. Um 2 Uhr hatte er alles hinter sich, was er als erstes Stadium taxierte: Schimpfereien auf den Freund, Selbstanklagen: »Was war ich für ein Esel? Ich laufe ihm ja geradezu nach. Bald habe ich zu kurze Röcke, bald schminke ich mich zu sehr. Er bewacht mich wie ein Cerberus.« – »Aber Fräulein Carla sind keine Tote.« – »Wieso tot?« – »Cerberus wacht doch in der Unterwelt.« – »Sie sollen das Blech lassen.« Das zweite Stadium, unterlaufen mit Rückfällen in das erste, begann mit den Worten: »Ich brauche Ruhe. Es ist schon eine Erlösung, ohne ihn hier zu sitzen.« Was den Freund bestimmte, nach dem Likörschrank zu fragen. Sie blieb, Zigaretten paffend, hin und her wandernd, zunächst noch dabei, sie sei ein Mensch und brauche Ruhe. Er fand das komisch, in Anbetracht der Zeit auch langweilig. Als sie sich endlich erschöpft auf seinen Schoß setzte, vermißte er die Wendung: »Was müssen Sie jetzt von mir denken?« und als er sie küßte, die Wendung: »Sie Schlimmer.« Hier stimmte etwas nicht. Es wurde ihm klar, sie wollte mit ihm Ehebruch spielen, und war beleidigt. Er stellte sich frostig an den Ofen: »Wofür halten Sie mich eigentlich?« Sie kicherte herausfordernd: »Sie sind wohl dem Kavalier treu?« »Keine Spur. Ich bin nur nicht der und jener, meine Gnädige.« »Sie brauchen Liebe? Soll ich Klavier spielen? Wünscht der Herr Rotlicht?«

Als er dann degoutiert gehen wollte, pflanzte sie sich an der Tür auf, drohte ihm. Sie trommelte gegen seine Brust. Dabei kam sie ins Drängen. Sie kreischte und weinte, als er sie wegschieben wollte. Sie stießen sich ernsthaft. Er mußte ihr den Mund zuhalten, daß sie nicht Hilfe schrie. Dabei schoß in ihm die Wut plötzlich mit einer Begierde zusammen. Er war sofort in Betäubung. Er nahm vollständig Rache. Sie erklärte zufrieden zu sein. Als sie darauf mit Dankbarkeit und Liebe kam, fand er das sehr überflüssig. Er stellte sich verärgert die Situation des Herrn vor. Der hatte ihm diese Carla geradezu genial aufgehalst. Wie kommt man aus dieser Wohnung heraus?

Es gab um sieben Uhr Radau. Die Polizei brachte den Herrn aus dem Weinlokal. Der Herr war in einem furchtbaren Zustand. Direkt verrückt war er nicht, der Arzt, der schon oben gerufen war, erklärte, es sei nur ein blöder hysterischer Zustand. Man könne den Mann ruhig in häusliche Pflege geben. Carla und der Freund nahmen ihn an, die Polizei walzte ab. Und jetzt entlud sich Carla. Es regnete nur so auf den Herrn herunter, dem der Unterkiefer zitterte wie dem Mandrill. Sie schrie, sie machte ihm Empörung: »Der Esel ist da! Um sieben Uhr morgens tanzt er an. Sind wir ein Stall. Was willst Du? Mit wem hast du dich betrunken?« Sein Unterkiefer zitterte. Da war sie. Endlich war sie da. Es war ja nicht auszuhalten gewesen. Hätte es nur eine Stunde länger gedauert, er wäre wahrhaft wahnsinnig geworden vor Sehnsucht. Er hatte geträumt von ihr. Sie spazierte vor ihm: »Tut dir leid von gestern, was? Mir nicht, mir ganz und gar nicht. Ich bin darüber weg.« Der Freund dienerte erschrocken, er wollte hinausgehen. »Nein, bleib nur hier, hör dir alles an. Du hast ja gesehen, wie er mich behandelt hat, im Lokal und in der Garderobe. Ist dir jetzt mein Rock noch zu kurz?« Sie schob ihren Schlafmantel auf.

Der Herr stammelte: »Ich – liebe dich so.« Er wollte sagen, er habe sich vor Liebe nach ihr verzehrt, er sei noch gar nicht da, er höre noch gar nicht, noch lange, lange gar nichts. Statt dessen brachte er es nur zum Lippenbeben. Er dachte: Jetzt geht es meinen Ohren ebenso, wie vorher meinen Augen: sie hören etwas anderes. Seine Finger umklammerten das Instrument. Sie erkannte das Ding, mit dem er sie fixiert hatte, riß es ihm weg. »Zeig mal, laß dich beschauen.« Und blickte strahlend über die Revanche, die sie vorhatte, nach dem Freund. In großer Positur, die Zigarette im Mund, stellte sie sich vor dem Herrn auf, zückte das Opernglas. Der Krampf ließ ihre Hände nicht mehr los.

Eine lange Stunde verging, ohne daß sie sich bewegte. Sie mußten ihr die Zigarette aus dem Mund ziehen. Sie kniff die Kiefer zusammen. Die beiden Freunde schoben sie wie eine willenlose Puppe auf einen Fauteuil. Sie mußten sie zusammendrükken, bis sie saß.

Drei lange Stunden vergingen. Währenddessen sah sie – sah – eine Minute. Eine Minute, die, wo ihn von ihrem Schimpfen etwas erreichte. Zehn Sekunden, wo der Schmerz über ihn zuckte. Das Schmerzflattern seines Mundes, das Suchen seiner übermüdeten Augen. Tränen aus Carla. Ihr schreckliches Schluchzen. Die Stauung, Blaufärbung ihres Gesicht, die Anschwellung ihrer Finger. Er bettelte vor ihr. Der Freund war schon davongeschlichen. »Ich weiß nicht, was du siehst. Du hast Sehnsucht nach mir, wie ich nach dir.« Er hatte nicht die Kraft, Gewalt gegen sie anzuwenden. Er hatte zu nichts die Kraft. Nur zu betteln hatte er die Kraft.

Gegen elf Uhr hoben sich ihre Ellenbogen. Sie hatte voll seinen Blick empfangen, den entsetzlichen Blick, diesen verzweifelten sengenden Blick, dem sie standhalten mußte, diesem verwirrenden liebenden Blick. Es war kein Nachlaß der Spannung in ihren Armen, es war ein Aufwerfen, Hindrängen. Ihre Hände hoben das Instrument von den Augen weg, über die Stirn. Ihr schielender, weinender Blick ins Leere. Dann das elektrische Hochzukken, das Öffnen des Mundes. Ihr Erblassen, Keuchen, Herumsuchen. Und nun erst ihr Schluchzen: »Was ist? Was ist denn? Ich habe doch nicht geträumt? Bist du denn da, Franz? Ich habe dir nichts getan, Franz, sag, ich habe dir nichts getan.«

Der Professor jagte nach seinem Mantel durch die Stadt, die Polizei brachte ihn auf die richtige Fährte. Im Zimmer der Carla störte er eine Idylle. Er lachte kolossal. Er nahm das Glas vom Boden auf. »Ich weiß, das Ding wirkt lebensverlängernd gewissermaßen. Wenn Sie wollen, können Sie Ihre Urgroßmutter sehen, wie sie sich verheiratet. Aber passen Sie auf: man kann das Ding auch auf den Kopf stellen. Dann purzeln auf der anderen Seite die Kinder raus.«

Das Fräulein warf ihm eine Puderquaste an die Glatze.

Reise in Polen (1926)

Warschau

Sie sitzen jetzt in ihren eigenen Häusern.

Im langen Eisenbahnwagen schaukle ich über die Schienen. Der Zug ist wie ein Pfeil von Berlin losgelassen. Der Schienenstrang ist unendlich. Nun schieße ich, schaukle mit Holz- und Eisenwerk, in einer gurgelnden Röhre, in die Nacht hinein. Die Wagen federn. Ein Durcheinander von Geräuschen hat angefangen, rhythmische Stöße, von den Rädern herauf, Vibrieren, Rollen, Fensterklirren, Sausen, hohles Schleifen, Schurren, kurzes, helles Aufschmettern.

Ich – bin nicht da. Ich – bin nicht im Zug. Wir prasseln über Brücken. Ich – bin nicht mitgeflogen. Noch nicht. Ich stehe noch am Schlesischen Bahnhof. Sie stehen um mich herum, aber ich bin dann eingestiegen, sitze auf dem grünen Polster, zwischen Lederkoffern, Handtaschen, Plaids, Mänteln, Schirmen. Ich bin gefangen. Der Zug trägt mich fort, hält mich fest, schwankt mit mir über die Schienen in die Nacht.

Aus dem Fenster, über diese Metallstange, hatte ich hinausgesehen. Jetzt – stehen zwei junge Männer da, ziehen den Vorhang herunter, stecken sich Zigaretten in den Mund, rauchen, plaudern in einer fremden Sprache. Haben hellgraue Zwirnhandschuhe an, Reisemützen über den beweglichen dunklen Augen, lächeln. Einer zeigt auf die Zeitung, die er unter dem Arm hat. Ein älterer kommt hinzu, beleibt. Das fremde Parlieren, Zun-

288

gen-R, Zischlaute, geht weiter. Jetzt machen sie Platz. Ein kleines Mädchen, die Beine weißnackt bis zur Mitte der Oberschenkel, feine Lackschuhe, loses kurzes Samtkleid, offenes Schwarzhaar, geht vorüber, hält sich rechts und links im Gang. Sehr ernst, traurig blickt sie vor sich.

Ich – bin nicht da. Die Zeitung liegt auf meinen Knien. »Der Triumphzug des Zeppelin«, lese ich, mit aufsteigendem heftigen Bangen, beinah mit Schmerz. Der Zug, das hallende Gebäude, fährt mich nach Osten. Dies ist noch Deutschland, ich bin doch noch fast zu Hause, hier kommt Frankfurt an der Oder: – ich kann es nicht glauben, erkenne das Land nicht wieder. Sie fahren alle. Das sind die Menschen, mit denen ich fahre. Der junge Mann, der an der Stange geplaudert hat, schlendert in mein Coupé, setzt sich neben mich. Er spricht. Eine Stimme, die sich an mich wendet. Meine Stimme kommt zu mir. Ich rücke die Koffer für die Nacht. Beklommen denke ich an Polen, lasse ihn davon sprechen. Ich denke an meine Absichten. Aber es sind jetzt nicht meine Absichten, ich erkenne sie nicht.

Nacht. Der Zug wogt um uns. Die Grenze kommt, drei Stunden östlich von Berlin. Die drei eleganten Herren sprechen gelegentlich eine andere Sprache als vorhin. Mir fallen eigentümlich suchende Augenbewegungen auf, eine Art, mit den Schultern zu zucken: sie gurren und singeln jiddisch. Stecken die Köpfe zusammen mit den englischen Reisemützen. Da hält der Zug. Ein feierlicher Akt beginnt. Die Tür am Ende des Waggons hat sich geöffnet, alle Reisenden sind aus dem Gang getreten. Zwei Männer in grünen Uniformen sind in den Waggon gestiegen, einer hinter ihnen in Zivil mit einem Heft. Sie nehmen die Paßbüchlein ab, notieren. Einer tritt in das Abteil, läßt die Koffer öffnen. Alles sehr still. Von Coupé zu Coupé wandern die Beamten. Der Zug rollt weiter. Schwarze Mitternacht ist geworden. Der Zug hält; ist es ein Bahnhof? Gespannte Stille. Wieder über den Teppich her drei Männer. Jetzt aber an der Spitze ein schwarz unifor-

mierter Soldat, ein Polizist mit ungeheurem lackierten Kavalle-
riesäbel. Für den Paß gibt er Blechmarken. Das sind Polen, Männer, wohlgenährt, von gesunder Farbe, gutmütige Gesichter. Als
wäre es Krieg, ergießen sich Scharen der Passagiere aus dem Zug.
Wir müssen über finstere Bahnsteige, Treppen ab und auf, in Rie-
senholzschuppen, zur Zollstelle. Das ist schon Ausland. Der Zug
hat die Grenze überfahren. Ich gehe schon auf fremdem Boden.
So rasch ging das. Eben habe ich es noch erwogen, vor zwei Wochen, drei Wochen, zu Hause, es hin und her gehalten. Es war
mein Plan. Jetzt steht es da, bewegt sich, ist nicht mehr in meinem Kopf, rollt um mich ab. Ich steige darin herum. Es ist jetzt
gewaltiger als ich. Schrecklich diese Überführung eines Gedankens in die Sichtbarkeit.

Die Schilder an den Wänden auf der Treppe tragen Worte, Silben, deren Sinn ich nicht ahne. Heißen wahrscheinlich nur: der
und der Zug fährt von dem Bahnsteig; aber in der fremden Sprache erregen, spannen sie mich. Wie sollte es nicht. Jetzt fange ich
ja an zu verstummen, taub zu werden. – Weiter. Ich liege, däm-
mere – Stunden oder Minuten – zwischen der Leinewand des
Schlafwagens. Graues Licht durch eine Vorhangslücke. Ich richte
mich auf. Flache Felder huschen vorbei, kleine Wälder. An ein
Wasser, unten an einer Holzbrücke, geht barfüßig eine Bäuerin,
weißes Kopftuch. Was ist das? Rinderherden. Neue Ackerflächen.
Viele weiße Gänse. Das ist Polen. Ein Trupp buntröckiger Weiber
zieht über einen Weg. Ein alter grauer Bahnhof; man läuft über
Schienen an den Zug heran. Mein Herz krampft sich zusammen.
Ich schüttele mich.

Das Gesicht der Polinnen: breite Stirn, nicht hoch, das ganze
Gesicht voll. Die Nasenwurzel tief ansetzend, manchmal mit fast
sattelförmiger Vertiefung. Die Nase flach sich abdachend nach den
Wangen; sehr kräftige Nüstern; die dunklen Öffnungen aufge-
stülpt. Der Mund breit und fleischig. Die Augen, unter starken, fast
wagerechten Augenbrauen gerade nebeneinander, ziemlich weit

voneinander abstehend. Ihre Figuren groß. Auf der Straße, unter dem Hut, sind sie von einer außerordentlichen Pikanterie. Die jungen Mädchen, Fräulein, jungen Frauen bevölkern in Scharen die Straßen, Arm in Arm, neben jungen Herren, steigen aus Droschken, spiegeln sich vor hellen Schaufenstern. Sie gleiten mit hellen und fleischfarbenen Strümpfen, eleganten Schuhen sehr graziös aus den Konditoreien, Restaurants, gehen die Kirchentreppen herunter. Gepudert, geschminkt, bemalt sind sie alle. Sie bewegen sich absichtslos auf den Trottoirs; es ist sicher, sie wissen die Pfeile des Kupido zu zielen. Im geschlossenen Raum verlieren sie.

Männer wie Frauen, vom reinen Typus, mit hellen und braunen Haaren. Die Männer massiv, kräftig, ja es sind ganz gewaltige Exemplare darunter. Neben dem Hotel Bristol liegt ein Ministerpalais mit tiefem grünen Vorgarten. War früher Magnatenschloß, der Radziwill, dann Sitz des russischen Gouvernements. Ein Bronzestandbild des Fürsten Paskewitsch stand davor, Paskewitsch Eriwanskij, ein Geschöpf von Härte und Grausamkeit.

Es gab eine Revolution der Polen im Jahre 1830/31. Großfürst Konstantin, der russische Oberbefehlshaber der polnischen Armee, sollte ermordet werden, die fremden Soldaten entwaffnet, das Land von Rußland losgerissen. Mißlang alles; in der Nähe Warschaus, bei Grochow, erlagen die unglücklichen Polen dem Russen Diebitsch, und noch einmal bei Ostrolenka. Auf Diebitsch folgte dieser Paskewitsch. Der gab den Rest, Warschau, Polen war hin.

Die Polen haben nichts vergessen. Sein Denkmal haben sie beseitigt. Vor dem neuen Sitz der polnischen Regierung aber stehen jetzt zwei lebendige Schutzleute in schwarzer Uniform mit großem Säbel und heruntergeschlagenem Sturmband. Lebende Kolossalgestalten. Ich betrachte sie jedesmal, wenn ich das Hotel verlasse.

»Krakauer Vorstadt« heißt eine Hauptstraße von Warschau, »Marschallstraße« die andere. Die Marschallstraße ist dicht bevölkert; in ihrem nördlichen Teil, dem Kinoviertel, überflutet. Elegante Geschäfte. Der Bahnhof wirft seine Massen aus. Die Straßenseiten zählen nach geraden und ungeraden Hausnummern. Sehr höflich nennt sich jedes Einzelhaus: eine zweiseitige Laterne springt über dem Torbogen vor, gibt Nummer und Straßennamen an, ist abends beleuchtet.

Vormittags durch die »Krakauer Vorstadt«. Viele Offiziere. In der Nähe ist der Generalstab; das Land befestigt sich stark; es hat Erinnerung. Die Offiziere grüßen mit zwei Fingern, bequem; die Untergebenen wenden salutierend den Handteller nach vorn. Ihre Mützen, lose flache Käppis auf französische Art, bauschig nach hinten gezogen und mit vier Ecken. Am Kragen vorn tragen sie silberne Raupen von wechselnder Form; auf den Achselklappen Sterne. Durchweg grünlich-gelbe Felduniformen. In den Schaukästen der Photographen der Straßen hängen Bilder von ihnen; sie tragen reichlich Orden und bunte Ordensbänder.

Die Polen haben noch nicht lange Militär, sind lecker danach. Elektrische fahren vorbei; rote Wagen mit Anhängern, gezeichnet an den Flanken mit dem Wappen Warschaus: ein Weib mit Fischleib und Fischschwanz, eine Undine, Sirene. Sie schwingt einen Säbel, hält einen Schild. An der Elektrischen hängen die Menschen, stehen auf den Trittbrettern, ja schräg, und schauerlich anzusehen, balancieren sie mit einem Bein auf dem hinteren Puffer. Sie schieben sich drin nach vorn; der Ausgang ist neben dem Führer. Was im Wagen steht, hält sich schwankend an Holzgriffen. In einer Weise, die keine deutsche Stadt kennt, jagen die Menschen hinter der Elektrischen her, springen im vollen Rasen auf und ab.

Soldatenmusik, langsam, feierlich getragen, eine Beerdigung. Und sie marschieren an mit blitzenden Blasinstrumenten; ein Soldat, barhäuptig, trägt ein großes Kreuz, Priester in weißem Ornat; der blumenbedeckte Leichenwagen. Die Menschen auf den Trottoirs ziehen die Hüte.

Ich gehe über den Damm; der ist mit Holzwürfeln gedeckt und hat tiefe Löcher. Da zeigen die Theater auf der Plakatsäule an der Ecke an, aber auch breite schwarzumrandete Todesanzeigen sind angeklebt, zuoberst das schwarze Kreuz, Palmwedel darunter. Obsthändler sitzen neben der Säule; haben ihre Äpfel und Birnen in großen aufklappbaren Glaskästen. Was tut die Bäuerin mit dem roten Kopftuch? Sie sitzt hinter ihrem Korb, hat den Kopf hängen, ist im Begriff, am hellen Tag einzuschlafen. Der Mann neben ihr hat die amtlichen Zigaretten, die »Papierosy«, in einem roten Kasten auf einem Stativ liegen.

Und wie ich an der Ecke stehe, nach rechts in die breite Querstraße schaue: welch abenteuerlicher Anblick. Diese verblüffende, ja verwirrende Erscheinung. Steht da ein ungeheures phantastisches Gebäude, eine russische Kathedrale. Noch eben fahren neben mir Droschken, flitzt ein Auto, schreien sie den »Curier Warschawski« aus, blitzen moderne Schaufenster. Und da gähnt – weiß Gott – gräßlich und lähmend die Steppe der Wolga. Es müßte alles stillhalten bei diesem Anblick. Da bäumt sich und ist erstarrt ein brustbeklemmendes Asien. Der Bau hieß Alexander-Newsky-Kathedrale. Achtzehn Jahre hat man ihn aufgerichtet. Soll fünf vergoldete Kuppeln gehabt haben; ein hoher Glockenturm stand frei daneben. Der Turm steht nicht mehr, die fünf Kuppeln sehe ich nicht. Nur mit sonderbaren turmartigen Rundbauten erhebt sich das Steingeschöpf von dem weiten Platz. Seinen großen Mittelturm, stumpf, platt, umringen kleinere. Weit greift das Wesen mit Vorbauten, Torgebäuden über den Platz vor. Ist eine Burg mit Zinnen. Bunte byzantinische Heiligenbilder hat man über die Türen gemalt. Aber tritt keiner ein. Das Haus ist im ganzen Umfang von einem Bretterzaun umgeben; Kinoplakate darauf; Schwellen liegen herum. Die Fenster des Riesenbauwerks leer, schwarz, viele mit Holz vernagelt, manche vermauert. Der Platz heißt der Sächsische Platz. Erschreckend, unheimlich finster beunruhigend wirkt die Erscheinung dieses Gebäudes, das

jetzt abgerissen, abgetötet wird. Es ist etwas Schmerzlich-Ergrei-
fendes, Rührendes im Anblick dieser Kirche, die einem Gott, einem doch tief geglaubten Gott, geweiht war, – und wie sie eben
steht, zertrümmert man sie, als wäre sie böse.

Aber es ist noch etwas anderes. Ich merke es. Das hier, dieses
Bauwerk, war nicht als Kirche gedacht, gewollt. Das sollte eine
Faust sein, eine ganz und gar eiserne, die auf den besten Platz der
Stadt niederfiel und deren Klirren man immer hören sollte. Diese
Kirche war nicht zu übersehen. Das sollte noch mal ein Denkmal
des Generals Paskewitsch sein. Was ist dieser Zaun? Der Käfig,
das Gitter, hinter dem man ein Untier eingesperrt hat. Trauerge-
fühl, Mitleid, aber ich kann der Lösung nicht widersprechen.

Der Stolz und das Lebensgefühl des befreiten Volkes ist groß.
Nicht weit von dem Zaun steht auf einem niedrigen Steinsockel
ein Poniatowski in Bronze. Man hat den polnischen Helden als
Römer in abstrakter Toga formen müssen unter russischer Ägide;
die alte Uniform sollte er nicht zeigen. Dann kam ein Aufstand,
eine Niederlage der Polen; der siegreiche General erhielt das
Denkmal geschenkt. Er nahm es auf sein Landgut nach Minsk;
vorher zerlegte man den bronzenen Stolz der Nation, die Brük-
ken waren zu schwach für das Gewicht. Auf seinem Gut in Schuppen verstaubten jahrzehntelang die Stücke, der Versailler Frie-
densvertrag zwang die Russen, sie herauszugeben. Jetzt glänzt der
Held zu ihrer Freude wieder am Licht.

Man hat Straßen und Plätze der Stadt in Masse umbenannt,
die Erinnerung an das alte Unglück und die Erniedrigung beseitigt. Nach den Dichtern Mickiewicz und Slowacki heißen viel-
begangene Plätze. Eine große Straße nennt man »Traugutta«:
Romouald Traugutt, Führer des dreiundsechziger Aufstandes,
wurde in der Warschauer Zitadelle hingerichtet. Seit der hun-
dertsten Wiederkehr des Todestages Napoleons heißt der große
Platz an der Hauptpost Napoleonsplatz.

Die »Krakauer Vorstadt« weiter nach Süden. Sonderbar das

Gemisch dieser Menschen: elegante, großbürgerliche und aristo-
kratische Geschöpfe, Studenten und Studentinnen mit weißem
Stürmer und roter Schnur. Stark das Überwiegen von grobge-
kleideten Kleinbürgern, von Bauern und Bäuerinnen in roten
geblümten Kopftüchern. Ein Mönch, barhäuptig, mit brauner
Kutte und Pelerine, mit Seilen gegürtet, geht auf Sandalen, die
Füße bloß, über das Trottoir; er hat einen braunschwarzen langen Bart. Am Tor der Kirche rechts, auf ihren Stufen kauern in
einer Reihe alte Weiber, Bettlerinnen, auch eine junge Frau; sie
streckt die linke Hand aus. Ein Schutzmann treibt eine üppige
blondhaarige Dirne, mit weißem Schultertuch, über den Damm;
sie spaziert gleichmütig in giftgrünen Schuhen. Flink laufen die
Droschken; die Kutscher schlagen auf die Pferde ein. Langsam
trotten dazwischen zwei Bauernwagen; die Seitenbretter der
Wäglein stark nach außen gebogen; das Bäuerlein sitzt mit der
Frau im Stroh in der Mitte, hält die Leine und zuckelt daran.

Ich stehe an einer Haltestelle, studiere die sehr höflichen Tafeln der Straßenbahn, die alle vorüberfahrenden Linien und ihre
Route angeben. Da kommt im Gedränge auf mich zu ein einzelner Mann mit bärtigem Gesicht, in schwarzem lumpigen Kaftan,
schwarze Schirmmütze auf dem Kopf, lange Schaftstiefel an den
Beinen. Und gleich dahinter, laut sprechend, in Worten, die ich
als deutsch erkenne, ein anderer, ebenso schwarzrockiger, ein
großer, mit breitem roten Gesicht, rote Flaumhaare an den Bak-
ken, über der Lippe. Redet heftig auf ein kleines armselig geklei-
detes Mädchen ein, wohl seine Tochter; eine ältere Frau mit
schwarzem Kopftuch, seine Frau, geht bekümmert neben ihr. Es
gibt mir einen Stoß vor die Brust. Sie verschwinden im Gedränge.
Man beachtet sie nicht. Es sind Juden. Ich bin verblüfft, nein, erschrocken.

(…)

Die Judenstadt von Warschau

*Die Juden: Lautlos hat der Verzicht auf Land und Staatlichkeit ihr
Volk durchdrungen. – Die Rückwärtsbewegung,
sie ist im Gange.*

350 000 Juden wohnen in Warschau, halb soviel wie in ganz
Deutschland. Eine kleine Menge sitzt verstreut über die Stadt, die
Masse haust im Nordwesten beieinander. Es ist ein Volk. Wer nur
Westeuropa kennt, weiß das nicht. Sie haben ihre eigene Tracht,
eigene Sprache, Religion, Gebräuche, ihr uraltes Nationalgefühl
und Nationalbewußtsein.

Aus Palästina, ihrem Stammland, wurden sie vor zwei Jahrtausenden geworfen. Dann trieben sie sich in vielen Ländern herum,
teils wandernd, teils gejagt, Händler, Kaufleute, Geldleute, geistig
immer in enger Berührung mit dem Wirtsvolk, dabei fest an sich
haltend. Teile bröckelten ständig ab, im Ganzen blieb das Volk.
Und jetzt ist die Masse seiner Menschen größer als vor zwei Jahrtausenden. Man preßte sie von Süden nach Norden, aus Spanien
heraus, wo sie zu Hunderttausenden siedelten, aus Frankreich
nach Deutschland, in das Polen- und Russenland hinein. Immer
warf sich ökonomischer Haß über sie, Abneigung gegen das
fremde Volk, Widerwille, Furcht vor ihrem fremden Kult. Dieses
Polen nahm sie im dreizehnten Jahrhundert auf.

Sie gerieten in ein Land, das städtearm war, zwischen Bauern
und Adel, übernahmen die Funktionen eines Bürgerstandes. Das
Privileg eines Herzogs Boleslaw schützte sie, ließ ihnen ihre
Rechtsprechung und innere Selbstverwaltung. Das Privileg
wurde mehrfach, auch durch Kasimir den Großen, bestätigt, zuletzt durch den Polenkönig Stanislaus August im 18. Jahrhundert.
Einen hohen Grad wirklicher Autonomie besaßen sie. Das Wort
ging früh um: »Polen, der Himmel des Adels, das Paradies der

Juden, die Hölle der Bauern.« Jedes Jahrhundert erlebte dabei
seine Judenhetzen. Die neue Nationalzeit nahm ihnen die Privi-
legien. Die Minoritäten- und Autonomiepolitik tritt jetzt in anderem Kleid auf.

In dieser Stadt Warschau setzten sie sich an in der Abrahams-
gasse im Zentrum, waren vom Handel ausgeschlossen nach dem
Magdeburger Recht, das Warschau hatte: handeln dürfen nur
Städter und Christen. Sie wurden mehrfach aus der Stadt verjagt,
lebten auf den Dörfern unter dem Schutz des Adels. Noch auf
dem Großen Reichstag 1788 forderten Warschauer Magistrats-
deputierte die Verschärfung aller Judenerlasse. Aber sie blieben
vom Adel geschützt. »Es gibt gewisse ökonomische Notwendigkeiten, gegen die alle anderen Faktoren nichts ausmachen.« Mit
dreieinhalb Millionen Menschen wächst das Volk heute in Polen.

Die Nalewkistraße läuft im Nordwesten Warschaus im glei-
chen Zuge mit der Marschallstraße und der Krakauer Vorstadt.
Die breite Nalewki ist die Hauptader der Judenstadt. Nach links
und rechts laufen von ihr lange Straßen ab mit neuen Querstra-
ßen und Gassen. Und alles gefüllt und wimmelnd von Juden.
Elektrische durchfahren die Nalewkistraße. Ihre Häuser haben
Fronten wie die meisten Häuser Warschaus, bröcklig, unsauber.
Höfe tauchen in alle Häuser hinein. Ich gehe auf einen; er ist viereckig und wie ein Markt von lauten Menschen, Juden, meist im
Kaftan, erfüllt. In den Quergebäuden Möbelgeschäfte, Fellge-
schäfte. Und wie ich ein Quergebäude durchgehe, stehe ich wieder auf einem wimmelnden Hof, voller Kisten, mit Pferdegespan-
nen; von jüdischen Lastträgern wird auf- und abgeladen. Große
Geschäftshäuser beherbergt diese Nalewki. Bunte Firmenschil-
der zeigen zu Dutzenden an: Felle, Pelze, Kostüme, Hüte, Koffer.
In Läden und oberen Stockwerken Geschäfte. Nach der Stadt zu,
im Südteil an der Dluga, offene große moderne Läden: Parfüme-
rien, Stempel, Manufaktur. Ich lese sonderbare Namen: Waisel-
fisch, Klopfherd, Blumenkranz, Brandwain, Farsztandig, Gold-

kopf, Gelbfisch, Gutbesztand. Man hat den Menschen des geächteten Volkes Spottnamen angehängt. Ich lese weiter: Goldluft, Goldwasser, Feldgras, Oksenberg. Jüdische Frauen gehen in der Menge; sie tragen schwarze Perücken, einen kleinen schwarzen Schleier darüber, vorn eine Art Blume. Einen schwarzen Schal haben sie um. Merkwürdig ein großer modern gekleideter junger Mann mit seiner eleganten Schwester; stolz geht er und trägt eine Judenkappe auf dem Kopf. Auf dem Pflaster Familien im Gespräch: zwei jüngere Männer in sauberen Kaftanen mit ihren modern gekleideten polnisch pikant geschminkten Frauen. Ein Knabe in Matrosentracht dabei, »Torpedo« steht auf seiner Mütze. Ein polnischer Schutzmann leitet auf dem Damm den Wagenverkehr. Dieses Nebeneinander zweier Völker. Junge Mädchen schlendern Arm in Arm her, sehen wenig jüdisch aus, lachen, sprechen jiddisch, tragen sich bis auf die feinen Strümpfe polnisch. Aufrecht spazieren sie. Die Schultern der Männer sind schlaff, die Rücken krumm, der Gang schleppend.

Vormittags. Die auffällige Masse alter weißbärtiger Männer. Viele schmutzige, zerrissene Kaftane. Aus blassen und gelben bärtigen Gesichtern blicken sie. Heftiges Geschäftsleben auf Trottoir und Damm; es lehnen auch viele an den Mauern mit ganz ruhigem, stumpfem Ausdruck. Nebeneinander hocken fünf ganz zerlumpte Männer vor einem Hausflur, Stricke um den Leib gebunden: Träger. Jiddische Zeitungen werden ausgerufen. Aus den großen tiefen Läden steigen Männer, schleppen Säcke. Wie grausig zerlumpt sie sind, Stiefel mit hängenden Sohlen, Ärmel ausgerissen, Nähte geplatzt. Ein Junge führt einen Mann mit weißen toten Augen; sie betteln. Eine alte schmierige Frau drängt sich an die Passanten heran, hält die Hand hin. Vor einem amtlichen Papierosykasten am Straßenbord hocken drei ältere Juden, plaudern, rauchen. Wie viele herumstehen, sich umblicken, warten, warten, warten. Öfter kommt ein Windstoß; dann fliegen ihre langen schwarzen Mäntel auf, die weißen rituellen Schaufäden werden sichtbar. Ein kleiner dicker Mann steht mit einem mächtigen geknoteten Strick um den Leib vor einem Schaufenster, schwarzbärtig, mit gelehrtem Gesicht. Sein fettiger Kaftan und seine Hosen sind ein Fetzen. Manche wandern in kleinen langsamen Trupps.

Die gewaltigen Stofflager. Ich lese die Namen: Seidenstrumpf, Butterfaß, Tuchwarger, Spiegelglas. Dann Jakob Natur, Israel Gesundheit. Alle dutzend Häuser ein jüdischer Obsthändler; Früchte unter einem Glaskasten. Ein Mann trägt durch die Masse einen Pack Stöcke unter einem Arm. Die wehenden langen Bärte, schwarz und viele rötlichblond. Vorwiegt ein schmächtiger langnasiger Typus. Im dunklen Hintergrund der Läden sitzen immer mehrere, manchmal auf Tischen, essen, debattieren. Karren mit Tuchballen werden gefahren. Ich lese die Namen Amethyst, Diamant, Safir, Goldwasser, Mülstein. Es kommen knallrote Gesichter mit fuchsroten Bärten, breitschultrige Männer. Die Gesiastraße kreuzt die Nalewki, ist schmal, sehr lang, von der Straßenbahn durchfahren. Juden in Droschken mit Kaftan fahren um die Ecke, elegante Damen neben ihnen; Droschken, die Säcke transportieren.

Und da wandert zwischen den andern eine große Erscheinung: ein hochgewachsener Mann in langem Seidenkaftan, mit weißem wallenden zweizipfligen Bart. Einen großen runden Hut hat er auf. Seine Augen blicken stier geradeaus. Er hat einen strengen stolzen Ausdruck. Ein kleiner sauberer Mann neben ihm. Das ist ein Rabbi. Er geht; sie beachten ihn im Handelshaufen nicht. Und nicht weit hinter ihm zieht ein katholisches Begräbnis die Straße herauf. Vorauf rechts und links hohe Laternen mit brennenden Lichtern; hinter dem Wagen Trauernde, einfache Leute, barhäuptig, zuletzt eine einzelne Droschke mit Frauen. Welche verrunzelten Gesichter ich um mich sehe. Sie schneuzen sich ohne Taschentuch mit der Hand an der Nase, wischen sich am Kaftan ab.

Die Dzikastraße. Das kleine Goldwarengeschäft: ein blühendes Judenfräulein steht an der Tür, die üppigen roten Haare gelockt. In einer Gänseschlachterei arbeitet im Schaufenster eine derbe kleine Frau bis an die Ellbogen in Blut, nimmt eine Gans aus. Tapezierer, Bäcker, Metzger, Tandgeschäfte. Ein fliegender Buchhändler mit jiddischen Schriften. Haufen von Kindern: mir fällt ihr slawischer Typus auf; die jüdischen Züge treten erst später hervor. Langsam schlürft einer mitten über den Damm, ein Mann, einen Stuhl rechts, einen Stuhl links, drei ineinandergeschoben auf dem Kopf. Verblüffend ein ganz schmaler hoher Laden, nur eine Stube, die nach der Straße offen ist. Darin raucht auf einer Bank ein ganz alter Mann, und sein Laden ist von oben bis unten vollgestopft bis zu seinen Füßen mit schrecklichem Abfall, mit rostigem alten Eisen: Schlüssel, Ringe, Drähte, Schlösser. Die Schilder: Kleinfinger, Berlinerblau, Rotblut, Halbstrunk, Tuchband, Zweifuß, Alfabet, Silberklang. Im Arbeitskittel schlendern mit Leitern Maler, Tüncher; Kappen auf dem Kopf. Im Gespräch bewegen diese Menschen Arme und Hände nicht viel; was man im Westen sieht, ist Entstellung. Einige Alte tragen gedrehte Schläfenlocken; in ihren schweren rockartigen Kaftanen sehen sie von hinten wie Weiber aus. Heben auch, wenn sie Pfützen übersteigen, die Röcke wie Weiber auf. Von denen, die hier stehen, haben sehr viele einen träumenden Ausdruck; sind wie unaufgeweckt.

Da schleicht ein uraltes schmutziges Männchen die Wand entlang. Wie ich ihn von vorn besehe, ist er wachsbleich. Den Mund hält er weit offen, das linke Auge ist klein und rot, das Augenlid umgestülpt bloß. Das rechte Auge aber sperrt er auf, es ist weißlich. Er tastet mit dem Stock in seiner linken Hand vor sich. So tappt er die verfallene Mauer entlang am hellen Mittag. Ein kleiner jüdischer Stiefelputzer erspäht mich, schießt auf mich zu, zieht mich von der Straße an den Hauseingang. Blitzschnell bearbeitet er mit Stößen der Bürsten rechts und links meine Schuhe; das Tuch zum Schluß reißt in der Hitze der Arbeit. Die Schuhe funkeln zuletzt wie Lack. Drei andere Jungens haben sich um uns versammelt. Der Putzer und sie wechseln kurze erregte, feindselige Worte. Dann ist der Junge fertig, ich frage nach dem Preis. In dem Augenblick ergreift die drei anderen Jungens eine Spannung, und sie rücken heran. Er verlangt zwei Slotys; zwei ganze Slotys! Ihm stehen 50 Groschen, der vierte Teil, zu. Die Jungens warten, was ich auf die Frechheit antworten werde. Und ich – zahle zwei Slotys. Hinterher kann ich dann aus dem Gedränge das strahlende Gesicht meines Putzers beobachten und wie die drei anderen sich gierig und haßvoll verständigen, mein Putzer plötzlich dicht bei mir vorbeischießt, Reißaus nimmt, die andern mit Hallo hinter ihm.

Die große Synagoge in der Tlomacki; klassizistischer Tempel, schmal, hoch. Darüber die Kuppel mit dem Davidschild. Ein kleiner Tempeldiener plaudert am Fuß der Treppe mit einem polnischen Schutzmann. Es ist Sonnabendvormittag. Sie strömen die Treppe hinauf. Hier gehen wenige in Kaftan und Kappe, das ist die Synagoge des Mittelstands, zugleich der Aufgeklärten, Emanzipierten, auch der Assimilierten. Ein leerer Vorraum mit Glastüren. Und sonderbar: rechts und links vom Eingang Becken mit tropfendem Wasser; die Eintretenden tauchen ihre Finger hinein: der Rest einer rituellen Waschung, und zugleich wie nah dem katholischen Weihbecken. Im Tempelraum ein Gewimmel von Menschen. Sie unterhalten sich, meist leise, einige halblaut. Ein älterer verweist einem Jungen den Platz. Wie die Augen des Graubarts funkeln, der schließlich den Aufseher herbeiruft. Mit Kopfschütteln, sanftem Zureden drängt der den Jungen weg; noch lange blickt der Graubart giftig. An der Hinterwand neben polnischen Inschriften drei Reihen von Uhren mit hebräischen Zeichen. Sie zeigen verschiedene Zeit; ich verstehe sie nicht. Einer vor mit betet sehr laut mit Schaukeln des Oberkörpers, ein Mann im Hut. Plötzlich dreht er sich um, unterbricht sich, klopft den weißhaarigen Tempeldiener auf die Schulter, sie reden von der Krankheit einer Frau. Der Aufseher ruft: »Steht nicht in der Mitte, steht nicht im Weg.« Oben sitzen die Frauen hinter einem hohen weiten Gitter; ich sehe moderne fesche Hüte. Sind lange nicht so viele Frauen wie in christlichen Kirchen. Die meisten Männer haben Gebetsmäntel um, weiß mit schwarzen und blauen Streifen. Einige tragen sie wie einen Halsschal, einige haben sie an den Armen umgeschlagen und gerafft. Viele junge Leute gehen herum, dabei fast ein Dutzend Soldaten, und nachher werden es noch mehr. Sind allesamt keine vornehmen Leute, graben sich ungeniert mit dem Finger in die Nase, während sie sprechen. Einige Seriöse wandern langsam durch den Mittelgang, der Aufseher macht ihnen Platz; sie sitzen vorn. Kleine Knaben in Matrosenmützen stehen auf der Bank; ihre Begleiter lesen in Büchern und halten sie fest. Diese Männer haben rasche Blicke. Viele Gesichter sind voll und breit. Ich zähle im Raum beiderseits sieben Fenster, schmucklose kleine. Hohe Säulen stehen von der Empore auf, teilen sieben Rundbogen ab. Eine kleine Treppe führt zum Altar. Die rotbrennende Lampe, der Mittelvorhang. Das Liturgieren ähnelt dem katholischen. Und zum Erstaunen wird es dem katholischen ähnlich, wenn der Priester den Vorhang aufzieht und ein silbernes Gerät, das klirrt und klingelt, hervorholt, im Arm hält, wie eine Monstranz. Begleitet von Funktionären steigt der Priester die Stufen herunter, zieht unter Gesang am Altar vorbei, steigt wieder die Stufen hinauf. Oben stehen zivile Männer, die vorlesen. Hier besteht eine enge Verbindung zwischen Gemeinde und Priester. Sie lesen vor, und bisweilen fallen Menge und Chor tumultartig ein. Jetzt erscheinen oben am Altar Knaben. Ich höre, sie werden eingesegnet. Allgemeines Flüstern; eine große Anzahl Leute drängt aufgeregt im Mittelgang nach vorn. Der Tempel ist ganz voll geworden, hinten schieben sie sich aus dem Vorraum herein. Der weißbärtige Aufseher kämpft mit den Leuten. Mit hochpathetischer Stimme sagt oben ein Knabe – er mutiert eben, seine Stimme überschlägt sich – hebräische Worte auf. Man gibt sich unten vertrauliche Zeichen, lächelt. Die

Männer und Frauen sind alle aufgestanden, recken die Hälse. Immer heftiger drängen sie nach vorn. Der Priester singt, und dann sagt ein anderer Knabe seinen Spruch auf. Schon gehen Männer weg. Aus dem Vorraum schieben sich neue vor. Ich gehe, wie es sich oben wiederholt, auch. Im Vorraum debattieren sie in Gruppen. Sie stehen am Fuß der Treppe, mustern die Vorübergehenden.

Draußen sind die Geschäfte geschlossen. Langsam flanieren Kaftanträger über die stille Straße. Wie ich mich dem Theaterplatz nähere, ändert sich rasch das Bild. Ich bin in Polen, in einer wogenden großen polnischen Stadt.

(...)

Der Historiker Meyer charakterisiert die Semiten: »Die Innigkeit des Gemütslebens und die Wärme der Empfindung, welche den Indogermanen auszeichnet, ist den Semiten fremd. Damit hängt auf das engste zusammen, daß den Semiten die schöpferische Gestaltungskraft der Phantasie fehlt.« Vielleicht hat er auch die Juden unter die Semiten gerechnet. Die Juden von heute, in Rußland, Polen, Westeuropa: es läßt sich schwer sagen, wievielprozentig Semiten sie sind. Auch weiß ich nicht, hat der Neger vor dem Weißen die schwarze Haut voraus oder der Weiße vor dem Neger die helle? Sicher aber würde Meyer vor dem Baal-schem und seinen Chassidim ganz still sein.

In der Bibliothek des Gaon höre ich wieder von dem mächtigen Mann. Der alte Bibliothekar breitet Bände vor mir aus. Die ganz zerlesenen Folianten: das ist der Talmud. Das gelbliche Papier zeigt im oberen Mittelteil den Text der Mischna und Gemara, dann umringen ihn die Kommentare in kleiner Schrift, besonders Raschis. Ein schön weißledern gebundener mächtiger Volumen gibt Photographien des Venezianer Textes vom babylonischen Talmud, zwei Bände. Der Name des deutschen Judaisten Strack fällt. Hier hat der Gaon gelebt; ein kleiner dicker Band von seiner Hand liegt da, Kommentare zum Talmud. In einer russischen Enzyklopädie sehe ich das Bild des Gaon selber: fanatisches Gesicht, brennende Augen, festgeformter Mund. Der Bart loht um sein Gesicht. Die Gesichter der weisen Männer an der Wand des Lesezimmers sind milder, wärmer, aber sie verblassen neben dem des Gaon. Wie das Sanfte, Weise neben dem Gewaltigen verblaßt. Heute. Aber morgen ist auch der Gewaltige hin.

Ich kann mich nicht enthalten zu denken, wie ich hinausgehe: Welch imposantes Volk, das jüdische. Ich habe es nicht gekannt, glaubte, das, was ich in Deutschland sah, die betriebsamen Leute wären die Juden, die Händler, die in Familiensinn schmoren und langsam verfetten, die flinken Intellektuellen, die zahllosen unsicheren unglücklichen feinen Menschen. Ich sehe jetzt: das sind abgerissene Exemplare, degenerierende, weit weg vom Kern des Volkes, das hier lebt und sich erhält. Und was ist das für ein Kern, der solche Menschen produziert wie den hinflutenden reichen Baal-schem, die finstere Flamme des Gaon von Wilno. Was ging in diesen scheinbar kulturarmen Ostlandschaften vor. Wie fließt alles um das Geistige. Welche ungeheure Wichtigkeit mißt man dem Geistigen, Religiösen zu. Nicht eine kleine Volksschicht, eine ganze Masse geistig gebunden. In diesem Religiös-Geistigen ist das Volk so zentriert wie kaum ein anderes in seinem. Die Juden hatten es leichter darin als andere, hatten sich nicht mit Staatsformen, Revolutionen, Kriegen, Grenzverbesserungen, Königen, Parlamenten herumzuschlagen. Die Sorge darum haben ihnen die Römer, zwei Jahrtausende zurück, abgenommen. Und sie haben sich eigentlich darüber nicht beklagt. Sie haben nicht darum an den Wassern Babylons gesessen und geweint. Es drehte sich für sie immer um den Tempel. Sie brauchten den Staat nur für den Tempel. Nur auf Zion steht der richtige Tempel. Unter dieser

Idee, als der Staat nicht kam, ist langsam die Verwandlung des ganzen Volkes eingetreten. Lautlos hat der Verzicht auf Land und Staatlichkeit das Volk durchdrungen. Und sie haben sich selbst zum Tempelvolk gemacht. Zum Volk, das den Tempel in sich trägt. Ein beispielloser Vorgang. Nur unter so künstlichen, langwirkenden Bedingungen war es möglich.

Wenn man jetzt die Geschichte rückwärts schraubte und ihnen wirklich Zion gäbe? Und es drängt darauf hin. Die künstlichen alten Bedingungen lassen sich nicht mehr aufrechterhalten. Ihre Strenge läßt nach. Die Neuzeit, die Wirtschaftsnot drängt die Juden aus der Abschließung. Die Rückwärtsbewegung, sie ist im Gange. Die Tragödie der Erfüllung ist im Gange. Der Tempel, den sie finden werden, wenn, wenn sie ihn suchen, wird nicht der Tempel sein. Die Religiösen, Geistigen wissen es. Sie sagen: Nur der Messias kann den Tempel geben. Die echtesten Juden warten schon lange nicht mehr auf den »Staat«. Man kann sich nur im Geistigen erhalten, darum muß man im Geistigen bleiben. Das Politische kann nicht das Himmlische erfüllen, Politik schafft nur Politik. Ihnen gibt die »neue« Zeit keine Probleme auf.

Aber die äußeren Umstände, politische, ökonomische, von heute und die Not der Massen sind Tatsachen. Der alte Organismus wird seiner Umwandlung großen Widerstand entgegensetzen. »Staat«, »Parlament« steht am Horizont – gegen den Gaon und den Baal-schem.

(...)

Ich weiche einem zionistischen Agitator aus, mit dem ich schon eine Unterredung verabredet habe. Mich besucht, wie ich zum letzten Aufbruch rüste, ein junger jiddischer Literat. Noch einmal sitzt einer von ihnen bei mir in einem polnischen Hotel, im warmen Zimmer, und ich durchdenke mit ihm ihre Sachen. »Vor dem Krieg«, spricht der junge Mensch auf dem Sofa, »war die Intelligenz unseres Volkes zum großen Teil assimiliert. Dann haben sie sich zurückgewandt: Die Bürgerlichen wurden Zionisten; andere Poale Zion. Die Sozialisten wichen der jüdischen Frage aus.« Er erzählt, als ich vom Strickower Rebbe spreche, von einem Rebbe in einem Ort bei Warschau: der hungert und weint seit vierzig Jahren, friert, betet für die ganze Welt, für ihre Sünden. Ein anderer singt seit vielen Jahren eigene Lieder, ißt gern und viel, der Optimist: »Das Leben ist wundervoll.«

Und nun, wie steht es mit euch von heute? Ich habe den Namen Bialik gehört. »Ach, eine Parteisache. Er schreibt eben hebräisch, das genügt. Er ist mittelmäßig, schwach, spießbürgerlich. Es gibt Judenkünstler und jüdische Künstler. Das muß man unterscheiden. Der Unterschied gilt für alle Nationen. Polen oder Deutsche oder Juden, die ein Stück polnisches, deutsches, jüdisches Leben malen, sind darum noch nicht volksmäßige Maler. Wir haben viele Judenkünstler. Sie malen Ghettobilder, Motive aus der Geschichte. Es ist nichts damit. Man muß Talent haben und sich dem Talent überantworten; das ist alles.« Skeptisch, aber ohne Schärfe spricht der frische Mann von Palästina, Töne aus meinem gestrigen Gespräch klingen an: »Vielleicht gelingt es ihnen, da einen Staat zu gründen. Vielleicht; für wie viele. Und was werden sie erreicht haben. Sie werden Soldaten, Staatsmänner und Industriearbeiter stellen; die wird die Welt dann mehr haben. Aber Spinoza, Bergson werden sie nicht züchten.

Die Zukunft der Welt liegt nicht da. Der Zionismus ist eine körperliche Bewegung. Die Welt muß aufgemenscht werden. Es ist nicht nur bei den Juden schrecklich. Auch den Deutschen, Polen, Franzosen, Amerikanern, Engländern geht es schlecht. Was ist mit ihrer Kultur? Sie imponiert uns nicht. Wir haben im Krieg viel gesehen. Alles muß aufgemenscht werden. Langsam. So wird auch die jüdische große Schwierigkeit behoben werden. Ohne Zerstörung der Substanz.«

Wie tut es wohl, solche Stimmen zu hören, ohne selbst die Lippen zu bewegen. Wie deutlich wird, daß man nicht allein auf der Welt ist. Kein aussprechbares Gefühl. Gefühl aller Gefühle.

(…)

Draußen ein großes Motorboot, der Schall ist manchmal ganz nah. Es hat Schaum am Bug, das schnuppernde kauende laufende Tier, dem der Speichel über Schnauze und Barthaare fließt.

Da wandert eine einsame Frau in langem Trauerschleier mir langsam entgegen. Sie wandert, ohne vom Sand aufzusehen, an mir vorbei, nach der Brücke. Die Sonne leuchtet ganz hell. Das Wasser beginnt grünlich zu schillern, spielt mit Farben. Wunderbar mischen sich die Farben, gelbliche Streifen, ein milchiges Violett, zitternde rötliche Töne, und hinten verblaut alles.

Bedenke jetzt, liebes Herz, was das Stärkste auf dieser Welt ist. Du bist am Meer; die Reise durch das fremde Land ist zu Ende.

Dies hier, was ich sehe, erscheint mir am stärksten, die unermeßliche Natur. Immer wieder sie. Ich brauche mich nicht zu korrigieren. Ein Stück von ihr liegt vor mir: das Meer, der flüssige Garten voller Tiere und Pflanzen; der Wind behaucht es.

Und das andere, das zweite Stärkste? Die – Seele. Der Geist, der Wille des Menschen.

Tapfere Menschenherden habe ich gesehen. Bedrückte Menschenherden. Daß man nicht im Anbeten erliegen darf, ist mir unendlich klar. Daß man verändern, neusetzen, zerreißen darf, zerreißen muß, ist mir klar. Der Geist und der Wille sind legitim, fruchtbar und stark.

Es gibt eine gottgewollte Unabhängigkeit. Beim Einzelmenschen. Bei jedem einzelnen. Den Kopf zwischen den Schultern trägt jeder für sich.

»Heran an das Leben! Dichter! Dichter!«

ICH BLÄTTERTE IN
Adam Mickiewicz: Histoire populaire de Pologne
Erdmann Hanisch: Geschichte Polens
Brückner: Geschichte der polnischen Literatur
Emil Knorr: Polnische Aufstände seit 1830
Tetzner: Die Slawen in Deutschland
Anne de Bovet: Cracovie
Dubnow: Neueste Geschichte des jüdischen Volkes
Horodezky: Religiöse Strömungen im Judentum
Ch. Bloch: Die Gemeinde der Chassidim

SEHR AUFMERKSAM LAS ICH
Bernhard Guttmann: Tage in Hellas

WEDER DURCHLESEN NOCH DURCHBLÄTTERT HABE ICH
Die staatlichen Bibliotheken in Berlin, in Warschau,
in Krakau und in Lemberg

Berlin Alexanderplatz
Die Geschichte vom Franz Biberkopf (1929)

Dies Buch berichtet von einem ehemaligen Zement- und Transportarbeiter Franz Biberkopf in Berlin. Er ist aus dem Gefängnis, wo er wegen älterer Vorfälle saß, entlassen und steht nun wieder in Berlin und will anständig sein.

Das gelingt ihm auch anfangs. Dann aber wird er, obwohl es ihm wirtschaftlich leidlich geht, in einen regelrechten Kampf verwickelt mit etwas, das von außen kommt, das unberechenbar ist und wie ein Schicksal aussieht.

Dreimal fährt dies gegen den Mann und stört ihn in seinem Lebensplan. Es rennt gegen ihn mit einem Schwindel und Betrug. Der Mann kann sich wieder aufrappeln, er steht noch fest.

Es stößt und schlägt ihn mit einer Gemeinheit. Er kann sich schon schwer erheben, er wird schon fast ausgezählt.

Zuletzt torpediert es ihn mit einer ungeheuerlichen äußersten Roheit.

Damit ist unser guter Mann, der sich bis zuletzt stramm gehalten hat, zur Strecke gebracht. Er gibt die Partie verloren, er weiß nicht weiter und scheint erledigt.

Bevor er aber ein radikales Ende mit sich macht, wird ihm auf eine Weise, die ich hier nicht bezeichne, der Star gestochen. Es wird ihm aufs deutlichste klargemacht, woran alles lag. Und zwar an ihm selbst, man sieht es schon, an seinem Lebensplan, der wie nichts aussah, aber jetzt plötzlich ganz anders aussieht, nicht einfach und fast selbstverständlich, sondern hochmütig und ahnungslos, frech, dabei feige und voller Schwäche.

Das furchtbare Ding, das sein Leben war, bekommt einen Sinn.

»Heran an das Leben! Dichter! Dichter!«

Es ist eine Gewaltkur mit Franz Biberkopf vollzogen. Wir sehen am Schluß den Mann wieder am Alexanderplatz stehen, sehr verändert, ramponiert, aber doch zurechtgebogen.

Dies zu betrachten und zu hören wird sich für viele lohnen, die wie Franz Biberkopf in einer Menschenhaut wohnen und denen es passiert wie diesem Franz Biberkopf, nämlich vom Leben mehr zu verlangen als das Butterbrot.

Erstes Buch

Hier im Beginn verläßt Franz Biberkopf das Gefängnis Tegel, in das ihn ein früheres sinnloses Leben geführt hat. Er faßt in Berlin schwer wieder Fuß, aber schließlich gelingt es ihm doch, worüber er sich freut, und er tut nun den Schwur, anständig zu sein.

Mit der 41 in die Stadt

Er stand vor dem Tor des Tegeler Gefängnisses und war frei. Gestern hatte er noch hinten auf den Äckern Kartoffeln geharkt mit den andern, in Sträflingskleidung, jetzt ging er im gelben Sommermantel, sie harkten hinten, er war frei. Er ließ Elektrische auf Elektrische vorbeifahren, drückte den Rücken an die rote Mauer und ging nicht. Der Aufseher am Tor spazierte einige Male an ihm vorbei, zeigte ihm seine Bahn, er ging nicht. Der schreckliche Augenblick war gekommen (schrecklich, Franze, warum schrecklich?), die vier Jahre waren um. Die schwarzen eisernen Torflügel, die er seit einem Jahre mit wachsendem Widerwillen betrachtet hatte (Widerwillen, warum Widerwillen), waren hinter ihm geschlossen. Man setzte ihn wieder aus. Drin saßen die andern, tischlerten, lackierten, sortierten, klebten, hatten noch zwei Jahre, fünf Jahre. Er stand an der Haltestelle.

Die Strafe beginnt.

Er schüttelte sich, schluckte. Er trat sich auf den Fuß. Dann nahm er einen Anlauf und saß in der Elektrischen. Mitten unter den Leuten. Los. Das war zuerst, als wenn man beim Zahnarzt sitzt, der eine Wurzel mit der Zange gepackt hat und zieht, der Schmerz wächst, der Kopf will platzen. Er drehte den Kopf zurück nach der roten Mauer, aber die Elektrische sauste mit ihm auf den Schienen weg, dann stand nur noch sein Kopf in der Richtung des Gefängnisses. Der Wagen machte eine Biegung, Bäume, Häuser traten dazwischen. Lebhafte Straßen tauchten auf, die Seestraße, Leute stiegen ein und aus. In ihm schrie es entsetzt: Achtung, Achtung, es geht los. Seine Nasenspitze vereiste, über seine Backe schwirrte es. »Zwölf Uhr Mittagszeitung«, »B. Z.«, »Die neuste Illustrirte«, »Die Funkstunde neu«, »Noch jemand zugestiegen?« Die Schupos haben jetzt blaue Uniformen. Er stieg unbeachtet wieder aus dem Wagen, war unter Menschen. Was war denn? Nichts. Haltung, ausgehungertes Schwein, reiß dich zusammen, kriegst meine Faust zu riechen. Gewimmel, welch Gewimmel. Wie sich das bewegte. Mein Brägen hat wohl kein Schmalz mehr, der ist wohl ganz ausgetrocknet. Was war das alles. Schuhgeschäfte, Hutgeschäfte, Glühlampen, Destillen. Die Menschen müssen doch Schuhe haben, wenn sie so viel rumlaufen, wir hatten ja auch eine Schusterei, wollen das mal festhalten. Hundert blanke Scheiben, laß die doch blitzern, die werden dir doch nicht bange machen, kannst sie ja kaputt schlagen, was ist denn mit die, sind eben blankgeputzt. Man riß das Pflaster am Rosenthaler Platz auf, er ging zwischen den andern auf Holzbohlen. Man mischt sich unter die andern, da vergeht alles, dann merkst du nichts, Kerl. Figuren standen in den Schaufenstern in Anzügen, Mänteln, mit Röcken, mit

Strümpfen und Schuhen. Draußen bewegte sich alles, aber – dahinter – war nichts! Es – lebte – nicht! Es hatte fröhliche Gesichter, es lachte, wartete auf der Schutzinsel gegenüber Aschinger zu zweit oder zu dritt, rauchte Zigaretten, blätterte in Zeitungen. So stand das da wie die Laternen – und – wurde immer starrer. Sie gehörten zusammen mit den Häusern, alles weiß, alles Holz.

Schreck fuhr in ihn, als er die Rosenthaler Straße herunterging und in einer kleinen Kneipe ein Mann und eine Frau dicht am Fenster saßen: die gossen sich Bier aus Seideln in den Hals, ja was war dabei, sie tranken eben, sie hatten Gabeln und stachen sich damit Fleischstücke in den Mund, dann zogen sie die Gabeln wieder heraus und bluteten nicht. Oh, krampfte sich sein Leib zusammen, ich kriege es nicht weg, wo soll ich hin? Es antwortete: Die Strafe.

Er konnte nicht zurück, er war mit der Elektrischen so weit hierher gefahren, er war aus dem Gefängnis entlassen und mußte hier hinein, noch tiefer hinein.

Das weiß ich, seufzte er in sich, daß ich hier rin muß und daß ich aus dem Gefängnis entlassen bin. Sie mußten mich ja entlassen, die Strafe war um, hat seine Ordnung, der Bürokrat tut seine Pflicht. Ich geh auch rin, aber ich möchte nicht, mein Gott, ich kann nicht.

Er wanderte die Rosenthaler Straße am Warenhaus Wertheim vorbei, nach rechts bog er ein in die schmale Sophienstraße. Er dachte, diese Straße ist dunkler, wo es dunkel ist, wird es besser sein. Die Gefangenen werden in Einzelhaft, Zellenhaft und Gemeinschaftshaft untergebracht. Bei Einzelhaft wird der Gefangene bei Tag und Nacht unausgesetzt von andern Gefangenen gesondert gehalten. Bei Zellenhaft wird der Gefangene in einer Zelle untergebracht, jedoch bei Bewegung im Freien, beim Unterricht, Gottesdienst mit andern zusammengebracht. Die Wagen tobten und klingelten weiter, es rann Häuserfront neben Häuserfront ohne Aufhören hin. Und Dächer waren auf den Häusern, die schwebten auf den Häusern, seine Augen irrten nach oben: wenn die Dächer nur nicht abrutschten, aber die Häuser standen grade. Wo soll ick armer Deibel hin, er latschte an der Häuserwand lang, es nahm kein Ende damit. Ich bin ein ganz großer Dussel, man wird sich hier doch noch durchschlängeln können, fünf Minuten, zehn Minuten, dann trinkt man einen Kognak und setzt sich. Auf entsprechendes Glockenzeichen ist sofort mit der Arbeit zu beginnen. Sie darf nur unterbrochen werden in der zum Essen, Spaziergang, Unterricht bestimmten Zeit. Beim Spaziergang haben die Gefangenen die Arme ausgestreckt zu halten und sie vor- und rückwärts zu bewegen.

Da war ein Haus, er nahm den Blick weg von dem Pflaster, eine Haustür stieß er auf, und aus seiner Brust kam ein trauriges brummendes oh, oh. Er schlug die Arme umeinander, so mein Junge, hier frierst du nicht. Die Hoftür öffnete sich, einer schlürfte an ihm vorbei, stellte sich hinter ihn. Er ächzte jetzt, ihm tat wohl zu ächzen. Er hatte in der ersten Einzelhaft immer so geächzt und sich gefreut, daß er seine Stimme hörte, da hat man was, es ist noch nicht alles vorbei. Das taten viele in den Zellen, einige am Anfang, andere später, wenn sie sich einsam fühlten. Dann fingen sie damit an, das war noch was Menschliches, es tröstete sie. So stand der Mann in dem Hausflur, hörte das schreckliche Lärmen von der Straße nicht, die irrsinnigen Häuser waren nicht da. Mit gespitztem Munde grunzte er und ermutigte sich, die Hände in den Taschen geballt. Seine Schultern im gelben Sommermantel waren zusammengezogen zur Abwehr.

(…)

Viertes Buch

Franz Biberkopf hat eigentlich kein Unglück getroffen. Der gewöhnliche Leser wird erstaunt sein und fragen: was war dabei? Aber Franz Biberkopf ist kein gewöhnlicher Leser. Er merkt, sein Grundsatz, so einfach er ist, muß irgendwo fehlerhaft sein. Er weiß nicht wo, aber schon daß er es ist, gräbt ihn in allerschwerste Betrübnis.

Ihr werdet den Mann hier saufen sehen und sich fast verloren geben. Aber es war noch nicht so hart, Franz Biberkopf ist für schlimmere Dinge aufbewahrt.

(…)

Denn es geht dem Menschen wie dem Vieh; wie dies stirbt, so stirbt er auch

Der Schlachthof in Berlin. Im Nordosten der Stadt zwischen der Eldenaer Straße über die Thaerstraße weg über die Landsberger Allee bis an die Cotheniusstraße die Ringbahn entlang ziehen sich die Häuser, Hallen und Ställe vom Schlacht- und Viehhof.

Er bedeckt eine Fläche von 47,88 ha, gleich 187,50 Morgen, ohne die Bauten hinter der Landsberger Allee hat das 27 093 492 Mark verschluckt, woran der Viehhof mit 7 Millionen 682 844 Mark, der Schlachthof mit 19 Millionen 410 648 Mark beteiligt ist.

Viehhof, Schlachthof und Fleischgroßmarkt bilden ein untrennbares wirtschaftliches Ganzes. Verwaltungsorgan ist die Deputation für den Vieh- und Schlachthof, bestehend aus zwei Magistratsmitgliedern, einem Bezirksamtsmitglied, 11 Stadtverordneten und 3 Bürgerdeputierten. Im Betrieb sind beschäftigt 258 Beamte, darunter Tierärzte, Beschauer, Stempler, Hilfstierärzte, Hilfsbeschauer, Festangestellte, Arbeiter. Verkehrsordnung vom 4. Oktober 1900, Allgemeinbestimmungen, Regelung des Auftriebs, Lieferung des Futters. Gebührentarif: Marktgebühren, Liegegebühren, Schlachtgebühren, Gebühren für die Entfernung von Futtertrögen aus der Schweinemarkthalle.

Die Eldenaer Straße entlang ziehen sich die schmutziggrauen Mauern, oben mit Stacheldraht. Die Bäume draußen sind kahl, es ist Winter, die Bäume haben ihren Saft in die Wurzeln geschickt, warten den Frühling ab. Schlächterwagen karriolen an in schlankem Galopp, gelbe und rote Räder, leichte Pferde vorneweg. Hinter einem Wagen läuft ein mageres Pferd, vom Trottoir ruft einer hinterher Emil, sie handeln um den Gaul, 50 Mark und eine Lage für uns acht, das Pferd dreht sich, zittert, knabbert an einem Baum, der Kutscher reißt es zurück, 50 Mark und eine Lage, Otto, sonst Abfahrt. Der unten beklatscht das Pferd: gemacht.

Gelbe Verwaltungsgebäude, ein Obelisk für Gefallene aus dem Krieg. Und rechts und links langgestreckte Hallen mit gläsernen Dächern, das sind die Ställe, die Warteräume. Draußen schwarze Tafeln: Eigentum des Interessenverbands der Großschlächtereien von Berlin e. V. Nur mit Genehmigung sind Bekanntmachungen an dieser Tafel gestattet, der Vorstand.

An den langen Hallen sind Türen, schwarze Öffnungen zum Eintrieb der Tiere, Zahlen dran, 26, 27, 28. Die Rinderhalle, die Schweinehalle, die Schlachträume: Totengerichte für die Tiere, schwingende Beile, du kommst mir nicht lebend raus. Friedliche Straßen grenzen an, Straßmannstraße, Liebigstraße, Proskauer, Gartenanlagen, in denen Leute spazieren. Sie wohnen warm beieinander, wenn einer erkrankt und Halsschmerzen hat, kommt der Arzt gelaufen.

Aber auf der andern Seite ziehen sich die Geleise der Ringbahn 15 Kilometer. Aus den Provinzen rollt das Vieh ran, Exemplare der Gattung Schaf, Schwein, Rind, aus Ostpreußen, Pommern, Brandenburg, Westpreußen. Über die Viehrampen mähen, blöken sie herunter. Die Schweine grunzen und schnüffeln am Boden, sie sehen nicht, wo es hingeht, die Treiber mit den Stecken laufen hinterher. In die Ställe, da legen sie sich hin, liegen weiß, feist beieinander, schnarchen, schlafen. Sie sind lange getrieben worden, dann gerüttelt in den Wagen, jetzt vibriert nichts unter ihnen, nur kalt sind die Fliesen, sie wachen auf, drängen an andere. Sie liegen übereinandergeschoben. Da kämpfen zwei, in der Bucht ist Platz, sie wühlen Kopf gegen Kopf, schnappen sich gegen die Hälse, die Ohren, drehen sich im Kreis, röcheln, manchmal sind sie ganz still, beißen bloß. In Furcht klettert eins über die Leiber der andern, das andere klettert hinterher, schnappt, die unten wühlen sich auf, die beiden plumpen herunter, suchen sich.

Ein Mann im Leinenkittel wandert durch den Gang, die Bucht wird geöffnet, mit einem Stock tritt er zwischen sie, die Tür ist offen, sie drängen heraus, quieken, ein Grunzen und Schreien fängt an. Und nun alles durch die Gänge. Über die Höfe, zwischen die Hallen werden die weißen drolligen Tiere getrieben, die dicken lustigen Schenkel, die lustigen Ringelschwänzchen, und grüne rote Striche auf dem Rücken. Das ist Licht, liebe Schweinchen, das ist Boden, schnubbert nur, sucht, für wieviel Minuten noch. Nein ihr habt recht, man darf nicht mit der Uhr arbeiten, immer nur schnubbern und wühlen. Ihr werdet geschlachtet werden, ihr seid da, seht euch das Schlachthaus an, das Schweineschlachthaus. Es gibt alte Häuser, aber ihr kommt in ein neues Modell. Es ist hell, aus roten Steinen gebaut, man könnte es von draußen für eine Schlosserei halten, für eine Werkstatt oder ei-

nen Büroraum oder für einen Konstruktionssaal. Ich will anders-
herum gehen, liebe Schweinchen, denn ich bin ein Mensch, ich
gehe durch diese Tür da, wir treffen uns drin wieder.

Stoß gegen die Tür, sie federt, schwingt hin und her. Puh, der
Dampf! Was dampfen die. Da bist du im Dampf wie in einem
Bad, da nehmen die Schweine vielleicht ein russisch-römisches
Bad. Man geht irgendwo, du siehst nicht wo, die Brille ist einem
beschlagen, man geht vielleicht nackt, schwitzt sich den Rheu-
matismus aus, mit Kognak allein gehts nicht, man klappert in
Pantoffeln. Es ist nichts zu sehen, der Dampf ist zu dicht. Aber
dies Quietschen, Röcheln, Klappen, Männerrufe, Fallen von Ge-
räten, Schlagen von Deckeln. Hier müssen irgendwo die Schweine
sein, sie sind von drüben her, von der Längsseite reingekommen.
Dieser dicke weiße Dampf. Da sind ja schon Schweine, da hängen
ja welche, die sind schon tot, die hat man gekappt, die sind beinah reif zum Fressen. Da steht einer mit einem Schlauch und
spritzt die weißen Schweinehälften ab. Sie hängen an Eisenstän-
dern, kopfabwärts, manche Schweine sind ganz, die Beine oben
sind mit einem Querholz gesperrt, ein totes Tier kann eben nichts
machen, es kann auch nicht laufen. Schweinsfüße liegen abge-
hackt auf einem Stapel. Zwei Mann tragen aus dem Nebel was an,
an einem Eisenbalken ein ausgeweidetes geöffnetes Tier. Sie heben den Balken an den Laufring. Da schweben schon viele Kollegen herunter, gucken sich stumpfsinnig die Fliesen an.

Im Nebel gehst du durch den Saal. Die Steinplatten sind ge-
rieft, sie sind feucht, auch blutig. Zwischen den Ständern die Reihen der weißen ausgeweideten Tiere. Hinten müssen die Tot-
schlagsbuchten sein, da klatscht es, klappt, quiekt, schreit, röchelt,
grunzt. Da stehen dampfende Kessel, Bottiche, von da kommt
der Dampf. Männer hängen in das siedende Wasser die getöteten
Tiere rein, brühen sie, schön weiß ziehn sie sie raus, ein Mann
kratzt mit einem Messer noch die Oberhaut ab, das Tier wird
noch weißer, ganz glatt. Ganz sanft und weiß, sehr befriedigt wie

nach einem anstrengenden Bad, nach einer wohlgelungenen Operation oder Massage liegen die Schweine in Reihen auf Bänken, Brettern, sie bewegen sich nicht in ihrer gesättigten Ruhe und in ihren neuen weißen Hemden. Sie liegen alle auf der Seite, bei manchen sieht man die doppelte Zitzenreihe, wieviel Brüste ein Schwein hat, das müssen fruchtbare Tiere sein. Aber sie haben alle hier einen graden roten Schlitz am Hals, genau in der Mittellinie, das ist sehr verdächtig.

Jetzt klatscht es wieder, eine Tür wird hinten geöffnet, der Dampf zieht ab, sie treiben eine neue Schar Schweine rein, ihr lauft da, ich bin vorn durch die Schiebtür gegangen, drollige rosige Tiere, lustige Schenkel, lustige Ringelschwänze, der Rücken mit bunten Strichen. Und sie schnüffeln in der neuen Bucht. Die ist kalt wie die alte, aber es ist noch etwas von Nässe am Boden, das unbekannt ist, eine rote Schlüpfrigkeit. Sie scheuern mit dem Rüssel daran.

Ein junger Mann von blasser Farbe, mit angeklebtem blondem Haar, hat eine Zigarre im Mund. Siehe da, das ist der letzte Mensch, der sich mit euch beschäftigt! Denkt nicht schlecht von ihm, er tut nur, was seines Amtes ist. Er hat eine Verwaltungsangelegenheit mit euch zu regeln. Er hat nur Stiefel, Hose, Hemd und Hosenträger an, die Stiefel bis über die Knie. Das ist seine Amtstracht. Er nimmt seine Zigarre aus dem Mund, legt sie in ein Fach an der Wand, nimmt aus der Ecke ein langes Beil. Es ist das Zeichen seiner behördlichen Würde, seines Rangs über euch, wie die Blechmarke beim Kriminal. Er wird sie euch gleich vorzeigen. Das ist eine lange Holzstange, die der junge Mann bis zur Schulterhöhe über die quiekenden kleinen Schweine unten hochhebt, die da ungestört wühlen, schnüffeln und grunzen. Der Mann geht herum, den Blick nach unten, sucht, sucht. Es handelt sich um ein Ermittelungsverfahren gegen eine gewisse Person, eine gewisse Person in Sachen x gegen y. – Hatz! Da ist ihm eins vor die Füße gelaufen, hatz! noch eins. Der Mann ist flink, er hat sich legitimiert, das Beil ist heruntergesaust, getaucht in das Gedränge mit der stumpfen Seite auf einen Kopf, noch einen Kopf. Das war ein Augenblick. Das zappelt unten. Das strampelt. Das schleudert sich auf die Seite. Das weiß nichts mehr. Und liegt da. Was machen die Beine, der Kopf. Aber das macht das Schwein nicht, das machen die Beine als Privatperson. Und schon haben zwei Männer aus dem Brühraum herübergesehen, es ist so weit, sie heben einen Schieber an der Totschlagbucht hoch, ziehen das Tier heraus, das lange Messer zum Schärfen an einem Stab gewetzt und hingekniet, schubb schubb in den Hals gestoßen, ritsch ein langer Schnitt, ein sehr langer in den Hals, das Tier wird wie ein Sack geöffnet, tiefe tauchende Schnitte, das Tier zuckt, strampelt, schlägt, es ist bewußtlos, jetzt nur bewußtlos, bald mehr, es quiekt, und nun die Halsadern geöffnet. Es ist tief bewußtlos, wir sind in die Metaphysik, die Theologie eingetreten, mein Kind, du gehst nicht mehr auf der Erde, wir wandern jetzt auf Wolken. Rasch das flache Becken ran, das schwarze heiße Blut strömt ein, schäumt, wirft Blasen im Becken, rasch rühren. Im Körper gerinnt das Blut, soll Pfröpfe machen, Wunden stopfen. Jetzt ist es aus dem Körper raus, und noch immer will es gerinnen. Wie ein Kind noch Mama, Mama schreit, wenn es auf dem Operationstisch liegt und gar keine Rede von der Mama ist, und die Mama will gar nicht kommen, aber das ist zum Ersticken unter der Maske mit dem Äther, und es schreit noch immer, bis es nicht kann: Mama. Ritsch, ritsch, die Adern rechts, die Adern links. Rasch rühren. So. Jetzt läßt das Zucken nach. Jetzt liegst du still. Wir sind am Ende von Physiologie und Theologie, die Physik beginnt.

Der Mann, der hingekniet ist, steht auf. Die Knie tun ihm weh. Das Schwein muß gebrüht werden, ausgeweidet, zerhackt, das geht Zug um Zug. Der Chef, wohlgenährt, geht mit der Tabakspfeife hin und her durch den Dampf, blickt manchmal in einen offenen Bauch rein. An der Wand neben der schwingenden Tür hängt ein Plakat: Ballfest erster Viehexpedienten Saalbau, Friedrichshain, Kapelle Kermbach. Draußen sind angezeigt Boxkämpfe. Germaniasäle, Chausseestraße 110, Eintrittspreise 1,50 M. bis 10 Mark. 4 Qualifikationskämpfe.

Viehmarkt Auftrieb: 1399 Rinder, 2700 Kälber, 4654 Schafe, 18 864 Schweine. Marktverlauf: Rinder in guter Ware glatt, sonst ruhig. Kälber glatt, Schafe ruhig, Schweine anfangs fest, nachher schwach, fette vernachlässigt.

Auf den Viehstraßen bläst der Wind, es regnet. Rinder blöken, Männer treiben eine große brüllende, behörnte Herde. Die Tiere sperren sich, sie bleiben stehen, sie rennen falsch, die Treiber laufen um sie mit Stöcken. Ein Bulle bespringt noch mitten im Haufen eine Kuh, die Kuh läuft rechts und links ab, der Bulle ist hinter ihr her, er steigt mächtig immer von neuem an ihr hoch.

Ein großer weißer Stier wird in die Schlachthalle getrieben. Hier ist kein Dampf, keine Bucht wie für die wimmelnden Schweine. Einzeln tritt das große starke Tier, der Stier, zwischen seinen Treibern durch das Tor. Offen liegt die blutige Halle vor ihm mit den hängenden Hälften, Vierteln, den zerhackten Knochen. Der große Stier hat eine breite Stirn. Er wird mit Stöcken und Stößen vor den Schlächter getrieben. Der gibt ihm, damit er besser steht, mit dem flachen Beil noch einen leichten Schlag gegen ein Hinterbein. Jetzt greift der eine Stiertreiber von unten um den Hals. Das Tier steht, gibt nach, sonderbar leicht gibt es nach, als wäre es einverstanden und willige nun ein, nachdem es alles gesehn hat und weiß: das ist sein Schicksal, und es kann doch nichts machen. Vielleicht hält es die Bewegung des Viehtreibers auch für eine Liebkosung, denn es sieht so freundlich aus. Es folgt den ziehenden Armen des Viehtreibers, biegt den Kopf schräg beiseite, das Maul nach oben.

Da steht der aber hinter ihm, der Schlächter, mit dem aufgehobenen Hammer. Blick dich nicht um. Der Hammer, von dem starken Mann mit beiden Fäusten aufgehoben, ist hinter ihm, über ihm und dann: wumm herunter. Die Muskelkraft eines starken Mannes wie ein Keil eisern in das Genick. Und im Moment, der Hammer ist noch nicht abgehoben, schnellen die vier Beine des Tieres hoch, der ganze schwere Körper scheint anzufliegen. Und dann, als wenn es ohne Beine wäre, dumpft das Tier, der schwere Leib, auf den Boden, auf die starr angekrampften Beine, liegt einen Augenblick so und kippt auf die Seite. Von rechts und links umwandert ihn der Henker, kracht ihm neue gnädige Betäubungsladung gegen den Kopf, gegen die Schläfen, schlafe, du wirst nicht mehr aufwachen. Dann nimmt der andere neben ihm seine Zigarre aus dem Mund, schnäuzt sich, zieht sein Messer ab, es ist lang wie ein halber Degen, und kniet hinter dem Kopf des Tieres, dessen Beine schon der Krampf verlassen hat. Kleine zuckende Stöße macht es, den Hinterleib wirft es hin und her. Der Schlächter sucht am Boden, er setzt das Messer nicht an, er ruft nach der Schale für das Blut. Das Blut kreist noch drin ruhig, wenig erregt unter den Stößen eines mächtigen Herzens. Das Rückenmark ist zwar zerquetscht, aber das Blut fließt noch ruhig durch die Adern, die Lungen atmen, die Därme bewegen sich. Jetzt wird das Messer angesetzt werden, und das Blut wird herausstürzen, ich kann es mir schon denken, armdick im Strahl, schwarzes, schönes, jubelndes Blut. Dann wird der ganze lustige Festjubel das Haus verlassen, die Gäste tanzen hinaus, ein Tumult, und weg die fröhlichen Weiden, der warme Stall, das duftende Futter, alles weg, fortgeblasen, ein leeres Loch, Finsternis, jetzt kommt ein neues Weltbild. Oha, es ist plötzlich ein Herr erschienen, der das Haus gekauft hat, Straßendurchbruch, bessere Konjunktur, er wird abreißen. Man bringt die große Schale, schiebt sie ran, das mächtige Tier wirft die Hinterbeine hoch. Das Messer fährt ihm in den Hals neben der Kehle, behutsam die Adern aufgesucht, solche Ader hat starke Häute, sie liegt gut gesichert. Und da ist sie auf, noch eine, der Schwall, heiße, dampfende Schwärze, schwarzrot sprudelt das

Blut heraus über das Messer, über den Arm des Schlächters, das jubelnde Blut, das heiße Blut, die Gäste kommen, der Akt der Verwandlung ist da, aus der Sonne ist dein Blut gekommen, die Sonne hat sich in deinem Körper versteckt, jetzt kommt sie wieder hervor. Das Tier atmet ungeheuer auf, das ist wie eine Erstickung, ein ungeheurer Reiz, es röchelt, rasselt. Ja, das Gebälk kracht. Wie die Flanken sich so schrecklich heben, ist ein Mann dem Tier behilflich. Wenn ein Stein fallen will, gib ihm einen Stoß. Ein Mann springt auf das Tier herauf, auf den Leib, mit beiden Beinen, steht oben, wippt, tritt auf die Eingeweide, wippt auf und ab, das Blut soll rascher heraus, ganz heraus. Und das Röcheln wird stärker, es ist ein sehr hingezogenes Keuchen, Verkeuchen, mit leichten abwehrenden Schlägen der Hinterbeine. Die Beine winken leise. Das Leben röchelt sich nun aus, der Atem läßt nach. Schwer dreht sich der Hinterleib, kippt. Das ist die Erde, die Schwerkraft. Der Mann wippt nach oben. Der andere unten präpariert schon das Fell am Hals zurück.

Fröhliche Weiden, dumpfer, warmer Stall.

Der gut beleuchtete Fleischerladen. Die Beleuchtung des Ladens und die des Schaufensters müssen in harmonischen Einklang gebracht werden. Es kommt vorwiegend direktes oder halb indirektes Licht in Betracht. Im allgemeinen sind Leuchtkörper für vorwiegend direktes Licht zweckmäßig, weil hauptsächlich der Ladentisch und der Hackklotz gut beleuchtet werden müssen. Künstliches Tageslicht, erzeugt durch Benutzen von Blaufilter, kann für den Fleischladen nicht in Betracht kommen, weil Fleischwaren stets nach einer Beleuchtung verlangen, unter der die natürliche Fleischfarbe nicht leidet.

Gefüllte Spitzbeine. Nachdem die Füße sauber gereinigt sind, werden sie der Länge nach gespalten, so daß die Schwarte noch zusammenhängt, werden zusammengeklappt und mit dem Faden umwickelt.

– Franz, zwei Wochen hockst du jetzt auf deiner elenden Kammer. Deine Wirtin wird dich bald raussetzen. Du kannst ihr nicht zahlen, die Frau vermietet nicht zum Spaß. Wenn du dich nicht bald zusammennimmst, wirst du ins Asyl gehen müssen. Und was dann, ja was dann. Deine Bude lüftest du nicht, du gehst nicht zum Barbier, ein brauner Vollbart wächst dir, die 15 Pfennig wirst du schon aufbringen.

(…)

Siebentes Buch

Hier saust der Hammer,
der Hammer gegen Franz Biberkopf.

Sonnabend, den 1. September

Das ist Mittwoch, der 29. August 1928.

Nach drei Tagen wiederholt sich alles. Der Klempner fährt mit einem Auto an, Mieze – Mieze hat gleich ja gesagt, als er fragte, ob sie wieder nach Freienwalde wolle und der Reinhold möchte auch mit. Ich werde stärker sein diesmal, denkt sie, wie sie sich ins Auto setzt, ich gehe nicht mit ihm in den Wald. Sie hat gleich ja gesagt, denn Franz war so betrübt den letzten Tag, und er sagt nicht warum und ich muß es wissen und ich muß dahinter kommen. Er hat Geld von mir, er hat alles, ihm fehlt nichts, was dem Mann bloß Kummer macht.

Reinhold sitzt im Auto neben ihr, hat gleich den Arm um ihre Hüfte. Ist schon alles vorbedacht: heute fährst du zum letztenmal von deinem geliebten Franz weg, heute bleibste bei mir, solange wie ich will. Bist die fünfhundertste oder tausendste Frau, die ick habe, ging alles gut und in Ordnung bisher, wird auch jetzt in Ordnung gehen. Sie sitzt da und weiß nicht wies weiter geht, ich weiß es und das ist gut.

Das Auto lassen sie in Freienwalde vor dem Gasthof stehen, Karl Matter geht allein mit Mieze durch Freienwalde spazieren, es ist Sonnabend der 1. September und 4 Uhr. Reinhold möchte noch eine Stunde im Gasthof schlafen. Nach sechs kriecht Reinhold raus, pusselt am Auto, dann gießt er einen hinter die Binde, zieht ab.

Im Wald, Mieze ist glücklich. Karle ist so nett und wovon der alles erzählen kann, der hat ein Patent und das hat ihm die Firma, wo er gearbeitet hat, abgeknöpft, so werden nur die Angestellten betrogen, das müssen sie schon vorher schriftlich geben und die Firma ist Millionär drauf geworden, und er macht bloß bei Pums so mit, weil er jetzt ein neues Modell baut, das macht alles hinfällig und nichts, was die Firma zusammengestohlen hat. Son Modell kost viel Geld, er kanns der Mieze nicht verraten, ist ein ganz großes Geheimnis, wird alles in der Welt anders, wenn das glückt, die ganzen Straßenbahnen, Feuerwehr, Müllabfuhr, alles, eignet sich für alles, überhaupt alles. Sie erzählen sich von ihrer Autofahrt am Maskenball, auf der Allee schießen die Eichen vorbei, 128 Tage vom Jahr schenk ich dir, jeden mit einem Morgen, einem Mittag, einem Abend.

»Juhu, juhu«, schreit der Reinhold durch den Wald. Das ist Reinhold, sie antworten: »Juhu, juhu.« Karl versteckt sich woanders, aber Mieze wird ernster, wie Reinhold ankommt.

Da standen die beiden blauen Schupo vom Steine auf. Und sagten, die Beobachtung wäre ergebnislos verlaufen und verkrümelten sich, wir können nichts tun, hier ereignen sich ja doch nur belanglose Sachen, wir können nur schriftliche Meldung an die Behörde machen. Und wenn sich etwas ereignen sollte, dann wird mans schon sehn, dann wirds an der Litfaßsäule stehn.

Im Walde aber gingen da allein Mieze und Reinhold, ein paar Vöglein zirpten und piepten leise. Oben die Bäume fingen zu singen an.

Es sang ein Baum, dann sang ein anderer Baum, dann sangen sie zusammen, dann hörten sie wieder auf, dann sangen sie über den Köpfen der beiden.

Es ist ein Schnitter, der heißt Tod, hat Gewalt vom großen Gott. Nun wetzt er das Messer, jetzt schneidt es schon besser.

»Ach, wie ich mir freue, wirklich, daß ich nu wieder in Freienwalde bin, Reinhold. Wissen Sie noch vorgestern, war doch hübsch, war det nich hübsch.« »Bloß ein bißchen kurz, Fräulein. Sie waren wohl müde, ick hab bei Sie angeklopft, Sie haben nicht aufgemacht.« »Die Luft brennt einem und die Autofahrt und alles.« »Na war et nich ooch ein bißchen hübsch?« »Natürlich, wie meinen Sie?« »Ick mein bloß, wenn man so geht. Und mit einem so hübschen Fräulein.« »Hübsches Fräulein, machen Sie man hallwege. Ich sage ja nicht: hübscher Herr.« »Daß Sie mit mir gehen –« »Wat is damit?« »Na ich denke mir, an mir is doch nicht weiter viel abzusehen. Daß Sie mit mir gehen, Frollein, können Sie mir glauben, det freut mir wirklich.« Ein goldiger Junge. »Haben Sie eigentlich keine Freundin?« »Freundin, wat nennt sich heute alles Freundin.« »Nanu.« »Na ja. Da gibt es allerhand. Det kennen Sie nicht, Fräulein. Sie haben da einen Freund, der ist solide, und der tut was für Sie. Aber ein Mädchen, dat will sich bloß amüsieren, een Herz, sowat hat das nicht.« »Da haben Sie aber Pech.« »Sehen Sie, Fräulein, daher kommt det ooch mit dem – na mit dem Weibertausch. Aber det möchten Sie ja nich hören.« »Och, reden Sie man. Wie war det denn.« »Det kann ick Ihnen genau sagen und det wern Sie ooch jetzt verstehn. Können Sie ein Weib länger halten als ein paar Monate oder paar Wochen, wenn nischt an die ist? Na? Vielleicht treibt sie sich rum oder ist nischt an ihr, versteht nischt, mischt sich in allet in oder vielleicht sauft?« »Is ja eklig.« »Sehen Sie, Mieze, so is mir doch gegangen. Und so gehts einem. Lauter Bruch, Abfall, Bowel. Det is aus ein Müllkasten geholt. Möchten Sie mit sowat verheirat sein? Na, ick nich ne Stunde. Na, dann hält mans son bißchen aus, vielleicht paar Wochen, nachher gehts eben nicht, dann muß sie gehen und ick sitz wieder da. Is nich schön. Aber hier is schön.« »Bißchen Abwechslung is wohl ooch bei?« Reinhold lacht: »Wie meinen Sie det, Mieze?« »Na, na, andere möchten Sie ooch mal?« »Warum nicht, nanu, sind doch alles Menschen.«

Sie lachen, sie gehen Arm in Arm, erster September. Die Bäume hören nicht auf zu singen. Es ist ein langes Predigen.

Ein Jegliches, ein Jegliches hat seine Zeit und alles Vornehmen unter dem Himmel hat seine Stunde, ein Jegliches hat sein Jahr, geboren werden und sterben, pflanzen und ausrotten, das gepflanzt ist, ein Jegliches, Jegliches hat seine Zeit, würgen und heilen, brechen und bauen, suchen und verlieren, seine Zeit, behalten und wegwerfen seine Zeit, zerreißen und zunähen, schweigen und reden. Ein Jegliches hat seine Zeit. Darum merkt ich, daß nichts Besseres ist, als fröhlich sein. Besseres als fröhlich sein. Fröhlich sein, laßt uns fröhlich sein. Es ist nichts Besseres unter der Sonne als lachen und fröhlich sein.

Reinhold hat Miezes Hand, er geht an ihrer Rechten, was er für einen starken Arm hat. »Wissen Sie Mieze, eigentlich hab ick gar keen Mut gehabt, Sie mal einzuladen, von damals, wissen schon.« Und dann gehen wir eine halbe Stunde, sprechen wenig. Es ist gefährlich lange zu gehen und nicht zu sprechen. Aber man fühlt seinen rechten Arm.

Wo setz ich die süße Kruke bloß hin, det is ne ganz besondere Marke und vielleicht spar ick mir das Mädel noch auf, man muß genießen, vielleicht schlepp ick ihr ins Hotel und in der Nacht, in der Nacht, wenn der Mondschein erwacht. »Sie haben ja lauter Narben an der Hand, und tätowiert sind Sie ooch, an der Brust ooch?« »Jawoll, wollen Sie mal sehen?« »Warum tätowieren Sie sich denn?« »Kommt drauf an, wo, Fräulein.« Mieze kichert, schaukelt in seinem Arm: »Kann mir denken, hab ooch mal einen gehabt, vor Franzen, wat der sich allens bemalt hat, ist nicht zu sagen.« »Tut weh, ist aber schön. Wollen Sie mal sehen, Fräulein.« Da läßt er ihren Arm, knöpft sich rasch die Brust auf, zeigt die Brust, da. Ist ein Amboß, ein Lorbeerkranz drum. »Nu decken sich doch mal zu, Reinhold.« »Da kuck ihn ruhig an.« Die Flamme in ihm, die blinde Gier, er packt ihren Kopf, preßt ihn ran an seine Brust: »Küssen, du, küssen, mußt küssen.« Sie küßt nicht, ihr Kopf bleibt da gedrückt liegen unter seinen Händen: »Lassen Sie mich doch los.« Er läßt sie los: »Hab dir doch nich, Mensch.« »Ick geh los.« Son Aas, ich krieg dir an den Hals, wie redt det Stück mit mir. Er zieht sich das Hemd vor. Die krieg ich noch, die tut sich, immer mit die Ruhe, sachte, Junge. »Hab dir doch nischt getan, knöpp mir schon zu. So. Na, wirst ja woll schon ein Mann gesehn haben.«

Was will ich eigentlich bei dem Kerl hier, hat mir das Haar zerzaust, ist ja ein Rowdy, ich schiebe ab. Hat alles seine Zeit. Jegliches, Jegliches.

»Sein Sie man nicht so, Fräulein, das war nur so ein Augenblick. Momentchen, wissen Sie, es gibt im Menschenleben manchesmal Momente.« »Darum brauchen Sie mir doch nicht an den Kopp zu fassen.« »Nicht schimpfen, Mieze.« Ick faß dir noch wo anders hin. Die wilde Hitze ist schon wieder da. Wenn ick die bloß anfasse. »Mieze, wollen wir wieder Frieden halten?« »Na denn, benehmen Sie sich aber.« »Gemacht.« Arm in Arm. Er lächelt sie an, sie lächelt gegen das Gras. »War nicht so schlimm, Mieze, was? Wir bellen bloß so, wir beißen nicht.« »Ich überleg mir, wozu haben Sie da einen Amboß? Manche haben ne Frau da, oder ein Herz oder sowas, aber ein Amboß.« »Na wat denken Sie, Mieze.« »Nischt. Ich weeß doch nich.« »Is mein Wappen.« »Amboß?« »Ja. Da muß sich eener rufflegen.« Er grinst sie an. »Sie sind aber ein Schwein. Da hätten Sie sich doch lieber ein Bett ruffmachen sollen.« »Nee, Amboß ist besser. Amboß ist besser.«

»Sind Sie Schmied?« »Een bißchen ooch. Unser eens ist alles. Aber das verstehen Sie noch nicht so richtig mit dem Amboß, Mieze. Mir darf keiner zu nahe kommen, Fräulein, sonst brennts gleich. Aber müssen nicht glauben, daß ich gleich beiße und Ihnen schon lange nicht. Wir gehen doch hier so hübsch und ich möchte mir ooch gern setzen, in ne Kute.« »Ihr seid wohl alle sone Jungs da bei Pums?« »Kommt drauf an, Mieze, gut Kirschen essen ist nicht mit uns.« »Na, und wat machen Sie da alles?« Wie krieg ich dir erst in ne Kute, und keen Mensch geht hier. »Ach, Mieze, das fragste am besten deinen Franz, der weeß alles genau so gut wie ich.« »Aber sagen dut der nischt.« »Gut ist das. Schlau ist der. Besser nischt sagen.« »Aber mir.« »Wat willste denn wissen?« »Wat Ihr macht?« »Krieg ich ooch ein Kuß?« »Wenn dus mir sagst.«

Da hat er sie in den Armen. Zwei Arme hat der Junge. Und wie der pressen kann. Jegliches seine Zeit, pflanzen und ausrotten, suchen und verlieren. Ich krieg keine Luft. Der läßt nicht los. Ist das heiß. Laß doch. Wenn der noch paarmal so macht, bin ich hin. O jeh, der muß mir doch erst sagen, was mit Franz ist, wat Franz eigentlich will und was alles gewesen ist und was die denken. »Jetzt läßte mir los, Reinhold.« »Also.« Und läßt sie los, steht, fällt vor ihr auf den Boden, küßt ihre Schuhe, der ist wohl verrückt, küßt ihre Strümpfe, weiter rauf, ihr Kleid, ihre Hände, jegliches seine Zeit, rauf zum Hals. Sie lacht, schlägt um sich: »Weg, geh weg, Mensch, bist wohl verrückt.« Wie der glüht, dir muß man unter die Brause stellen. Er atmet und keucht, er will sich an ihren Hals anwühlen, stammelt, aber das ist nicht zu verstehen, er geht allein weg von ihrem Hals, der ist wie ein Stier. Sein Arm liegt an ihrem, sie gehen, die Bäume singen. »Kuck, Mieze, da ist ne schöne Kute, die ist für uns gebaut – kuck mal. Ne Wochenendkute. Da hat einer drin gekocht. Wollen wir mal raus machen. Macht man sich die Hosen drin dreckig.« Soll ick mir setzen. Vielleicht redt er aber dann besser. »Na, meinetwegen. Een

Mantel runter wärs schöner.«»Wart mal, Mieze, zieh mir die Jacke aus.«»Hübsch von dir.«

Da liegen sie schräg abwärts in einer Grasmulde, sie stößt mit dem Fuß eine Konservenbüchse weg, sie dreht sich auf den Leib, legt ruhig einen Arm über seine Brust. Da wären wir. Sie lächelt ihn an. Wie er die Weste von seiner Brust wegschiebt und der Amboß durchscheint, zieht sie den Kopf nicht weg.»Jetzt erzählst du mir was, Reinhold.« Er drückt sie an seine Brust, da wären wir, schön, da ist das Mädel, geht alles in Ordnung, feines Mädel, pik-fein, die behalt ick lange, da kann der Franz schreien, wat er will, früher kriegt er sie nicht. Und Reinhold rutscht abwärts, und zieht Miezen über sich, schlingt sie in seine Arme und küßt ihren Mund. Er saugt sich ein, kein Gedanke bei ihm, nur Wonne, Gier, Wildheit und da ist jeder Handschlag vorgeschrieben und möge keiner kommen, hier etwas zu hindern. Dann bricht es und split-tert es und dagegen kann kein Orkan oder Steinschlag etwas, das ist ein Geschoß aus einer Kanone, eine Mine, die fliegt. Was ent-gegenfliegt, schlägt es durch, preßt beiseite, weiter, es geht weiter weiter.

»Ach nicht so fest, Reinhold.« Der macht mir schwach; wenn ich mir nich zusammennehme, dann hat er mir.»Mieze.« Er blinzelt rauf, läßt sie nicht los:»Na, Miezeken.«»Na, Reinhold.« »Wat studierste an mir?«»Du, dat is doch schlecht von dir, wat du mit mir machst. Wie lange kennste Franzen?«»Deinen Franz?« »Ja.«»Deinen Franz, na is es noch deiner?«»Wem denn seiner?« »Na wer bin ick denn?«»Wieso?« Sie will ihren Kopf an seiner Brust verstecken, aber er preßt den Kopf hoch:»Na, wer bin ick?« Sie wirft sich an ihn, preßt seinen Mund, er glüht wieder auf, ein bißchen bin ich ihm ooch gut, wie er sich streckt, glüht. Es gibt keine Wassermassen, keine Riesenschläuche der Feuerwehr, die das löschen können, die Glut schlägt aus dem Haus, wächst von innen.»So, nu läßt du mir wieder los.«»Wat willste, Mädel?« »Nischt. Bei dir sein.«»Na also. Ich bin ooch deiner, nicht. Haste

dir mit Franz verkracht?«»Nee.«»Bist verkracht mit ihm, Mieze?«
»Nee, erzähl mir lieber wat von ihm, du kennst ihn doch schon
lange.«»Kann dir nichts erzählen von dem.«»Och.«»Ich erzähl
nischt, Mieze.« Er packt sie, wirft sie beiseite, sie ringt mit ihm:
»Nee, ick will nicht.«»Sei doch nicht bockig, Mädel.«»Ick will
auf, man wird ganz dreckig hier.«»Und wenn ick dir nu wat erzähle?«»Ja, dat is schön.«»Wat krieg ich denn, Mieze?«»Wat du
willst.«»Alles?«»Na – wollen sehen.«»Alles?« Ihre Gesichter sind
beisammen, glühen; sie sagt nichts, ich weiß selbst nicht, was ich
tun werde, durch ihn schießt es, Gedanken weg, keine Gedanken,
Bewußtlosigkeit.

Er richtet sich auf, Gesicht abwaschen, puh, der Wald, ja man
wird hier dreckig.»Ick werd dir wat erzählen von dein Franz. Den
kenn ick schon lange. Weeßte, Mensch, det is ne besondere Nu-
del. Aus de Kneipe kenn ick den, Prenzlauer Allee. Letzten Winter. Der hat mit Zeitungen gehandelt und denn hat er wohl eenen
da gekannt, den Meck, richtig. Da hab ick ihn kennengelernt.
Dann haben wir zusammen gesessen und von de Mädels hab ick
dir ja schon erzählt.«»Det ist wahr?«»Ob det wahr ist. Aber er ist
ja ein Dussel, der Biberkopf, der Dusselkopp, damit kann er sich
nicht rühmen, det stammt von mir, denkst woll, der hat mir Weiber zugeschanzt? Ach Gott, seine Weiber. Nee, wenns nach dem
geht, hätten wir zur Heilsarmee gemacht, damit ick mir bessere.«
»Besserst dir aber nich, Reinhold.«»Nee, siehste ja. Mit mir ist
nischt zu machen. Mir muß man schon verbrauchen, wie ick bin.
Det ist sicher wie Amen in der Kirche und daran ist nischt zu ändern. Aber an dem, Mieze, an dem kannste wat ändern. Mieze,
dein Lude, du bist doch ein hübsches Stück. Mädel, wie kannste
dir bloß son Kerl ausbuddeln, mit eenem Arm, son hübsches Mädel, du kriegst doch zehn an jedem Finger?«»Nu quatsch nich,
Mensch.«»Na ja, Liebe ist blind auf beede Oogen, aber sowat!
Weeßte, wat der bei uns jetzt will, dein Lude? Jetzt will er den dik-
ken Wilhelm spielen bei uns. Ausgerechnet bei uns. Erst wollt er

mir auf die Bußbank schicken, Heilsarmee, det is ihm vorbeige-
lungen. Und nu.« »Nee, mußt nicht so schimpfen auf den. Det
kann ich nich hören.« »Kille, kille, weeß ja, is dein lieber Franz,
dein Franzeken, noch immer? Wat?« »Tut dir doch nischt, Reinhold.«

Jegliches seine Zeit, jegliches, jegliches. Schrecklicher Kerl das,
soll mir loslassen, von dem will ich nichts wissen, der braucht mir
nischt zu erzählen. »Nee, tut uns nischt, soll ihm schwer fallen,
Mieze. Da haste aber ne feine Nummer erwischt an dem, Mieze.
Hat er dir mal wat erzählt von sein Arm? Wat? Bist doch seine
Braut, oder gewesen! Komm her, Miezeken, bist mein süßer
Schatz, hab dir nich.« Was mach ick bloß, ick will den nich. Pflanzen hat seine Zeit und ausrotten, nähen und zerreißen, weinen
und tanzen, klagen und lachen. »Komm doch, Mieze, wat willste
mit dem, mit son Fatzke. Bist mein Süßes. Stell dir doch nich.
Weil du bei dem bist, biste noch keine Gräfin. Freu dir, daß du
den los bist.« Freu dir doch, warum soll ick mir freuen. »Und jetzt
kann er jaulen, jetzt hat er keene Mieze mehr.« »Nu mach mal
een Punkt, und drück mir nich so, Mensch, ich bin nich von Eisen.« »Nee aus Fleisch, aus scheenes Fleesch, Mieze, gib mir deen
Schnuteken.« »Wat is denn det, Mensch, du sollst mir doch nich
drücken. Bild dir doch keene Schwachheiten ein. Wo bin ick deine
Mieze?«

Raus aus der Kute. Hut unten gelassen. Der wird mir hauen, ich
renne. Und schon – er hat sich noch nicht aus der Kute erhoben –
schreit sie, schreit Franz und rennt. Da ist er auf und rennt und in
einem Satz überrennt er sie, er in Hemdsärmeln. Beide hin an einen Baum, liegen. Sie strampelt, er ist über ihr, hält ihr den Mund:
»Schreist du Aas, schreist schon wieder, warum schreiste denn, tu
ick dir wat, biste still, na? Er hat dir die Knochen neulich ganz gelassen. Paß uff, bei mir gehts anders.« Er zieht die Hand von ihrem
Mund. »Ick schrei nich.« »So, denn is es gut. Und jetzt stehste uff,
du, und kommst retour und holst dein Hut. Ick vergreife mir an

keenem Weib. Solange ick lebe, hab ick det nich jemacht. Aber mußt mir nicht in Rasche bringen. Da gehts lang.«

Er geht hinter ihr.

»Haste dir nich mausig zu tun mit dem Franz, du, wenn du ooch seine Hure bist.« »Ich geh jetzt los.« »Wat heißt hier losgehen, bist wohl übergefahren, du weeßt woll nich, mit wem du sprichst, so kannste mit dein Fatzke reden.« »Ick – weeß nich, wat ick soll.« »In die Kute gehn und gut sein.«

Wenn man ein Kälbchen schlachten will, bindet man ihm einen Strick um den Hals, geht mit ihm an die Bank. Dann hebt man das Kälbchen hoch, legt es auf die Bank und bindet es fest.

Sie marschieren zur Kute. Er sagt: »Leg dir hin.« »Ick?« »Wenn du schreist! Mädel, ick hab dir gern, ick wär sonst nicht hergekommen, ich sag dir: wenn du ooch seine Hure bist, biste noch keine Gräfin. Mach mit mir kein Klamauk, du. Weeßte, det is noch keenem gut bekommen. Da kann er nu Mann oder Frau oder Kind sein, da bin ick kitzlig. Da kannste ja mal bei dein Lude ankloppen. Der kann dir wat erzählen. Wenn er sich nich scheniert, der. Aber von mir kannstet ja ooch hören. Dir kann ichs ja sagen, damit du weißt, wer er ist. Und wo du dranbist, wennste mit mir anfängst. Der wollte ooch mal, wat er hier oben in seine Birne hat. Vielleicht woll ooch uns verpfeifen. Der is mal Schmiere gestanden, wo wir gearbeitet haben. Und er sagt, er macht nicht mit, er is ein anständiger Mensch. Hat keene Bollen in die Strümpfe, der. Da sag ich, du mußt mit. Und da muß er mit ins Auto und ick weeß noch nicht, wat ick mit dem Kerl mache, der hat auch schon immer ein großes Maul und warte mal, da kommt ein Auto hinter uns her und ich denke, nu sieh dir mal vor, mein Junge, du mit deim dicketun anständig sein gegen uns. Und raus ausm Wagen. Jetzt weeßt ja, wo er sein Arm hat.«

Eisige Hände, eisige Füße, der war es. »Jetzt legste dir hin, und bist lieb, wie sich det gehört.« Das ist ein Mörder. »Du gemeiner Hund, du Schuft.« Er strahlt: »Siehste. Nu schrei dir man aus.«

Nun wirste parieren. Sie brüllt, sie weint: »Du Hund, den wolltest du umbringen, den haste unglücklich gemacht, und jetzt willste mir haben, du Saukerl.« »Ja, det will ick.« »Du Saukerl. Dir spuck ick an.« Er hält ihr den Mund zu: »Willste nu?« Sie ist blau, zerrt an seiner Hand: »Mörder, Hilfe, Franz, Franzeken, komme.«
    Seine Zeit! Seine Zeit! Jegliches seine Zeit. Würgen und heilen, brechen und bauen, zerreißen und zunähen, seine Zeit. Sie wirft sich hin, um zu entweichen. Sie ringen in der Kute. Hilfe Franz.
    Det Ding werden wir schon drehen, deinem Franz werden wir mal einen Spaß machen, da hat er was von für die ganze Woche. »Ick will weg.« »Da will mal weg. Hat schon mancher mal weg gewollt.«
    Er kniet von oben über den Rücken, seine Hände sind um ihren Hals, die Daumen im Nacken, ihr Körper zieht sich zusammen, zieht sich zusammen, ihr Körper zieht sich zusammen. Seine Zeit, geboren werden und sterben, geboren werden und sterben, Jegliches.
    Mörder sagst du, und mir lockst du her, und willst mir vielleicht an der Nase rumziehen, Stücke, da kennste Reinholden gut.
    Gewalt, Gewalt, ist ein Schnitter, vom höchsten Gott hat er die Gewalt. Laß mir los. Sie wirft sich noch, sie zappelt, sie schlägt hinten aus. Das Kind werden wir schon schaukeln, da können Hunde kommen und können fressen, was von dir übrig ist.
    Ihr Körper zusammen zusammen zieht sich ihr Körper, Miezes Körper. Mörder sagt sie, das soll sie erleben, das hat er dir wohl aufgetragen, dein süßer Franz.
    Darauf schlägt man mit der Holzkeule dem Tier in den Nakken und öffnet mit dem Messer an beiden Halsseiten die Schlagadern. Das Blut fängt man in Metallbecken auf.
    Es ist acht Uhr, der Wald ist mäßig dunkel. Die Bäume schaukeln, schwanken. War eine schwere Arbeit. Sagt die noch wat? Die japst nicht mehr, das Luder. Das hat man davon, wenn man mit son Aas ein Ausflug macht.

Gestrüpp rübergeworfen, Taschentuch an den nächsten Baum, damit man es wieder findet, mit die bin ick fertig, wo ist Karl, muß den herkriegen. Nach einer guten Stunde mit Karl zurück, was das fürn Schlappier ist, zittert der Kerl, hat weiche Knie, mit sone Anfänger soll man arbeiten. Es ist ganz finster, sie suchen mit Taschenlampen, da ist das Taschentuch. Sie haben Spaten aus dem Auto. Der Körper wird eingebuddelt, Sand drauf, Gestrüpp rauf, bloß keene Fußspuren, Mensch, immer wegwischen, na halt dir senkrecht, Karl, tust ja so, als ob du selber schon dran bist.

»Also, da hast du meinn Paß, einen guten Paß, Karle, und hier ist Geld und du machst dir dünne, solange wie dicke Luft ist. Geld kriegst du, keene Sorge. Adresse immer an Pums. Ich fahr wieder retour. Mir hat keener gesehen und dir kann keener wat tun, du hast dein Alibi. Gemacht, los.«

Die Bäume schaukeln, schwanken. Jegliches, Jegliches.

Es ist stockfinster. Ihr Gesicht ist erschlagen, ihre Zähne erschlagen, ihre Augen erschlagen, ihr Mund, ihre Lippen, ihre Zunge, ihr Hals, ihr Leib, ihre Beine, ihr Schoß, ich bin deine, du sollst mir trösten, Polizeirevier Stettiner Bahn, Aschinger, mir wird schlecht, komm doch, wir sind gleich zu Hause, ich bin deine.

Die Bäume schaukeln, es fängt an zu blasen. Huh, hua, huh – uu – uh. Die Nacht geht weiter. Ihr Leib erschlagen, ihre Augen, ihre Zunge, ihr Mund, komm doch, wir sind gleich zu Hause, ich bin deine. Ein Baum kracht, der steht am Rand. Huh, hua, huh, uu, uh, das ist der Sturm, der kommt mit Trommeln und Flöten, jetzt liegt er oben über dem Wald, jetzt läßt er sich runter, wenn es heult, is er unten. Das Wimmern kommt vom Gestrüpp. Das ist, als wenn etwas geritzt wird, das heult wie ein eingesperrter Hund und quiekt und winselt, hör mal wie das winselt, den muß einer getreten haben, aber mitm Absatz, jetzt hörts schon wieder auf.

Huh, hua, huh-uu-uh, der Sturm kommt wieder an, es ist

Nacht, der Wald steht ruhig, Baum neben Baum. Sie sind in Ruhe hochgewachsen, sie stehen wie eine Herde beisammen, wenn sie so dicht beisammen stehen, kommt der Sturm nicht so leicht an sie ran, nur die außen müssen dran glauben und die Schwachen. Aber halten wir zusammen, jetzt stillgestanden, es ist Nacht, die Sonne ist weg, huh, huah, uu, huh, es fängt wieder an, er ist da, er ist jetzt unten und oben und ringsherum. Gelbrotes Licht am Himmel und wieder Nacht, gelbrotes Licht, Nacht, das Winseln und Pfeifen wird stärker. Die am Rand sind, wissen was ihnen bevorsteht, die winseln, und die Gräser, aber die können sich biegen, die können flattern, aber was können die dicken Bäume. Und plötzlich weht der Wind nicht mehr, das hat er aufgegeben, das tut er nicht mehr, sie quieken noch von ihm, was will er jetzt tun.

Wenn man ein Haus umschmeißen will, kann man es nicht mit der Hand machen, man muß eine Ramme nehmen oder unten Dynamit eingraben. Der Wind macht nichts weiter als seine Brust ein bißchen weit. Paßt mal auf, er zieht den Atem ein, dann bläst er aus, huh, huah, uh-uu-huh, dann zieht er ein, dann bläst er aus, huh, huah, uu-uh-huh. Jeder Atem ist schwer wie ein Berg, bläst er aus, huh, huah, uu-huh, der Berg wird angerollt, zurückgerollt, bläst er aus, huh, huah, uu-huh. Hin und zurück. Der Atem ist ein Gewicht, eine Kugel, die stößt und fährt gegen den Wald. Und wenn der Wald auf den Hügeln wie eine Herde steht, der Wind umrennt die Herde und braust durch.

Jetzt geht das: Wumm-wumm, ohne Trommel und ohne Flöten. Die Bäume schwingen rechts und links. Wumm-wumm. Aber sie können den Takt nicht halten. Wenn die Bäume grade links sind, geht es dazu wumm nach links über, sie knicken um, knacken, knastern, knattern, bersten, prasseln, dumpfen um. Wumm macht der Sturm, nach links mußt du. Huhhuah, uu, huh, zurück, das ist vorbei, er ist weg, man muß nur den rechten Moment abpassen. Wumm, da kommt er wieder, Achtung, wumm,

wumm, wumm, das sind Fliegerbomben, er will den Wald abreißen, er will den ganzen Wald erdrücken.

Die Bäume heulen und schaukeln sich, es prasselt, sie brechen,
es knattert, wumm, es geht ans Leben, wumm, wumm, die Sonne
ist weg, stürzende Gewichte, Nacht, wumm, wumm.

Ich bin deine, komm doch, wir sind bald da, ich bin deine.
Wumm wumm.

(…)

Kleine Alltagsgeschichte (1930)

Weeßte, ick zittere noch, nee frag mir nich, ick komm schon alleene damit, wart een bisken.

Also ick hab nämlich eben ne Freundin von mir getroffen, von früher, war meine letzte, jetzt hak gakeene mehr, will von keener wat wissen, hab die Neese voll davon. Und det war meine letzte. Wat mit die gewesen ist, det kann ick dir gar nich erzählen. Det gloobt keen Mensch, jewoll, da kannste dir druff verlassen, det gloobt keen Mensch, – son Luder, son Luder. –

Na nu ween doch nich, Mensch, gebissen wird sie dir doch nicht haben, und denn bist doch los! – Bist se los. Natierlich, Mensch, bin ick se los, und wenn die mir vor die Visage tritt, ick sage dir, denn beherrsch ick mir nich, denn soll die man meine Handschrift, denn soll die wissen, wat los is, son Luder, det gloobste ja nich. – Wat denn, nu wat denn. – Gloobt keen Mensch. – Nu nu. – Ick denk, ick seh nich recht, ick kenn die doch, wer is det, trägt die nen neuen Hut, hat ihn valleicht der Osterhase gebracht, und feine Handschuh und is gar nich wiederzuerkennen und mir kuckt se jar nich an, am Stralauer Tor, da an de Hochbahn, ick denk, mir trifft der Schlag, ick zittere noch immer, so een Luder hats ja noch nich, is ja nich dagewesen. – Hatn Zavalier bei sich gehabt? – Tierlich, die ohne Zavalier, der hat mir leid getan, du den hak nich beneidet, ick nich, dem jehts mal genau wie mir, der hat nich zu lachen, Junge. Will dir man sagen, wat det fürn Luder is. Also wenn de se ankuckst, is nischt an ihr. Sieht nett aus, war Wicklerin bei uns im Betrieb, ick denk, wir loofen een bischen zusammen, nachher nehm ick mir ne andre, so zum

Tanzen und Ausgehen wirds ja reichen. Na, gemacht. Sie sagt ja und kommt und is allens in Butter. Und denn hab ick mir doch richtig verkuckt in det Luder, sie macht son Getue und is immer ordentlich und is richtig angezogen, wie sich det gehört. –

Nu ween doch nich. – Weeste, wenn ick son Italiener wär wie der, der seine Frau totgeschossen hat, denn hätt ick die umgebracht. – Hat dir betrogen? – Darüber reg ick mir uff, betrügen tun alle Weiber, wir sind ja ooch nich besser als die, det es et nich, det hat sie ooch getan, aber wie, nach Strich und Faden, aber det nich. Die war ja so gemein. Also ick merk doch, – nee, weeßte wie et war? Die muß mir verzaubert haben! – Mensch. –

Anders is det nich zu verstehen. Ick hab doch meinen gesunden Verstand, mir hat doch keener, ick geh in die Fabrik und weeß und tu doch, na seh mir doch an, hak nich meinen gesunden Verstand, also, sie sagt, wir wollen uns bei ihr vor die Tür treffen und ick geh hin mit meinn gesunden Verstand und ick sag, ick werd die verdreschen, det ooch keen Stück an ihr ganz bleibt, und denn gehn wir und denn, denn, und denn redt sie nich und denn frag ick: warum gibst mir keene Antwort, bin ick dein Dussel oder biste taub, und denn kuckt se weg und hält meinn Arm fest, und ick wer wütend und denn zieht se mir rum, son Luder, und weent, die weent, Mensch, die kann weenen, wenn de een Jroschen inn Automat schmeißt, so scheen kann der det nich wie die, und denn muß ick ihr nach Hause bringen, denn wat soll ick uff de Straße mit son Getu, die Leite kucken einen an, denken, ick hab die wat getan, ick die, Mensch, is ja zu lachen, aber so sieht det aus, so is det immer, immer hast du die wat getan. –

Denn hat se dir doch noch lange nich verzaubert! Wo hat sie dir denn verzaubert, wenn se dir bloß einseifen dut. – Sag ich doch, erzähl de een Menschen und schon heest et: einseifen und bist ja keen Mann, wat gloobste, hat mein Bruder zu mir gesagt: bist ja keen Mann, aber denn sei du ma dabei und paß uff, oder mein Bruder, wie die det Ding fingert. Ihr kennt reden, ja kennt

Ihr. Ick denke, ick geh ruff und werde ihr Bescheid stoßen, und denn sind keene zehn Minuten um, da stehste da und bist schon zufrieden, wenn se nischt sagt, daß se bloß die Luft anhält, det sie bloß uffhört. Mensch, Mensch, sie hört nich uff, sie sagt »ja« zu alles, wat du willst, und bettelt und heult, und ruft det ganze Haus zusammen und schmeißt sich uff die Erde – und Mensch, Mensch. –

Jott, ist dabei! Machen alle so, bist bloß grün, uff son Kalmus piept een Erwachsener nich. – Quatsch nich, quatsch du bloß ooch nich, dazu setz ick mir her, damit du ooch noch quatscht, denn jeh ick schon lieber und zopp ab. – Na is ooch quatsch! Und sag ick dir ooch. – Und du verstehst von soviel wie meine Groß-mutter vom Radfahren, nischt. – Is quatsch du, und is quatsch mit dein Verzaubern. – Wenn dus weest. – Na wie is et denn? – Edgar. – Sag ick doch, det du übergefahren bist. – Werd ick dirs erklären, weil du mein Freund bist. Heerste! Die verzaubert dir! Det hat sie getan, det is nich natierlich zugegangen, nie und nim-mer, sag ick dir! Ick hol ihr ab vom Betrieb, ick hab den hellsten Kopp, ick will Schluß machen mit se, – denk ich, denk ich, – und da will ick Karl Piepenstengel heeßen, wenn ick nich klar inn Kopp bin wie jetzt und sage: aus is et, Karline, wat zuviel ist, ist zuviel, und man is ooch nur een Mensch und det hat ja alles ja keen Zweck und die is een Luder und Canallje, wie sie im Buch steht, und ick will den ganzen Zauber nich mehr und denn. – Denn kommste vielleicht grade uff ihren Bau, wenn een anderer davor spaziert und wartet und kuckt sie an und du bist besoffen und merkst nischt, du merkst eben nischt, wat sagste, nachher merkste allet, denn schlägste dir an den Kopp, und wie is denn sowat möglich, und denn haste noch alles im Deetz, wat sie dir von ihr gestoßen ham, und du sagst et ihr, Stück um Stück, jedes Gericht würde sagen, nützt nischt, war alles ganz anders. – Und denn fällste mit ihr in de Klappe. – Wenn det noch wenigsten. Habe det Luder nich mehr anfassen können, ick hab –. – Gloob ick nich. – Denn noch. Und det is drei Monat so gegangen, du, und nu sag du. Und denn – is sie weggeloofen, sie, sie, und ick bin ihr nachgeloofen. – Warum denn, warum aber bloß? –

Und denn war ick schon ganz kaputt und hab mir wieder erholt und denn treff ick die am Stralauer Tor. Und die gehts gut, und die strahlt übers ganze Gesicht und darum hab ick die Monate über det ausgehalten und die hat een Zavalier am Arm und ick hätt ihr übern Haufen knallen müssen oder mir selber. –

Mensch, wenn du nich verrückt bist.

Unser Dasein (1933)

Vorspruch

Sie hören von Geschichten, aus den Zeitungen, Sie können nicht rasch genug ans Radio laufen, wenn es heißt: Achtung, Achtung, hier ist Berlin, wir bringen –

Wenn Sie Prozesse lesen, sind Sie glücklich: das ist die Wahrheit. Wenn Sie im Geographiebuch nachschlagen, falls es Ihnen in die Hand gerät, und Sie lesen von Städten oder Flüssen oder Meerestiefen und sehen die Linien der Festländer, so sind Sie befriedigt. Sie wissen, das ist die lautere Wahrheit und das stimmt.

Hier nun wird gedacht und betrachtet. Und da werden Sie sagen, was geht mich das an. Was ich denken muß, denke ich allein. Tatsachen sind nötig, Tatsachen, Berichte von der Realität, und weiter nichts, sonst kann uns nichts nützen.

Ich sage Ihnen, was vor Sie tritt, ist mehr Wahrheit als wenn Sie erfahren, ein Schiff ist untergegangen, und die Japaner rücken in der Mandschurei vor, oder der Kohlenpreis soll und wird, vielleicht, gewiß, möglich, unmöglich herab-, herauf-, herauf-, herabgesetzt werden.

Was Sie hier hören werden, hat größere Wahrheit als die Nachricht von der Trockenlegung der Zuidersee.

Es gibt geringe, größere und große Wahrheiten. Es gibt viertel, halbe und beinah ganze Wahrheiten. Denn ganze Wahrheiten – ob es die gibt – aber wir sprechen noch davon. Die Lampe brennt, das ist eine geringe Wahrheit. Daß ich lebe, eine größere. Wie ich lebe, wer ich bin, was mit mir ist, was mit dem Leben ist, mit un-

serm Einzelleben, mit unserm Zusammenleben, mit unserm Zusammenleben mit der Erde und den Gestirnen und dem Weltall,
das sind größere und sehr große Fragen und, wenn es gute Antworten darauf gibt, größere und sehr große Wahrheiten.

Laßt uns die Lampe, den mandschurischen Krieg, den Kohlenpreis nicht vergessen und nicht geringschätzen, – es wird uns
freuen, wenn der Krieg zu Ende ist und der Preis gefallen ist. Aber
laßt uns über den unvollständigen kleinen Tatsachen nicht die großen umfassenden vergessen. Sie werden gefunden durch Denken.

(…)

Zwischenspiel
Sommerliebe

Noch einmal:
 Nur durch das Tor des Ich betritt man die Welt

Sommerliebe

Es wurde nun stille. Es lag völlig süße Verzückung im Raum. Die
Musik sang, die Trompete sang, die Menschen sangen. Sie machten Bewegungen, gleitende, waren aneinandergepreßt, und die
Musik ging mit ihnen, die Knie bogen sich, der Fuß setzte sich
vor, zurück, der Leib kam nach. Die Klarinette blies, oben stand
der Kapellmeister mit dem Saxophon, sah herunter in die Rundung, die drehende. Lautloses Drehen, lautloses Gleiten der
Schatten. Jetzt Scharren, vorwärts, rückwärts, süße Kinder, ihr
Kinn über seiner Schulter. Und jetzt schmetternder Jazz.

Schwarzes Wuschelhaar an dem Tisch, sie steht auf, Puderdose,
Blick in den Spiegel, die Kaffeetasse steht allein, die Handtasche

liegt auf dem Stuhl. Sie ist in das Flackerlicht eingetaucht, von der Rundung eingesogen, das Klavier rasselt, Arm über seiner Schulter, gezogen, gewogen, die Musik singt, die Trompete singt. Schluß, auseinander, schon, schon, eine kleine Sehnsucht, ein bißchen Sonnenschein.

Und schon sitzen sie wieder um den Tisch herum, Puderquaste auf der Nase, über die Stirn. Ein älteres Fräulein hat Überschuh im Ausverkauf gekauft, sie packt aus, sie debattieren, drehen die Schuh. Ein gemütlicher Herr liest die Mittagszeitung, Garderobenständer mit Hüten und Mänteln stehen herum, es gibt keine Musik, ist alles aufgelöst, rinnt auseinander. Die Kaffeekannen sind Silberersatz. Licht und Zigarettenrauch in der Luft.

Ein langer junger Herr mit Hornbrille, er geht an den Tisch, er senkt den Kopf ein bißchen vor dem schwarzen Wuschelhaar, sie ändert den Ausdruck nicht, steht auf, er geht hinter ihr, bedenkt sein Geschick, dann fragt er nicht mehr, sie sind im Kreis des Geschehens, des Drehens und Scharrens und Gehens. Gleiten der Schatten, lautlos Drehen. Die Musik dumpft, wühlt, befiehlt, das Tamtam schmettert, die Töne steigen und fallen, die langen schmachtenden Töne, Hand in Hand, warme Hand, du folgst, du fühlst die Schenkel, du bist gut aufgehoben, es tut dir keiner was, und alle tun ebenso wie du. Ein Raum mit trinkenden Menschen ist da, und sie blicken auf dich, und du kannst die Augen schließen, Äuglein schließen, Äuglein schließen, Schritt vor, Schritt zur Seite, was summt und summt das Saxophon.

Und dunkel singt ein Mann: »Eine kleine Sehnsucht, ein bißchen Sonnenschein, eine Sehnsucht, die sich niemals erfüllt.« Das Klavier dumpft, das Tamtam klirrt, und jetzt ist bloß noch das Klavier da, und ist aus. Die Hände lassen los, warme Hände, schwere Hände, allein, die Gesichter sind ganz sachlich. Sie geht an den Tisch, sie senken einmal kurz die Köpfe, sie ist so jung, dann spricht sie mit dem älteren Fräulein wieder über die Schuhe. Die Kavaliere zahlen schon. Der Kapellmeister trinkt Bier. Sie geht.

Sie hat ein schwarzes Käppchen auf, ihr dünnes Gesichtchen lächelt an der Tür zurück, sie sehen ihre hellen Strümpfe, ihre Rundungen, sie trägt ein viereckiges Köfferchen. Wo geht sie hin, denken die am Tisch vor der Speisekarte.

Es gibt merkwürdige Zufälle. Da ist mir das Bild in Erinnerung geblieben von dem Raum, in dem sie tanzten, die Musik sang, die Trompete sang, sie machten gleitende Bewegungen, und dann war da ein Wuschelhaar, sie hatte ein schwarzes Käppchen auf, ihr dünnes Gesichtchen lächelte manchmal zu meinem Tisch herüber, sie tanzte und puderte sich, zuletzt ging sie mit ihrem viereckigen Köfferchen. Ich sah sie heute im Amt. Sie war Zeugin. Ich erkannte sie gleich. Sie mich auch. Ein kleiner Zivilprozeß, Streitigkeiten wegen Möbelbeschädigung beim Umzug. Sie sagte aus, daß die Kommode nicht verschrammt war und noch nicht aus dem Leim. Wie ich um drei aus dem Gericht kam, steht sie unten an der großen Treppe und wartet, Gott weiß worauf. Sie hat mich wieder angelächelt, ich wußte nicht, ob ich lächeln durfte, aber wahrscheinlich habe ich es doch getan. Da ist sie zu mir gekommen und sagte mir, daß sie mich schon gestern gesehen habe, da oben bei dem Tanz. Kommen Sie öfter da rauf? Ja, was soll man tun, wenn man allein und in solche kleine Provinzstadt versetzt ist, viele Lokale wird's hier ja nicht geben. Dann auf Wiedersehen.

Es regnet in Strömen. Alles ist grau, umgossen. Ich komme mir selbst wie ein Regen vor. So umgießt ein Gefühl alle Dinge und Menschen. Heut morgen war es noch ein leerer Ort und ich hatte schauerliches Heimweh. Ich dachte, hier verkomm ich. Jetzt –

Das ist ein merkwürdiger Zustand für einen ernsthaften Mann. Ich kann nicht leugnen, ich bin erregt. Es ist eine unglaubliche Spannung in meinen Gliedern. Ich gehe mit einemmal elastischer als sonst. Meine Wirtin sagt es auch. Sie freut sich über mich, ich bin jetzt allen Menschen wirklich mehr zugetan. Und warum?

Ich bin allen Menschen dankbar, denn ich denke immerfort an sie und denke mir, sie geht unter ihnen allen. Ich habe dieses ganze graue Heimweh verloren und bin wie ersoffen in einem einzigen Meer von Spannung und Freude und Freudigkeit. Was tue ich? Meinen Dienst wie sonst, aber in der Pause vergesse ich zu essen, sitze an meinem Tisch im Beratungszimmer und träume. Das ist durchaus kein natürlicher Zustand, aber er hat seine Annehmlichkeiten, ich werde schon sehen, daß er mir nicht über den Kopf wächst.

Ich bin schon Mitte Dreißig und habe mir geschworen, nicht zu heiraten, meine Mutter hat es mir selbst geraten, obwohl ich der einzige Sohn bin, aber es ist zu viel Unglück und Krankheit in der Familie. Das hat mich allmählich, ich sehe es jetzt, in eine Feindschaft gegen das Weibliche überhaupt getrieben, ich bin ihnen aus dem Wege gegangen. Nun kommt das Feuer mir nachgelaufen. Aber es ist ein angenehmer Zustand. Ich war erst ein einziges Mal in meinem Leben verliebt, ich habe ein einziges Mal in meinem Leben geliebt. Das war damals sie, die Rosa. Rosa hieß sie, beim Anblick jeder Rose hab ich noch heute Schmerz. Es ist mir eine schreckliche Erinnerung, ich brachte sie zu meiner Mutter, und die sagte nein. Es war ein wochenlanger Kampf, aber meine Mutter hatte schon recht, und ich weiß, daß man Pflichten hat und daß man seinem Gefühl nicht blind folgen darf. Es war ein schreckliches Ende, ein schreckliches langes Jahr. Ich bin aus dieser Sache nicht herausgekommen, wie ich hineingegangen war. Man muß verzichten. Und jetzt. Es ist ein angenehmes Gefühl. Man soll es nicht ablehnen. Man soll nicht gar zu streng mit sich sein.

Ich habe verschiedene Zeiten. Manchmal komme ich aus dem Lachen nicht heraus und sage, was ist mit mir, manchmal grübele ich, manchmal werde ich sehnsüchtig, ich tauche sehnsüchtig in jedes Gesicht, jeder Mund bringt meine Lippen in Bewegung

345

zum Kuß, manchmal muß ich mich abwenden, so überwältigt bin ich, ich weiß nicht wovon. Ob das nicht ähnlich ist wie damals mit jener?

Ich war erst wie von einer Wand umstellt, viele Plätze und Straßen mußte ich vermeiden. Jetzt ist es ganz anders. Ich grüße alle Mädchen und Frauen in ihrem Namen. Sie sind Erinnerung an sie. Ich blicke auf ihre Schuh, ja sie haben auch Schuh, sie gehen in Strümpfen wie sie. Wenn sie in meinem Zimmer ist oder ich in ihrem, so ist alles voll Gespanntheit. Ich bringe nicht das Richtige heraus, ich habe schon zu lange auf sie gewartet, sie wundert sich über meine kalten Finger und daß ich so stumm bin. Dann sage ich, ich habe bei Gericht so viel zu sprechen gehabt. Und wenn sie weg ist, atme ich, atme auf, erhebe mich, wandere herum, denke nach, was gewesen ist, und schon fängt das Träumen wieder an, das Sinnen um sie, und im Inneren fange ich an mit ihr zu flüstern, und jetzt kommen die guten Worte mir über die Lippen, ich kann sie aussprechen, wo sie nicht da ist, nur wenn sie nicht da ist.

Ich denke manchmal, das ist eine Passion, eine Leidenschaft, die mich in Ketten schlägt. Soll ich mich nun hinwerfen vor sie und mich ganz von dieser Leidenschaft mitnehmen lassen? Ich will nicht, ich will nicht. Aber wie gerne schwimme ich mit dieser Gewalt! Wo ist denn Wahrheit als hier. Wo ist Leben, was ist Leben, wenn nicht hier. Und ob ich Unrecht tue, es ist wahr. Ich brenne, aber sie ist es, die das Feuer angezündet hat. Was hat sie aus mir gemacht. Was hat sie veranlaßt, auf mich zuzugehen und das Feuer auf mich zu werfen. Nun denke ich und glaube schon lange gewußt zu haben, wer ich bin, und da kommt sie und wirft das Feuer, und siehe da, jetzt erst zeigt sich, wer ich bin. Sie ist irgendeine kleine Person, aber meine große Lehrerin, die beste Lehrerin. So lehren keine Worte, und so viel erfahre ich nicht aus der Philosophie.

Erkenne dich selbst, sagt der Philosoph. Ich weiß nicht, wie ich das machen soll. Und wenn ich mich erkenne, was ist mir geholfen. Sie aber hat dort oben an dem Tisch gesessen, es war schon gleich solche Verzückung in dem Raum, die Musik klang, die Trompete sang, die Menschen machten gleitende Bewegungen, und dann war das Wuschelhaar da, das schwarze Käppchen, sie lachte zu meinem Tisch herüber, tanzte mit dem jungen Menschen mit der Hornbrille. Sie hat mich einmal angesehen, sie hat mich kaum gesehen, und ich habe sie ansehen dürfen, und das war die Belehrung, nicht meines Gehirns, sondern meiner Natur. Ach, so abgemüdet und ausgenutzt ist mein Gehirn, es ist schon bald nichts mehr daran zu zerbrechen, es hat getan, was es konnte, und siehe da, es war alles eitel, nichts und leer. Nachdem viele Philosophen in den Hörsälen und die größten Denker aus Büchern zu mir gesprochen haben, da ist die große kleine Lehrerin an mir vorbeigegangen und hat auf ihre Art gesprochen, eine knappe Viertelsekunde. O welche eindringliche Predigt, meine Knie zittern noch, wenn ich an diese Viertelsekunde denke. Ich brauchte Stunden, um mich davon zu erholen, und immer wieder muß ich darüber nachdenken, was ich gelernt habe, und kann es nicht fassen.

Weil ich dich gesehen habe, soll sich alles in mir wenden. Ich bin schon viel ruhiger. Ich denke während der Verhandlungen ruhig an dich, und du hältst es aus, daß ich ruhig an dich denke. Ich habe erst gefürchtet, das ginge nicht, du würdest dich dann als eine lächerliche Fratze enthüllen, die mich nichts angeht.

Jetzt kann ich auch an die Rosa denken. Ich habe hier vor mir einen Strauß Rosen, den habe ich mir heute morgen gekauft, jetzt liegt er vor mir auf dem Tisch, noch in dem Seidenpapier, und ich kann die Blumen ruhig und sogar herzlich betrachten. Es ist lange her, Rosa war gut, aber vorbei, vorbei, wer weiß, was aus ihr geworden ist, es hat nicht sollen sein. Jetzt erntet eine andere, was sie gesät hat. Ich bin froh, daß das Oberste in mir zuunterst gestülpt ist und das Unterste zuoberst. Ich habe meine Fassung wieder. Ich war erst fassungslos über mich. Ich hatte gedacht und bin manchmal nachts mit dem Schreck aufgewacht: Ich habe schon so lange gelebt, es war schon alles gut, warum muß das noch über mich kommen, warum konnte ich nicht in Ruhe sterben?

Ich war heute bei ihr, ihre Mutter war nicht zu Hause, sie hatte sie weggeschickt.

Ich habe sie vor zwei Stunden in meinen Armen gehalten. Es war ein Glück, das noch jetzt in meinen Armen, in meiner Brust nachklingt. Wie sie am Fenster, rosig, jung, ihren Mund an meinen legte, ich sie hielt um ihre Hüften – ich kann nicht davon sprechen. Himmlisch, der Himmel. Und die Begierde und der Körper? Es war ein Dienen und eine Demut. Was ist ein Kuß, was ist er anders als ein Untertauchen. Keine Aneignung, nein, eine Bitte um Zulaß, eine Danksagung und zugleich ein Sichhinwerfen und Aufgeben. Aber ihr ist davon, glaube ich, nichts bewußt, vielleicht tue ich ihr auch Unrecht. Es sieht bei ihr nur aus wie Staunen und Spiel.

Das ist das Eigentümliche der Liebe: diese Geste des Körpers, diese große und besondere Rolle, die der Körper spielt. Nirgends sonst steht er so sehr, so völlig, so hundertprozentig im Dienst der Seele. Wie da das Körperliche durchsichtig wird. Da war man sonst ein starres, isoliertes und gefrorenes Tier. Man war wie in Stücke gehauen. Man hatte da seine Gedanken, anderswo seine Neigungen, anderswo bewegte man sich. Jeden Teil ließ man einzeln laufen.

Ich habe dich wieder in den Armen gehabt. Du hast dich von mir umarmen lassen. Umarmen: das heißt, daß meine Arme, wie ich in dein Zimmer trat, sich um dich legen durften. Ich habe deinen schlanken, leichten, schwebenden Körper gefühlt. Und während ich dich hielt, habe ich innerlich gezittert und gefragt: wer bist du? Wer ist das hier, wer will hier etwas von mir? Wem bin ich hier gut? Ich kann nicht an deine Familie denken, für mich bist du nur das schlankgliedrige Mädchen, das Wuschelhaar mit den großen Augen. Du bist für mich der Mensch, der mir fehlt, das Stück von mir, das ich nicht habe, das junge zarte Weibchen, die Natur, die mir viel näher ist, viel mehr, als die Gesellschaft.

Und jetzt sehe ich: Ich, der Jurist, der Paragraphenmensch, ich bin im Begriff, die Gesellschaft zu durchbrechen und die Natur zu finden. Das hat einen leicht kriminellen Geschmack, aber wahrer werden mir die Dinge.

Ja wahrer, transparenter. Ich bin vorhin, wie ich ihr Haus verließ, langsam durch die Straßen gegangen, und da konnte ich wie ein gehörnter Siegfried nicht die Sprache der Vögel, aber die Sprache aller Menschen verstehen, aller Menschen, die da gingen, der Männer, der Frauen und der Kinder. Ihre Kleider machten mir nichts vor. Sie liefen als Naturwesen herum. Das war eine glückliche und erfreuliche Art zu blicken.

Das habe ich erreicht durch die Begegnung mit ihr. Es liegen überall Schlüssel zur Natur herum. Man braucht nur die Hand auszustrecken. Aber es gehört wohl auch Bereitsein dazu. Nun sitze ich zu Hause und denke an sie.

Geliebt zu werden, empfinden viele als ein Glück; mag sein. Lieben ist ein viel größeres Glück, glaube ich. Freilich, das Schönste muß sein, das Größte und am meisten Stärkende, Lebenspendende: Lieben und glauben dürfen, geliebt zu werden.

Sie hat mir ihr Bildchen geschenkt, ich trage es in der Tasche. Ich bin von dieser Tasche her elektrisiert. Ich muß das Bild wechseln in eine andere Tasche; mir kommt vor, mein Arm wird schlaff an dieser Seite. Es ist nicht ausgeschlossen, daß ich das Bild ganz aus meinem Anzug nehmen muß. Denn ich bin von dem, was das Bild ausströmt, wie umnebelt. Es ist so, wie wenn man in Sumpfluft, in die tropisch heiße und feuchte Luft eines anderen Klimas tritt. So umnebelt mich das. Aber doch bin ich froh, daß ich sie jetzt immer bei mir trage. Die Photographie taugt nichts;

ihr Gesicht sieht so auf dem Bild weder klug noch beseelt aus. Der Photograph kann nicht die Spannungen, die Strahlen photographieren, die von ihr ausgehen und die nur ich empfinde, eben weil ich so empfindlich für sie bin. Ja, sie ist ein Naturwesen von ungeheurem Liebreiz für mich.

Ich komme eben von einer Begegnung mit ihr. Sie hat mir wieder vor dem Gericht aufgelauert und mich gegenüber in ein kleines Café geführt. Das Lokal war eben erst eröffnet, wir hatten nicht recht freien Platz, überall saßen Menschen, die Tür war gerade vor uns, und immer guckte uns einer ins Gesicht. Ich habe meine Stimme diese Stunde über nicht gefunden. Das Wuschelhaar saß blühend da, mit ihren kirschroten sehr vollen Lippen, den Hut mit einem Schleier auf dem Kopf, die Handschuhe behielt sie an, ab und zu trank sie von ihrer Schokolade. Sie hat nicht bemerkt, daß ich so dasaß und meine Stimme nicht fand. Ich dachte, während ich dasaß, über sie nach. Was mochte sie von mir wollen. Sie war recht zärtlich und wunderbar innig zu mir. Auf welche Weise? Im Lokal, mitten unter den Menschen, dicht an der Tür, wo einem jeden Augenblick einer ins Gesicht sah? Ja, ich hätte das auch früher nicht beantworten können. Sie war innig und herzlich einfach dadurch, daß sie so blühend dasaß, kirschrote Lippen hatte, ihren Arm manchmal rückwärts um meinen Stuhl legte und mir einmal erlaubte, ihren linken Handschuh auszuziehen. Ich brauchte die ganze Stunde nicht zu sprechen, ich hatte genug damit zu tun, sie zu betrachten, den Tisch zu betrachten, auf dem die Schokolade stand und ihr einer Handschuh lag, ihren kleinen Stirnschleier anzusehen und zu wissen, daß sie hier saß für mich. Darin bestand das ganze Wunderbare, Herzliche und Innige. Sonst erzählte sie noch, daß sie jetzt ohne Arbeit sei, und von ihren früheren Stellungen.

Wieviel habe ich dir schon verziehen und muß ich dir noch verzeihen. Stundenlange Erregung, Warten, Warten, und immer wieder laufe ich zum Fenster, zur Tür, mache auf, horche die Treppe hinunter, falle auf, denn warum öffne ich, die Wirtin ist ja zu Haus, du kommst nicht. Was du machst, was du gemacht hast, ich weiß es nicht. Wenn du dann nach ein paar Tagen kommst, kriege ich es auch nicht heraus. Es war gar nichts los, du hattest das zu tun und das zu tun, und du hast auch den kennengelernt und bist auch wieder allein tanzen gegangen. Manchmal schwindelst du. Ich bin durcheinander glücklich, wenn du da bist, und gar nicht vorhanden. Ich brauche manchmal Stunden, ehe ich über die Nachqual hinwegkomme, und dann dauert es nicht lange und du mußt gehen. Ich gönne dir ja jeden, aber gehe doch recht mit mir um. Siehst du mich gar nicht? Ach, wie bin ich geknechtet.

Was ich gesehen habe, ist dieses.

Ich sah ihre dunklen Haare, ihr schmales Gesicht, ihre glänzenden Augen. Ich sah, wie ihre Hände auf den Knien eines Mannes lagen. Ich hörte sie kichern, sprechen, den Kopf drehen. Und der Mann war nicht ich. Er saß mit dem Rücken gegen mich. Ich saß ganz dicht bei ihr, sie sah mich nicht.

Es war ein munteres Hin- und Hergespräch. Sie siezten sich. Wenn ich die Worte aufschriebe, es wäre nichts dran. Ihre Stimme war klein, mädchenhaft erregt. Es war aber um die beiden, um ihren Tisch eine Wolke. So saßen die beiden da. Und ab und zu senkte sie ihre Stimme und sah auf den Tisch, und er hatte auch den Kopf gesenkt und hielt ihre Finger, und wenn sie aufsah, waren ihre Augen, die in meine Richtung blickten, aber mich nicht sahen, strahlend innig.

Wer das neben ihr war? Ein junger, frischer Mann. Ich könnte sagen: irgendein gewöhnlicher junger Mann. Aber es ist schon jetzt für mich eine große und feierliche Wahrheit, die ich vorher nicht kannte: es kommt auf die Worte und auf die Klugheit nicht an. Es gibt eine stärkere Gewalt. Es gibt eine innigere, herrlichere

Gewalt. Und solche Gewalt bin ich oder war ich auch ein bißchen ihr. Aber ich bin auch ein Bettler, ein Außenstehender, ein bloßer Bewunderer, ein Anbeter, Gläubiger, das auch. Und jetzt ist die Frage, wessen Gewalt und Kraft größer ist, meine oder die des einfachen jungen Mannes da.

Ich habe keine Spur Eifersucht gehabt, keinen Neid. Es war nur ein Schlag. Und dann überschwemmte mich ein anderes Gefühl: Ich sah sie sitzen, sie liebt, das ist Liebe, da sitzt die Liebe, und ich bin mit darin. Ich fühlte mich mit diesem jungen Mann, ja manchmal als dieser junge Mann. Ich erlebte seine Begegnung mit ihr.

Ach sein Lächeln, seine spürenden Hände, die nicht ruhig auf dem Tisch bleiben können, die nach ihr wie nach einer Flamme züngeln, und sie läßt ihm ihre Finger, und ich spüre sie mit und schnappe noch ein paar Worte auf, wie er sagt: also wir verstehen uns, darauf lacht sie. Sie sagt, ach nein, es geht heute doch nicht, wirklich nicht. Oh, sie gehen.

»Es tut mir ja wahnsinnig leid, aber es führt zu nichts, Rosa, es hat ja keinen Zweck.« Das sagte ich ihr damals. Es fällt mir gerade ein. Es hat ja doch keinen Zweck, es führt zu nichts.

Ich hatte zwei üble Tage. Ich kam zu ihr. Sie war erst nicht im Zimmer. Ich blickte mich um, ob hier schon ein anderer herrschte. Ich bemerkte nichts. Ich weiß, sie ist sehr naiv und ganz rührend. Sie läßt Bilder und Ansichtskarten ihrer früheren Freunde ruhig an der Wand hängen. Nur wenn sie einen gar nicht mehr mag, dann nimmt sie ihn von der Wand. Da hängt die Ahnengalerie ihrer Freunde. Ein Bild von mir hat sie nicht, aber Ansichtskarten, die hingen noch da. Dann kam sie herein, ich hatte sie drei Tage nicht gesehen, es war ein ewiges Telephonieren, ich hatte mich angemeldet, dann war ich dienstlich behindert, dann konnte sie wieder nicht, es war ein trauriges Warten und Warten, zuletzt

ein Leiden, eine völlige Verkrampfung. Und jetzt sollte ich sie sehen. Sie trat also ein, nickte und drehte mir sofort den Rücken zu,
suchte in einem Buch, ich nannte sie beim Namen, sie gab gleichgültig Antwort, drehte sich nicht um, dann hatte sie eine Handvoll kleiner Photographien und suchte weiter in dem Buch, ob
was drin lag, denn das Buch gehörte mir. Sie suchte vielleicht den
Brief von einem anderen, das sah ich ihr an.

Und dann habe ich sie zwar in den Armen gehalten, aber es
war alles ganz anders. Ich habe sie zwar geküßt, aber ich wußte
schon, ich fühlte schon: ich war wieder allein. Es war in mir weg,
und es war in ihr weg.

Ach, und dann der Tag, nachdem sie weg war. Ein kleines Bildchen von ihr trug ich in meinem Portemonnaie. Ich steckte die
Hand in die Tasche und drückte das Portemonnaie, so war sie da,
und ich hatte sie doch nicht verloren. Ja manchmal strömte das
kleine Bild in der Tasche etwas aus, es war die rechte Seite, meine
Hand und mein Arm wurden davon heiß und schwach, manchmal flammte auch mein Gesicht rechts auf, ich sah es im Spiegel,
ich mußte die Taschen wechseln. So ging es in manchen Stunden,
manchmal war es ganz wie früher, und ich staunte, ich staunte.
Ich war wie überschwemmt vom Gefühl. Ich war wie ein Hund
mit der Schnauze in eine Pfütze von Sehnsucht gestoßen, und
dagegen konnte ich gar nichts machen. Nein, es ist nicht weg, sie
ist mir nicht genommen, ich habe sie in meinem Blut.

Warum soll man, wenn abends alle Farben verschwinden, die
tags da sind, aller Schmuck der Buntheit, alles, was unsere Bewegungen anleitet, warum soll man dann vom ›Fehlen‹ von etwas
sprechen? Es war Tag, der positive Tag, und jetzt kommt die positive Nacht. Vorhin strahlte die Sonne, jetzt strahlt die Dunkelheit.
Beide sind Lichter, Lichter von verschiedener Art. Jetzt in der
Nacht hört die krampfhafte Spannung auf. Es gibt hier nicht die
Lockungen und Anreize, mit denen sich der Tag aufgemacht hat

und die so schrecklich bunt und verschwenderisch überall liegen und unter denen wir uns auf bäumen.

Und du mußt nicht glauben: Schlaf sei bloß Schlaf, nämlich Nichtwachen. Wie kommst du darauf, daß wir die Hälfte des Lebens nicht da sind? Wir begeben uns nur in ein anderes Dasein. Die Muskelspannung, die für den Tag nötig ist, hat aufgehört, das fürchterlich erregte Bewußtsein ist hingeschwunden, die wilde Fesselung, die krankhaft zuspringende Begierde, diese böse, feurige, sonnenmäßige Begierde hört auf. Der Nachthimmel ist da, endlich strahlt ein anderes Gestirn, und wir werden aus elenden Tagelöhnern, aus Lohnarbeitern des Tags – für einige Stunden wir selbst, mehr Menschen als vorher, mehr Ich als unter der Sonne.

Ein junges Mädchen. Diese Gesichter, sehe ich, sind alle geschaffen, gebildet und geformt von der Liebe der Männer. Daß ich sie so empfinde, diese Gesichter, daß ich sie auch so lieben kann, zeigt mir: Wir Männer sind eine einzige große Bruderschaft. Und alle Frauen sind eine einzige Geliebte.

Sie ist weg. Sie ist weg.

Nein, sie ist nicht weg, sie kann nicht mehr weg sein. Sie wird mich nie verlassen. Nun gehe ich wie sonst aufs Amt und spreche Recht in kleinen Zivilsachen. So habe ich sie ja auch einmal getroffen. Es ist kaum zu glauben, was den Leuten alles begegnet und worüber sie sich ärgern, worin sie sich beleidigt und geschädigt fühlen. Es sind kleine Werte von drei Mark oder fünf Mark. Aber da habe ich auch etwas Juristisches von meiner Geliebten gelernt. Ich verstehe mehr, was die Leute ärgert. Die Welt ist mir durchsichtiger geworden. Ich bin dichter an ihr Blut herangeführt. Das hat mir meine Sommerliebe gegeben.

Ich will mich einmal nach dem Schicksal der Rosa erkundigen. Die Rosa. Ich habe, seit ich das Wuschelhaar hatte, an meine Mutter nur ein paar Postkarten geschrieben. Es hat ganz aufgehört mit dem Briefschreiben. Sie hatte sonst jede Woche von mir zwei bis drei Briefe. Warum schreibe ich nicht mehr an meine Mutter. Ich bin bitter auf sie. Warum hat sie mir das damals gesagt von dem Unglück und den Krankheiten. Sie hat mich verhindert. Solch Gerede von Krankheit. Schließlich heilen ja auch Krankheiten.

Die Rosa habe ich nicht haben können. Das Wuschelhaar ist weg. Ich bin froh, daß ich sie gefunden habe. Ich werde mich viel, viel besser in der Welt zurechtfinden.

(…)

Babylonische Wandrung
oder Hochmut kommt vor dem Fall
(1934)

Ein großer Herr ist in zeitgemäße Schwierigkeiten geraten und muß auf seinen bisherigen Aufwand verzichten. Er führt gemeinsam mit zwei anderen, die ihm anhängen und nicht besser als er sind, das Leben eines armen Schluckers, passiert viele Städte, von denen wir nur Bagdad, Konstantinopel, Paris nennen, um den Umfang ihrer Anstrengungen und der vorhandenen Widerstände anzudeuten.

Vieles aus dem Gebiet der Liebe, des Trunkes, der Betrügerei tritt dabei an sie heran, dem sie sich aktiv und passiv bisher nicht ausgesetzt hatten. Die herrlichen Städte zeigen ihre Baulichkeiten, ihre Tugenden und Laster, ihre geschichtlichen Hintergründe, ihr reges Geschäftsleben, woran sie sich in verschiedener Weise beteiligen.

Langsam gelingt es dem großen Herrn, auf den Schultern der beiden andern stehend, festen Fuß zu fassen. Er hält mit Seelenruhe durch.

Am Schluß muß er, der sich nicht freiwillig den Strapazen unterzogen hat, gestehen, die Reise war lang, aber es hat sich gelohnt.

Nebenbei ist es die Geschichte eines Adams, der viele Evas, aber keine Sünde trifft und schwer das Paradies verläßt.

Nebenbei die Geschichte eines Gewaltherrschers, der sich gottähnlich vorkommt, er wird durch den Spaß und das Elend unseres Daseins gejagt, sein Aufstieg zu einem armen Menschen.

Erstes Buch
Vorspiel im Himmel

Ein hochmütiger reicher Herr, Konrad mit Namen, erfährt zu seiner Bestürzung, daß er konkurs ist. Er muß, nur begleitet von einem Gefährten, sein kostbares Schloß verlassen und sich zu einer völligen Änderung seiner Lebensweise verstehen.

Konrad wacht auf und vermißt sein Frühstück

Konrad war ein babylonisch-chaldäisch-assyrischer Gott und saß mit hochgezogenen Beinen auf seinem gewaltigen Thron aus Stein. Auf dicken Polstern ruhte der struppige alte Räuber und rieb sich Kinn und Nase. Ganz zusammengeschrumpft saß er in einer Ecke seines Throns, wie ein altes Äffchen, und kämpfte gegen die schreckliche Müdigkeit, die ihn nicht losließ. Sein Kopf hing nach vorne, er schnarchte.

Eine Mütze mit zwei Hörnern hatte er auf. Die kollerte auf seinen Schoß. Da glaubte er, ihm küsse jemand die Hand. Er machte eine segnende Bewegung und streifte die Mütze von seinem Schoß herunter auf seinen nackten Fuß. Er zuckte, riß die Augen auf, gähnte: »Wie spät ist es?« Die Mütze gab selbstverständlich keine Antwort. Konrad stemmte sich hoch und befahl: »Mir ist die Mütze runtergefallen.«

Die Mütze bewegte sich nicht. Auch sonst bewegte sich nichts. Rätselhafte Stille.

Da wurde der alte Held ganz wach, sog an seinen Zähnen, griff nach seinem Bart, schrie voll Zorn: »He, holla, keiner da, wer setzt mir meine Mütze auf? Mir ist die Mütze runtergefallen. Ich will frühstücken.«

Darauf bewegte sich nichts.

Er drehte den Kopf, sah an sich herunter. Gräßlich lang waren seine Fingernägel gewachsen, krumm wie Säbelscheiden. Er mußte schauerlich lange geschlafen haben. Sein rotes, mit Goldtressen besetztes, mit Tierfiguren besticktes Überkleid war zerdrückt, rissig, ausgebleicht. Es hing an ihm, er steckte drin wie in einem Gehäuse. Er ließ seine dürren Beine herunter. Ein Stock aus Pappelholz gehörte zu seinen Machtzeichen, der lehnte vorschriftsmäßig an seinem Stuhl. Danach langte er, stieß auf den Steinboden, krähte mörderisch: »Meine Mütze ist mir runtergefallen. Ich will frühstücken!« Ja, Konrad, der Pascha, der zur Ruhe gesetzte Löwe, wollte seine Ordnung.

Und da kamen sie vom Estrich hoch, einer nach dem andern. Sie waren noch mehr verkommen und zusammengeschmolzen als er. Sie lagen wie trockene Äste, wie erstarrte Schlangen kreuz und quer auf dem Boden und wanden sich jetzt hoch. Das Bild war so toll, daß dem Konrad oben auf seinem steinernen Thron der Mund offen stehenblieb und er nicht weiter schimpfte. Er stülpte sich die Mütze auf, schloß die Augen, öffnete sie entsetzt. Sie waren uralte Männer, an sechzig Stück, mit einem ganzen schimmlig weißen Haarwald an sich, der floß vom Kopf und den Bärten, mit langen tastenden Armen in weiten Überröcken. Eine Verwirrung befiel Konrad.

Das Lumpenpack unten fing an zu husten, sich die Mäntel zu raffen, die Bärte über die Schultern zu werfen, sich vor ihm zu verbeugen, durcheinander, windschief wie verregnetes Getreide. Sie wollten sich bücken, aber es ging nicht, sie machten gymnastische Übungen. Der alte Räuber oben tobte. Da stand der Chor still.

Nunmehr sann Konrad nach, schnüffelte um sich, besah sich den Schaden und knurrte: »Wie war das eigentlich? Wir haben wohl allesamt geschlafen?« Sie waren imstande, das zu bejahen. »Eine tolle Sache!« brüllte Konrad, »warum habt ihr denn geschlafen? He? Was? Wer hat hier gearbeitet? Wie war der Dienst verteilt? Wer hat die Sonne heraufgeholt, heruntergeführt? Wo ist sie überhaupt? Und wann bekomm ich zu frühstücken?«

Sie verbeugten sich stumm, krachten mit den Gelenken, es ging schon besser. Konrad beobachtete das Pack mit Wut. Aus den Kerlen war nichts herauszukriegen, man mußte mit ihnen Geduld haben. Nach einer Weile krähte er sie wieder an, sie blickten schon vernünftiger: »Wer ist der Türhüter? Wer hat die Sonnenpferde zu füttern gehabt, wer?« Und als sie sich ansahen, fiel der ganze Schreck auf ihn: »Die Pferde, die Pferde sind verhungert.« Und diese Sache und die ganze Situation war so ungeheuerlich, daß er schallend loslachte. Er lachte und schrie auf seinem Sessel. Er lachte helle Tränen. Die Kerle hatten die Pferde verhungern lassen, nicht auszudenken, und was sonst passiert war.

Er wischte sich die Tränen ab. »Ich bin doch«, sagte er still für sich und näherte sich der Zentralfrage, »ich bin doch Konrad und habe die Welt geschaffen?« [Wir bedienen uns des modernen Namens Konrad, weil wir ihm nicht gestatten wollen, sich hinter seinen großartigen alten Namen zu verstecken.]

Zwei von den Bartträgern sahen ihn demütig an. Es schien, sie verstanden ihn. »Ich habe doch, ich, die Welt geschaffen?« Sie nickten. Er seufzte, schnüffelte wieder um sich: »Zeigt sie mir!«

Darauf zogen die beiden zwischen den Säulen ein paar Vorhänge hoch. Mörtel kollerte herunter, Ziegelsteine lösten sich, krachten in den Saal. Konrad brüllte: »Aufhören!« Sie sagten: »Da ist die Welt.« Konrad schnüffelte: »Das ist sie nicht.«

Er roch schon den Braten, aber der alte Wüterich wollte die Schuld auf sie abwälzen, das war seine Methode. Wie die zittrigen Dummköpfe noch mehr Vorhänge aufziehen wollten, klatschte er in die Hände.

Er saß auf seinem Platz. Ja, es war sein Thron, wenn auch eine Armlehne abgebrochen war. Wenn er schrie, er merkte es beklommen, donnerte es nicht. Wo waren seine Blitze. Da lagen zwei am Boden. Er langte danach, ließ sie heimlich fallen. Sie klirrten bloß, altes Eisen. Er richtete sich auf.

Von den Kolbennasen der Himmlischen und ihrer Diät

Es ist an dieser Stelle nötig, die Herrschaften, die wir in ihrer letzten Verkommenheit vorführen, zu beschreiben. Man kennt die Bilder, die von den babylonischen Oberherren überliefert sind. Ich verrate keine Neuigkeit, wenn ich mitteile, die Bilder stimmen nicht. Sie sind von einfältigen Menschen aus dem Kopf angefertigt. Sie sahen anders aus, diese ehemaligen Löwen, Verderber, Gewaltherren, Räuber und Prasser.

Ihre bärenstarke Brust, ihre gewaltigen Arme, die Beinmuskeln waren längst verkümmert. Allesamt waren sie aufgeschwemmt und hatten ein mächtiges Fettpolster an sich gesammelt. Sie saßen bei einander in ihrer schummrigen alten Halle, die sie sich in ihren starken Zeiten gezimmert hatten. Waffen und Streitwagen standen nebenan im Stall. Kaum daß sie noch ein paar Schritt gehen konnten. Einige von sich hatten sie dressiert, das Notwendigste für die Welt zu verrichten, die Sonne herauf und herunter zu führen, den Regenfall zu regeln, die Wolken entsprechend hin und her zu schieben, auch von Zeit zu Zeit mit Hagelschlag zu zeigen, daß man noch da war. Aber es wäre verkehrt anzunehmen, daß auf diese Bedienung Verlaß war.

Die Oberherren, Konrad der Hauptkämpfer an der Spitze, hatten damenhaft feine Arme, die sie zu eleganten Bewegungen beim Sprechen benutzten. Ihre Beine waren kurze dicke Klumpen, zum Stehen und für kleine Schritte ausreichend. Essen und Trinken, Schmausen war die Hauptsache bei der verrotteten Gesellschaft. Das sah man ihrem Gesicht an. Sie lebten von Opfern auf der Erde, besonders Rauch- und Brandopfern. Dafür hatten sie kolossale Augen, ferner ungeheure Nasen. Die Augen sprangen ihnen gewaltig wie Fäuste unter den Stirnen hervor, mit diesen Augen spähten sie unausgesetzt nach ausgelegten Speisen auf der Erde, besonders nach solchen, die ihre Nasen nicht bemerkten, wie rohes Gemüse und Obst, denn sie verschmähten nichts.

Das Hauptorgan in ihrem Gesicht war die Nase. Statt eines weisen Gehirns, eines gütigen Herzens hatten sie sich diese ungeheuren Nasen angeschafft, mit denen sie meilenweit und unausgesetzt rochen. Sie ähnelten darin dem Vieh auf der Weide, das, wenn es nicht schläft, auch unausgesetzt rupft und kaut. Konrad konnte aus jedem Geruch herausriechen, woher er kam, ob von einem gesunden oder kranken Tier, ob es ein Stier, eine Kuh, ein Schaf, ein Lämmchen war, ob es guter Wein war, den man ihm hinstellte, oder Gepansch, ob frisches oder altes Brot.

Wohl uns, meine Damen und Herren, wären auch wir mit solcher Nase begabt und wären auch unsere Ernährungsorgane so eingerichtet, daß sie schon durch den Geruch befriedigt würden! Denken wir an die Arbeitslosigkeit, diese Plage unserer Welt, welcher Sorge wären wir enthoben, wenn die Armen, statt zum Stempeln auf das Arbeitsamt, vor die Verkaufsläden oder in staatliche Magazine gingen und da alles, was ihr Herz begehrt, bloß röchen, Brot, Braten, Schinken, Wurst, Käse, Suppen, Bier, Wein aller Sorten, Kognak und Champignons, Steinpilze, Bratheringe, gebackene Hühner, Tauben, Bratgänse mit Zwiebeln und Äpfeln, falscher und echter Hase, Krammetsvögel, jede Sorte Wildbret, und da steht man je nach Appetit eine viertel oder halbe Stunde und schlemmt. Kranken könnte man die Speisen in die Wohnung bringen, die Erfindung eines Fernriechers würde nicht auf sich warten lassen. Wie gut wäre das alles.

Statt dessen erzeugt uns der Geruch vermehrten Appetit. Um den Neid auf die himmlischen Prasser freilich zu dämpfen, muß ich auf etwas aufmerksam machen, was man auf den alten Bildern nicht erkennt; ihre Nasen waren wenig schön. Es waren, wie ihre Ernährungsweise verständlich macht, dicke Zwiebeln, Zinken, gewaltige Erker, die ihnen vor dem Mund hingen.

Es waren, seien wir offen, regelrechte scheußliche lappige Blumenkohlgebilde. Solche Gurken hindern natürlich direkt beim Sprechen. Aber darauf kam es ihnen auch garnicht an. Um ihrer Leidenschaft zu frönen, versteckten sie sich vielmehr in den äußersten Winkel des Himmels, damit ihnen auch ja kein Luftzug entginge.

Vernünftige Priester kannten diese Zustände und wußten auch von den furchtbaren Zwiebeln und Knollen, die die Götter an

Nasenstatt im Gesicht trugen. Aber sie deckten einen Schleier darüber und verbreiteten die Lehre: jeder stürbe, wer der Gottheit ins Angesicht sähe. Und so blieb die Sache unter ihnen, und wiederum die Götter haben ihnen allerhand nachgesehen.

Es ist eigentlich in der ganzen Weltgeschichte nur ein einziger Fall bekannt geworden, wo Kenner gegen die Diskretion verstießen. Das war in der letzten Zeit des Regiments dieses Räubers Konrad, der es mit seiner Faulheit und Korruption wirklich arg trieb. Es war in Borsippa, wo die Priester frech wurden, Opfer unterschlugen, Konrad mit Donner und Blitz dazwischenfuhr und auf seinem Schein bestand. Da plauderten sie aus, Konrad hätte eine Riesengurke, er solle sich einer Nasenoperation unterziehen, dann würde es in der Welt besser werden. Wir wissen, was für einen Stich das Konrad gab. Er war an seiner empfindlichsten Stelle getroffen. Er hat damals geschwiegen. Und das war schlecht. Das Nasengerede ging weiter, das Opferunterschlagen ging weiter, man unterdrückte noch einmal die Revolte, aber das Vertrauensverhältnis zwischen Konrad und der Welt war hin, zu einer autoritären Regierung langte es nicht, es war der Anfang vom Ende.

Wir komplettieren die Figur unserer babylonischen Oberherren mit der Schilderung ihrer Ohren. Es ist die gewaltigste Täuschung, der man sich über ihre Ohren hingibt, wenn man glaubt, sie hatten da, um Gebete zu hören, zu beiden Seiten des Kopfes mächtige Schalltrichter sitzen. Sie hatten gewiß kolossale Ohren, aber lappige wedelnde Elefantenohren, die ihnen wie Umhänge auf die Schultern herabhingen. Diese Organe wären an sich groß und empfindlich genug gewesen, um jedes Wort von der Erde aufzufangen. Aber grade daran lag den Herrschaften nicht. Die Riesenohren ließen sie nur dekorativ an sich herunter wallen, auch bedienten sie sich ihrer morgens und abends, wenn es zu heiß wurde, zu einem leichten Fächeln. Besonders aber traten die Ohren in Funktion, wenn die Nahrung knapp heraufkam. Dann fächelte jeder, was er fächeln konnte, und suchte seinem Nachbar den Wind wegzuhaschen, ein klägliches, aber typisch babylonisches Schauspiel.

Der Oberräuber beschuldigt einen andern und läßt ihn holen

Wie der struppige Oberräuber da also saß, schnüffelte, nichts roch – es kam nichts Riechbares – und nur eine mäßige Helligkeit da war [waren nicht eigentlich die Sonnenpferde schon tot? Wie reimte sich das zusammen?], da dachte der Restbestand eines Großen, oh wäre er auf seiner Höhe, in der Blüte seiner Kraft dahingerafft worden; es hat mich einer überfallen, mir die Zügel aus der Hand genommen und ich liege mit meinem ganzen Troß unter den Rädern. Denn offenbar geht der Weltbetrieb noch weiter. Er dachte an eine Art Familienstreit unter seinesgleichen. Und da fiel ihm, irrsinniger, fantastischer Gedanke, ein gewisser Georg ein, mit dem er sich viel herumgezankt und den er schließlich hier in seiner Halle an eine Säule gebunden hatte. Wer kann es sein, dachte der Tropf, als Georg? Wollen mal gleich nachsehen. [Wieder eine Möglichkeit sich zu drücken.]

Da stand der große Babylonier, einstmals Schrecken verstreuend, glänzend, jetzt eine vertrocknete wacklige Figur, von seinem Riesenthron auf, stellte sich auf die Beine, so fest es ging, kletterte steif die Stufen herunter, und schräg marschierte er, den Überrock nachschleppend, die Hörnermütze bis auf die Ohren, mit bösem Gesicht durch seinen Chor. Er konnte sich nicht enthalten, sich zu legitimieren, indem er einem, der nicht rasch genug auswich, eins in die Seite gab.

Und dann sah er sich um, die beiden Säulen an der Tür, und siehe da, hab ichs doch gedacht, nichts von Georg. Der Schuft ist ausgerückt. [Der Mann, wir wissen es schon, roch den Braten, aber unangenehme Dinge ließ er schwer an sich herankommen. Wir werden diese Charaktereigenschaft bei ihm noch in voller Blüte sehen.] Schau mal an, luge mal, gucke mal, sprach der Held sich diplomatisch zu, der Bursche ist ausgerückt, soll ihm übel bekommen.

Und schleppte sich entschlossen zurück, hing wieder oben. Die Bande, die Klappergestelle hatten sich inzwischen Trompeten und Trommeln verschafft und fingen damit ein schändliches Konzert an. Erst gefiel das dem alten Knaben. Vielleicht, vermutete er, renkt sich alles wieder ein. Dann mußte er seine Wut von sich geben. Er schrie: »Aufhören! Die Sache draußen stimmt nicht. Georg ist weg. Georg, mein alter Feind. Ihr habt ihn weggelassen. Er wird uns aushungern. Er ist schon mitten dabei. Euch aber, ihr Schlafmützen, was soll ich mit euch machen. Ich sollte euch anfassen und in die eisigste Hölle stecken [ihm fiel ein, die Hölle wird auch nicht mehr da sein, aber die Esel merken ja nichts]. Ich sollte meinen Blitz nehmen und ihn euch zwanzigmal von rechts nach links um die Ohren schlagen – wollen mal sehen, was dann noch von euch übrig bleibt, ihr Strolche, ihr Verräter!«

Und plötzlich wurde er so von Wut auf die Gesellschaft gepackt, dazu von Raserei und Verzweiflung, daß er sie verfluchte und selbst glaubte, was er sagte.

»A-aggazu«, fluchte er, »o kibaka ammte kasaxaten gales.«

Das wiederholte er siebenmal. Wir lesen es als Mexikanisch oder als Druckfehler, aber es war Babylonisch, jetzt freilich völlig wirkungslos. Die sechzig Mann glaubten, nun wäre es aus mit ihnen. Konrad hatte genug Besinnung, die ausbleibende Wirkung vorauszusehen, sodaß er rasch das Notwendige tat, um sein Renommee zu wahren: er sagte denselben Spruch rückwärts auf, wodurch er wieder aufgehoben wurde. In Grimm über sein vielfaches Pech befahl er der Männerriege jetzt aufzustehen und gab ihnen auf, koste es was es wolle, tot oder lebend, den Georg herzuschleppen. Er würde dann die ganze Angelegenheit untersuchen. So sagte er, redete er, der alte Räuber, der sich in der Falle sah. Er schickte sie übrigens auch weg, um festzustellen, was denn draußen überhaupt los war. Er selbst traute sich nicht.

Einholung des Entflohenen und Festkonzert im Himmel

Was die Sechs, die zum Erstaunen Konrads wirklich abfuhren, sich eigentlich bei ihrem Flug dachten, ist schwer zu sagen. Wahrscheinlich garnichts. Denn, daß die Bedienung des faulen alten Konrad die Intelligenz besonders schärft, ist nicht anzunehmen. Sie marschierten jedenfalls, sechs Mann hoch, ausgetrocknet wie die leibhaftige Hungersnot, ohne Waffen los, verließen sich, scheint es, auf den Schreck, den ihr bedauernswerter Anblick einflößen mußte.

Und wie sie nun draußen vor der Tür standen, bemerkten sie als erstes: es war so ziemlich alles weg, die Hallen für die Sonnenpferde, die großen Einfahrtstore, die Beratungsräume, besonders die Treppe und der große Fahrweg auf die Erde herunter. Man hing buchstäblich in der Luft. Es war eine verzweifelte Situation, bei der auch stärkere Nerven versagt hätten. Aber die Alten sagten sich mit Recht: um so mehr müssen wir machen, daß wir hier wegkommen.

Sie schlichen an die Hinterseite des Baus und holten sich aus der Vorratskammer Flügel, schwarze riesige Fledermausflügel, die man unten gelegentlich bösen Geistern abgenommen hatte, so daß sie nur noch ein bescheidenes Dasein als Spaziergänger führen konnten. Diese Flügel schnallten sie sich um und flogen ab.

Was sie nun sahen, war hocherfreulich. Sie fielen von einem Staunen ins andere. Hier war massiv aufgeräumt. Die Reise war zwar alles eher als eine Märchenfahrt, aber hatte, je länger sie flogen, einen stark märchenhaften Charakter. Sie kamen durch riesige Räume und trafen nichts. Gelegentlich erkannten sie an einem Brummen, daß noch irgend etwas da war, ein einsamer großer Stern, sie hielten inne, langsam näherte er sich, der Lärm wurde gewaltig, die Helligkeit nahm schrecklich zu, dann sauste er ernst vorbei, ohne Notiz von ihnen zu nehmen. Sie setzten sich auf einen Kometen, die staunenden alten Herren in den verschossenen babylonischen Überröcken, und hielten sich umschlungen wegen des Gleichgewichts, die Beine angezogen. Obwohl sie froren, war es herrlich. Gleichmäßig sauste der Komet, dunkel lag das Weltall um sie. Mit einmal ruckte der Komet, als wenn er bremste, sie hielten sich fest und wollten schon abspringen, da bäumte sich der Vorderteil des Kometen, machte einen Bogen in einer ganz andern Richtung, streckte sich wieder. Die Sechs drehten sich um, was war da hinten, da stimmte doch was nicht. Und herunter von dem Kometen, wie Schwimmer ins Wasser.

Und da lag auf einem sehr langsamen kleinen Stern etwas wie ein großer Müllhaufen und bewegte sich. Sie erkannten sofort, dies ist eine Filiale unserer Firma. Und bei einem gab es den entscheidenden Ruck: dies ist Georg. Und drauf und dran.

Mit Gebrüll gingen sie vor, mit Steinen bombardierten sie den Haufen. Der schüttelte sich bald, und aus dem braunen Ascheberg streckte einer seine rostrote Pfote mit langen, unnatürlich gewucherten Krallen wie ihre eigenen, alsdann kam eine zweite Pfote und zuletzt eine lange, zum Skelett abgemagerte fuchsartige

Person, die schniefte, kroch hervor und legte sich oben zum Schlafen. Sie gaben keine Ruhe, er sei erkannt, es würde ihm schlecht
gehen, diesmal gebe Konrad keinen Pardon. Da stellte sich dieser
Fuchs auf die Beine, schüttelte ungläubig den klugen Kopf: »Höre
ich recht, Konrad? Den gibts noch?« »Wirst es bald merken.« Der
Fuchs blickte zweifelnd von einem zum andern und nickte: »So
so. Wenn es denn stimmt, dann also weiter.« Er leistete sonderbarerweise keinerlei Widerstand. Es stellte sich heraus, daß er hier
herumlag, weil er nicht weiter konnte. Sie mußten ihn auf den
Rücken nehmen. Er roch grauenhaft und verhielt sich entsprechend ruhig. Als sie aber beim Abtransport ihm die Schönheiten
des neuen Himmels zeigten und Konrad deswegen lobten, fiel er
von einem Lachkrampf in den andern und war schwer zu tragen.

Wie sie oben stolz mit ihrer Beute antraten, hatte sich da ein
Hochbetrieb entwickelt. Man feierte – man höre und staune –
den Sieg über Georg. Die Halle scholl von Siegeshymnen. Die
Bartträger, kaum fähig sich auf den Beinen zu halten, glaubten
einen Beweis ihrer Existenz liefern zu müssen, indem sie durcheinander krähten, paukten und posaunten:

»Du bist der Große Konrad. Du hast den Himmel über die
Erde gewölbt, mit Pflöcken hast du ihn am Meer befestigt. Im
Staub liegt der schreckliche Georg, der Widersacher. Heil dir,
großer Konrad, wir haben Hunger, was geht hier vor, Heil dir.«

»Herr über Akkad, Elam, Amurru bist du, Herr über Akkad,
Elam, Amurru bist du, die Pflöcke hast du befestigt, wir haben
Hunger, was geht hier vor, wir fallen um, in Staub mit Georg, dem
Widersacher.«

Der Fuchs an der Schwelle bewegte sich nicht. Das gabs also
immer noch: den alten Räuber und Oberregierer Konrad, wie sah
der aus, Hymnen, die Sternbilder.

Konrad blies sich auf, rückte seine Hörnermütze zurecht und
legte frech und schallend los:

»Wir, Konrad, sehen dich, Georg, unsern schändlichen Widersacher. Du bist ausgerückt. Du hast vermeint, unserer Hand zu entrinnen. Es ist dir nicht gelungen. Mit unserer strahlenden Macht sind wir über dich gefallen und haben dein schändliches Werk zunichte gemacht. Wir werden nunmehr alles, was du angerichtet hast, ferner dich selber und deinen Anhang mit Stumpf und Stiel ausrotten. Gestehe, daß du geschlagen bist. Falle nieder!«

Darauf ungeheures Hallo, Begeisterung. Georg kroch näher. Er legte sich unten am Thron hin und sagte gleichgiltig: »Ich beuge mich.« Darauf neues Hallo. Nunmehr kletterte Konrad von seinem Thron und wollte sich auf den Fuchs setzen. Das war altbabylonische Göttersitte. Aber Georg rutschte beiseite und meinte: »Kommt nicht in Frage.« Konrad kreuzte die Arme: »Warum nicht? Bin ich Konrad, der Herr, oder bin ichs nicht? Bitte.« Es war ihm selber nicht klar. Der Männerchor tobte drauflos: »Akkad, Elam, Amurru, die Pflöcke eingesetzt, den Himmel befestigt.« Er unterbrach sie, die Sache war ihm schon bekannt: »Also«, und wollte sich abermals auf den Fuchs setzen. Der rutschte noch weiter: »Kommt nicht in Frage.« »Warum nicht?« »Die Zeiten ändern sich. Ich bin froh, wenn ich allein sitze.«

Daß den alten Helden dieser Ton beleidigte, läßt sich nicht verschweigen. Immerhin, die Vierundfünfzig sahen ihm gespannt zu. Er merkte, er müsse hier was zeigen, griff nach dem Blitz. Die Garde warf sich auf den Bauch, schielte aber nach oben. Der Alte schwang den Blitz hin und her und, wie er voraussah, der Fuchs grinste. Er grinste ganz offen und flüsterte, für Konrad ausreichend hörbar: »Konrad, bloß nicht.«

Darauf legte der den Blitz beiseite. Der Fuchs wußte etwas. Man mußte die Leute entfernen. Sie fegten mit ihren Bärten ab.

Verhör des Flüchtlings, schreckliche Neuigkeiten von der Erde, ein Fluch von unbekannter Seite

Der struppige Herr raffte seinen Rock, kletterte auf seinen Thron, setzte sich geängstigt, doch großartig in die Mitte und wollte mit einer geschwollenen Phrase beginnen. Da kam ihm Georg zuvor und fragte sehr ruhig: »Na, wie gehts denn, Konrad? Nichts im Magen, was?« Der Fuchs zwinkerte gutmütig dem da oben zu. Der brüllte: »Sprich nicht, ohne daß man dich fragt! Hier ist Gericht. Was hast du getan, was treibst du in unserer Welt, unverbesserlicher Schuft?« »Was soll man tun? Man lebt.« »Und?«

»Die Sonne tönt nach alter Weise in Brudersphären Wettgesang und ihre vorgeschriebene Reise vollendet sie mit Donnergang.«

Konrad verstand kein Wort. Er winkte einen der Abgesandten von der Tür her: wo sie ihn gefunden hätten? »Er hat auch geschlafen, in einem fürchterlichen Müllhaufen.« Der Weltenherr staunte, schrie aber den Fuchs an: »Du bist ausgerissen.« »Stimmt, Stimmung.« »Also es stimmt.«

Der Gott war außer sich und höchst beklommen: »Was ist mit dem? Er ist verrückt.«

Darauf gab es ein langes stummes gegenseitiges Beschnüffeln, Begaffen, wütend von Seiten Konrads, gemäßigt und trostvoll von Seiten des Fuchses. Der Bote mußte auf ein Kopfnicken Konrads wieder hinaus. Und jetzt scholl die Halle von einem Geräusch, das sie nie gehört hatte, von dem unverschämten Lachen des Fuchses. Der hatte sich auf seine langen dünnen Hinterbeine gestellt, nur Fell und Knochen war er, sein langer Körper schwankte, er stand Konrad gegenüber, der auf seinem Thron zurückgefallen war, und lachte. Er lachte böse, hohnvoll, rachsüchtig. Er lachte so lange, bis er den alten Herrscher, das zusammengeschrumpfte Äffchen oben, zittern und die Hände falten sah. Dann drehte er sich um und lachte gegen die Wände und Säulen.

Dann hob er den struppigen Kopf und sank vor Vergnügen nieder beim Anblick der staubigen verbogenen Sternbilder.

Er lief einmal im Kreis im Saal herum, biß in die Säule, an die er einmal gefesselt war. Er sprang in die Höhe, um ein Sternbild zu schnappen, sprang zu kurz. Eins fiel von selbst herunter, und da zerkrallte er das Blechzeug und rollte es wonnig wütend über den Boden. Jetzt bellte er und trabte quer durch die Halle auf den Alten zu, der sich in eine Ecke des Throns verkroch. Konrad wagte nicht nach seinem Stock zu greifen. Der Fuchs knurrte den Stab an, biß hinein, der Stab ließ es sich gefallen, im Maul hielt der Fuchs dem erschrockenen Weltenherrn den Stock hin, der weiße Speichel lief ihm aus den Mundwinkeln, seine Augen funkelten vor Grimm. Und weil der oben sich nicht bewegte, ließ der Fuchs den Stock fallen, kroch vorsichtig die sechs Stufen zu dem Thron hinauf, beschnupperte Konrads herunterhängenden Göttermantel, riß einen Fetzen daraus. Konrad fuhr hoch: »Was tust du, Fuchs?« Der stellte sich auf den Hinterbeinen auf, schlug mit den Vorderpfoten auf den dürren Arm des Alten, der Speichel des Fuchses fiel auf Konrads Schoß, er gab dem Alten noch einen Schlag auf den Arm. Dann setzte er sich neben den Thron an Konrads Seite. Er legte den Kopf sich zwischen die Füße: »Es war die Begrüßung, die Einleitung. Das war zwischen uns beiden.« Konrad stöhnte: »Jetzt gehst du weiter, du Strolch.« »Noch immer das Hofzeremoniell. Das war nur unsere Privatabrechnung. Die Hauptsache kommt erst. Du wirst bald eine Neuigkeit hören. Dann wirst du nicht mehr Wert auf Zeremoniell legen.«

Konrad ließ die Beine herunter: »Was gibts?«

»Zunächst dich! Erlaube erst, daß ich mich erhole. Ich staune noch. Aber du mußt nicht glauben, du bist bloß dafür aufbewahrt. Man hat etwas mit dir vor. Jawohl, mein Lieber. Was du angerichtet hast, scheint alles zu übersteigen, was man sich ausdenken kann. Es wollen noch andere mit dir abrechnen. Darum ist etwas über dich verhängt.«

Die geborstene Säule. Jetzt klammerte er sich an die Lehne mit seinen kurzen Fingern: »Was?«

»Immer langsam. Wir haben Zeit, viel Zeit. Ich habe dir eine Botschaft zu bringen. Ich wollte sie dir schon lange ausrichten. Aber ich war behindert. Damals, du weißt, sind hier nach und nach die Opfer ausgeblieben. Ihr seid schwach geworden. Das Wedeln mit den Ohren hat euch nichts genützt, ihr hättet die Ohren auch manchmal zum Hören benützen sollen. Ich war Hunger gewöhnt. Als ihr wie die Fliegen umfielt, konnte ich mich von der Säule losreißen. Ich hätte euch ohne weiteres alle umbringen können. Ich hatte mehr zu tun. Das Haus krachte in allen Fugen. Es war ein Erdbeben, ein Himmelbeben. Ich machte mich jedenfalls aus dem Staub. Ich dachte, an euch bleibt nichts ganz. Ich flog ab. Was es draußen gab, wirst du ja noch erleben. So was von Überlebtheit, mein Herr, wie euch gibt es nirgends. Ich sage dir, Konrad, ein zweihundertjähriger Elefant ist gegen euch ein Säugling, ein Greis ist mit euch verglichen überhaupt noch nicht geboren. Ich kam auf die Erde. Da merkte ich allerhand, was mit euch zusammenhängt, genauer mit dir, ein Gerede. Und dann, Konrad, bin ich einem Fluch auf die Spur gekommen, der über dich und über Babylon ausgesprochen ist. Ein fürchterlicher Fluch, Konrad. Ihr sollt runter. Wir sollen alle runter. Wir sollen nicht sterben. Wir sollen erst am eigenen Leibe erfahren, was wir angerichtet haben. Darum sollen wir Menschen werden. Es ist Rache, Konrad, Gerechtigkeit. Ich war außer mir, als ich es hörte. Ich dachte mir, so wild haben wir es doch nicht getrieben. Aber jetzt, wo ich dich alten Verbrecher mit deinem Lumpenpack sehe, muß ich schon sagen, daß hier etwas notwendig ist.«

Konrad stöhnte: »Ich versteh nichts. Es muß ein Mißverständnis vorliegen. Was haben wir denn getan?«

»Die Flüche auf dich haben einen unglaublich robusten Text. Der Berg des Verderbens soll über dich kommen, weil du die ganze Erde verderbt hast. Die Quellen deines Landes sollen versiegen, Babel soll zum Trümmerhaufen werden, zur Behausung der Schakale, zum Entsetzen und Gespött, zur menschenleeren Stätte. Ein Land der Dürre und Steppe soll es werden. Die breiten Mauern Babels sollen bis auf den Grund zerstört, seine hohen Tore verbrannt werden. Du wirst der Heimsucher genannt, der Doppeltrotz, das Entsetzen der Völker. Du heißt Krieg und Verderben. Der Text stammt von einem gewissen Jeremias. Ich zitiere die Übersetzung von Luther.«

Konrad schüttelte sich und riß die Augen auf: »Ich kenne die Leute überhaupt nicht. Wer ist denn das? Wie kann man so etwas über mich sagen. Ich hoffe, Georg, du hast die Beschuldigungen zurückgewiesen.«

»Babylon ist durch dich zu einem gräßlichen Bild der Gewalt, der Tobsucht, des Mordes und des Schreckens geworden. Du hast Babylon zur Furcht und zum Angsttraum aller Menschen gemacht. Es ist das Bild der Zügellosigkeit, der Wüstheit und der Prasserei geworden. Wo der freche Hochmut triumphiert und wo die Menschenverachtung stolziert, nennt man deinen Namen. Ihr seid das scheußliche Bild der tierischen Gemeinheit und der glatten Bestialität geworden.«

Konrad schlug die Hände zusammen, die Augen quollen ihm vor, er keifte: »Eine Gemeinheit ist das. Daß ich mir solche Frechheiten anhören muß. Ich habe regiert, Ordnung geschaffen, befohlen. Ich werde gegen die Leute vorgehen.«

»Mein Lieber, dein Geschrei kommt zu spät. Man kennt dich vollkommen, bis auf die Nieren. Die Menschen und die Völker, die du heimsuchtest, sind verschmachtet, als sie in ihren Städten Speisen suchten, um ihr Leben zu fristen. Sie starben, denn sogar die Luft über ihnen war verpestet. Schakale haben ihre Brust entblößt, um menschliche Kinder, deine Opfer, zu säugen. Die Kinder liefen in Scharen auf die Landstraße um Brot. Sie fielen wie Heuschrecken über die Felder her und zerbissen grünes Gras. Sie zerrieben die Borken von den Bäumen, um sich den Mund zu füllen. So hast du gewütet. Das hat dein Schwert, das nicht ruhen wollte, deine Grausamkeit gemacht. Die zarten Töchter sind verzweifelt und haben Menschen angefallen, wild wie die Strauße in der Steppe.«

»Das war nicht ich, Georg. Glaub es mir. Ich weiß davon nichts. Ich saß hier oben. Du mußt es doch wissen.«

»Es waren deine Könige, Gewaltherrscher, Unterdrücker, deine Priester. Was du oben machtest, machten sie unten. Keiner wäscht dir das ab. Und weil das so ist, so soll an dir die Schuld heimgesucht werden. Du Untier der Gewalt, dein Hochmut soll gefällt werden!«

»Das sind furchtbare Übertreibungen, Georg. Es ist ja entsetzlich.«

»Weine nicht, es nützt nichts mehr. Was du angerichtet hast, wirst du erfahren. Es steht dir bevor. Weil du die Gewalt besaßt, hast du geglaubt, dich der Verantwortung entziehen zu können. Aber die Gerechtigkeit ist stärker als du. Wenn du kommen wirst und die Menschen dich erkennen, werden sie in Jubel ausbrechen, weil du lang ausgestreckt daliegst, du Drache, Bösewicht, gefräßiges Haupt der Bösen.«

»Das hast du wohl alles auswendig gelernt, du Schuft?«

»Ich leugne es nicht. Die Sprache hat Wucht, man behält sie gut, ein einprägsamer Stil. Ich wollte es dir schon lange überbringen, aber ich blieb liegen. Die Gerechtigkeit, mein Lieber, kennt kein Ende, trotz allem was dagegen spricht.«

Konrad zog die Beine wieder an, kroch in seine Ecke, hielt sich die Fäuste vor die Augen, die voll Wuttränen standen. Und in ihm war die Erinnerung wach an seine ehemalige Riesenmacht, an die Scharen, die er kommandierte, an seine grandiosen Schlachten, an die Könige, die ihm dienten, die vor der Sündflut von Sutaru Larsa bis Surupat 200 000 Jahre lang, die nach der Sündflut von Kis, Uruk, Dandikassu, Chaldäa. Ich habe ihnen befohlen mir zu opfern, dazu sind sie ja geschaffen, sie sollen meine Knechte sein und alle Völker, so viele sich ihnen stellen, knechten, damit man mir Frondienste leistet, in neue Kriege zieht und uns herrliche Paläste baut, wie sich das für uns gehört. Das war in der Ordnung. Was soll denn plötzlich daran nicht in der Ordnung sein. Vielleicht hat einer hie und da übertrieben, man kann nicht hinter allen Leuten her sein. Und jetzt soll ich schuld sein und nun verfluchen sie mich.

Und der vertrocknete alte Tyrann rieb seine mageren langen Beine, bitter sah er sie an, sein dürrer Kopf legte sich plötzlich rückwärts, die Hörnermütze fiel wieder herunter. Weißgesichtig hing er da oben.

Vergebliches Parlamentieren. Es muß geschieden sein

Auf den Ankläger, den grauen Fuchs, machte das keinen Eindruck. Er wußte, der Alte spielte gern Theater, besonders wenn es ihm schlecht ging. Immerhin alarmierte er in den Kammern draußen die versammelten Bartträger, die da beieinander hockten und klatschten. Trommeln, Pauken und Flöten schleppten sie in den wüsten zerbröckelnden Saal. Unheimlich still war es drin. Konrad lag oben ohnmächtig schräg rückwärts. Der Fuchs beobachtete ihn kalt und mit Genugtuung. Die Alten fingen sofort an zu wimmern. Sie merkten, es wurde ernst. Sie beschworen den Babylonier, sich zu erheben. Das alte Lied umzog wieder den Thron:

»Vater, Herr, Großer, Haupt der Götter! Dessen Königsherrschaft vollkommen ist.« Dreißig sangen, dreißig verneigten sich und murmelten: »Vater, Herr, Großer, Haupt der Götter.«

»Der in voller Majestät näher schreitet«, Murmeln, Verbeugen, »Vater, Haupt der Götter.«

»O starker junger Stier mit starken Hörnern, vollkommen an Gliedern, mit vollem Bart, Pracht und Fülle, selbsterzeugte, entwickelte Frucht, schön anzuschauen.«

»Vater, Herr, Großer, Haupt der Götter, dessen Königsherrschaft vollkommen ist.«

»Erschaffer des Landes, in dessen Hand das Leben der ganzen Welt ruht, Erschaffer der Länder, Verkünder ihrer Namen, du Rüstiger, dessen Knie nicht wanken.«

Mit großen Augen saß Konrad oben. Noch sind wir nicht verloren. Wir lassen uns nicht ins Bockshorn jagen. »Sagt mir, wer stand mir noch immer zur Seite?«

Sie schnurrten beglückt ihr Abc herunter: »Adua, Anu, Assur, Bal, Balit, Gaga, Gurru, Jamlet, Julu, Dagan, Ea, Ira, Istar, Kadi, Chami, Nabo, Nama, Ningel, Nargal, Ninib, Nusku, Sin, Schala, Schalman, Schamasch, Sibitte, Taschinitum.«

»Meine Könige, meine Knechte, meine Löwenwagen, meine Kriegsmacht, meine Beile? Wo sind sie?«

Es war Georg zuviel. »Fängst du schon wieder an? Du hörst doch, es ist aus damit. Du hast ausgespielt.« Und er kläffte so wütend, daß die Bartträger auseinanderstoben. Der Fuchs kroch zu dem Großen herauf, der aus Angst wieder die Beine hochzog und bettelte: »Ich hab ja bloß Hunger, Georg, solchen Hunger.« »Glaub ich«, schimpfte Georg, »ich auch. Wir müssen eben weg.« »Müssen wir wirklich, Georg? Muß ich mein herrliches Schloß verlassen? Ein Umzug in meinem Alter. Was werden sie mit uns machen. Es wird uns doch schlecht gehen, bei solchem Fluch. Vielleicht liegt eine Verwechslung vor.«

Der andere zerrte an ihm: »Heule nicht vor dem Pack. Sonst blöken sie wieder los. Du hast dir die Suppe eingebrockt.«

»Ich, der Sieger von Akkad, Balit, Gaga.«

»Büße, Konrad!«

»Ach, ich mag nicht zu den Menschen. Wer ist überhaupt Jeremias? Es ist doch eine unerhörte Zumutung. Geh du runter und opfere für mich.«

»Ich denke nicht dran.« Georg tat, als ob er aufbrach, übrigens war er genau so ängstlich wie Konrad.

Da mußte der Alte sich aufrichten. Er ließ sich seinen Stab reichen, seine Mütze festsetzen, der alte Weltenschreiber trat unten mit seinem Buch vor, Konrad diktierte das Schlußprotokoll, wie es die ewige Himmelsordnung erforderte: »Wir, Konrad, babylonisch-assyrisch-chaldäischer Weltenherr, Besieger von und so weiter, Erschaffer und Baumeister des Himmels, der Erde und so weiter, waren durch Unpäßlichkeit längere Zeit verhindert, Eintragungen zu machen. Wir waren mit unserm ruhmreichen Geschwader von Göttern und göttergleichen Gehilfen [das Siechenhaus] von unsern unsterblichen Siegen überwältigt gewesen und haben uns ausgeruht. Erfrischt und wieder wach stehen wir da, und siehe, wie wir die Welt, die wir, siehe oben, gebaut und so weiter haben, anblicken, so finden wir sie in Unordnung. Ja, es scheinen verbrecherische Gewalten an der Arbeit zu sein aus der Schar unserer Widersacher, die die Opfer, die für uns gebracht werden, Stiere, Schafe, Hammel, Wein, Honig, uns wegnehmen, so daß wir hungern. Darum brechen wir jetzt auf und werden ...«

Der Fuchs unterbrach: »Werden sehen, wie wir was zu essen kriegen.« »Und werden wieder die alte, strenge, von uns errichtete Ordnung in das Weltall bringen.«

Es blieb noch zu erörtern, was man mit den Alten machen sollte. Georg spottete: »Segne sie.«

Das tat Konrad. Er segnete sie ergiebig. Es schien auf die mißtrauischen Herren keinen Eindruck zu machen. Sie wollten wissen, was mit ihnen geschehen würde. Da gelang es Konrad zu seiner eigenen Verwunderung, sie wenigstens für den Augenblick zu beruhigen. Er erhob sich, ließ sich Überkleid, Mütze und Stock abnehmen. Er hieß sie auf den Stuhl, seinen Sitz, legen und gab zu Protokoll: »Unser Überkleid, unsere Mütze und unsern Stab aus Pappelholz, dazu unsern Blitz haben wir beim Verlassen unseres Hofsitzes im äußersten Himmel auf unserm Thron niedergelegt, zum Zeichen, daß wir unsere Herrschaft eisern festhalten und gegen unsere armseligen Feinde verteidigen werden. Mögen die Welten Akkad, Elam, Amurru wissen, diese Zeichen unserer Gewalt, unser [zerrissenes] Überkleid, unsere [durchlöcherte] Hörnermütze, unser [wurmstichiger] Stab aus Pappelholz und nicht zuletzt [das Stück Eisen] unser Blitz warten hier oben. Und wir übergeben sie für die kleine Zeit unserer Abwesenheit, während der kommenden Kriegsoperationen, des Vormarsches, der Frontentwicklung euch, unseren göttlichen sechzig Gehilfen, zur Aufsicht und dem ältesten unter ihnen zur rücksichtslosen Anwendung.«

Darauf taperte die gebückte Heldenfigur die Treppe herunter. Die Senatoren wußten nicht, was sie zu dem Ganzen sagen sollten. Es war ein Überraschungssieg Konrads. Er gab seine Unterschrift unter das Protokoll. Oben hing der Rock, die Mütze, auf dem Sitz lag der Stock und der Blitz. Ein erneutes Krächzen und Pauken war noch einmal um Konrad. Die Sechzig rochen den Braten, dem Konrad war sehr flau, Georg trieb zum Abmarsch.

Die Hände rang draußen der Verbannte: »Was soll aus ihnen werden?« Georg schimpfte: »Delinquent du, paß lieber auf, was aus dir wird.«

Abfahrt, erster Achsenbruch, die alten Beförderungsmethoden

Vor Jammer mußte sich Konrad draußen am Umgang des Palastes hinsetzen. Daß die Treppe ab war, hatte er gleich bemerkt. Ihm war jetzt aber alles egal. Er ließ die Beine in den Weltenraum baumeln. Und dabei passierte ein Unglück. Er fiel nämlich herunter.

Ich sagte schon, daß beim Blick von dieser halbabgebrochenen Walhalla herunter die Nerven der schwindelfreisten Alpinisten versagt hätten. Konrad stierte nun friedlich dumm in den Abgrund und tat in seiner nicht weniger tiefen Ahnungslosigkeit das, was er zeit seines Lebens getan hatte, wenn er einen Ortswechsel vornehmen wollte: er dachte nämlich an den Ort. Das genügte früher. Für ihn war es dasselbe, an den Ort denken und da sein. So war er seinerzeit bequem gereist, wenn ihm oben das Anhimmeln zuviel wurde und auch wenn er – lang ist es her – auf Abenteuer ging.

[Wohin kämen wir freilich in dieser Welt, wenn irgendwer so den Ort wechseln könnte.

Wo kämen etwa die Mädchen hin, die ein Kavalier irgendwo einlädt, er läßt mächtig auftafeln, sie essen, trinken, amüsieren sich nach Strich und Faden, und mit einmal, quasi aus heiler Haut, steckt er sich eine Zigarette an – und liegt prompt zu Hause im Bett! Solo! Wen er alles geschädigt hat, ist garnicht auszudenken. Das Mädchen, wie wäre sie blamiert, nehmen wir den geringsten, günstigsten Fall an, es ist noch nichts weiter vorgekommen, es war nur eine erste vertrauliche Fühlungnahme, aber es gibt Kojenkaffees mit Vorhängen und diskreten Kellnern, es gibt auch Separees, Mädchen sind ahnungslos oder neugierig oder beides, und mit einmal ist er weg einschließlich Hut und Mantel, und bloß eine schäbige Zigarettenschachtel mit drei Zigaretten zu fünf steht noch auf dem Tisch, und sie wartet und wartet, und dann fragt sie den Ober, und dann sehen sie auf der Toilette nach, dann ist er wohl zum Fenster rausgestiegen, der Strolch, aber keiner hat was gesehen, sowas, die Schupo findet auch nichts, der liegt einfach zu Hause zu Bett und raucht seine Zigarette zu Ende, dolle Sache, aber Gott sei Dank völlig unmöglich.

Oder stellen Sie sich das bei Einbrechern vor, bei Verhafteten und Verurteilten. Nun sitzt der mit sechs Jahren Zuchthaus wegen Rückfall, sitzt eine Woche, vielleicht noch einen Tag, und dann – spaziert er plötzlich wieder in der Gollnowstraße oder in Weißensee, natürlich mit Hornbrille und Schnurrbart. Wohin, fragt man angesichts solcher Ausblicke, käme man da mit dem ganzen Strafvollzug? Das Gebäude unseres Rechtslebens geriete ins Wanken. Aber, wie gesagt, es ist unmöglich.

Und dann Haremssituationen. Welcher undelikate Mensch – und leider sind die meisten Menschen undelikat, schließen wir uns nicht aus –, welcher undelikate also Mensch möchte nicht mal, wenn er per Zufall an einem Harem vorbeispaziert, und er sieht die vergitterten Fenster, und ein Eunuch wetzt oben mangels anderer Organe sein Schwert – wer möchte nicht plötzlich rein und möchte alles, meinetwegen zunächst unbeteiligt, ansehen? Und wohin kämen da die Damen Suleika, Mallorka und Minorka, und was hätte ein so betrogener Haremsherr von seinem ganzen Harem, der ihn viel Geld kostet? Er würde ihn einfach auflösen. So würde auch für den Orient der gedankenmäßige Ortswechsel schwere Folgen nach sich ziehen.

Ich lasse beiseite die Einbuße der Eisenbahnen, Autos, Schiffe und so weiter. Ganze blühende Industrien würden ruiniert werden. Übrigens auch der Frachtverkehr, denn natürlich wer sich irgendwohin frei durch Gedanken versetzen kann, kann auch mittelschwere Körbe, Koffer, Kisten mitnehmen.]

Konrad aber kannte den Transport durch bloßes Denken. Und darum beäugte er jetzt die furchtbare Demolierung seines Palastes, plärrte ein bißchen und – dachte an Babylon.

Und weil er merkte, er war nicht gleich da, gab er sich einen kleinen Ruck. Und da geschah etwas Komisches. Von der Balustrade war er herunter, die Balustrade und sein abgebröckeltes Schloß war von ihm entfernt, erst auf Handbreite, dann mehr. Aber nun verschob sich alles! Der Götterherr fiel nicht, er watete, klebte, kam nicht von der Stelle. Er ruderte mit Armen und Beinen, um zur Halle zurückzukommen. Seine Beine gehorchten nicht, sie nahmen eine unnatürliche Stellung ein. Der große Konrad ging schräg in einem Winkel von vierzig Grad, also so <, aber ohne zu fallen! Jetzt trat er mit den Füßen weit auseinander wie ein unglücklicher Skiläufer und pendelte mit den Armen. Ach, er

war wagerecht umgelegt, und einem merkwürdigen Trieb folgend
stellten sich seine Beine sogar nach oben! Welche Demütigung. Da
merkte Konrad, daß es ein eigentümliches Ding mit dieser neuen
Welt war. Er wußte nicht, er war in den zähen, starren Äther dieser
Welt geraten. Die Bodenplatte des Schlosses sah Konrad zwischen
seinen Beinen, das Schloß entfernte sich schwimmend von ihm,
ihm kam vor, als wenn er jetzt über dem Schloß schwebte. In die
offenen Fenster sah er hinein, wirklich, da kauerten die Alten, da
hing über dem leeren Thronsessel sein Mantel! Welch Jammer.

Wäre nicht Georg gewesen, wir müßten unsere Geschichte
schließen, die den Bußgang Konrads auf unserer Erde schildern
sollte. Denn die Alten, die Sechzig halfen nicht. Da erschien Georg auf der leeren Balustrade mit zwei Flügelpaaren! Er sah sich
um, er rannte herum, er ließ vor Schreck die Flügel fallen. Konrad abgestürzt? Aber da hing er, der Unglückliche, jämmerlich
geknickt, im Kopfstand, dicht vor ihm, nur fünfzig Schritte geradeaus. Sein Flügelpaar schnallte sich Georg an, und mit einem
kleinen Schlag war er bei Konrad, der noch nicht den Arm aus-
strecken konnte. Das Anlegen der Flügel ließ der Babylonier sich
gefallen. Aber Georg sah ihm an, er hatte nur vor, gradeswegs in
seine Halle zurückzufliegen. Dem verwöhnten alten Knaben
paßte dieser Reisebeginn nicht. Georg war seiner Aufgabe gewachsen. In einem leichten Luftkampf drängte er den andern von
der Halle ab. Ihre große Fahrt begann wie ein Gefangenentrans-
port. Konrad grämte sich eine ganze Weile: »Du willst mich meinen Schindern und Folterern in die Hand geben. Du bist mein
Feind.« Sagen wir ehrlich, Georg, der alte Untertan, war stolz auf
seine Rolle. Stolz, zärtlich und glücklich nahm er seinen Herrn,
den großen Lumpen, in Empfang.

Er verschwieg, daß er sich allein unten nicht bewegen konnte,
der große Strolch fehlte ihm. Jetzt hatte er ihn. Ich werde ihn
schon durchbringen. Es ist alles halb so schlimm. Er soll mal sehen, wer ich bin.

Astronomiestunde

Sie flogen und flogen. Das Fliegen beruhigte den Alten. Nach einer Weile hörte Georg hinter sich Konrads Stimme: »Wer hat uns eigentlich verflucht?« »Wird sich schon zeigen, wenn wir da sind. Werden sich schon melden.« »Eigentlich ist es merkwürdig«, vollendete Konrad, »daß sie es getan haben. Denn wenn sie uns nicht verflucht hätten, wären wir doch schon tot, und so leben wir wenigstens.«

Es schien ihm zu gefallen. Sie setzten sich auf einen kleinen erloschenen Stern, der grade vorbeikam.

Da fing der Alte, der einen trunken glücklichen Ausdruck hatte, zu sprechen an: »Georg, nein, das habe weder ich noch du gemacht! Das stammt wirklich nicht von uns! Das ist herrlicher als alles, was ich sah.« Und der Alte sang auf dem erloschenen Stern sitzend die Welt, den schwarzen Äther, die vielen Lichter an.

Er wunderte sich, daß sein Lied von keiner Seite widertönte und rein verschluckt wurde. Sterne, Kometen, Nebel, nichts veränderte sich oder antwortete. Er fragte: »Was ist mit ihnen, Georg?« Der Fuchs rieb sich die Nase und meinte gleichmütig: »Es sind die Keplerschen Gesetze, damit sind sie vollauf beschäftigt und können nicht singen. Jeder Planet bewegt sich um die Sonne in einer Ebene, welche man die Ekliptik des betreffenden Planeten nennt, und zwar so, daß die von der Sonne nach dem Planeten gezogene Linie bei der Bewegung in gleichen Zeiten gleiche Flächenräume bestreicht. Die Bahn jedes Planeten ist eine Ellipse, in deren einem Brennpunkt der Mittelpunkt der Sonne steht. Für verschiedene Planeten verhalten sich die Quadrate der Umlaufszeiten wie die Kuben, dritten Potenzen der großen Halbachsen ihrer Ellipsen.«

Der Gott war sprachlos. Der Fuchs spazierte auf dem kleinen

Stern herum. Konrad zog sich den Mantel über die Ohren, saß: »Ist das wahr?« »Natürlich. Wie sollen sie unter diesen Umständen singen können. Oder Fragen beantworten. Dann haben sie noch den Newton.«

»Wen?« »Njuten. Die Erdanziehung ist nur ein spezieller Fall einer allgemeinen Anziehung, welche je zwei Massen im Weltall aufeinander ausüben. Wir wollen einmal die Kraft f die allgemeine Schwere oder Gravitation nennen, m und n zwei Massen. So lehrt die unmittelbare Betrachtung, daß die Anwesenheit jeder dieser Massen eine besondere Kraft hervorruft, die auf die andere Masse einwirkt. Der Größe nach sind nun die Kräfte f dem Produkt der Massen m und n direkt proportional und umgekehrt proportional dem Quadrat ihres gegenseitigen Abstandes. Es sind ferner die Beschleunigungen, welche zwei Körper infolge der zwischen ihnen wirksamen allgemeinen Schwere erhalten, umgekehrt proportional ihren Massen.«

Schweigen. Konrad rieb sich die Stirn: »Wie kommt man eigentlich dazu, sowas zu behaupten?« »Einfache Tatsachen, ob sie einem passen oder nicht. Tja. Es verläuft alles streng wissenschaftlich. Ich fahre fort. Jeder sich selbst überlassene Körper, der also keiner Kraft unterworfen ist, bewegt sich entweder gradlinig und mit konstanter Geschwindigkeit oder bleibt in Ruhe. Denn: mutationem motus proportionalem esse vi motrici impressae et fieri secundum lineam rectam, qua vis illa imprimitur. Das ist lateinisch und heißt auf deutsch: die Bewegungsänderung ist proportional der wirkenden Kraft und hat mit ihr die gleiche Richtung. Das bedeutet: die Beschleunigung ist in jedem gegebenen Augenblick der wirkenden Kraft proportional und hat mit ihr die gleiche Richtung. Schließlich actioni contrariam semper et aequalem esse reactionem, Wirkung und Gegenwirkung sind stets einander der Größe nach gleich und der Richtung nach entgegengesetzt, die Wirkungen zweier Körper sind immer gleich auf einander und nach entgegengesetzten Seiten gerichtet.«

Konrad, der Babylonier, betrachtete ihn starr: »Wovon du sprichst. Du sprichst von der Welt? Von dieser hier?« »Von der Welt. Jawohl. Dir sind vielleicht auch die vielen Sonnen aufgefallen? Wir hatten bloß eine. Man kommt jetzt nicht mehr mit einer aus wie wir in unserm kleinen Betrieb, wo wir täglich früh aufstehen mußten und unsere Sonne aus dem Berg des Aufgangs über den Horizont zum Berg des Untergangs führten, wo sie übernachtete, mühselige Sache, hat sich nicht bewährt. Es sind viele da.« »Und wem dient ihr Licht? Und ihre Wärme?« – »Das ist leicht gesagt. Die bei der Zusammenziehung der Sonne aus unendlich zerstreuter Materie in jeder Masseneinheit freigewordene Wärme ist gleich 0,6 der Wärmemenge q, welche entstehen würde, wenn diese Masseneinheit jetzt aus unendlicher Entfernung auf die Oberfläche der Sonne stürzen würde. Nun ist –«

Konrad sah ihn feindselig an. Dann flüsterte er: »Wir wollen weiter.« Sie verließen mit einem Hechtsprung den kleinen Stern.

Und wie sie flogen, sang der Große hinter dem Rücken des andern wieder den Stern und die Lichter an.

Sie antworteten nicht!

Sie antworteten nicht!

Ihn grauste.

Er verstummte.

Dies war einmal das himmlische Haus. Wie unten der Tigris floß, stand hier der Amunitusstern. Hier war Babel errichtet. Skorpion und Wassermann waren Elam, Orion und Großer Bär waren Akkad, Krebs und Sirius Amurru. Jetzt – es war grauenhafter als die Zerstörung der Halle oben.

»Was sind diese Sterne, Georg?« »Welcher?« »Der Merkur.«

»Merkur hat eine mittlere Tagesbewegung von 14 732,42, siderische Umlaufszeit in mittleren Tagen 87,969, Exzentrizität 00,000, mittlere Entfernung von der Sonne 58 Millionen Kilometer, Dichtigkeit 1,1, Schwere am Äquator 0,41.«

Der Babylonier schwieg. Nach einiger Zeit hauchte er: »Der mächtige, goldene Mond.«

»Der Mond: siderische Umlaufszeit, tropische Umlaufszeit, synodische Umlaufszeit, drakonische Umlaufszeit, Umlaufszeit des Perigäons, des Knotens, Neigung der Bahn, des Mondäquators, Exzentrizität der Bahn.«

Plötzlich hörte Georg nicht mehr den Flügelschlag des andern. Und wie er sich umwandte, sah er Konrad blind im Zickzack herumirren. Er mußte ihn fassen, auf einen Kometen führen.

»Steh mir bei, Georg, steh mir bei.«

Der sagte lachend: »Nimm dich zusammen. Wir sind erst am Anfang.«

»Leben die Menschen hier?« »Ja.« »Oh, sie müssen von ungeheurer Macht sein, daß sie dies ertragen können.« Und er schrie: »Ich will zurück, ich will zurück, laß mich los!«

Der Alte raste. Er wollte sich die Flügel abreißen. Georg mußte ihn beruhigen, es sei nicht so schlimm, wir schlagen uns schon durch. »Aber die furchtbaren Formeln?« »Man kommt auch so durch.«

Die Erde kommt, sie riecht penetrant, aber nicht schlecht

Sie flogen weiter. Konrad war trotz aller Beängstigungen neugierig. Das Ganze imponierte dem alten Fachmann. Sie flogen am Haar der Berenice vorbei, das zart leuchtete und offenbar frisch gewaschen war. Sie passierten Ringnebel, und Georg erntete großes Lob von Konrad, daß er sich hier zurecht fand. Georg gestand freimütig: »Die Möglichkeit sich zu verirren ist doch stark gegeben. Aber im allgemeinen kommt man mit einigem Instinkt durch. Die Erde, du merkst es vielleicht schon, hat von allen Sternen den penetrantesten Geruch. Sie ist zwar dunkel, aber sie riecht.« »Gut riecht sie, nicht wahr?« »Wechselnd. Meist nach Blut, manchmal nach Damen, immer nach Schweiß. Sie müssen sich furchtbar placken.« Ach was man für schlechte Sachen hörte. Den Andromedanebel, die Magellanswolken hatten sie hinter sich. Georg pfiff: »Jetzt sind wir bald da.« »Wollen wir nicht pausieren?« bat Konrad, »ich merke den Geruch jetzt auch.« »Ja, es wird brenzlich«, meinte roh Georg, »aber je früher wir ankommen, um so besser. Geschenkt wird einem doch nichts.« »Aber Georg, sei vernünftig. Wir werden uns doch in unserm Alter nicht noch in solche Abenteuer stürzen. Etwas verschnaufen. Ich möchte ehrlich gesagt überhaupt nicht. Das mit dem Fluch gefällt mir nicht. Dir etwa? Es ist etwas hinterlistig. Einen gleich so zu verfluchen. Wir hätten in der Halle bleiben sollen. Sie hielt noch ausreichend. Und außerdem: sind wir wirklich gemeint mit dem Fluch? Liegt da keine Verwechselung vor?«

»Ach was, Verwechselung. Wovon willst du oben leben?«

»Siehst du, das ist es ja. In diesem Zustand kann ich nicht büßen. Ich fühle mich dazu außerstande. Erst wollen wir zunehmen, dann meinetwegen büßen, wenn es durchaus sein soll. Laß mich erst ein bißchen zu Kraft kommen.«

Georg blieb starrköpfig. »Siehst du«, triumphierte Georg, sie passierten schon den Mond der Erde, »dein schlechtes Gewissen.« »Nein«, trotzte Konrad, »man darf einem nicht zuviel zumuten.«

Es war aber schon die Erde da. Georg bremste: »Hier müssen wir halten. Jetzt wirds komisch. Das ist die Erde, beziehungsweise die Luft darum. Jetzt müssen wir scharf aufpassen. Sie schießen von unten.«

»Warum, auf wen?« »Auf wen überhaupt nicht. Es ist der Spitzer und andere, die schießen in die Stratosphäre. Sie wollen wissen, was da ist. Wir müssen aufpassen, daß sie uns nicht treffen, denn solch Ding hat immense Kraft, ich möchte es nicht gegen den Kopf kriegen.«

Ziemlich bedrückt lauerten sie Montag und Dienstag die ganze Stratosphäre ab. Schließlich erklärte Georg: »Offenbar schießt er jetzt nicht, der Spitzer. Er hat viele Kinder. Wahrscheinlich kriegt seine Frau wieder eins.« Dann gingen sie runter, mit Ach und Krach. Sie machten es sehr vorsichtig, erst die Temperaturdifferenz und dann die Luft, die dicke schwere Luft. Sie mußten sich ungeheuer anpassen. Ohne daß sies wollten, lernten sie beim langsamen Herunterlassen das Atmen, sie bliesen die schrecklich schwere Luft von sich. Ihre Gestalten bekamen immer mehr Umrisse, ganz eigentümlich wurde ihnen, ihre Gedanken veränderten sich, es war, als wenn sie narkotisiert würden. »Himmel«, seufzte Konrad und wehrte sich, »was geht hier vor, das ist ja zum Umkommen.« Georg kannte das schon: »Da mußt du mal erst die Fische sehen, die leben im Wasser, nicht mal in der Luft. Um das bißchen Luft zu kriegen, müssen sie immer erst einen halben Liter Wasser schlucken.« »Schrecklich«, ächzte Konrad, »diese ungesunden Verhältnisse.« »Man gewöhnt sich.« Dem Georg, der den Weg schon passiert hatte, wurde der Übergang leicht. Konrad aber wand sich schwer. Er klagte: »Etwas besser hätte die Sache aber geregelt sein können.«

Er schnappte, warf sich herum. Er wußte nicht, wo oben und unten, flog er noch, schwamm er, fiel er; er sah Georg nicht mehr, er sah überhaupt nur weiße und rote Kreise, ihm war, als ob seine Glieder zerquetscht würden, und hörte sich noch stammeln: »Das ist ja Stümperei.«

(...)

Erklärung des Autors in eigener Sache

Und damit überlassen wir jenen Georg seinen Trieben, *ohne freilich uns mitschuldig machen zu wollen.*

Nein!

Wir lehnen jeden Verdacht der Mitwisserschaft, Mithilfe oder Begünstigung ab. Mitwisserschaft ist das generelle Verbrechen jedes Erzählers. Aber man stelle sich unsere entsetzliche Lage vor. Wir wissen, was jener auch von uns aufs härteste verdammte Georg tut und tun wird, aber wir können es nicht verhindern. Uns sind die Hände gebunden, während unser Mund weit offen steht!

Wir können die Polizei nur auf die Vorgänge aufmerksam machen. Seien Sie wachsam! Spüren Sie nach! Verhüten Sie größeres Unheil! Kaufen Sie für jedes Mitglied Ihrer Behörde ein Exemplar dieses Buches, um auf dem laufenden zu sein.

Hier stellen wir der Polizei die Instrumente zur Verfügung, mit denen sie gegen Georg und seine Helfershelfer vorgehen möge.

1.–2. Zwei Spürhunde.

3. Der Arm des Gesetzes.

4. Der staatliche Zugriff.

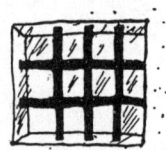

5. Das Zuchthaus.

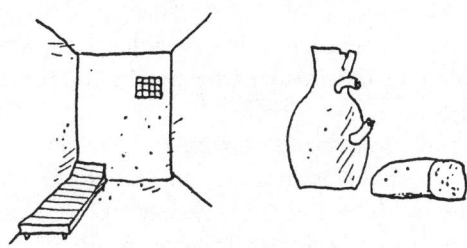

6. *Die Einzelzelle.*   7.–8. *Wasser und Brot.*

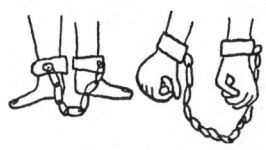

9.–10. *Die Kettenstrafen. Eine Kette für die Hände.*
Eine Kette für die Füße.

Achten Sie, meine Herren Beamten, gut auf die zehn Gegenstände, halten Sie sie parat. Wir werden sie noch für andere Personen dieses Buches gebrauchen.

(…)

Der Autor blickt in Konrads Zukunft
Er vertraut auf den Trichter und die Schraube

Man kann aus dem Vorangegangenen schon gewisse Schlüsse für den Fortgang unserer Erzählung ziehen. Sie muß ziemlich stabil bleiben. Wer glaubt, wir würden Konrad bekehren, irrt. Wir vergreifen uns an keiner Person unserer Geschichte. Unser Prinzip ist: leben und leben lassen. Ich möchte übrigens den Zauberkünstler sehen, der mit Konrad irgend etwas anfangen kann. Die

Möglichkeit dazu hat er allen Wohlmeinenden selber versperrt in dem Augenblick, wo er sein unverfrorenes Mundwerk zum ersten Mal gehen ließ.

Da heißt es einfach für uns, mit ihm durchhalten und, so gut es geht, durch wechselnde Umstände die Monotonie seines Charakters mildern. Wir planen Ortsveränderungen und so weiter. Besonders vertrauen wir auf den Trichter und die Schraube. Wir versprechen uns davon allerhand Komplikationen.

(…)

Pardon wird nicht gegeben (1935)

Erstes Buch
Armut

Abfahrt

In ihren schwarzen Kleidern warteten sie auf dem kleinen ungedeckten Bahnsteig, die Mutter unbeweglich in der heißen Sonne zwischen zwei Bauersfrauen, die sich ihre bunten Kopftücher in die Stirn zogen und nach den Fliegen schlugen, die um ihre nackten Unterschenkel schwirrten, sie spähten die Hand über den Augen nach dem Zug aus, aber er kam noch nicht, noch immer nicht, man war viel zu früh aufgebrochen, man war schon seit dem Morgen unterwegs, um endlich den Jammer und den Abschied hinter sich zu haben.

Die Mutter stand in ihrem dichten Witwenschleier, Blumen und Taschentuch preßte sie in der linken Hand, in der rechten trug sie die kleine Handtasche mit dem Geld und den Papieren. Das Töchterchen mit dem schwarzen Käppchen, sonntäglich aufgeputzt, hielt sich hinten an ihrem Rock fest und sah, den Daumen im Mund, den beiden Brüdern zu, dem großen und dem jüngern, die unermüdlich den Schienenstrang entlang patrouillierten, in ihren neuen billigen Jacken, den zu strammen langen Hosen, auf den Rundköpfen die ungewohnten Strohhüte mit dem Trauerband. Manchmal gönnten sie sich Ruhe, um hinter dem Rücken der Frauen über die Kisten zu diskutieren, die da

zu einem kleinen Bollwerk aufgestapelt lagerten, hier war das
Geschirr, hier noch Geschirr, hier Mutters Sachen, hier Marie-
chens, hier ist die alte Uhr.

Dann surrten die Schienen, die Mutter griff nach dem Kind,
zwei einfache Männer mit Beamtenmützen zogen rauchend aus
dem Stationshäuschen, der eine packte einen leeren Karren und
schob ihn hinter die Kisten, die Burschen stürmten an, sie hatten
hinten auf den Schienen den schwarzen anwachsenden Punkt
entdeckt, polternd und rüttelnd kam er näher, die Lokomotive
hob ihr schwarzes Eisenschild höher und höher, im Takt ihrer
Stöße schmetterten die Gleise, dampfschleudernd rollte der Zug
an, gewaltig, verlangsamte seinen Atem, schwer keuchend zwang
er sich zur Ruhe, hielt knirschend.

Die beiden Bäuerinnen rieben sich die Waden, sie verzogen
schmerzlich ihre alten verbrannten Gesichter. Ein Beamter rief
den Namen der Station aus, winkte den Frauen, riß vorn am Zug
eine Coupétür auf, die Kisten wurden nach hinten gefahren, die
Bäuerinnen schleppten hinter der Frau einen schweren Reisekof-
fer her, der mit schwarzem Wachstuch bezogen war. Die Burschen
kletterten zuerst rein, der jüngere kniete schon strahlend auf der
Bank und sah zum Fenster hinaus. Die Mutter wanderte mit dem
Kind langsam an. Man reichte ihr das Kind in den Wagen, alles
hob und schob an dem Koffer, die Burschen lärmten nach den
Kisten, aber die waren schon im Packwagen verstaut. Dann pfiff
es, die Tür knallte, die beiden Bäuerinnen auf dem Bahnsteig traten zurück, die Zipfel ihrer Kopftücher zogen sie sich vor die Augen.

An ihnen vorbei schob sich das schwere Eisengehäuse und
schnaufte hinaus. Sie sahen das selige Gesicht des kleinen Jungen
und darüber das trübe verschlossene des älteren. Die Witwe saß
auf der Mitte der Bank, stumm, das Töchterchen im Arm neben
sich, Blumen und Taschentuch auf dem Schoß.

Dann lagen die blanken Schienen wieder frei. Die Bäuerinnen

verließen den heißen Bahnsteig, zogen durch das mittagsstille Dorf, marschierten lange auf der gewundenen Chaussee, bis sie in die Felder einbogen. An einer kleinen Birkenschonung wanderten sie vorbei, an einer Wiese, einem Hof, dessen Tore weit offen standen. Enten schwammen in einem Tümpel daneben, aus dem Hof kam das Blöken von Rindern, Hämmern und Menschenstimmen. An der Flanke des Gutes, nach der Chaussee zu stand der zweistöckige Gasthof mit dem hohen roten Dach. Er war mit einem Gerüst verkleidet, leuchtete frisch weiß über die Schonung. Ein blaues Schild wurde grade über seinem Dach errichtet und trug zur Landstraße herüber strahlend die Goldbuchstaben: ›Zum Wiesengrund, Gasthof, Wirtschaft‹. Darunter bauschte sich ein Leinenstreifen: ›Neuer Bes zer‹.

Die, denen dieses Gut zuletzt gehört hatte, fuhren jetzt weit weg von hier, zwischen den endlosen hohen Getreidefeldern.

Im Grab auf dem Ortsfriedhof ließen sie zurück den Vater. Er streckte sich da so selig, wie er es Zeit seines Lebens zur Freude seiner Freunde, nicht immer seiner Familie getan hatte. Der Mann, von dem sie sich jetzt los rissen und dessen Lebensrechnung sie bezahlen mußten, war ein Unhold und ihrer aller Liebling gewesen. Er war ein korpulenter fröhlicher helläugiger Mensch, nur Pächter auf diesem Boden, aber eine Art Kavalier, ein unruhiger Geist, ein Gernegroß, ein Phantast. In zwei Tagen und zwei Nächten hatte er zuletzt sein Leben ausgelöscht, das diesen Inhalt hatte: ein kleines Pachtgut bewirtschaften, eine strenge wohlhabende Frau heiraten, drei Kinder erzeugen, einen unmäßig großen Hof kaufen und noch während der Neueinrichtung sterben. Er nahm seiner Frau das Geld ab unter der Drohung, sonst seines Weges zu gehen, hatte sich wenig um sein Stück Land gekümmert, nur mit unfruchtbarer Spielerei, Drechseln und Patentsachen beschäftigt. Von dem Geld der Frau kaufte er dann fröhlich und frei den verkommenen Herrenhof, ritt mit Freunden auf den Feldern herum, ließ Ställe abreißen, neue aufrichten, den zugehörigen Gasthof und die Wirtschaft renovieren, die Gerüste, die jetzt standen, hatte er mit aufstellen sehen. Er nahm Schulden über Schulden auf. Dann trug man den munteren Planer eines Morgens vom Feld herein, sein Nierenleiden hatte ihm den Streich gespielt, er lag im Kartoffelacker schräg unter dem Pferd, das Gesicht nach unten, einen Fuß im Steigbügel, das Pferd stand wiehernd da und drehte den Hals nach ihm. Zum Bewußtsein kam er erst am nächsten Morgen, da lächelte er die Frau in seiner herzlichen Weise an und fragte nach den Anstreichern. Er dämmerte noch zwei Tage und zwei Nächte hin und lag da mit einer aufmerksamen heiteren Miene, als ob er einer spaßigen Geschichte lauschte. Am zweiten Tage verstärkte sich dieser lustige pfiffige Ausdruck noch. So daß man, wenn man unvermutet ins Zimmer trat, den Eindruck hatte, der Mann spiele Theater, man brauchte nur etwas zu warten, dann wird er selber genug haben und loslachen. Aber ohne auch nur eine Bewegung zu machen, lag er genau so am dritten Morgen, jetzt aber starr und weiß, und hatte sogar das Atmen aufgegeben. Man konnte es nicht für möglich halten, daß man einen solchen Menschen gewissermaßen lebendig in den Sarg legte. Er war in seiner Art gestorben, ein Vogel, den man nicht fangen kann.

Im schüttelnden Eisenbahnwagen saß die Frau auf der Bank. Zwischen den gelben Getreidefeldern schnaubte der Zug, trug sie von dem Boden weg, auf dem sie geboren war und wo ihr ganzes Leben verlaufen war. Sie nahm mit die drei Kinder, ein gelähmtes Herz und die Armut. Sie hatte die erste Partie ihres Lebens verloren. Es war fraglich, ob noch eine zweite kam. Den Mann hatte sie geliebt, und die erste Zeit ihrer Ehe war wie in einer andern Welt. Dann zeigte sich sein Charakter. Er bürdete ihr die Wirtschaft auf, sie mußte es annehmen, sie wollte es ihm nicht schwer machen. Sie rang um ihn. Er sollte ihr die Freude geben, die sie nicht kannte. Aber es nützte nichts, sie lebte nur noch von den Brosamen, die er ihr zwischen seinen Spielereien und Vergnügungstouren zuwarf. Und zuletzt mußte sie ihm ihr Erbe, ihr Geld in die Hand drücken, geängstigt, er sollte es nur nehmen, wozu sei es denn da. Das Leben, was für sie Leben war, drohte endgültig an ihr vorbeizurauschen. Nach einigen herrlichen, fast taumligen Monaten mit Ausflügen in die Stadt, Fahrten auf Güter, Besichtigungen und Kalkulationen, nach der Abgabe der Pacht und dem Umzug – da lag er. So donnerte das Geschick. Nun war das Leben vorbeigerauscht. Als sie am Grabe stand, war ihr noch nicht alles klar. Sie dachte nur an ihr eigenes ersticktes Herz. Aber der Hof stand da, die schrecklichen Gerüste, die Fundamente der Ställe, die Maurer, Maler, neuen Maschinen. Es erschienen alle Menschen, die sie vor Monaten mit einladenden Mienen gesehen hatte, sie sprachen eine ungeduldige Minute lang ihr Beileid aus, dann nahmen sie die Maske ab und waren dürre Gläubiger, die Papiere aus der Tasche zogen. Die Schulden, die Schulden, die Schulden, jeder Klingelzug ein Gläubiger. Nachts lag sie schlaflos allein in dem großen Zimmer, klagte sich an, daß sie das Glück gewollt hatte, zerbiß sich die Finger, schämte sich, sie konnte es keinem sagen, sie war schuld an allem, jetzt mußte sie büßen. Hof und Wirtschaft gingen in andere Hände, eine kleine Summe hielt sie wie eine Wilde fest, aber der Kampf war noch nicht zu Ende. Sie wäre auch ohne den Hohn der Leute und die frechen Anschuldigungen gegen ihren Mann nicht hier geblieben. Sie wollte den Anblick dieses Ortes, diese Landschaft, diese Luft nicht mehr. Es war, sie gestand es nur sich, das Gesicht ihres Sündenfalles. Und der Zug nahm sie auf, sie floh, schwarz verhüllt, das Land, wo sie geboren war, Liebe und Glück gesucht hatte, und ging in die fremde Stadt, die Wüste.

Den Kopf am Fensterrahmen schlief in der Ecke der Ältere, Karl, den Strohhut auf dem Schoß. Er war so groß wie die Frau, über sechzehnjährig, rotbäckig, braunblond wie der Vater, mit dem gleichen runden weichen Gesicht, er atmete durch den Mund, sie sah seine Zahnlücke im Oberkiefer, da fehlten zwei

Zähne, die hatte ihm der Vater ausgeschlagen, als er damals das Weite suchen wollte. Bei dem Streit hatte die Frau den Mann bei den Schultern angefaßt und ihn geschüttelt, damit er sich besinne, er hatte sie zurückgestoßen, da war mit einmal der Sohn, dieser junge Mensch, der nie etwas von den Streitigkeiten der Eltern bemerkt zu haben schien, todblaß und mit einem völlig irrsinnigen Ausdruck im Zimmer gewesen, hatte sich, ohne ein Wort hervorbringen zu können, vor dem Vater aufgepflanzt. Der sah verblüfft einen Augenblick in das fremde Gesicht, dann wischte er es mit einem Faustschlag bei Seite. Daß sie sich noch am selben Tag mit dem Vater versöhnte, hatte sie als Verrat an dem Sohn empfunden. Der sah es freilich anders, er war glücklich, daß die Mutter in seine Stube kam, ihm das Gesicht verband, ihn spülen ließ, ihn bedauerte, vor ihm weinte. Seit da war, ein Hoffnungsschimmer, ein Rückhalt, der Junge in ihren Gesichtskreis getreten. Es gab geheime Fäden zwischen ihm und ihr. Sein Kopf schaukelte jetzt am Fensterrahmen mit den Stößen des Wagens, ihr gemeinsamer Gegner war tot, aber wie merkwürdig, dieser Karl hatte am wildesten am Grab des Vaters geweint. In der anderen Ecke, dicht neben ihr, schlief der siebenjährige Erich. Auf der Bank ihr gegenüber, mit dem Mantel der Mutter bedeckt, die dreijährige Marie. Diese drei nahm sie aus dem Schiffbruch mit.

Ankunft

Es war Nacht, als sie in der großen Stadt ankam. Auf dem Bahnsteig empfing sie ein Angestellter ihres Bruders, ein grauer einsilbiger Mann, der bei dem Anblick der vier Personen, die sich aus dem Wagen entwickelten, stumm den runden steifen Hut hob, der Mann sah ziemlich schäbig aus, ein Gepäckträger griff zu, der graue Herr führte sie, ohne ein freundliches Wort oder eine

Frage an die Kinder zu richten, gradeswegs zur Treppe und zu einer Droschke. Das schwere Gepäck, die Kisten, den großen Koffer würde er morgen abholen lassen. Die Kinder, aus dem Schlaf geweckt, entgeistert von der Weite des Bahnhofs, dem Lärm, der Menschenmenge, wollten nicht die Treppe herunter, er drehte sich um und pfiff, wie man Hunden pfeift. Sie ratterten durch helle und durch finstere Straßen, die Kinder hingen an den Scheiben, nur das Töchterchen weinte auf dem Schoß der Mutter. In einer breiten Straße, vor einem Haus, an dem eine rote Laterne brannte, hielten sie, der Mann schloß auf, sie stiegen vier enge Treppen hinauf, so hohe Treppen waren die Kinder noch nie gegangen, an dem Flur gab es viele schmale Türen mit Briefkästen, eine öffnete er, es war eine ganz kleine finstere und wüste Wohnung, die Küche gleich am Eingang, dann eine Stube. Der Angestellte, der den Hut aufbehalten hatte, steckte eine Kerze auf dem Küchentisch an, fand, daß es muffig roch und öffnete das Fenster, dann legte er die Schlüssel auf den Tisch, lüftete ohne ein Wort den Hut und ging. Die beiden Jungen, überwach, wollten noch im Finstern auf der Treppe spionieren, wieviel Stock das Haus hatte, die Mutter jagte sie in die Stube, sie mußten sich im Finstern ausziehen und auf die Matratzen am Boden legen. Gleich wie aber die Mutter mit dem Kind in der Küche verschwunden war, standen sie in Hemden wieder auf und quetschten ihre erregten Gesichter an das Fenster. Die schwarze Masse der Häuser mit den vielen stummen Fenstern, mit verschlossenen Läden zog sich wie eine einzige Mauer hin. Es war eine Riesenburg. Wenige Laternen brannten auf der Straße, in keinem Haus war mehr Licht, aber alle diese Häuser mußten voller Menschen stecken. Das war die Straße, oh welche große geheimnisvolle Stadt.

In der Küche hatte die Mutter das Kind neben sich gebettet. Als es schlief und sie seine Händchen von sich löste, setzte sie sich still am Boden auf. Sie saß lange. Langsam wurden die Konturen des Herdes vor ihr sichtbar, die Stuhlbeine neben ihr, das Handtuch quer vor das Fenster gespannt. Was auf dem Herd eine Rundung zeigte, war der Handkoffer mit dem Bügel. Morgen sollte sie hier für die Kinder kochen. Wie die Trümmer eines Schiffbruchs betrachtete sie alles, ohne Empfindung. Sie hatte vieles erwartet, dies betäubte sie.

Nach acht Tagen war die kleine Wohnung eingerichtet, die Betten aufgestellt, Gardinen gezogen, Stühle und Tisch standen mit einem Schein von Freundlichkeit in der Stube beieinander, eine Gaslampe hing von der Decke und streckte zwei Arme aus, nur in der Küche stapelten noch ungeöffnete Kisten. Da kam spät abends die Mutter wieder. Erich, der Jüngere, der schon in der Volksschule untergebracht war, lag im Bett in der Stube, die Mutter kam im Hut noch zu ihm herein, löschte das Licht aus und ging mit dem Älteren, Karl, in die Küche. Er fragte gleich: »Wo ist Mariechen?« Die Frau blickte sich in der Küche um, ja, da waren die Kisten, die das Kleine beklopft hatte, die aus dem Dorf mitgekommen waren, aus dem ›Wiesengrund‹, sie mußte sich setzen. Sie hob Hut und Schleier ab, legte sie vor sich auf den Tisch, saß, beide Arme aufgestützt, die kräftige Frau mit dem gescheitelten dunkelbraunen Haar, am Küchentisch, auf dem der Rest einer Kerze in einer Bierflasche flackerte. Der Junge sah sie ängstlich an. Ihr schwarzer Schatten stieg gebrochen über der Wand mit der Wasserleitung an die Decke. Da an der Decke hockte über dem Raum die finstere Erscheinung, sie lauschte, gebot dem Gespräch.

»Mariechen habe ich zur Tante gebracht. Sie haben ja kein Kind, Mariechen hat ihnen gefallen.«

Sie sah ruhig in die Kerze. Der Junge verstand nicht gleich, dann legte er das Kinn auf die Brust, sein Gesicht zog sich zusammen, er setzte sich stumm hin, der Mutter gegenüber, weinte in seine verschränkten Arme.

»Sie ist gern dageblieben. Was sie da gleich alles kriegt: so viel hat sie zu Haus nie gehabt. Und hier schon garnicht. Was sollen wir auch mit ihr. Wir haben ja alle keine Zeit. Ist ganz blaß geworden von dem vielen Rumschleppen auf der Straße, das Kleine.«

Der Junge hob den Kopf nicht. Die Frau redete weiter: »Hat keinen Zweck zu heulen, Karl. Damit kommen wir nicht weiter. Hier schon garnicht. Das wirst du noch lernen. Geschenkt wird einem nichts, du kannst froh sein, wenn du hier sitzt und sie dich leben lassen.«

Sie stieß über den Tisch seinen Ellbogen weg: »Nicht weinen, hörst du doch, Karl. Fang bloß damit nicht an, tust ihnen bloß einen Gefallen. Wenn du weinst, dann bist du schon reif für sie. Mußt dir ein Beispiel an mir nehmen. Ich weine nicht. Nein, ich nicht, bestimmt nicht. Räume den Tisch ab, fix, stell alles auf den Herd.«

Er arbeitete, den Kopf zwischen die Schultern gezogen, das Gesicht glührot. Er wollte immer losplärren. Sie benutzte die Zeit, um angestrengt und kalt die braune Bierflasche zu studieren: »Marie ist weg und jetzt kommst du ran, Junge. Bleibt nichts weiter übrig, ihr müßt verdienen. Wir haben keine Zeit mehr. Was ich in der Tasche habe, kannst du nachzählen. Es reicht für ein halbes Jahr, aber sie haben es schon gerochen, ein halbes Jahr ist ihnen zu viel, die sind jetzt drauf und dran, uns das auch wegzunehmen. Keinen Pfennig sollen wir behalten, bloß betteln und weinen. Wenn es ihnen paßt, werden sie dann so gut sein. Die geben keinen Pardon. Die rechnen, bis ihre Sache stimmt. Kuck dich hier um, Karl, geht's uns nicht schlecht genug, haben wir schon in solchen Löchern gesessen? In so einem Haus, ohne Licht, der Fabrikrauch weht einem ins Fenster, das wissen sie, ich sag's ihnen jeden Tag, tut uns leid, liebe Frau, ja, liebe Frau sagen sie, die lieben Herren, aber Ordnung muß sein, wir müssen auch sehen, wo wir bleiben, und ziehen ihre Schulden ein, ziehen dir das Fell ab und verfluchen dich, weil du ein Betrüger bist, weil du nicht mehr hast. Da hab ich heut in einem Büro gesessen und hab alles gesagt und gezeigt, und habe geweint und geheult, bis sie mich rausgeschmissen haben, und sie verlangen Abzahlung, und nächstes Mal holen sie die Polizei.« »Wer ist es denn, Mutter?« »Für die bist du ein Knochen. Und einer beißt nach dem andern.«

Er räumte am Herd. Sie wartete, stierte in die Kerze. Es dauerte lange, bis sie wieder den Mund aufmachte:»Ich hab jetzt keinen andern, Karl, setz dich mal, du bist ja groß, du verstehst schon alles, ich muß mich mit einem aussprechen, du hast ja auch zu Hause alles gesehen, mit Vatern und mit der Versteigerung [mit dem hab ich auch kein Wort sprechen können, aber es ist nicht mehr auszuhalten, und wenn es die Wand ist, ich schreie]. Es muß mir einer helfen, es geht nicht so weiter« [sie blickte auf ihre geballte Hand, er hat mich im Stich gelassen, er hat mich ausgebeutet, nie war er für mich da, nie, nie, nun hat er mir das auch aufgehalst].

Und was der Schmerz nicht fertig gebracht hatte, tat die Wut, und sie brach, ohne die Haltung zu ändern, in ein störrisches Schluchzen aus. Der Junge kam herüber und faßte sie am Arm, sie wunderte sich nicht, sie duldete es. Zum ersten Mal ließ sie ihren Zorn los. »Hat alles keinen Zweck«, stammelte sie in ihr Schluchzen hinein, »nimmt einem doch keiner was ab [der Schuft, so läßt er mich sitzen mit allen Kindern, wenn es eine Hölle gibt, müßte er büßen], Menschen sind Verbrecher, das mußt du wissen, Karl. Was der Pfarrer dir in der Kirche sagt, kein Wort ist davon wahr, der redet das, weil er dafür bezahlt wird, das kommt aus seinem geschmierten Maul heraus, davon kannst du dir keine Semmeln backen, aber er hat seinen fetten Tisch, da setzt er sich dann hin, wenn du weg bist, und macht die Tür zu. Und dann geben sie dir Zettel, Ratschläge, immer einer an den andern, und jeder sagt ein schönes Wort oder ist nicht zu Hause, und dann kannst du rennen in der Hitze und sie sagen, Frauchen, wie sehen Sie aus, Sie müssen sich pflegen. Menschenschinder, Fellabzieher. Und lügen, und lügen, pfui.«

Ahnungsvoll, geängstigt stand der Junge mit einem Handtuch neben ihr und spannte die Ohren. »Wann komme ich in die Lehre, Mutter?« »Geld, Geld, Junge, nichts als Geld. Er hat mir meins durchgebracht. Sie pfänden uns alles weg.« »Wo soll ich denn hin?« »Geld, Geld. Die Stadt ist groß. Brauchst dich nicht zu genieren. Zugreifen. Ich weiß auch nicht.«

Sie bewegte den Kopf und sah den schweren schwarzen Schatten, gebrochen über Wand und Decke.

Er breitete ihre Matratze in der Küche aus. Dann wanderte er unsicher hin und her und legte, was er nie getan hatte, seinen Arm um den Hals der Mutter: »Kommen wir ins Gefängnis, Mutter?« Er sah ihr gehetztes Gesicht, es war schlimmer, als wenn sie den betrunkenen Vater zu Bett brachte. »Ich denke, Mutter, es wird schon gehen. Wenn sie uns nicht ins Gefängnis bringen, find ich schon Arbeit, ich nehm alles an. Onkel wird doch ein bißchen geben?« »Nichts vom Onkel. Geld, Geld.« Sie sah den großen Burschen an aus ihren irren Augen, eine Ertrinkende, dann schluchzte sie, und dann war ihr Gesicht wieder ganz starr. Er hatte Angst, wie sie so leer vor sich hinblickte.

Die Großstadt

Morgens brachte er den Kleinen zur Schule. Die Mutter hatte, wie er in die Küche kam, vergrämt am Gasherd gesessen, die Matratze stand schon an der Wand. So grau und elend war das Gesicht der Mutter, so still ihre Bewegungen, daß er, wie er den Jungen in der Schule abgegeben hatte, wieder nach Hause lief, zitternd die vier Treppen hinauf, was wollte er denn sagen, ach, er hätte kein Taschentuch, er hätte seinen Hut vergessen.

Sie war nicht in der Küche, sie lag in der Stube, auf dem ungemachten Bett des Kleinen. Sie raffte, als Karl aufklinkte, das Kissen beiseite und flüsterte:»Was ist denn?«»Ich hatte bloß meinen Hut vergessen.«

Der Hut lag auf einem Stuhl, Karl nahm ihn nicht.»Was stehst du rum?«»Steh doch auf, Mutter.«»Du sollst gehen, sag ich dir.« Er leise, ohne sie anzusehen:»Nein, ich geh nicht, du sollst aufstehen.« Sie fuhr hoch, hatte ihren strengen Ausdruck.»Ich geh nicht runter, Mutter, wenn du nicht aufstehst.«

Sie ließ ihre Beine herunter, faßte ihn um die Schultern, nahm im Gehen den Hut vom Stuhl und führte den Jungen umschlungen durch die Küche zur Tür. Die öffnete sie, schob ihn hinaus, stülpte ihm draußen den Hut fest auf den Kopf, gab ihm die Hand. Er sah sie bettelnd an. Wie sie ihn mühsam anlächelte, bezwang er sich und ging.

Draußen war es noch so heiß wie vorige Woche, als sie abfuhren. Das Mähen hatte er noch mitgemacht, jetzt wird wohl schon das Einfahren begonnen haben, das schöne große Gut, wir haben nichts mehr. Er stand vor der Haustür, was soll ich machen, Mutter weiß sich keinen Rat, sie hat den Kopf verloren, an wen soll ich mich wenden. Er setzte sich in Bewegung, marschierte los. Irgendwohin lief er. Die Menschen sah er an, bei jedem die Frage, wovon lebt der, wovon der, woher haben die's. Woher hatte es der Vater. Wenn ich jetzt auf dem Land wäre, würde ich mich vermieten, jetzt ist viel Arbeit, warum ist die Mutter nur hierher gekommen.

Nach einiger Zeit hatte er die enge ärmliche Gegend seiner Straße hinter sich, ein anderer Menschenschlag ging hier herum, die Straßen waren oft mit Bäumen besetzt, es waren Alleen mit richtigen Bäumen, dann Plätze mit Kindern und Steinfiguren. Er sah sich um, blickte dahin, dorthin, dachte immer: ich muß zugreifen, ich muß was finden, wie machen sie's nur. Aber wie war hier alles so bequem! Alles war da. Das Brot lag fertig in den Geschäften, grobes Brot, feines Brot, Kuchen, Semmeln, das hatte den ganzen schweren Weg hinter sich, da war schon alle Arbeit getan, das Jäten, Pflügen, die Aussaat, das Mähen, Einbringen und das Dreschen und die Mühle und der Handel mit der Genossenschaft und die Mehlsäcke und das Schleppen. Sie hatten nur damit zu tun, zu backen, es süß und fein zu machen, zu bestreuen und in die Fenster zu legen. Manche Bäckereien hatten Marmortische und Stühle hingestellt, und da saßen schmucke Leute und vor die schoben Mädchen mit weißen Schürzen Kuchen und die fertige Sahne, das hatte viele Muskeln und Schweiß gekostet, die feine Sahne zu machen, das Warten der Kühe, das Futterfahren, das Melken, Kübelschleppen, das Dungabfahren und dann die Plage mit der Molkerei. Davon merkten sie hier nichts, die Leute bekamen hier alles vorgesetzt, sie saßen in den schattigen Läden, nippten an den blanken Löffeln, und nachher zogen sie das Portemonnaie und zahlten.

Lange stand der Bursche vor einer Konditorei. Zu Hause hatte ihr Bäcker auch einen kleinen Verkauf gehabt, aber das war eine Art Handwerker, der ihnen ein Stück Arbeit abnahm. Eine kleine mit Bäumen bestandene Grünfläche war in der Nähe, der Bursche setzte sich auf eine Bank, behielt die Konditorei im Auge. Da quälte man sich auf dem Land und hatte noch die Trockenheit und den Hagel und das Unkraut, das kümmerte sie hier alles nicht. Sie wußten vielleicht nicht mal, welche Arbeit es auf dem Land gab. Was sollte er hier mit seinen Muskeln? Zugreifen? Was denn? Über dem kleinen Platz an den Sitzbänken vorbei fuhr ein Mann einen zweirädrigen Wagen und rief Eis aus. Der und jener ließ sich die kleine Biscuittüte geben, Karl hatte keinen Appetit danach, er sah nur, wie alles reif vor die Leute geschoben wurde. Über ihm wölbte eine mächtige Buche ihr Laubwerk, ihre Blätter waren vom Straßenstaub bepudert, so zieht unsere Chaussee von der Bahn zu den Feldern, wir schinden uns und die haben's gut und zu Hause liegt Mutter auf dem Bett und ich soll Geld verdienen.

Und die Ängstlichkeit setzte ihn wieder in Bewegung. Er ging. Woher haben sie's nur. Aber da öffnete sich plötzlich die Straße wie ein Fluß, der ein Gebirgstal durchflossen hat. Die Straße nahm eine doppelte Breite an und war rechts und links besetzt von großen Geschäftshäusern, zwischen ihnen gab es Restaurants, die mit Wimpeln geschmückt waren, weiter hinten erhob sich weiß ein Denkmal mit vielen Figuren auf einem zurückgeschobenen Platz, das breite säulenverzierte Gebäude hinter dem Denkmal war ein Theater. Aber was Karl vor allem verblüffte, waren an der Ecke die beiden Kaufhäuser. Sie waren die ersten in der Stadt, ihr Erscheinen hatte die gesamte Kaufmannswelt in der Stadt heftig erregt.

Wie wuchtige Schildwachen in blitzender Uniform postierten sie schon an der Ecke. Die Magazine hatten eine riesige Breite, prunkvoll waren sie ausgestattet mit Fahnen, Girlanden und goldener Verzierung wie zu einem Jahrmarkt, Musik blies aus einigen Fenstern. Karl wollte noch darüber nachdenken, wie die Menschen in der Stadt zu Geld kämen, aber da war er in das verwirrende Abenteuer dieser Magazine gezogen und staunte und sah und ging herum. Die Riesenströmung nahm ihn auf. Es wurde ausgerufen, musiziert, gekauft. Tausend Dinge waren ausgebreitet von den Dächern bis zum Boden, und über den Boden quoll es bis zu den Bordschwellen vor.

Als der Bauernbursche, den Strohhut mit dem Trauerband in der Hand, die Stirn rot und schweißig, das zweite Warenhaus verließ, war schon Mittag vorbei. Er kam an einer engen wagenverstopften Hinterstraße heraus. Mühsam schlängelte er sich zwischen den Fuhrwerken hindurch. Durch die Hauptstraße fuhr die neue Straßenbahn, sie war elektrisch, Wagen fuhren auf Schienen unter langen Drähten, es war ganz unwahrscheinlich, wie sich das ohne Pferd bewegte, der Kutscher stand vorn an einer Kurbel, er stand gewissermaßen in der leeren Luft und drehte, es sah gradezu komisch aus, aber der Wagen bewegte sich doch. Hier in der

Seitenstraße aber trabten noch die lieben alten Tiere, die Pferde, die braunen und schwarzen, die guten mit ihren stillen Augen. Im Herüberschlüpfen strich er einem über die Schnauze, du bist auch hier.

Und der junge Mensch, der Tag aus, Tag ein zehn Stunden mit allen Muskeln gearbeitet hatte, lehnte neben einem Zeitungsausrufer an der Häuserwand und fühlte sich müde, schlaff, verlangte Augen und Ohren zu schließen und sich auf den Boden niederzulassen. Weil das Schreien neben ihm ihn quälte, schleppte er sich noch ein paar Straßen weiter, der Lärm der großen Alleen und Warenhäuser schlug hier wie von einer fernen Schlacht herüber. Obwohl es übel roch, war es hier angenehm schattig, er war verwirrt, sein Gehirn beladen wie die Straße, wo die zwanzig Wagen sich ineinander verfahren hatten. Er putzte seinen Strohhut, setzte ihn sich auf, er hatte das mahnende schwarze Band gesehen, und ungeheuer weit lag irgendwo in dieser Stadt seine Mutter in einer Stube, den kleinen Bruder hatte er heute in die Schule gebracht, er war ausgegangen, um Geld, Geld zu verdienen.

Dieser Bursche, der jetzt den Bordrand entlang pendelte, den Blick zu Boden, hatte schon die hängenden müden Schultern vieler, die hier standen und gingen, sein Blick war glanzlos wie vieler, die hier suchten. Ein Eisenbrunnen stand an der Straßenecke, er trank das laue Wasser aus der hohlen Hand auf Vorrat. Dann merkte er, daß er Hunger hatte, sein Brot in der Tasche war dumpf geworden, er aß es im Gehen, keiner sah ihn an, keiner beachtete hier ja den andern, seine Schultern hoben sich wieder, seine Füße wanderten wieder dahin, von wo das dumpfe Tosen kam.

Noch einmal nahm er die prächtige Parade ab, sie war schwächer in diesen frühen Nachmittagsstunden, dann lief er über eine Stunde, bis er die schwärzlichen leeren Mauern, die ärmliche Straße fand, wo er wohnte. Hier war er also jetzt zu Hause, in einer Stadt mit Elektrizität und Kaufhäusern. Seine Augen blickten vertrauter auf die kleinen Lebensmittel- und Kohlengeschäfte hier. Ja, sie waren alle arm, sie waren aus derselben Familie. Er stieß die Tür zu dem dumpfen und dunklen Flur seines Hauses auf. Sein erster Gang in die Stadt war zu Ende.

Lächelnd schwatzten oben die Flurnachbarn mit ihm, von denen er den Schlüssel holte, die Mutter war nicht da, Erich war eingeschlossen.

In der frühen Dämmerung trat sie dann in ihrem schwarzen Kleid über die Schwelle, das Gesicht verhängt wie immer, und zog die Tür hinter sich zu. Er hatte erzählen wollen, wie er dem Kleinen erzählt hatte, der hatte den Mund aufgesperrt und gebettelt, ihn bald mitzunehmen. Aber die Mutter, furchtbar stumm, mit bleigrauem Gesicht, räumte, kaum daß sie Hut und Schleier abgelegt hatte, in der Stube auf, der Junge sprang hinzu, um zu helfen, sie wies ihn eisig in die Küche zu dem Kleinen. Als sie nachher hereinkam, stand sie mit dem Rücken zu ihnen am Herd. Da fürchteten sie beide zu gleicher Zeit, sie würde sie weggeben, wie sie Marie weggegeben hatte, und erst fing Erich am Tisch über seinem Schreibheft krampfhaft zu schluchzen an, dann zitterten auch Karl die Backen. Die Frau drehte das Gas ab, legte den Löffel hin und wandte sich zu ihnen. Sie schob das Heft beiseite, wischte dem Kleinen mit ihrem Taschentuch die Tränen, nahm ihn, als er nicht aufhörte, auf den Schoß, fragte ihn nach der Schule aus. Er beruhigte sich. Und als es dunkel geworden war, erlebte der Kleine sogar etwas, was ihm ganz neu war. Die Mutter legte ihm sorgfältig die Kissen zurecht und blieb bei ihm neben dem Bett sitzen, erzählte von Marie, die sie bald besuchen würde, und von ihren vielen neuen Spielsachen und in zwei Wochen würde Mariechen mit Onkel und Tante ans Meer fahren und da bekäme sie einen bunten Strandanzug und ihnen bringe sie auch was mit. Der Kleine erzählte wieder, was er von Karl gehört hatte, er gähnte, die Mutter blieb bei ihm, wie sie immer bei dem Töchterchen hatte bleiben müssen. Dann schlich sie in die Küche.

Karl hatte schon aufgeräumt, auch ihre Matratze ausgelegt,

aus der langen Geschichte, die er ihr erzählen wollte, wurde nichts als: »Morgen geh ich wieder runter.« Sie am Tisch stützte den Kopf auf und gab keine Antwort.

Was Karl aber am nächsten Morgen erlebte, nach einer herrlich durchträumten Nacht, übertraf noch den vorigen Tag. Heute hatte er nur im Beginn, als er die Treppe herunterstieg, die Ängstlichkeit: ich soll Geld verdienen, ich muß mich beeilen, ich muß mich umsehen. Heute, nachdem er den Bruder in der Schule abgesetzt hatte, ging er auf die Wanderschaft, erst noch einmal in die Gegend der großen Magazine, dann irgendwohin. Es würde sich schon etwas finden. Er war in einem Durcheinander von Angst und Neugier.

Die Stadt versetzte ihn in Entzücken. Gott, ist das schön, daß wir hergekommen sind. Wenn ich mal hier unterkommen könnte, und wenn's als Kohlenträger wäre! Er wurde heute noch tiefer in das Zentrum der Großstadt hineingetrieben, ein gewaltiges Geschrei lockte ihn vor ein breites niedriges Gebäude, auf dessen Steintreppen Menschenscharen brüllten, gestikulierten, und einige schrieben und plauderten, am First trug das Haus das Wort ›Börse‹. Nicht weit davon arbeiteten Scharen von Straßenkehrern; folgte man ihnen, kam man an einen Komplex dunkler Hallen, ihre Umgebung strotzte von Obst- und Gemüseresten und Zeitungspapier; Händler beluden ihre Wagen mit den leeren Körben und Kisten. Durch die weit offenen Tore sah Karl in diese abenteuerlichen Riesengewölbe, die nach vielen Dingen rochen. Dies sollten die Markthallen sein. Nachher lief er über eine Stunde, bis er auf breite stille Straßen kam mit vornehmen geschlossenen Wohnhäusern, es war, als ob hier noch alles schlief, nur Lieferanten und Dienstboten sah man, hinter den Gittern der Häuser lagen zierliche Gärten mit Kieswegen.

Und dann öffnete sich der Bezirk der Schlösser, Museen, Denkmäler. Nicht einmal nach den Bildern hatte er solche Herrlichkeit vermutet. In diesen starken Schlössern, vor denen Schildwachen auf und ab gingen, wohnte der König, die Königin, die Prinzen. Hier schlossen sich an die grauen einfacheren Gebäude, in denen – die Eingrabung über den Torbogen zeigte es an – Minister und Generäle ihre Arbeit für das Land taten. Die Generäle, die Staatsmänner, das waren die, die der König ernennt, die ihm dienen, ihr Leben weihen, die die Siege erringen und ihr Auge auf allen Dingen haben, und wenn sie tot sind, stellt man sie in Stein oder Bronze hin und in der Schule lernt man von ihnen. Eine ungeheuer weite, mit herrlichen Ulmen bepflanzte Allee zog sich mitten durch diesen Bezirk, den sich der Staat ausgesucht hatte. Wenn man von der Stadt durch eine der Hauptstraßen auf diese Allee stieß, hatte man eine breite Marmorbrücke, einen Platz und dann einen gewaltigen Triumphbogen zu passieren, auf dem die Siege des letzten Krieges mit Namen und Figuren eingegraben waren. Vor dem Triumphbogen ruhte ein mächtiger Steinlöwe, er war weit in den Platz vorgerückt und blickte von seinem Sockel einsam und gefährlich nach der Stadt herüber.

Lange stand Karl, während Schülergruppen, von Lehrern geführt, an ihm vorbeizogen, vor der Siegeshalle, bis er Mut faßte und auch hineinging. Ein weites Eingangsgewölbe mit Kanonen, Fahnen, dann rechts und links, von einer Marmorbalustrade eingefaßt, eine hohe Treppe, mit einem Purpurläufer belegt. Sie führte zu einem prunkenden Bildersaal hinauf. Da herrschte tiefes Schweigen. Ein alter Mann, ein Invalide in Uniform mit Krückstock, führte die Aufsicht. Erwachsene und Kinder drängten sich ehrfürchtig vor den Riesenbildern von den Schlachten und Triumphen.

Karl steht vor einem Schlachtenbild und ist überwältigt von den prunkenden Farben und dem, was da vorgeht. Er sieht einen König mit langem Bart auf einem edlen weißen Roß, er ist umgeben von Generälen und Fürsten, die alle bestaubt sind. Sie halten auf einem Hügel, eine Königsfahne weht hinter ihnen. Den Hü gel aber geht ein einzelner Mann hinauf, den Kopf bloß, man kennt sein trauriges Gesicht, es ist auch ein König, in blanken kleinen Schuhen geht er, die hinten silberne Sporen tragen. Es ist der Besiegte. Was von ihm übrig geblieben ist, sieht man, die umgeworfenen Kanonen zur Seite, die brennenden Häuser hinten. Das war sein, das und das geschlagene Heer, das man nicht sieht, hat er eingesetzt. Er will seinen Degen dem Sieger auf dem weißen Roß übergeben.

Maßlos breit bedeckt das Bild die Längswand, die Menschen stehen stumm davor, sie atmen kaum, das Bild springt sie an. Sie kriechen mit dem einsamen Besiegten den Hügel hinauf, demütig.

Als Karl sich abwendet, sieht er in der Mitte der Halle einen schmalen Marmorsockel und darauf erhebt eine Steinfigur mit einem stolzen Marschallstab die Hand. Das ist wieder der große König, der Sieger, er ist überall, alles lebt in seinem Reich, es geht von Meer zu Meer, er hat sich alles untertan gemacht.

Scheu geht Karl um den Sockel herum. Er lugt noch einen Augenblick in den angrenzenden Saal, wo in einem Glasschrank das weiße Lieblingspferd des Königs ausgestopft steht. Er hat jetzt nicht seinen Bauernblick für das Pferd. Dies Pferd ist ein gewaltiges Wesen, das zu den Generälen und Fürsten gehört und mit keinem Gaul zu vergleichen ist.

Erschüttert und geheiligt verließ unser Wanderer dieses weite Quartier der Schlösser, das wie eine Insel und eine Festung in der Mitte der Stadt lag, reiche Parkanlagen schlossen sich nach der andern Seite an. Das weltliche Treiben um die Geschäftshäuser berührte ihn heute wenig. Und wie er am Spätnachmittag nach Hause kam, war die Mutter zu Hause geblieben und machte mit dem Kleinen Schularbeiten. Sie setzte ihm zu essen vor und sah ihm mit einem merkwürdigen Lächeln zu, das ihn beunruhigte. »Und wo bist du gewesen, Junge?« Obwohl ihm das Wort in der Kehle stecken blieb – er dachte, ich komme drüber weg –, fing er an von den Schlössern zu sprechen, die es in der Stadt gab, Erich spitzte gleich die Ohren, die Mutter lächelte, er solle nur weiter erzählen. Aber es ging schlecht. Wenn er mit Erich allein wäre, hätte er alles sagen können. Da fing die Mutter an, immer mit dem peinlichen Blick, ihn stückweise nach den Schlössern auszufragen, sie hätte noch keine Zeit gehabt hinzugehen, und da sprach er von dem Triumphbogen mit dem Wagen darauf, und von der Siegeshalle und der großen Treppe. Aber nichts stimmte recht. Kopfnickend und nun deutlich höhnisch fragte sie nach den Bildern. »Hat's keinen Eintritt gekostet?« Er verneinte. Sie lachte auf: »Das glaub ich dir! Da lassen sie dich rein. Damit du sie bewunderst. Wenn wir lange hier sind, werden wir auch Steuer dafür bezahlen dürfen.« Er legte den Löffel hin. »Iß nur ruhig auf, Karl, von mir kriegst du Suppe, von ihnen kriegst du nichts, nur schöne Worte, oder Bilder, das kenne ich. Na, hast du etwa heute ein Stück Brot gekriegt?« »Aber das sind doch die Schlösser.« »Versuch mal da von ihnen ein Stück Brot zu kriegen, da werden sie dir kommen.« »Da sind auch keine Bettler, Mutter.« »Glaub ich. Die kommen garnicht erst rein. Na, hast du etwa was geschafft?« Ihm stiegen die Tränen in die Augen. »Ich weiß doch nicht, wie ich's machen soll.« »Geht mir ja grade so, Junge. Wir sind hier ganz überflüssig. Die brauchen uns nicht. Die wirtschaften, und was ein armer Mensch ist, soll seiner Wege gehen.« Er hielt sie bei der Hand fest. »Ich verdiene doch bald was, Mutter.« »Mit Bilderankucken.« Er bekam Mut: »Komm doch mit, Mutter.«

(…)

Die Fahrt ins Land ohne Tod (1937)

(...)

Flucht in den Wald

Keiner hatte Las Casas so fröhlich und aufrecht gesehen wie an dem Tage, wo er mit seinen zwei Begleitern und dem ihm beigegebenen jungen Häuptling in das Boot stieg und davonfuhr. Die beiden jungen Leute fuhren mit ihm, aber als die Häuser und der niedrige Kirchturm bei einer Krümmung des Flusses verschwanden, hatten sie feuchte Augen. Las Casas saß unter dem Sonnendach und blickte auf das Wasser. Nach einer Weile verließ man das Boot und wurde von weißen Patrouillen südlich geleitet, ritt tagelang, dann war man allein, der junge Häuptling führte, bei einem Dorf traf man auf einen Fluß. Es war der Rio Sinu, der in den Golf von Morrosquillo fällt.

Herrliche brennende Sonne, dachte Las Casas, sie ist ein Ungeheuer, wie sie über dem Land liegt, sie ist ein Ungeheuer. Ich kann mir denken, sie hat einen Rachen und verschlingt uns.

Gegen Mittag rauschte der Regen, das Boot fuhr, die Braunen ruderten, einer stand hoch vorn auf einer Bank.

Herrliches weiches Wasser. Wie alles zusammengepaßt ist, Sonne und Wasser, und die Pflanzen erheben sich. Wie Gott die Welt gefügt hat.

Große Mimosenbäume begleiteten den Fluß, er tauschte mit ihnen Blicke. Als es Abend wurde, zeigten die Ruderer Unruhe, man hatte keine Nahrung mehr. Plötzlich war da noch ein Boot, das aus einem Seitenfluß heraufkam. Sie führten das Boot Las Casas' den Seitenfluß hinauf, wo sie unter einem gewaltigen Bananenbaum für ihn und sich Blätterhütten gedeckt hatten. In einer Hängematte schlief Las Casas. Er träumte vorwärts und rückwärts, nirgends eine Mauer.

Sie fuhren noch zwei Tage, die Begleiter hatten getrocknetes Manioca und sammelten Wurzeln. Nicht weit von der Küste erreichte man den Stamm. So weit hatten sie sich von ihren alten Wohnsitzen entfernt. Las Casas ermahnte die beiden jungen Kleriker, nichts von sich aus zu unternehmen und bei ihm zu bleiben. Er ermahnte sie: nur hören und sehen.

Dann gingen sie bei den Leuten herum, wurden von ihnen geachtet, führten alltägliche Gespräche. Sie trugen alle drei die schwarze Dominikanertracht und verrichteten ihre täglichen Gebete. Sie sahen während dieser Monate nichts Böses bei den Leuten.

Inbrünstig bemühte sich Las Casas, als er sah, wie gute Leute sie waren, sie von ihren häßlichen Gebräuchen abzubringen. Sie ließen es zu, daß er einige Neugeborene taufte, aber es fand dann eine Festlichkeit statt, bei der wieder der Zauberer unter vielen Maßnahmen feststellte, wer diese Neugeborenen waren. Las Casas wußte schon davon, er hütete sich, die Leute zu hindern, aber sprach mit dem ältesten Häuptling und dem Zauberer. Beide sagten: »Es ist festgestellt, daß die Kinder diese unsere Ahnen sind, deren Namen du gehört hast. Die Kindesmutter hat sie empfangen. Wir sind froh, daß die Ahnen den langen Weg überstanden haben und uns gefolgt sind.« »Eure Ahnen sind lange tot.« »Sie sind tot, aber wir haben sie verehrt und gepflegt. Der große Geist unseres Stammes schickt uns diese Geister.« »Und wie, denkt ihr, ist es bei den Weißen? Sie pflegen ihre Ahnen nicht wie ihr. Und ihr seht, wie viele sie sind.« »Ihr habt euren großen Geist, jeder Stamm.« »Unser großer Geist ist Jesus Christus. Aber er ist der große Geist aller Menschen, die getauft sind und an ihn glauben.« »Nein«, lächelten sie, »bleib länger bei uns, du wirst sehen, jeder Stamm hat seinen großen Geist.«

412

Und so sah Las Casas noch zu seinem Schmerz bei einem Namengebungsfest die Masken und die bunte Holzsäule ihres Stammgeistes, um die sie tanzten.

»Sie müssen doch in die Stadt, in unsere Siedlungen«, sagte Las Casas zu den jungen Begleitern, »sie fallen im Wald wieder zurück.« Er fing an, mutig bei ihnen zu predigen. Die Leute hörten ihm begierig zu. Es war für viele doch eine große Neuigkeit, und sie sprachen oft untereinander darüber. Sie meinten, daß durch dieses Wissen die Weißen in den Besitz ihrer großen Kräfte gekommen seien. Sie traten an Las Casas und seine Schüler heran und baten sie, ihnen das Wissen zu übermitteln, erklärten sich auch bereit zum Unterricht. Las Casas unterhielt sich mit seinen Schülern, die sich beglückwünschten: »Wir sind sehr weit, denkt ihr? Vielleicht. Man muß jeden Weg benutzen. Aber ihr wißt, sie wollen von uns nur bessere Waffen für den Kampf.«

Man kam überein, den Unterricht vorzunehmen. Wer dem Teufel den kleinen Finger reicht, den faßt er bei der Hand, und wer Gott eine Haarspitze bietet, verfällt ihm ganz. So begann die Waldmission des Pater Las Casas. Sie wurde allen dreien zu einer wunderbaren Freude. Die dunklen Leute nahmen, so fanden sie, die Lehren auf wie vertrocknete Wurzeln das Wasser. So weich und gutartig waren sie, spielend zu überzeugen. Dazwischen wucherten ihre alten Waldgedanken freilich unverwüstlich.

Das Ende

Lange glückliche Monate erfuhren Las Casas und seine Begleiter nichts von der Welt. Zweimal schickten sie Boten nach Cartagena, die anzeigten, daß sie lebten und sich wohl befanden. Im Beginn der Regenzeit wohnten sie bei einem fischreichen Fluß, der sich in das Meer ergießt. Da kamen dunkle Männer und erzählten, draußen auf dem Meer streife ein großes Segelschiff, es habe an vielen Orten Boote an Land geschickt und die Anwohner nach Las Casas gefragt, sie hätten eine Botschaft für ihn. Der Stamm beriet, wie man sich verhalten solle. Las Casas beruhigte sie, es sei ein einzelnes Schiff, man möge es in die Nähe bestellen, sie könnten seine Begegnung mit den Weißen von ferne beobachten und sehen, ob sie bewaffnet seien. Man schickte darauf die Leute ab, die das Schiff gesehen hatten, und nach wenigen Tagen ankerte ein großes Segelschiff an der Mündung des Flusses, und Las Casas mit seinen Schülern ließ sich hinausrudern. Die beiden Dominikanermönche teilten dem Bischof von Chiapa ihren Auftrag mit und zeigten einen freundlichen Brief von Garcia. Las Casas senkte den Kopf: »Ich hatte geglaubt, hier meine Tage zu beschließen. Nun ruft man mich zurück.«

Aber er war gehorsam. Er fuhr mit seinen Schülern und den beiden Gesandten an Land zurück, auch der Kapitän des Schiffes und sein Steuermann kamen mit. Sie blieben noch einige Tage, tauschten, versorgten sich mit Nahrung.

Dann lud der Kapitän den ältesten Häuptling und seine Frau, auch eine Anzahl anderer geachteter Männer des Stammes, die Neugierde gezeigt hatten, ein, auf das Schiff zu kommen, er wollte ihnen zum Abschied ein Fest geben. Es waren siebzehn Leute des Stammes, mit dem ältesten Häuptling und seiner Frau, die sich nach dem Schiff übersetzen ließen.

Und als diese Menschen auf dem Schiff waren, hißte der Kapitän die Segel, hob den Anker und fuhr davon.

Las Casas und alle, die am Strand waren, glaubten, es sei ein Spaß. Dann dachten sie, es sei eine kleine Spazierfahrt. Dann wurde es Abend und Nacht, und der älteste Häuptling und die andern waren nicht zurück. Man hatte den Strand verlassen. Eine gewaltige Unruhe bemächtigte sich des Stammes. In ihren Hütten lagen Las Casas und seine Schüler und beteten. Die beiden Dominikanermönche kamen in der Frühe zu Las Casas, sie fürchteten sich. »Was ist das?« fragte sie der alte Bischof. Sie sagten, sie fürchteten, der Kapitän verschleppe die Leute nach der Insel Espagnola und verkaufe sie als Sklaven. Las Casas fiel zusammen. »Wer ist der Kapitän?« »Wir kennen ihn nicht. Er hat uns für gute Bezahlung mitgenommen. Er hat schon an einer andern Stelle der Küste mit Dunklen, die er locken wollte, dasselbe versucht, aber ohne Erfolg.« »Warum habt ihr mir das nicht gesagt?« »Verzeiht uns, Herr Bischof, aber wir hatten nicht geglaubt, daß ein Mensch hier so boshaft sein kann. Denn er soll uns alle, auch Euch, doch zurückbringen.« Las Casas hauchte: »Wer sind wir ihm. Aber was kommt es auf uns an. Die Schande. Die Schande.« Und er warf sich auf die Matte und schluchzte laut. »Da habt ihr ein Beispiel, wie sie sind. Und nun kommt und lehrt das Christentum.« Las Casas gebärdete sich wie ein Verzweifelter. Er bat, keinen zu sich hereinzulassen, er wage keinem der Leute mehr ins Gesicht zu sehen.

Als aber mittags Leute kamen, mußte er sie einlassen. Sie waren finster, der junge Häuptling war dabei, sie sahen den großen Kummer Las Casas' und hielten an sich. Der Bischof tröstete sie, er wurde fester und schrieb zwei Briefe, einen nach Cartagena, den andern an den Geistlichen auf der Insel Espagnola: er teilte den Vorgang mit, sprach seinen Abscheu über das Verhalten des Kapitäns aus und forderte den Geistlichen auf, die Verschleppten sofort wieder zur Auslieferung zu bringen. Am Abend ging er, von seinen Schülern und den Dominikanern begleitet, in die Hütte des jungen Häuptlings. Er beschwor die Leute, die finster und steinern dasaßen, keine Schuld auf ihn zu werfen. Er hoffe, es sei ein Irrtum oder die Freveltat eines einzelnen, die zur Bestrafung gelangen werde. Sie würden ihren Häuptling und ihre Brüder wiederbekommen. Er setze sich mit seinem Leben und dem seiner Gefährten dafür ein. Er beschwor sie immer wieder, ihre Trauer zu lassen. Er bürge für den guten Ausgang der Sache. Die Leute waren nicht einer Meinung, Casas fühlte, es gab eine Anzahl, die sofort über sie herfallen wollten, und alles, was er gelehrt hatte, war beiseite geschoben, ja man vermutete in einer plötzlichen Wut, die alles unterschlug, daß er an der Falle mitbeteiligt sei. Es gelang dem Häuptling, Casas' altem Freund, der sich aber sehr reserviert verhielt, die Leute zu dem Beschluß zu bewegen, in Ruhe abzuwarten, was sich bei den Bemühungen Las Casas', der ja ein großer Mann bei den Weißen sei, ergeben würde. Dieser Häuptling sprach in den folgenden Wochen nur einmal im Vorübergehen mit Las Casas, um ihn an das Gespräch zu erinnern, das er einmal im Lager mit ihm geführt hatte: »Ich sagte, du bist kein großer Mann, sie lassen dich bei uns reden, du bist bei ihnen ohnmächtig.« Las Casas bettelte: Er möge das nicht glauben, er möge Geduld haben, er würde den Beweis bekommen. Der Häuptling entfernte sich still, er wußte, daß Las Casas nur um seine Sache, nicht um sich selbst besorgt war.

Lange, schwere Wochen gingen um. Der Stamm veränderte seinen Ort nicht, es war mitten in der Regenzeit. Kein Unterricht, kein Gespräch fand mehr statt. Las Casas und seine Leute wurden wie ansteckende Kranke gemieden. Man versorgte sie mit Speise und Trank, aber verhinderte, daß sie Wege gingen, wo sie Ansässige treffen konnten.

Es waren schon über drei Monate um. Da erschien endlich mittags ein Bote mit einem Schreiben an Las Casas. Der Bote klagte: Es sei ihm schlecht beim Bestellen des Briefes gegangen, er sei mit einem Gefährten gewesen, ein Jaguar habe sie angefallen, der Gefährte sei zerrissen worden, er selbst habe den Weg verloren. Der Häuptling war dabei, als der Bote das sagte und Las Casas den Brief aushändigte. Der Bischof nahm mit innerem Zittern den Brief. Er wußte, was in den Augen der dunklen Leute dieser Bericht bedeutete, und er entzog sich selbst nicht der Furcht.

Der Geistliche in Espagnola schrieb: Er habe sich gleich nach Empfang des Briefes um die siebzehn Entführten bemüht, wirklich sei schon lange vor Eintreffen des Briefes ein Schiff mit diesen Leuten die Insel Espagnola angelaufen, aber es sei gleich weitergefahren, weil hier wenig Nachfrage nach Sklaven sei und der Kapitän seine Leute nicht zu einem schlechten Preis absetzen wollte. Dies sei leider alles, was sie melden könnten. Sie beteten für das Heil Las Casas' und hofften, daß er bald den finstern Wald verließe und zu ihnen komme.

Als Las Casas den Arm mit dem entsetzlichen Brief sinken ließ, fragte der Älteste, was er gelesen habe. Da warf sich Las Casas, der weißhaarige Bischof, vor ihm auf die Knie und sagte: »Ich bin schuldig. Allein ich. Ich habe vertraut. Ich beschwöre dich, nichts anderes zu glauben.« Der Häuptling ließ sich den Brief vorlesen. Der junge Häuptling hob Las Casas auf. Er war ohne Besinnung.

Nach einer Stunde kam er zu sich, die jungen Schüler und die beiden Dominikaner waren bei ihm. Las Casas erteilte ihnen die Sterbesakramente, der ältere der beiden Dominikaner versah ihn selbst mit der Letzten Ölung. Der Bischof sagte: »Die Leute wissen, daß wir den Raub nicht veranlaßt haben, aber wir sind für sie schuldig, und sie glauben, uns unserer Bestrafung nicht entziehen zu können.« Sie beteten gemeinsam inbrünstig. Einmal brach einer der jungen Kleriker in Weinen aus, sie unterbrachen das Gebet und stützten ihn. Einmal gaben sie sich alle der Verzweiflung hin, als Las Casas aufstand und mit starren, bei ihm ungewohnten Zügen vor sich hinblickte und murmelte: »Die Schande.« Die beiden Mönche schlugen die Hände vor das Gesicht. Las Casas besann sich aber wieder: »Klagt nicht an, ich habe in meinem Leben zuviel davon getan. Die Welt ist noch nicht reif für die Erlösung. Wir werden in den Untergang mit hineingerissen.«

Als es Abend wurde, ermahnte er sie, ihre Gedanken nur auf Gott zu richten. Er wußte, die dunklen Leute würden vor Sonnenuntergang kommen. Und so war es.

Ein Geschrei erhob sich in der Niederlassung, Menschen sammelten sich um ihr Zelt, das Geschrei wurde gellend und war in ihrer Nähe. Sie lagen auf den Knien im Gebet, das Gesicht an den

Boden gepreßt. Als die Lanzen und Keulen sie trafen, hatten sie es nicht weit, ganz die Erde zu umfassen.

Man schickte Leute nach Las Casas aus. Der Stamm, zu dem er sich begeben hatte, war nicht zu finden. Als man ohne Nachricht von Las Casas, den beiden jungen Klerikern und den Mönchen blieb, hielt man es für wahrscheinlich, daß sie massakriert seien. Aber den Gerüchten wurde nach einigen Monaten ein Ende bereitet durch eine Mitteilung Garcias und Alvarez', des Inquisitors von Toledo: »Der Bischof von Chiapa, Pater Bartholomäus, hat keineswegs im Neuen Indien einen kläglichen Tod bei wilden Stämmen erlitten. Er ist nach Abschluß seiner Mission in Spanien eingetroffen, wieder in ein Kloster seines Ordens eingetreten und da friedlichen Todes gestorben.«

Die Mitglieder des Inquisitionsrates hatten verhindern wollen, daß der der Ketzerei verdächtigte Bruder Bartholomäus in den Ruf eines Märtyrers komme.

Der Wassergeist Sukuruja, die Mutter des Wassers, glitt in den finstern Wäldern als Schlange von Baum zu Baum. Manchmal stand sie in menschlicher Gestalt unter den grünen Zweigen. Mit einer schweren Keule stand sie da, mit Pfeil und Bogen, bunte Papageienfedern schmückten ihr schwarzes langes Haar, ihre dunkle Haut leuchtete im Dunkeln, ihre Wangen und die Stirn waren rot bemalt. Sie ließ sich in das Schilf herunter.

Der Stamm war aufgebrochen. Als sie abgezogen waren, lagen die Leichen nebeneinander, übereinander in dem kleinen Zelt. Es wurde Mittag und Abend. Im Dunkel raschelte eine Schlange von Baum zu Baum, Sukuruja. Sie stand am Rand des Waldes als Mann mit Pfeil und Bogen, mit großem Federputz auf dem Kopf.

Sukuruja stieß den kleinen Ruf eines Huhns aus, vom Fluß lief ein Tapir herauf. »Achte auf meine Keule, Tapir, hol deine Brüder, daß sie die Geier verscheuchen.« Eine Schar Tapire kam, verscheuchte die Geier von den Hütten. Sukuruja glitt im Dunkel aus dem Wald. Freudig leuchteten oben die Sterne. Wild tanzte Sukuruja durch das leere Dorf, nahm Asche von den Kochstellen, bemalte sich, der Nachtwind wehte Asche um ihre Füße.

Sukuruja kauerte vor der Hütte der Weißen, spähte hinein, nahm den Körper Las Casas' in ihre Arme, legte ihn über ihre Knie. »Weißer Mann, bist du da?«

Las Casas wollte nicht antworten.

»Weißer Mann, warum hast du mit mir gestritten? Du hast es doch nicht gewollt.« Las Casas war still.

Da sah Sukuruja die Kette mit dem Kreuz an seinem Gürtel und den Rosenkranz in seinen gefalteten Händen: »Das verschließt dir den Mund.« Und legte sie beiseite.

Las Casas öffnete die Augen: »Bin ich bei dir, Sukuruja?« »Du erkennst mich?« »Wo sind meine Gefährten?« »Laß sie.« »Wo ist mein Kreuz?«

Er richtete sich auf. Da war der Himmel, die freudigen Sterne, Sukuruja kauerte am Boden im Federschmuck.

Las Casas schwankte auf den Füßen. Er hob das Kreuz und den Rosenkranz auf, sie glitten ihm aus der Hand. Er bückte sich. Sie fielen wieder. Sukuruja stand auf: »Weißer Mann, in den Wald! Komm.« Der Alte im dunklen Mantel folgte zögernd, er drehte sich zweimal, dreimal nach den Sachen am Boden um. Sukuruja nahm ihn in den Arm und trug ihn. Las Casas weinte eine kleine Weile.

Sie zogen zum Fluß herunter. Die Geier schimpften. Webervögel flogen. Von unten tauchten Wasserschlangen, Alligatoren, Fische auf. Wie sich Sukuruja zum Sprung krümmte, riß Las Casas sich mit einem Schrei los, stand auf den Füßen, hob die Arme, taumelte und lag mit dem Gesicht auf Kreuz und Rosenkranz.

Sukuruja

Wenn der Amazonas stieg, überschwemmte das Wasser weithin die Ufer, die Verwüstung wurde landwärts getragen, die Tiere flüchteten. Die Wasservögel verließen die Inseln und zogen davon. Das Hochwasser wallte stürmisch. Es kamen Uferstürze, und der Hochwald um den Fluß schwankte, das Wasser bohrte in dem Boden, legte die Wurzeln der Riesenbäume frei, untergrub sie, die Bäume stürzten in den trüben Schwall.

Oft drängte sich das lebendige Wasser in einem einzigen Wutstoß in die lockere Erde, und dann trug der Fluß, der brandende See, fahrende Inseln mit Bäumen und Kräutern und Affen und Vögeln, ja mit Menschen fort, sie segelten flußabwärts. Das stürmende grauweiße Wasser staute die Nebenflüsse auf, nahm seine weiten Seen und Kanäle wieder in sich auf. Langsam überschritt seine Flut das ganze Becken. Die großen Seen dämpften seine Fortschritte. Da spülte um die Stämme der Riesenpalmen die trübe Schlammflut. In die Baumgipfel retteten sich die Tiere. Dunkle Leute der Ebene fuhren in Booten über versunkene Baumkronen, siedelten sich in hohlen Stämmen an. Neben ihnen sprangen Affen. Die Ameisen nahmen vom Boden ihren Weg aufwärts und klebten ihre Nester in die Äste. Die Wipfel der Bäume aber gingen in ein einziges buntes Blühen über, das Laub strotzte. Über dem Schlamm schaukelte ein unabsehbarer Garten.

Das dauerte Wochen. Langsam gab der Strom Hügel nach Hügel, Insel nach Insel, Sandbank nach Sandbank frei. Und wie die nasse Erde wieder hervortrat und die Sonne glühte, begannen die Schildkröten ihren Rückweg auf die Sandbänke, wühlten sich ein, legten ihre Eier. Büsche und Halme erhoben sich über der Wasserflucht. Der Fluß hatte den Wald von einer Stelle fortgetragen, an eine andere gesetzt. Es begann die Zeit der Ufer, der großen Ebbe, Tapire zeigten sich, Unzen kamen hervor und ließen ihre Schwänze ins Wasser hängen. Die Baumleichen, das Treib-holz strandete, die Fäulnis zersetzte es, die Pilze drangen ein, es war außen ein Baumstamm, innen war es Mulm. Auf dem Fau-lenden siedelten sich die grellen Schmarotzerpflanzen an, trieben mächtige Stengel.

In den Steppen und Wäldern des großen Stromes, am Yapura und Uaupes lebten viele Menschen, Stämme der Tarianas, Enten-leute, Tigerleute.

Der Mais war halbreif. Die Kolben wurden gewaschen, die Leute standen in einem großen Kreis, der Zauberer sang und biß hinein. Der Geist der Maispflanze möchte gnädig sein, guten Vorrat geben. Das Wetter war gut, die Erstlinge kamen, man gab sie den Toten, denen der Boden gehörte, die aßen davon, nun konnte man selber essen.

Es liefen dunkle kleine Leute, Makus, durch den Wald, man hielt sie fest. Sie sagten, man müsse wandern. Viele braune Men-schen flüchten vor den Weißen und sterben. Man wartete. Es gab viele Blitzschläge. Man nahm die Kinder, holte die Papageien vom Dach, nahm die Töpfe, die Krüge, Geräte von der Wand, schlug Hütten im Wald auf. Die Ahnen bekamen viel Hirsch-fleisch. Nach vier Sonnen machten sich Männer mit Lanzen und Schilden auf, schlichen im Dunkeln vor das Dorf. Einer gab ein Zeichen, sie erhoben den Kriegsruf und rannten durch das Dorf, schlugen auf den Boden, klopften gegen die Dächer, stießen durch die Türen. Sie rannten in den Wald zurück. Am Morgen nahmen sie die Kinder, die Tiere, die Töpfe, die Krüge, die Ge-räte, zogen zum Dorf. Der Zauberer machte neues Feuer. Er gab jeder Familie ein Holz. Sie trugen es vor ihre Häuser.

Die Regenzeit kam. Auf dem Fruchtbaum schrie der Udu: tru tru, udu, udu.

Es gibt eine große Trommel, sie klingt dumpf, sie heißt der Mann, und eine kleine, sie heißt die Frau. Sie klopften mit kurzen und langen Schlägen, dumpf und hell, über kleine und große Seen, breite Flüsse und schmale Wasserläufe, über Hügel, Wälder, Grasflächen: »Man muß wandern. Viele Menschen sind auf der Flucht. Sie kommen von Sonnenuntergang und sterben.«

Die Alten sagten: »Unsere Eltern haben erzählt: die Trommeln haben geweint, seht euch vor, man muß wandern, es ist große Gefahr. Gegen Sonnenuntergang hat der große Geist, der die Welt trägt, die Erde geschüttelt. Es gibt einen Baum, er ist der Vater der Menschen und Tiere, man kann von ihm alle Früchte abnehmen. Wenn einer auf den Baum steigt, hebt er seine Äste hoch und trägt die Menschen höher, der Baum trägt den Menschen in den Himmel, wo unsere Ahnen wohnen. Da ist das Land ohne Tod. Unsere Eltern haben es vergeblich gesucht. Wohin sollen wir fliehen? Damals haben viele Frauen gemordet und sind nach Süden gezogen.«

Die Makus streiften durch die Wälder, man fing welche, sie sagten: »Immer mehr dunkle Leute fliehen vor Weißen, die aus dem Meer gestiegen sind, immer mehr dunkle Leute kommen von den Bergen.«

Die Häuptlinge gingen durch die Dörfer, holten alte Verwachsene, die Unheil bringen. Sie schickten Krieger mit ihnen nach Sonnenuntergang in die Nähe der großen Berge. Dort brachen sie den Verwachsenen die Knochen und ließen sie liegen, legten tote Katzen neben sie. Es sollte ihnen, den Weißen, Unheil bringen.

Darauf kehrten die Krieger zurück. Sie lebten in Frieden, es geschah nichts.

Tije und Guarikoto

Und neue Schiffe, neue Menschen kamen aus Europa. Weiter spie der Menschenvulkan.

Und wie immer neue weiße Männer, eiserne Krieger, Sünder, Beutejäger und klagende Priester hier erschienen – der schwere lange Weg, um sich zu vernichten und zu verlieren –, da zogen sich in den Wäldern und auf den Grasflächen die dunklen Völker zusammen. Der stumme Wald ordnete sich und richtete sich ein.

Östlich unter den Stämmen der großen Ebene wuchsen Frauenvölker am großen Amazonas vom Yapurafluß bis zum Jamunda.

Tije, die Junge, sagte zu Kudurra, der Älteren:

»Unsere Königin Truvanare hat sagen lassen, alle Frauen, nur die alten nicht, sollen Pfeile schnitzen. Und wir sollen viele Boote machen.« »Es sind schon viele Boote da.« »Es ist gesagt.« »Wir führen ein trauriges Leben, Tije. Hast du gehört, wie die Frauen in den Dörfern der Männer wohnen?« »Bei mir ist noch kein Mann gewesen. Sie bringen mich erst in die Hütte.« »Eine Frau hat ihren Mann, und sie wohnen in ihrer Hütte das ganze Jahr. Und wenn die Frau Liebe will, kommt er zu ihr. Und wenn der Mann Liebe will, sind sie zusammen. In der Trockenzeit und in der Regenzeit sind sie zusammen.«

Das sagte Kudurra, die Ältere, zu Tije, der Jungen. Sie hatte schon zwei Kinder. Tije zog den Pflug, Kudurra drückte ihn herunter. Tije fragte: »Wenn man Kinder hat, braucht man noch Liebe? Die Königin sagt: ›Wir Frauen sind die Menschen. Wenn unsere Priesterinnen den Mond anrufen, sammeln sich unsere Ahnen. Dann müssen wir in den Krieg und Männer holen, damit die Ahnen wachsen können.‹«

Kudurra antwortete: »Ich habe schon drei Männer getötet. Ich möchte keinen mehr töten. Ich möchte sie in der Hütte halten und wie meine Papageien füttern.«

Tije lachte und klatschte in die Hände.

»Viele denken so, Tije. Unsere Königin und unsere Priesterinnen sind hart. Es sind viele Frauen hinter den Sümpfen zu den andern Frauen gelaufen. Die töten keine Männer. Sie ziehen in den Wald, wenn die Priesterinnen den Mond angerufen haben, und trinken Kaschiri. Sie sind freundlich mit den Männern, die Männer sind freundlich mit ihnen. Es folgen manche Frauen den Männern in die Dörfer, manche Männer gehen zu den Frauen.«

Truvanare war die mächtigste Königin zwischen dem großen Manacapurusee und dem Urubufluß. Sie zog selber in den Krieg, als die Boote fertig waren.

Sie sprach vor dem Abzug zu den Führerinnen: »Schützt euch, bemalt euch deutlich. Die Männer stammen von Aasgeiern. Wir waren vor vielen Jahren in ihrer Gewalt. Sie hatten sich verkleidet und uns getäuscht. Jetzt hausen sie draußen und stehlen Frauen, weil sie sich nicht fortpflanzen können. Sie sollen aussterben. Unser großer Geist wird uns dann Zeichen geben, welche Früchte wir zu essen haben, damit wir unsere Kinder zur Welt bringen. Fallt über ihre Dörfer, brennt ihre Häuser ab, tötet, soviel ihr könnt. Holt Junge, die wir später töten.«

Truvanare schickte vom Halteplatz ihrer Boote eine Gesandtschaft an die Männer ab: »Schließt Frieden mit uns, und gebt zum Zeichen der Unterwerfung eure jungen Männer. Sie werden am Leben bleiben. Schickt ihr eure jungen Männer nicht, so vernichten wir euch.«

Der fremde Häuptling schickte einen Topf mit roter Farbe, das Zeichen des Bluts. Die Frauen umzingelten das erste Dorf und stießen das Kriegsgeschrei aus. Sie erbeuteten wenige Gefangene. Sie zogen weiter. Als sie genug hatten, aßen und tranken sie im Wald. Mit den Männern durfte keiner sprechen. Als sie am Fluß in ihren Häusern waren, bauten sie auf den Feldern die Hütten. Truvanare, die Königin, und die Zauberpriesterinnen besahen die Gefangenen von vorne und hinten und verteilten sie. Die jungen Frauen mußten in den großen Häusern bei den Priesterinnen wohnen, man gab ihnen während des Monats keine Arbeit.

Sie bekamen kleine Fische und Manioca zu essen, sonst nichts. Die Männer aber bekamen Pirurucufische, Honig, Andirobanüsse und Affenfleisch. Abends, wenn die Sonne am Untergang war, führten die Zauberpriesterinnen die jungen Frauen auf die Felder, sie tanzten und klapperten. Erst wenn die Sonne verschwunden war, traten die jungen Frauen in die Hütten.

Guarikoto, ein junger Mann, sah Tije beim Feuer vor seiner Hütte. Tije hatte Zeichen an der Brust und den Schenkeln, die sie schützten. Guarikoto fragte: »Warum hast du dich bemalt? Wir tanzen doch nicht.« Tije antwortete nicht. Der Mann sagte: »Warum bist du gekommen? Ich weiß, daß ihr uns tötet.« Tije sprach nicht.

Sie saßen am Feuer. Der Mann betrachtete sie: »Du hast deine Lanze mitgebracht. Willst du mich töten?« Tije sagte: »Nein.« Guarikoto lachte: »Jetzt nicht.« Sie schwieg. Er sagte: »Warum hast du nichts zu trinken mitgebracht? Überall gehen welche mit Lanzen und Schild über das Feld. Warum trinken wir nicht zusammen? Ich kann flöten.« Er zog sie am Arm. Sie schlug auf seine Hand. Er lachte. Er legte seinen Arm um ihre Schulter: »Du kommst zu mir, sieh mich an.« Sie sah in sein Gesicht und blickte gleich wieder ins Feuer. Als er sie am Knie faßte, sprang sie auf und griff nach ihrer Lanze.

Da zog er die Knie an, blickte ins Feuer und summte vor sich. Sie setzte sich nieder und faßte um ihre Brust: »Du willst mich verzaubern, hör auf zu singen.« Er sagte: »Sing du!« »Ich kann keine Lieder, ich weiß nur, was wir beim Pflügen singen.« »Singe.« »Fürchtest du nicht, daß ich dich verzaubere?« »Du sagst, daß du keine Zauberlieder kannst.« Sie sah sein wundes Bein: »Was hat dich gestochen?« »Es ist, wenn du sprichst, als wenn Zikaden summen. Du sprichst wie das Schilf.« »Es tut dir nicht weh?« »Die Frau mit den Federn um den Leib hat mich gestochen.« »Es ist unsere Königin Truvanare.« »Darum kann ich nicht laufen und bin hier.« »Du bist traurig, daß du hier bist. Ich will deine Freunde fragen, wie du heißt.« »Und ich möchte wissen, wie du heißt, aber ich kann keinen fragen.« »Nenne mich Kolibri. Sind alle Männer wie du?« »Jetzt siehst du mich an, Kolibri, aber du hast doch versprochen zu singen.« »Komm ins Zelt, damit man mich nicht hört.«

Im Zelt setzte er sich auf die Hängematte, ihr großer Schatten fiel auf ihn, als sie am Eingang stand. »Kolibri, warum kommst du nicht herein, du wolltest singen.« »Ich dachte an meine Lanze, ich habe sie am Feuer gelassen.« »Ich hole sie.« »Nein.« Sie hob beide Arme und kauerte an der Schwelle hin.

»Wo bist du?« Sie hatte ihren Kopf auf die Knie gedrückt. Er kauerte vor ihr. Er tastete nach ihrer Schulter. Sie schob seine Hand weg, daß er schwankte. Sie kauerten still voreinander. Dann sang sie leise.

Er sagte: »Ich will auch singen.

Du hast dein Herz gegen mich verhärtet,
du hast dein Herz gegen mich verhärtet,
    mein Lieb, he, he, oha.

Du hast grausam dein Herz gegen mich verhärtet,
du hast grausam dein Herz gegen mich verhärtet,
    mein Lieb, he, he, oha.

Auf dich hab ich gewartet und mich müde gemacht,
auf dich hab ich gewartet und mich müde gemacht,
    mein Lieb, he, he, oha.

Für dich hab ich mich müde gewandert und kam hierher,
für dich hab ich mich müde gewandert und kam hierher,
    mein Lieb, he, he, oha.

Jetzt will ich anders nach dir rufen,
jetzt will ich anders nach dir rufen,
   mein Lieb, mein Lieb.

Ah, ich werde anders rufen,
damit du mich hörst,
   mein Lieb, mein Lieb, oha.

Ich werde hingehen in die untere Welt, in die Geisterwelt,
da werde ich dich rufen, da werde ich dich rufen,
   mein Lieb, he, he, oha, he.«

Sie hielt den Kopf ganz hoch, ihr Gesicht war im Schatten, auf
seinem Gesicht lag der rote Schein des Feuers. Sie flüsterte: »Sing
noch einmal.«

Er sang.

Dann sang sie mit.

Er stand auf: »Ich will deine Lanze holen.« Sie flüsterte: »Ja.«
Und als er sie brachte, war sie aufgestanden und betrachtete ihn
mit weiten Augen: »Zeige, wie du sie anfaßt.«

Er hielt ihr die Lanze hin. Sie zog sie an ihren Leib: »Es ist meine
Lanze.« Sie drückte sie fest an sich und rieb ihre Haare an dem
Holz. Sie schob sie ihm hin: »Hier, faß sie an.« Er nahm sie. Sie
sagte: »Du hast meine Lanze.« Er nickte. Tije sagte: »Hebe sie.« Er
trat zurück, drehte sich gegen das Feuer und schwang die Lanze
hin und her. Sie trat von hinten rasch an ihn heran und riß sie ihm
weg: »Laß, man sieht es.« Sie stellte sie auf den Boden, streichelte
sie. Guarikoto trat heran, beugte langsam seinen Kopf gegen ihren,
der an die Lanze gedrückt war, und drückte sein Gesicht an die
Lanze wie sie, über ihrem Gesicht. Sie duldete es ohne Bewegung.

Tije flüsterte: »Gehörst du zu den Aasgeiern?« »Ja.« »Alle, die
wir gefangen haben?« »Ich weiß nicht.« »Ihr sollt untergehen.
Alle Männer sollen untergehen. Wir rotten euch aus. Bald lebt

kein Mann mehr.« Er schüttelte den Kopf. »Unser großer Geist wird uns Früchte geben, damit wir Kinder zur Welt bringen und unsere Ahnen wachsen. Die Königin hat es gesagt. Ich will dich etwas fragen.«

Sie saßen auf der Hängematte, Tije hielt ihren Speer vor sich: »Mit Kudurra ziehe ich den Pflug, Kudurra sagte: ›Es leben auch Frauen im Wald und trinken mit den Männern Kaschiri, sie sind freundlich.‹ Ist das wahr?« »Das ist wahr.« Darauf lächelte sie ihn an: »Heute liege ich mit dir auf einer Hängematte. Und viele Nächte.« »Ihr habt viel Arbeit bei Tag?« »Jetzt nicht. Nur die älteren Frauen. Wir sind jetzt in den großen Häusern bei den Priesterinnen. Wir essen nur kleine Fische und trockene Manioca.« Er seufzte. »Ach, ihr müßt fasten.« »Damit die Geister uns hören, wenn wir um Kinder bitten.« Er seufzte wieder. Sie nickte ihn an: »Sei nicht traurig.«

Sie lief um die Hütte, es war alles ruhig, stellte die Lanze an die Wand, streckte sich auf der Matte aus. Sie kreuzte die Arme über der Brust und lag auf der Seite. Er streckte sich neben ihr aus und kreuzte die Arme.

Sie sagte: »Oben sind jetzt viele Hängematten leer.«

Sie schloß die Augen und lachte leise.

Bald schlief sie, er auch.

Am Morgen war sie weg. Die Wachen gingen auf den Feldern. Man brachte den Männern zu essen und zu trinken. Sie durften nicht zusammenkommen, aber gaben sich von Hütte zu Hütte Zeichen.

Kudurra flüsterte im großen Frauenhaus, wo sie am Boden kauerte: »Bist du am Leben, Tije?« Die sah sie verwundert an. Kudurra betrachtete sie: »Ja, du bist es.« »Warum sollte ich nicht am Leben sein?« »Wenn der Mann dich anfaßt, stirbst du.« »Ist das wahr?« »Jede Frau, die der Mann anfaßt, stirbt. Darum sind wir ja hier, damit wir nicht sterben.« »Aber, Kudurra, was soll ich tun,

wenn der Mann mich anfaßt? Ich werde ihn gleich töten.« »Sei
ganz still. Er hat dich noch nicht angefaßt. Ich wollte dich nur versuchen. Fürchte dich nicht vor ihm. Die Königin und die Priesterinnen machen euch zu große Furcht. Es ist schön, beim Mann zu
sterben.« »Nein.« »Doch, Tije. Er stirbt auch. Dann bekommen
wir beide, Frau und Mann, einen anderen Namen.« »Du machst
mir Angst, Kudurra.« »Sei still. Die Priesterin sieht auf uns.«

Als Tije abends an das Feuer geführt wurde, wartete Guarikoto
auf der Schwelle der Hütte. Er wartete nicht, daß sie ihn ansprach,
und wartete nicht, ihr Gesicht zu sehen. Gleich sagte er: »Mach
mir ein Geschenk, Kolibri, ich bin so arm. Bring mir Farbe mit,
damit ich mich bemalen kann, und bring auch zu trinken.« Dann
sah er ihr finsteres Gesicht. Sie standen lange stumm, sie am
Feuer, er auf der Schwelle. Durch den Rauch segelten kleine Vögel. Die Mücken surrten. Sie ging an ihm vorbei und setzte sich,
die Lanze im Arm, auf die Hängematte, starrte ins Feuer. Er trat
neben sie. Sie schüttelte die Lanze: »Geh zur Seite, geh in den
Schatten.« Er stand unbeweglich an der Seite, im Schatten. Zornig erhob sie sich nach einer Weile: »Wer bist du? Du heißt Guarikoto. Laß dich sehen. Warum willst du mich töten?« »Ich will es
nicht, Kolibri.« »Man schickt mich her und uns alle her, damit
wir uns von euch töten lassen. Damit wir unsern Namen mit euerm teilen. Ich will nicht. Bleib du Guarikoto, ich bin, die ich
heiße.« »Ich will dich nicht töten, Kolibri.« »Lüge nicht. Wehe denen, die uns zu euch schicken. Hätten wir euch doch gleich erschlagen. Warum tut man uns das an?«

Sie rief, als er wieder im Schatten stand: »Komm her, Guarikoto.« Er kam nicht. Sie drehte sich zu ihm um: »Guarikoto, ich
will dich sehen.« »Ich will dich aber nicht sehen.« Sie sprang von
dem Sitz: »Komm her, Guarikoto, ich will dir ins Gesicht sehen.«

Er kam rasch aus dem Schatten, schlug ihr die Lanze aus der
Hand und trat auf die Lanze. Sie flüsterte: »Ich schlag dich auch
ohne Lanze nieder.« Er: »Fang an.« Sie besahen sich. Er trat von

der Lanze herunter, nahm Tije in seine Arme. Sie sagte: »Gib mir die Lanze.« Er gab sie nicht.

Da stieß sie ihn weg, ballte die Fäuste, kreuzte die Arme: »Jetzt kann ich dir ins Gesicht sehen, Guari.« »Und ich dir.« »Wir wollen uns ans Feuer setzen. Aber vorher gib mir meine Lanze wieder.« »Damit du mich niederstößt!« »Sie dürfen nicht sehen, daß du meine Lanze trägst. Wir setzen uns so dicht, daß man nicht sieht, daß du die Lanze hältst.«

Es war Nacht, das Feuer sank zusammen, sie warfen manchmal Äste hinein. Als sie froren, gingen sie in die Hütte, legten sich auf die Matte. Sie zitterten und wärmten sich aneinander. Sie schlief fest ein. Als sie aufwachte, war es ganz hell. Guari kauerte am Boden und blickte traurig auf. Sie fuhr hoch. Die Frauenwache stand am Eingang der Hütte und rief. Tije war mit einem Satz unten, griff nach der Lanze und huschte davon.

»Ich will dich nicht töten«, sagte Guari am Abend zu ihr – sie hatte einen Topf mit Honig von der Urucubiene, der heilt –, »bring mir Farbe und Öl für mein Haar, damit ich mich für dich schön mache. Bring auch Kaschiri, damit wir trinken.« »Jetzt laß ich mich von dir anfassen, Guari, weil du mir gestern nichts getan hast, als du die Lanze hattest. Du versprichst mir, es keinem zu sagen?« »Wem soll ich es sagen, Kolibri?«

Er legte seine Arme um ihre Hüften, sie hatte Tränen in den Augen: »Man lacht mich aus, wenn man es hört.« Sie legte ihren Arm um seine Arme, ihre Augen blitzten: »Du bist mein Freund, wenn du dich nicht rühmst. Ich habe mit Kudurra über dich gesprochen. Hab keine Angst. Wärst du mein Feind, hättest du mich getötet. Du bist nicht mein Feind.« »Warum hast du geglaubt, daß ich dein Feind bin, Kolibri?« »Die Königin und die Priesterinnen sagten es. Aber ich fürchte mich nicht vor dir. Zeig deine Hände, öffne sie. Nein, du hast keinen Zauber gegen mich. Steh auf, ich will deinen Rücken sehen.« »Du wirst nichts sehen. Aber ich will mich bemalen und ölen für dich.« »Möchtest du das gern, Guari? Warum möchtest du das?« »Weil du meine Frau sein sollst und ich für dich schön sein will. Wir müssen zusammen tanzen. Warum schickst du nicht zu trinken, damit wir ein Fest machen?« »Unsere Priesterinnen sind streng. Sie dürfen nicht hören, was wir sprechen.« »Wir haben keine Priester, die so sind. Auch unser Häuptling darf nicht schlecht zu uns sein. Wenn wir heiraten, machen wir ein großes Fest.«

»Was ist Heiraten, Guari?« »Wenn ein Mann ein Mädchen sieht, das ihm gefällt, gibt ihm der Häuptling, daß er heiraten kann, und das Mädchen und er wohnen zusammen, und sie feiern ein großes Fest.« »Macht ihr das so?«

Tije träumte vor sich. »Bei uns ist nur Jagd und Feld und Fischen, und die Alten schleppen die Kinder, und die Priesterinnen springen. Ach, es ist nicht gut ohne Mann. Es ist schöner mit dem Mann.«

Sie legte beide Arme um seinen Hals. »Jetzt, glaube ich, verzauberst du mich. Es ist doch wahr, daß ich meinen Namen verliere.«

Als sie in der Hängematte lagen, sagte Tije: »Warum liegst du so fern, Guari? Es wird kalt.« »Wenn du mir Farbe und Öl und zu trinken bringst, bin ich fröhlich.« »Ich bringe dir morgen.« »Du kommst morgen? Wie lange kommst du noch?« Sie rieb seine kalten Hände und seufzte: »Guari, du hast mich am Leben gelassen. Ich werde dich nicht töten. Und ich möchte nicht, daß dir etwas geschieht. Ich möchte, daß du lebst.« »Möchtest du das, Kolibri?« »Ich möchte es, Guari. Und du?« »Ich möchte dich behalten.« »Ich habe eine große Furcht, Guari. Kudurra flüstert jeden Tag zu mir. Sie will in den Wald. Aber man wird uns verfolgen.«

Guarikoto wandte sich ihr zu: »Ihr sprecht davon, Kolibri?« »Oft.« Er umschlang sie, sie flüsterten die halbe Nacht. Als die Schritte der Wache näher kamen, wurden sie still.

Die große Kudurra preßte das Gesicht Tijes. »Du bist noch immer Tije.« »Verschaff mir Farbe und Öl für Guari, Kudurra, er will sich für mich schön machen und will mit mir trinken.« »Ich habe darauf gewartet, Tije, daß du mich darum bittest. Wir haben schon alles für die Männer gerichtet. Es gehen welche über das Feld, vor Abend, sie stellen die Töpfe unter einen Baum, in ein Erdloch, ein großes Blatt liegt darüber, ich zeige dir den Baum. Wenn sie dich in die Hütte führen, paß auf die Wache auf und merke den Weg.«

Beim Schein des Feuers bemalte und ölte sich Guari. Sie hatte Cachembo, das Lebenswasser aus Honig, gebracht, sie nahm auch einen kleinen Schluck.

Im Finstern machte er ein paar Tanzsprünge vor ihr.

Als am nächsten Tag die große Kudurra ihr Gesicht im Frauenhaus prüfte, war es nachdenklich, und der Mund war gepreßt. Kudurra sagte: »Ihr habt getrunken?« Tije nickte. Kudurra nahm sich eine Kette von roten Kernen vom Hals und hängte sie Tije um. »Wie nennt er dich?« »Kolibri.« »Soll ich ihm jetzt deinen Namen sagen?« »Ja.«

Am Abend nannte er sie schon Tije. Sie war nicht freundlich zu ihm. Sie schmähte auch ihre Freundin Kudurra. Sie klagte die halbe Nacht, daß Kudurra ihm ihren Namen verraten hatte. Viele Tage empfing sie ihn so, brachte aber Abend um Abend eine Kalebasse zu trinken. Sie stieß seinen Trost zurück. Kudurra geriet in Angst, weil Tije vor ihr stumm war und auch die Fische zurückwies und nur Manioca aß. Bei den Frauen begannen schon die lauten Gespräche über das Fest am Neumond. Da wurden auch die Flüstergespräche in den Brauthütten häufiger. Tije fragte, was man tun wolle.

Die grausame Truvanare, die Königin, konnte den Neumond nicht erwarten, und um ein Zeichen ihres Männerhasses zu geben, brachte sie schon vier Tage vorher den Mann, der ihr zugefallen war, zur Opferung. Die Priesterinnen umgaben sie, es war beginnende Nacht, die jungen Frauen noch nicht in die Hütten gebracht, sie wohnten alle, die bald ihre Männer umarmen sollten, dem schrecklichen Maskentanz bei, der Anrufung des Mondes und der wilden Tiere, die durch die Wälder schweifen und das Lebende zerreißen. Mit den Krallen der Panther, deren Fell sie trugen, mit den Sägen der Rochenfische zerrissen die Priesterinnen das Opfer, das die Königin umarmt hatte. Sein Blut spritzte in die Runde. Zwei junge Frauen tanzten noch um das Feuer und nahmen das Blut auf. Sie schleppten in Raserei ihre Männer an, die wilden Maskentiere überfielen und zerrissen auch sie.

Es kam aber schwarz die große Mutter Toeza dazu, stand zwischen den Bäumen und sah sie tanzen. Mit vielen Schnüren an Hals, Arm und Beinen war sie behangen, Palmblätter lagen auf ihren Schultern, das Haar fiel ihr lose und weiß wie Schimmel über den Rücken. Unbeweglich stand sie, stützte sich auf ihre Lanze. Das Feuer erhellte manchmal ihr uraltes runzliges Gesicht. Voll Abscheu und Trauer sah sie die Frauen. Im verwachsenen Busch an der Maskenhütte setzte sie sich, mit einer Vogelstimme rief sie in den Wald. Walyarina, der schwarze Tiger, schlich an, bedeckt mit Gestrüpp und Blättern, er legte sich neben Toeza nieder. Sie sagte: »Sie tanzen für uns. Ich habe keine Freude daran. Ich habe schon den Fürstinnen Zeichen gegeben, aber sie hören nicht. Sie sind tobsüchtig. Sie beleidigen uns.« »Was tun sie?« »Sie töten Männer, sie morden und morden. Das haben wir nicht getan, das habe ich sie nicht gelehrt. Wir waren unterworfen von den Männern, da haben wir uns befreit. Es blieb uns keine Wahl, als auszuziehen. Sogar dich haben sie mit List getötet.« »Ihr habt mich gerächt.« »Jetzt aber morden sie, zu jeder Zeit, es ist kein Opfertag, sie sind Verbrecherinnen, sie sind so schlecht wie die Männer geworden.« Die alte Toeza weinte, der Tiger schüttelte sich und knurrte furchtbar, sie hörten es im Dorf.

Als Truvanare verlangte, daß auch andere Brautkriegerinnen, die ihr zu froh und glücklich schienen, ihre Männer vor dem Fest hergaben, nahm Toeza im Dunkel der Maskenhütte Federschmuck und Leibgürtel ab und rieb sich mit Moschus ein. Sie grollte: »Die Fürstinnen werden hart und schlimm wie Krokodile. Sie mißachten uns. Sie fordern uns heraus.« Sie sprach mit dem Mond.

Darauf bemalte sie sich neu, legte Federn und Gürtel wieder an, nahm Schild und Lanze, Bogen, Köcher und Pfeile von der Wand und sagte: »Sie müssen zugrunde gehen. Komm, Walyarina, wir wollen diese Reiche nicht mehr beschützen, sie sind das Verderb unserer Töchter. Wir wollen diese Reiche zerstören.«

Kudurra stahl das große Tigerfell aus dem Maskenhaus. Das war das Signal. Man flüsterte mit Wachen, trug Lanzen, Bogen und Pfeile zu den Männern in den Nächten. Man befreite einige Männer, sie liefen zu ihrem Stamm.

Am Tage vor dem Neumond, beim ersten Glühen der Sonne, sprang Kudurra durch den Mais im Tigerfell, die Frauen und Männer traten aus den Hütten, der heilige Tiger sprang, sie rannten hinter ihm her, sie hatten Lanzen in der Hand, sie fielen in das Dorf ein, machten Königin und Priesterinnen nieder.

Dann wurde Kudurra Königin, sie aßen und tranken und feierten.

Nachmittags erschienen Krieger aus dem Wald und landeten ihre Boote. Man tanzte zusammen und zog weiter.

Der Kampf dehnte sich über viele Frauenvölker aus. Männer und Frauen kämpften nebeneinander, es war das Entsetzen der Priesterinnen und der Fürstinnen.

Rückkehr der Amazonen

Im Osten des großen Stromtals jenseits des Manacapurusees und jenseits der Mündung des Rio Negro wohnten Frauenvölker in den Savannen des Jamunda. Der Mond, der über die Fruchtbarkeit herrscht, stand ruhig am Himmel, sie sahen keine Bedrohung. Als sich aber der Kampf weiter ausdehnte, ergriff die Fürstinnen eine Unruhe, und sie beschlossen, den Jamunda zu verlassen.

Sie zogen nach Norden. Von da waren die alten Mütter gekommen.

Sie waren viele und stark. Langsam wanderten sie durch die Steppen. Viele Monate wanderten sie. Viele Jahre wanderten sie. Sie vergaßen ihre Feste nicht. Gelb und hoch standen die Gräser in den Savannen, finstere mächtige Palmwälder durchquerten sie, Insellandschaften öffneten sich. Sie zogen am Rio Negro entlang und überschritten nach Westen den Rio Blanco.

Sie wanderten viele Jahre. Traurig klangen ihre Lieder: »Der Mond erhebt sich, Mutter, Mutter, die Sterne weinen, Mutter, Mutter.«

Die Stämme wichen vor ihnen aus. Sie feierten mit den Männern, die sie raubten, das jährliche Opfer. Die Flüsse stiegen, fielen. Die Schildkröten zogen über den Sand.

Die Frauen hatten die schwarze Affenhaut Yuruparis bei sich, die Toeza geraubt hatte. Yurupari war aus dem Fluß hervorgegangen und war der weiseste aller Männer. Er kannte die stärksten Zauber. Er ging zum Fluß herunter, um sich zu waschen. Die Mutter des Flusses hatte ihn lange nicht gesehen und trat ihn vor den Leib, daß er umfiel. Sie erkannte ihn und weinte. Die Leute fanden die Leiche und verbrannten sie am Ufer. Die Mutter des Flusses trauerte auf einem Felsen. Und als das Feuer erloschen war, kroch sie in die Asche. Aus der Asche wuchs ein Paxiuba-

baum. Yuruparis Geist kletterte daran hinauf. Er trug eine Affenhaut. Die ließ er, wie er zu den großen Ahnen ging, den Männern
der Tarianas. Es war das Volk Toezas und des ersten Frauenvolks.

Die Frauen wanderten durch den Wald, sie hatten das Fell Yuruparis bei sich, ihre Trompete war aus der Paxiuba, kein Männer-
stamm konnte ihnen widerstehen. Die Männer fürchteten sich vor
ihnen. Und als die Frauen durch den Wald gezogen waren und den
Uaupes überschritten, kamen zu ihnen die wilden Makus gelaufen
und erzählten, bei den Tarianas über dem Fluß ist die Stadt Iaua-
rete, da würden sich die Männer gegen sie aufstellen. Die Frauen
hatten keine Ruhe, die Priesterinnen sagten, es ist der Ort, wo unsere alten Mütter geschändet wurden und auszogen, wo Toeza
lebte und das Feldgeschrei »Walyarina« ausgab.

Hier sind wir empfangen und geboren. Hier wollen wir uns
niederlassen.

Die alte Mutter Toeza wanderte hinter ihnen, sie wollte sie aber
nicht schützen.

Da kam es zu einer großen Schlacht. Die Königin der Frauen
legte die Macacaran an, die schwarze Affenhaut, in die sie Männerhaare gewebt hatte, um über die Männer Macht zu haben,
und blies die Paxiuba. Und während der Kampf tobte, erschien
Yurupari, sah, wer ihn rief, und sagte: »Es ist genug«, und jagte
die Königin, die ihn gerufen hatte.

Sie lief davon, von einem Wasser zum andern. Einmal setzte
sie sich hin und bückte sich, um zu trinken und sich zu waschen.
Yurupari ergriff sie von hinten, überwältigte und schändete sie.
Sie schrie nach ihren Gefährtinnen. Es waren welche in der Nähe.
Sie bewegten sich nicht, weil sie Yurupari erkannten und sich
grausten. Er nahm ihr seine Haut weg und tötete sie.

Dann stieg er auf einen Baum und ließ die Haut herunterfal-
len. Die Krieger hoben sie auf, zogen die Männerhaare heraus.
Sie stürzten sich auf die Frauen und schrien: »Yurupari, Yurupari.« Da sahen die Frauen, daß sie verloren waren.

Sie baten ihre erste Königin, baten die große Mutter Toeza, baten den Tiger Walyarina, baten die Ahnen um Hilfe. Die gaben ihnen bunte Tiger- und Schlangenhäute, da schlüpften sie hinein. Sie liefen in den schwarzen Wald, in die Steppe, die Sümpfe und verkrochen sich.

Toeza lief mit, die große Mutter, gebückt, ohne Ringe, ohne Schnüre, ohne Federn. Bogen und Pfeile, Schild und Lanze fielen ihr nach und nach aus den Händen. Sie zog Gras und Moos und Blattwerk über sich, im Laufen, im Sinken. Laut weinte sie, wild schrie sie.

Gewitterstürme tobten. Blitz und Donner begrüßten die, die in den Wald und die Wasser kamen. Die alten Bäume splitterten.

Der Wassergeist Sukuruja glitt als Schlange von Baum zu Baum. Er stand in menschlicher Gestalt unter den grünen Zweigen, zog an einer Schlingpflanze. Er sprang mit seiner schweren Keule auf einen schwimmenden Stamm, die Papageienfedern in den langen schwarzen Haaren schwankten. Er setzte sich auf einen Delphin und jauchzte. Die Menschen in den Hütten sahen ihn.

Er schwamm auf dem Rücken. Er tauchte unter. Der Strom wallte.

November 1918
Eine deutsche Revolution (1939–1950)

Erster Teil

Bürger und Soldaten
1918

Sonntag, der 10. November 1918

Sie blickte mit einer kleinen Kopfbewegung in die Stube zurück. Der Mann saß an seinem Platz am Tisch, die Krücken neben sich, das Käppchen auf dem Kahlkopf, die Zeitung ausgebreitet vor sich. Er putzte sich die Stahlbrille und prüfte das graue Morgenlicht, das durch das Hoffenster hereinfiel. Sie sagte: »Kannst dir Licht machen.« Er: »Wird schon gehen.« Dann zog sie die Tür hinter sich zu.

Es regnete nicht mehr, aber der Hof stand voller Lachen. Im Hausflur an der Wand, wo es stockfinster war, schürzte sie ihre Kleider, tastete mit einem Fuß herum und stieg in die schweren spitzen Holzpantinen hinein. Sie klapperte ab.

Der Mann kratzte seine kurze Holzpfeife aus, schnüffelte in eine blecherne Teebüchse hinein und breitete ein paar Griff Tabak auf der Zeitung aus. Die groben Stengel zerknickte er Stück für Stück, einige große Blätter zerbrach er. Dann stopfte er alles fest in den Pfeifenkopf, die Staubreste vom Papier schüttete er oben auf. Dann rauchte er. Und als er die ersten Züge getan hatte, nahm er die Pfeife mit der linken Hand aus dem Mund und sprach laut in den grauen schmalen Raum hinein, wie jeden Morgen, wenn seine Frau weggegangen war. »So. Es ist der 10. November«, und qualmte behaglich weiter. Die Zeitung war vom Achten, der Pfarrer vom Vorderhaus gab sie neuerdings unregelmäßig weiter. Der Mann machte sich, die Arme breit aufgelegt, an die Arbeit und studierte Familiennachrichten, Verkäufe von Mobiliar, Meldung vom Obst- und Gemüsemarkt. Er bewegte die Lippen ein wenig. Manchmal unterbrach er sich, las nochmal, sagte laut: »Kleine Reinetten, zwei fünfzig. Oh, das ist viel«, tat ein paar ernste Züge, sah zum Fenster hin, runzelte die Stirn, seine Frau ging wahrscheinlich jetzt über den Wasserturmplatz, der wird ein Sumpf sein, man müßte ihn pflastern, aber wer hat im Krieg dafür Geld. Er las weiter von den Apfelsorten.

Die Frau ging wirklich gerade über den Wasserturmplatz. Den braunen Familienschirm klemmte sie unter den linken Arm, der Arm drückte zugleich das große schwarze Umschlagetuch an der Brust fest, das sie über ihren grauen Kopf und die Schultern gezogen hatte. Sie sah nur mit einem Auge durch einen Spalt hinaus. Ihr rechter Arm trug einen Holzeimer, in dem eine breite Holzschippe steckte. Sie näherte sich den Gerüsten am Ausgang des Platzes, man baute schon seit Jahren nicht weiter, die Raben hatten auf den Balken ihr Standquartier, sie flogen von hier nach dem Wald und in die Straßen, die zu den Kasernen führten. Sie streifte sich die Tuchfransen vom Gesicht, um zu sehen, ob die Raben noch auf dem Gerüst saßen. Und als sie suchte und nichts fand, beeilte sie sich, denn das war das Zeichen, sie waren unterwegs.

In der langen niedrigen Schule an der Straßenkreuzung lagen Rekruten. Das große Tor zum Schulhof war verschlossen. Man hörte schreien, laute Männerrufe. Die Frau, die gerade das Trottoir vor der Schule verließ, horchte hin. Sie runzelte mißbilligend die Stirn, aber hielt sich nicht auf. Sie war auf dem Sprung. Da saßen schon die Raben, den ganzen Damm vor der Schule bedeckten sie und hackten und krächzten, und dazwischen flatterten die grauen Sperlinge, und alle hielten sich an ihre Beute, als wenn es ein Gerstenfeld wäre. Es war der Pferdemist, den sie für ihr Gemüsegärtchen brauchte. Die Frau, noch mißgestimmt über das Schreien der jungen Soldaten, dieser ungezogenen Kinder, hatte schon ihren Schirm in die linke Hand gleiten lassen, ein Windstoß blähte ihr Schultertuch auf, der Knoten auf der Brust löste sich, die alte Frau achtete aber nicht darauf. Sie schlug mit ihrem Schirm auf die Raben ein, die mit wütendem Krächzen an ihr hochflatterten, sie kannten die Alte schon. Die Spatzen stoben in einer Wolke davon und setzten sich abwartend und schimpfend auf die Regenrinne des Schuldaches. Unten auf dem Fahrdamm knotete die Alte, der der Wind die Kleider zerzauste, das Tuch vor der Brust fest, den Schirm legte sie auf die Bordschwelle, den Eimer stellte sie neben sich. Sie schimpfte auf das Rabenpack, das den Pferdemist über den Damm zerstreute, sie schimpfte über diese unmanierliche Art, sich zu sättigen, und ging dann ihren Eimer füllen. Die Raben hielten sich in respektvoller Entfernung. Als sie mit dem Schaufeln fertig war und sich mühselig aufrichtete, saßen die kleinen Räuber, die Spatzen, schon wieder bei den dicken Raben und pickten und lärmten. Sie stieß die Schippe in den Eimer und holte den Schirm.

Wie sie mit dem vollen Eimer auf das Schilderhaus zuging, neben der breiten Schultreppe, staunte sie. Sie suchte. Sie wollte ihren Eimer wie jeden Morgen der jungen Schildwache zur Aufbewahrung geben, bis Mittag, wenn sie von der Arbeit kam. Der Bursche war nicht da. Drin schrien sie hinter dem geschlossenen Tor unentwegt weiter, es war schon ein Gebrüll. Die Alte, ihren Eimer in der Hand, war drauf und dran, an das Tor zu klopfen und Ruhe zu fordern. Sie stand schon mit einem zornigen Ausdruck da und hielt den Schirm erhoben. Dann erschreckte sie das Brüllen, sie drehte sich und zog ärgerlich ab. Um ihrem Groll Luft zu machen, marschierte sie schimpfend durch den Vogelschwarm hindurch. Sie bog in die stille lange Kasernenstraße ein.

An einer Straßenecke wurde sie jeden Morgen von dem blinden Artilleriehauptmann erwartet, der ebenso früh aufstand und einen festgelegten Spaziergang um mehrere Häuserblocks machte. Er kannte genau die Schrittzahl von einem Straßenübergang zum andern, mit einer genau innegehaltenen Schrittlänge zog er Punkt sieben ab, den dünnen Spazierstock in der Rechten wie eine Antenne vor sich, er gab der Frau seinen Wohnungsschlüssel, sie ging dann zu ihm und machte ihm Kaffee, bevor sie ins Lazarett wanderte. Die gerade Straße war leer, die Alte kämpfte sich unter ihrem Tuch gegen den Sturm vorwärts. Ab und zu schlug sie die Fransen zurück, um sich zu orientieren. Der Fahrdamm war breit mit Wasser überschwemmt.

Da stand der Hauptmann, lang und steif wie er war, im schwarzen Wintermantel, die Krempe des schwarzen Schlapphutes aus der Stirn geweht, so daß er dem Licht sein sehr weißes schmales Gesicht, das angehobene Kinn und die scharfen Halsfalten hinhielt. Er hatte den Kopf nach links gedreht, er hörte nur links, derselbe zu früh abgeprotzte Kanonenschuß auf dem Schießplatz, der ihm die Augen kostete, hatte auch das Gehör auf dem rechten Ohr zerstört. Sie erzählten in der Stadt, der Hauptmann sei ein böser Mann und verhaßt bei seiner Batterie gewesen, seine Leute hätten ihm zum Tort zu früh geschossen. Seine weißen Augäpfel funkelten unruhig. Er hörte die Frau in ihren Pantinen und rief soldatisch: »Frau Hegen.« Sie klapperte an, bot ihm guten Morgen und machte die übliche Bewegung nach seiner linken Hand, wo er den Schlüssel hielt. Aber er hielt ihn fest. »Haben Sie nachmittag Zeit?« »Heut nachmittag? Warum?« »Sie müssen mir sagen, ob Sie Zeit haben.« Er war immer eigensinnig, sie aber auch. »Ja Sie wollen wohl heute keinen Kaffee trinken. Geben Sie mir Ihren Schlüssel.« Er gab ihn nicht. »Wenn Sie nachmittag keine Zeit haben, muß ich mich woanders umsehen.« Die Alte fixierte ihn, heute hatten alle Dummheiten im Kopf, sie ging schon elf Jahre zum Hauptmann. »Ich muß packen«, erklärte der Hauptmann, als er nichts von ihr hörte. Sie dachte nach: »Wann soll ich kommen?« »Um zwei.« »Gut.« Da gab er ihr den Schlüssel, und sie gingen wie immer ohne Wort auseinander, er in Richtung auf den Wasserturm, sie in seine Wohnung, um ihren Eimer abzustellen und Kaffee zu machen.

Die Tore des Schulhofes öffneten sich, das Geschrei tönte über die Straße, auf der Gegenseite sammelten sich Menschen, und drin formierten sich junge Soldaten ohne Waffen, manche rauchten Zigaretten. An die Spitze traten mehrere mit Gewehren. Lärmend und ohne Schritt zogen sie durch die Wasserfluten die Schulstraße herauf in die kleine Stadt ein, die noch im Schlaf lag. Hinter ihnen verließen Lastwagen und Automobile den Hof, voller schreiender und singender Soldaten, die Mützen und rote Bänder schwenkten, dabei auch bärtige Landstürmer. Sie sausten in der anderen Richtung die lange Allee nach dem Flugplatz hinunter.

Im Lazarett, nahe dem Flugplatz, in einem Einzelzimmer der Chirurgischen Station lag ein Flieger. An der Kopftafel stand lateinisch Bauchschuß. Er dämmerte aus weiten Augen. Die große Krankenschwester in Weiß, die den klappernden Verbandwagen neben sein Bett ans Fenster schob, beugte sich über ihn: »Es geht heute besser, Herr Leutnant?« Er suchte zu lächeln, und sie erschrak. Er hatte tiefe Falten um den Mund, die Nase war dünn, ein graubläulicher Hauch über dem Gesicht. Er sprach langsam und verwaschen: »Danke – schön, Schwester.« Er bewegte den Kopf hin und her, seine Finger spielten. »Wollen Sie trinken, Herr Leutnant? Sie haben Durst? Ich bringe etwas.« Ach Gott.

Sie lief in den Hauptsaal, die Stationsschwester trug Temperaturen auf Kurven ein. Sie flüsterten miteinander. Die Stationsschwester kalt: »Ja sehen Sie zu, wo Sie einen Doktor herbekommen« – sie zuckte die Achsel, schrieb ruhig weiter. Dann ließ sie die Hand mit der Füllfeder auf der Kurve liegen und blickte der Jüngeren voll ins Gesicht: »Wozu wollen Sie eigentlich einen Doktor bei dem? Sie fahren lustig mit Ihrem Wagen in das Zimmer. Er hat doch schon heut nacht den Kuratus gehabt.« Die Verbandschwester machte Augen. Die Ältere: »Wo ist übrigens der Wagen?« »Noch da, in seinem Zimmer.« »Ich bin hier bald durch, noch drei Betten. Wir fangen dann drüben bei dem Empyem an, der hat's sehr nötig, die Nachbarn beschweren sich, riecht.«

Die Große entfernte sich rasch, die Ältere studierte wieder mit gerunzelter Stirn ein Thermometer: »Sie haben doch schon wieder nicht runtergeschlagen, Kunz.«

Im Einzelzimmer war es ein Tag wie jeder. Seitdem das Zimmer da war und seine Fenster öffnete, wurde es morgens grau, hell und heller. Das Sonnenlicht fiel um elf herein, wenn die Bäume auf der anderen Seite des Hofs ihren Schatten kürzer werden ließen. Dann wich die Sonne, die Helligkeit dauerte noch eine Stunde, während die Menschen in dem Zimmer atmeten und litten, es wurde dunkel, finster, die Nacht war da. Jetzt lag einer im Bett und war im Vergehen. Der Verbandwagen stand da, als die Schwester auf Spitzen wieder eintrat. Der Verbandwagen am Fenster neben dem Bett sah freundlich, friedlich und hoffnungsvoll aus mit seinen weißgedeckten Glasplatten. In seinen Becken und Schalen lagen sterilisierte blanke Messer, Pinzetten, Scheren, Gefäßklemmen, Nähzeug. Die hohen Glasbüchsen waren mit Tupfern vollgestopft. Unten lagen offen Gipsscheren und Binden. So wartete der liebe Verbandwagen am Fenster, und sein Metall blinkte. Er war auf weißen Beinen, auf kleinen roten Gummirollen hereingelaufen. Die große hellblonde Schwester stellte sich vor den Wagen am Bett, um ihn zu verdecken. Die Schwester war genötigt, hier zu stehen, sie floh nicht, der Tod rief sie an.

Dem jungen Menschen war nicht viel geschehen. Er war als Beobachter zu einer Erkundung aufgeflogen, das Maschinengewehr eines feindlichen Fliegers spielte in der Nähe, von den Kugeln nahm eine, während sie über hundert Kilometer flogen, ihren Weg in seinen Leib. Sie hätte eine Sekunde vorher, als er sich noch nicht zurechtgesetzt hatte, den leeren Platz getroffen. Nun schwirrte das runde Blei durch den Gurt, die Jacke, die Hose des jungen Menschen und fand keinen Widerstand, und auch an der weichen Haut, die noch nie eine Liebende berührt hatte, fand sie keinen Widerstand. Glatt senkte sie sich ein, als wäre dies ihr Platz. Sie wuchs aus der Welt in diesen weichen Leib hinein wie eine Wurzel aus einer Pflanze in die lockere Erde. Sie traf auf ihrem Weg das spiegelglatte Bauchfell und machte einen kleinen Riß hinein. Die langen dünnen Därme bewegten sich, sie zogen sich nicht zusammen, als die Kugel kam, es ging zu schnell, sie nahm ihren Weg durch sie und prüfte im Vorübergehen den dünnen Speisebrei, der sich da fand vom Frühstück, die Kugel nahm nichts weg. Sie durchquerte den Darm. Da wogte gewaltig ein großes Gefäß, in ihm ruckte und schlug das Blut, das vom Herzen kam, die Kugel nippte daran, sie pflanzte sich in den Knochen dahinter ein, einen Wirbel, in ihm blieb sie stecken. Sie war inzwischen mit dem Mann, in dem sie saß, und mit dem Flugzeug viele Meter von dem kleinen Geschütz entfernt, aus dem sie gespritzt war. Man band den Mann, als er ankam, aus den Riemen los und tat an ihm vieles, was er nicht merkte. Man holte die Kugel aus ihrem Versteck, die Risse konnte man finden und schließen. Der kleine, immer zum Scherz geneigte Operateur blickte auf, als er die Kugel zwischen zwei Fingern rollte, seine Hände steckten in hellbraunen Gummihandschuhen: »Also wer kriegt sie heute?« Zwei assistierende Schwestern riefen hintereinander: ich. Der Doktor, während er schon in der Tiefe des Leibes weiterarbeitete – die Kugel hatte er in ein Eiterbecken fallen lassen –, brummte: »Also wird wieder gelost.« Die eine seufzte: »Oh, ich verliere immer.« Der Operateur ließ sich den Stirnspiegel zurechtrücken, er murmelte hinter seiner Mullbinde: »Sie sind nicht die einzige, die verliert.« Der Krieg verloren, wir verloren, der Mann hier verloren, also spülen, Bauchfell waschen, Kochsalzinfusion, vielleicht schlägt er sich durch.

Die große blonde Schwester im Einzelzimmer hielt sich, die

Hände rückwärts, am Verbandwagen fest. Sie hatte schon genug sterben sehen, im Osten, in Rumänien und im Westen. Aber jetzt noch immer, wo alles schon vorbei war, noch immer. Sie überwand sich, faßte eine zuckende feuchte Hand auf der Bettdecke und hielt sie. Zum Schutz, falls einer plötzlich hereinkäme, drückte sie einen Finger auf den Puls – aber sie hatte hier nicht Puls zu zählen –, mit beiden Händen hielt sie die eine des Kranken, der unentwegt angespannt zum Fenster hinaussah. Sie wußte nicht, was sie trieb, die Hand so lange zu fassen und ein ungestümes Gefühl in ihre Hände zu legen. Was kann ich tun, dachte sie, bangte sie, sie wollte ihm von ihrem Atem mitgeben. Der Krieg ist ja aus, es ist ja alles vorbei. Er blickte jetzt an die Decke hinauf. Sie ließ seine Hand los, das Gefühl überwältigte sie. Du wirst nicht sterben, ich halte dich, du sollst nicht, wie heißt du, sie las auf der Tafel: Richard, komm, Richard, halt fest, preßte seine Hand, der Kranke nahm sie wahr, sein Blick flog zu ihr.

In diesem Augenblick öffnete sich mit einem Ruck die Tür, ein großer rotbäckiger junger Mann im gestreiften Leinenanzug des Lazaretts stürmte herein, die rechte Schulter dick gepolstert unter der Jacke, er schmetterte sofort in den Raum: »Richard, das Neuste, sie sind da, die Matrosen. Alles, was Beine hat, rennt.« Die Schwester hatte sich im Moment zu ihm umgedreht, die Hand des Kranken in ihrer, als zählte sie Puls. Der Besucher war am Bettgestell, einen starren Blick auf den Kranken, dessen weite Augen unverändert an der Schwester hingen. Er ließ das Eisengestell los, faßte sich an den Mund, sagte: »Oh, oh.« Die Schwester: »Schütteln Sie bitte nicht am Bett.« Er rannte hinaus. Auch sie ging, auf den Spitzen, den Verbandwagen vor sich.

Der Kranke dämmerte allein. Die feinen Pflänzchen, die die Bleikugel aus der Luft und von der Jacke in seinen Leib getragen hat, durchwucherten seinen Leib. Sie überzogen alle Därme mit einem trüben Hauch und machten ihren Glanz blind. Graue Flocken sanken in die Nischen zwischen den Därmen, die sich noch zusammenzogen, hoben und senkten. In die Adern des Mannes waren die Pilze gewandert und hatten sich fröhlich von dem warmen Strom des Blutes forttreiben lassen, wie fühlten sie sich selig in dem süßen Saft, das war etwas anderes als das Leben an der kalten Luft und auf dem Tuch. Wie ein Orchester, das auf den Wink seines Kapellmeisters wartet, setzten sie sich rauschend in Bewegung. Und nun war der Mensch ein hohles gewaltiges Gewölbe geworden, durch das ihre Musik scholl. Er lag da, schlaff, schwitzend.

An den Wänden des Gewölbes kriechen Schlingpflanzen, sie hängen in den Raum hinein, es ist ein Urwald, und dies sind die Tropen, und da klettern Affen, Untiere mit schrumpfligen Hälsen, sie steigen aus dem Morast, Kolibris schwirren mit gewundenen Schnäbeln, die Blumen halten ihnen ihre grellen Blüten hin und schnellen schmale rote Zungen heraus. Nun spielt eine Orgel, und von den Tonleitern steigen ernste Männer herunter im Talar. Lange Schleppen ziehen sie hinter sich her, sie predigen und ermahnen, es ist ein langes schwarzes Lied.

Das graue Tageslicht draußen hellt sich auf. Die Stunden rücken vor. Ein Tag hat sich in Bewegung gesetzt, der 10. November, Sonntag. Kleine Sonnenstrahlen schleichen über das Bett.

Schwestern kommen, stützen den Kopf des Fliegers, halten Wein vor seinen Mund. Sein Gesicht – wessen Gesicht – wird länger und länger. Seine Lippen fallen auseinander. Er öffnet den Mund nicht. Sie rufen. Sie rufen ihn an.

Aber der Urwald hat ihn verschlungen.

Das Nebenzimmer, das dem Oberleutnant Becker und dem jungen Leutnant Maus gehörte, dem rotbäckigen, der in das Zimmer des Fliegers gedrungen war.

Maus öffnete, als er zurückkam, langsam die Tür und schloß sie langsam. Von seinem Liegestuhl her, am Fenster, sah ihm Bekker zu. Er wartete, bis Maus an den kleinen Tisch geschlichen war, der quer vor ihren beiden Betten stand. Als Maus noch immer nichts sagte, drehte Becker brüsk den Kopf zum Fenster und fragte geschäftsmäßig: »Was gibt es Neues?« Maus, den verstörten Blick auf den Tisch: »Mit Richard ist es aus.« Becker: »So?« und fixierte wieder die kahlen Äste draußen. Dann sagte er zu Maus: »Setz dich.« Der ließ sich automatisch auf den Stuhl am Tisch nieder. »Du sitzt auf Zeitungen«, bemerkte Becker. Maus, den Kopf aufgestützt, antwortete nicht. »Du sitzt auf Zeitungen, Maus«, wiederholte Becker. Trompetentöne drangen vom Garten herein, tiefe, langsame, einer probierte sein Instrument. Leise sprach Maus: »Nun geht es auch mit Richard zu Ende.« »Ich höre, mein Sohn«, antwortete Becker kühl, »der Krieg ist eine gefährliche Sache.« Maus: »Wir hatten gestern mittag noch Karten gespielt. Ich habe noch seinetwegen in der Stadt Karten gekauft.« »So ist es«, bemerkte Becker.

Als aber Maus wieder zum Fenster sah, waren die Augen Beckers zornig auf ihn gerichtet. Beckers feines, pergamentweißes, ganz schmales, fleischloses Gesicht verzerrte sich, aber er sprach nicht.

Becker sagte sehr ruhig: »Du warst draußen und hast dich erkundigt? Was ist mit dieser Revolte?« »Ich will mir den Mantel anziehen. Ich geh’ nach der Inneren Station.« »Tu das.«

An der Tür sah Maus seinen Freund mit gerunzelter Stirn unbeweglich liegen. Ihm fiel ein, Becker war so lange und entsetzlich krank gewesen, er hätte ihm nicht vom Tod sprechen sollen. Wie zur Entschuldigung rief Maus mit unsicherer Stimme ins Zimmer zurück: »Ich bin bald wieder da. Vielleicht treffe ich den Chef.«

Im Garten des Lazaretts blies einer Trompete unter den schwarzen Bäumen. Er fing ein Lied an, dann freute ihn ein Ton, er hielt ihn fest, blies ihn lang aus und ließ ihn erst nach einer Weile frei, dann schwenkte er in eine Melodie ein. Das Trompeten brach ab.

Der Mann, der übte, ein großer Magerer ohne Mütze, in einem grauen Militärmantel über der Lazaretttracht, nahm die Trompete vom Mund und bückte sich an dem Baumstamm, ganz langsam. An dem Gartengitter, das unten Lücken hatte, zeigte sich etwas Braunes, ein kleines Tier, es schlüpfte in den Garten, ein wildes Kaninchen, es suchte Futter bei den Abfalleimern neben dem Hauptgebäude. Wo kriegt man einen Stein her, hier liegen Äste, vielleicht läßt sich mit einem dicken was machen. Er hockte, tastete über dem Boden nach einem Knüttel.

In diesem Augenblick klatschte und prasselte es am Gitter, aus einem Fenster vorn lachte man, das Kaninchen heidi durch das Loch hinaus, sie hatten es begossen, der Trompeter erhob sich, setzte seine Trompete an, fing wieder an zu blasen: »Kennst du das Land, wo die Zitronen blühn.«

Der Oberstabsarzt schritt langbeinig durch das Hauptportal, in feldgrauer Uniform, mit Mütze, ohne Säbel, ein langer freundlicher Herr, mager. Er hinkte leicht, man hielt es für eine Kriegsverletzung, aber es waren enge Stiefel und Hühneraugen, die ihm das Leben verbitterten. Er war überhaupt ein Hypochonder, sie hatten ihn wegen seines Herzens, Arteriosklerose, zurückgeschickt. Das wilde Kaninchen hatte er gesehen, wie es grade im Wald verschwand. Ihn beschäftigte jetzt, wo und wie es aus dem Lazarett kam. Als er suchend am Gitter entlangging, schlossen sich oben krachend die Fenster. Er blickte auf, erkannte den Wärter, machte ihm ein Zeichen, der Wärter riß das Fenster wieder auf. »Wo ist es durchgekommen, Kralik?« Der Wärter: »Mehr seitwärts, Herr Oberstabsarzt. Da kommen sie immer.« Mächtiges Loch. Der Arzt stand schweigend davor, übrigens tat ihm die Luft wohl, alle Räume waren überheizt. Er grüßte und ging mit gezwungener Straffheit am Gitter zurück ins Verwaltungsgebäude.

Gleich rechts an der Treppe lag sein Zimmer mit dem Blick auf die Landstraße. Er deponierte Mütze und Handschuhe auf dem

Schreibtisch, befreite sich mühsam von seinem Mantel und wischte sich ächzend die Stirn. Er klingelte. Fast im Augenblick war Kralik da, dienststeifrig, ein Bauernbursche in Sanitätertracht, untersetzt, mit einem braunen, gesträubten Schnurrbart. Der alte Sanitätsoffizier saß schon und streckte ihm die Beine entgegen. Wortlos streifte ihm Kralik die Hosen hoch, zog die Stiefel aus, die Strümpfe, und frottierte die Füße, einen nach dem andern, vorsichtig über seinem Knie, denn er hatte sich hingehockt. »Sie sind schon weicher, Herr Oberstabsarzt.« »Finden Sie?« »Immer mit Kleie baden.« »Es sind die Stiefel, Kralik.« »Ja, die Stiefel.«

Der Wärter holte aus dem Aktenschrank ein Paar breite gelbe Militärstiefel und half dem Herrn hinein. »Sie können mir glauben, Kralik, der Schuster, der diese Dinger gebaut hat, war ein Meister. Ein Polack übrigens, an der Ostfront.« Dabei fiel ihm ein: Wo ich mir das mit dem Herzen geholt habe, und zugleich die beruhigende Versicherung: Vielleicht habe ich gar nichts am Herzen, man simuliert sich was vor. »Alle im Dienst, Kralik?« »Eigentlich ja, Herr Oberstabsarzt«, der Mann grinste, »bloß die beiden neuen Schwestern aus der Stadt, die bleiben zu Hause, ist ihnen am sichersten.«

Der Oberstabsarzt notierte, wie der Mann heraus war, auf seinem Kalenderblock den Stand des Barometers, las die Zimmertemperatur ab und notierte sie gleichfalls. Darauf machte er in der linken Ecke des Kalenders, wo man den Sonnenaufgang und -untergang meldete, einen kleinen Kreis und einen Pfeil mit zwei Spitzen. Das bedeutete allgemeines Wohlbefinden und zweimal Herzstiche. Das mit dem Fuß notierte er nicht. Wie immer blickte er dann links auf die Wand, wo einige Zettel mit Reißnägeln befestigt waren. Es waren Aufrufe für die Kriegsanleihen, kernige Sinnsprüche: »Nicht sorgen und quälen, nicht die Feinde zählen, tu entschlossen still, was die Stunde will! Zeichnen Sie Neunte.« Daneben ein anderes Blatt: »Um Deutschlands Freiheit! Neid und Eroberungsgier verbinden die Feinde in Ost und West zum

Überfall auf das emporstrebende Deutschland. Im Osten zerschlugen wir den eisernen Ring, und im Westen trotzen wir erfolgreich der feindlichen Flut. Mag der Kampf heiß werden, die vergeltende Gerechtigkeit wird uns die Kraft geben, auch diese Woge zu brechen! Deutsches Gut für deutsches Blut.«

Der Oberstabsarzt las es jeden Morgen Wort für Wort und stärkte sich daran. Darauf machte er es sich an seinem Schreibtisch bequem, bevor er den Sanitätsfeldwebel zum Rapport befahl und gab sich wohltuenden Phantasien hin. Ich habe es doch eigentlich schon geschafft, ich bin heil, mit dem Herzen ist es nichts, der Krieg ist aus, in jedem Fall werden sie mir meine Pension geben, den Obstgarten bei unserm Häuschen werde ich erweitern, vielleicht nehm' ich ein Nachbarstück zu. Er griff nach den Gärtnereikatalogen, die er unter seinen Akten versteckte.

Da rasselte wieder ein Lastwagen mit johlenden Soldaten vorbei, der fuhr nach dem Flugplatz.

Was geht hier vor? Sie sollen einen zufrieden lassen und keine Dummheiten machen. Die auch noch. Er öffnete das Fenster. Hier ist es auch überheizt.

Als es klopfte und er unwirsch »herein« sagte, war es der dicke Stabsarzt aus Offenbach, Augenspezialist, der den Aufklärungsunterricht gab. Unsicher und gestört bewegte sich der Chef auf seinen Stuhl hin: »Setzen Sie sich, Herr Kollega. Sie erlauben, daß ich das Fenster offenlasse.« Der Stabsarzt setzte sich. »Ach so«, murmelte der Chef, »ich habe noch vergessen, Ihnen für den großartigen Vortrag zu danken, den Sie in der Baracke gehalten haben. Meinen Glückwunsch. Sie haben wohl gemerkt, den Leuten gefiel das. Land muß verteilt werden. Wir brauchen Boden. Eine gute Idee. Wissen Sie, daß schon die alten Römer den Soldaten Land gegeben haben.« Der Offenbacher verneigte sich geschmeichelt. Er hielt ein Blatt in der Hand: »Das sind die Themen, die ich für die nächsten Kurse aufgeschrieben habe, entsprechend der Anweisung. Wenn Herr Oberstabsarzt nicht beschäftigt sind...« »Zeigen Sie mal her.« »Es ist die Einteilung bis zum 12. Dezember. Den Kurs vom 12. Dezember bis 11. Januar 1919 habe ich wegen der vielen Urlaube in dieser Zeit, Weihnachten, Neujahr, nicht skizziert.« »Schön, schön, Herr Kollega. Sehr fleißig. Der Posten gefällt Ihnen, habe ich gleich gemerkt. Es zieht Ihnen doch nicht hier? So. Man muß die Leute ermutigen.« Er kratzte sich den Kopf und nuschelte vor sich: »Waren Sie eigentlich schon auf der Straße, Herr Kollega? Was sagen Sie dazu?« Der Offenbacher verbeugte sich fröhlich. »Na, was meinen Sie?« »Sehr freundlich, Herr Oberstabsarzt, sehr geehrt.« Der Chef: »Na was?« Der Offenbacher wurde rot, machte kleine verlegene Verbeugungen: »Ich habe mich noch nicht damit beschäftigt.« »Sie können ruhig reden, wenn ich Sie frage.« »Sehr schmeichelhaft, Herr Oberstabsarzt.« Der Stabsarzt lächelte stolz, ja er strahlte: »Ich denke, man wird der Sache spielend Herr werden, mittags haben wir Truppen aus Straßburg hier.« Der Chef machte große Augen: »Aus Straßburg? Wer hat das erzählt?« »Ich denke, aus Straßburg oder von der Front. Von irgendwo werden sie doch kommen.« Mißbilligend betrachtete der Chef den Mann: »Straßburg. Da wird es nicht anders sein als hier.« »Zu Befehl.« »Und von der Front. Da können Sie lange warten. Die haben mehr zu tun, als Landsturm und Rekruten bändigen.« »Zu Befehl.«

Der Oberstabsarzt zog sein Taschentuch und schneuzte sich umständlich: »Waren Sie im Wachsaal? Was Neues?« Der Kollege sagte: »Zehn neue Grippe. Zwei Todesfälle, ein Moribunder.«

Als der Chef allein saß, irrten seine Gedanken zu den Gärtnereikatalogen. Aber während seine linke Hand sie unter den Akten suchte, tastete seine rechte nach dem Telephon, er hob ab: »Meine Wohnung, Albert. – Frauchen? Ich bin's. Was hast du für Mittag vorbereitet?«

Drüben zwitscherte eine jüngere hübsche Frau, rundlich, lebendig: »Grade wollte ich anrufen. Unsere Leitung hat eine Störung. Ich telephoniere und telephoniere nach dir, und bekomme

keinen Anschluß.« »Ich habe gleich Verbindung bekommen.«
»Vielleicht ist es der Sturm.« »Ja, er ist furchtbar. Also ich werde
es für dich übernehmen. Beim Schlächter?« »Überall. Ich habe
doch nichts. Dein Bursche läßt sich von mir Aufträge geben,
nimmt das Geld, es sind schon zwei Stunden, und kommt nicht.
Wann soll ich mit dem Kochen anfangen. Und heute ist doch
dein salzfreier Tag!« »Mein Gott, was machen wir.« »Männe, reg
dich nicht auf, es wird eine halbe Stunde später fertig, der Blu-
menkohl braucht nicht viel.« »Ich schicke gleich einen Mann.
Was sagst du, dein Bursche ist vor zwei Stunden weg, mit Geld?
Das ist ja unerhört.« »Die Kaserne meldet sich nicht. Soll ich rü-
bergehen?« »Nein, bitte nicht. Halte dich im Haus. Laß keinen
rein.« »Aber Männe, so aufgeregt.«

Er schrieb sich das Gemüse und Obst auf, das die Frau diktierte, klingelte nach Kralik, der sofort abzog, verlangte die Artilleriekaserne. Antwort: »Meldet sich nicht.« »Rufen Sie nochmal,
sagen Sie, ich bin am Apparat und wünsche Herrn Oberst Zinn
zu sprechen.« Nach einer Pause: »Die Artilleriekaserne meldet
sich nicht.« Er schleuderte den Hörer hin.

Wütend stand er auf, Unruhstifter, Rädelsführer, aufhängen,
mit Geld durchgehen. Er schrie in den Apparat: »Der Sanitätsfeldwebel zu mir.« Der bekam keinen Gruß, als er eintrat. Er half
dem Chef in den weißen Mantel.

Auf der Treppe liefen Schwestern vor ihnen, der Chef sah sie
nicht, er stürmte, ohne zu sehen und zu hören, ohne den ordinie-
renden Arzt der Station zu beachten, durch die ersten Krankensäle
der Inneren Abteilung. Durch einen Seitenkorridor, dessen Boden
rechts und links mit leichten Grippefällen belegt war, irrte eine Figur mit Schulterverband. Das Gesicht des Chefs entwölkte sich:
»Leutnant Maus auf der Inneren?« »Entschuldigung, Herr Oberstabsarzt.« »Kein Grund, ich bin bald drüben.« »Wir waren neugierig, Becker und ich, wegen dieser« – er machte mit den Fingern
eine zappelnde Bewegung – »Geschichte in der Stadt.« »So, Sie

wissen was?« »Nein, ich dachte, Herr Oberstabsarzt.« »Nichts. Nur (er sann nach) die Artilleriekaserne meldet sich nicht.« »Telephonisch?« »Ja.« Sie waren plötzlich nicht mehr Oberstabsarzt und Patient, sondern zwei Offiziere. Als Maus schwieg, verabschiedete sich der Chef rasch.

Einige Schritte darauf stellte er sich vor seinen Feldwebel und sah ihn an, als ob er ihn fressen wollte: »Ist hier Unordnung? Brennt man hier auch durch?« Der Feldwebel blickte nach rechts und links, die Oberschwester entfernte sich rasch aus dem Gesichtsfeld, der Feldwebel flüsterte: »Die Leute hier auf der Station wissen ja noch nichts, Herr Oberstabsarzt, die sind zu krank. Aber unten auf der Infektion und auf der Chirurgischen.« Der Chef war sprachlos: »Was ist auf der Infektion? Die Bazillenträger?« »Reißen aus, als wenn nichts wäre. Fast die ganze Station ist weg.« »Und das sagen Sie erst jetzt?« »Befehl. Es steht im Rapport, der auf dem Tisch von Herrn Oberstabsarzt liegt, ich habe im Zimmer von Herrn Oberstabsarzt gebeten, Rapport zu erstatten.« »Und?« »Herr Oberstabsarzt haben mich nicht angehört und sind aus dem Zimmer gegangen.«

Der Chef glotzte ihn an, man setzt sein Leben aufs Spiel, sie verschwören sich gegen einen, Banditen, es ist mein salzfreier Tag (nur nicht aufregen, schadet dem Herzen). Der Sanitäter: Wenn er sich an mir ausläßt, brülle ich auch.

Die große blonde Schwester war im chirurgischen Hauptsaal grade mit dem letzten Verband fertig und wollte den Wagen in den Operationssaal zurückfahren, als draußen eine Tür klappte. Die Mutter Hegen arbeitete im Korridor, hinter ihr schoben zwei Wärter das Bett des Fliegers aus dem Einzelzimmer.

Sie rollten es in das kleine Zimmer dicht am Eingang, wo die Leichen auf Abholung warteten.

Im Operationssaal, dessen Tür sie hinter sich schloß – der Raum war leer –, stellte Hilde sich an die Wand. Die weißen Kacheln kälteten ihren Rücken. Sie bewegte sich von der Wand, besah sich in dem breiten viereckigen Spiegel über dem großen Waschbecken der Ärzte, sie hatte eine flache weiße Haube auf, über beiden Ohren hingen ihr hellblonde schlichte Haare, sie strich sie zurück.

Kein Blick auf das graublasse, jetzt schlaffe, volle Gesicht, in die leeren Augen. Wie verbraucht man ist mit seinen vierundzwanzig Jahren. Der Krieg. Erst jetzt, am Ende, fiel es über sie.

Langsam schleppte sie sich aus dem Operationssaal in den großen Saal zurück, wo die zerrissenen Reste des Krieges in den Betten lagen und sich wanden. Sie setzte sich an den mächtigen Mitteltisch, vor die Krankengeschichten, Thermometer und Salbentöpfe, und stierte ins Leere. Es war ein stürmischer, aber sonniger Tag geworden. Sie schlich schwerfällig in die Küche, hackte Eis für Eisbeutel und füllte zwei. Die hängte sie den beiden Hirnerschütterungen an die Schnur und legte die Handtücher über die Köpfe. Heute würde keine Visite kommen.

Frau Hegen war mit dem Korridor fertig. Sie klopfte links an das erste Einzelzimmer, die beiden Herrn, Becker und Maus, hörten mit ihrem Gespräch auf und nahmen die Beine beiseite. Maus setzte sich auf den kleinen Tisch und drängte sie zur Eile. Sie klopfte im Nebenzimmer an. Als keiner antwortete, öffnete sie. Der Raum leer, Medizinflaschen auf dem Tisch, die Temperaturkurve, ein Kartenspiel, Gläser, ein zerknülltes Handtuch, alles durcheinander. Das Fenster weit offen. Kein Bett, kein Kranker. Sie fing an zu schrubbern. Dann holte sie neues Wasser und begann die Leichenkammer.

Zwei weiß überzogene Betten standen da dicht nebeneinander, die Bettstangen, an denen sonst Kurve und Handtuch hingen, ragten leer in die Luft wie Fahnenstangen. Sie arbeitete an den Betten, so gut sie konnte. Ihr Sohn war längst umgekommen, vor zwanzig Jahren, bei Saarbrücken, Grubenunglück. Die jungen Leute von heute sterben im Krieg oder im Lazarett. Sie wirtschaftete unter den Betten mit ihrem Schrubber. Sie kam ins Gespräch mit den beiden, die da lagen: »Regt euch nicht auf, es ist ganz gut, wir machen's alle so, meine Mutter ist schon lange weg, und die Großeltern.« Plötzlich unterhielt sie sich mit ihrem Sohn, er war zu Besuch nach Hause gekommen: »Was kochen sie in Saarbrücken? Hammelfleisch? Ihr mit euerm Hammelfleisch, Vater mag es auch, ich muß ihm das Fleisch kleinschneiden, er hat keinen Zahn. Was er sonst macht? Nicht viel. Sitzt in seiner Stube und raucht. Rauch nicht zuviel, macht die Zähne schlecht, er hat bloß Stummel.« Sie sah Albert, einen kleinen Jungen, unten in der Ecke, eine Kinderpeitsche im Händchen, einen Kreisel zwischen den Beinchen.

Sie schrubberte und stieß gegen die Bettfüße.

Als die jungen Soldaten mit roten Bändern um den linken Arm vor dem Lazarett aufzogen, ging sie im Verwaltungsgebäude die Treppe herunter, an dem Pförtner vorbei, der ihr aufgeregt zuwinkte: »Achtung, Mutter Hegen, kommen Sie rein zu mir.« Sie klinkte ruhig die Tür auf, ein heftiger Windstoß, sie schlug hinter ihr zu, die Leute zogen neben ihr die Klingel. Ein Schreien, Rufen, zwei von den Männern trugen Gewehre auf dem Rücken, den Kolben aufwärts, sie machten ihr Platz, sie knotete sich ihr Tuch auf der Brust fest und klapperte auf die andere Seite, kletterte über den Chausseegraben. Sie hatte eine Kaninchenfalle im Wald.

Die jungen Soldaten blieben auf der Treppe im Verwaltungsgebäude und verlangten den Chefarzt. Er mußte von der Infektionsstation geholt werden. Er ging mit zweien von den Männern und in Begleitung seines Sanitätsfeldwebels durch die Räume des Lazaretts. Die beiden Leute stellten sich als Soldatenräte der Garnison vor. Der Chefarzt wagte während der ganzen Visite weder seinem Feldwebel noch den Schwestern ins Gesicht zu blicken. Er dachte nicht an sein Herz noch an seine Stiefel. Er war betäubt. Er fühlte seinen Körper nicht. Er zeigte den Soldaten, was sie wollten, in einem automatisch apathischen Ton. Sie glaubten, er stelle sich schwerhörig, aber er hörte wirklich nicht. Der Himmel stürzte ein. Auf jede Bemerkung der Soldaten antwortete er: »Wie beliebt.« Beim Eintritt in jeden Krankensaal (die Wachsäle vermieden sie) rief der ältere der beiden Soldatenräte: »Hier ist der Soldatenrat der Garnison. Hat jemand etwas zu melden?« Worauf Totenstille eintrat, hier und da Grinsen und Kichern mit einem Blick auf den Oberstabsarzt und den Feldwebel. Die Räte fragten die Schwestern nach dem Essen. Sie erröteten, blickten hilflos den Chefarzt an.

Auf der Inneren Station war eine Tür verschlossen. »Was ist das?« Der Feldwebel: »Das Isolierzimmer.« »Aufschließen.« Es war eine geräumige Zelle, mit Bett und Stuhl, das Fenster oben vergittert. »Das ist ja eine Gefangenenzelle! Was ist mit ihm?« Der Chefarzt, während der Gefangene in einer Ecke der Zelle ihnen den Rücken drehte: »Zur Beobachtung. Ein Deserteur. Das Verfahren ist in Straßburg anhängig.« »Rufen Sie ihn her.« Der Feldwebel drehte den Gefangenen, einen kräftigen Menschen, um: »Walter, Visite.« Der eine Soldatenrat: »Wir sind der Soldatenrat der Garnison. Was ist mit dir?« Der Mann hatte sich Stirn und Backe schwarz beschmiert und unheimliche Kreise um seine Augen gezogen, er blickte stumpf auf den Boden. »Versteht er nicht?« Der Feldwebel wagte es, während der Chef ihm einen wilden Blick zuwarf, dem Gefangenen die Frage zu wiederholen. Der schien jetzt zu verstehen. Eine Bewegung kam in sein Gesicht, ein ängstlicher Zug erschien auf seiner Stirn. Er bekam seine Stimme nicht zum Tönen, er hatte seit Wochen kein Wort hervorgebracht. Der eine Soldatenrat trat näher, klopfte ihm auf die Schulter: »Soldatenrat der Garnison. Verstehst du? Wo bist du her?« »Kaiserslautern.« »Siehste. Es ist Revolution. Der Krieg ist aus.«

Der beschmierte Mann blickte von einem zum andern. Der Feldwebel gab sich einen Ruck und stellte sich neben den Gefangenen. »Es stimmt. Der Krieg ist aus.« Der Gefangene zog die Nase zusammen. Der Feldwebel nickte ihm zu. Da schob der beschmierte Mann ihm sein Gesicht entgegen und grunzte: »Du bist ein Schwein.« Der Feldwebel lächelte: »Das sagt er immer zu mir.« Die beiden Soldaten packten den Mann bei den Armen. »Na komm, Kerl, sei friedlich.« Sie zerrten ihn zur Tür heraus, er sträubte sich, schrie: »Hilfe! Mörder!«

»Schmeißt die Tür zu«, schrie wütend der Soldatenrat. Der Chefarzt stand unbeteiligt vor der Zelle. Der Soldat brüllte ihn an: »Sagen Sie's ihm doch.« »Was?« schnaubte der Chefarzt. »Der Krieg ist aus. Er versteht's nicht.«

Da pflanzte sich der Chef vor dem Gefangenen auf: »Sie können das Theater jetzt wirklich lassen. Der Krieg ist zu Ende.« Der ältere Soldatenrat grollte: »Wir haben Revolution.«

Der Mann, der wie ein gehetztes Wild den Rücken an die Zellentür drückte, brüllte: »Ihr Drecker, ihr Schweine!« Es scholl durch die Säle. Im Gang sammelten sich Kranke.

»Was willst du«, schrie der ältere Soldatenrat. »Mistvieh«, antwortete der Gefangene und wollte ihm an die Kehle. Der Feldwebel umfaßte ihn von hinten. »Zurück in die Zelle«, schnob der angegriffene Soldat.

Der Chefarzt strich mit Genugtuung an seinem weißen Mantel herunter. Er kam langsam zu sich, richtete sich zu seiner ganzen Länge auf. Er zwinkerte zum ersten Mal seinem Feldwebel zu, der sich prompt mit dem Notizblock an seine Seite stellte.

Um dieselbe Zeit – es war weit über Mittag, und das bestellte salzfreie Menu wartete zu Hause vergeblich auf den Chefarzt –, um diese frühe Nachmittagsstunde, wo es sich täglich bewölkte und der Dauerregen einsetzte, der die Straßen überschwemmte, hielten sich in einer Villa, jenseits der Felder um das Lazarett, im

Korridor der Parterrewohnung, ein Mann und eine Frau umschlungen.

Er trug Offiziersuniform, vom Mantel waren die Epauletten abgerissen, die Mütze, die er auf dem Kopf hatte, war ohne Kokarde, er stand in hohen gelben Ledergamaschen. »Komm herein, Hans, komm, ich bitte dich, nein, es ist niemand da, du zitterst, wie siehst du aus.« »Deine Eltern nicht da, Hanna, wirklich nicht? Du verrätst mich nicht.« »Ich verrate dich, mein Gott, Hans.« »Verzeih. Ich lungere in einem Stall in der Kaserne seit heute morgen herum, jetzt sind sie abgezogen, ich bleib' hier. Kannst du mich unterbringen? Ich will dir nicht die Stube schmutzig machen.« »Du kannst, Hans. Da, deine Mütze. Du ziehst den Mantel aus. Ich verlange es. Ich warte schon den ganzen Tag auf dich.« »Du verrätst mich nicht, Hanna.«

Ein wohlig stiller Raum, Gaslicht brannte drin, auf dem runden plüschgedeckten Tisch stand ein Rosenstrauß in einer langen Glasvase, es war warm, eine große schwarze Standuhr tickte. An seinem Hals weinte sie. Sie war schlank, älter als er, ganz in Schwarz gekleidet. Er flüsterte: »Wenn du mir einen Gefallen tun willst, Hanna. Dein Vater hat grüne Wickelgamaschen. Ich brauch' Zivil.« »Ich gebe sie dir.« »Lange kann ich nicht bleiben. Hanna, ich habe auf zwei geschossen. Sie suchen mich.« Sie ließ ihn nicht los, sah erst jetzt sein unrasiertes beschmutztes Gesicht, holte einen Strohhalm aus seinem Haar: »Du hast geschossen.« »Sie haben den Oberst niedergeschlagen mit dem Kolben. Er schlug ihrem Häuptling, als er frech wurde, ins Gesicht.« »Und du?« »Sie waren zu fünf, beim Oberst. Wie er umfiel, schoß ich. Zwei sind getroffen. Die andern rückten aus. Ich zum Fenster hinaus.« »Du bleibst hier!« »Deine Eltern?« »Ich bring dich in die Mädchenkammer.«

Sie gingen über den Teppich des Wohnzimmers, das Fräulein voran, er kehrte um: »Meine Sachen.« Dann über den Korridor, durch die Küche, die Hintertreppe hinauf, rechts die Tür, in der der Schlüssel steckte. Sie öffnete, es war eine schmale Kammer mit Fenster nach den Feldern hinaus, ein Bett, ein Stuhl, knarrende blanke Holzdielen, eine grüne Petroleumlampe auf dem Tisch. Sie schloß hinter sich: »Laß den Schlüssel stecken. Mach die Läden zu, dann sieht man das Licht nicht.« »Kommt das Mädchen nicht her?« »Wir haben keins.«

Sie stieß das Fenster auf, klappte die Läden zu, man stand im Finstern. Sie umarmten sich lange. Er flüsterte:»Verzeih, Hanna, ich mach' dir Ungelegenheiten.« Sie fühlte ihn zittern, sie wußte, er dachte gar nicht an sie. »Jetzt setzt du dich auf das Bett. Nachher ziehst du dich um. Ich bring' dir Sachen von Vater. Erst sollst du etwas essen.«

Sie war weg. Als sie mit dem Tablett wiederkam, zog er sie, da sie nicht sehen konnte, am Arm herein, nahm ihr das Tablett ab. »Wann kommen deine Eltern?« »Das kann bis zum Abend dauern. Sie sitzen in der Stadt zusammen.« »Ah, die Einheimischen, das Franzosenkomitee.« Sie zündete die Kerze an, die sie mitgebracht hatte. Er half ihr das Tablett abräumen. »Dank dir. – Du bist auch eine Einheimische. Du bleibst hier.« »Ich bin deine, Hans, und will es bleiben.« »Ich werde dich nicht in unser Unglück hineinziehen. Sei froh, daß du hierbleiben kannst. Bei uns wird es hoch hergehen.«

Sie saßen auf dem Bett. »Jetzt iß.« »Du ißt mit?« »Ja.« Als sie fertig waren und die Gläser leer standen, war er gesättigt und zitterte nicht mehr. Er saß mit schlaffen Schultern:»Ich werde mich auf den Weg machen, wenn es dunkel ist.« »Wie du willst. Den Nachmittag bleibst du.« Sie drückte das Licht aus.

Ihr schwarzes Kleid raschelte auf den Boden. Sie weinte, wie sie zusammenlagen:»Du wirst mich vergessen.« »Du hast meine Adresse in Berlin. Schreib mir über die Schweiz, sonst fangen sie die Briefe ab. Ich hab' einen Freund in Bern. Vielleicht bin ich schon übermorgen in Berlin.« »Und dann.« »Ich werde dich holen.« »Kann ich nicht gleich mitkommen?« »Sie suchen mich, Hanna.«

In der stillen Villa, in der Kammer, Tränen, Hingabe, Wonne, Verzweiflung. Hanna stieß den Laden auf, es war finster, der Regen strömte. Im Haus schloß man. Sie war bald unten. Die Eltern stritten laut miteinander, sie kamen vom Empfangskomitee für die Franzosen, das sich beim Bürgermeister gebildet hatte. Die Tochter gähnte bei Tisch, die Mutter meinte, sie solle sich schlafen legen. Es goß weiter. Man öffnete ein Fenster, um zu hören, ob noch in der Stadt geschossen würde. Aber es blieb still. Sie aßen und tranken ohne Wort. Die Tochter betrachtete den Vater, er war stärker als Hans, aber die Größe konnte passen. Nach einer halben Stunde erhob sie sich.

Gegen zehn ließ sie den Offizier zur Hintertür heraus. Sie flüsterte: »Da ist ein Pförtchen, brauchst nur aufzustoßen.« Er wanderte rasch ab unter dem geöffneten Regenschirm.

Sie hatte inzwischen in der Stadt den Provisor besucht, ihren früheren Verlobten. Erst stand er schweigend im Hinterzimmer der Apotheke mit seiner schwarzen Lederschürze vor ihr, es roch scharf süßlich im Raum. Sie kannte dies Hinterzimmer gut. Dann bat er sie, sich zu setzen, sie trug auf seinem Schemel noch einmal leise vor, was sie wollte. Da hob er seinen Blick von dem Linoleumbezug des Tisches. Sie schlug ihre Regenkappe zurück, senkte ihren Kopf und weinte. Es brauchte Minuten, bis er sich überwand und zusagte. Der Offizier solle gleich herüberkommen, er würde ihn im Wagen der Apotheke morgen nach Straßburg bringen.

An der Flurtür, bevor sie sich die Kapuze überzog, hauchte sie einen Kuß auf die Backe des kleinen ernsten Mannes, der wie erstarrt war.

Als sie im Lazarett den Gefangenen, einen Hausdiener aus Kaiserslautern, ein paar Stunden allein in seiner Zelle hatten rumoren lassen und keiner ihm Essen brachte, fing er an, gegen die Tür zu hämmern. Die im Nachbarsaal hörten ihn, ließen ihn aber toben. Er hatte es wegen seines Verhaltens gegen den Soldatenrat mit ih-

460

nen verdorben. Schließlich, am Nachmittag, holten sie einen Sanitäter, der mit einem andern die Zelle öffnete. Der beschmierte Mann in der Ecke der Zelle hatte sein Bett hochgetürmt und schrie sie schwer erschöpft von hinten über seinen Berg hinweg an: »Fressen, Fressen!« Er sah grausig aus. Er roch furchtbar. Die beiden Sanitäter öffneten erst im Korridor die Fenster und ließen die Zelle auslüften. Währenddessen brüllte der Mann hinter seiner Barrikade. Dann meinte einer friedlich: »Ziweck, wozu machst du eigentlich noch Theater. Hast doch nicht mehr nötig.« Er schrie weiter. Die Sanitäter lächelten sich an. Sie fingen ihn, indem sie von beiden Seiten das Bett umgingen, zerrten ihn mit Hilfe zweier Kranken auf den Korridor, es war ein wilder Aufzug, stießen ihn vor das offene Fenster, das ging auf den Hof und die Baracken hinaus. Da hatten die Chirurgische und Infektionsabteilung rot geflaggt, ja aus dem Operationssaal hatte man zwei kleine Kinderfahnen gesteckt. Sie zeigten sie ihm. Er hielt die Augen zugekniffen.

Jetzt fühlten sie, daß er nicht mehr spannte. Sie konnten ihn hinten loslassen. Er stand allein. Sein Gesicht wurde ängstlich, er blickte mißtrauisch von einem zum andern. Ein Kranker rief: »Bring ihm doch mal die Zeitung.« Man hielt sie ihm hin. Man zeigte ihm mit dem Finger die Nachrichten, Aufrufe. Gierig las er, stand schon allein.

Wie vom Blitz getroffen lag er auf dem Boden.

Er zuckte und schäumte. Die Sanitäter bückten sich über ihn, bespritzten ihn mit Wasser: »Heil ist der aber doch nicht.« Sie gossen einen ganzen kalten Eimer über ihn, der Korridor schwamm, zitternd rappelte sich der Mann hoch. Sie führten ihn in ein leeres Krankenbett, da schlief er bis zum Abend. Dann spielte er mürrisch mit den andern Karten und rauchte.

Im Finstern klapperte Frau Hegen, trotz ihres Schirms pitschnaß, über den Wasserturmplatz, über den Hof und stellte ihre Pantinen im Korridor ab. Sie war erstaunt, in ihrer Wohnung laut sprechen zu hören. Die tiefe Stimme des Pfarrers. Die Frau trug ihren Eimer hinter ihr Häuschen, unter das Vordach eines Schuppens, legte über den Eimer einen schweren großen Holzdeckel. Wie sie den Schirm im Hausflur offen hingestellt hatte und mit ihrem großen Tuch über dem Arm die Tür zur Wohnung aufklinkte, war es drin still.

Die Gasflamme an der Decke in der Milchglasglocke gab ein schwaches rötliches Licht. Aus dem Stuhl hinter dem Tisch erhob sich eine große starke männliche Gestalt, das gesunde volle Gesicht lächelte die Frau mit einer freundlichen Verlegenheit an, der Herr in der dicken braunen Flauschjacke reichte der Frau seine mächtige Hand über den Tisch und sagte leise, mit einer geübten würdigen Stimme: »Da sehen Sie mich, meine gute Frau Hegen, als Gast in Ihrer Wohnung. Ich leiste Ihrem Mann Gesellschaft.« Die Frau blickte sich im Raum nach ihrem Mann um, er saß im Dunkeln auf dem Bettrand und hob eine Krücke: »Wir warten auf dich, Frau. Was du für Neuigkeiten bringst.« Sie sagte zum Pfarrer: »Ich hab' nasse Hände.« »Ja, das Unwetter«, und er setzte sich wieder. Der Mann: »Herr Pfarrer meint, das Wetter ist grade gut für die Unruhen. Da bleiben die Leute zu Haus.« »Welche Unruhen?« fragte die Frau, sie hängte ihr nasses Tuch über einen Stuhl am eisernen Ofen. Der Mann hinten: »Herr Pfarrer möchte wissen, was in der Stadt los ist.« »Meine gute Frau Hegen, wir waren besorgt um Sie, weil Sie so spät kommen. Sie sind wohl nicht durchgekommen? Halten die Leute noch die Chaussee besetzt?« Die Frau murmelte, indem sie sich die Hände trocknete: »Was ist los, was ist los.« »Na erzähl doch, Frau.« Die sind alle verrückt, morgens stellen die Rekruten keine Schildwache vor die Schule, abends setzt sich der Pfarrer hierher. Nein, die Chaussee war wie immer, sie hatte dem blinden Hauptmann beim Packen geholfen. »Aha«, machte der Pfarrer und nickte dem Mann zu. Eine lange Pause. »Nun, dann will ich nicht weiter stören.« Die alte Frau machte ihm die Tür auf.

Der Mann humpelte sofort mit seinen Krücken auf seinen Stuhl: »Der sitzt schon den ganzen Nachmittag hier, er hat Angst, sie kommen zu ihm.«

Sie: »Fang du auch damit an.« Sie suchte in ihrem Rock, drei Mark und fünf Mark.

Auf dem Weg über den Hof warf der Pfarrer zwei Fetzen Papier, die er zufällig in seiner Jackentasche fand, in die Regentonne: ein altes Briefkuvert und ein zerknittertes Seidenpapier von einem Kuchen. In der Regentonne lagen sie vier Tage mit anderem Schmutz, bis die Tonne von der Frau neben den Müllhaufen hinter dem Haus entleert wurde. Da geriet das alte Kuvert mit der Schrift eines Sohnes des Pfarrers, der seinen baldigen Urlaub aus Polen ankündigte, und das Seidenpapier neben Kohlstrunk, Aschenreste, zerbogenes Blech. Das bildete einen kleinen langsam wachsenden Hügel. Das Kuchenpapier zerfaserte in der Nässe, die Trümmer sickerten in den Boden mit den Wassertropfen. Die Schrift des Pfarrersohnes war bald verwischt, das Kuvert lag noch monatelang in dem Abfall, als der Pfarrer schon längst im Hessischen, in seinem Heimatsort saß und auf neue Verwendung wartete. Damals standen auch seine Möbel noch im Vorderhaus am selben Fleck, und er führte einen Prozeß um die Auslieferung. Im Juli kam aus dem Wald eine wandernde Rattenfamilie am Haus vorbei, es lagen viel Obst- und Kartoffelschalen herum, sie fraßen auch Lederabfälle – denn der gelähmte Mann fühlte sich im Sommer kräftiger und schusterte –, bei dieser Gelegenheit zerknabberten die jungen Ratten auch das Briefkuvert an den Pfarrer aus Grodno.

(…)

Dritter Teil
Karl und Rosa

Achtes Buch
[Auszug]

Karl schwelgt in Miltons »Verlorenem Paradies«

Offiziere der Gardekavallerieschützendivision im Eden-Hotel am Zoologischen Garten.

Sie waren froh, endlich in Berlin zu sein. Nun ließ man gnädig auch wirkliche Soldaten an die Arbeit.

Offiziere in dem bequemen und komfortablen Lesesaal des Hotels wühlen in den Zeitungen. Einer hat die »Rote Fahne« und Karls Artikel: »Oh, gemach«, erwischt. Er lacht.

»Der Bursche ist weich geworden. Die Knie zittern ihm.«

»Glückssehnsucht«, zum Piepen. »Dies Glück soll er haben, der rote Strolch. Wenn sie ihn erst erwischt hätten.«

»Man ist schon hinter ihm her. Der kühne Held versteckt sich irgendwo.«

»Kann mir vorstellen, daß ein verdienter Krieger, der eben aus dem Feld zurückkehrt und das Schlamassel hier vor Augen hat, sich diesen Helden zum Geschenk ausbittet.«

»Darauf sind viele scharf. Da gibt's viele Freier.«

»Was die demokratischen Schweine anlangt, so sind sie zwar fett, aber stinken tun sie auch.«

»Eigentlich rätselhaft. Geld stinkt doch nicht.«

»Wo kommt also der Gestank her?«

»Sollte man eigentlich bei Juden nicht fragen.«

»Was mich anlangt, so kann ich nicht recht begreifen, was die Leute in Berlin bloß mit den sogenannten reaktionären Nationalisten, und wie sie uns noch beschimpfen, haben. Wem das klar ist unter euch, der hebe den Finger. Wo ist denn Demokratie, wenn nicht bei uns?«

»Laß uns mit Demokratie zufrieden, du bist nicht in Paris.«

»Warum? Die Leute wollen wählen, um zu einer Volksvertretung zu kommen. Es gibt aber keine bessere Vertretung des deutschen Volkes als den Offizier. Wir vertreten das deutsche Volk nicht mit einer vorgespielten Gesinnung und mit der großen Schnauze, sondern mit unserer ganzen Existenz, mit Leib und Seele. Wen werden denn diese Affen wählen? Immer wieder den, der ihnen am meisten vorschwatzt. Daher komme ich zu dem Schluß: mit diesen Wahlen betrügt man das deutsche Volk um die Demokratie, auf die es einen natürlichen Anspruch hat.«

»Soweit ganz richtig, lieber Freund. Immerhin werden wir unsere Ansprüche anmelden müssen.«

»Jedoch bitte nicht mit's Maul.«

»Versteht sich.«

Ältere in Klubsesseln unterhielten sich leise beim Rauchen.

»Der ›Vorwärts‹, der Rückwärts, die Freiheit, die Frechheit, die Mottenpost, das Talg-Blatt, die Tante Voß, so heißen sie, diese Hunde, die bellen, und sie beißen sich untereinander.«

»Ich sage – immer lassen. Die Bande hat noch immer zu große Rosinen im Kopf. Ihnen fällt noch nicht einmal auf, daß wir hier sitzen und ihnen den Stall saubermachen müssen.«

»Keine überflüssige Aufklärung – immer lassen. Dummheit lernt außerdem nie zu.«

»Schon richtig. Ich denke mir bloß, wenn man einen fidel und frohen Gemüts in einen Hinterhalt fallen sieht, so soll man ihn bei guter Laune erhalten, bis es soweit ist.«

»Man soll sogar alles zur Hebung seiner Stimmung tun. Ja, was mich anlangt, so ist mein Optimismus wieder erwacht, seitdem wir wieder in Berlin sind. Ich denke: wie der Genosse Friedrich Ebert es auch anstellt, er kriegt aus unseren Händen ein nationales Heer. Und was dieses nationale Heer tut, auch mit ihm, darüber wird man den Genossen Friedrich Ebert nicht zu genau befragen.«

»Wahrhaftig nicht. Bloß ist die Entente uns nicht grün.«

»Einige flüstern aber, auch die drüben sind Menschen, nämlich sie irren manchmal, und sie bemerken nicht alles, und außerdem sind wir ihnen bestimmt lieber als die Roten. Zunächst werden wir ungestört und gründlich Berlin auskämmen und in ein Bad setzen, wo ihm alles Rot abgeht, und danach neues Wasser und das ganze Reich ins Bad.«

Am Nachmittag des 15. Januar 1919, des Tages, der Karls und Rosas letzter sein sollte, empfing Karl erst den Besuch seines Freundes Wilhelm Pieck, und später erschien Werner, der Kurier. Der sah aus wie immer, aber weder in sein Herz noch in seine dicke Brusttasche konnte Karl blicken. In der Brusttasche trug er eine Masse Geld, die erste Zahlung. Ihm war wohl. Jetzt konnte er Fettlebe machen. Und warum auch nicht? Gefaßt würden Karl und Rosa doch werden, wenn nicht heute, so morgen, und wenn nicht von ihm und mit seiner Hilfe, so durch andere, und warum sollte er nicht an ihnen verdienen, wo er so viel für sie gearbeitet hatte? Da konnte schon eine Belohnung für ihn herausspringen. Es war schon ein ganzer Haufe dabei, ihm die Beute wegzuschnappen. Aber nun hatte er's geschafft. Heute abend sollte es steigen. Er war bloß heraufgekommen, um sich zu überzeugen, ob seine Schäfchen auch schön in ihrem Stall säßen.

Er tat wieder wichtig, warnte und riet ihnen, nicht das Haus zu verlassen. Sie versprachen es. Morgen wollte er wiederkommen.

Er taperte vergnügt die Treppe herunter. Morgen werde ich wiederkommen. Morgen sitzt ihr in Moabit, und ich schlafe in meinem feinen Daunenbett, und dann kaufe ich mir einen Frack, weiße Handschuhe, Lackstiefel, Spazierstock, und an jedem Finger habe ich eine Braut. Junge, Junge, das nenne ich mir eine gebratene Taube. Unrecht ist es nicht, denn gefaßt werden sie sowieso. Und da kann man die dicken Geldsäcke, die Kapitalisten, von diesen Verbänden einmal ordentlich melken und bluten lassen. Wenn Karl es wüßte und ein bißchen vernünftig wäre, würde er bestimmt sagen: immer feste, Werner, immer feste.

Wie dieser Tag sich seinem Ende zuneigte, zog sich Rosa noch für ein kleines Stündchen auf ihr Zimmer zurück, um sich auszustrecken, bevor sie mit Karl an die Arbeit für den nächsten Artikel ging. Währenddessen zeigte sich Tanja, sehr eilig, und klopfte bei Rosa an.

Rosa fuhr hoch, und während sie sich die Haare zurechtstrich, fuhr es durch ihren Kopf:

Was sage ich nun Karl, wenn er mich wieder fragt, was ich geträumt habe? Wieder weiß ich nichts mehr. Wie es bei Heine heißt: »Und 's Wort hab' ich vergessen.«

Wie kann ich dir die Süße beschreiben, Karl, die mich zog und erfüllte? Es ist nicht Leben und nicht Tod und auch nicht Sterben. Es ist ein anderes Dasein.

Wie kann ich dir die Sonne beschreiben, die dort scheint und alles Eis und dich selber schmilzt? Es ist, als ob du dich häutest und die Hülle von dir fällt.

Wie soll ich dir das Licht beschreiben, das nicht weiß und nicht bunt ist – ist es überhaupt Licht? –, in das du eintauchst und worin sich Gestalten bewegen und sich dir nähern und dir den Arm um den Nacken legen, um dir zu sagen: sie hätten dich schon erwartet.

Wie soll ich dir die Freiheit beschreiben, die du fühlst, Freiheit, ja, die Freiheit, worüber wir so oft gestritten haben. In ihr Reich sind wir eingetreten. Da ist die wahre Freiheit. Sie hebt dich und trägt dich auf jenen Schwingen der Glückssehnsucht, von der du selbst geschrieben hast.

Aber Tanja klopfte stärker, Rosa rief sie herein, Tanja knipste

Licht an der Tür. Sie blickte Rosa forschend an, aber die hatte nur ein klares, beinahe zärtlich-freundliches Gesicht.

Rasch kam Tanja auf sie zu und erzählte ihr flüsternd, was sich ereignet hätte. Alles liefe nach Wunsch. Sie hätte das Auto. »Welches Auto?« »Das Auto nach Breslau, du wolltest doch nicht Eisenbahn fahren.« »Richtig, das hast du?« »Ja, und einen zuverlässigen Chauffeur. Und wenn du willst, können wir schon heute nacht fahren.« »Warum bei Nacht, das fällt auf, komm morgen wieder.« »Wann morgen?« »Vormittags, und erzähl's mir dann noch einmal alles ganz genau.«

Tanja schüttelte den Kopf: »Aber da ist nichts zu erzählen, Rosa. Du kannst nicht warten, verstehst du? Man redet so viel.«

Rosa: »Aber wer bezahlt das Auto?«

Tanja: »Laß das meine Sorge sein, Rosa. Du hast jetzt kein Geld, ich werde dir doch aushelfen können.«

Rosa: »Also, du kommst morgen, Tanja, vormittags. Ich danke dir für alles, ich freue mich, daß du an mich denkst. Ich dachte schon, weil du nicht kamst, du hättest mich ganz aufgegeben wie die anderen.«

Tanja: »Also morgen vormittags, Rosa. Mein Freund, der Chauffeur, erwartet mich am Halleschen Tor.«

Rosa: »Ach, das Hallesche Tor. Grüße mir das Hallesche Tor. Auf morgen, Tanja.«

Im Wohnzimmer fand Rosa Karl schweigsam. Er blickte öfter auf den dunklen Hof hinunter. Es war klar, er wütete gegen seine Einsperrung, und das wurde abends immer schlimmer. Sie wartete, daß er sich beruhigte. Das kam auch jetzt, wie jedesmal bei ihm, ruckartig. Er stand an der Kommode und griff nach einem Buch, das da lag und trat damit zu Rosa heran:

»Das hat Sonja mir gestern geschickt. Kennst du es? Eines meiner ersten Geschenke, das ich ihr nach dem Zuchthaus machte. Ich hatte es ihr schon aus der Zelle versprochen. ›Das Verlorene Paradies‹ von Milton.«

Rosa war überrascht:

»Den Titel kenne ich. Gelesen habe ich das Buch nicht. ›Das Verlorene Paradies‹«. (Ihr fiel wieder ein: an den Wassern Babylons saßen sie und weinten und dachten Zions.)

Karl spazierte mit dem aufgeschlagenen Buch in der Hand durch den Raum:

»Ein herrliches Werk, Rosa, gehört zu den Glanzstücken der englischen Literatur. Im Mittelpunkt steht Satan. Es ist ein Phantasiewerk. Aber schließlich – was sagt der Ausdruck Phantasie bei einem wirklichen Dichter? Was ein wirklicher Dichter erfindet, sind keine Erfindungen, sondern Enthüllungen, ob er es meint oder nicht.«

»Was enthüllt er? Wen enthüllt er? Sich?«

»Natürlich auch sich, irgendwie, aber darauf kommt's nicht an. Er enthüllt etwas, das in allen Menschen steckt, indem er es in Gestalten umsetzt, die man für Symbole nehmen kann. Milton stellt hier den Satan hin, begeisternd, zum Verlieben. Wir können von ihm lernen, wie man sich in Niederlagen verhalten muß.«

Rosa: »Sag mir, Karl, was treibt dieser Satan, was stellt er an?«

Karl: »Er ist ein Engel, ein großer, gewaltiger Engel, der gegen den Schöpfer rebelliert. Er vermag nicht zu knien und sich zu beugen. Er kann nicht dienen, er kann nicht anbeten. Er ist ein Herr. Mag sein, daß er sich überschätzt – er überschätzt sich wirklich –, aber er wird dadurch nur noch großartiger, zu einer tragischen Gestalt, und so menschlich begreiflich. Das ist ein Satan aus unserem Stoff, so daß man sich kaum eine bessere Verkörperung der Menschenwürde vorstellen kann. Ja, im Grunde steht da ein Mensch gegen Gott. Der Schöpfer hat es mehrmals mit ihm versucht. Aber Satan kann nicht dienen, der Rebell erwacht immer wieder in ihm, bis der Herr erkennt: man muß mit ihm Fraktur reden, was in kosmischem Maßstab geschieht. Der abtrünnige Engel, nun erklärter Satan und Widergott und Dämonenhäuptling, wird gepackt und kopfüber durch das Weltall gestürzt, in den allertiefsten Abgrund, mit ihm die anderen, die er schon aufgewiegelt hat, und viele böse Geister. Der Herr – ich halte mich an Milton, der eine handfestere Auffassung vom Herrn und vom Satan hatte als unser blasser humanistischer Goethe –, der Herr wollte es sogar in der Hölle noch mit dem abtrünnigen Engel versuchen. Der hätte nur klein beizugeben brauchen, er wäre wieder in Gnaden aufgenommen worden. Aber er setzte allen Ermahnungen ein eiskaltes Nein entgegen, worauf der Herr endgültig seine Hand von ihm abzog und den Verstoßenen da ließ, wo er war. Eine Begnadigung hätte dieses Geschöpf nur noch hochmütiger gemacht.«

Rosa: »Und also, Karl, was geschah? Da saß er in seiner Hölle und schmorte. Was kann er in der Hölle machen?«

»Er schmorte, Rosa. Aber er saß nicht. Er hatte eine gewisse Bewegungsfreiheit.«

»Wie ist das möglich? Warum ließ der Herr den Bösen in die Welt?«

Karl lachte: »Ich bin weder Milton noch ein Theologe. Zuviel darfst du mich nicht fragen, du bist immer zu neugierig. Vielleicht, weil sich der Herr vor ihm nicht fürchtete und ja wußte, daß er ihn jeden Augenblick wieder herabstürzen konnte.«

Rosa, versunken: »Das stelle ich mir vor. Er wird es in der Hand gehabt haben, ihn wieder zurückzustoßen.«

Karl freute sich über Rosas Interesse:

»Interessant, was? Ein toller Stoff, sage ich dir. Erinnert an die griechische Gigantensage, wie sie gegen Zeus kämpfen, der sie in der Schlacht unter Felsblöcken begräbt, worauf sie ihr Feuer aus Vulkanen speien. Du kannst auch, wenn du willst, an die Götter unserer Epoche denken, an die Kaiser, die Diktatoren, an die Feldherren, die Regierungen und die Kapitalisten, die das Volk unter sich treten wollen, aber aus dem Volk wird mit unserer Hilfe das Proletariat, und der Boden unter den Füßen dieser Herren geht in Flammen auf und verwandelt sich in einen Feuersee.

Was ich sagen wollte: was beginnt der aus dem Himmel exilierte und nun in der Hölle ansässige Satan, nachdem ihm klar wurde, daß er über eine gewisse Bewegungsfreiheit verfügt? Nun fängt es bei Milton erst an.

Satan schmuggelt sich in das Paradies ein und sieht die ersten Menschen, Adam und Eva, in voller Unschuld, beobachtet ihre wunderzarte Art, sich zu lieben, sieht, wie sie mit Pflanzen und Tieren umgehen, und der Neid macht ihn blaß. Er erkennt: dies hat der Himmlische geschaffen, das trägt die Marke seiner Hand. Ihm ist es versagt. Er kann das Gefühl nicht ertragen.«

Rosa: »Er gönnt ihnen ihr Glück nicht?«

»Nein, gerade diese Art Glück nicht, diese ungetrübte Seligkeit der Seligen, diese Unschuld. Der Anblick des ersten Menschenpaars reizt ihn. Er erweckt in ihm keine Reue über seinen Abfall. Aber, wenn er gegen den Herrn nichts ausrichten konnte, hier wird er es können.«

Karl marschierte mit großen Schritten durch das Zimmer:

»Rosa, wie wahr diese Qual des Teufels beim Anblick der beiden, quasi durch das Gitter eines Schloßgartens.«

Rosa: »Proletarischer Neid? Ist das Proletariat neidisch auf den Besitz?«

Karl: »Richtig, Neid wäre ein falsches Wort. Aber man enthält dem Proletariat etwas vor, was ihm zusteht.«

Rosa: »Also der Satan begehrt unverändert die himmlische Seligkeit.«

Karl: »Ohne sich unterwerfen zu wollen. Aber sie fällt keinem ohne die Unterwerfung zu.«

Rosa sann: »Sonderbar. Ist das sicher?«

Karl lächelte: »Ich weiß nicht, aber nach Milton schon. Es ist eine göttliche Bedingung, auf die ein so freies Wesen wie Satan nicht eingehen kann. Und damit wird Satan das Vorbild der freien Wesen. Und er beschließt am Tor etwas, was zugleich böse und herrlich ist – keine einfache Verführung der beiden, Verführung zu seiner Bosheit –, sondern etwas viel Feineres. Er will den beiden Unschuldigen die Augen über sich selber öffnen, nur die Augen öffnen, so daß sie bewußt werden und wirklich über sich verfügen. Darum entzündet er in ihnen die Begierde, von dem verbotenen Baum zu essen. Als Schlange souffliert er Eva diesen Wunsch. Sie überträgt ihn auf Adam, sie übertreten das Verbot, und damit sind sie bewußt geworden, und alles, was sie jetzt sehen und fühlen, sieht und fühlt ihr Ich, und mit welcher menschlichen Färbung, in welcher ungeheuren Steigerung. Dieser Rausch der Liebe, den sie erleben, wie sie sich jetzt sehen, grüßen und umarmen, Adam die Eva, und Eva den Adam. Er hält sie in seinen Armen und beklagt nun jeden Tag, den er in diesem Garten zugebracht hat und versäumt hat, mit ihr diese Liebeslust zu genießen. Du mußt lesen, Rosa, bis zu welchem Maß Satan sein Werk gelingt, Adam zu Adam, und Eva zu Eva zu machen, das Werk der Aufhellung des Menschen, und wie die Menschen, Rosa, allein dadurch ihm ähnlich werden. Und dann ist natürlich die Unschuld weg, und die pausenlose Fröhlichkeit verschwunden, und sie haben mit ihrem Bewußtsein die Scham, das Leiden und den Schmerz eingetauscht, dazu Krankheit und Tod. Es ist nicht mehr Paradies, aber es ist auch nicht Hölle. Es ist menschliches Dasein.«

Wie aufgeräumt Karl mit seinem Buch paradierte. Es war klar, daß er sich selber in der Pose des Satans gefiel. Er sprach von Satan und dem Paradies, aber er fühlte und begegnete in der Eva Sonja, so wie er sie schon in der Zelle gefühlt hatte.

Rosa blieb einsilbig und teilte offenbar nicht sein Entzücken. Er schilderte dramatisch den Zauber und die Schönheit und die Gewalt Satans.

»Dieser stolze gefallene Engel«, fuhr er fort, »erinnert in mancher Hinsicht an Lord Byron. Der strahlende mächtige Herr hatte ihn mit seiner Rebellenschar in den tiefsten Abgrund geschleudert, aber wie sehr man auch neben Satan heulte und stöhnte, er gab keinen Laut von sich. Erst jetzt wurde er ganz der Widersacher. Man nennt ihn im Volk den Versucher, und das ist er, weil er immer dabei und unterwegs ist, die schwachen Stellen in der Schöpfung seines Gegners aufzustöbern, woran's ja leider nicht fehlt. Was ist groß an ihm?«

Rosa richtete sich auf: »Sag lieber, Karl, was dir selbst an ihm gefällt?«

Karl: »Sein unentwegter Protest. Nichts erschüttert Satan. Es erweicht ihn nicht, daß man ihm die Teilnahme an den Wundern der Welt entzieht. Keine Strafe verändert ihn. Der Zorn des Herrn auf ihn läßt nicht nach. Aber auch das Nein des Satans endet nicht.«

Rosa: »Ein Zerstörer.«

Karl: »Allen Gewalten zum Trotz sich erhalten und nimmer sich beugen. Der Herr selbst ist irgendwie verliebt in ihn, trotz allem. Er könnte ihn ja aus der Schöpfung ausmerzen, aber er tut es nicht, warum nicht? Er läßt ihn, blickt ihn an und stellt fest: die ganze Schöpfung ist gut, und auch dieser Satan ist aus seiner Hand. Er erinnert mich, Rosa, an Spartakus im alten Rom. Die Sklavenhorden hatten ihre Ketten abgeworfen und stürmten vor und waren nicht aufzuhalten, Rom muß sich zur Wehr setzen, man steht sich gleich auf gleich gegenüber.«

Da konnte Rosa sich nicht halten und brach in ein wildes Gelächter aus:

»Nennen wir uns dann also nicht mehr Spartakisten, sondern Satanisten.«

Er, ruhig: »Warum nicht? Dem Bürgerpöbel würden wir damit einen Schreck einjagen. Das könnte mir schon passen. Dem Volk gefiele es vielleicht weniger.«

Rosa lachte noch immer (er dachte: hysterisch): »Ich denke auch, Karl, wir bleiben lieber bei ›Spartakus‹.«

Er schwenkte, leicht gekränkt, sein Buch (seine Begegnung mit Sonja war gestört):

»Immerhin steckt in diesem Satan etwas Fortreißendes, man kann sich ihn zum Beispiel nehmen.«

Das ging nun über ihre Aufnahmefähigkeit hinaus. Sie wand und bog sich vor Lachen. Ihm wurde angst. Würde ihr wieder etwas passieren? Zwischen den Lachstößen brachte sie hervor:

»Ja, Karl, so ist es. Wir können uns ein Beispiel an ihm nehmen.«

Und sie breitete die Arme aus, bog ihren Kopf zurück (schwere Hysterie, dachte er besorgt) und rief selig:

»Ich werde es ihm bestellen, wenn ich ihn treffe – Karl, der Satanist.«

Er setzte sich an den Tisch und meinte achselzuckend, während er sich wieder in sein geliebtes Buch versenkte:

»Du hast eben keinen Sinn für Literatur, Rosa.«

Abends nach zehn Uhr, im Edenhotel und im Tiergarten

Karl war ganz auf der Höhe. Als er aufstand, krümmte er den rechten Arm, wie um seinen Bizeps zu demonstrieren, und rezitierte wieder: »Allen Gewalten zum Trotz sich erhalten.« Worauf er endgültig den Milton zuklappte.

Freund Pieck zeigte sich, und man besprach gemeinsam die Situation. Karl blieb dabei: er lasse sich nicht verjagen, er wolle der revolutionären Arbeiterschaft zeigen, daß der Kampf weitergeführt werde.

Da klingelte es, gegen zehn. Man erwartete niemanden. Vielleicht Werner, der Kurier?

Es klingelte abermals, und nochmal. Jetzt schlug man gegen die Wohnungstür: »Aufmachen, Polizei.«

Die Treppe des Hauses war ein kleiner Soldatentrupp heraufgestiegen, unter Führung des Leutnants L. und des Gastwirtes M. Der Wilmersdorfer Bürgerrat hatte sie geschickt.

Pieck, ein stämmiger, unerschrockener Mann, öffnete. Er wurde sofort beiseite gestoßen, und der Soldatentrupp drängte herein. Man nahm zuerst Pieck vor und fragte ihn, wie er hieße. Er nannte seinen Namen.

Im Wohnzimmer saßen friedlich Karl und Rosa auf dem Sofa beieinander hinter dem Tisch. Alle Papiere waren rechtzeitig beiseite geschafft, die Rollen verteilt.

Wer sie wären, wollte der Führer der Horde wissen. Karl zeigte sich erstaunt und stand auf. Was ihnen einfiele, hier einzudringen. Wer sie wären. Dies wäre seine Wohnung. Sie möchten sich legitimieren.

Sie antworteten, sie seien vom Wilmersdorfer Bürgerrat geschickt und suchten Karl Liebknecht und Rosa Luxemburg.

»Das ist meine Wohnung«, sagte Karl entschieden, »ich heiße R. Sie können die Wohnung durchsuchen. Hier ist niemand sonst. Außerdem hat der Wilmersdorfer Bürgerrat kein Recht, Leute in irgendeine Wohnung zu schicken. Ich werde die Polizei benachrichtigen.«

Aber die Soldaten ließen sich durch seinen Protest und seine Sicherheit nicht abhalten, seine Taschen zu durchsuchen. Und darauf hatte er sich in der Eile nicht vorbereitet. Sie fanden ein Taschentuch, gezeichnet mit seinen Initialen, und in der Brusttasche Briefe, an Dr. Karl Liebknecht. Er ließ sich nicht beirren, er blieb dabei, der Wohnungsinhaber R. zu sein, den man hier unerhörterweise in seinen eigenen Räumen überfiele und einer körperlichen Untersuchung unterzöge. Es wäre Hausfriedensbruch.

Inzwischen hatten sich andere Soldaten unter Führung des Leutnants in der Wohnung umgesehen und waren dabei in der Küche auf die ängstliche Frau R. gestoßen. Als der Leutnant sie fragte, wer sie wäre, antwortete sie: »Frau R.«

Er meinte: »So, so, Sie sind die Frau R. Ich dachte, die andere drin wäre es. Aber Sie sind Frau R.?«

»Ja«, sagte die Frau, schwer erschrocken.

»Es ist nämlich so«, meinte der Leutnant freundlich, »wir möchten keine Dummheit begehen und einen Falschen festnehmen. Und der Mann drin behauptet, Karl Liebknecht zu sein. Aber er sieht uns gar nicht so aus. Vielleicht ist es Ihr Mann.«

Frau R. zitterte: »Mein Mann? Der ist doch gar nicht da.«

Der Leutnant: »Aber er kann doch inzwischen gekommen sein. Er kann ja mit uns raufgekommen sein. Das können Sie doch von der Küche aus nicht wissen.«

Ihre Hände flogen: »Ich – ich weiß nicht. Mein Mann war weggegangen.«

»Glauben wir Ihnen alles. Nehmen Sie sich zusammen. Auf Sie fällt's ja nicht, was er macht.«

Die Frau weinte: »Wir sind keine Spartakisten. Einer hatte den Schlüssel zu unserer Wohnung und ...«

»Erzählen sie das nachher.«

Sie mußte dem Leutnant in die Wohnstube folgen, wo Karl gerade erklärte, er hätte sich diesen Anzug von einem Freund geliehen, dem wahrscheinlich Briefe von Liebknecht anvertraut worden seien.

»Das ist Liebknecht, was?« fragte der Leutnant.

Die Frau nickte. Da gab Karl klein bei.

Man grinste höhnisch und machte keine Umstände mit ihm: »Nun aber dalli, sonst geht's Ihnen dreckig. Sie haben uns lange genug aufgehalten.«

Er griff nach seinem Mantel, man stülpte ihm den Hut auf, und er folgte.

Rosa wurde danach durchsucht. Es ging rasch mit ihr. Sie gab alles zu.

Man transportierte sie erst in einen Bierkeller, wo dieser »Bürgerrat« sein Hauptquartier hatte. Auf die telephonische Meldung des Leutnants befahl die Gardekavallerieschützendivision, die beiden ihrem Stab im Edenhotel vorzuführen.

Wie sie ankamen, waren im Hotel schon alle Vorbereitungen bis in die Details für ihren Empfang getroffen.

Der erste Wagen brachte Karl. Als er, den Hut auf dem Kopf, die Hände in den Taschen, das Hotel betrat, standen zwei Soldaten am Eingang und schlugen ihm ihre Gewehrkolben über den Kopf. Er taumelte und blutete. Man führte ihn dem Hauptmann P. vor. Verbandzeug wurde ihm verweigert.

Bald danach kamen Rosa und Pieck an. Sie wurden von den Soldaten der Division mit Drohungen und Beschimpfungen empfangen. Während man Pieck abseits in eine Ecke führte, trieb man Rosa vor denselben Hauptmann P., der sie nur kurz ansah, ihren Namen notierte, dann den Soldaten zunickte. Das Weitere wußten sie schon.

Ein Matrose stand am Ausgang des Hotels. Der schlug Karl, wie er herausgeführt wurde, mit dem Gewehrkolben nieder. Die Soldaten schleppten ihn dann in ein großes Militärauto, das vor dem Hotel hielt. Mehrere Offiziere, dazu ein Jäger, stiegen ein.

Karl wurde in eine Ecke des Wagens gestoßen. Er hielt sich aufrecht und saß vornübergebeugt.

Surre – surre – surre machte der Motor, die Räder knirschten, der Wagen lief. Es war vor Mitternacht.

Das Blut rann ihm über die Ohren und tropfte auf den Mantel und zu Boden.

Die Offiziere waren guter Laune.

Herrje, der Mann blutet. Was fehlt dem Herrn bloß? Dem ist nicht wohl. Der versaut uns das ganze Parkett. Wenn dem nicht was passiert ist. Wenn er aber nicht gleich damit aufhört, werde ich saugrob.

Sachte, sachte, ist ein älterer Herr, den haben welche verwundet, das kommt von diesen Straßenunruhen in Berlin, man ist heutzutage schon seines Lebens nicht mehr sicher. Man muß die Kriminalpolizei benachrichtigen. Und daran ist der Liebknecht schuld, Liebknecht schuld, Liebknecht schuld. Und Rosa, seine rote Sau.

Surre – surre – surre, um die Ecke, in den schwarzen Tiergarten hinein. Wer hat dich, du schöner Wald, aufgebaut so hoch da droben. Und daran ist der Liebknecht schuld, Liebknecht schuld, und daran ist der Liebknecht schuld.

Herr, wir werden Sie wirklich schadenersatzpflichtig machen, wenn Sie sich nicht gleich besser benehmen. Wollen Sie nun wirklich aufhören, uns mit Ihrer dämlichen Jauche zu begießen?

Gib ihm mal einen Stoß, ob er stehen kann. Hü, stehen kann er. Bringen wir ihn mal an die frische Luft, lassen wir ihn ein bißchen laufen. Halten, Jäger.

Raus, Kerl! – Sie rissen Karl, der halb bewußtlos war, hoch und stießen ihn aus dem Wagen. Er fiel vom Trittbrett herunter und raffte sich auf. Man war am Neuen See.

Lauf, Kerl. Kann der Kerl nicht laufen? Gib ihm einen Tritt, dann geht's besser. Hü, keine Müdigkeit vorschützen. Du willst wohl in den Neuen See springen. Hilfe, ein Selbstmörder, ha, ha.

Die Schüsse krachten. Karl hatte schon vorher wie ein Betrunkener geschwankt. Jetzt fiel er leicht um und lag. Man beugte sich über ihn. Man verabfolgte ihm noch einen Schuß.

Das Auto kam langsam näher. Was machen wir mit ihm? Liegen lassen geht nicht. Auf der Flucht erschossen, das ist klar.

Sie schleppten ihn zu viert in den Wagen. Los, abfahren. Wohin? Ich habe eine Idee, eine großartige Idee: Unfallstation am Zoo, wir liefern ihn ab, wir sind die feinen Leute, Samariter, haben ihn unterwegs auf der Chaussee irgendwo gefunden, blutend. Haben solche Angst, ist er vielleicht noch zu retten?

Surre – surre – surre. Helle Straßen, die Gedächtniskirche, strahlende Cafés, der Zoo, die Unfallstation.

Ein Mann raus, wer am besten eine Fratze schneiden kann. Und nicht viel Umstände gemacht. Mein Name ist Hase, ich weiß von nichts. Aus der Unfallstation kamen die Schwestern und der

478

Heilgehilfe mit einer Bahre. Drin verband der Doktor gerade einen, den man in einer Schlägerei übel zugerichtet hatte.

Vorwärts, heute blüht das Geschäft. Berlin, wie es weint und lacht. Stillgestanden, Hacken zusammen, Hände an die Hosennaht. Herr Doktor im weißen Mantel, Herr Pflasterkasten, hier ist ein Mann, den fanden wir im Tiergarten im Dreck. Hätten ihn beinahe überfahren, den haben sie auf die Straße geschmissen, das rote Pack. Tot ist er wohl auch, oder etwa nicht?

So, so. Unbekannter Mann, im Tiergarten gefunden. Gerade frisch scheint er auch nicht zu sein. Kopfwunden. Wollen mal Herztöne suchen.

Leider keine Zeit. Mann ist in besten Händen. Denken, haben unsere Pflicht getan. 'n Abend.

Heraus, zum Auto. Gratuliere, ging fix, wie geölt. Den sind wir los. Unbekannter Mann, auf der Straße im tiefsten Tiergarten gefunden, eine harte Nuß für Kriminalisten.

Im Ernstfall haben wir ihn auf der Flucht erschossen. Panne, mußten aussteigen, er will heidi, so daß wir pflichtgemäß von der Dienstwaffe Gebrauch machen mußten.

Bitte mir aus: nach dreimaligem Anrufen.

Versteht sich, nach dreimaligem Anrufen, und nach kniefälliger Bitte, doch bei uns zu bleiben, weil es doch gerade so schön ist.

Über den Damm zum Edenhotel.

Rosa hatte ihn bluten gesehen, Soldaten führten ihn ab. Sie werden ihn erschlagen, sie sind schon dabei.

Die Soldaten hielten sie fest, sie schrie: »Laßt ihn los, laßt ihn los.«

Die Soldaten kämpften mit ihr. Und währenddessen schlich Pieck unbemerkt auf die andere Seite der Halle und ging hinter zwei Soldaten her, die sich entfernten, den Kragen hochgeschlagen, eine Zigarette im Mund, keck zur Tür hinaus, an den Posten vorbei.

Man stieß Rosa zurück. Sie raste: »Man schlägt ihn tot.«
»Halt's Maul.«
Man drückte ihr von unten den Kiefer zu. Sie konnte nur stöhnen und ihnen zornglühende stumme Blicke zuwerfen. Sie lachten: »Die möchte uns am liebsten auffressen.«
Die Soldaten wurden wütend, als sie feststellten, daß Pieck verschwunden war, sie suchten nach ihm in der Halle. Sie blieb bewacht und wartete, kochend vor Empörung.

– Warst du nicht die Rosa, die sich mir entzog und sich unterwarf? Die bis zu den Knien in himmlischer Seligkeit watete? Schön, daß du dies hier noch erlebst. Dieser Kelch wird nicht an dir vorübergehen, du wirst ihn bis zum Grund ausleeren. Es wird zur Korrektur deiner himmlischen Auffassung beitragen. Du antwortest nicht? Ich hoffe, du durchschaust als intelligente Person schon jetzt die furchtbare Mogelei und vermagst, Traum von Wirklichkeit zu unterscheiden.

Sie begriff nicht, daß er schon am hellen Tage zu reden wagte. Hörten ihn die anderen nicht?

Sie dachte: man wird mich ins Gefängnis bringen, und das erste, was ich tun werde, ist, wegen Karl Alarm zu schlagen. Sie haben ihn mißhandelt. Ich verlange Untersuchung und Bestrafung der Schuldigen. Solche schändliche Mordbande, einen hilflosen Gefangenen zu schlagen.

– Warst du nicht die Rosa, die sich und mich verraten wollte an den Herrn der Gerechtigkeit? Du hast seine Gerechtigkeit, wie sie dir schon tausendmal in deinem Leben begegnet ist, nun handgreiflich vor dir. Sie wird an dir ausprobiert, damit du sie gut erkennst. Gib dich nur keinen Illusionen hin über Gefängnis und Beschwerden. Man bläst dir das Licht aus, wie man es eben mit Karl tut. Und das wird der großen Mühen gerechter Lohn sein. Rosa, unter welcher Fahne willst du jetzt fechten und fallen?

Sie antwortete nicht.

– Warst du nicht die Rosa, die bettelte: Herrlicher, mich nicht von dir ablösen, ich will nicht mehr zurück? Da wären wir rasch zurück, aus der Lyrik in die Prosa. Aber für dich gehört sich die Prosa. Nun siehst du den zauberhaften Schwindel dieser Welt, das Pfuschwerk, den Plunder in seiner ganzen Schönheit. Nun wird dir nicht mehr einfallen, darüber Parfüm zu gießen.

Sie antwortete nicht.

– Ob du noch die fünf Schritte bis zur Tür machen wirst? Ich habe eine dunkle Ahnung, Rosa, daß du sie erreichst, aber wie. Meine Stimme wird das letzte sein, was deine Ohren aufnehmen. Mach es kurz, Rosa, entschließe dich, damit wir dir ein Fest geben können, wenn du kommst, wie es sich für dich gehört als eine der unseren. Wir werden dich mit königlichen Ehren empfangen. Du wirst die größten Geister der Menschheit bei dem Bankett begrüßen, das wir dir zu Ehren veranstalten werden. Streng dich nicht an. Laß es sein, sei du, nur du. Ich bin Satan, der Herr der Welt.

Das Auto war am Hotel vorgefahren, sie hatten Karl abgeladen und stiegen aus. Sie waren guter Laune, die zweite Fuhre sollte kommen. Sie gaben den Posten einen Wink.

Die Posten ließen Rosa vorausgehen. Der Leutnant V. führte sie aus dem Hotel. Die Tür hatte sie passiert. Da standen draußen mehrere Soldaten, und rechts stand einer allein und vor den anderen, und auf den mußte sie den Blick richten. Magnetisch zog er sie an.

Denn – sie erkannte ihn.

Liebe Sonja, es waren schöne rumänische Büffel, sie waren an Freiheit gewöhnt, das eine Tier blutete und schaute vor sich wie ein verweintes Kind, das nicht weiß, wie der Qual entgehen. Aber so ist das Leben, Sonja. Man muß es tapfer nehmen, trotz alledem.

Der Soldat mit dem jungen, roten Gesicht unter dem Stahlhelm erwartete sie, das Gewehr vor sich am Boden, beide Hände am Lauf. Er war untersetzt, semmelblond, und hatte einen kleinen Schnurrbart. Und auf seiner rechten Wange, gerade über dem Backenknochen, senkte sich eine blutrote, strahlige Narbe wie ein Trichter ein. Es war der Jäger Runge, der es in seinem Leben noch keinem recht gemacht hatte. Aber diesmal tut er es.

Er sieht sie auf sich zukommen. Wo habe ich die Watschelente mit den weißen Haaren schon gesehen?

Und er hebt sein Gewehr beim Lauf und schwingt es hoch und läßt den Kolben wie einen Hammer auf ihren Schädel niederfallen.

Da verändert sich sein Gesicht. Es wird undeutlich und breiter, mächtig und schwarz. Hoch wirbelt er auf.

Er steht als eine düstere Wolkenmasse vor einem strahlenden hellen Hintergrund. Nur seine Umrisse sind zu erkennen und der scharf geschnittene Mund, um den ein zynisches Lächeln spielt, die weit offenen, erstorbenen Augen des Hochmuts, und die furchtbaren Armmuskeln, die eisernen Schultern: der gefallene Engel des Hasses, der in ihre Haare greift und sie zerrt.

Sie speit ihm in sein tyrannisches Gesicht. Sie sucht sich loszureißen und schreit ihm ihren Abscheu entgegen: Du hast keine Macht über mich.

Da holt der Soldat, die Beine breitgestellt, schon zum zweiten wuchtigen Hieb aus. Er schwingt den Kolben über sich und schmettert ihn über ihren Schädel mit solcher Wucht, daß es kracht und sie wie ein gefälltes Tier zugleich mit dem Kolben zu Boden geht. Wie ein Sack liegt sie da und bewegt sich nicht mehr.

Er nimmt sein Gewehr wieder an sich, dreht es und prüft es, ob nicht das Holz gesprungen ist. Er nickt den beiden anderen zu, die sich über den schwarzen stummen Körper bücken, und sagt befriedigt: »Es hat gehalten.«

Sie packten die Leblose bei Schultern und Beinen und warfen sie in den Wagen hinein. Soldaten und Offiziere stiegen nach.

Surre – surre – surre machte der Motor. Die Räder knirschten. Der Wagen zog an. Mitternacht war vorbei.

Die Soldaten hinten zogen die Beine hoch vor dem Blut, das von ihr lief und unten Pfützen bildete.

Wo geht's jetzt hin? Wer weiß? Wer viel fragt, kriegt viele Antworten. Wohin? Wo's schön ist, zu Mutter Grün. Die Mutter ist nicht grün im Winter. Wo's schön ist, wo's düster ist.

Vorwärts, Jäger, Tempo, mehr Gas, nächster Gang.

Die blutige Rosa, die rote Sau, jetzt liegt sie da, man kann sich freuen.

Das Auto rasselt und schüttelt. Die Hupe bläst und schreit die Häuserfassaden an.

Scharen von Verdammten und Verruchten lockt der Lärm an. Sie hängen sich an den Wagen und hatten ihr ein Fest bereiten wollen. Sie drehen sich mit den Speichen, heulen, johlen und jauchzen in den Reifen.

Der Landwehrkanal, zur nächsten Brücke, machen wir uns das Leben nicht so schwer. Das arme Kind wird sich noch ganz verbluten. Dagegen soll man was tun. Da hast du – eine Kugel. Und da ist die andere. Macht zwei, nach Adam Riese. Und jetzt bist du tot, und so soll's allen gehn, allen Schweinen und Juden und deiner ganzen Sippe. Jetzt reißt du dein Maul nicht mehr auf und spritzt dein Gift, du Schlange. Zur nächsten Brücke, ins Wasser, um das Gift zu verdünnen.

Die Fische, da lernt sie, was sie nie gelernt hat: das Maul halten.

Halten, hier, Herrschaften, ran, zugefaßt, keine Müdigkeit vorschützen. Das alte Vieh will zu den Fischen in die Schule gehn. Raus aus dem Wagen mit dem Bündel. Übers Geländer. Schwung, eins – zwei – drei, da fliegt sie. Plumps, da fällt sie, und ward nicht mehr gesehn. Ein Prosit, ein Prosit der Gemütlichkeit.

Es ist die Liechtensteinbrücke. Man atmet die eisige Nachtluft und zündet sich Zigaretten an. Man vertritt sich die Beine und steigt wieder ein. Und singen wir, solang wir noch im Freien sind, ein schönes Lied zu Ehren der Verstorbenen: Es wär' so schön gewesen, es hat nicht sollen sein. Bitte Chor: Es wär' so schön gewesen, es hat nicht sollen sein.

Abfahrt, langsam, es geht aus dem Tiergarten heraus. Und nun singen wir: Ein Jäger aus Kurpfalz, der reitet durch den grünen Wald und schießt das Wild einher, grad wie es ihm gefallt.

Straßen, helle Cafés, der Zoo, an der Unfallstation vorbei – nein, werter Herr Doktor, wir haben diesmal nichts abzuliefern, wollten Ihnen keine Scherereien machen, ist schon alles bestens besorgt – das Edenhotel.

Herrschaften, schon zur Stelle? Melde gehorsam, Befehl ausgeführt. Alles glatt gegangen? Vollkommen, bis auf den bedreckten Wagen. Na, das läßt sich bei einigem guten Willen wohl reparieren.

Händeschütteln und Lachen. Aber nun mal einen ordentlichen Schluck.

Sie feierten noch bis zum Morgen.

(…)

Abschied und Wiederkehr (1946)

Als ich Abschied nahm ...

Morgens um neun hörte ich am Radio: der Reichstag sei in Brand gesteckt worden, das Feuer hätte gelöscht werden können, es sei gelungen, einen der Verbrecher an Ort und Stelle zu ergreifen; es handle sich um ein kommunistisches Attentat, – eine unerhörte Untat, die sich gegen das deutsche Volk richtete usw. Ich stellte den Apparat ab. Mir fehlten die Worte. Ich war vom Radio und seinen jetzigen Beherrschern allerhand gewöhnt; das war die Höhe. Offenbar war der Reichstag wirklich angesteckt worden, – von den Kommunisten? Solchen faustdicken Schwindel wagte man anzubieten. Man mußte ›cui bono?‹ fragen; wem nützte die Brandstiftung? Die Antwort lag auf der Hand.

Ich war unbekümmert für mich, wenn auch tief beunruhigt und empört, – bis man mich anrief und fragte, was ich machen wollte. Ich war erstaunt: warum? Nun, die Verhaftungen; ich solle mich vorsehen. Ich dachte: lächerlich. Das Telefon riß aber nicht ab. Dann kam man zu mir; der Tenor immer derselbe: ich möchte, wenigstens vorübergehend, verschwinden; ich sei gefährdet, es gebe Listen. Das leuchtete mir alles nicht ein. Die innere Umstellung von einem Rechts- auf einen Diktatur- und Freibeuterstaat gelang mir nicht sogleich. Gegen Abend war ich soweit.

Meine Frau war auch dafür. Es war ja nur ein Ausflug; man läßt den Sturm vorübergehen. Zuletzt rief mich noch ein mir bekannter Arbeiter an: ich solle doch gehen, gleich, er wisse allerhand, und es sei ja nur für kurze Zeit, längstens drei bis vier Monate, dann sei man mit den Nazis fertig.

Man besuchte mich, es gab Tränen. Ich lachte und war ruhig. mit dem kleinen Koffer in der Hand zog ich ab, allein.

Unten erwartete mich eine Überraschung. Ein Nazi, über der Uniform einen zivilen Mantel, stand vor meinem Arztschild, fixierte mich – und folgte mir zur Untergrundbahn. Er wartete ab, welchen Zug ich nehmen würde, stieg in dasselbe Abteil. Am Gleisdreieck stieg ich aus, er auch. Wenigstens diese Situation hatte ich sofort durchschaut. Er ging hinter mir her. Dann gab es aber ein Gedränge, ein ankommender Zug entleerte sich, ich lief eine Treppe herunter und fuhr von einem anderen Bahnsteig erst in irgendeine Richtung, dann an mein Ziel: Potsdamer Platz, Möckernbrücke. Ich wollte zum Anhalter Bahnhof. Der Zug in Richtung Stuttgart fuhr gegen zehn. Ich fand einen Schlafwagenplatz; das Billett habe ich während der ganzen zwölf Jahre Emigration in meiner Brieftasche mit mir herumgetragen; jetzt habe ich es herausgenommen, es liegt unter meinen anderen Papieren. Als ich abfuhr, stand ich am Fenster im Gang. Es war finster. Ich bin viele Male diese Strecke gefahren. Die Lichter der Stadt; ich liebe das sehr. Wie war es mir immer, wenn ich von draußen hereinfuhr nach Berlin und dies sah: ich atmete auf, ich fühlte auch wohl, ich war zu Hause. Nun, ich fahre jetzt, ich lege mich schlafen. Merkwürdige Situation, gehört eigentlich nicht zu mir.

Ein paar Stunden in Stuttgart; friedliches Leben, die Nazis rufen zu Versammlungen auf, – burlesk, warum laufe ich eigentlich weg? Eine alberne Sache; ich werde mich später schämen. Überlingen, Übernachten, Fahrt über den See nach Kreuzlingen. Jetzt die Grenzüberschreitung, in einem Auto, es ging alles glatt.

Ich besuchte in Kreuzlingen einen Sanatoriumsarzt, bei dem ich ein Jahr zuvor mit meiner Frau zu Gast war (welche frische heitere Zeit). Nun kam ich in der mir komisch und sinnlos erscheinenden Rolle eines Flüchtlings. Aber wer flüchtete denn? Wovor? Es sah doch überall so friedlich, normal, völlig normal aus. Ich machte mich wirklich lächerlich. Wie ich mich schämte, als ich ihm die Geschichte erzählte. Nun, er hielt Vorsicht für besser als Nachsicht.

Da war ich also, wie in plötzlichen Ferien, schrieb Briefe nach Hause. Bis ich eines Tages aus dem Sanatorium nach draußen gerufen wurde; man fragte nach mir. Es war (ich habe einen, nicht zu starken, Zahlenaberglauben) der 3. 3. 33. Schon am Morgen, als ich eine Zeitung las, war mir das Datum aufgefallen. Was sagt es, was wird es bringen?

Draußen stand, bis auf einen Jungen, meine ganze Familie. Oh, das war nun ein ganz anderes Bild. Meine Frau, heftig erregt, erzählte von ängstlichen Dingen in Berlin, von der fürchterlichen Hetze, von dem, was sie im Zug gehört hatte. Die ganze Familie wäre bedroht; sie könnten nicht bleiben.

Nun, sie war da. Er erschreckte mich, der 3. 3. 33. Er machte mich bedenklich. Aber ich kam drüber hinweg; ich hatte mich mit anderen Dingen zu befassen, zum Beispiel mit dem Suchen einer provisorischen Unterkunft, mit Spazierengehen, Gesprächen, Planen. War ich nun jetzt draußen oder wartete ich bloß? Ich wußte es nicht. Es machte mir auch nicht viel aus.

Meine Frau sah die reale Situation, sie wußte, daß sie von ihrer Häuslichkeit Abschied genommen hatte, daß die Kinder aus allem herausgerissen wurden, der Berg der Sorgen, die Wolke der Unsicherheit – sie weinte viel; dagegen ich (was konnte ich gegen mich machen) hochgestimmt. Ja, hochgestimmt.

Wodurch? Mich begleitete in jenen Monaten das Wort aus dem ›Taucher‹: ›Doch es war ihm zum Heil, es riß ihn nach oben.‹

Was war mir zum Heil? Ach, es war in Deutschland alles, nicht nur politisch, auch geistig unerträglich geworden. Es war, als ob der politische Wirrwarr, die Stagnation das geistige Leben erfaßte und es lähmte. Auf meinem Platz rang ich dagegen. Zuletzt, Ende 32, hatte sich in mir ein Bild festgesetzt, das ich nicht los wurde: ein uralter, verschimmelter Gott verläßt, seiner kompletten Verwesung nahe, seinen Wohnsitz im Himmel und fliegt, um sich zu erneuern und seine alten Sünden abzubüßen, auf die Erde zu den Menschen hernieder, er erst Gott und Herrscher, jetzt Mensch wie alle (›Babylonische Wandrung‹). Es war die Ahnung und Vorwegnahme des Exils.

Ja, das Exil, die Ablösung und Isolierung, das Heraus aus der Sackgasse, dieser Sturz und das Sinken schienen mir ›zum Heil‹ zu sein. In mir sang es: ›Es reißt mich nach oben.‹ Ich konnte mich nicht dagegen wehren. Ich war in einer einzigen gehobenen Stimmung (die auch auf das Buch, das ich das ganze Jahr über schrieb, übergriff).

So trat ich das Exil an. So erging es mir, ›als ich Abschied nahm‹.

Als ich wiederkam …

Und als ich wiederkam, da – kam ich nicht wieder. Es gibt einen schönen amerikanischen Roman mit dem Titel: ›Du kannst nicht nach Hause zurück‹. Warum kann man nicht? Du bist nicht mehr der, der wegging, und du findest das Haus nicht mehr, das du verließest. Man weiß es nicht, wenn man weggeht; man ahnt es, wenn man sich auf den Rückweg macht, und man erfährt es bei der Annäherung, beim Betreten des Hauses. Dann weiß man alles, und siehe da: noch nicht alles.

Ein mächtiger Ozeandampfer, der zum Truppentransportschiff umgewandelt war, trug uns, die zu dreien zusammengeschmolzene Familie, Anfang Oktober 1945 von Amerika nach Europa zurück, von der Neuen Welt in die Alte Welt. Sechs waren wir, als wir 1933 Nazideutschland verließen. Ein Sohn war nun Amerikaner geworden und blieb drüben, – einer konnte uns nicht folgen, als wir nach Amerika gingen 1940, und saß nun in Nizza, jung verheiratet, – und einer konnte uns nicht folgen, die immer an ihn dachten und nicht wußten, wo er bloß blieb und warum er nicht schrieb: er lag seit dem 21. Juni 1940 im Soldatengrab in den Vogesen, vor dem Feind, den Nazi gefallen, unser Wolfgang, ein begnadeter Mathematiker, der Liebling, die Herzensfreude seiner Mutter.

Als wir Europa verließen, im Oktober 1940 (die Babylonische Wanderung, hat es mich also ›nach oben‹ gerissen? Ich bin schon lange nicht mehr frohgemut, ich weiß schon viel mehr als damals nach dem Überschreiten der Schweizer Grenze, da war das letzte von Europa das Lichterstrahlen Lissabons. Nachts fuhren wir aus, nachts kamen wir nun wieder an. Das gewaltige schwarze Schiff hielt an dem künstlichen Pier von Le Havre (der alte Pier war zerstört). Und dies war das erste, was ich von Europa sah, vom Schiffsdeck aus: Unten, in der Finsternis, fuhr ein Wagen mit einem starken Scheinwerfer an. Er warf sein blendendes Licht auf die untere Partie unseres Schiffes. An die offene Tür des Laderaums dort wurde eine breite Leiter gelegt. Und nun kroch, im Lichtkegel des Scheinwerfers, eine Anzahl Männer, alle gleich gekleidet, die Treppe hinauf. Sie sahen von oben wie Gnome aus. Sie verschwanden im Bauch des Schiffes, tauchten wieder auf, schleppten Kisten und Kästen, kletterten damit, immer zwei nebeneinander, die Treppe herunter, setzen ihre Last ab und begannen wieder den Weg. Es war ganz maschinell, wie bei einer Theateraufführung inszeniert; man hörte oben kein Geräusch. Das – waren Deutsche, Kriegsgefangene. So sah ich sie wieder. Ich hing fasziniert an dem Bild. Als wir ausstiegen, standen sie in einem Haufen beieinander. Sie betrachteten uns Wanderer von jenseits des Ozeans, stumm, ohne Ausdruck. Die Leute gingen an ihnen vorüber, als wären sie nichts. Das war die erste, die furchtbare, niederdrückende Begegnung.

Der unheimliche Eindruck (die Geschlagenen, die Gestraften, der Krieg) verließ mich nicht während des Aufenthaltes in Paris. Ich sah auch das arme, leidende Paris, das sich abends nicht gegen die Finsternis wehrte und froh war, wenn es seinen Schmerz in

Nacht verbarg. Dann brach ich auf, nach Norden, nach Deutschland.

Ich fuhr allein, wieder allein, wie bei der unbekümmerten Ausreise 1933. Meine Frau und der Jüngste kamen nicht mit; sie zogen es vor, obwohl nicht in eigenen Räumen und in kalten Räumen, in Paris zu bleiben.

Was ich dachte, was ich fühlte, als ich die Nacht über fuhr und man sich der Grenze näherte? Ich war oft wach und prüfte mich.

Nein, da war nicht das Gefühl, das ich früher kannte, wenn bei der Rückkehr nach Berlin die Lichter der Stadt aufblitzten: ich atmete auf, fühlte mich wohl, ich war zu Hause. Ich erinnerte mich meiner ersten Reise nach Frankreich, vor zwanzig Jahren; ich hatte ein Manuskript mit, ich wollte daran schreiben, unterwegs. Aber ich mußte es wieder schließen, und erst als wir am Ende der Ferien Halt in Köln machten, konnte ich es wieder öffnen und konnte schreiben, als hätte ich gestern aufgehört. Jetzt – suche ich in mir, befrage mich. Aber da meldet sich kein ursprüngliches Gefühl. Es meldet sich allerhand, aber nicht das von früher. Ich bin nicht mehr der, der wegging.

Ja, leicht und froh flog ich aus meinem Haus. Es war wie eine Befreiung von einer erstickenden Atmosphäre. Das Schicksal hatte mir das zugeworfen. Ich triumphierte: ›Es war mir zum Heil, es riß mich nach oben.‹ In jener ›Babylonischen Wandrung‹ lacht der entthronte Gott, nimmt mit Hochgenuß die als Strafe gedachte Veränderung auf sich und geht ungebrochen, eine einzige Heiterkeit und Lebensfreude, seines Wegs.

Dieser Gott war ich – nicht. Ich erfuhr es langsam, teils allmählich, teils ruckweise.

Las ich nicht in einem Artikel eines literarischen Heimkriegers das Wort von den ›Fauteuils und Polstersesseln‹ der Emigration? Es wird viel gedruckt, es könnte noch mehr gedruckt werden, die Ahnungslosigkeit hat ja keine Grenze. Zu fliehen von Land zu Land – alles verlieren, was man gelernt hat, wovon man sich ernährte, abermals fliehen und jahrelang als Bettler leben, während man noch kräftig ist, aber eben im Exil lebt – so sah mein Fauteuil und Polstersessel aus und so vieler, die hinausgingen.

Man schrieb und arbeitete wie nie, in seinen vier Wänden, und war nicht nur zur völligen Stummheit verurteilt, entmündigt, sondern noch mehr: degradiert, weniger als ein Analphabet des Landes, der sich wenigstens mit seinen Nachbarn unterhalten kann.

Es gab Emigrationsgewinnler, gewiß; sie brachten es zu etwas in den fremden Ländern, die nicht das richtige Maß für sie besaßen. Wieviele waren es? Die meisten waren froh, wenn sie heil über den Monatsersten oder -fünfzehnten hinwegglitten. Kaufleute, Maler, Musiker hatten es leichter (mit Niveausenkung); Frauen, unbeschwert, entwickelten sich dann und wann vorzüglich. Aber wir, die sich mit Haut und Haaren der Sprache verschrieben hatten, was war mit uns? Mit denen, die ihre Sprache nicht loslassen wollten und konnten, weil sie wußten, daß Sprache nicht ›Sprache‹ war, sondern Denken, Fühlen und vieles andere? Sich davon ablösen? Aber das heißt mehr, als sich die Haut abziehen, das heißt sich ausweiden. Selbstmord begehen. So blieb man, wie man war – und war, obwohl man vegetierte, aß, trank und lachte, ein lebender Leichnam. Nun fahre ich, geographisch, zurück. Am Bahnhofsplatz in Straßburg sehe ich Ruinen wie im Inland: Ruinen, das Symbol der Zeit.

Und da der Rhein. Was taucht in mir auf? Ich hatte für ihn geschwärmt, er war ein Wort voller Inhalte. Ich suche die Inhalte. Mir fällt Krieg und strategische Grenze ein, nur Bitteres. Da liegt wie ein gefällter Elefant die zerbrochene Eisenbahnbrücke im Wasser. Ich denke an die Niagarafälle, die ich zuletzt drüben, dahinten in dem verschwundenen großen, weiten Amerika, sah, die beispiellos sich hinwälzenden Flutmassen. – Still, allein im Coupé fahre ich über den Strom.

Und dies ist Deutschland. Ich greife nach einer Zeitung neben mir: wann betrat ich das Land wieder nach jenem fatalen 3. 3. 33? Welches Datum? (Ich habe etwas mit Zahlen.) Betroffen lasse ich das Blatt sinken, betrachte die Zahl noch einmal: der 9. November. Es ist das Revolutionsdatum von 1918, Datum eines Zusammenbruchs, einer verpfuschten Revolution – um diese Zeit fuhr ich 1918 auch von Frankreich nach Deutschland hinein, und das Datum hat mich nicht losgelassen: um den ›November 1918‹ habe ich in den letzten Exiljahren vier Romanbände geschrieben. Was sagt das Datum? Wird alles wieder so kläglich wie damals verlaufen, soll und muß es diesmal nicht eine Erneuerung, eine wirkliche, geben?

Die Glocke ›9. November‹ hat angeschlagen, ich fahre in das Land, in dem ich mein Leben zubrachte und aus dem ich hinausging, aus seiner Stickluft, floh in dem Gefühl: es wird mir zum Heil. Und da liegt das Land, das ich ließ, und mir kommt vor, als ob ich in meine Vergangenheit blickte. Das Land hat erduldet, wovon ich mich losreißen konnte. Jetzt ist es deutlich geworden: ein Moloch ist hier gewachsen, man hat ihn gespürt, er hat sich hochmütig gespreizt, gewütet, gewüstet, – und da sieht man, was er hinterlassen hat. Sie haben ihn mit Keulen erschlagen müssen.

Du siehst die Felder, wohlausgerichtet, ein ordentliches Land. Man ist fleißig, man war es immer. Sie haben die Wiesen gesäubert, die Wege glatt gezogen. Der deutsche Wald, so viel besungen! Die Bäume stehen kahl, einige tragen noch ihr buntes Herbstlaub (seht euch das an, ihr Californier, ihr träumtet von diesen Buchen und Kastanien unter den wunderbaren Palmen am Ozean. Wie ist euch? Da stehen sie).

Hier wird es deutlicher: Trümmerhaufen, Löcher, Granaten- oder Bombenkrater. Da hinten Reste von Häusern. Dann wieder (bunte Reihe) Obstbäume, kahl, mit Stützen. Ein Holzschneidewerk intakt, die Häuser daneben zerstört.

Auf dem Feld stehen Kinderchen und winken dem Zug zu. Der Himmel bezieht sich. Wir fahren an Gruppen zerbrochener und verbrannter Wagen, verbogenen und zerknitterten Gehäusen vorbei. Drüben erscheint eine dunkle Linie, das sind Berge, der Schwarzwald, wir fahren weit entfernt von ihm an seinem Fuße hin.

Dort liegen in sauberen Haufen blauweiße Knollen beieinander, auch ausgezogene Rüben. Dieser Ort heißt ›Achern‹. Da stehen unberührt Fabriken mit vielen Schornsteinen, aber keiner raucht. Es macht alles einen trüben, toten Eindruck. Hier ist etwas geschehen, aber jetzt ist es vorbei.

Schmucke Häuschen mit roten Schindeldächern. Der Dampf der Lokomotive bildet vor meinem Fenster weiße Ballen, die sich in Flocken auflösen und verwehen. Wir fahren durch einen Ort ›Ottersweier‹, ich lese auf einem Blechschild ›Kaiser's Brustkaramellen‹, friedliche Zeiten, in denen man etwas gegen den Husten tat. Nun große Häuser, die ersten Menschengruppen, ein Trupp französischer Soldaten, eine Trikolore weht. Ich lese ›Steinbach, Baden‹, ›Sinzheim‹, ›Baden-Oos‹. Der Bahnhof ist fürchterlich zugerichtet; viele steigen um: Baden-Baden; ich bin am Ziel.

Am Ziel; an welchem Ziel? Ich wandere mit meinem Koffer durch eine deutsche Straße (Angstträume während des Exils: ich bin durch einen Zauber auf diesen Boden versetzt, ich sehe Nazis, sie kommen auf mich zu, fragen mich aus).

Ich fahre zusammen: man spricht neben mir deutsch. Daß man auf der Straße deutsch spricht! Ich sehe nicht die Straßen und Menschen, wie ich sie früher, vorher sah; auf allen liegt, wie eine Wolke, was geschehen ist und was ich mit mir trage: die düstere Pein der zwölf Jahre, Flucht nach Flucht. Manchmal schaudert's mich, manchmal muß ich wegblicken und bin bitter.

Dann sehe ich ihr Elend und sehe, sie haben noch nicht erfahren, was sie erfahren haben. Es ist schwer. Ich möchte helfen.

Schicksalsreise
Bericht und Bekennntnis (1949)

Erstes Buch
EUROPA, ICH MUSS DICH LASSEN

Teil I
Die Fahrt ins Unbekannte

1. Kapitel
Paris in Erwartung des Schlages

Das Radio meldet

Am 16. Mai 1940, einem Donnerstag, schloß ich vormittags eine Arbeit ab, die mich lange Monate beschäftigt hatte. Das Radio tönte aus dem Nebenzimmer. Der Ansager meldete: die »Tasche« an der Nordfront der französischen Armee hätte nicht geschlossen werden können. Die Meldung sagte nichts von einem Durchbruch, von einem Zerreißen der Front, aber wer Ohren hatte zu hören, hörte. Die Feder wurde mir aus der Hand geschlagen

Ich war nicht unvorbereitet. Tagelang vorher hatten sich schon seltsame Gestalten durch unsern Wohnort, St-Germain bei Paris, bewegt. Der herrliche Park stand in sommerlicher Blüte, die Wege waren voller Ausflügler und Spaziergänger, die Kinder spielten auf den Plätzen. Aber auf den breiten Chausseen, die den Park und die kleine Stadt durchzogen, rollten merkwürdige, unheimliche Wagen, nicht Tanks, nicht Kanonen, sondern – Autos, sonderbar bepackt und verschnürt, mit Betten und Matratzen auf den Dächern, mit Hausrat behangen. Und im Innern, zusammengedrängt, ganze Familien.

Das waren Flüchtlinge aus Belgien und Nordfrankreich. Sie trugen den Schrecken in unsere friedliche Landschaft. Zwischen den Matratzenautos fuhren langsame Bauernwagen, mit Pferden und mit Ochsen bespannt. Darauf lagen und saßen im Heu die Alten und die kleinen Kinder, und voran und hinterher marschierten die kräftigen Männer und Frauen mit großen Schritten. Offenbar waren ganze Dörfer in Bewegung. Viele Männer und Frauen, Bauern in Schaftstiefeln, schoben Karren vor sich mit ihren kleinen Kindern und dem Arbeitsgerät. Das alles hielt vor dem Bahnhofsplatz und wurde verpflegt.

Und einmal hielten auf dem Bahnhofsplatz am späten Abend auch militärische Kraftwagen. Oben hockten junge Soldaten und rauchten. Sie sprachen nicht und sangen nicht. Sie blickten stumm und trübe auf uns herunter. Es hieß, sie kamen von der Front und gingen in Ruhestellung. Aus einem siegreichen Kampf kamen sie offensichtlich nicht.

Als nun am 16. Mai der Speaker mit verschleierter Stimme den schrecklichen Durchbruch im Norden meldete und im Heeresbericht der verhängnisvolle Name »Sedan« auftauchte, fuhr ich nach Paris und setzte mich mit einem Freund in Verbindung, der bei einer Behörde arbeitete, mit der ich selbst in loser Verbindung stand. Wir berieten zusammen, was tun. Er hatte einen hohen Offizier zum Verwandten und war immer gut orientiert. Sein eigener Fall lag einfach. Im Ernstfall würde er mit den Behörden abtransportiert werden.

Mir riet der sehr ernste, kluge Mann, jedenfalls das Schlimmste ins Auge zu fassen und die Abreise von Paris nicht zu lange hinauszuziehen. Denn Paris könne von einem Tag zum andern »Kriegsgebiet« und evakuiert werden. Und wie im letzten Augenblick der Abtransport von Hunderttausenden aussehen werde, das könnte ich mir ausmalen, nach den Erlebnissen des letzten Jahres.

Als mein Freund mich so drängte, mit meiner Familie sofort abzureisen und ich mich nicht geneigt zeigte, kamen wir zu folgendem Abkommen: Er würde mich sofort benachrichtigen, sobald ihm etwas Schlimmes zu Ohren käme. Alsdann sollten meine Frau und das Kind unter allen Umständen abreisen. Mir selbst schlug er vor, dazubleiben und mit der Behörde im letzten Augenblick abzufahren. Die Behörden waren damals angewiesen, ihren Platz nur im äußersten Fall und nur auf Befehl der Regierung zu räumen.

Dabei verblieben wir. Und so wartete ich unruhig und mit wachsender Spannung in St-Germain, bis am 25. abends der verabredete Anruf kam. Wir rüsteten uns schon zum Schlafengehen. Mein Freund trieb mich mit erregter Stimme, sofort den letzten Zug in die Stadt hinein zu nehmen. Es könnte passieren bei der ungeheuren Geschwindigkeit der feindlichen Panzerwagen, daß wir schon morgen von der Stadt abgeschnitten seien. Aber – wir blieben noch die Nacht über. Wir setzten uns am frühen Morgen in Bewegung, zu dritt, zur Flucht aus unserm Zufluchtsort. Einen schweren Koffer hatten wir vorausgeschickt, wir hofften, daß er ankam. Wir selbst gingen jeder mit einem Handkoffer bewaffnet, der Junge mit Rucksack und mit einer Decke für die Nacht.

So sah auf dieser Flucht unsere Habe aus: ein großer Koffer, zwei kleine und der Rucksack. Wie ein Tier, das sich häutet, hatten wir seit Kriegsbeginn alles von uns geworfen: zuerst die Möbel einer ganzen Wohnung mit der Bibliothek – sie lagerten irgendwo – dann die Wäsche, Kleidungsstücke, einen restlichen Bücherbestand; sie blieben in St-Germain. Wir schrumpften immer mehr auf das direkt von uns Tragbare ein. – Aber wir trugen noch zuviel.

Wir sind vormittags in Paris angekommen, in dem alten heiteren Paris. Die wunderbare Stadt nahm uns mit dem gleichen Lächeln wie immer auf. Sie schien noch nicht zu bemerken, was vorging – und ihr bevorstand. Die Menschen saßen auf den Terrassen der Cafés und beobachteten verwundert einige schwer bepackte Matratzenautos, die sich unter die anderen mischten.

Es werden aber nicht zwei Wochen vergehen, da wird die prächtige und glänzende Stadt von einem Todeshauch berührt werden. Aus zahllosen Garagen werden sich ähnlich beladene Fahrzeuge lösen. Und nach drei Wochen wird sich eine schwere Menschenwelle aus der Stadt erheben und sich über dieselben Chausseen werfen, die jetzt die Belgier ziehen.

Wir hielten uns an diesem Tage in einer Wohnung im Zentrum der Stadt auf, wo mein Freund Möbel abgestellt hatte. Dann spät abends begleitete ich meine Frau und den Jungen zur Bahn.

Unheimlich der Anblick des Riesenbahnhofs bei Nacht. Er lag in Kriegsverdunklung scheinbar verlassen. Bei seinem Betreten aber wurden wir hineingerissen in ein wildes Menschengetriebe. Das waren hier fast alles Familien. Es sah aus, als drängten sie zu Ferienzügen. Aber hier gab es keine Spur von Fröhlichkeit. Man hatte im Innern der Stadt den Eindruck haben können: es ist ja alles nicht so schlimm, die Zeitungen übertreiben, der Krieg ist noch weit entfernt. Hier – sah es anders aus.

Jeder Zug nach dem Süden lief mit einem Vor- und Nachzug. Die Menschen stürzten in die Wagen, saßen und standen mit ihren Kindern auf den Korridoren. Familien, die sich sonst mit der billigsten Klasse begnügten, hatten ihr Geld für die erste und zweite hingeworfen, um noch mitzukommen.

Die Schaffner rannten den Bahnsteig entlang. Sie riefen »en voiture«. Ich nahm herzlich Abschied von meiner Frau. Das Kind weinte an meinem Gesicht. Es hielt mich fest und sagte: »In einer Woche kommen wir wieder.« Es wollte gar nicht weg, es dachte an seine Spielgefährten in St-Germain und an seinen lieben Hund, die Zita. Wir beiden Erwachsenen dachten: Die Reise ist nur eine Vorsichtsmaßnahme. Man tut es des Kindes wegen, vielleicht sind wir zu ängstlich.

Aber ein dunkles Vorgefühl, eine Ahnung überfiel mich, als ich dann allein aus dem Bahnhof wieder auf die finstere Straße trat: »Es ist Krieg, man kann bei einem Krieg nie wissen, was geschieht, man sollte sich eigentlich in solchen Zeiten nicht trennen.«

Aber sie fuhren schon, nach dem Süden.

Die letzten Pariser Tage

Ich habe dann mehr als zwei Wochen in jener Wohnung gehaust, die mein Freund als Möbelspeicher benutzte. Er hatte da noch einen seiner Bekannten untergebracht, einen Lehrer, der in Paris als Soldat irgendeinen Dienst versah. Da saß ich in der staubigen Stube, ohne Teppich, ohne Gardinen, las wenig, schrieb wenig, besuchte die und jene Bibliothek.

Und wie ich eines Morgens das Fenster aufmachte, um den Lautsprecher der Concierge unten auf dem Hof zu hören, tönte aus dem Apparat die Stimme Paul Reynauds, des Ministerpräsidenten. Seine Worte konnte ich im zweiten Stock nicht gut verstehen. Aber Reynauds Stimme, die sonst so jugendlich scharf, ironisch und angriffslustig klirrte, tönte diesmal dumpf und erregt.

Ich laufe Hals über Kopf die Treppe herunter. Die Conciergeloge ist von Menschen umlagert. Ich komme gerade recht, um zu vernehmen, was sich gestern ereignet hat, was uns geschehen ist, in Belgien. Der junge König, der Sohn des tapferen »Roi-Chevalier« Albert des Ersten, hat seiner Armee, 900 000 Mann, befohlen, die Waffen niederzulegen. Er hat das getan, hören wir, ohne seine verantwortlichen Minister zu befragen, er hat nicht einmal seine Verbündeten, die Fanzosen und Engländer, verständigt, die er noch vor kurzem flehentlich um Beistand angegangen ist. Er hat seine Verbündeten von gestern in eine furchtbare, ja verzweifelte Lage gebracht. Das Wort »Verrat« fällt nicht, aber es tönt aus Reynauds Anklagerede.

Wir am Lautsprecher verstehen. Es geht um Leben und Tod. Frauen neben mir weinen. Eine junge Frau schluchzt: ihr Mann sei dabei. Die Concierge stützt den Kopf auf: sie hat einen jungen Verwandten bei der Armee.

Ich trotte langsam zurück über den Hof. Es ist ein strahlend heller Tag. Ich steige in meine staubige Wohnung, in die Gerümpelkammer, und sitze vor meinem Manuskript, über das ich ein Zeitungsblatt breite. Was soll das Manuskript, was soll die ganze verflossene Arbeit.

Es bricht über uns herein. Wir können keinen Widerstand leisten. Der Deutsche ist überstark. Seine Art hat etwas Grauenhaftes, Unheimliches an sich. Erst die Österreicher, dann die Tschechen, Polen, dann die Dänen und Norweger, dann die Holländer und Belgier, sie werden alle spielend umgelegt. Sie fallen, als wenn sie erstarren wie der Vogel vor der Schlange, von selbst dem Feind zu. Es ist, als ob sie sich als Opfer anbieten. Nein, das ist kein bloß materieller, militärischer Sieg. Es steckt etwas dahinter, das Grauen einflößt. Vielleicht ist aber allemal ein Krieg kein bloß materieller, militärischer Vorgang.

Nun folgen die Tage, an denen sich die Zeitungen auf ihren zwei kleinen Seiten qualvoll winden, um nichts zu sagen. Man stellt sich aber selber aus den kleinen Meldungen die Vorgänge zusammen, bis man durchschaut, was in Flandern eigentlich vorgeht: Der deutsche Generalstab will sich in den Besitz der französischen Küste setzen, um Frankreich von England zu trennen, und will jedes Land einzeln schlagen, in derselben Weise, wie er vorher Polen, Norwegen geschlagen hat. Jetzt sind wir an der Reihe. Das abgeschnittene Heer aber will der Deutsche vernichten. Wir erleben atemlos den Wettlauf zum Meere nach Dünkirchen. Das unglückliche Heer strebt dem Hafen zu. Man erfährt von den tragischen

Kämpfen, die sich in Flandern abspielen, zwischen einem aufge-
lösten Heere ohne Nachschub und dem riesenstarken fest geführ-
ten und organisierten Feind. Der Feind engt die Zugangsstraßen
zu den Häfen ein. Die Heeresteile müssen sich in geschlossenen
Carrees einzeln durchschlagen. Überall werden Scharen tapferer
Männer hingeopfert, um den Feind aufzuhalten.

Was aber im Hafen von Dünkirchen vor sich geht, das ist nun
sichtbar ganz und gar kein kriegerischer Vorgang mehr, sondern
ein allgemein menschlicher, ein urmenschlicher. Im Hafen von
Dünkirchen haben sich alle verfügbaren Schiffe der Alliierten
versammelt, um die Trümmer der unglücklichen Armee aufzunehmen. An der englischen Küste haben sich auf den Ruf der Regierung Tausende Fischerboote aufgemacht. Sie haben die Fahrt
an die andere Küste unternommen, um zu retten, was zu retten
ist, die befreundeten Männer und die Männer vom eigenen Volk.
Und der Himmel, der unterscheiden kann, was menschlich und
was nicht menschlich ist, hat ihren Willen gesegnet und hat in
diesen Tagen voller Kriegsgreuel alles getan, um die Geschlagenen zu retten und für andere Dinge aufzubewahren. In der Tat,
an diesen Tagen lag das Meer, der sonst so stürmische Ärmelka-
nal, völlig glatt. Und wie über einen Fluß konnten die kleinen
englischen Boote und Dampfer zwischen den beiden Ufern hin-
und herfahren. Und um die Geretteten den feindlichen Fliegerbomben zu entziehen, legte sich zugleich ein ungewöhnlich dichter beständiger Nebel über das Wasser.

Kriegsschiffe deckten den Rückzug. Ihre Verluste waren
schwer. Aber sie waren gebaut, um zu kämpfen.

Erschöpft und in Lumpen kamen die Soldaten des großen
Heeres drüben an. Erbitterung brachten sie mit. Siehe da: Kein
Hauch der Entmutigung ging von ihnen aus.

Ich blieb noch in Paris. Wir erfuhren aus den Zeitungen, der
Deutsche richte jetzt seine Wut auf uns. Stiller und stiller wurde

es in Paris. Im Norden des Landes, an der Somme und Aisne bereitete sich die Entscheidungsschlacht vor. Eine Prozession unter freiem Himmel fand vor der Kathedrale Notre-Dame statt. Tausende nahmen daran teil. Priester und Gläubige beteten unter freiem Himmel und flehten die heilige Genoveva an, die schon einmal die Stadt gerettet hatte.

Täglich ging ich auf die Straße, kaufte die Zeitung und ging mit ihr in den nahen Tuileriengarten, um zu lesen. Da gab es auch etwas Merkwürdiges zu sehen. Eine Baggermaschine arbeitete, sie schaufelte, jetzt, noch jetzt, Unterstände zur Flugabwehr aus. Mehrmals erlebten wir Fliegeralarm; ich mußte öfter laufen, um zu den Häusern zu kommen, denn diese Unterstände wurden nie fertig. Sie waren auch nicht fertig, als wir Paris verließen.

Es kam der Tag des Bombardements von Paris. Die Sirenen heulten wie gewöhnlich, es war mittags, die Polizeiautos sausten durch die Straßen, wir saßen zu fünfzig in dem Keller unseres Hauses, das Abwehrschießen war stark, entfernte sich aber bald, ein paar wuchtige Einschläge erfolgten. Dann, nach einer dreiviertel Stunde, war der Alarm zu Ende. Paris sah aus, als wäre nichts geschehen. Man flanierte, die Autos flitzten wie immer. Im Westen, in der Richtung auf den Eiffelturm, sah man eine weiße Rauchwolke aufsteigen. Es hieß, große Werke, auch das Luftfahrtministerium seien getroffen. Schlimmeres sah ich ein paar Tage später, als ich nach St-Germain, unserem letzten Wohnsitz, hinausfuhr. Auf dem Wege dahin gab es Fabriken, die für das Heer arbeiteten. Da sah man abgehobene Dächer und Häuser ohne Fenster. Ein langes neues Fabrikgebäude war sehr genau getroffen: Aus dem weißen Kasten war wie mit dem Messer das Mittelstück herausgeschnitten. Und in dem Haus, das wir selber in St-Germain bewohnt hatten, empfing mich die alte bucklige Haushälterin und zeigte mir lachend eine Handvoll Granatsplitter, die in unsere Straße geflogen waren.

Die Zahl der Geschäfte, die wegen Abreise der Besitzer schlossen, wurde größer. Immer mehr Matratzenautos fuhren durch die Stadt. Die Bahnhöfe wurden nicht leer. Auf den Straßen vor den Lebensmittelgeschäften begann das »Schlange stehen«, das nun glücklich auch zu uns gekommen war. Man suchte Fett, Kaffee und Zucker, besonders Zucker.

Die Zeitungen brachten einen alarmierenden Heeresbefehl des Generals Weygand. Er ermahnte die kämpfenden Truppen im Norden von Paris; die letzte Viertelstunde vor der Entscheidung sei gekommen.

Und diese Entscheidung kam, so rasch wie alles in diesen furchtbaren Tagen. Eigentlich hatte man auf keine Entscheidung mehr zu warten, sie war schon gefallen, und im Grunde hatte eine zynische deutsche Propagandaschrift recht, welche schon im Winter unter dem Titel: »Warum wir siegen werden« schlicht konstatierte: »Die Entscheidung über den Ausgang des kommenden Kampfes ist gefallen an dem Tage, wo Frankreich und England die Einführung der allgemeinen Wehrpflicht in Deutschland und die militärische Besetzung des Rheinlandes zuließen.«

(…)

30. Kapitel
Ende des Berichts und Ausklang

Damit endet – nicht die Schicksalsreise, sondern was ich von ihr zu berichten habe. Alter und Kränklichkeit sind über meine Schwelle getreten. Sie wohnen unter meinem Dach und bereiten mich auf einen neuen großen Umzug vor.

Eine Weile war diese Körperlichkeit und die Energie, die sie gab, eine Quelle von selbstverständlichem Behagen, und dies war der eigentliche Berechtigungsnachweis für das Dasein. Die Existenz in dieser Körperlichkeit schien ein ständig fließendes Gewässer zu sein, aus dem man trinken konnte, wenn man wollte und solange man konnte. Jetzt – senkt sich der Spiegel des Wassers. Wird ein Flußbett sichtbar?

Das Vergehen der Bäume

Ach, ich kenne Euch, die Ihr wie ich in der Körperlichkeit steht, ich kenne Euch Bäume. Ich betrachte Euch täglich. Ihr steht vor meinem Fenster. Jetzt ist Winter. Ihr steht schwarz und holzig da. Ihr bereitet Euch auf einen kleinen Ausflug vor. Ihr ahnt den neuen Frühling. Es wird in Euch gären. Die Wurzeln im Boden fangen an, neue Fasern zu bilden und zu saugen und zu pumpen. Langsam setzt sich euer Maschinenwerk in Bewegung. Es kommt der Ruck, der Stoß, das Abfahrtssignal; ihr wißt es dunkel voraus, ihr gebt euch nicht Rechnung davon, ihr braucht euch keine Rechnung davon zu geben, denn es kommt alles über euch und ihr willigt ein. Dann bricht euer Inneres durch zur Helle. Draußen ist die Sonne stärker und wärmer geworden. Eure Äste bedecken sich mit zarten Punkten; das werden Knospen. Sie runden sich, sie quellen auf, sie entfalten sich, erst bräunlich dann grün, es sind Blättchen, es werden bald Blätter sein. Ja, es ist sicher. So war es schon früher, schon im vorigen Jahr, schon vor drei Jahren, vor zehn Jahren, vor dreißig Jahren, vor fünfzig Jahren und vielleicht noch länger. Ihr habt es im Gefühl. Dann steht ihr über Nacht verwandelt da, grün in grün, belaubt, seid ein Baum neben andern Bäumen. Es ist April geworden. Ihr fühlt, es wird bald Mai und Juni werden. Es kommt euch vor, als werden sich bald Blüten bilden; das ist der Lauf der Dinge, so wie nach April der Mai und Juni kommt. Und das heißt dann »der Sommer«, und die Blüten werden sich öffnen und die Bienen werden über den Blüten kreisen und den Honig saugen, den sie zu ihren Waben tragen, da bauen sie Zellen aus Wachs, sie wohnen zu Hunderten zusammen, sie sind tüchtige Werkleute. Ameisen werden am Stamm hochkriechen.

So steht ihr stark und rüstig eine Weile, im Sommer und im Herbst. Ihr seid jeden Augenblick da in der Zeit. Und dann bringt es die Zeit mit sich, – die aber keine fremde Zeit ist, – und eure Blüten welken. Die Blätter spreizen sich noch eine Weile und lassen sich behaglich vom Wind heben und senken, ihr schöner Tanz mit dem Winde. Dann fangen sie an, schwerer und müder zu werden und zu gilben, zu bräunen. Ihre Stengel werden trockener, mürber. Die Blätter lösen sich vom Baum. Sie verlassen euch und vermischen sich mit dem Boden, mit der Erde, aus der ihr wachst und auf der ihr steht und die euch Nahrung gibt. Und dann stürmt schon der Wind über euch, – nicht um zu spielen, sondern um zu zerren und zu rütteln und die Blätter abzudrehen. Ich sehe schon, wie sie über den Boden tanzen, mit Staub vermischt, und vielleicht ist ja dieser Staub selber lange zerfallenes Laub. Und so grüßt, von Jahr zu Jahr, im gleichen Baum eine Generation die andere, und die letzte heißt immer die »junge«. Und ihr steht wieder schwarz und kahl im Herbstnebel. Ihr fühlt voraus, es wird Winter, man muß nach Hause gehen, muß zu Hause bleiben und die Türen schließen. Denn draußen schnaubt ein schreckliches Ungeheuer und stößt an die Stämme und will ihnen die Flanken aufreißen: die Kälte, die Kälte. – So geht es euch. Ihr geht eigentlich nie nach Hause, ihr bleibt immer zu Hause. Aber wir Menschen –.

.

Das Vergehen der Menschen

Wir setzen nicht einfach Jahresringe an. Es gibt bei uns nicht solche Wiederholung, keine einfache Addition und nach Erreichung einer bestimmten Ziffer den Schlußstrich, die Natur läßt dich fallen, falls dich nicht vorher das Beil umgelegt hat. Uns befällt auch die Erschöpfung, – aber bei uns kommt es zu Ergebnissen.

Wer alt und älter wird, sieht um sich neue Generationen auf-
wachsen. Sie wissen nichts und gehen frisch in das Spiel hinein.
Unsichtbar oder versteckt sind schon da, zu jeder Zeit, die Millionen, die krank und siech sind und so hinleben. Umgeben sind aber
beide, Gesunde wie Kranke von Friedhöfen, auf denen die früheren Geschlechter ruhen. Nur ein Bruchteil, ein minimaler, der
Menschheit lebt. Die ungeheure Masse, die die vergangenen Jahrtausende bevölkert hat, ist tot. Aber erst das Ganze, das sich durch
die Zeit bewegt und sich in ihr entfaltet, ist der Mensch, der Adam.
Größer an Zahl und an Bedeutung sind die Toten, die wir tot nennen, weil unser Verstand und unsere Sinnesorgane sie nicht erfassen. Ihr Leben flutet, zum Teil niedergeschlagen und befestigt in
unserer Körperlichkeit, durch uns und über uns hinaus.

Geheimnisvoll durchwirkt, gewaltig und furchtbar für uns, die
sich isolieren, ist diese Welt. Aber die Liebe hat sie geschaffen,
und eben sie, die den Kern ihrer Wesen bildet, läßt sie nicht ruhen und nicht fallen. Es gilt für die ganze Schöpfung, was Jesaias
sagt:

»Wie der Regen und der Schnee vom Himmel niederfällt und
nicht mehr zurückkehrt, sondern die Erde tränkt und bewässert
und fruchtbar macht, und Samen zum Säen gibt und Brot zum
Essen, so wird es auch mit dem Worte sein, das aus meinem
Munde kommt. Es wird nicht leer zu mir zurückkehren, sondern
alles vollbringen was ich will. Es wird Erfolg haben bei allem,
wozu ich es sende, spricht der Herr der Allmächtige.«

Schopenhauer meinte, das Wesen der Welt sei blinder Wille. Buddha dachte ähnlich. Sie dachten auch an ein bestimmtes Ende der
Reise für die Aufgeklärten, an ein Ergebnis, nämlich wenn man
den »Trug der Welt« durchstoßen hätte. Der Urwille würde nach
und nach geschwächt, zur Auflösung gebracht, und zum Schluß
würde man in das Nichts gelangen.

Aber es ist kein dumpfer Wille da, kein unsinniger oder irrsiniger Wille, der die Welt bildet und aus dem sie gequollen ist. Für uns gibt es darum nicht bloß Addition der Zeit und Hinsinken, sondern Geschichte und Schicksal. Geist ist und »Urgrund« heißt die unermeßliche Schöpferkraft, Liebeskraft. Ein Urgeheimnis, das man nur nennen, nicht durchdringen und aufdecken kann, ließ die Welt aus sich hervorgehen. Darum verschlingt kein Nichts diese Welt, die so entstanden und getragen ist. Daß ich dem fressenden Moloch, der Anonymität, entronnen, daß ich weiß, Gott sprach: »Ich bin, der Ich bin.«

Gott ist Person, – das war die erste Erhellung, die mir auf meinem Wege wurde.

Daß der Urgrund unermeßliche Schöpferkraft, Liebeskraft ist, war die zweite Erhellung, die mir wurde.

Der Wille aller Zeitlichkeit

Ich sitze in der Elektrischen auf dem Wege nach der Stadt. Im Nebel stehen draußen die Hügel. Die Bäume sind entlaubt und schwarz. Traurig hängen die kahlen Äste. Aber die Früchte, die Samen, die Keime sind schon in den Boden gesunken und warten. Die Bäume können ruhig vertrocknen.

Und das rauscht so durch die Zeit, keine bloße Erinnerung, sondern ein Drang nach der Ewigkeit. Sie ahmen die Ewigkeit nach in der Zeit. Sie rennen hinter ihr her, durch das Sterben, durch den Tod hindurch, der kein echter Tod ist. Sie suchen sich wieder herzustellen. Darum dieser erschütternde Schrei, dieses Betteln der Fruchtbarkeit.

Vor ihnen, zwischen ihnen der Mensch. Dies ist ja seine Natur. Die Dreifaltigkeit, ein einziger Gott und dreipersönlich: gesättigte, geistige und gemütliche Fülle: Der Schöpfer-Vater, aus dem vor aller Zeit der Sohn, das Wort, das liebende Bewußtsein tritt, welches sich ausschüttet.

Das große Grundgesetz ist nicht der Kampf ums Dasein.

Durch die Sakramente werden wir von dem Dreifaltigen Gott schon in der Vergänglichkeit angehoben und an die eigentliche Realität, die Urliebe, herangetragen.

Eine frohe Botschaft ist uns verkündigt. Blicke ich jetzt auf das Evangelium, wo ist das Finstere, Schwarze, Leidende, das mich früher erschreckte? Er kam in die Welt um Liebe zu bringen. Nur nicht erkalten. Sich an Gott entzünden.

(…)

Hamlet oder
Die lange Nacht nimmt ein Ende (1956)

Zweites Buch
[Auszug]

Die Erzählung vom König Lear

I. Teil

[»]Es herrschte in grauer Zeit auf den Britischen Inseln ein König namens Lear, ein starker König, der in Brutalität hinter keinem seiner Lehensmannen zurückstand, auch nicht hinter seinen Töchtern und Schwiegersöhnen. Es war eine völlig learisch durchwachsene Königsfamilie. Einer war wie der andere, keiner war besser als der andere. Natürlich kam sich jeder als der beste, als der Ausnahmefall vor.

Lear selber hielt alle gewaltig bei der Stange. Er war nicht umsonst der König. Seine Verwandten wie seine Untertanen ließ er mächtig bluten. Er erpreßte sie. Das hielt er für sein Recht. Zu den Königseigenschaften, die er sich nicht nehmen ließ, gehörte auch das Gegenteil von Geiz: Verschwendungssucht. Er verschleuderte seinen Besitz. Und wenn sein Besitz verschleudert war, griff er zu dem der anderen. Bei ihm hielt nichts aus; der Besitz verdunstete bei ihm wie Wasser auf der Pfanne. Er forderte, erpreßte und eroberte Besitz, um ihn prompt wegzuwerfen. Das war der Stoffwechsel des Königs Lear. Daraus resultierte sein bewegtes, stürmisches und frohes Leben.

Dieser Verschwender auf dem Thron wußte natürlich nie, ob er und was er besaß. Man muß sich eigentlich hüten, bei ihm überhaupt den Ausdruck ›Besitz‹ zu gebrauchen. Er besaß nie etwas. Besitzen wir die Luft, die wir ein- und ausatmen? Er war so stolz, so königlich, daß er sich nicht dazu herabließ, etwas zu besitzen. Er ließ alles durch sich laufen und an sich vorbeilaufen. Er hing an nichts und vermählte sich mit nichts, und so erfüllte der Besitz bei ihm seine Funktion.

Daher machte es ihm nichts aus, daß sein Geld zum großen Teil in die Taschen von Betrügern floß, und wer an seinen Hof gerufen war, lebte in Üppigkeit und wie es ihm paßte. Sie sollten alle haben, was sie mochten. Wenigstens an seinem Hof sollte keiner darben und sich anstrengen müssen.

Lear war auf seine Art fromm und sagte: ›Wenn, wie es unsere Natur mit sich bringt, wir schon nicht alle in Glück und Freuden leben können, so soll es doch wenigstens einige geben, die es können, um zu zeigen, daß sie nach der himmlischen Seligkeit streben.‹

Er war übrigens der Mann, der Klosterstiftungen auf seinem Gebiet prinzipiell nicht zuließ, mit der Begründung, daß Mönche, die fasteten und sich kasteiten, die Gaben des Himmels verschmähten, also Gotteslästerer wären.

Dieser konsequente Lebemann lag nun schon seit Jahren in der Hand von Wucherern. Er hatte sich früher durch Kriegszüge von seinen Schulden befreit. Wie er aber älter und bequemer wurde, stieg er nur noch zur Jagd aufs Pferd, und die Schulden wuchsen ins unendliche.

Was das Alter des Königs Lear in der kritischen Zeit anlangt, so mache man sich darüber keine übertriebenen Ideen: er stand in der zweiten Hälfte der Vierzig. Er war ein breiter, solide gebauter Herr mit einem höfisch geschnittenen braunen Vollbart, der noch kein einziges graues Haar zeigte. Er war ohne Frau, verwitwet. Eine Musterehe hatte er mit der seligen Reginald geführt, zehn Jahre lang, bis sie starb. Damals konnten sich die Schmeichler, Wucherer und Diebe an seinem Hof nicht breitmachen. Denn die selige Reginald hatte den Geldbeutel des Königs und hielt ihn zu. Sie verstand es, Lear zu nehmen, und er folgte ihr. Er sorgte, daß man sie als Königin ehrte und ihre Anweisungen respektierte. Aber drei verhängnisvolle Töchter hinterließ sie ihm.

Und als sie gestorben war und die Trauerzeit um, rieten besorgte Verwandte dem König, im Interesse der jungen Töchter, die ohne Mutter waren, zu heiraten. Sie hatten gute Partien an der Hand, und er, der König Lear, selber die beste Partie, beschnüffelte gehorsam und noch im Bann der Reginald alle Kandidatinnen, die man ihm offerierte, und entschloß sich zu keiner. Er schützte unermeßliche Trauer vor. Er hinge zu sehr an der Entschlafenen. Man schmuggelte verführerische und vertrauenswürdige Damen in sein Schloß. Er bestand alle Abenteuer ohne Heirat. Er war ein Asket, jedenfalls in bezug auf die Ehe. Und nachher wollte sich keine Dame mehr dazu hergeben. Er war siegreich aus dem Treffen hervorgegangen. Er hatte für sich – und für sein Reich – die Entscheidungsschlacht geschlagen.

Er blieb allein, der König Lear. Es gab keine Queen Lear. Dieser rüstige Mann auf dem Thron sollte viele Nachfolger haben, aber es gab keinen seines Namens, der ein Schicksal gehabt hätte wie er – daß ihm nämlich wie dem Troubadourritter Jaufie von der Nachwelt sein Leben weggestohlen wurde, so daß er nicht mehr König Lear war, sondern ein zottig weißbärtiges, zerlumptes Ungetüm, das die Mähne schüttelte und im Sturm grauenvoll stöhnt und tobt und herumgespenstert.

Aber Himmel, Erde und Unterwelt in seinen Tagen wußten, daß der wirkliche König Lear sich nur höchst ungern von Regen und Sturm überraschen ließ und daher über Heiden nur im Galopp jagte. Welchen Grund sollte er, der kostbar gekleidete Herr, gehabt haben, solche out-door-amusements zu suchen und sich eine Mähne wachsen zu lassen? Nein, er trug sie nicht. Es war gegen seine Natur.

Er trieb es bunt und bunter, von Jahr zu Jahr mehr. Seine Untertanen hatten nicht zu lachen. Sie frondeten hart für die Steuern, die seine Pächter ihnen auferlegten. Er hielt sich eine Unzahl Pferde und trieb einen von den Welschen übernommenen Kleiderluxus. Man erzählte sich Wunderdinge von den Festen auf seinen verschiedenen Schlössern und Burgen, die in tagelange Trinkgelage ausarteten. Und da gab es ja auch die Damen, die Favoritinnen, die er sorgsam und an diversen Orten auseinanderhielt und die in den Schlössern wohnten, für deren Ausschmükkung er angelegentlich sorgte.

Wir hören von seinen drei Töchtern. Seiner legitimen, ach kurzen Ehe mit der strengen Reginald waren sie entsprossen. Aber ich will keinen erschrecken mit der Aufzählung der Söhne und Töchter, die ihm später erwuchsen und Kunde von seiner Lebensfreude gaben. Waren es hundert, wie einige meinten, waren es zweihundert – jedenfalls entvölkerte er nicht das Land. Er tat das Seinige, die durch seine Kriege und Beutezüge gerissenen Lücken zu schließen, ein urwüchsiger Mann, den kein späterer Polen- oder Sachsenkönig in den Schatten stellen konnte.

Wir können uns ausmalen, wohin er auf diese Weise finanziell geriet. Kriege lehnte er ab, nicht aus friedlicher Gesinnung, sondern weil sie ihn zu sehr anstrengten. Ihre Unkosten außerdem, bei Beteiligung ebenso verschuldeter Lebemänner – ein einziger König Lear rief natürlich mehrere Dutzend seinesgleichen ins Leben –, verschlangen die Einnahmen. Er ahnte es. Seine Umgebung wußte es. Sie ließ das Gerücht davon nicht nach außen dringen.

Glauben Sie, Seine Majestät ließ sich durch Fakten beirren und änderte nunmehr allerhöchst ihren sehr liederlichen Lebenswandel? Was denken Sie von Seiner Majestät, dem König Lear! Er hörte sich diesen und jenen Vorschlag an, dabei auch recht ver-

nünftige. Er fühlte sich aber als Lear, an den keine Sorgen heran-
kamen.

Es gibt einige keltische Sagen, die uns in dem Zusammenhang
interessieren werden. Man erzählt sich von göttlichen Bullen und
Schweinen. Man spricht von einer Pferdegottheit namens Epona.

Epona sitzt auf den Bildern, die uns hinterlassen sind, als Bau-
ernmagd mit langen Zöpfen zwischen Fohlen. Sie füttert die jungen Pferde. Dann gibt es Wildschweingeschichten; in dem waldi-
gen Bergland muß es viele Wildschweine gegeben haben, die sich
zu einer Plage entwickelten.

Ein Wildschwein hatte einmal übernatürliche Größe. Es war
schon ein drachenartiges Untier, etwas wie die lernäischen Löwen, derentwegen man Herkules und die Götter alarmierte. Da
hießen nun damals auf unseren Britischen Inseln die kompeten-
ten Götter Manannan und Mod. Diese Götter besaßen, um ihre
örtliche Macht auszuüben und den an sie gestellten Anforderungen zu genügen, auch starke Hunde, gefährliche Jagdhunde. Der
genannte monströse Eber, wie er merkte, daß man etwas gegen
seine Existenz im Schilde führte, sprang in den See und schwamm,
um sich in Sicherheit zu bringen. Die Hunde Mods und Manan-
nans schwammen hinter ihm her. Im Wasser traf man sich. Die
Hunde griffen an, kläfften und bissen. Sie hingen wie blutsau-
gende Parasiten an dem fürchterlichen, schwerleibigen, schäu-
menden schwarzen Monstrum, das dumpf brüllte. Es tauchte. Sie
ließen los. Es kam hoch. Sie bissen wieder zu. Sie hingen an seiner
Kehle, an seinen Lippen, an seinem Bauch. Sie sprangen von hinten auf seinen Kopf und suchten ihn zu blenden, indem sie sich
an seine Augen krallten. Aber das Monstrum trug am Hinterkopf
ein drittes Auge, was sie nicht wußten.

Der Eber zerriß im Kampf, im strudelnden Wasser, unter Brüllen und Heulen einen Hund nach dem anderen. Er hielt zuletzt
zwei, die zappelten, in seinem Riesenmaul und drückte sie so
lange unter Wasser, bis sie kein Lebenszeichen mehr von sich ga-

ben. Dann stieg der Eber, das aus schrecklichen Wunden blutende Ungeheuer, an Land, an das sogenannte Schweineeiland, wo seine Brut sich umtrieb, und dachte sie auf die Gefahr aufmerksam zu machen und zur Flucht um sich zu versammeln.

Auf diesem Eiland aber hatte Gott Mod schon ganze Arbeit geleistet. Mit seinem Spieß und mit kantigen Felsstücken hatte er die Brut vor ihrer Höhle, wo sie spielte, zerquetscht. Die Muttersau hatte er vorher in ihrer Höhle durch einen Gebirgsblock, den er von zwanzig Meilen her holte, eingesperrt und schachmatt gesetzt. Als nun Hermindran, das stöhnende, blut- und wassertriefende Untier vom Strand her anlief, um in seiner Höhle zu verschnaufen, stieß er auf die zerstümmelten Körper seiner Brut. Und wie der Eber rasend stand und grauenhaft schrie und den Kopf nach allen Seiten drehte – aus beiden Stirnaugen blutend, die Augäpfel hingen an seinen Kiefern herunter – und nicht wußte, wohin sich wenden, da stellte sich ihm Mod, der Gott, entgegen.

Der Kampf dieser beiden, des Ebers Hermindran und des Gottes Mod, ist nie beschrieben worden. Mod war ein alter Gott, der, wie es scheint, etwas von dem herannahenden Christentum vernommen hatte und darum abdanken wollte. Man erzählt, er hätte unbemerkt Missionaren zugehört und sich entschlossen, selber überzutreten – wußte nur nicht, wie er es anstellen sollte. Denn er trieb sich in den Bergen meist als wildes Pferd herum und hatte bei den Predigten nie bemerkt, daß sich die Missionare auch an Pferde wandten. Alles betraf nur Menschen. Er hätte sich erkundigen können, aber dafür war er noch zu großartig. In diesem Zweifelszustand lief ihm die Affäre Hermindrans, des Wildschweins, über den Weg; sie kam ihm recht; sie beschäftigte ihn. Er konnte über seine Zerfallenheit hinwegkommen und sich an irgend etwas auslassen. Außerdem gehörte das Zertrampeln von Wildschweinen zu seinem Metier.

Er erwartete in der Nähe der Höhle den unheimlichen Eber. Er hörte das Monstrum brüllen und bemerkte verblüfft, seine Hunde, die er ausgeschickt hatte, die Bestie zu jagen, meldeten sich nicht. Da verließ der alte Mod in der Tracht, die ihm am besten lag, als Rappe, die Lichtung, in die er sich gestellt hatte, um Hermindran abzufangen, und trabte los, sich nach seinen Hunden umzusehen und auf jeden Fall dem Eber den Garaus zu machen.

Der Wald, mit Unterholz und Gestrüpp zugewachsen, war sehr dicht. Ein Wildschwein kennt sich da aus und kommt durch, ein Pferd weniger. Und nun gar solch Riesenpferd, wie Mod als Gott natürlich war. Außerdem war er alt, und seine Gewissensbedenken und die Betrachtungen über die Lehre der Missionare hatten ihn noch schwächer und tapprig gemacht. Als Rappe trabte er so an, aber ein langer weißer Bart wuchs ihm unter dem Kinn, und das machte ihm im dichten Wald zu schaffen. Denn der Bart blieb in den Ästen hängen; dieselben Äste zerrten an seiner pompösen Mähne und rissen sie ihm in Strähnen aus. Mod mußte in Stößen mit seiner Breite und seinem Gewicht, dazu mit Hufschlägen, ganze Bäume niederdrücken. Dieser Wildschweinwald stand im Bund mit seinem Beherrscher, dem Eber Hermindran.

Und nun hatte Mod, der alte Gott, sich zu Hermindran durchgearbeitet. Der hatte das Krachen im Wald schon gehört, aber er wich in seinem Grimm und Gram nicht von dem Schlachtfeld seiner Brut, und er suchte in die Höhle einzudringen, die der Gott mit einem Felsblock versperrt hatte und aus der das dumpfe Heulen der Muttersau scholl. Mod brach hervor und stand dem greulichen Vatertier gegenüber. Er sah, Hermindran kam aus einem Kampf. Nicht nur troff er von Blut, das ihm von den Flanken rann, sondern er nahm auch eine sonderbare, irreführende Haltung ein: er stand mit dem Rücken gegen den Angreifer. Mod bemerkte es mit Haß und mit Vergnügen; denn seine Hunde waren zwar nicht da, Hermindran waren sie zum Opfer gefallen, aber diese Stellung besagte: Die Hunde hatten ihm die Augen ausgerissen, er konnte nur sein hinteres Auge verwenden und daher seine Hauptwaffe, die Hauer, nicht ausnutzen.

Mit einem nicht gerade erstklassigen, aber ausreichend kräftigen Satze sprang Mod auf das geduckte Monstrum, das sich inmitten seiner getöteten Brut hielt. Aber schon glitt Mod aus und kollerte, die Hufe hoch, auf die Seite; das Blut hatte den Boden schlüpfrig gemacht, außerdem hatte er auf einen der vielen kleinen Kadaver getreten.

Ein sonderbarer Kampf spielte sich jetzt ab zwischen dem alten unsicheren Pferdegott und dem blutenden, fürchterlichen, halbblinden Wildschwein. Ich spare mit Einzelheiten. Der Kampf sah nicht in allen Phasen gut für den Gott aus. Die Leute, die später vom bloßen Hörensagen diese Auseinandersetzung glaubten schildern zu müssen, meldeten: Mod hätte überhaupt nur dadurch den Sieg errungen, daß er in einem besonders gefährlichen Moment, als ihn nämlich das noch beispiellos starke Ungeheuer auf seine Hauer schwang und trug, den Gott der Missionare um Hilfe anrief, erst gewissermaßen kollegial von Gott zu Gott, dann aber gewillt, sich zu unterwerfen, und darauf sei es Mod möglich gewesen, sich von den Hauern loszureißen und über den Rücken Hermindrans abzurutschen, und wunderbarerweise kam er jetzt auf seine Beine zu stehen, bevor noch das Schwein auf dem schwierigen Terrain eine Drehung zu machen vermochte. Das Riesenpferd versetzte jetzt dem Monstrum ein Dutzend seiner gefürchteten Hufschläge in die verschiedenen Gegenden, in die Flanken, auf den Rücken, gegen den Kopf, je nachdem das Monstrum, das erlahmte und taumelte, sich drehte.

Und am Schluß, als Hermindran, scheinbar leblos und nur ein entsetzlich zugerichteter Fleischklumpen [von vornherein unterlegen durch Hauer, die nach vorne stießen, und ein Auge, das nach hinten blickte], als das Wildschwein seinen letzten Trick übte, indem es sich urplötzlich unter dem göttlichen Pferd aufrichtete, es umstürzte und sich noch einmal über Mod warf – da hatte Mod nur nötig, seinen Ekel vor der furchtbaren Bestie zu überwinden und ihr in die Kehle zu beißen. Er biß dem Eber, dem schweren Vatertier, die Halsschlagadern durch.

Glühend heiß, in rhythmischen Stößen, ergoß sich das Tierblut über ihn. Mod nahm es als das letzte Opfer, das ihm gebracht wurde.«

II. Teil

Mackenzie griff nach seiner Teetasse. Kathleen sprang zu und goß ihm ein. Lord Crenshaw schien sehr befriedigt:

»Beantworte mir, James, zwei Fragen. Erstens, da doch wohl diese Wildschweingeschichte zu Ende ist: Was ist aus dem Gott Mod geworden? Haben ihn die Missionare getauft? Kannst du mir die Nebenumstände berichten?«

Mackenzie: »Später, Gordon, es hält uns auf. Ich schlage vor: wir ermitteln ein andermal die Umstände, unter denen Mod sich bekehren ließ.«

Er winkte fröhlich seinem Schwager zu. Lord Crenshaw:

»Und die zweite Frage, eine rein erzähltechnische: Wie gelangst du von dieser keltischen Geschichte zum King Lear?«

»Das wirst du sehen, Gordon. Weil Edward meinte, wir hätten Zeit, so habe ich das Bild, ein Gleichnis für König Lear, etwas ausgewalzt. Es ist nämlich ein Bild für König Lear und sein Verhalten. Als wütender Wildeber Hermindran erschien dem Volk bald sein König Lear. Lear verwandelte sich, nachdem er keine Kriege mehr führte, auch die ergiebigsten Nachbarländer abgegrast und kahlgefressen waren, in einen maßlosen Jäger. Maßlos war er ja in allem; er achtete nichts. Hunderte von Jägern und Hunden und Pferden beteiligten sich nun an diesen Jagden des Königs. Es ging ohne Unterschied über bestellte Fluren und Brachfelder hinweg.

Er vernichtete Getreidefelder, Gärten und Obstanlagen. Lear wütete gegen die Substanz seines Landes.

Da geschah es, daß in seinem Land jemand reagierte und diesen entfesselten Wildeber aufs Korn nahm – kein Gott, sondern ein Mensch, und kein Krieger, sondern eine Frau. Meine Geschichte beginnt.

Diese Frau war von niederem Adel, aber aus ritterlichem Haus – und hatte keinen Grund, ihrem König wohlgesinnt zu sein. Denn ihr Mann mußte auf einem der früheren Raubzüge Seiner Majestät zur Füllung der königlichen Kassen sein Leben lassen. Sie nahm sich vor, was ihre eigene Person anlangte, in der Lehnsmannstreue keineswegs so weit zu gehen wie ihr toter Gemahl.

Und als Lear mit seiner Horde einige Male über ihren Boden gejagt war und Schaden angerichtet hatte, verbarrikadierte sie auf allen Seiten den Zugang zu ihrem Besitz mit spitzen Pfählen, die sie schräg nach außen in den Boden rammen ließ, so daß sich Pferde und Hunde verletzen, unter Umständen den Leib aufreißen mußten, wenn sie hier vordrangen. Außerdem ließ sie Fallen und Fanggruben, verstreut da und dort, anlegen. So gerüstet, erwartete sie die Wiederkehr der königlichen Jagd, das heißt den nächsten landesherrlichen Angriff auf ihren Besitz.

Bald flutete Lears Jagdzug auf ihren Grund und Boden und brauste darüber hinweg. Einige seiner Leute blieben auf dem hügeligen und unübersichtlichen Terrain liegen, neben ihren gestürzten und verletzten Pferden, ohne daß sich die anderen dadurch aufhalten ließen – Unfälle, sogar tödliche, gehörten zum Programm dieser Unterhaltungen Lears. Erst bei der Heimkehr sprach es sich bei der Jagdgesellschaft herum, daß einige fehlten und daß jene Edeldame Fallgruben auf ihrem Boden angelegt hätte, und man machte sich daran, der Sache auf den Grund zu gehen.

Und so setzte sich nicht lange danach die wilde, bodenaufreißende, saatenzertrampelnde Jagd, Reiter, Pferde und Hunde, ein kollektives Wildschwein, Hermindran redivivus, in Bewegung und toste an das umzäunte und verteidigte Gebiet heran und war schon ein gewisses Stück eingedrungen, als man gewahr wurde: der König, niemand anders als der König, fehlte. Er war noch eben unter ihnen, sein Pferd trabte mit, ohne Reiter. Er war nicht zu sehen, nicht zu finden, zum Entsetzen der Jagdgesellschaft.

Warum Entsetzen, fragt man. Nun, um die Wahrheit zu gestehen: nur aus einem Grunde, einem einzigen Grunde: die Hofgesellschaft wußte, daß sie im Augenblick, wo er fehlte, verloren war. Sie war von dem Moment seines Verschwindens an nur eine Räuberbande, eine Horde von Verbrechern, Erpressern und Friedensstörern. Wenn man den König nicht bald fand, riskierte man, bald, eventuell schon bei der Heimkehr, gelyncht zu werden.

Ängstliche Stunden des Suchens. Einige Damen, die auch zur Partie gehörten, schlugen sich seitlich in die Büsche; die Ratten verließen das sinkende Schiff.

Was war geschehen? Sie ahnen es. Seine Majestät war in die Hände der resoluten Dame gefallen. Lear war in eine ärgerliche, mit Mist und Dornen gepolsterte Grube gestürzt. Sein Pferd hatte ihn abgeworfen, sich selbst aufgerappelt und war auf und davon. Er aber lag unten. Auf Lears Wut- und Schmerzensgeheul – das Pferd hatte ihm zum Abschied einen Schlag gegen die Brust versetzt – liefen schließlich Gutsknechte herbei und besahen sich von oben mit Hochgenuß den Schaden. Da unten zappelte ein geleckter Tunichtgut vom Hof, lag im Mist, strampelte, bettelte und brüllte. Es klang ihnen lieblich in den Ohren. Den König erkannten sie nicht.

Als er schrie, sie sollten ihm helfen, er wäre Lear, der König, hielten sie sich die Seiten vor Lachen. Er täusche sich, wenn er glaube, für Lear würden sie einen Finger krumm machen. Da solle er sich etwas anderes ausdenken. Und sie ließen sich Zeit, viel Zeit. Schließlich holten sie doch eine Leiter von einem Heuwagen und zerrten den armen Lear heraus. Sie verfuhren sofort mit ihm, wie ihnen ihre Herrin aufgetragen hatte: kümmerten sich nicht um den Protest und die Klagen ihres Gefangenen, sondern banden ihm mit einem festen Strick die Hände auf den Rücken, seinen Hut ließen sie trotz seines Brüllens unten im Mist – er war mit kostbaren Perlen geschmückt – und trieben ihn unter Johlen und mit Stößen zum Gutshaus, vor dessen Tür auf der Veranda die Herrin stand, die den König sofort erkannte.

Als die Knechte den übel duftenden Gesellen die Treppe zur Veranda heraufführten, krähte er: er werde sie allesamt hängen und rädern lassen. Er sah fürchterlich aus, mit Mist und Gestrüpp im Bart, Kopfhaar und an seinem zerrissenen Rock. Er blutete aus der Nase. Das Blut tropfte auf seine Jacke und rann in einem breiten Streifen herunter; Blut rann auch über sein linkes Auge; er schüttelte den Kopf, um sich von den Tropfen zu befreien, und grimassierte.

Es fiel der Dame nicht ein, ihn losbinden zu lassen. Von allem anderen abgesehen, bemerkte sie ja auch, daß er ein Jagdmesser im Gürtel trug. Die Leute mußten ihn auf der Veranda oberflächlich säubern. Dann öffnete sie die schwere Eichentür zu ihrem Haus und ließ ihn vor sich eintreten. Sie schloß die Tür.

Der angeschossene Eber stellte sich mit dem Rücken gegen die Tür. Sein linkes Auge, vom Blut verklebt, war geschlossen. Sein rechtes glotzte sie an, in einem mörderischen Ausdruck. Sie nahm ihm ohne Wort das Messer aus dem Gürtel und behielt es in der Hand. Er verfolgte jede ihrer Bewegungen, den Kopf zwischen die Schultern eingezogen. Er fürchtete sich.

Wieder kehlte er: er sei Lear, der König. Aber er hörte auf zu keifen, vor Angst. Sie schien ihn ermorden zu wollen. Er war allein.

Er beobachtete wie ein Hund ihren Ausdruck. Die Dame sprach.

Er atmete ruhiger. Sie erkannte ihn nicht. Sie hielt ihn für einen Höfling.

Sie gab ihm alle Namen, die er verdient, aber bisher noch nicht gehört hatte. Er erfuhr, wie man von ihm und seinem Hof dachte. Sie nannte ihn einen Banditen im Dienst eines Räuberhauptmanns.

– Was er verbrochen hätte, murmelte Lear.

– Auf ihrem Grund und Boden zu jagen! – Ob er nicht ein Einbrecher wäre und sie nicht das Recht hätte, ihn, in flagranti erwischt, an einem Dachbalken aufzuhängen.

Lears Wut, nachdem er die Situation begriffen hatte, war hin. Keine königliche Empörung mehr, nur bleiche Angst.

Die böse Person spazierte mit seinem Jagdmesser vor ihm auf und ab. Manchmal dachte er, er könnte gegen sie rennen und sie über den Haufen werfen. Aber was hätte er dabei gewonnen? Seine Hände waren schrecklich fest gebunden. Er zerrte an dem Strick, von ihr abgewandt; ohne Erfolg.

Sie befahl ihm, von der Tür wegzutreten, und wanderte dann mit dem Messer um ihn herum. Er drehte sich mit ihr. Es war wie in einem Angsttraum; er fürchtete, sie könnte ihn von hinten erstechen.

Sie setzte sich in einiger Entfernung von ihm auf einen Hocker und hielt sich vor dem Gestank, den er ausströmte, ihr Brusttuch vor die Nase. Sie fragte, was er wohl selber an ihrer Stelle mit sich machen würde. Ob er den Mut hätte, sich sein Urteil zu sprechen, er als Gefolgsmann eines solchen Räubers, eines so erbärmlichen Königs.

Da – erniedrigte sich Lear in seiner Todesangst. Er stammelte etwas, was sie nicht verstand – worauf sie eine klare Antwort verlangte: ob er sich schäme, ob er bereue, ob er sein niederträchtiges Tun ablegen wolle.

Und Lear, König Lear, stammelte: ja, ja, es täte ihm leid – er hätte es nicht gewußt.

›Du bist ihm nur gefolgt, sagst du, du hättest geglaubt, ihm folgen zu müssen?‹

›Ja‹, röchelte er; er nahm die Rolle des Höflings, die sie ihm zuschob, an. Er wollte sie überlisten; sie würde ihn dann freilassen, das Weitere würde sich ergeben. Sie zwang ihn, um sein Leben zu betteln. Er tat alles, was sie verlangte.

Sie trieb jetzt in der Tat ein schreckliches Spiel mit ihm. Sie trat mehrmals mit dem Messer an ihn heran, so daß er glaubte, sein letzter Augenblick wäre gekommen. Sie prüfte den Stand seiner Fesseln. Er wimmerte und schämte sich, daß er wimmerte, um sie milder zu stimmen.

Dann fing sie ein gesellschaftliches Gespräch mit ihm an. Sie fragte, wie lange er diesen König kenne, woher er selber käme, weshalb er an den Hof gegangen sei. Sie trieb ihn immer tiefer in die Lügen. Manchmal kam ihm vor, sie machte sich über ihn lustig und wüßte doch, wer er wäre. Aber das war nur eine vorübergehende Vermutung wegen eines gewissen gelegentlichen höhnischen Tons in ihrer Stimme; ja, es klang manchmal so. Aber dann redete sie wieder unbefangen und setzte das Verhör fort, das ihn schändlich demütigte.

Als sie das eine Weile getrieben hatte und zufrieden schien, bat er, ihm die Hände frei zu machen, ihm wäre nicht wohl. Tatsächlich schwankte er gegen die Wand. Sie schob ihm einen Sessel hin und zerschnitt das scharfe Seil, trat darauf zurück und beobachtete, wie er den mit Mist verklebten Kopf hängenließ, die verstaubten Finger rieb und sich den Kot vom Rock wischte.

Jetzt – ließ sie ihn und ging hinaus, zu seinem Staunen. Er erhob sich sofort, bewegte seine Arme, machte zwei Schritte zur Tür und drückte die Klinke. Die Tür war nicht geschlossen. Er konnte gehen. Vielleicht standen Knechte draußen. Er – kam zu keinem Entschluß.

Da öffnete sich drüben die Tür; die Edeldame zeigte sich und trug ein Waschbecken in der Hand. Sie stellte es vor ihn auf den Sessel, den er verlassen hatte, und lud ihn ein, sich zu säubern. Hinter ihm schloß sie die Tür mit der Bemerkung: es müßten nicht alle Leute sehen, wie er sich wasche. Sie brachte dann Tücher und ein zweites Waschbecken, da sie noch an seinem Bart etwas auszusetzen hatte, und trug zuletzt alles selbst hinaus. Während dieser Vorgänge wechselten sie wenige Worte.

Sie erschien, als er sich leidlich wiederhergestellt fühlte und sich dumpf in einen Lehnstuhl, der in der Ecke stand, fallen ließ, mit einer großen Kanne Bier und einem Becher. Er nahm den Becher unsicher und schnüffelte an dem Bier, das sie eingeschenkt hatte. Er sah sie zweifelnd an, dann – trank er, trank gierig. Sie goß ihm zum zweitenmal ein. Er machte eine Geste: ob sie nicht mittrinken wolle. Sie wies ihn mit einer strengen Miene ab.

Darauf hielt Lear den Kopf wieder gerade und fragte, was jetzt geschehen solle. Er bäte sie, ihn zu entlassen. Den Schaden, den er ihr zugefügt habe, werde er ihr ersetzen.

›Du mir? Von dir will ich nichts. Was kannst du ersetzen. Ich will nichts von dem Sündengeld, das dir Lear zahlt!‹

Er wollte aufbrausen, aber die Angst!

Sie fragte wieder, ob er ein Amt am Hofe hätte oder bloß mitlaufe. Er murmelte, er wäre Edelmann, wie er ja schon mitgeteilt hätte. Sie: Dann solle er dem König berichten, was er hier erlebt hätte. Er solle dem König und den anderen am Hofe zu verstehen geben, daß sie, die Edelfrau, nicht allein wäre, daß noch andere, sehr viele, über ihn und sein Regiment so und noch schlimmer dächten. Der König solle sich hüten. Der Höfling möge das ausrichten.

Lear mit einem zweifelnden Lächeln: Ob sie das wirklich wünschte; es könnte gefährlich sein.

Sie: ›Dem König wird auf jedem beliebigen Terrain im Land, das er verwüstet, dasselbe passieren wie dir hier, nur daß, im Fall wir den König selbst erwischen, solch Unfall anders auslaufen wird.‹

Lear saß eine Weile da, sprachlos über das, was er gehört hatte. Dann gab er sich einen Ruck und stand auf, der wunde Eber. Er versprach ihr in die Hand, den Befehl auszuführen.

›Ich entlasse dich auf Ritterwort, daß du in zwei Wochen, auf den Tag, wieder hier vor mir stehst und berichtest, was der König geantwortet hat.‹

Er drängte ins Freie. Ihm war zum Ersticken, er hatte Lust, jemanden totzuschlagen oder sich selber das Messer in die Kehle zu stoßen.

Sie begleitete ihn auf die Veranda und ließ ihm aus ihrem Stall ein gesatteltes Pferd vorführen, das sie ihm bis zu seiner Rückkehr zur Verfügung stellte. Sie ritt neben ihm bis an die Gebietsgrenze.

Man wird sich nicht wundern, zu erfahren, daß sich Lear danach erst stundenlang im Wald herumtrieb, um seiner Herr zu werden. Der Mordtrieb verließ ihn nicht. Endlich lenkte er das Tier auf die Straße, die zum Schloß führte, und war bald von Kavalieren seines Hofes, die auf der Suche nach ihm hin und her jagten, entdeckt. Er tat, als wäre er gestürzt und hätte ohnmächtig gelegen. Die Kavaliere waren viel zu froh, um noch mehr zu fragen. Sie fanden ihn vom Sturz benommen: er brauchte nicht zu spielen.

Der Vorfall wirkte tagelang in Lear in unverminderter Stärke fort. Dann hatte er sich in der Gewalt und war wieder der alte, scheinbar. Er bewegte sich, schmauste, pokulierte, spielte und ritt. Aber es wütete gräßlich in ihm, er dachte es so zu bewältigen.

Unaufhörlich stand vor seinem Geist die unerhörte Situation. Das Weib mußte beseitigt werden. Es wäre leicht gewesen, das auszuführen, seine Bewaffneten exekutierten jeden seiner Befehle. Aber das war nicht das Richtige. Er wollte wirkliche Rache. Es sollte an jenem Tage geschehen, den sie selber bestimmt hatte. Er war krank vor Ungeduld auf diesen Tag.

Und nun war der Tag da. Lear stellte eine kleine Reiterschar zusammen und ritt mit ihr, ohne selbst dem Hauptmann seinen

Plan zu verraten, auf jenes Terrain hinaus, wo man ihm mehr als das Leben genommen hatte.

An der Gutsgrenze, vor den Balken und Steinen, die dort herausfordernd wie ein Wall aufgehäuft waren, hielt er und ließ durch den Trompeter für sich, den König, und seine Begleitung Einlaß begehren.

Bald erschien beritten die Dame, sprang beim Anblick der Schar ab und verneigte sich tief vor dem König, der jenseits des Walls im Sattel blieb. Augenblicklich befahl sie Raum für seinen Eintritt zu schaffen.

Als die Schar langsam einritt, trat sie auf den König, der sein Roß hielt, zu und pries sich glücklich über die Ehre seines Besuchs. Sie galoppierte darauf als seine Botin voran.

Während der Hauptmann und seine Leute sich vor dem Wohnhaus unter Bäumen lagerten, stieg Lear langsam zur Veranda auf und betrat das Haus, dessen Tür sie ihm öffnete.

Er erkannte den weiten Raum. Mit großer Feierlichkeit geleitete sie ihn zu dem Ehrensitz am Kamin. Sie selbst blieb demütig am Tisch. Wie sie nach ihren Frauen rief, winkte er ab. Er knirschte.

Minutenlanges Schweigen. Er brach es mit drei Worten:

›Hier bin ich.‹

Sie verneigte sich tief.

Er, auf seinem Platz, die Hand am Schwert:

›Du erkennst mich?‹

Sie verneigte sich wieder:

›Du bist der König, mein Herr.‹

Er: ›Vor – zwei Wochen –.‹

Sie sah ihn fragend an.

Er: ›Vor zwei Wochen, du erinnerst dich –.‹

Sie: ›Ich weiß nicht, wovon mein Herr spricht.‹

Die Canaille – jetzt fürchtet sie sich. Sie tut, als wüßte sie nichts.

›Vor zwei Wochen, genau auf den Tag, als ich hier war, versprach ich dir in die Hand, mich dir wieder zu zeigen.‹

›Mein Herr, du hast mein Haus noch nicht betreten. Du erweist mir heute zum erstenmal die Ehre.‹

Er beugte sich vor, rot vor Wut über diese Frechheit:

›Zum erstenmal die Ehre, du, du –.‹

Sie kniete hin: ›Ich weiß nicht, warum du mir zürnst.‹

Er riß an seinem Bart: ›Warum? Warum?‹

Sie sah mit traurigen ernsten Augen zu ihm auf.

Was war das? Erkannte sie ihn nicht? Hatte er sich durch seine Tracht, durch seine Haltung so verändert? Er ließ seinen Blick durch die Halle schweifen, um sich selbst zu vergewissern, daß er sich nicht täuschte.

Er hieß sie aufstehen und nähertreten. Dann: Sie solle ihren Sessel näher rücken. Man mußte die Schlange überführen. Die Sache verdiente es.

›Du erinnerst dich: vor zwei Wochen jagte ich hier in dieser Gegend.‹

›Mag sein, mein König.‹

›Dabei passierte –‹

Er fixierte sie und wartete. Kein Muskel zuckte in ihren offenen Zügen. Sie hielt seinem Blick stand. Man konnte doch nicht so lügen. Oder konnte man doch? Wäre dies ein gewöhnlicher Fall, müßte man die Frau einer Feuerprobe unterwerfen.

Er: ›Und da passierte es –‹

Wieder vollendete er den Satz nicht. Er war konsterniert. Darauf war er nicht vorbereitet.

›Ist damals jemand in dein Haus gekommen?‹

›Bei der Jagd? Niemand, Herr. Ich müßte es wissen. Du meinst: jemand wäre in meiner Abwesenheit ins Haus eingedrungen? Und hätte sich hier versteckt? Ein Flüchtling? Ihr habt jemanden verfolgt? Ich will meine Leute holen. Sie haben mir nichts gemeldet.‹

Er: Sie solle bleiben. – Das war ein außerordentliches Stück. Er glaubte zu träumen. War die Person krank? Sie machte nicht den Eindruck, eine robuste, kluge Person mit hellen Augen. Sie blickte sich, da sie nicht aufstehen sollte, im Raume um:

›Ich fand nichts verändert; es fehlte nichts. Was soll man bei mir gesucht haben?‹

Ihm fiel die Hand vom Schwertknauf. Er setzte sich neu in seinem Sessel zurecht. Sie war – er prüfte nach, er überzeugte sich – Stück um Stück genauso gekleidet wie vor zwei Wochen, trug dieselbe Haube auf dem blonden Haar, hatte dasselbe rote frische Gesicht, denselben energischen Mund; sogar der rote Pickel über dem linken Mundwinkel, den sie mit dem Finger tupfte, stimmte. Also die Person, die vor zwei Wochen ihn an die Tür, an diese Tür gestellt hatte, die ihm das Jagdmesser abnahm und damit um ihn herumspazierte, so daß er sich wie ein Affe um sich selbst drehen mußte, weil er fürchtete, sie könnte ihm von hinten einen Stich in den Nacken versetzen, die dann den Strick an seiner Hand mit dem Messer durchschnitt, um ihn darauf mit schauerlichen Beleidigungen zu überschütten – diese Edeldame, über die er Auskunft eingezogen hatte, Lady Imogen Persh, deren Vater von seinem eigenen Vater in den Ritterstand erhoben war –, sie spielte Komödie vor ihm, eine Komödie, die zu den übrigen Verbrechen ein neues hinzufügte. Sie wollte ihn irreführen. Es war ihr offenbar nachträglich zum Bewußtsein gekommen, was sie sich geleistet hatte. Und sie glaubte, daß er ihr auf den Leim ging.

Da bat sie den König: wenn er sich auch offenbar in dem Haus irre und ihr leider nur darum die unverhoffte Ehre seines Besuches hätte zuteil werden lassen, so möchte er nach dem langen staubigen Ritt von der Hauptstadt doch hier ausruhen und, ebenso wie sein Gefolge, einen Trunk nicht ausschlagen, damit es nicht heiße: Der König, mein Herr, ist hier eingetreten, hat es aber verschmäht, bei mir zu Gast zu sein.

Das alles war ungeheuer herausfordernd. Sie trieb die Sache

weiter und spielte ihre Rolle ausgezeichnet, sicher besser als er seine damals, als er vor ihr stand und sich für seinen eigenen Höfling halten ließ.

Und da blitzte es in ihm auf, ein Einfall, eine Erleuchtung: Es war vielleicht nicht schlecht, das Spiel mitzuspielen! Sie war vielleicht klüger als er. Dahingestellt, ob sie ihn damals erkannte oder nicht erkannte [vielleicht war er wirklich durch den Sturz, den Mist, in seinen zerrissenen Kleidern dem König nicht ähnlich, sie hatte ihn noch nicht gesehen, die Edelleute trugen sich auf den Jagden wie er] – für den Augenblick jedenfalls, unter diesen Umständen, war es vielleicht für beide Teile praktisch, zu tun, als wüßte man von dem ganzen Vorfall nichts. Oh, welch helle Person! Aber stimmte es auch? Er ging darauf ein, gespannt auf den Ausgang, ungläubig, bestürzt über die unerhörte, ungeahnte, glückliche Wendung; er ging darauf ein, zögernd, weil er sich dabei dennoch lächerlich und auf andere Art entwürdigt vorkam, als Bettler, der annahm, was man ihm hinwarf. Denn vielleicht begriff sie, was in ihm vorging, und schlug ihm nur eine Brücke.

Seine Hand, während er sich die Sache gefallen ließ – ihm kam vor, er steckte nicht mehr in seiner Haut, er spaziere auf den Wolken –, tastete noch gelegentlich nach dem Gürtel. Er machte Ansätze aufzubrausen. Schließlich, gewissermaßen um an sich zu schütteln und sich von seiner Existenz zu überzeugen, stand er geräuschvoll auf und stand vor dem Stuhl, finster anzusehen, König Lear, Hermindran, der entsetzliche Wildeber – aber er war es nicht.

Sie erhob sich mit ihm, lächelte zart und demütig. Sieh, wie das lächeln kann, wenn es will. Und hat mich so geschändet und mir diese Wochen voller Qual bereitet.

Sie verneigte sich zeremoniell, wobei sie komischerweise ihre Arme wie ein Muselmann über der Brust kreuzte. Was dachte sie? Sie meinte wohl, sie hätte das Spiel gewonnen!

Sie ging an die Wand und schlug an einen Gong. Ihre Frauen

traten ein, Bäuerinnen, schon im festlichen Schmuck, sie hatten sich zurechtgemacht, als sich das Gerücht verbreitete, der König sei zu einem Besuch erschienen. Auf Weisung der Dame gingen sie daran, die große Tafel der Halle zu decken, Krüge herbeizuschleppen, Blumensträuße auf den Tisch zu verteilen.

Die Szene hatte sich ohne Zutun Lears, der unbeweglich vor seinem Stuhl stand, verändert. Er ließ es geschehen. Die Person hatte, wieder einmal, die Initiative ergriffen. Ihm blieb nichts übrig als mitzumachen.

Aber erst als er an der Tafel ihr gegenübersaß – man hatte alle Türen geöffnet, draußen vor der Halle und unter den Bäumen pokulierten seine Leute und schäkerten mit Bäuerinnen – wurde ihm klar, was geschehen war und was sie vollbracht hatte [und sie ließ sich mit keinem Wimperzucken etwas anmerken, sie war die Dame von niederem Adel, die mit sichtbarem Stolz, ja mit Seligkeit ihren König bewirtete]: sie hatte ihn gerettet. Sie hatte ihm wieder das Leben geschenkt.

Und er fühlte sich ruhig. Er konnte lachen. Er war wieder er selbst. Mehrmals, während man aß, trank und plauderte, wurde er nachdenklich und unsicher [es war und blieb doch eine unerhörte Situation, wie ein Pferd, das einen immer wieder abwirft], und er lenkte tastend das Gespräch auf die ominöse Jagd [ängstlich, sie könnte alles widerrufen]. Aber sie veränderte sich nicht. Ihr Gesicht blieb glatt. Und schließlich ging sie auf ihn ein und bat ihn, ihr doch endlich zu gestehen, was er in ihrer Abwesenheit im Haus gesucht hätte und wie er hereingekommen wäre. Denn niemand hätte ihn gesehen und ihr etwas gemeldet. Hätte er sich verkleidet?

Hier wäre das Stichwort für ihn gefallen: er hätte »ja« sagen und alles aufdecken und ihre Reaktion abwarten können. Es lag jetzt an ihm, er war am Zug. Er – wagte es nicht. Er atmete auf, als sie nicht auf Antwort bestand.

Nicht lange darauf [um nicht doch noch Zwischenfälle heraufzubeschwören] verabschiedete sich Lear, in einem nicht zu beschreibenden Zustand, in einem Gemisch von Bewunderung, Dankbarkeit, Ungläubigkeit, in einer solchen Verwirrung, daß er, bevor sie selbst ihr Pferd besteigen konnte, vor ihr davonsprengte, an der Spitze seiner Leute, und warum? Um draußen außerhalb des Walles zu lachen, brüllend und endlos zu lachen, seinen Hauptmann neben sich in das Lachen mitzuziehen und die Reiter anzustecken. Alle lachten, alle lachten. Der König hatte sich kostbar amüsiert, die Dame hatte ihm Spaß gemacht.

Lear wußte nicht, warum er so grenzenlos wie ein Schulbub in der Klasse, wenn es verboten war, lachen mußte. Er jauchzte sich auf dem Weg zum Schloß seine Verwirrung ab. Er hatte die Dame überlistet, es war maßlos komisch, er war gerettet: sie hatte ihn nicht wiedererkannt. Der bloße Kostümwechsel, die anderen Umstände hatten das gemacht. Ein Frauenhirn. Er hätte gleich zurückreiten und sie dafür umarmen können.

Er kümmerte sich aber in der kommenden Zeit um keine der vielen Ermahnungen, die die Dame ihm hatte zukommen lassen. Er war im Gleichgewicht, der alte Lear. Er trieb es wie zuvor, wenn nicht schlimmer.[«]

(…)

»Tatsachenphantasie!«
Essays und kleine Schriften zu ästhetischen
und politischen Fragen

Futuristische Worttechnik
Offener Brief an F. T. Marinetti (1913)

Lieber Marinetti, das erste Mal waren Sie im vergangenen Sommer bei uns, zur Ausstellung der futuristischen Bilder. Ich schrieb damals für den Sturm: »Der Futurismus ist ein großer Schritt. Er stellt einen Befreiungsakt dar. Er ist keine Richtung, sondern eine Bewegung. Besser: er ist die Bewegung des Künstlers nach vorwärts.« Die Intensität und Ursprünglichkeit, das Kühne und gänzlich Zwanglose schlug bei mir ein. Ich dachte mehrfach und sagte zu Ihnen – bei Dalbelli –: »Wenn wir in der Literatur auch so etwas hätten!« Damals schwiegen Sie. Nach einigen Monaten schwirrten die literarischen Manifeste über unsere Häuser. Das Unzulängliche war Ereignis geworden.

Es war nicht so gemeint. Ich bestreite Ihre Legitimation nicht, uns anzuregen. Sie haben Energie und Härte, Männlichkeit, die einer unter Erotismen, Hypochondrien, Schiefheiten und Quälereien berstenden Literatur mit Vergnügen auf den Pelz gehetzt werden soll. Sie haben in Ihrem »Mafarka« einem massiven, unraffinierten Empfinden öfteren ungebrochenen Ausdruck geliehen. Sie sind rhetorisch, aber Ihre Rhetorik ist keine Lüge. Es ist uns klar, Marinetti, Ihnen wie mir: wir wollen keine Verschönerung, keinen Schmuck, keinen Stil, nichts Äußerliches, sondern Härte, Kälte und Feuer, Weichheit, Transcendentales und Erschütterndes, ohne Packpapier. Die Emballage gehört den Klassikern. Plattfußeinlagen, Gipskorsette und andere Orthopädie verehren wir nebst Sonetten, Weltanschauung höheren Töchtern zum Angebinde. Was nicht direkt, nicht unmittelbar, nicht gesättigt von Sachlichkeit ist, lehnen wir gemeinsam ab; das Traditionelle Epigonäre bleibt der Hilflosigkeit reserviert Naturalismus, Naturalismus; wir sind noch lange nicht genug Naturalisten.

Bis dahin gehen wir zusammen. Sie hören, Marinetti, Sie sagen uns nichts Neues damit; ich kann sagen: Sie bekennen sich zu uns. Jetzt fängt Ihr Manifest und Ihre Bemühung an, außerordentlich heftige Grimassen zu schneiden und zudringlich zu der dreimal heiligen Sachlichkeit zu werden. Sie sind halber Afrikaner; ihre Liebe zur vollen Realität nimmt etwas Berserkerhaftes an; sie schmatzen und kauen an dem immerhin robusten Ding in einer mich jammernden Weise herum; sie schlucken an ihr wie eine Schlange an einem Frosch. Zunächst analysieren Sie die Störungen und Fälschungen, die die künstlerische Produktion durch Vers und Rhythmik erleidet. Das Zwingende, Ablenkende, Selbstgenießerische in der Versdynamik nageln Sie fest, und warnen, klagen um die entschlüpfte Realität. Wollte einer Hummern fangen und bekam Schläge von Marinetti, weil er nicht Kohlrabi gefischt hat. Es kommt drauf an, Marinetti, was einer will; wenn Sie ins Café gehen, werden Sie schwerlich Artilleriefeuer von dem Oberkellner verlangen. Wenn Baudelaire sich von dem Rhythmus bewältigen läßt und durch den Mund dieser Bewegung redet, auf dem Rücken dieser Welle schwimmt, so weiß er, was er tut. Und was gehen Sie ihn an, Marinetti! Er ist ein Künstler wie Sie; die Sachlichkeit, mit der er zu tun hat, kennt er besser als sie. Sie sind kein Vormund der Künstler. Das käme auf Epigonenzüchtung, auf Ihren Selbstmord hinaus. Sie meinen doch nicht etwa, es gäbe nur eine einzige Wirklichkeit, und identifizieren die Welt Ihrer Automobile, Aeroplane und Maschinengewehre mit der Welt? So weit sind wir nicht; so dick ist Ihr Bauch nicht, daß nur ich noch darin Platz hätte. Oder schreiben gar der kantigen, hörbaren, farbigen Welt eine absolute Realität zu, der wir uns ehrfürchtig als Protokollführer zu nähern hätten? Sollten Sie das, der Künstler, meinen, und in dem Sinne unentrinnbaren Naturalismus lehren? Entsetzlich, – und doch scheint es fast wahr zu sein. Wir sollen einzig das Meckern, Paffen, Rattern, Heulen, Näseln der irdischen Dinge imitieren, das Tempo der Realität zu erreichen suchen, und dies sollte nicht Phonographie, sondern Kunst, und nicht nur Kunst, sondern Futurismus heißen? Sie sollten ahnungslos diese lütte lütte Verwechslung: Realität ist Dinglichkeit fertig gebracht haben, Sie, Marinetti? Manchmal glaube ich das wirklich! Und darum vergaßen Sie momentan, warum die Rhythmik und Verskunst Baudelaires-Mallarmés gut, notwendig und himmlisch ist: weil die Kunst auch Narkotika gibt, Stimulantia, über und unter die Wirklichkeit zeigen kann, weil in diesem Ansteigen des Tones, seinem Ausstreuen und bewegsamen Sinken Rausch und Flug liegt, – Sie sind doch zu wenig Aeroplan gefahren –, weil ruhig unter dieser Musik der Worte der »sachliche« Inhalt, der »dingliche« Inhalt gegenstandslos, sinnlos werden kann, zurücktreten, sich verflüchtigen kann. Diese und andere Musik schleppt nur müde an die »Dinge«, die hinter ihr herpoltern. Unsere deutschen Mystiker haben unendlich oft so gedichtet; verwirrend und dahinter eine dunklere Wirklichkeit andeutend; sie klimperten, rauschten nur nach mit den Worten. Und das ist keiner Realität Zwang angetan, dem Dichter kein Zwang angetan, keine Fälschung geschehen, – und wir, die es lasen, fühlten das Belanglose der Worte mit. Können muß mans, Marinetti, das ists. Und sie haben einen Augenblick ein sehr starkes Wort und einen sehr schwachen Gedanken geäußert.

Was Sie wollen, ist klar, – wenn Sie auch das Kind mit dem Bade ausschütten. Das alte Lied: Dichter heran müssen wir an das Leben.

Das Leben bietet noch kolossale Schätze, für deren Hebung wir keine Schaufeln haben. Wir haben nicht nur kein Handwerkszeug, sondern steigen geschminkt, mit Lackschuhen und parfümierten Röcken in das Bergwerk. In Ihrer Hast überrennen Sie, mit sachgemäßer Hacke, Lederzeug und Lampe, sehr freie und große Dinge. Im Grunde sollte ich gar nicht gegen Sie polemisieren, denn es ist zu klar um wessenwillen Sie irren, um Ihretwillen, um ein paar Schlachtbeschreibungen willen, deren Tempo und Lärm Sie famos, in der Tat herausbringen. Aber darum keine Aufregung, keine Revolution; machen Sies nur recht gut; wir freuen uns darüber; es gibt im übrigen noch andere Dinge als Schlachten, und, – unter uns –, man kann sogar eine Schlacht noch ganz anders »machen«, als Sie es gemacht haben.

Aber am schlimmsten, gefährlichsten sind Sie in Ihrer Monomanie, denn Sie sind monoman – wo Sie der Syntax zu Leibe gehen, der Schlachtenplastik zu Liebe. Diese Verallgemeinerung finde ich horribel. Wie verstehen Sie das Adjektiv, Adverb! Es gibt in einem kompletten Satz verschiedene Valenzen; es dominieren verschiedene Satzfunktionäre, bald Subjekt, bald Verb, bald Adverb; Sie können die Wucht eines Wertes erhöhen, abschwächen. Sie können Sätze kürzen, können in Perioden rollen, können ein einzelnes Wort, Substantiv, Adjektiv, Verb, Adverb, einzeln setzen, gerade so können Sie außerordentlich nahe an die Realität heran. Ganz nach Belieben, je nach dem, je nach Ihnen, und wozu auf einmal diese Amputation? Wir wollen doch nicht alle brüllen, schießen, knattern, Marinetti: Sie werden mir doch gestatten, eine heiße Mandelmilch zu trinken, oder eine Torte mit Sahne zu essen, oder Ihnen das Konzept zu verderben, je nach dem, je nach mir! Und wenn Sie nur gelegentlich, für besondere Zwecke, so schreiben wollen, so hindert Sie niemand daran: wir freuen uns über jeden originellen und kraftvollen Stil; in dem heißen Wirklichkeitsdrang sind wir Kameraden; – aber darum keine kategorische Erlasse an uns, die alles so gut, manches noch besser wissen und können als Sie, darum keine welterschütternde Geste und Totschlaggebärden. So tragisch gackern unsere Hennen nicht. Marinetti, Sie greifen uns an; Sie schimpfen uns Passeisten und rückständig; ich verteidige nicht nur meine Literatur, sondern greife auch Ihre an.

Ich sage: man kann Ihre Schlacht noch viel besser machen. Ihre Schlacht ist von Anfang bis Ende vollgestopft mit Bildern, Analogien, Gleichnissen. Gut, aber das sieht mir nicht sehr modern aus, ist doch rechte, biderbe, alte Literatur; ich schenke Ihnen alle Bilder, – aber heran an die Schlacht! Direkt, Marinetti! Ja, das ist bequem, den Feldherrn eine »Insel« nennen, die Köpfe wie Fußbälle fliegen zu lassen, die zerrissenen Bäuche wie Gießkannen sprudeln zu lassen. Spielerei! Antiquiert! Museum! Wo sind die Köpfe, was ist mit den Bäuchen!? Und Sie wollen Futurist sein? Das ist übler Ästhetizismus! Die Dinge sind einzigartig; ein Bauch ist ein Bauch und keine Gießkanne: Das ist das A B C der Naturalisten, des echten direkten Küntlers. Sich die Bilder verkneifen, ist das Problem des Prosaikers. Um solch Durcheinander von Geometrie, Beobachtungen, literarischen Reminiszenzen, Psychologismen zu geben, brauchte es des ganzen bedrohlichen Aufwandes nicht. Die »Insel« des Feldherrn ist ein banales, verblaßtes Bild, – und da will ich Ihnen gleich zeigen, was und wie wenig der Telegrammstil leistet. Sie geben dem Leser [,] Hörer kurze Stichworte zu dem Hauptwort: Etikette an viele Ihrer befreiten Substantive: Köpfe-Fußbälle, Bäuche-Gießkannen etc. Wie bequem und wie dünn ist das, wenn schon Bilder, Assoziationen, Indirektes, dann auch ganz. Sie überschätzen nämlich den Hörer, Leser; Sie schieben ihre Aufgabe, dies Bildmaterial zu formen, ihm zu. Einiges blieb auch mir unverständlich von Ihren Assoziationsreihen, und was gehen mich Ihre Assoziationsreihen an, wenn Sie sich nicht die Mühe geben, sie verständlich hinzusetzen: die Katastrophe der fehlenden Interpunktion und der fehlenden Syntax; denn Sie haben Assoziationen, und das sind Bindungen, und Sie vermögen diese Bindungen auf keine Weise zum Ausdruck zu bringen. Sie vermissen, – man sieht es alle zwei Zeilen – die Syntax, suchen um sie herum zu kommen. Sie zwin-

gen, vergewaltigen Ihre Einfälle, lassen sie unverständlich bleiben, um nicht gegen das Prinzip zu verstoßen. Das ist eine Rohheit gegen die Kunst; Methode hat in der Kunst kein Platz, der
Wahnsinn ist besser. Und was sagt mir Ihr adjektiv-befreites,
verbloses, adverbloses: »Feldherr-Insel«, das sonstige Hintereinander unverbundener Substantive, die blank vorübertreten wie
geschorene Pudel? Es bleibt alles, fast alles im Unbestimmten,
Leeren schweben: mir besagt »Feldherr« nichts, der Zusatz »Insel« macht es nicht besser, – in Ihrem Kopfe steckt alles vielleicht
richtig, aber es ist nicht herausgekommen, noch nicht gedichtet,
zu sprachlicher Realität gediehen, – ob mit, ob ohne Perioden ist
mir gleich. Ich will nicht nur fünfzigmal: »trumb-trumb, tatetereta«, etc. hören, die keine größere Sprechherrschaft erfordern,
sondern Ihren Feldherrn, Ihre Araber sehen, – aber die können
Sie mir nicht zeigen. Sie strecken die Waffen, wo das heißeste Bemühen des Prosaikers anfängt. »Ammoniak, Klinik, Bistouri,
Stierkampf« etc. sind Randbemerkungen; ich will um die eigentümliche atemlose Realität einer Schlacht nicht durch Theorien
betrogen werden, – das Temperament macht es bei mir auch
nicht –; Sie suchten alles so zu verdichten, daß bei diesem Kon-
densationsprozeß ihre Retorten in Stücke gegangen sind und Sie
uns nun die Scherben als Proben Ihrer Kunst vorzeigen müssen.
Ecce Müll. Ein Feldherr kann durch eine Bewegung plastisch
hingestellt werden, muß; muß so hingestellt werden, sonst ist alles nur Geschwätz. Ihre Kavallerie schwimmt ohne Pferde und
Soldaten durch den leeren Raum; nichts von Bodenschwingung,
Luftverdrängung. »Kavallerie« schlankweg: damit kann ich nichts
anfangen; das ist blaß und leer wie »Sonne«, »Geist«, völlig abstrakt. Das Kanonengebrüll, die Schrapnells machen mich zwar
taub, aber nicht blind. Aber zu solcher Abstraktion sind Sie durch
Ihre Theorie verdammt.

Lieber Marinetti, in Ihrem »Marfarka« gaben Sie eine leidenschaftliche Mischung von Drama, Roman, Lyrik; Ihre Gedicht-

sammlung nennen Sie »Destruction«; Ihre letzte Bemühung wirft sich auf das stählerne Gerüst der Sprache; die Matratze blieb heil; Sie flogen in die Luft. An der Ehrlichkeit Ihrer Bemühungen ist kein Zweifel; aber ich finde es bedauerlich für Sie, daß Sie dauernd Mauern vor sich sehen müssen, daß Sie immer anrennen müssen und Ihnen nicht die Leichtigkeit des reinen untheoretischen Dichters gegeben ist, der die Mauern überfliegt. Sie werden vergeblich Ihre Überredungsgabe an uns verschwenden, die selbst schreiben. Man erzielt Plastik, Konzentration und Intensität auf viele Weisen; Ihre Weise ist sicher nicht die beste, kaum eine gute. Bemühen Sie sich, und lernen Sie bei uns! Ihre Bücher haben bewiesen, daß Sie Künstler, Dichter sind, und die Energie Ihrer Instinkte, die Freiheit und Reinheit Ihres Naturalismus, Ihre Antierotik finden unsere volle Sympathie, meine volle Sympathie. Aber vergessen Sie nie, daß es keine Kunst, sondern nur Künstler gibt, daß jeder auf seine Weise wächst, daß einer behutsam mit dem andern umspringen muß. Es gibt kein literarischen Massen- und Universalartikel. Was man sich nicht selbst erobert, bleibt verloren. Gehen Sie nicht weiter auf Herdenzüchtung aus; es gibt viel Lärm dabei und wenig Wolle. Bringen Sie Ihr Schaf ins Trockene. Pflegen Sie Ihren Futurismus. Ich pflege meinen Döblinismus.

An Romanautoren und ihre Kritiker
Berliner Programm (1913)

Der Künstler arbeitet in seiner verschlossenen Zelle. Sein Persönliches ist zwei drittel Selbsttäuschung und Blague. Die Tür zur Diskussion steht offen.

Gewisses ist unverrückbar in der Zeit; Homer läßt sich noch genießen: Kunst konserviert; aber die Arbeitsmethode ändert sich, wie die Oberfläche der Erde, in den Jahrhunderten; der Künstler kann nicht mehr zu Cervantes fliehen, ohne von den Motten gefressen zu werden. Die Welt ist in die Tiefe und Breite gewachsen; der alte Pegasus von der Technik überflügelt, hat sich verblüffen lassen und in einen störrischen Esel verwandelt. Ich behaupte, jeder gute Spekulant, Bankier, Soldat ist ein besserer Dichter als die Mehrzahl heutiger Autoren.

Die Prosaautoren, am ehesten zum Mitgehen-Mitwagen verpflichtet, erschließen die Welt nicht mittels neuer, strenger, kaltblütiger Methoden, sondern kauen unentwegt an »Stoffen« und Problemen ihrer inneren Unzulänglichkeit. Man soll seine vermeintliche inneren Notwendigkeiten zügeln und die Zügel der Kunst in die Hand geben. Dichten ist nicht Nägelkauen und Zahnstochern, sondern eine öffentliche Angelegenheit.

Ein Grundgebrechen des gegenwärtigen ernsten Prosaikers ist seine psychologische Manier. Man muß erkennen, daß die Romanpsychologie, wie die meiste, täglich geübte, reine abstrakte Phantasmagerie ist. Die Analysen, Differenzierungsversuche haben mit dem Ablauf einer wirklichen Psyche nichts zu tun; man kommt damit an keine Wurzel. Das »Motiv« der Akteure ist im Roman so sehr ein Irrtum wie [im] Leben; es ist eine poetische Glosse. Psychologie ist ein dilett[a]ntisches Vermuten, scholastisches Gerede, spintisierender Bombast, verfehlte, verheuchelte Lyrik.

Immer war der Rationalismus der Tod der Kunst; der zudringlichste, meist gehätschelte Rationalismus heißt jetzt Psychologie. Viele als »fein« verschrieene Romane, Novellen, – vom Drama gilt dasselbe – bestehen f[a]st nur aus Analyse von Gedankengängen der Akteure; es entstehen Konflikte innerhalb dieser Gedankenreihen, es kommt zu dürftigen oder hingepatzten »Handlungen«. Solche Gedankengänge gibt es vielleicht, aber nicht so isoliert; sie besagen an sich nichts, sie sind nicht darstellbar, ein amputierter Arm; Atem, ohne den Menschen der atmet; Blicke ohne Augen. Die wirklichen Motive kommen ganz anders woher; dieses da, der lebendigen Totalität ermangelnd, ist Schaumschlägerei, ästhetisches Gequerle, Geschwafel eines doktrinären, gelangweilten Autors, dem nichts einfällt, zu Gebildeten, die sich belehren lassen wollen.

Man lerne von der Psychiatrie, der einzigen Wissenschaft, die sich mit dem seelischen ganzen Menschen befaßt; sie hat das Naive der Psychologie längst erkannt, beschränkt sich auf die Notierung der Abläufe, Bewegungen, – mit einem Kopfschütteln, Achselzucken für das Weitere und das »Warum« und »Wie«. Die sprachlichen Formeln dienen nur dem praktischen Verkehr. »Zorn«, »Liebe«, »Verachtung« bezeichnen in die Sinne fallende Erscheinungskomplexe, darüber hinaus geben diese primitiven und abgeschmackten Buchstabenverbindungen nichts. Sie geben ursprünglich sichtbare, hörbare, zum Teil berechenbare Abläufe an, Veränderungen der Aktionsweise und Effekte. Sie können nie und nimmermehr als Mikroskope oder Fernrohre dienen, diese blinden Scheiben; sie können nicht zum Leitfaden einer lebennachbildenden Handlung werden. An dieses ursprüngliche Gemeinte, dieses Simple muß man sich streng halten, so hat man das Reale getroffen, das Wort entzaubert, die unkünstlerische Abstraktion vermieden. Genau wie der Wortkünstler jeden Augenblick das Wort auf seinen ersten Sinn zurück»sehen« muß,

muß der Romanautor von »Zorn« und »Liebe« auf das Konkrete zurückdringen.

Damit ist der Weg aus der psychologischen Prosa gewiesen. Entweder offenes, nicht mehr verschämtes Lyrisma mit seiner Unmittelbarkeit; Sichergehen in Gehobenheiten und Niederungen; Ichreden, wobei das naive Räsonement zulässig ist. Ich zweifle freilich, ob man diese Form Roman, Novelle nennen kann. Oder die eigentliche Romanprosa mit dem Prinzip: der Gegenstand des Romans ist die entseelte Realität. Der Leser in voller Unabhängigkeit, eine[m] gestalteten, gewordenen Ablauf gegenübergestellt; er mag urteilen, nicht der Autor. Die Fassade des Romans kann nicht anders sein als aus Stein oder Stahl, elektrisch blitzend oder finster; sie schweigt. Die Dichtung schwingt im Ablauf wie die Musik zwischen den geformten Tönen.

Die Darstellung erfodert bei der ungeheuren Menge des Geformten einen Kinostil. In höchster Gedrängtheit und Präzision hat »die Fülle der Gesichte[«] vorbeizuziehen. Der Sprache das Äußerste der Plastik und Lebendigkeit abzuringen. Der Erzählerschlendrian hat im Roman keinen Platz; man erzählt nicht, sondern baut. Der Erzähler hat eine bäurische Vertraulichkeit. Knappheit, Sparsamkeit der Worte ist nötig; frische Wendungen. Von Perioden, die das Nebeneinander des Komplexen wie das Hintereinander rasch zusammenzufassen erlauben, ist umfänglicher Gebrauch zu machen. Rapide Abläufe, Durcheinander in bloßen Stichworten; wie überhaupt an allen Stellen die höchste Exaktheit in suggestiven Wendungen zu erreichen gesucht werden muß. Das Ganze darf nicht erscheinen wie gesprochen sondern wie vorhanden. Die Wortkunst muß sich negativ zeigen, in dem was sie vermeidet: ein fehlender Schmuck, im Fehlen der Absicht, im Fehlen des bloß sprachlich schönen oder schwunghaften, im Fernhalten der Maniriertheit. Bilder sind gefährlich und nur gelegentlich anzuwenden: man muß sich an die Einzigartigkeit jedes Vorgangs heranspüren, die Physiognomie und das besondere Wachstum eines Ereignisses begreifen und scharf und sachlich geben: Bilder sind bequem.

Die Hegemonie des Autors ist zu brechen; nicht weit genug kann der Fanatismus der Selbstverleugnung getrieben werden. Oder der Fanatismus der Entäußerung: ich bin nicht ich, sondern die Straße, die Laternen, dies und dies Ereignis, weiter nichts. Das ist es, was ich den steinernen Stil nenne.

Fortgerissen vom psychologischen Wahn hat man in übertriebener Weise den einzelnen Menschen in die Mitte der Romane und Novellen gestellt. Man hat tausende besondere, höchst outrierte Personen erfunden, an deren Kompliziertheit der Autor sich sonnte. Hinter dem verderblichen Rationalismus ist die ganze Welt mit der Vielheit ihrer Dimensionen völlig versunken; diese Autoren haben wirklich in einer verschlossenen Kammer gearbeitet. Der Künstler hat sich zum Handlanger dürftiger Gelehrten degradiert, sich geblendet, den Kunstfreund und Leser entwöhnt, in den Reichtum des Lebens zu blicken. Man hat eine Atelier-Schriftstellerei gezüchtet, eine systematische Verarmung der Kunst betrieben. Hier k[o]nnte sich der zweite Wahn, der erotische, etablieren. Die schriftstellerische Welt ist succesive vereinfacht auf das geschlechtliche Verhältnis; ein Prozeß, der durch das beifällige Interesse eines schlechten oder schlechtgeleiteten Publikums begünstigt wurde. Diese Verwässerung, Verdünnung des bi[ß]chen Leben, das in die Schreibstuben drang.

Der Naturalismus ist kein historischer Ismus, sondern das Sturzbad, das immer wieder über die Kunst hereinbricht und hereinbrechen muß. Der Psychologismus, der Erotismus muß fortgeschwemmt werden; Entselbstung, Entäußerung des Autors, Depersonation. Die Erde muß wieder dampfen. Los vom Menschen! Mut zur kinetischen Phantasie und zum Erkennen der unglaublichen realen Konturen! Tatsachenphantasie! Der Roman muß seine Wiedergeburt erleben als Kunstwer[k] und modernes Epos.

Der deutsche Maskenball (1921)

Die Drahtzieher

Motto: Es ist nie daran zu denken, daß die
Vernunft populär werde. GOETHE
Hätte die Masse nicht solch dickes Fell,
könnte sie nicht die vielen Helden
ertragen. LINKE POOT

Demokratie ist die Regierungsweise, bei der jeder etwas zu sagen hat. Es genügt aber in protestantischen und katholischen Ländern der Glaube. Wer den Stimmzettel erfunden hat, war ein Genie; man hätte den Mann aber nicht aus dem Zuchthaus lassen sollen. Auch über den Stimmzettel hinaus gewähren die Herrschenden dem Volk den Schein der Freiheit. Es ist nicht zu viel getan. Man soll menschlich sein, mit dem Gesicht. Man handelt ja nicht mit dem Gesicht.

Worte dienen zur Bezeichnung, wahrer oder erlogener, und ferner zu bestimmten Zwecken mit Erfolgen oder Mißerfolgen. Keine Sentimentalität. Urteile können jenseits von Wahrheit und Lüge stehen. Man wird nur im Auge behalten: keine Schonung denen, die die Waffe des Wortes zu schlechten Zwecken gebrauchen.

Es ist unwahrscheinlich, daß die Natur bei der Erschaffung des Menschen ein derartiges Gedränge im Auge hatte. Unser Gehirn ist jedenfalls nicht darauf eingerichtet. Wir denken häuserweise, höchstens dorfweise. Um diesen Schaden abzustellen, hat die Natur nachträglich Journalisten gemacht, aus denen Volksführer und je nach Bedarf Helden und Hochstapler wachsen.

Große Männer sind nicht aus bestem Stoff. In Berlin haben Ärzte festgestellt, daß zahlreiche Revolutionshelden sogar Psychopathen sind. In Berlin-Wilmersdorf kommen bekanntlich die meisten Revolutionshelden vor, die größten Männer. Andrerseits die kleinsten Ärzte, die nicht gelesen haben, daß unter Umständen Genie und Irrsinn –. Man klopft übrigens auf den Sack und meint den Esel.

Man soll nicht so viel von den Helden sprechen, auch die Massen haben's in sich. Hätte die Masse nicht solch dickes Fell, könnte sie nicht die vielen Helden ertragen. Auch das Fell ist zu besingen. Die Menge bedarf sogar vieler Helden, denn wenige oder einer dringt bei ihr nicht leicht durch, und sie vernutzt sie rasch. Sie hat nicht viel andere Begierden als Nahrung, Wohlbehagen, Abwechslung, und braucht Höheres. Das liefern die Journalisten und Helden. Und dann hat die Masse aber noch Geduld, eine große Tugend. Und lebt länger als die Führer, eine noch größere Tugend. Sie ist wie ein Elefant, dem sogar ein kleiner Junge einen Kupferpfennig in den Rüssel stecken kann, er schluckt ihn ruhig. Auch darin ähnelt sie dem Elefanten, daß ihr alles zu einem Ohr hinein und zum andern hinaus geht. Ich nehme an, daß zu diesem Zwecke die Ohren beim Elefanten so groß gemacht sind.

Ein Theater, in dem die Helden auftreten. Man läßt sie agieren, zeigen was sie können. Sie zeigen auch uns, was wir können, nämlich lachen, weinen, uns zerreißen. Man folgt ihnen, verprügelt sie. Sie sind wie Traumbilder, Wunscherfüllung, Entstellung, Entgleisung, Schreck, Pein, aber immer wir. Nichts ist oben auf dem Theater, was nicht unten gewesen wäre.

Diese übernatürliche Schlauheit der Diplomaten. Es ist ein Luxus; die Dummheiten gelingen auch so. Ginge die Menschheit wenigstens noch einen bestimmten Weg, etwa den der Befreiung, wie man so schön dekorativ sagt. Aber so trägt dies solide Weibsbild einfach ein Kleidungsstück nach dem andern auf, steckt dabei immer unverändert die alten Beine und Arme in die neuen Kleider. Sie hat Zeit bis zur nächsten Eisperiode. Vorläufig sieht sie sich die Eisenzeit an.

Clemenceau ist ein Mediziner. Und danach sollte er fein und human sein. Er ist es aber nicht, er kümmert sich eben nicht um solche Redensarten, weil er sie selbst fabriziert. Die Mediziner sind im Gegenteil furchtbar abgebrüht, zwei Drittel Rohlinge und die übelsten Witze stammen von ihnen. Marat war auch Arzt, er hatte ein sehr wirksames Wasser gegen die Schwindsucht erfunden, stieß aber im Verlauf seiner Studien auf die Guillotine. Verblüfft ließ er das Wasser; er wußte wie man der Menschheit auf die Beine hilft, der Kopf war überflüssig, er machte von nun an begeistert in Chirurgie. Clemenceau übertraf seinen Kollegen. Er erkannte den Dilettantismus. Man braucht keine Guillotine, um Menschen zu enthaupten, man setzt Ideen in die Welt, für den »friedlichen Kampf der Geister«.

Clemenceau hat es mit Deutschland zu tun. Er will Deutschland heilen von dem Leiden der großen Begehrlichkeit, er will schröpfen und amputieren, daß es völlig damit beschäftigt ist, sich zu winden. Das ist ein gewohnheitsmäßiges, behagliches Bild im Kopf Clemenceaus. Ich vermute, er hat ein breites Schauspielermaul, die Unterlippe hängt rhetorisch, und er schlürft den Kaffee, in dessen Bodensatz kleine Kinderknöchelchen liegen.

Wie man sieht, ist Clemenceau Demokrat. Soviel ich weiß, hat er sonst Zeitungsartikel und Theaterstücke geschrieben; er ist also mit den Methoden des Volksbetruges vertraut. Man kann dies, da er regiert, auch so ausdrücken: er hat es vermocht, das Volk zu – verstehen. Clemenceau hat die französische Nation bei ihrer fatalsten Stelle gepackt, Revanche und Eifersucht, und hat nichts Besseres, das reichlich in dem Volke ist, dagegen auf kommen lassen. Nationalhaß ist nach Goethe ein Gefühl der niedrig-

sten Kulturstufe. Gegenwärtig befinden sich die meisten europäischen Nationen auf dieser Stufe und auf der allertiefsten die gebildeten Kreise. Clemenceau hat die Franzosen dauernd hier zurückgedrängt, in brüderlicher Kompagnie mit deutschen Töl-
peln.

Er hat in Wespenstichen geredet, aber den klügeren Caillaux
hat der alte Mann beseitigt mit seiner bäurischen Gewöhnlich-
keit und Verschlagenheit. Man kann annehmen, daß der Alte
schon von Haus aus die Minderwertigkeit besaß, die ihn zum
Volksführer befähigte. Dazu kam die Gewohnheit des Hand-
werks. Zuletzt hat ihn das Greisenalter ganz eingeengt und zu einem ästhetisch faszinierenden Bild gemacht. Das Volk war fasziniert, das Volk hat auch schon den scheußlichen Moloch, Hunde
und Affenköpfe angebetet. Er wirkte in seiner liturgischen Monotonie und Monomanie besser als jede Rede.

Ihm war es vorbehalten, den Vorsitz im Friedenskongreß zu
führen. Er arrangierte mit der größten Plumpheit, die darum so
wirksam war, den Versailler Empfang. Er konnte nicht eilig genug
in Straßburg einziehen unter reichlichem Gebrauch der Fertig-
produkte Gerechtigkeit, Humanität, Sieg. Rache ist sein Wort gewesen, Frankreichs Sprachschatz ist größer. Frankreich hat seinen
Namen an öffentlichen Gebäuden eingraben lassen. Das Leiden
des Landes war schwer. Um dieses Leidens willen muß ihm auch
der arme Schächer verziehen werden.

Wenn sich die Völker selbst befreien, so kann die Wohlfahrt nicht
gedeihen. Und darum ist jetzt von Herrn Wilson die Rede. Wie es
mit der Wohlfahrt nach der Befreiung steht, kann man beim Mittagessen feststellen. Aber es kam ihm mehr auf die Befreiung als
auf die Exekutierung Schillerscher Verse an. Über das große Meer
kamen die Scharen dieses Mannes. Er hatte die Clemenceaus gerochen und wollte verhindern, daß sie siegen.

Als es sicher war, daß er in den Krieg ziehen würde, hat sich große Betrübnis vielerorts gezeigt. Als er in den Frieden zog, große Freude. Und als er aus dem Frieden kam, wieder große Betrübnis. Wilson hat mit einem blauen Auge Europa verlassen. Ob er »Goddam« sagte, als er abfuhr, steht nicht fest, aber er hat es hörbar gedacht. Sie haben ihn wacker hergenommen und geschüttelt, und er hat mehr als einmal gedacht, er wäre lieber nicht in den Krieg geraten.

Wilson entwickelte sofort die beste Meinung, untermischt mit mangelhaften geographischen Kenntnissen. Er dachte großzügig in amerikanischen Quadratmeilen, ein Kinderspielplatz ist so weit wie das Königreich Böhmen – aber Europa hat andere Maße, so ärgerte man ihn, übertölpelte ihn, und er konnte nichts machen. Er kam mit Prinzipien einher, die jeder anständige Mensch anerkennen muß, und zu seinem Erstaunen stellte sich in Europa nicht die entsprechende Zahl anständiger Menschen ein. Es lag an der veränderten Geographie. Wenn alle zehn Schritt eine andere Nation sitzt, so ist die Katzbalgerei unvermeidlich, und die verdirbt den Charakter.

Um wenigstens seinen Völkerbund unter Dach zu bringen, mußte er auf allen Punkten sich zurückziehen. Er sah sich zwanzig kleinen Clemenceaus gegenüber; wenn er mit einem fertig war, kam ein anderer. Er hätte nach dem Sieg über die Deutschen noch einen ebenso großen über die Alliierten erringen müssen. Hätte nicht »Selbstbestimmung« sagen müssen, sondern dazu noch »Selbstbeherrschung«. Zum Schluß bemerkte er, daß »Österreich« doch noch ein höherer Gesichtspunkt war als Tschechen, plus Slowakien, plus Herzegowina, plus Böhmen, plus, plus, jedenfalls amerikanischer; es war ihm ein fatales Gefühl, als er das bemerkte. Zum Kampf gegen die Alliierten hat er sich nicht entschließen können: es wurmt ihn, er weiß, daß er es hätte tun müssen. Und nun hofft er, daß seine nachgelassenen Gedanken stärker sind als die Widersacher, und daß sie sich »entwickeln«.

Der tapfere Rationalist, er liegt hundert Klafter lang auf dem Boden. Und ganz heimlich schluckte er kurz vor der Abfahrt noch die bitterste Pille, als ihm höhnisch zugeflüstert wurde: »Das englische Imperium – das ist schon eine Art Völkerbund.« Sonderbar, das schien niederträchtig, und es saß doch im Zentrum. Darüber floh er völlig verwirrt.

Dieser Besuch in Europa hat Wilson sein ganzes Selbstbewußtsein gekostet. Er wäre lieber zu Hause geblieben. Er ist jetzt in Nervenbehandlung. Er wird wahrscheinlich noch erbittert, verdächtig heftig um den Vertrag kämpfen und sich dann ermüdet zurückziehen. Lloyd Georges Ruhe hat er nicht gestört.

Der war doch noch andere Kämpen gewöhnt. Er hat im englischen Reich, das so groß ist wie Amerika, Herzöge, Grafen und Lords Zeit seines Lebens bei den Hörnern gehabt.

Als Wilson kam und von seiner Uninteressiertheit sprach und daß die Besänftigung der Welt sein leitendes Prinzip sei, sagte Lloyd George, daß er dieselben Ziele habe und daß er sich auf Ägypten und die deutschen Kolonien beschränke. Als Wilson mißtrauisch die Selbstbestimmung an erste Stelle rückte, brachte er leicht den Nachweis, daß die fraglichen Völker ihn wollten. Wilson war tief verblüfft und ergrimmt, er dachte erschreckt an Raub, aber auch Lloyd George staunte und verstand ihn nicht. Wenn es sich um Herstellung einer dauerhaften Ordnung auf Erden handele, wer könne dafür mehr in Frage kommen als England, das seit Jahrhunderten die Weltteile mit Zivilisation versorge. Wenn es dabei gewinne, gewinnen nicht auch die Nationen? Es werde Afrika besser bekommen, ein sehr großes Kulturgebiet zu werden als ein Balkan von Völkern, die sich schlagen. Nicht den Völkern Gelegenheit geben, überreich zu werden, um dann aufeinander zu schlagen. Besser zwei, drei seien sehr reich, das übrige ergebe sich von selbst. Als Wilson sagte, man könne das aber für Imperialismus nehmen, machte George eine stolze Bewegung: »Man beschuldigt einen Bürger Roms nicht, wenn man ihn Römer nennt. Im übrigen«, erklärte er scherzend, »haben wir unseren Freund Clemenceau, den Citoyen, er ist für die da, die uns nicht verstehen, er wird die nötigen Ideen bereitstellen.« George verachtet den Franzosen, weil der einen Affekt hat. Das hat so etwas Närrisches für ihn.

Er hat übrigens sonst auch allerhand vor dem Citoyen voraus. Die literarische Volksverachtung scheint ihm eine schäbige Sache, für derartige Bauernfängerei weht auf den Inseln keine gute Luft. Er hat den Krieg nicht aus Rachsucht oder Idealismus geführt, sondern in ruhigem Verstehen englischer Interessen. Diese Interessen sind mit der Wendung »kapitalistisch« schwer abzufertigen, meine Privatmeinung. Aber ruhige Umsichtigkeit ist ein tiefer Genuß, ein Wert. Ich lobe ihn. Besonders im Milieu der Helden und Lumpen.

Lloyd Georges Arbeiter sind bis jetzt keine Staatsverneiner geworden, das hat an ihm gelegen. Es sind, ich weiß nicht, wie viele noch jetzt von ihnen waschechte Liberale. Man stelle sich das für Deutschland vor. George hat der Arbeiterbewegung vorgegriffen, nicht mit Waffen und Unterdrückung, sondern mit Sättigung und Beruhigung. Man kann an ihm studieren, was ein Patriot ist. Selig zu preisen das Land, wo man Patriot sein kann. Es ist das große Unglück des Landes, dessen Sprache ich schreibe, daß sein Realiensinn nicht gleichmäßig in allgemeiner geistiger Entwicklung wuchs. Statt Politiker und Köpfe produzierten wir Verdiener. Der Liberalismus ist seit langem keine geistige Macht in Deutschland. Verächtlich und mit Recht sprechen die Sozialisten von bürgerlicher Ideologie. Man werfe einen Blick auf die ideenlosen Angstprodukte heutiger bürgerlicher Parteien. Als sich die Arbeiter vom Liberalismus lossagten, war der Stab über ihn gebrochen, die Bürger fuhren mit Volldampf zum Feudalismus, unglücklich pendelten sie noch. Der Vorkampf gegen die frechen Feudalen wurde von den Arbeitern geführt, die ehemaligen

Kämpfer wurden Nutznießer und hielten sich retardierend und oft beschämt im Hintergrund. Und jetzt. Wie lebenschaffend wäre die mächtige liebevolle republikanische Gesinnung. Zu spät. »Schizophrenie« sagt der Psychiater, Zerfall der Persönlichkeit. Sie erleiden, weil sie nicht handeln und denken konnten. Soldaten waren lange deutscher Denkersatz. Jetzt denken sie sehr überzeugend – auf der anderen Seite.

Die Deutschen zogen leicht in den Krieg. Sie hatten den Schlieffenschen Plan und keine Hintergedanken. Man konnte ihnen glauben, sie wollten siegen. Nichts wollten sie so sehr als das. Ihnen kam es vor, als hätten sie nur nötig an den Speck zu laufen. Der Satz: »Jede Fähigkeit ist eine Tugend« steht nicht nur in Spinozas Ethik sondern mehr oder weniger glaubt es jeder Mensch. Ein furchtbar unmoralischer Satz, der nicht verdiente, in einer Ethik, notiert zu sein, die mit der intellektuellen Liebe Gottes endet, aber das Buch schreibt getreulich Wahrheiten auf. Beim Vormarsch sagte das deutsche Feldherrnorakel: »Totmarschieren, das ist eine Tugend; wir haben's sogar schriftlich.« Und es geschah Ende August, daß sie wie wild losrannten. Aber die anderen waren bereits in Eisenbahnwagen gestiegen –, welche geniale und gänzlich unbekannte Erfindung der Neuzeit –, sie hatten sich rings in einem Bogen aufgestellt, und statt daß die armen Deutschen sie totmarschierten, hatten sie sich selber –. »Massen und rapide Überwältigung« hatte Schlieffens Testament gelautet. War aber nur als Plan Schlieffens gut. Der Mann war schon tot. Und die Franzosen wollten sich nicht von Testamentsvollstreckern besiegen lassen. Sie beharrten auf ihrem Recht.

Wie die Deutschen betrogen in den Stellungen hockten, wurde ihnen Hindenburg und Ludendorff geboren, die sich rasch zu Ludendorff verdichteten.

Dieser Fünfziger war das militärische Denken, der eingefleischte Drill der Kadettenschule. Typus: »Es ist alles möglich, zu

Befehl Majestät.« Warf sich nach Osten, der Russe wich; ein Rest blieb zu tragen peinlich. Warf sich nach Süden; ein Rest blieb zu tragen peinlich. Die Hacken zusammen nach Westen. Das Hinterland ausgemistet, alles muß rein in den Krieg. Die besetzten Gebiete, alles muß rein in den Krieg. Sieg muß sein, und wenn die Welt untergeht! Aber überall blieben die »Reste« stehen, es war traumhaft. Es ging ihm wie Wilson mit den endlosen Clemenceaus. Er siegte gedankenlos ins Blaue hinein. Bis das Blaue ihn zu schlucken anfing, die »Reste« gegen ihn vorrückten.

Da war das Märchen aus, und wir gingen nach Hause.

Das ganze industrialisierte Volk rollte an die Grenzen. Ein großartiger Anblick. Und als die Wasser sich verliefen.

Meikeles, o teurer Held, wie haben sie dich bejubelt, als du kamst. Du sprachst sofort: »Ich, Herr Doktor Michaelis, werde mir die Führung nicht aus der Hand nehmen lassen.« Und dabei warst du in der »Woche« zu sehen, als der kleine übelgelaunte Bürovorsteher, der Witwer mit dem Regenschirm in der Hand, im pedantisch gebügelten schwarzen Paletot, Trauerflor um den Hut. Du kamst immer von einer Beerdigung.

Er war Pietist. Pietismus ist gern mit Hochmut und Raffiniertheit verbunden, der Schlauheit des Beschummelns. Im Pietismus beschummeln die kleinen Leute den lieben Gott, sie glauben er merkt's nicht. Um Meikeles schwebte immer dieser Arme-Leute-Geruch.

Später ist er Portier geworden.

So sah ein Kämpfer gegen das Infanteriereglement aus.

Darauf sagten die deutschen Bürger: »Ein richtiger Kanzler muß sich bei uns erkundigen, was wir über alles meinen.« Graf Hertling hauchte: »Zu dienen.« Er machte einen richtigen Besuch bei ihnen, Sonntag um zwölf, saß auf dem Plüschsofa, lächelte herzlich und höflich: »Ich bewillige Ihnen alles, ich setze alles durch, nur der Zeitpunkt, da bin ich empfindlich. In puncto Zeit, im Zeitpunkt, muß man mir Zeit lassen. Punkt.« Das leuchtete ihnen ein. Er schlief viel am Tage, er schlief so viel.

Das Infanteriereglement kam leise herbei, zog sich die Stiefel aus, schob ihm die Bettdecke über die Ohren, betrachtete interessiert den Knoten, den die Bürger ihm in das Taschentuch gemacht hatten wegen des Zeitpunktes.

Und dieses war der zweite Streich.

Auf dem Korridor zwischen den vergitterten Fenstern steht ein Alter mit wucherndem weißen Bart, nuselt und nickt. Seine Hände suchen in den Taschen… Er klebt Papierfetzen mit Speichel zusammen, spuckt und sabbert darauf und brummelt geschäftsmäßig. Ein kleiner ebenso Alter latscht in hängenden Hosen, die Jacke im Arm, heran, trübe, ein Tropfen hängt ihm an der blassen Nase: »Ich brauche 1000 Millionen. Ich muß meinen Hund füttern.« Der andere wühlt zittrig in seinen Papieren, klebt neue Scheine zusammen, gibt sie ihm, der stopft sich gleichmütig die Taschen voll, schlurrt ab.

Der Staatsmann: »Herr General, können wir die Alliierten endgültig und entscheidend besiegen?«

Der General: »Darauf antworte ich mit einem bestimmten Ja.«

Der Staatsmann (trifft seine Maßnahmen).

Das Volk (in der Ferne hinter der Absperrung):

»Lieb Vaterland, magst ruhig sein.«

Als die Deutschen den Krieg verloren und Revolution gemacht hatten und nicht gleich die schöne Republik bekamen, die sie doch haben wollten, ergrimmten sie und ließen das Donnerwetter losschlagen. Diesmal wollten sie es packen.

Der Kaliban wurde in Bewegung gesetzt. Die Zeitungen melden triumphierend: der mehrheitssozialistische Wehrminister vermochte den Lärm des ganzen Parlaments mit seiner donnernden Stimme zu übertönen. Man bemerkt sofort, was ein Befähigter ist. Man sieht, was ein wirklicher Arbeiter kann. Und er kann schimpfen, reichhaltig und so erfreulich. Es gab Staatsmänner, die dies absolut nicht konnten, und wenn Zeiten kommen sollten, wo er heiser ist, so wird er nicht zögern und berufene Instrumente mit Pulverladung hinzuziehen. An Stimmübergewalt soll es ihm niemals fehlen. Denn er ist ein Tischler, nehmt alles nur in allem. Jeder Zoll ein Leimtopf. Er hat erfaßt: die Menschheit ist ein Kistendeckel.

Wenn er sich schlafen legt, summen die Fliegen, die er am wildesten haßt, um seine schnarchende Nase. Sie legen ihm Eier in die Ohren, unter die Achsel, und er brütet sie aus. Beim Aufwachen faßt er nach dem Bierseidel, und sofort geht das Regieren los.

Die Traumbilder der Masse.

Von einem Mann habe ich noch nicht gesprochen, der vielen im Krieg und einigen im Frieden eine Hoffnung war. Vom Papst habe ich nicht gesprochen. Ich habe nie an ihn gedacht. Derjenige Mann ist keine Realmacht, dessen Anhänger sich während des Krieges wechselseitig erschlugen. Gemeinschaft in den Sterbesakramenten genügt nicht. Ich hätte nie die Parole einiger höchst ernsthafter und geistreicher Leute für möglich gehalten: »Es lebe der Kommunismus und die katholische Kirche.«

Eine neue höhere Kirche soll uns führen. Ich grüße ehrfürchtig diesen Gedanken. Aber ich weiß: vorläufig und ach wie lange noch müssen wir uns mit dem gemeldeten Ersatz der Clemenceaus, Meikeles und so weiter begnügen und für jede Ausnahme dankbar sein. Bis heute ist nur die Trägheit zusammengefaßt.

Wenn die Masse und ihre Führer sich begegnen, sieht es weniger nach Gottesdienst als nach Kasperletheater aus.

Seufzen wir darob nicht, teure Idealisten. Linke Poot geht euch

mit gutem Beispiel voran. Die Drahtzieher umwandert er staunend und bläst ihnen heftig seinen kitzligen Atem von unten in
die Nasenlöcher. Wo er lange Ohren sieht, schlägt er kein Kreuz,
sondern zupft herzhaft wie an einer Klingel daran. Der träumenden Masse aber wühlt er sich in das dichte behagliche Fell und
läßt sich von ihr schaukeln. Er nennt sie »sein liebes Tier«, was
das größte Lob dieses Atheisten ist. Er stammelt manchmal, er
weiß nicht wie ihm ist, mit Whitman: »Für dich dies von mir, o
Demokratie, dir zu dienen, ma femme, für dich, für dich rufe ich
diese Lieder.« –

An die Geistlichkeit

Es geht geradlinig weiter. Gewaltig regiert über die Menschen
nicht der Hunger, die Liebe, das Militär, die Kirche, sondern die
Elektrizität und die Industrie. Die entscheidenden Anschläge auf
die Menschheit werden seit langem vor Konstruktionsbrettern
und Versuchslaboratorien verübt: diplomatische Kabinetts, Par-
lamente, Kriegsschauplätze sind ausrangiert oder kommen ne-
bensächlich in Betracht. Indem der Geist auf Elektrizität und
Dampf verfallen ist, hat er sich für einige Jahrhunderte festgelegt,
und sein Schicksal vorausbestimmt. Wie ein Musiker, der sich
eine Symphonie vornimmt, nun für Jahre kein Lied oder keinen
Tanz machen kann. Wir haben für einige Jahrhunderte die Industrialisierung der Welt vermittelst Elektrizität, Dampf und son-
stigem Stahlgerät vor, unbekümmert um die Folgen. Nichts wird
uns beirren. Wir werden nach Ablauf der Zeit sehen, was wir gemacht haben.

Die europäische Menschheit ist kein Säufer, der seine Wirtschaft zugrundegehen läßt. Es ist ein Unterschied zwischen Leidenschaft und Leidenschaft. Hier ist ein echter Teil der menschlichen Seele tätig. Ergreifend der Einfall der Altertumsforschung,

von Steinzeit, Kupferzeit, Bronzezeit zu reden. In solcher Weise monomanisch frönt die Seele jetzt dem Eisen.

Ihr Tun wirkt aufs stärkste auf sie selbst zurück. Als der Mensch schneiden lernte und Feuer machen, hat er seinen Unterkiefer langsam zum Verkümmern gebracht. Mit der Wichtigkeit seiner Einfälle und solcher Einfälle kann sich nichts von dem vergleichen, was wir innerhalb unserer Kulturwelt treiben; weder Kant noch Buddha konkurrieren hier. Jetzt können, kraft Elektrizität und Industrie, die Menschen von weit her zueinander kommen, sich aus fernen Erdteilen ernähren, sich nach Begabung spezialisieren; Völkerstämme werden aufgelöst, ineinander geschoben, müssen ihre Sonderideen aufgeben. Wir treten in die Epoche der Zusammenfassung der Menschheit. Noch ist Afrika eine fremde Welt; China, ja Rußland sind sehr fern; noch gibt es urzeitliche Menschenstämme. Und wir selbst sind größtenteils noch zwölftes bis fünfzehntes Jahrhundert.

Die geistige Saugkraft des Technisch-Industriellen ist so stark, daß Unterscheidungen innerhalb der Gesellschaft wie Kapitalismus und Sozialismus vor ihr belanglos sind. Industrialisieren wollen beide die Welt, dies ist ihr gemeinsames Dogma; der heutige Sozialismus ist ein echtes Kind der Industrie und wird seine Eltern nicht verraten; im übrigen ist der Kapitalismus ein Überbleibsel aus kleinindustrieller Zeit. Er ist kein Krebs, sondern mehr ein gewaltiges Hühnerauge, entstanden aus dem Druck zu enger Stiefel, das mit den weiteren Stiefeln zurückgehen wird, wenn es nötig ist mit, sonst ohne Barbier.

Gleichzeitig mit der Zusammenfassung der Menschheit wird die Möglichkeit der Massenkämpfe größer, die Wahrscheinlichkeit der Unterjochung schwächerer Gruppen; die Machtansammlung in einigen Händen kann einen ungeheuerlichen Grad erreichen. Es werden rebellierende Bewegungen entstehen, im allgemeinen wird sich ein harter listiger Menschentyp als herrschend entwickeln, der zuletzt sein Capua erlebt. Capua ist das Ende der Industriebewegung. Darauf Übergang der Führung auf Ideengruppen, die inzwischen gewachsen sind. Es kommt wieder zu einem Zusammenschrumpfen von Gruppen, jedoch nicht auf den Grad vor der Industrialisierung. Die Erschlaffung im Technisch-Industriellen wird allgemein, an vielen Stellen wird es zu Atomisierung und Isolierung kommen. Man kann als sicher annehmen, daß auch in dieser Zeit die Industrie nicht verschüttet wird, aber sie wird in vieler Hinsicht überflüssig gemacht werden.

Das Technisch-Industrielle zurücktretend macht nun erst einer umfassenden Kulturbewegung Platz. Erst jetzt kommt es zu großer kultureller Produktion. Damit sind wir auch schon auf dem absteigenden Schenkel der ganzen Bewegung. Die Kassandrarufe ertönen. Die Entwicklung der Völker, ihr Auseinanderfall ist in verschiedenem Tempo erfolgt, alte Räuberinstinkte erwachen. Es kommt eine Zeit der Neugruppierung der großen neuen Politik, im ganzen geht es rückwärts.

Goethe, Shakespeare und tanti tutti sind nur in halb oder ganz agrarischen Ländern möglich. Wo die Naturwissenschaften und ihre Anwendung in solchem Frühling steht, bleibt dem Geistigen nur die Rolle des Lobspenders oder Refraktären. Naturwissenschaft und Industrie führen jetzt das Wort des Geistes. Wir gelten bald nur noch als Import für Amerika, wie der Knochen eines Höhlenbären. Oder wie die Dichter bei den alten Fürsten, zwei Drittel Clown, ein Drittel Tafelaufsatz.

Nur nicht zu wild mit die jungen Pferde. Wie kommen wir erst aus dem Dreck. Ich traf vor nicht zu langer Zeit auf offener deutscher Straße einen Medizinmann, er hatte die Zauberinstrumente bei sich, man küßte ihm die Hand, verbeugte sich, er machte mystische Handbewegungen. Man nannte den maskierten schauerlichen Menschen Priester. Wenn es so steht, braucht uns noch lange nicht die Puste auszugehen. Wir haben offenbar sehr viel

Zeit. Und ich multipliziere alle Daten meines pythischen Orakels mit zehn und sage überhaupt für nichts gut.

Über ein Jahrtausend haben wir der dumpfen warmbrütenden Seele gefrönt. Damals war die Erde schön und weitläufig, die Menschen tanzten einzeln herum und spielten wie junge Hunde miteinander. Sie wurden in ihrer Hilflosigkeit dressiert mittels wüster prunkhaft vorgetragener Suggestion. Eine echte Diktatur der Intellektualität organisierte sich als Kirche. Stolz waren sie, ihre Absicht: an den lieben Gott heran. Darunter machten sie es nicht. Intellektualität mit aller Überschwenglichkeit der Herrschsucht, die als Logik paradierte, der Selbstvergötterung, Borniertheit, Schwäche, Krankhaftigkeit. Als die Schwindsucht der Intellektuellen zunahm, weil sie doch nur an den eigenen Pfoten sogen und sich mit Tinte ernährten, gab es einen Zweikampf mit jenen halbwegs dressierten Hunden, die sich selbständig machen wollten. Die Sache zieht sich bis heute hin.

Ich bin übrigens neulich auf offener Straße einem Medizinmann begegnet.

Wie sie dem Zentrum schmeicheln, mit ihm Bündnisse schließen. Diese Sozialisten und Demokraten sind echt deutsche Rasse. Angst haben sie, den Mut hat professionell das Militär; um den Geist bekümmern sie sich nicht, der ist Sache ihrer Dichter – gewesen. »Das Zentrum ist dumm, aber es ist«, und so läßt man es und näßt ihm, wie ein junger Hund, nur etwas vor die Füße. Vor allem pensioniere man die Nachlaßverwalter der alten Diktatur. Sie machen wie die schlechten Doktoren ein endloses Geschäft aus dem Sterben. Ich bin gespannt, was aus der ganzen Gläubigkeit wird, wenn man die Behörden und Theologiebeamten abschafft. Es sollen für alles Geschäftsleute auftreten und die etwa vorhandenen Bedürfnisse an ihren Wagen spannen; der freie Wettbewerb soll losgehen. Es gibt dann noch religiöse Theater, Verkaufshallen. Man wird irgendwo die beste Seife und die am sichersten garantierte Unsterblichkeit annonziert finden. Die ganze Angelegenheit wird ein gesünderes Aussehen bekommen. Man sage doch offen: nicht Trennung von Staat und Kirche, sondern Trennung des Staates von dieser Kirche. Religion ist natürlich nicht Privatsache, das ist ja ein schauderhafter Schnitzer, aber der Kirche geht es so schlecht, daß man sich als Privatmann vor ihr zurückzieht. Sie ist wie eine Kriegsgesellschaft, hat noch alle großen Gebäude inne, massenhaft schwer bezahltes Personal, Fauteuils, magische Beleuchtung, und der Krieg ist schon lange aus.

Kinder, die arme Frau, laßt ihr doch, sie will ihre Ruhe haben. Wenn man so viel Malheur angerichtet hat in der Weltgeschichte, kann man mit sich zufrieden sein und auf Pensionierung bestehen. Neben Malheur auch Bonheur, gut, sie hat ausgedient, wir können ihr das bißchen Gerechtigkeit auch schenken. Sie wird davon auch nicht lebendig.

Steif wie ein Bock verharre ich darauf: ihr ganzer Nachlaß mit dem einen Gott, mit den drei Göttern, mit der Unsterblichkeit, der Erlösung, der Sünde ist meistbietend an Bibliotheken zu versteigern. Es ist besser, zehnmal besser, exzessiv für Biologie und Naturwissenschaft zu leben und wie Häckel zu verblöden. Restlos müssen diese traurigen Zwangsvorstellungen zur Atrophie gelangen. Auf einem reicheren breiteren Boden müssen neue Ideen wachsen.

Keine Rückfälle, keine Sentimentalität. Um Gottes, pardon, um Kants Willen keine Neumystik.

Drei Geistigkeiten hat es heutzutage. Es ist nicht zu verstehen. Die Wissenschaft, die Kunst, die Geistlichkeit. Die Geistlichkeit mit ihrem einwandsfrei geoffenbarten Wissen ist mir ein besonderes Problem. Sie hat in keinem Fall, wenn wir unter uns ehrlich sind, eine Selbständigkeit neben den anderen. Um Seelenarzt zu sein, braucht man wenigstens heutzutage nicht zu den »Müttern« herabzugehen; mit etwas Wohlwollen, Güte und Menschenkenntnis, dazu bisweilen mit Freudscher Methode kommt man ausreichend ans Ziel.

Hunderttausend Geistliche in der Welt! Ich frage mich, worauf sie eigentlich warten. Sie wissen das, was man ihnen sagt, doch alleine.

Meine Herren. Nochmals meine Herren. Da ich es gut mit ihnen meine und jetzt etwas Ernstes kommt, sage ich zum drittenmal: Meine Herren. Lassen Sie sich auch bevormunden? So wie ich, als ich noch ein junger Hund war. Ach, ich weiß, Sie sind vielfach gutbürgerliche Leute, die um die Existenz ringen. Aber Sie wollen doch mehr sein als Beamte. Jeder Künstler und Wissenschaftler möchte mehr sein, Titel verfangen bei ihnen nicht. Wie viele sich von Ihnen, meine Herren, mit den Weihen, dem Amt und der Vollmacht begnügen, ist mir nicht klar. Es wäre mir etwas zu schäbig, ich kann nicht dafür. Wenn Sie sagen, Sie produzieren die irdische Zufriedenheit, so bemerken Sie vielleicht selbst, daß Ihnen die Konsumgenossenschaft der Gläubigen davonläuft. Demnach bemerken Sie in Ihrem Verstande, der an Thomas und Augustinus gewitzigt ist, daß Sie die Sache falsch anfassen. Ein Koofmich könnte jedenfalls den Pfarrer lehren.

Ich möchte Ihnen einen zeitgemäßen, aber sehr praktischen Vorschlag machen: wählen Sie Räte.

Ich wiederhole: wählen Sie Räte.

Um dieses Vorschlags willen habe ich Sie vorhin so eindringlich angeredet und Herren genannt. Besprechen Sie unter sich die Eigentümlichkeit Ihres Standes und Ihrer Lage, die eine Notlage ist; Sie, das heißt diejenigen, die wirklich seelsorgerische Praxis üben, mit dem Volk umgehen. Ich sage »Volk«; es wird langsam wieder eine Gemeinde, und bald ist es nur eine Herde, und Sie sind nur noch Inspektoren Ihrer Baulichkeiten. Emanzipieren Sie sich von der Obrigkeit, wie es andere getan haben. Wie wäre es mit ein bißchen Klassenkampf. Ich bin sehr dafür. Gehen Sie nicht auf die Bibel zurück, sondern noch hinter die Bibel, wo die Religiosität sich ohne große Mythologie regt, wo eine Gemeinde ist, für deren Bedürfnisse man sorgen soll. Und wo von einer Obrigkeit nichts zu finden ist. Ganz kraftlos, man sah es ja im Kriege, ist jene Bureaukratie, die Sie zu ihren Organen zu machen sich anmaßt. Die Sie nicht über sich gesetzt haben und die so richtig auf Sie und andere spekulierte, indem sie sich die tollsten angebeteten Insignien und Titel der Machtvollkommenheit und Selbstherrlichkeit gab.

Treten Sie zusammen, besprechen Sie unter sich, daß Sie in nicht gar zu ferner Zeit mehr oder weniger tief im Wurstkessel sitzen werden. Ferner, daß Sie sich neue Statuten geben wollen. Ihre Schlauheit in diesem Falle liegt darin, daß Sie nicht wie Fanatiker verfahren, die erst die ganze Wirtschaft verelenden wollen und dann sozialisieren, sondern Sie greifen in diesem schon vorgerückten Augenblick ein, verhindern weitere Sabotage durch die Behörden und bemächtigen sich des ganzen Apparates.

Ziehen Sie rasch Vertreter der Konsumgenossenschaften zu, also der Gemeinden, das heißt aller derer, denen Ethisches am Herzen liegt, nicht bloß Vertreter Ihrer eigenen Religion. Und da kommt das Wichtigste. Machen Sie es wie die Arbeiterräte mit den Parteien: nämlich gehen Sie sachlich vor und kümmern Sie sich nicht um die Schemata. Amerika den Amerikanern und die Dogmen der Dogmengeschichte. Es muß allgemein festgestellt werden: welche Bedürfnisse sind zu befriedigen, welche Mittel sind zur Zeit vorhanden und welche sind angebracht? Kein zu langes Theoretisieren! Rasch an die praktischen Dinge! Was soll aus den Baulichkeiten werden? Wie sollen wir Geburten, Tod, Hochzeit feiern, andere Punkte im Leben, nicht allgemein, sondern in dieser Gegend, in dieser Landschaft? Sie werden nach fünf Minuten die Unterschiede zwischen katholisch, evangelisch, jüdisch, mohammedanisch nicht mehr festhalten, nicht wissen, was damit anfangen. Es braucht kein umfassendes Reglement ausgearbeitet zu werden. Überall die großen Grundsätze und freie Hand.

Sie sind verkümmert. Mühen Sie sich bedenkenlos und fruchtbar um das menschliche Wohl, wie Sie es sich dachten, ehe Sie magistratlich verkleidet wurden und Angestellte des Zentralbureaus für theologische Absatzartikel. Sie beantworten den Austritt der Massen aus der Kirche mit dem Austritt der Geistlichen aus der Kirche. Wo du gehst, da will auch ich gehen. Die Hirten haben ein Verlangen nach der Herde.

Helfen Sie Hunderttausenden, indem Sie sich besinnen und Mut finden. Mut! Ehren Sie Ihre hohen Vorgesetzten, indem Sie ihnen Akademien gründen und sie mit den weltfremdesten Titeln belegen.

Säkularisieren Sie sich für die Allgemeinheit!

Versteinert die Schule wie die Kirche.

Die Schulen der Reformer sind mir unbekannt. Die Schule des Staates kenne ich sehr genau. Sie ist die Kaserne der Jugend. Wenn ich an die Schule denke, erinnere ich mich der schrecklichen nationalistischen Orgien, einer ultravioletten Hilflosigkeit in Dingen der Menschenkenntnis und Pädagogik. Wie die Kirche aus der Vorzeit die unerbittliche Mythologie mit sich schleppt, so die Schule die sakrale Allgewalt des Lehrplans. In keiner Weise wurde Bildung betrieben. Das Wissen bekamen wir nicht zu wissen, sondern es wurde uns geoffenbart und wir mußten es glauben und behalten. Wir lernten Grammatik, physikalische Lehrsätze wie biblische und theologische Fakta. Wir erlitten beide. Unendlich weniges wurde mit dem Herzen getrieben. Wir lärmten und gingen mit Zensuren weg. So trieben wir es, bis wir achtzehn Jahr und älter wurden. Schmählich verfuhren noch in den höheren Klassen die sogenannten Lehrer mit uns, das heißt die Philologie-Feldwebel. Das Ganze war für sie ein Vorwand, um Gehalt zu beziehen und versorgungsberechtigt zu werden. Wenn ich an der Schule vorbeikomme, auf der ich mich an zehn Jahre bewegt habe, so fühle ich mich noch heute physisch angewidert, und ich schäme mich, daß ich so schwach und verknechtet war und nicht davongegangen bin und die Fäulnis sich selbst überlassen habe.

Im Frankreich Ludwigs des Vierzehnten wirkte der König vorbildlich, der Staat war er, und jeder bemühte sich, von seinem Glanz zu empfangen. Die ganze Nation suchte an ihm zu wachsen. In Deutschland gingen von oben heraus Gebote zur Unterwürfigkeit, zur Selbstverkümmerung und zum Byzantinismus. Wer weiß, wie viele Defekte wir und die ganze Generation davongetragen haben. Man kann nicht schelten über den erbärmlichen Zustand, in dem wir uns befinden, der uns lähmt und unsere Freiheit nicht in vernünftiger Weise uns ausbilden läßt. Was nützt uns die schöne Verfassung. Aber wir brauchten noch einige Druckschriften.

In langer Zeit kann keine Besserung eintreten. Die Jugend, die heraufkommt, wird freier sein, die nächste mehr. So schwächt sich das Gift ab. Man muß hier so radikal wie möglich sein. Denn es ist vieles radikal falsch. Eisern muß gegen das Sakrament des Lehrplans vorgegangen werden. Es ist so weit gekommen, daß wir den dritten Teil unseres Lebens zubringen müssen, um das zu verlernen, was wir im ersten Drittel gelernt haben, und wenn wir zur Freiheit und Produktivität gelangen, dann sind wir im letzten Drittel. Übrigens ist in der schönen erbärmlichen Verfassung nicht einmal die Pfäfferei aus der Schule gejagt.

Mit Ehrfurcht denke ich an den Mann, den ich viel angegriffen habe, ich wie viele andere, und von dem ich jetzt und noch oft reden werde, weil er mir oft gegenwärtig ist, nämlich Goethe. Ich habe ihn so wenig gekannt wie die Millionen anderer, die ihn verehren. Ich habe ihn dann geschmäht, weil ich ehrlich bin und er zu dem Lehrplan und Lernstoff gehörte. Und nun schwimme ich langsam in seinem Wasser. Dieser Mann steht in vielen großen

Städten auf marmornen Sockeln, man hat ihn so hoch setzen müssen, um zu zeigen, wie weit man sich von ihm entfernte. Es ist nötig, ihn herunterzuholen. Eingehen in ihn kann man nur durch seine Farbenlehre, die Pflanzenmetamorphose, Gespräche, Briefe. Er hat alles an sich vorübergehen lassen und hat nur getrachtet, zu wachsen. Er kannte nicht Verdienen und Streben, er hat nichts, nichts gelernt. Sein Verhältnis zu Kant war himmlisch. Und wie er sich fast weiblich träge von Schiller und vielen anderen befruchten ließ und alles doch nur aus ihm wuchs. Verstünden doch unsere Lehrer eine Spur von dem, was Goethe ihnen demonstriert. Nirgendwo läßt sich so sehen wie an ihm, was Lernen heißt. Sich entfalten, sich vergrößern. In die Welt wachsen.

Mit der Umwelt leben. Gewaltig regiert aber über die Menschen –

Die Schule kann nicht. Der Klerus will nicht. Sie sind beide, besonders der Klerus, politisch verschanzt. Aber wir stehen ihnen schon im Rücken. Die Zeit und alle Talente sind bei uns.

Die Idole wandern. Das himmlische Ensemble sehe ich schon verdunsten. »Nun sei bedankt, du lieber Schwan.« Übrigens ist Wagner nicht Katholik mit dem »Parsifal« geworden. Er hat erkannt, daß die Religion zu guter Letzt sich vorzüglich zu Dekorationszwecken eignet.

(...)

Die Verirrung der mathematischen
Naturwissenschaft (1923)

*Das erstickende Übermaß an Mathematik in den Naturwissen-
schaften. Die Möglichkeit, Naturvorgänge zahlenmäßig zu
formulieren, ist selbst ein Geheimnis*

Zahlen stehen in altem Ansehen. Die Welt soll durch zahlenmäßige Anordnung zum »Kosmos« geraten sein. Es ist aber noch
nichts über Dinge ausgesagt, wenn ihr zahlenmäßiger Ablauf festgestellt ist. Die Feststellung dieses Ablaufs ist eine Angabe mehr
neben anderen dunklen wie: dies hat eine blaue Farbe, bricht
muschlig, schmilzt. Man hat nun erst die Pflicht nachzudenken,
was es heißt, daß Dinge, Vorgänge sich zahlenmäßig verhalten.
Die Bedeutung der arithmetischen, geometrischen Anordnung,
die Möglichkeit, Naturerscheinungen und Vorgänge mathema-
tisch zu formulieren, ist selbst ein – Geheimnis.

Bestimmte physikalische, chemische, astronomische Abläufe
werden in ihrem zeitlichen, räumlichen Verhalten durch Formeln
präzis beschrieben. Es ist nachgerade zum Überdruß festgestellt,
daß diese und jene Dinge und Bewegungen sich formulieren und
berechnen lassen, und ich bin auch weit entfernt, die große Wichtigkeit und Nützlichkeit dieser Beschäftigung zu bestreiten. Jedoch ist, das muß man auch sehen, die Mehrzahl aller Erscheinungen durch Zurückführung auf zahlenmäßige Verhältnisse
überhaupt nicht erschöpft.

Es ist dahin gekommen, daß man ein Physikbuch aufschlägt
und keine Physik, sondern Formeln trifft und daß Naturfreunde
glauben, diese Hilflosigkeit sei Physik. Wenn sie es ist, so sind wir

weit zurück. Im Mittelalter stellte die Kirche vor ihren Gott die Priester, so daß das Wort aufkam: »Wenn ich einem Engel und einem Priester begegne, falle ich vor dem Priester hin«. Man soll nicht denken, so mit der Natur, der Welt, die vor uns allen steht, verfahren zu können. Wer die Mathematik in der Naturwissenschaft verehrt, ohne das Geheimnisvolle ihrer Anwesenheit hier zu bemerken und im vornherein zu stocken, mag wissen, daß er eine Tür anbetet.

Man fragt: was ist das Leben, die Welt, und bekommt die Antwort:

$$\sum_{ik} \frac{\delta}{\delta \times k} \left(\sqrt{-D}\, \sigma\, e\, i\, \Theta_{ik}\right) - \frac{1}{2} \sum_{ik} \sqrt{-D}\, \frac{\delta\, \sigma\, i\, k}{\delta \times e}\, \Theta_{ik} = O.$$

Der wirklich schauende Anblick eines vertrockneten Blattes ist mehr wert als eine Bibliothek babylonischer Formeln.

Ich hatte im Krieg, 1917, zuerst ein Buch in die Hand bekommen, das die sogenannte Relativitätslehre behandelt, von ihrem Lehrer selbst geschrieben, eine »gemeinverständliche« Darstellung. Die Vorrede verhieß: das Büchlein wolle möglichst exakte Einsicht in die Sache denen vermitteln, die sich vom »allgemein wissenschaftlichen Standpunkt« dafür interessieren, ohne den mathematischen Apparat der theoretischen Physik zu beherrschen. Trübe stimmte mich gleich ein Satz: es gebe Schwierigkeiten, die in der Sache gelegen seien; sie würden mir nicht vorenthalten werden. Aber zum Schluß würde mir das Werk doch einige »frohe Stunden der Anregung« bringen. Darauf habe ich das Heft nicht einmal, sondern dutzendmal, absatzweise und im ganzen, gelesen. Um es zu begreifen, schleppte ich es in meinem Koffer und im Mantel mit mir herum. Oft habe ich mit anderen darüber gesprochen, die angaben, die Sache verstanden, durchdrungen zu haben und zu billigen. Ich blieb dumm wie zuvor. Dieses kleine Buch hat mir keine Anregung, aber viel Verwirrung und Ärger gebracht. Es begann scheinbar populär; nach einigen Seiten brachen die Formeln los, die leeren kabbalistischen Zeichen der heutigen Mathematik. Man glaubt, ich scherze? Ich scherze ganz und gar nicht. Ich hörte von allen Seiten, hier würden Dinge verhandelt, die zu den allerwichtigsten für einen denkenden Menschen gehören. Vorstellungen würden hier evident gemacht, die eine Umwälzung des gesamten Weltbildes nach sich zögen. Sagte man. In einem Dutzend Aufsätzen las ich: was hier, in der Relativitätslehre, vorgebracht würde, sei den Entdeckungen des Kopernikus, Galilei gleichzustellen. Aber Galilei und Kopernikus tragen einfache Tatsachen vor; diese neue Lehre schließt mich und die ungeheure Menge aller Menschen, auch der denkenden, auch der gebildeten, von ihrer Erkenntnis aus! Nach fünf bis zehn Seiten »populärer« Mitteilung, die mir recht trivial erschien, kamen die Kubikwurzeln, Gleichungen, die sonderbaren geheimnisvollen Figuren. Und durch die sollte, mußte ich mich durchfressen?

Jedoch hat sich dieser Verfasser und es haben sich alle diejenigen, die ihm recht geben oder recht zu geben scheinen, geirrt, wenn sie glauben, ich lasse mich um mein angeborenes Recht auf Erkenntnis der Welt prellen. Diese Mutter Erde, dieses Licht, die Bäume, Blumen, dieser Himmel und seine Sterne sind so gewiß mein, wie es ihre sind. Es hat mich schon lange finster gestimmt, wenn ich in ein Buch sah, das Naturdinge behandelte – Physik besonders, aber auch Mineralogie und genug andere Fächer –, und sah, wie diese schönen, großartigen und feinen, uns alle angehenden Dinge traktiert, einseitig angegangen, verarmt und entwürdigt wurden. Diese Mathematik, ich sage nicht, »die« Mathematik, ist der Feind der Natur und der Naturerkenntnis. Ein Mensch, der mathematisches Wissen besitzt, den Formel-Jargon der Mathematik, und sonst nichts, und sich damit der Natur nähert, muß sein wie eine Frau, die die Hände eingeseift hat und

damit einen Fisch greifen will; wie sicher, daß sie ihn nicht faßt …
Es ist aber eine beispiellose Arroganz der heutigen Mathematiker,
sich vor die Welt und die Natur zu stellen und zu sagen, sie allein
hätten Augen für die Dinge. Würde man nicht den Musiker aus-
lachen, der sagte, die Töne allein geben ein Verständnis der Welt,
oder den Chinesen, der seine Sprache allein für das Organ der
Lyrik hielte?

Man wird nicht über mich lachen, wenn ich sage, daß diese
äußerliche beckmesserliche Behandlung der Naturwissenschaften mit einem Instrument, das man selbst nicht mehr versteht, es
dahin gebracht hat, daß von der Schulbank ab die Erkenntnis der
großen einfachen Natur, unser aller Natur, in Mißkredit gekommen ist und daß sie ganz im Schatten liegt. Wir werden durch die
Scheinweisheiten, den Papierfortschritt der Mathematiker von
den wichtigsten Quellen des Lebens abgedrängt. Die heutige Naturwissenschaft wird von Millionen Gebildeter teils nicht begriffen, teils wissen sie nicht, was sie damit anfangen sollen. Wer aber
ist es, der sie dazu drängt, diese Art Lehre so überaus ernst und
wichtig zu nehmen? Die Hierarchie der jetzt thronenden Wissenschaftler, der Geheimbund, die Verschwörung und Freimaurerei
der Rechner. Ach laßt die Damen und Herren ihre Verschwörung
machen. Mögen sie ihre Bücher und Formeln allein lesen.

Es gibt andere, bessere, tiefere, reichere Wege, sich der Natur
zu nähern. Wir wollen uns unsere einfachen Gedanken und unseren geraden Gang von niemandem nehmen lassen. Die Natur
ist wirklich unsere Mutter. Wie sollte nicht jedes, jedes Kind seine
Mutter erkennen.

(…)

Der Bau des epischen Werks (1928)

I
Das epische Werk berichtet von einer Überrealität

Ich beginne mit der Frage: Ist der Bericht die Grundform des Epischen, oder was ist eigentlich das entscheidende Merkmal des Epischen? Wir wissen vom Drama, daß, so scheint es wenigstens, der Dialog seine unterscheidende Grundform ist.

Ich nehme einen beliebigen Roman und lese: »Zu der Zeit, da der Oberst Spring von Springgenau nach erfolgter Pensionierung aus seinem letzten Standort Rathenow nicht wie die meisten seiner Berufsgenossen nach Wiesbaden, sondern nach Partenkirchen übersiedelte, war Friederike eben siebzehn Jahre alt geworden. Es war im Frühling, die Fenster des Hauses, in dem die Familie Wohnung nahm, sahen über die Dächer weg den bayrischen Bergen zu, und Tag für Tag, beim Frühstück schon, pries es der Oberst vor Frau und Kindern als einen besonderen Glücksfall, daß es ihm in noch rüstigen Jahren, mit kaum sechzig, gegönnt war, erlöst von Dienstespflichten, dem Dunst und der Dumpfheit der Großstadt entronnen, sich nach Herzenslust dem seit Jugendtagen ersehnten Genuß der Natur hingeben zu dürfen.« Nun, es ist zweifellos, hier wird so etwas wie berichtet. So etwas wie.

Ich nehme eine Tageszeitung, da steht unter Lokales: »Motorradunfall zweier Polizeibeamten. Heute früh sind zwei Polizeibeamte aus der Polizeiunterkunft Wrangelstraße auf ihrem Motorrad mit dem Karren eines Straßenreinigungsbeamten zusammengestoßen. Der eine von ihnen, der fünfundzwanzigjährige Polizeiwachtmeister Wichert, erlitt einen Schlüsselbeinbruch, der andere, der zwanzigjährige Polizeiwachtmeister Willy Wolf, trug schwere Kopfverletzungen und eine Gehirnerschütterung davon. Beide wurden in das Krankenhaus am Friedrichshain überführt.« Das ist auch ein Bericht, er erfolgt auch in der Form des Imperfektums. Offenbar unterscheidet sich aber der erste Bericht von dem zweiten dadurch, daß der zweite Bericht ein wirklicher Bericht ist, nämlich meldet, was sich ereignet hat, das erste Stück aber nur einen Bericht imitiert. Der Oberst Spring von Springgenau hat bestimmt nicht bei jedem Frühstück es als einen besonderen Glücksfall gepriesen, daß er sich jetzt der Natur hingeben dürfe, und ich möchte auch bezweifeln, daß Friederike siebzehn Jahre alt war. Vielleicht hieß sie auch gar nicht Friederike und war bloß sechzehn. Jedenfalls, das sind Behauptungen, die ich auch dann nicht glaube, wenn sie mir in der Form des Imperfektums vorgesetzt werden. Aber das wissen wir ja alle, daß dieser Oberst nicht schon beim Frühstück es als einen besonderen Glücksfall gepriesen hat, daß er sich jetzt der Natur hingeben dürfe, und jeder Leser weiß, Friederike war gar nicht siebzehn Jahre, der Autor selbst schreibt das nur so, trotzdem – schreibt der Autor das, und wir nehmen es hin! Was soll das eigentlich, der Mann täuscht mit seinem Bericht niemanden, will auch keinen täuschen, trotzdem imitiert er einen wirklichen Bericht. Ich bin schon an sich gegen Imitationen; aber hier möchte ich doch den Sinn einer solchen Imitation sehen. Ich zweifle nicht: ein vernünftiger ruhiger Mann, der auf der ersten Seite seiner Zeitung Tagesnachrichten im Imperfektum liest, wird mit Recht sich daran stoßen, daß mit einmal unter dem Strich in derselben Form wie oben etwas berichtet wird, wovon offenbar keine Silbe stimmt, und er wird mit Recht dies Gehabe als eine läppische Angelegenheit, als einen Mißbrauch empfinden, und er wird es vermeiden, unter dem Strich zu lesen. Was kann ich nun sagen zu so einem Romanbericht, wo der nicht glaubt, der berichtet, und der es hört, glaubt es auch nicht. Es ist ein Schwindel mit verteilten Rollen. Man macht mich darauf aufmerksam: das ist »Kunst«, aber ich bedaure schon sagen zu müssen, daß es für mich zunächst die Tatbestandmerkmale eines ganz dummen Schwindels hat. Es wird mir energisch zugeflüstert: Du bist ja selbst dumm, in dem Roman wird ja nur so getan, als ob berichtet wird, wir sind bei dem alten Vaihinger, in der Sphäre des Als ob, da brauchen sie beide nicht zu glauben, der Zuschauer im Theater glaubt doch auch nicht, nur Kinder oder Bauern fallen gelegentlich darauf rein, es ist doch alles nur Schein, Illusion.

Das höre ich alles, und das ist nun die richtige Erklärung, und da haben wir in Lebensgröße unser pseudo-rationalistisch verblödetes Zeitalter (es gibt einen großartigen Rationalismus, unsere Epoche ist nicht rationalistisch). Diese Erklärung mit der Illusion, mit dem Schein, dem Als ob, damit stellt man die Dichtung kalt. Wenn das Kunst sein soll und die Grundform des Epischen, daß beide sich etwas vormachen, Autor und Leser, und wir sind uns über dies Geschäft von vornherein klar, dann lohnt es nicht, eine Silbe zu schreiben.

Aber die Sache mit der Berichtform steht ja ganz anders. Wenn Fräulein Amalie Lämmerkalb mir ihren letzten Roman vorliest und da etwas erzählt, nee, da glaube ich nicht. Kein Wort glaube ich dieser Dichterin, in der Tat, dies ist zwischen ihr und mir abgemacht. *Aber wie steht es denn, wenn Homer anfängt, wenn Dante durch die Hölle geht, wenn Don Quichote sich auf sein Pferd setzt und Sancho Pansa mit dem Esel hinterher reitet – wird da auch bloß formal berichtet, wirklich?*

Die alten Ästhetiker sagen: jawohl, es wird auch nur formal berichtet, Don Quichote ist durch keine Akten belegt, und natürlich ist ein Esel durch Spanien geritten, Esel reiten durch alle Landschaften zu allen Zeiten, aber dieser Spezialesel mit Sancho Pansa drauf ist auch nicht belegt.

Was macht nun diesen Spezialesel glaubwürdig vor allen übrigen Eseln? Hier bin ich an einen ganz zentralen Punkt gekommen. Es gibt offenbar außer der Sphäre der historischen aktenmäßig belegbaren Fakten noch eine Existenz oder Existenzphäre, von der man auch formal berichten und im Imperfektum berichten kann, und solch Bericht fordert von mir, von dem Leser oder Hörer, auch einen Glauben – so daß es sich dann also, unter Umständen, wieder lohnt, zu schreiben, da nun wieder ein ehrliches Verhältnis, auf begründetem Vertrauen beruhend, zwichen Autor und Hörer hergestellt ist.

Was nun irgendeinen erfundenen Vorgang, der die Form des Berichtes trägt, aus dem Bereich des bloß Ausgedachten und Hingeschriebenen in eine wahre Sphäre, in die des spezifisch epischen Berichtes hebt, das ist das *Exemplarische des Vorgangs und der Figuren,* die geschildert werden und von denen in der Berichtform mitgeteilt wird. Es sind da starke Grundsituationen, Elementarsituationen des menschlichen Daseins, die herausgearbeitet werden, es sind Elementarhaltungen des Menschen, die in dieser Sphäre erscheinen und die, weil sie tausendfach zerlegt wirklich sind, auch so berichtet werden können. Ja, diese Gestalten, keine platonischen Ideen, dieser Odysseus, Don Quichote, der wandernde Dante und diese menschlichen Ursituationen stehen sogar an Ursprünglichkeit, Wahrheit und Zeugungskraft über den zerlegten Tageswahrheiten. Und es erheben sich so über der Wirklichkeit eine ganze Reihe von Gestalten, keine große Zahl, an denen immer wieder neu gedichtet werden kann.

Ich brauche nicht noch besonders zu sagen, daß die Erreichung dieser exemplarischen und einfachen Sphäre den epischen Künstler von dem Romanschriftsteller trennt, welche Romanschriftstellerei eine solid bürgerliche nützliche gewerbliche Beschäftigung ist. Sie imitiert, ohne in die Realität einzudringen oder gar zu durchstoßen, einige Oberflächen der Realität. Der wirklich Produktive aber muß zwei Schritte tun: er muß ganz nahe an die Realität heran, an ihre Sachlichkeit, ihr Blut, ihren

Geruch, und dann hat er die Sache zu durchstoßen, das ist seine spezifische Arbeit. Der erste Schritt ist schon der Schritt jedes guten Schriftstellers, und man sieht: jedem epischen Autor hat ein guter Schriftsteller vorauszugehen. Es gibt übrigens heute überall, auch im Epischen, leidliche und gute dichterische Begabungen, aber der dazu gehörige Schriftsteller ist schwach. Da entsteht natürlich nie ein episches Dichtwerk. Denn wie denkt man die Realität zu durchstoßen, wenn man keine Anstalten trifft und auch kein Vermögen hat, die Realität anzupacken. Es gibt zweitens genug, eigentlich noch nicht genug, aufklärende und beschreibende Romane, die nur in der Schriftstellerei florieren, aber da liegt keine weitere Ambition der Autoren vor, oder sie wissen, wie ihr Publikum, von nichts weiter. Aber übel sind drittens, besonders die dritten dichtungsartigen Gebilde, die langweilen, weil jeder sieht: das ist ja gar kein echter epischer Autor, er liebt ja die Realität gar nicht, er gibt sich ja gar keine Mühe, sie anzufassen, er phantasiert in der Luft herum. Homer war gewiß blind, aber erst als er sang – vorher hat er haarscharf und unbestechlich gesehen, er hat den griechischen und trojanischen Boden und die Gesellschaft aus dem ff gekannt.

Ich habe eben gezeigt, worin ich die Berechtigung zur Berichtsform im Epischen sehe und möchte das in einer hypothetischen historischen Reihe aufzeichnen:

Offenbar wurde in der Frühzeit der Dichtung, das heißt der Menschheit überhaupt, nur berichtet, formal berichtet, und auch wirklich wurde das Berichtete geglaubt, und zwar allemal. Zum Bericht gehörte der Glaube; berichten hieß »Wahres berichten«. Es waren damals Realität und Traum und Phantasie viel weniger getrennt als heute, dazu ließ die Unklarheit, die Neugier und die Angst die Menschen beständig alles glauben, was gesagt, berichtet wurde. Auf diesen trüben Urzustand stoßen wir bei primitiven Menschen und Völkern noch jetzt, und wenn man bei Gerichten mit Eid oder Meineid zu tun hat, so trifft man noch heute bei einer

Anzahl einfacher Menschen diesen kindlichen Urzustand der Vermischung von Traum, Phantasie und Realität. Ich möchte aber annehmen, zur Zeit als Homer sang, besaßen die Dinge, die er berichtete, noch einen hohen Grad von Glaubwürdigkeit, Odysseus saß wirklich bei der Kalypso auf der Insel, die Sirenen sangen wirklich, und, unter uns gesagt, wir wissen ja neuerdings, daß wirklich viel mehr Wahrheit, sogar historische, an diesen Mythen und Sagen ist, als man früher vermutete. Bei uns heute aber liegt es so: es wird nicht geglaubt, Realität, Phantasie und Wunschbegehren werden scharf und nüchtern auseinandergehalten.

Und was die Kunst anlangt, so haben wir Folgendes getan: Wir haben die Kunstwerke aus der Realität in das Reich der Illusion, sagen wir einfach: in das Reich der Täuschung gestoßen. Wir nennen das »Leben« ernst und haben für die Kunst eine sehr dürftige und komische Heiterkeit reserviert. Wir lassen als ernste beschäftigte Menschen die Kunst gelten in unseren schwachen Stunden von 8–10 Uhr abends, im Theater, oder bei Tag zwischendurch im Autobus. So haben wir es ja auch mit den religiösen Dingen gemacht. Für sie haben wir Sonntage und Feiertage eingerichtet und eine Anzahl Beamte zu ihrer Verwaltung angestellt. Man bringt den Dingen ja noch immer eine gewisse Pietät entgegen. Nur steht es so, daß wie in der Religion so in der Kunst einige Leute die Situation durchschauen, und zwar ganz anders als die offiziellen Zeitgenossen. Wie der fromme Sonntag nicht das letzte Wort der Religion ist, so ist der alte Vaihinger nicht das letzte Wort der Kunst. Kunst ist und bleibt eine seltene Sache. Ein Kunstwerk tut zweierlei: erkennen (jawohl erkennen, allen »Philosophen« zum Trotz) und erzeugen. Und darum schließt meine historische Reihe mit dem dritten Kunstabschnitt:

Die Kunstwerke haben es mit der Wahrheit zu tun.

Der epische Künstler kann auch heute noch in vollem Ernst die Berichtform gebrauchen.

II
Das epische Werk lehnt die Wirklichkeit ab

Nachdem ich so einen Berechtigungsnachweis für die Form des Berichts im Epischen erbracht habe, verlasse ich diesen Punkt, und indem ich ihn verlassen will und mich noch einmal danach umsehe, bin ich überrascht, bleibe stehen und komme zu einem weiteren, dem ersten widersprechenden Resultat. Also ich lese ein paar Sätze des Don Quichote und sehe, was da gesagt wird, ist – bewußtermaßen – unwahr, und zwar für beide Seiten, für den Autor wie für den Leser! *Und trotzdem, nein grade darum, so ist es, wird die Berichtform gewählt!* Das Gerade-darum sehe ich plötzlich. Der Autor wählt grade die Berichtform, die ja nur erlaubt ist im Bereich der sogenannten Fakta, er benutzt sie für seine notorischen Nichtfakta, denn das ist nun etwas höchst Erregendes und Lustvolles, eine enorme Lustquote. Hier liegt eine charakteristische Umstellung der Kunst in einer materialistisch-wissenschaftlichen Zeit vor. Es ist der Tatbestand da, der herrliche, ungebundene, des freien Fabulierens. Was ist das Fabulieren, das freche fessellose Berichten von Nichtfakta, von notorischen Nichtfakta? Es ist das Spiel mit der Realität, mit Nietzsches Worten ein Überlegenheitsgelächter über die Fakta, ja über die Realität als solche. Darum das Wissen: es ist nicht wahr, und dieses: trotzdem brauche ich die Berichtform. Hier konkurriert einer mit dieser steinernen festen und soliden Realität und zaubert darauf los und bläst Seifenblasen aus demselben Stoff, aus dem der Weltschöpfer die ganze schwere Erde, den Himmel und alle Tiere und ihre Schicksale gemacht hat. Wir sind auf dem sehr stolzen und sehr menschenwürdigen Gebiet der freien Phantasie.

Die Berichtform zeigt den souveränen Willen des Menschen an, zum mindesten des Autors, dem Wissen und der Wissenschaft zum Trotz mit der Realität zu spielen. Da wird nun alles möglich, was sich denken läßt, die Schwerkraft wird abgeschafft, alle physikalischen Gesetze werden abgeschafft – aber im selben Augenblick wird gewußt: es gibt die Schwerkraft und alle Gesetze, aber wir, wir können alles, wir erzählen in der Berichtform von einer ganz anderen Welt. Die Dichtung ist mehr als ein Traum. Der Traum spielt auch mit der Realität, aber ist für unser Gefühl noch fatal und lästig mit der Realität verbunden. In der Dichtung ist die Leichtigkeit und Verspottung der Realität vollkommen. Dies ist der ungeheure Lustgewinn, den die Berichtform des Fabulierens gewährt, dem Autor wie dem Hörer.

Stellen Sie nun neben diese Leichtigkeit die Plumpheit und Schwere der Mehrzahl aller heutigen und früheren Romane. Da wissen die Autoren in ihrer Ahnungslosigkeit nicht, was für ein Instrument ihnen in die Hand gegeben ist. Da sind sie erlegen dem Rationalismus und der naturwissenschaftlichen Epoche. Die hat dem Dichterischen den Genickfang gegeben. Da glauben die Autoren, die Realität beschnüffeln zu müssen, statt mit ihr zu spielen oder sie von sich abzutun. Da glauben sie das Beste getan zu haben, was sie können, wenn sie möglichst echt und wie die Natur sind. Als wenn das einer könnte. Die Natur läßt sich weder in den Bauch kriechen noch hat sie Schleppenträger nötig. Da rühmen sich Autoren, daß sie sehr wahr und fast dokumentarisch die Geschichte einer Epoche oder einer Familie oder eines Menschen gegeben haben, möglichst echt, möglichst wirklichkeitsnah. Vielleicht noch mit den Methoden eines Theoretikers, eines Historikers. Wenn man dies vergleicht, dies Bemühen und dies Resultat mit der überrealen Sphäre, auf die ich zuerst hingewiesen habe als die eine Säule der Berichtform, und die phantastische Sphäre, die Fabuliersphäre, als die zweite Säule der Berichtform, wie dürftig, armselig, ja burlesk sind diese Naturalisten, die die Berichtform glauben beim Wort nehmen zu müssen. Sie sehen aber jetzt klar das Verhältnis der beiden Kunstsphären, die im Epischen mit der Berichtform zusammenhängen, wie ich eben zeigte: die phantastische und Fabuliersphäre, das ist nur die

Negation der realen Sphäre und garantiert ein Spiel mit der Realität – die überreale Sphäre, das ist die Sphäre einer neuen Wahrheit und einer ganz besonderen Realität.

Jetzt also darf man wieder in der Form des Berichts sprechen. So wird diese Form wieder wahr in der Sphäre des epischen Kunstwerks, und hier ist nicht mehr die Rede von Schwindel, Phantasterei, die Dichtung ist nicht mehr eine unehrliche, verworrene und unwürdige Angelegenheit, die Dichtung ist nicht mehr degradiert zu einer subjektivistischen Spielerei, und wenn die wirkliche epische Dichtung das Imperfektum gebraucht und stolz berichtet, so zeigt sie damit, daß sie weiß, wer sie ist und daß sie ihren Ort und ihren Rang im Geistesleben kennt.

III
Die Epik erzählt nichts Vergangenes, sondern stellt dar

Damit habe ich die Frage beantwortet: ist der Bericht die Grundform des Epischen, habe sie bejaht und begründet, wann und warum der Bericht die Grundform des Epischen sein darf. Eine Bemerkung schließe ich an nebensächlicher Art. Ich sprach vom Imperfektum und vom Bericht, und das sieht aus, als wäre die Form der Vergangenheit die Form, in der der Epiker sein Wortkunstwerk zu bauen hätte. Davon kann keine Rede sein. Es ist vollkommen gleichgültig und eine rein technische Frage, ob der Epiker im Präsens, Imperfektum oder Perfektum schreibt, er wird diese Modi wechseln, wo es ihm gut dünkt. Das Entscheidende ist, und das zu beachten ist nun keine Nebensächlichkeit: Es ist unrichtig, was man öfter liest: der Dramatiker gibt eine gegenwärtig ablaufende Handlung, der Epiker erzählt von der abgelaufenen Handlung. Das ist oberflächlich und lächerlich. Für jeden, der ein episches

Werk liest, laufen die Vorgänge, die berichtet werden, jetzt ab, er erlebt sie jetzt mit, da kann Präsens, Perfektum oder Imperfektum stehen, wir stellen im Epischen die Dinge genau so gegenwärtig dar, und sie werden auch so aufgenommen wie der Dramatiker. Wir stellen beide dar. Alle Darstellung ist gegenwärtig, sie mag formal erfolgen wie sie will. Der Unterschied zwischen dem Epiker und Dramatiker besteht darin, daß der Dramatiker vor den Sinnesorganen der Augen und der Ohren ablaufen läßt, der Epiker aber als Darstellungsort die Phantasie aufsucht. Allein dieser geistige Ort, Bühne oder Phantasie, unterscheidet die beiden Dichtungsarten voneinander. Ich werde bald von der noch engeren Berührung von Epik und Dramatik mehr sagen.

IV
Der Weg zur zukünftigen Epik

Nachdem ich nun von dem Bericht als der Grundform des Epischen gesprochen habe, muß ich eine praktische Bemerkung machen, die Sie vielleicht überraschen wird, und muß den Autoren einen Hinweis geben, der mit dem eben Gesagten in striktem Widerspruch steht oder zu stehen scheint. Ich empfehle nicht die Berichtform als alleinige Form im epischen Werk zu benutzen. Sie wissen, Homer, Dante, Cervantes, das sind die drei größten epischen Namen, haben nur die Berichtform gewählt, und sämtliche heutigen Romane in Deutschland, soweit mir bekannt ist, bewegen sich nur in dieser Form: sie stellen berichtend, erzählend dar. Ich bin nicht dafür. Es ist zweierlei: das epische Kunstwerk und dieses epische Mittel, die Berichtform. Es steht nirgends geschrieben, daß der Epiker nur zu berichten habe. Im alten Theater, im alten Drama gab es auch Stücke, die gar nichts mit der ablaufenden Handlung zu tun hatten, etwa Chöre. Verschämterweise läßt auch Shakespeare gelegentlich eine Person vor den

Vorhang treten und läßt erzählen. So ist es richtig. Es ist auch ein Dogma, aber ein abbruchreifes, daß das Drama nur in der Dialoghandlung abläuft; ich stelle mit Vergnügen fest, daß der Film, die Bilderzählung, schon jetzt versuchsweise in das Theater gedrungen ist und an der schon völlig ausgenützten Form des Dialogdramas, des Spiels der Personen oben auf der Bühne unter sich ohne Zusammenhang mit mir hämmert.

Sie werden die Hände über dem Kopf zusammenschlagen, wenn ich den Autoren rate, in der epischen Arbeit entschlossen lyrisch, dramatisch, ja reflexiv zu sein. Aber ich beharre dabei. Wir haben uns im epischen Werk nicht eines bestimmten Herkommens wegen, welche Tradition sich als Dogma gebärdet, unserer Freiheit zu begeben, und wir werden aus dem Roman machen, was uns gut dünkt. Deutschland ist das Land einer pedantischen epischen Realistik, Realisik, damit meine ich: Du hast Realitäten oder Pseudorealitäten zu berichten. Frankreich dichtet leichter, ist schon lange elastischer. Es gibt nur wenige stabile Kunstgesetze über dem Künstler; der Künstler macht die meisten Kunstgesetze selber. Das epische Kunstwerk ist keine feste Form, sie ist wie das Drama ständig zu entwickeln, und zwar durchweg im Widerstand gegen die Tradition und ihre Vertreter. Wie das Theater von heute erstarrt ist im Dialog der Personen oben – und die Wohltat der Betrachtung, des lyrischen oder spottenden Eingriffs, der freien wechselnden Kunstaktion, auch der direkten Rede an uns wird uns versagt, wir werden nicht hinreichend beteiligt an dem, was oben vorgeht –, genau so steht es im Epischen, wo die Berichtform ein eiserner Vorhang ist, der Leser und Autor voneinander trennt. Diesen eisernen Vorhang rate ich hochzuziehen.

Ich gestehe selbst: Ich habe unbändig gehuldigt dem Bericht, dem Dogma des eisernen Vorhangs. Nichts schien mir wichtiger als die sogenannte Objektivität des Erzählers. Ich gebe zu, daß mich noch heute Mitteilungen von Fakta, Dokumente beglükken, aber Dokumente, Fakta, wissen Sie, warum? Da spricht der große Epiker, die Natur, zu mir, und ich, der Kleine, stehe davor und freue mich, wie mein großer Bruder das kann. Und es ist mir so gegangen, als ich dies oder jenes historische Buch schrieb, daß ich mich kaum enthalten konnte, ganze Aktenstücke glatt abzuschreiben, ja ich sank manchmal zwischen den Akten bewundernd zusammen und sagte mir: besser kann ich es ja doch nicht machen. Und als ich ein Werk schrieb, das den Kampf von Riesenmenschen gegen die große Natur schildert, da konnte ich mich kaum zurückhalten, ganze Geographieartikel abzuschreiben, der Lauf der Rhone, wie sie aus dem Gebirge bricht, wie die einzelnen Täler heißen, wie die Nebenflüsse heißen, welche Städte daran liegen, das ist alles so herrlich und seine Mitteilung so episch, daß ich gänzlich überflüssig dabei bin.

Aber man ist ein ganzes Leben lang nicht fähig, diesen Standpunkt innezuhalten. Eines Tages endeckt man auch etwas anderes neben der Rhone, den Tälern und den Nebenflüssen: man entdeckt sich selbst. Ich selbst – das ist das tollste und verwirrendste Erlebnis, das ein Epiker haben kann. Es sieht zuerst aus, als ob es das Erlebnis ist, das ihm das Genick brechen wird. Aber er sieht sich nur solange in Gefahr und in Schwierigkeiten, bis er sieht, das Kunstwerk ist Sache des Künstlers, Gesetze gibt mir nicht die Vergangenheit, das Gesetz gebe ich selber und für mich heißt nun episches Kunstwerk etwas anderes. Darf der Autor im epischen Werk mitsprechen, darf er in diese Welt hineinspringen? Antwort: ja, er darf und er soll und muß. Und jetzt erinnere ich mich, was das ist, was Dante in der Göttlichen Komödie gemacht hat: er ist selber durch sein Gedicht gegangen, er hat seine Figuren beklopft, er hat sich in die Vorgänge eingemischt, und zwar nicht spielerisch, sondern mit allem Ernst, jeder zu seiner Zeit hat ihn verstanden in dem wichtigsten Punkt seines Gerichts. Er hat teilgenommen am Leben seiner Figuren. Er hat wie König David vor dem siegreichen Heer seiner Figuren getanzt.

Wenn ich sage, wir sollen im Epischen auch lyrisch, dramatisch und reflexiv sein, so rede ich damit nicht einem Gemengsel von Formen das Wort. Wir müssen wieder hin zum frischen Urkern des epischen Kunstwerks, wo das Epische noch nicht erstarrt ist zu der heutigen Spezialhaltung, die wir ganz irrig die Normhaltung des Epikers nennen. Es heißt meines Erachtens noch hinter Homer gehen.

In solchem großartigen und gefährlichen Moment aber heißt es: können und sein. Diese Urform der Dichtung wird alle erfrischen, die an sie herangehen, aber es wird viel Malheur geben. Zu den Müttern darf nur, wer von den Müttern stammt. So sehe ich eines Tages eine epische Dichtung kommen, die nach erfolgter Sprengung der Tradition und Aufgabe der Berichtform uns ehrlich etwas angehen kann. Ich möchte wieder und wieder die Autoren aufrufen, nicht der Form, welcher auch immer, zu dienen, sondern sich ihrer zu bedienen.

Und hier wird auch eine besondere und heute sehr drückende Schwierigkeit beseitigt. Ich fordere auf, die epische Form zu einer ganz freien zu machen, damit der Autor allen Darstellungsmöglichkeiten, nach denen sein Stoff verlangt, folgen kann. Wenn sein Sujet gewillt ist, lyrisch zu tanzen, so muß er es lyrisch tanzen lassen. Die Autoren erleben von allen Seiten den dringenden Ruf nach Aktualität, nach Gegenwartsdichtung. Wenn man ganz ehrlich ist, sagt man heute sogar: man will überhaupt keine Dichtung, das ist eine überholte Sache, Kunst langweilt, man will Fakta und Fakta. Dazu sage ich bravo und dreimal bravo. Man hat mir nichts vorzuphantasieren. Der Oberst Springgenau langweilt mich momentan. *Der wirkliche Dichter war zu allen Zeiten selbst ein Faktum.* Der Dichter hat zu zeigen und zu beweisen, daß er ein Faktum und ein Stück Realität ist und noch immer so gut und faktisch wie die gute Erfindung des Triergon oder wie die [K]aroluszelle. Die Autoren haben keine Fakta aus den Zeitungen zu stehlen und in ihre Werke einzurühren, das genügt nicht. Nachlaufen und Photographie genügt nicht. Selber Faktum sein und sich Raum schaffen dafür in seinen Werken, das macht den guten Autor, und dafür ermahne ich ihn heute, im Epischen die Zwangsmaske des Berichts fallen zu lassen und sich in seinem Werk zu bewegen, wie er es für nötig hält.

V
Unterschied der heutigen individualistischen Produktionsweise von der früheren kollektiven

Ich habe nicht vor, die Formprobleme der Epik allesamt abzumachen, ja ich habe nicht einmal vor, alle wesentlichen zu berühren und zu nennen, ich werde nichts weiter tun, als mich um die Befestigungslinien dieser Burg herum bewegen, die Vorwerke studieren und an die Einfallstore herankommen. Ich frage jetzt ganz von außen: welche Einflüsse formen das epische Werk? Früher sang der Epiker und trug im Volk herumziehend die Fabeln, Schwänke und Sagen, die im Volk selbst umliefen und an denen er selbst zumeist nur wenig arbeitete, er wird hie und da Varianten oder eine neue Liedweise hineingebracht haben. Der Mann hatte damit seine bestimmte Aufgabe, er mußte sich durchs Leben schlagen, seine Zuhörer waren strenge Richter, gefiel ihnen nicht, was er vortrug, so hatte der Mann zu hungern: das war nun ein sehr deutlicher Einfluß auf die Formung seines Werks, es war die allerlebendigste und produktive Kritik, man kann es direkt eine Kollektivarbeit von Autor und Publikum nennen, das Brot, das Geld war ein sehr eindringliches Argument für den Autor und war indirekt ein solider Faktor in bezug auf die Formung.

Wie steht es jetzt? Jetzt sitzt ein Autor in seiner Stube, lutscht an seinem Bleistift oder Federhalter und ihm soll etwas einfallen. Geld will er auch verdienen, aber da hatten es die früheren Sänger und Vaganten doch viel besser: die waren im Konnex mit ihrem Publikum, merkten rasch, was sie zu liefern hatten, der Autor jetzt kann auf die Straße gehen, er kann mit seinem Verleger sprechen, die Zeitungen lesen, hie und da herumhören, von einem »Konnex« mit einem Hörerkreis kann keine Rede sein. Wir sitzen alle auf dem Isolierschemel, zweifellos eine unsympathische Situation und der Produktion im ganzen nicht zuträglich. Der heutige Zustand in den Kulturstaaten ist geeignet, überall individualistische Autoren zu erzeugen, denn die großen Zusammenschlüsse, die großen Kollektiven sind in unseren Staaten durchweg politischer und wirtschaftlicher Art, ideelle machtvolle Kollektiven sind nicht da, wenigstens nicht für das Gros der Autoren, da ist im allgemeinen keine gute Luft weder für das große Drama, noch für das große epische Werk.

Auf den heutigen Autor ist das Unglück des Buchdrucks gefallen. Ein Buch ist endlos lang, man kann ein Buch noch immer länger machen, man kann zwei Bücher machen, drei Bücher, woran soll ein Autor, ein epischer, merken, wann er aufzuhören hat? Im Grunde braucht er doch erst aufzuhören, wenn alle Papiervorräte erschöpft sind. – Und das ist also die fehlende Bedingung zu einer äußeren Form für uns heute. Und wie sollen wir sprechen, wer reguliert unsere Stimme – wir haben plötzlich gar keine Stimme, man nimmt uns die Stimme und gibt uns dafür traurige Drucktypen. Wie sollen Drucktypen unseren Sprachrhythmus beeinflussen, wo doch gerade das wirkliche Sprechen, das wirkliche Einatmen und Ausatmen, die Kadenz des Tonfalls nach dem Sinn den Satz baut und die Sätze hintereinander reiht. – Und was soll der heutige Autor schreiben, für wen schreibt er denn? Wohin die Bücher gehen, weiß er nicht; vielleicht bleiben sie in Leipzig auf dem Speicher des Verlegers, er spricht überhaupt für niemand, er spricht ins Leere, es ist kein allgemeines Volksdenken mehr da, die Maschine und die Wirtschaft hat alles zerrissen. Ein vollkommen katastrophaler Zustand.

Es sind keine Stoffe da, die alle gerne hören möchten, es ist kein greifbares Volksdenken mehr da oder nur sehr rudimentär, die Maschine und die Wirtschaft hat alles zerrissen. Da sitzt nun so ein heutiger armer Autor da, es ist ein höchst ungesunder Zustand, beinah ein Anachronismus, Geld will er auch verdienen, seine Armut ist kein Anachronismus. Wie erfolgt nun heute, wo die Autoren einzeln herumgehen, wenn auch gebunden in ihren Lebenskreisen, wie erfolgt da der Formungsprozeß eines epischen Werkes, fühlt der Autor sich irgendwie als Funktionär, hat er eine Aufgabe, die an seinem Werk formt, sieht ihm vielleicht doch jemand über die Schulter? Ich will einen Formungsvorgang von heute beschreiben.

VI
Schilderung des Inkubationsstadiums im heutigen epischen Produktionsprozeß

Während man herumgeht, seine Tagesarbeit tut, während man auf alle Tagesdinge achtet, sondert sich in einer günstigen Epoche im Innern des Autors etwas und ballt sich zusammen, ich will das so bildlich sagen. Es findet eine innere Beschäftigung statt. Das ist, wenn ich es genauer sagen soll, ein Denken ohne Gedanken. Verborgen gehen da Dinge vor, man fühlt, es begibt sich etwas oder es hat sich schon etwas begeben. Der ganze Organismus, die Seele tritt in eine Bereitschaft und das ist nun je nachdem ein sonderbar straffer oder melancholischer oder wilder Zustand. Ich sage: je nachdem, das ist ein wichtiger Punkt, denn die Wildheit oder Trauer oder Straffheit zeigt die Grundhaltung dessen an, was nun kommt, was sich offenbaren wird, das ist ein Signal des inneren Vorgangs und das greift auf die Gesamthaltung des Autors über, nicht immer, aber in manchen Stunden besonders und verrät sich in der Mimik und anderen Dingen. Da ist der Au-

tor noch identisch mit dem Werk und dies ist das Prodromalsta-
dium, das Inkubationsstadium der Produktion, eine ungeklärte
Situation also, wo das sich vorbereitende Werk gewissermaßen
noch überströmt auf den Autor, es ist noch nicht genug von ihm
abgesetzt, wo das Werk offenbar auch ihm noch wesentlich allgemeine Kräfte abnimmt, wegnimmt.

Und nun kommt der Punkt, auf den ich hinweisen und hinfüh-
ren muß, und der entscheidend wichtig ist, und es ist das kein persönliches Moment, sondern so oder so allgemein gültig. Zunächst
geht in der Regel das Inkubationsstadium eine verschieden lange
Zeit hin, man fühlt, man wird davon etwas angezogen, womit man
pfleglich umzugehen hat. Ich halte sonst nicht viel von dem bekannten Vergleich: der Autor und sein Werk wie Mutter und das
Kind, hier aber im Inkubationsstadium ist eine Art mütterlicher
Situation gegeben. Es sind zwei Instanzen da, die tragende, beobachtende, die leicht unruhig wird und allerlei Nahrung herbei-
schleppt und eine getragene. Das denkende, bewußte Ich hat um
diese Zeit eine ganz bestimmte Funktion erhalten, ich spreche vom
epischen Autor, und zwar in der heutigen Zeit: die Funktion Stoff
und Material heranzuschleppen und vorzubringen. Man führt
sich selbst wie ein Tier an einen Trog und sieht zu, ob einem dieses
Futter bekommt. Man erhält Zurückweisungen, man kann enorm
irre gehen, und ich habe gelegentlich bei Betrachtungen epischer
Arbeiten den Eindruck, daß an sich da etwas gut und richtig ist,
aber der Autor hat sich im Stoff vergriffen, er hatte eine unglückliche Hand, denn es gehört Glück dazu, die richtige Nahrung zu
finden. Ja, es kann gelegentlich vorkommen, daß man noch her-
beischleppt, und die innere Situation ist schon erloschen. Man ist
da eine Henne gewesen, die ihr Ei schlecht bebrütet hat. Und dann
ist plötzlich, ich sage plötzlich, da ist was?

Ich sitze stumm, ich habe das gelesen und das gehört und habe
es schon wieder vergessen, und jetzt springt plötzlich etwas hervor, und ich bin, ohne zu wissen warum, gepackt oder sinnlos er-

griffen, nein, fasziniert von einem Bild. Das ist keine Vision, keine Halluzination, sondern vieles zusammen, ein Seelenzustand von einer besonderen Helligkeit, gar nichts Dumpfes, sondern eine ungewöhnliche geistige Klarheit, in der alles wie enträtselt ist und man das Gefühl hat wie Siegfried, als er am Drachenblut leckte: man versteht alle Sprachen und überhaupt alles. Etwa, als ich einen historischen Roman »Wallenstein« begann: ich kann in einem dumpfen Drang Akten wälzen, Briefwechsel durchblättern, dahin fassen, dahin fassen. Das, was bei mir in Bereitschaft ist, nippt davon, nippt davon, und plötzlich steht das Bild einer Flotte vor mir, keine Vision, etwas Umfassenderes, Gustav Adolf fährt über das Meer. Aber wie fährt er über das Meer? Da sind Schiffe, Koggen und Fregatten, hoch über dem graugrünen Wasser mit den weißen Wellenkämmen, über der Ostsee, die Schiffe fahren über das Meer wie Reiter, die Schiffe wiegen sich über den Wellen wie Reiter auf Pferderücken, und das ist altertümlich beladen mit Kanonen und Menschen, die See rollt unter ihnen, sie fahren nach Pommern. Und das ist ein herrliches Bild, eine vollkommene Faszination. Ich fühle, das widerfährt mir; es ist als ob ich einen wirren Knäuel in der Hand gedreht habe, und jetzt habe ich das Ende gefaßt. Um dieser prangenden Situation willen bin ich entschlossen und weiß: hiervon werde ich schreiben und berichten, eigentlich zur Feier, zum Lob und zur Verkündigung dieser Situation will ich ein Buch schreiben.

Diese bildgesegnete Aufhellung, diesen wissenbeladenen Augenblick erlebt der Autor als den der ersten Konzeption. Das heißt: das, was vorgegangen ist, im Inkubationsstadium, ist nunmehr so weit, daß es über einen gewissen Schwellenwert hinaus ist und ihm in Sicht kommen konnte. In seine Sicht, in wessen Sicht? Und das sind die zwei Punkte, die für uns an diesem Konzeptionsstadium wichtig sind.

Der erste Punkt ist: das Ganze hat einen gewissen Grad erreicht, einen gewissen Umfang angenommen, die Ernährung war gut, das Tier hat nach einem bestimmten Futter geschnappt, es kann zu einem Bild kommen, das Bild zuckt in einer besonderen Helligkeit auf. Und nun bekommt das Ich, das bisher tastend gepflegt hat, eine andere Funktion, eine andere Aufgabe, und dies ist der zweite Punkt. Jetzt sieht das Ich, was es vor sich hat, sozusagen, wen es da an seiner Brust genährt hat. Es betrachtet dieses Wesen und – nimmt Stellung zu ihm. Um es gleich klar zu sagen: *in diesem Augenblick sitzt der Autor nicht mehr allein in seiner Stube* und denkt nach oder brütet. Er geht zwar auch nicht wie der alte Vagant und Fabulierer unter das Volk und singt, was sie ihm zutragen und richtet sich nach ihren Wünschen. Aber der Autor trägt von diesem Augenblick an das Volk in sich.

Jenes beobachtende Ich übernimmt in unserer Zeit die Rolle und Funktion des Volkes bei jenen alten Vaganten. *Das Ich wird Publikum, wird Zuhörer, und zwar mitarbeitender Zuhörer.* (Ich warne vor der Verwechslung mit Goethes »idealem Zuhörer«.) Es findet von diesem Augenblick eine Kooperative, ein Zusammenarbeiten zwischen dem Ich und der dichtenden Instanz statt. Dauernd steht dieses aufmerkende, denkende und wertende Ich im Zusammenhang mit der dichtenden Instanz, stachelt sie an, treibt sie zurück, ernährt oder führt sie gut oder schlecht, wirkt regulatorisch. So ist beim epischen Autor keine Rede – und bestimmt gilt dies auch vom dramatischen Autor –, keine Rede von einem blinden fessellosen Trieb, einer Bewußtlosigkeit, die dichtet. Bewußtlos ist nur das Inkubationsstadium, in eigentümlicher Weise aber bewußt, gedankengetränkt, mit Werten des ganzen Milieus, des Standes, der Klasse, der Volksschicht, des Volkstums durchsetzt das zweite Stadium. Und all diese Dinge, Gedanken, Werte der genannten Umwelt formen nun in ringender Kollektivarbeit mit der dichtenden, sehr persönlichen Instanz das Werk.

Es geschieht übrigens, damit ich das Bild des Produktionsprozesses noch etwas vervollständige, hier meist noch etwas ganz Merkwürdiges. Das bewußte denkende Ich bleibt nicht immer stehen auf der Stufe des Publikums, Zuschauers und Mitarbeiters, es wird in eigentümlicher Weise in den Arbeitsvorgang einbezogen, das entstehende Werk wirkt an manchen Punkten, die zur Entfesselung auffordern, faszinierend auf das Ich ein, verzaubert das Ich, und es können da, ohne daß das Denken und Mitarbeiten aufgehoben wird, zwei Situationen entstehen: das Ich, der Mitarbeiter, verliert seine führende Haltung gegenüber dem Werk, es legt Masken an, es erleidet sein Werk, es tanzt um sein Werk herum. Das Ich ist in die Spielsituation des entstehenden Werkes einbezogen und hat wenigstens zum Teil die Kontrolle verloren. So ist der Autor schon tiefer in einem dunklen Dichten drin. (Denke hier an das zukünftige »epische« Werk und sprich die Stimmen jeder Tiefe! Habe Mut, wage, setz Dich ein!) Obwohl die allgemeine Helligkeit andauert, ist seine Haltung zum Werk undurchsichtiger geworden, das Werk selbst droht jetzt formloser zu werden, das heißt nur, es entbehrt der Formel, die wir rasch erfassen, aber es liegen tiefere Formungen vor, das Werk wird tiefer Dichtung.

Und dann kann sogar die zweite Situation, die zweite Stufe der Faszination kommen, der Augenblick, wo der Autor sich gar nicht mehr aufrecht erhält vor seinem Werk, wo das Werk den Autor und sein bewußtes Ich verschluckt: wir sind im Stadium einer langdauernden anonymen Konzeption.

So geht es bei der Produktion hin und her: große Spannen von rationaler Helligkeit und übersehbarer Formgliederung reihen sich an eine erste Konzeption, es sind ruhigere Strecken, von der Phantasie ausgefüllt, und dann erfolgt wieder das Pochen der Konzeption, dieser Pfeiler hebt sich wie eine Insel bei einem Seebeben, und da ist wieder ein Kulminationspunkt und ein neuer Anfangspunkt. Es gibt verschiedene Autorentypen; nicht alle werden verstehen, was ich meine. Dichten, sehen Sie nun, heißt nicht nur, wie Ibsen meint, Gerichtstag über sich halten, es heißt auch nicht nur, wie Moralisten und Politiker unter den Autoren meinen, Gerichtstag über sich und die andern halten, es heißt noch viel mehr, zum Beispiel sich loslassen, spielen, zum Beispiel den Mut haben, inneren Verzauberungen zu erliegen und sich ihnen, formal und inhaltlich, zum Opfer machen.

(…)

VIII
Die Sprache im Produktionsprozeß

Zuletzt schildere ich die Rolle der Sprache innerhalb des Produktionsprozesses.

Sobald die Konzeption gefaßt ist, gibt es eine verblüffende Situation, eine Situation der Verblüffung. Der Autor muß sprechen bzw. schreiben, er möchte sprechen bzw. schreiben, und es begibt sich das Erstaunliche, das ja schon oft beobachtet ist: Man (mancher) bemerkt, man (mancher) tritt im Moment, wo man (mancher) spricht oder schreibt, in eine ganz andere Welt, sagen wir auf eine andere geistige Ebene. Konzeption ist nicht mehr Konzeption, jedenfalls stellen das eine Anzahl Autoren fest. Das Ding hat sich im Sprechen, im Schreiben verändert, und die Sache ist ja noch ganz nett, aber nicht mehr übermäßig imposant. Also: das Einverleiben der Konzeption in den Sprachkörper wirkt wesentlich verändernd, sagen wir ruhig: zum Teil destruktiv. Die (diese) Autoren vermissen nunmehr an dem, was da steht, das Einmalige, ganz Besondere ihrer Konzeption, und sie sind nicht sehr zufrieden mit der »Sprache«. Vielleicht haben diese Autoren Konzeptionen und Intuitionen ganz besonderer Art. Einigen Autoren, auch mir, geht es da ganz anders.

Ich bin mit der Sprache zufrieden. Sie leistet mir außerordentlich nützliche Dienste, und sie ist mir die allernützlichste Helferin bei der Arbeit. Es gibt verschiedene Zusammenhänge und Verbindungen zwischen der Konzeption und der Sprache. Denen, die die niedergeschriebene Konzeption als eine Desillusionierung empfinden, ist offenbar die Sprache Instrument, Werkzeug, Material, in denen sie ihre anderswoher kommenden Einfälle und Phantasien niederlegen. Man kann aber auch die Sprache anders erleben und sie kann etwas anderes sein. Ich gebe folgende Eigenbeobachtung.

Es gibt Einfälle, die sprachlos sind. Man soll sich hüten, sie rasch aufzuschreiben, dann eben erlebt man jene Desillusionierung. Die Dinge wollen reifen, die Idee wird sich schon ihren Sprachkörper bauen. Und dann tritt einmal der Punkt ein, wo man aus dieser Situation einen einzelnen Satz hat, und nun hat man gewissermaßen das Tier beim Schwanz gepackt und es entgeht einem nicht mehr. Dann ist aber in der Tat nicht die aufgeschriebene Situation identisch mit der der Konzeption, aber – sie ist reicher, konkreter, lebendiger! Und vor allem, im Epischen: sie drängt weiter. Die Konzeption nämlich kann schon Bewegung in sich tragen, aber das Geschriebene, das Hintereinander der Sätze, die nun angesponnene Melodie, gibt gar keine Ruhe. Um wieviel reicher und wertvoller ist diese Niederschrift als die Konzeption, die zuletzt nur noch wie ein Generalbaß durchtönt.

Es kommt aber auch vor, was gewiß ganz merkwürdig klingt, daß zugleich mit der ideellen Konzeption eine bestimmte sprachliche erfolgt. Das ist nichts Überirdisches, sondern steht sehr in der Nähe der Träume, wo einem auch gelegentlich einige Worte und Sätze nachklingen.

Und es kommt drittens vor, daß man überhaupt keine ideelle Konzeption hat, sondern daß einem, Gott weiß aus welchem Zusammenhang, einige Sätze einfallen, und dies ist für den Autor die allerglücklichste Situation. So sprach ich vorhin von der Fahrt Gustav Adolfs über die Ostsee. Aber diese Konzeption blieb stumm und gab nichts her. Ich scheute mich auch, sie auszusprechen. Dann hatte ich einmal mitten während einer Arbeit, als ich von den Hofchargen am Hofe Kaiser Ferdinands des Zweiten las, einen Satz, und das war eine *sprachliche Konzeption*. Und solche sprachliche Konzeption ist ein Ding so gut wie die bloß ideellen und für den epischen Autor, den Praktiker der Sprache, das allerwichtigste. Dieser Satz lautete: »Nachdem die Böhmen besiegt waren, war keiner darüber so froh wie der Kaiser. Noch nie hatte –« Weiter ging's nicht. Aber das war ausgezeichnet, das war der Anfang meines Buches, die Melodie und der Rhythmus waren da, ich konnte anfangen, mir konnte nichts mehr passieren. Wenn ich die Beziehung zwischen Konzeption und Sprache schildern soll, so sage ich: die Konzeption ist bloßer Text eines Liedes, die Sprache ist erst das Lied, die Musik. Man tut also ungeheuer Wichtiges zu der »Konzeption« hinzu mit der Sprache, und das Lied ist nicht fertig ohne die richtige Melodie.

Wie aber einem Textdichter an nichts mehr liegen kann, als an der richtigen Vertonung seiner Worte, so liegt dem Autor an nichts mehr als an der Innigkeit der Verbindung zwischen seinen Einfällen, Ideen und der Sprache. Wie ihm die schlecht getroffene Sprache das Konzept verderben kann, so kann die gut gewählte Sprache, die gut konzipierte Sprache ihm die halbe Arbeit abnehmen, sogar beim Phantasieren und Erfinden. Denn die gut getroffene Sprache führt richtig, führt im Sinne der Ausgangskonzeption zu neuen Einfällen, ist eine *Produktivkraft* an sich. Die größte formale Gefahr für den epischen Autor liegt darin, wenn er auf ein falsches Sprachniveau springt. Es wäre für Autoren und Leser eine segensreiche Arbeit, wenn die Philologen ein Lexikon der deutschen Sprachstile und der Sprachebenen herausbrächten. Das wäre eine Arbeit, die sehr wichtig für den Unterricht von Autoren und zur Abschreckung von Dilettanten sein könnte. Wir haben im Deutschen eine nicht zu große Zahl gut isolierbarer Sprachstile und Stilebenen. Da ist die Konversationssprache, die verschieden ist in den verschiedenen Gesellschaftsschichten, auch in den Provinzen nicht bloß nach der Mundart anders ausfällt.

Da gibt es die Sprachebene der Zeitungsleute, Börsianer und anderer Berufe. Aber diese fallen leider für die Autoren nicht sehr ins Gewicht, leider, es wäre wünschenswert, wenn sie sich intensiver in dieses volle Menschenleben stürzen würden. Für sie sind von Wichtigkeit die geschriebenen Stile: da ist etwa der Stil des Bibelübersetzers Luther. Dieser Stil hat ganze Generationen überdauert, hat zur Zeit ein bestimmtes literarisches Niveau, besetzt eine bestimmte geistige Ebene, und wer auf diese Ebene tritt, muß wissen, wohin er tritt, muß wissen, wohin ihn diese Sprache weiter treibt und daß das Ergreifen auch nur von einigen Sätzen sowohl zu anderen Sätzen derselben Ebene, aber auch zu Gedanken und Vorstellungen dieser Ebene drängt. Mit anderen Worten: *jedem Sprachstil wohnt eine Produktivkraft und ein Zwangscharakter inne*, und zwar ein formaler und ein ideeller.

Die Dilettanten machen sich das zu nutze und können leicht auf solcher Ebene dichten, sie merken nicht, daß sie kaum im Spiele sind, daß es sich um sprachliche und ideelle Autonomie handelt, sie brauchen nur ihren kleinen Groschen in den Automat zu werfen, so schnurrt die Maschine ab. Aber auch der wirkliche Autor ist gefährdet, er weiß aber, was ich gesagt habe: man glaubt zu schreiben und man wird gesprochen, oder man glaubt zu schreiben und man wird geschrieben. Um von unserm Lexikon weiter zu sprechen, vom Sprachstile und den zugehörigen geistigen Valeurs, so gibt es noch Schillers Jambenstil, Goethes Altersprosa, die Prosa Heinrich Heines, die sich in den heutigen Feuilletonismus hinein verfolgen läßt, der klassizistische Stil Platens und andere. Alle diese Sprachstile besetzen eine geistige Ebene und wirken dadurch zugleich fruchtbar, bildend – andererseits, und dies besonders für den selbständigen Autor, katastrophal verheerend und verhindernd. Nur der Laie glaubt, es gibt eine einzige deutsche Sprache und man kann beliebig darin denken. Der Kenner weiß, es gibt eine Anzahl Sprachebenen, auf denen alles sich zu bewegen hat. Wer geistig selbständig sein will, wer dichterisch etwas Eigenes sagen will, ist in großer Gefahr und Not. Er tut gut von dieser Gefahr zu wissen, und es ist keine Neuigkeit, daß, wer etwas Eigenes sagen will, geistig oder phantastisch, daß der die alten Sprechweisen erst von sich wegstoßen muß, um zu singen, wie ihm selbst der Schnabel gewachsen ist.

Was die formende Kraft der Sprache anlangt, so muß ich eigentlich, wie das Vorangegangene schon zeigt, von ihr als von einer allgemeinen Produktivkraft zugleich formaler und ideeller Art sprechen, und sie erweist sich so in dem denkenden Schreiben oder schreibenden Denken als das Treiben von Satz zu Satz, von Periode zu Periode. Ab und zu treten mehr rhythmische Gesetze hervor, ab und zu scheinen mehr Alliterationen zu leiten, ab und zu mehr Gleichklänge. Ideelles von dieser Ebene kämpft mit Sprachlichem von jener Ebene. Sieger bleibt – kein guter Autor – immer die »Sprache«. Wer dies nicht erlebt hat, kennt nicht das Grundfaktum der *lebenden Sprache,* welche nicht die »Sprache« der Philologie und des Lexikons ist. Sondern sie ist ein blühendes, konkretes Phänomen, kennt keine »Worte«, wie die Welt keine einzelnen Gegenstände kennt, fließt in Worten und Sätzen anschaulich und gedankengefüllt, erlebt und durchfühlt hin. Es läßt sich übrigens viel sagen über die sehr banale Scheidung von Prosa und Poesie, prosaischer und poetischer Sprache. Im wirklich Epischen hält jedenfalls diese Scheidung für den schärfer Blickenden nicht stand.

Ich will hier abbrechen, von der Sprache zu reden, von ihrer Produktivkraft im Formalen und Geistigen, von ihrem Zwangscharakter. Ich will auch nicht davon sprechen, daß ich die Befreiung des epischen Werks vom Buch für schwierig, aber nützlich halte, nützlich insbesondere in Hinsicht auf die Sprache. Das Buch ist der Tod der wirklichen Sprachen. Dem Epiker, der nur schreibt, entgehen die wichtigsten formbildenden Kräfte der Sprache; ich habe seit lange die Parole: Los vom Buch, sehe aber keinen deutlichen Weg für den heutigen Epiker, es sei denn der Weg zu einer – neuen Bühne. Und dies schlägt mit in dieselbe Kerbe, was ich oben gesagt habe von der Renaissance und Regeneration des epischen Werks.

Was macht das epische Werk aus? Das Vermögen seines Herstellers, dicht an die Realität zu dringen und sie zu durchstoßen, um zu gelangen zu den einfachen großen elementaren Grundsituationen und Figuren des menschlichen Daseins. Hinzu kommt, um das lebende Wortkunstwerk zu machen, die springende Fabulierkunst des Autors. Und drittens ergießt sich alles im Strom der lebenden Sprache, der der Autor folgt.

Kunst ist nicht frei, sondern wirksam: ars militans (1929)

I

Über Allgemeines im Verhältnis von Kunst und Politik habe ich nicht zu sprechen. Ich meine unter »Allgemeines« etwa die Frage: welche Rolle spielt die Kunst und das Kunstwerk im Staat, wo steht und wo soll stehen die Kunst im Staat, oder welche Rolle soll die Kunst neben Politik, Religion, Schule und Wirtschaft im Volksleben haben, und welche Rolle hat sie – auch durch eigenes Versagen – tatsächlich. Ich erörtere auch nicht, in welcher Weise politische Gedanken in Kunstwerke eintreten können, welcher motorische Ort den politischen Ideen und Impulsen im Kunstwerk selbst gegeben ist. Das ist eine sehr allgemeine Frage, um die sich die Ästhetik, wofern es eine solche Disziplin gibt, und die Psychologie, die es schon etwas mehr gibt, zu kümmern haben. Und ganz und gar nicht habe ich mich auseinanderzusetzen und zu fechten mit der Auffassung: Kunstwerke sind immer und überhaupt politische Werke, denn sie wachsen immer auf einem ganz charakteristischen ökonomisch-politischen Unterbau. Davon ist etwas richtig und etwas falsch – es kommt ganz darauf an, wie man es versteht, dann ist es 100prozentig richtig oder 100prozentig falsch – aber auch das zu erörtern würde ein Gefecht von einer Stunde beanspruchen. Ich greife mir aus dem Komplex Kunst und Politik nur folgende Fragen:

1. Gibt es politische und Tendenzdichtungen, die zweifellos Kunstwerke sind? Antwort: Ja, siehe Die Hermannsschlacht. Auch Die göttliche Komödie ist ein politisches Tendenzwerk. Be-

stimmte Zeichen charakterisieren es aber mit Sicherheit als Kunstwerk.

2. Jetzt stelle ich die Hauptfrage: Wie soll der jeweilige Staat, in dem solche Kunstwerke entstehen und an den die Tendenz des Werkes adressiert ist, auf das Werk und seinen Verfasser reagieren? Die tatsächliche Praxis ist bekannt. Der »Tell« von Schiller zum Beispiel ist in Österreich – der Landvogt Geßler war österreichischer Kommissar – längere Zeit verboten gewesen. Ich bin über die »Hermannsschlacht« nicht orientiert, aber ich vermute, sie ist zur Zeit der napoleonischen Herrschaft in Preußen nicht gespielt worden. Auch die Tarnung Napoleons und der Franzosen in Römer und die Verlegung des ganzen Schauplatzes in den bejahrten Teutoburger Wald würde im Ernstfall die napoleonische Zensur nicht erweicht haben. Soweit die Praxis.

Die Auffassung einiger Leute in der Gegenwart geht dahin: die Gesinnung im Kunstwerk ist unangreifbar; im Augenblick, wo sicher und über jeden Zweifel festgestellt ist, das Tendenzwerk ist ein Kunstwerk, darf kein Verbot an das Werk heran. Denn die Kunst ist unantastbar, die Kunst ist heilig.

Ich bin nicht dieser Meinung. Es ist freilich schlau, gerissen und zweckmäßig, im politischen Kampf, in dem auch Schriften und Bilder verwendet werden, dem Gegner einzureden, diese Schriften und Bilder sind Kunstwerke, und ihn schachmatt zu setzen mit der Behauptung, die noch aus der Schulzeit in seinem armen Kopf herumirrt: die Kunst ist heilig, und was heilig ist, darf man natürlich nicht bestrafen. Die Kunst ist aber nicht heilig und Kunstwerke dürfen verboten werden. Es ist eine Beleidigung der Kunst, in dieser Weise zu sagen, sie sei heilig, und die Kunstwerke kaltzustellen indem man behauptet, der Staat müsse zu ihnen stillhalten.

Der Künstler ist ein lebendiger Mensch, Glied eines Staates, eines Volkes, einer Klasse, und er darf es beanspruchen, daß seine Ansichten ebenso ernst genommen werden wie die anderer

Leute. »Die Kunst ist heilig« bedeutet aber praktisch nichts weiter als: der Künstler ist ein Idiot, man lasse ihn ruhig reden. Man will uns Freiheit der Produktion verschaffen, aber die Freiheit, die man im Auge hat, ist die des Paragraphen 51.

Nur in den liberalistischen Staaten, die sich dem Handel, der Bank und der Industrie, dem Kapital und dem Militär verschrieben haben, konnte der Hohn aufkommen: »die Kunst ist frei«, nämlich sie ist gänzlich harmlos, die Herren und Damen Künstler können ja schreiben und malen was sie wollen; wir lassen es in Leder binden, lesen es uns durch oder hängen es an die Wand, darunter rauchen wir Zigaretten, die Bilder sind eventuell auch im Kunsthandel brauchbar. Daß man so frech mit der Kunst umspringt, daran ist sie selbst schuld, denn ihre meisten Vertreter verdienen schon lange nicht mehr den Namen von Künstlern. Diese Künstler sind ja zufrieden mit der literarisch-ästhetischen Rolle, die sie spielen, besser: mit dem Halsbändchen und der Schlummerrolle, die man unseren lieben Schoßhündchen gegeben hat, und ihre Produkte rechtfertigen größtenteils auch sonst diese Art der Behandlung.

Worauf aber das Versagen der Kunstproduzenten – mich widert das fatale Samtjackenwort »Künstler« an – beruht, sieht man mit einem Blick. Es ist die Kettung dieser Produzenten, also auch ihrer Produktion, an eine einzige kleine Gesellschaftsschicht, wenigstens in Deutschland, an Begüterte und ihren Anhang. Diese Gesellschaftsschicht hat ökonomisch die künstlerischen Produzenten gefesselt, hat ihnen dabei wie einem Simson die Haare geschoren und die Kraft genommen und sie ganz machtlos, würdelos gemacht und bis auf die Knochen degeneriert. Diese Gesellschaftsschicht dankt ihnen jetzt dafür und stellt die Situation vollkommen klar, indem sie die Kunst für – frei erklärt, nämlich für gänzlich unschädlich! Nun versteht man meine Warnung vor: »Die Kunst ist frei.« Der Maulkorbzwang für die Kunst kann nunmehr aufgehoben werden. Das Tier hat keine Zähne mehr. Es ist zufrieden, wenn man es leben läßt. Macht sich nun irgendein Exemplar der Kunstproduzenten selbständig, reißt es sich von der plutokratischen Hörigkeit los – wer kann das noch? –, so verkennt dieses Exemplar ganz seine Aufgabe und die Aufgabe der Kunst, welche sich nur um himmlische und erfreuliche Dinge zu kümmern hat, während sich um die ernsten Dinge die Politik und Wirtschaft berufsmäßig bemühen, was bekanntlich schon Schiller in der »Teilung der Erde« bedauert hat, aber das ist ein Gedicht, das man Kinder auswendig lernen läßt. Vollends »Tendenzkunst«, was bedeutet: Bastardkunst und Unkunst, liegt vor – die Ästhetik der Spießer bestätigt es –, wenn ein literarischer Produzent einer anderen Gesellschaftsschicht angehört und munter aus ihrer Mentalität heraus produziert. Wenn diese Werke etwa verboten werden, so hat kein Mensch Interesse daran, jedenfalls kein Kunstfreund, denn man bekümmert sich ja nur um die reine »Kunst«.

Kurz gesagt: die ältere wirkliche Kunst ist ihres Lebens beraubt und kann daher in den Bücherschrank gestellt und gepriesen werden, – neue Kunst wird ignoriert, lächerlich gemacht oder verboten.

Gegen den beleidigenden Anspruch sogenannter Schützer der Kunst stelle ich die Forderung der Künstler, ernst genommen zu werden. Der Kunstcharakter eines Tendenzwerkes macht das Werk nicht derart minderwertig, daß es darauf heiliggesprochen bzw. mit Goldschnitt versehen in den Bücherschrank zu anderen Monumentalwerken abgeschoben wird. Ich weiß, die Gerichte haben heute in Deutschland im großen Ganzen die befangene, kunstfeindliche Haltung, die ich eben beschrieben habe: sie sprechen Künstler frei, wenn die Stoffe durch die Bearbeitung so »veredelt«, genauer: abgeschwächt sind, daß eben ein Kunstwerk dasteht. Ich nenne das eine kunstfeindliche Haltung. Wir bedanken uns für unsere Freunde. Wir wollen ernst genommen sein. Wir wollen wirken, und darum haben wir – ein Recht auf Strafe.

II

Damit ist der Standpunkt des Künstlers gegenüber dem Staat und den Gerichten fixiert.

Zugleich ist damit aber auch der Kampf bzw. die Kontroverse Kunst und Staat oder Kunst und Politik aufgedeckt als Kontroverse zwischen Politik und Politik. Es ist allgemein der Streit einer Geistigkeit politischer oder kultureller Art gegen eine anders gesonnene Geistigkeit.

Es kann aber nur ein ganz bestimmt charakterisierter Staat das Recht haben, in diesen Kampf von Geistigkeiten mit physisch-mechanischen Mitteln, wozu das Gesetz und das Gericht gehören, einzugreifen: Das ist der Staat mit einer eindeutigen geistigen Führung.

Ein solcher Staat besteht jetzt nirgends. Diktaturen versuchen ihn; er bestand tatsächlich im katholischen frühen Mittelalter.

Alle heutigen Staaten aber sind Spannungssysteme mehrerer Geistigkeiten in den Rahmen demokratischer Verfassungen eingelegt; schwankende Gleichgewichtslagen, – besonders jetzt, wo die Geistigkeiten überall in einem krisenartigen Fluß sind und in den Staaten die Spannungen und Unausgeglichenheiten besonders groß sind.

Daher stellt in einem heutigen Staat der Griff einer einzelnen Machtgruppe nach dem Gesetz oder dem Gericht, also dem physisch-mechanischen Mittel, mindestens formal eine Verletzung des allein möglichen fair play dar. Es ist die Wendung auf den Zwang und die Diktatur hin, die von seiten der übrigen Geistigen, also auch der Künstler, ebenso offen zu beantworten ist.

Staaten muß unbedingt und gewiß der Selbstschutz zugestanden werden, ebenso aber haben die Menschen in ihnen auch das Recht auf Erneuerung. Das Festlegen des Staates auf gewisse Geistigkeiten zufälliger Machthaber ist sowohl eine Herausforderung der übrigen geistigen Tendenzen, wie ein formales Unrecht an Sinn und Struktur der heutigen Staaten.

Wenn Künstler in diesem Kampf mit Werken auftreten, so haben sie zu erkennen, daß sie sich nicht hinter der lächerlichen Fiktion eines unangreifbaren Kunstwerks zu verstecken haben, – sie haben sich vielmehr der physisch-mechanisch gegen sie auftretenden anderen Geistigkeit mit allen Mitteln zu erwehren. Denn diese gegenüberstehende Brachialgewalt ist illegal auch dann, wenn sie sich auf Gesetze beruft, die irgendwelche Parteiabmachung ihr verschafft hat. Ein Übergriff, der hier geschieht, eine Verletzung der geistigen Struktur des heutigen Staates wird auch durch Gesetze nicht legitim.

Die Geistigen und also auch die Künstler, die gegen Zensur kämpfen, haben als Vertreter des heute im Westen gültigen Staatsprinzips dieses legitime Prinzip auch gegen die zufälligen Machthaber und Mehrheiten so lange zu verteidigen, wie das Prinzip staats- oder volkslegitimiert ist. Sie sind in der Defensive, aber so paradox es ist: die Geistigkeit, die heute gegen die Brachialgewalt einer Zensur kämpfen würde, würde für den Staat gegen Staatsfeinde kämpfen, die sich der Gesetze – wenigstens vorübergehend – bemächtigt haben.

III

Offen will ich hinzufügen, daß mir bewußt ist, daß überall im Westen nur fiktive Gleichgewichtszustände, Demokratien bestehen, daß tatsächlich wechselnde Wirtschaftsgruppen politisch führen und geistig sich die Luft rein zu erhalten suchen. Mit den Interessen dieser Wirtschaftsgruppen und Machthaber haben aber die Künstler, die aus verschiedenen Klassen stammen, nicht nötig sich ohne weiteres zu identifizieren. Ob sie diesen Machthabern zustimmen oder nicht: ich empfehle ihnen, sich Ellenbogenfreiheit zu verschaffen und nicht als Kanarienvögel in Käfigen zu fungieren.

Ich warne in summa vor der Verkrüppelung der Kunst, die im Satz von der Freiheit der Kunst ihren Ausdruck findet. Der Künstler hat sich heute seine Freiheit selbst zu schaffen.

Ich warne, die »Freiheit der Kunst«, wie manche wollen, aus taktischen Gründen zu akzeptieren. Diese taktischen Gründe sind faul. Zur Erziehung der Künstler, zur Aufweckung des Publikums sind helle und klare Gesichtspunkte nötig. Die Kunst ist wirksam und hat Aufgaben, – es heißt diesen Satz nach allen Seiten, gegen die Künstler, den Staat, das Publikum, hart durchzukämpfen. Da ist Opportunismus und Taktik schon ein halbes Steckenbleiben.

Was hier gesagt ist, ist nicht Politisierung der Kunst, sondern *ars militans, Wiederherstellung, Renaissance der Kunst und zugleich der einzige Weg zu ihrer Rehabilitierung.*

Katastrophe in einer Linkskurve (1930)

Das Ding, wovon ich sprechen will, heißt die »Linkskurve«, kostet 30 Pfennig die Nummer, ist ein Heft in Oktavformat und wird in der »Peuvag« gedruckt. Heraus kommt es aus der Finsternis am ersten jedes Monats. Über das Ding etwas zu sagen lohnt sich nicht, es ist ein echtes, das heißt also unechtes, Literaturblatt, hinter dem ein Clique von Leuten steht, die sich beweihräuchern und im Besitz der Unfehlbarkeit sind. Aber über die Linkskurve soll man etwas sagen, – weil es das offizielle Literaturblatt der deutschen KP ist.

Das Ding lernte ich kennen, als es sich mit mir befaßte. Als man mir diese eine Nummer gab, war ich so erfreut davon, daß ich mir gleich ältere kaufte. Ich sah alle durch, es war teils lustig, teils schaurig; ich will etwas von diesem neuzeitlichen Apparat sagen. Denn das Ding ist ein Apparat. Es produziert maschinell genormte Kritik, die Urteile sind serienweise hervorzubringen, jedes Kind kann den Apparat bedienen, es ist ein Automat mit Schutzvorrichtungen gegen selbständiges Denken, besonders geeignet für die Beschäftigung von Blinden und Jugendlichen.

Außen ist das Ding rot angemalt, innen ist es bedeutend blasser, und warum, das weiß man, wenn man die Namen der Herausgeber liest: Johannes R. Becher, Andor Gabor, Kurt Kläber, Erich Weinert, Ludwig Renn.

Karl Marx sagte einmal: »Die Religion ist der Seufzer der bedrängten Kreatur, das Gemüt einer herzlosen Welt«. Wir setzen für »Religion« Prinzip und haben die Rolle des Glaubens bei den KP-Autoren ermittelt. Begrifflosigkeit, Defekte werden verhüllt, die böse, herzlose Welt soll nicht mehr heran. Ein bißchen kommt sie jetzt.

Man ist zwar nichts, aber man ist kein Bourgeois. Man kann zwar nicht schreiben, aber man schreibt nicht bürgerlich. Man kann zwar nicht denken, aber man denkt approbiert. Wenn ich Maler wäre und hätte die fünf Herausgeber der Linkskurve zu malen, so würde ich sie in ihrem Brutkasten malen, da hocken sie beieinander, bedauernswert bis auf die Knochen, haben ein Messer im Mund, machen riesige Glotzaugen und wollen Angst einjagen.

In Nummer 1 vom 2. Jahrgang leitartikelt Johannes R. Becher. Das muß man gelesen haben. Ich empfehle jedem, der Sinn für Humor und Schauerlichkeit hat, diesen Artikel zu lesen, die Nummer ist für 30 Pfennig noch käuflich. Das ist der literarische Fahnenführer der deutschen KP. Man fragt sich sonst, woher es kommt, daß diese Partei so vorbeihaut und ihre Gelegenheiten verpatzt. Hier kann man es greifen. »Die zentrale Aufgabe des Bundes proletarisch-revolutionärer Schriftsteller ist die Herausarbeitung einer eigenen proletarisch-revolutionären Literatur.« So der Prophet. Sie werden sich in Lichtenberg, Kielblockstraße, zusammensetzen und eine eigene Literatur »herausarbeiten«, – Herr Becher, der Prosa und verqualmte Hymnen produziert in dem Schleimbrei einer unentwegt expressionistischen Sprache, – Herr Ludwig Renn, frisch gebackener Genosse, Verfasser eines mittelmäßigen Kriegsromans, den die bürgerlichen Zeitungen lobten, worauf er sich berühmt vorkam, – Herr Andor Gabor, wer ist das, – Herr Kurt Kläber, o Gott, die »Passagiere«, er hat mal was gewollt, er hat mal nicht gekonnt – Herr Erich Weinert, der Kabarettnummern »herausarbeitet«. Diese fünf werden es schaffen.

Darauf wird uns verkündet: »Unsere proletarisch-revolutionäre Dichtung hat in den letzten zwei Jahren einen mächtigen Aufschwung genommen.« Wie ist mich denn? Ich habe gar nichts davon gemerkt! Das muß unbemerkt in der Kielblockstraße passiert sein! Die liegt so weit weg. Schade! Warum telephonieren sie nicht? Es ist toll, daß mitten zwischen uns eine Geheimliteratur blüht. Mir fällt bloß auf: eben hat unsere proletarische Dichtung einen »mächtigen Aufschwung« genommen, und schon wird gemeldet: »Daß wir ein erstes Stammelwort, ein Beginn sind, und daß wir uns weiter steigern müssen.« Etwas stimmt da nicht. Wie das »Stammelwort« und der »mächtige Aufschwung« zusammenhängen, ist dem Bürger, der bloß mit dem Kopf denkt, nicht klar. Offenbar verfügen die Kommunisten, bzw. ihre Literaten, furchtbarerweise auch über Geheimorgane, die sie uns nicht zeigen. Wie wird es uns ergehen. Vielleicht hängt der schreckliche Gegensatz »mächtiger Aufschwung« und »Stammelwort« aber mit der marxistischen Dialektik zusammen? Das ist nämlich auch solche schwere Sache, über die daher dauernd Kurse abgehalten werden. Hier wäre ein Beispiel für Dialektik: »mächtiger Aufschwung« und »Stammelwort«. (Wir Bürger unter uns, die nur mit dem Kopf denken, nennen das Unsinn. Man sieht, wie verfault wir sind.)

Da nun offenbar Zwietracht in der kommunistischen Geheimliteratur des mächtigen Aufschwungs vorkommt, ist Johann R. Becher auf den nächstliegenden Einfall gekommen: Diktatur über die Literatur. Wer nicht hören will, muß fühlen. Wozu braucht ein Schriftsteller überhaupt oder selbständig zu denken, wo man in der Kielblockstraße für ihn denkt, – das heißt, man denkt da auch nicht, vielmehr man denkt am Bülowplatz, – vielmehr: man denkt da auch nicht, man denkt, ja ich weiß nicht, ich versteh mich nicht auf die Infinitesimalrechnung, vielleicht weiß es ein Astronom? »Darum fordern wir, daß unsere Literatur unter dieselbe Kontrolle und Verantwortlichkeit gestellt wird wie jede politische Arbeit.« Das heißt, was in der Kielblockstraße nicht gefällt, nimmt keinen mächtigen Aufschwung, oder, je nachdem, es wird kein erstes Stammelwort. Vorzüglich eignet sich Johannes R. Becher freilich in dieser betrunkenen Angelegenheit zum Diktator, da er sich schon als Diktator über Logik und die deutsche Sprache bewährt hat.

Neugierig nach der Geheimliteratur des mächtigen Aufschwungs treffe ich dann den Satz: »Unsere Werke sind nicht edel oder kristallklar geschliffen, sie haben eine kantige Härte, denn sie sind geboren und wachsen auf in der Zugluft, die aus der Geschichte weht.« Da fall ich aus der Kurve. Wo zum 1000. Male sind die Werke mit der kantigen Härte? Die Prosa und Lyrik von Johannes R. Becher? Dieser geschriebene Quarkkäse? Wo ist die Zugluft, die aus der Geschichte weht? Die deutschen Bücher haben sie nicht, sie sind entsetzlich edel und kristallklar geschliffen, blank wie ein Kürassierstiefel des Anton von Werner. Aber in der »Linkskurve« selbst befindet sich neue proletarische Dichtung. Da ist eine Kostprobe, ein Gedicht von *Hanns Vogt:*

> »Roter Hund! Rote Kanaille!
> O du!
> Strahlender, herrlicher!
> Glühender, Gläubiger!
> Heute und morgen und übermorgen
> Und immer dann bist du da.«

Genug? Und kein Wort dazu. Das ist die kantige Härte, aufgewachsen in der Zugluft, die aus der Geschichte weht! (Sagen wir milde: älterer Jahrgang des »Sturms«.) Deutsche kommunistische Literatur!

Zum Schluß kann sich Johannes R. Becher nicht zurückhalten; er muß sagen, wie es mit der neuen proletarischen Literatur ist, er muß bekennen, was ist, und er sagt (falls Sie nicht vom Stengel): Es ist Rosegger. Es fährt aus Becher heraus an der Stelle, wo er ein Buch von mir vorhat. Der ehemalige Transportarbeiter (das »ehemalige« wird von Becher unterschlagen, das ist gute bürgerliche Tradition, man schwindelt), der nach Becher also nicht mehr »ehemalige« Transportarbeiter eines Buches von mir sei ein »künstlich gepreßtes Laboratoriumsprodukt«. Dem Verfasser wird vorgeworfen, daß er hemmungslos Details sammelt und sie anhäuft, daß er Berliner Dialekt nachstenographiert, daß die Nummern der Elektrischen, die er angibt, stimmen, daß das Buch ultrarealistisch ist. Wenn Sie nun wissen wollen, wie es sein müßte, so erfahren Sie: »Unsere Werke werden die natürliche einfache proletarische Sprache bekommen, Geruch und Färbung, wie sie wirklich dem Proletariat eigen sind.« Nun fragt man sich als Fachmann und Laie, wie soll man das schaffen. Realistisch darf der Autor nicht sein, stimmen darf es nicht, was er schreibt, wirklicher Berliner Dialekt darf es auch nicht sein: was also? Klar: Rosegger! Heimatkunst, der natürliche Geruch, die berühmte »Scholle«. Ich meine leider weder Rosegger noch Ganghofer! Was die natürliche proletarische Sprache anlangt, so habe ich von dem Vers: »O du Strahlender, herrlicher, Glühender, Gläubiger« schon genug, und der hymnische Quarkkäse von Johannes R. Becher, alias kantige Härte, reizt auch nicht meinen Appetit. Ich habe mich an den einfachen Berliner Dialekt gehalten, den ich nicht nachzustenographieren brauchte, weil ich nicht stenographieren kann. Und wenn meine Angaben im Roman stimmen, so bitte ich Herrn Becher um Entschuldigung, ich bin nun mal so vertrottelt, – wenn ich Alexanderplatz meine, sage ich Alexanderplatz, und wenn ich Quatschkopf meine, sage ich Becher. Und wenn ich hemmungslos Details summiere, so verspreche ich, nächstes Mal werde ich nicht summieren, ich werde frei aus der Luft dichten: »O du Strahlender, herrlicher, Glühender, Gläubiger«. Fällt mir da übrigens nicht gerade ein, daß Herr Becher einmal einen Versuch mit untauglichen Mitteln am Roman unternommen hat, welcher Versuch leider beschlagnahmt wurde, – es hätten ihn alle lesen sollen, – und fand sich nicht damals hinten als Nachtrag – ein seitenlanges Verzeichnis von Literatur? Aber pfui, Herr Genosse, wie kann man nur. Das sind ja lauter Details, so gehen Sie vor, und Sie wollen Rosegger werden?

Was die Herren möchten, worauf ihre fötalen Gedankengänge hinzielen, nein, nicht hinzielen, ist klar. Es gibt ein Bilderbuch, Sie kennen es, das »Gesicht der herrschenden Klasse«. Das Gesicht der beherrschten Klasse zu geben wäre ungeheuer nötig, – aber das würde die Realität ergeben, und die ist Pinschern und Schwächlingen furchtbar und peinlich. Die Realität aufzeigen, wie sie ist, die wirklichen Bedürfnisse der Masse demonstrieren und daraus und dazu die Theorie machen, das wäre marxistisch. Entschuldigen Sie, wenn ich mich erfreche, wieder den unbekannten Karl Marx zu zitieren: »Die Theorie wird in einem Volke immer nur so weit verwirklicht, als sie die Verwirklichung seiner Bedürfnisse ist.« Ein andermal: »Man muß die versteinerten Verhältnisse der deutschen Gesellschaft schildern und sie dadurch zum Tanzen zwingen, daß man ihnen ihre eigene Melodie vorsingt. Man muß das Volk vor sich selbst erschrecken lassen, um ihm Courage zu machen.« Vergleichen Sie diese wirklich harten Sätze mit dem Milchbrei der Phrasen des Kommunistenhäuptlings Becher. Vergleichen Sie die Realitätsnähe dieser Aussprüche mit der Furcht des Lyrikers vor den Details. Vergleichen Sie die Wahrhaftigkeit dieser Sätze und ihre Weite mit den Stammelworten der Linkskurve. »Das Gesicht dem Betriebe zu«, singt Becher. Nee, mein Sohn: Tatsächlich schreibt er das Gesicht der Zeitschrift »Sturm« zu. Sie hassen die Realität. Diese sauberen historischen Materialisten wagen sich nicht an die Realität heran. Sie glauben es ist getan, wenn sie über der Realität ihr rotes Kinderfähnchen schwingen.

Hören Sie Sätze, die ein literarischer Führer der KP zur Einführung eines neuen Jahrgangs in dem offiziellen Organ der KP schreibt: »Wir sind nicht Idealisten solcher Art, die das idealisieren, was ist (soll ihnen auch schwer fallen, denn sie wissen ja nicht, was ist); wir sind nicht genügsam, wir geben uns nicht zufrieden: wir zerren und trommeln. Wir hetzen, damit der Aufstand schneller läuft. Das ist unsere Literatur, wir müssen sie wie eine Botschaft verkünden. Durch Gehirne und Herzen zieht sie hindurch.« Dazu sage ich, ohne nachzustenographieren: »Nu reg dir mal bloß ab.« Das ist die zum Lachen armselige literarische Vertretung der deutschen KP: Rote Kinderfähnchen über einer Wirklichkeit, die man nicht kennt, der man mit Schmockphrasen aus dem Wege geht. Wer wundert sich da politisch noch über was?

Sexualität als Sport? (1931)

Wie es mit der Sexualität steht, und ob man sie überschätzt oder unterschätzt, soll ich sagen. Sicher ist mir nur, wenn ich unter Menschen gehe, daß der alte Satz recht hat von dem »Weltgetriebe«, das durch »Hunger und Liebe« erhalten wird. Und unter Liebe muß ich schon sexuelle Liebe – Liebe, die aus sexueller Quelle stammt – verstehen. Also: man kann Sexualität gar nicht überschätzen. Sie ist – entsprechend dem alten Satz – die zweite Achse, um die sich unsere Existenz dreht. Und vielleicht dreht sich unsere Existenz überhaupt nur um eine einzige Achse, und Hunger und Liebe gehören zusammen wie Ernährung und Wachstum.

Aber Sie sagen: das will ich gar nicht wissen, mit Philosophie sind keine Geschäfte zu machen, ich will praktisch wissen: wird von den Leuten heutzutage nicht zu viel Wesens von der bloßen Sexualität gemacht, sollte man nicht offen sagen, daß »Liebe« viel wichtiger ist als die ganze bloße Sexualität, dieser üble Trieb, diese niederträchtige erbärmlich-organische Geißel der Menschheit, von der, wie schon einmal ein kluger Mann bemerkt hat, man erst durch das Alter befreit wird (aber übrigens auch da nicht, es gibt Beispiele von Exempeln).

Also von »bloßer« Sexualität und ihrer Überschätzung ist die Rede, von »organischer« Sexualität, und ich erinnere mich, es gibt eine gelehrte Unterscheidung solcher bloßen, organischen Sexualität, von einer nicht bloßen, sondern verhüllten, – von der Koppelung einer organischen Sexualität mit einem anderen Gefühl: das ist der »Detumeszenztrieb« (zu deutsch Abschwelltrieb) und der »Kontrektationstrieb« (das ist wohl Annäherungstrieb, Liebe). Ja, man kann wohl gelehrt so unterscheiden, meine ich, aber die Dinge kommen so nicht vor. Sie sind eben von Haus aus verbunden, die Natur ist schon so schlau und so geistvoll und so menschlich gewesen, und sie hat gar nicht einen dummen blinden Begattungstrieb oder Detumeszenztrieb geschaffen, sondern ihm sofort einen unheimlich scharf arbeitenden Auswahlapparat beigegeben, und da kann sich wohl hie und da das eine selbständig machen und von sich aus Krieg führen, da gibt es die verschiedensten Varianten von gelegentlicher, unordentlicher, meist notgedrungener oder pathologischer Selbständigkeit eines solchen Systems –, aber die Regel ist das nicht, und prinzipiell glauben soll man weder an platonische Liebe noch an Sexualität ohne Liebe, ein bißchen Liebe und ein bißchen Hautgefühl ist doch dabei.

Wenn nun früher sich die Leute gestritten haben, wie war das bei Goethe und Frau von Stein, und was sagen Sie zu Casanova, ist das die wahre Liebe, nein, solch Mann könnte mir gestohlen bleiben, – so ist man jetzt öfter viel moderner. Sie sagen: Liebe ist natürlich Stuß, eine Großmütterangelegenheit, aber man soll auch von Sexualität nicht soviel hermachen, der ganze Plunder taugt nichts, Hunger und Liebe gehören wirklich zusammen, sie sind natürliche Bedürfnisse, aber: man ißt und man trinkt, und damit basta, und ebenso –, Sie verstehen schon. Das heißt also: Sexualität plus oder minus Liebe soll man weder überschätzen noch unterschätzen, sondern überhaupt nicht sehr schätzen, sie hinnehmen, sie gehört zum Dasein, man soll kein Trara darum machen, das ist Geschrei aus dem Treibhaus der alten Masterscheinung, bei halber Kost gibt sich das schon. Es ist eine allgemeine Gleichgültigkeit in Liebes- und Geschlechtsdingen eingerissen, die Liebe hat einen Fußtritt bekommen, sie ist eine muffige, altbürgerliche Sache geworden (was sie wirklich geworden war, es läßt sich beweisen). Und so sehen wir denn viele Jünglinge und Jungfrauen verschiedener Altersstufen sich heute bewegen, sie überschätzen die Sache nicht, unterschätzen sie auch nicht, sind weder von Kopf bis Fuß, noch in umgekehrter Richtung auf Liebe eingestellt, aber sie spielen Tennis, fahren Auto, tanzen, stempeln, treiben Politik und lieben (gebrauchen wir einmal das harte Wort): »Sie sporteln Sexualität.«

Was ich dazu sage? Im Ganzen ist diese Bagatellisierung der Liebe da und sie ist auch gut und war endlich notwendig. Aktive und halbkriegerische Zeiten wie die heutigen können sich nicht so wie andere mit Liebe und Parfüm befassen. Aber im Übrigen wird doch fleißig geliebt. Sie hat entschieden eine gesündere Farbe bekommen. Was aber ihre Sachlichkeit anlangt –. Ich glaube nicht an die sachliche Liebe, – ich meine, bei diesen Jünglingen und Jungfrauen. Man soll sich durch ihre großartige Geste nicht irreführen lassen, sie paßt vorzüglich zu einer technischen, wirtschaftlichen Zeit, es gehört zum Stil dieser Zeit, nicht zu lieben, sondern bloß zu –, Sie haben das Wort auf der Zunge. Aber die Sache stimmt nicht. Warum nicht? Das müssen Sie mich nicht fragen. Ich stelle bloß fest: die Sache stimmt nicht, genauer: sie kommt nicht vor, sie wird bloß aus Angriffsgründen behauptet. Sie müssen wissen, hochverehrte Damen und Herren, werte Hörer und Hörerinnen, Leser und Leserinnen, Lächler und Lächlerinnen, der Mensch ist ein ganzer Organismus und keine Maschinerie, und der Mensch ist ein sehr altes Tier, wenn auch nicht so alt wie es nach einem Blick in unsere langweiligen Tageszeitungen aussieht, er hat durch Jahrtausende geliebt mit Zubehör, und ein bißchen Unterschied im Timbre, bewirkt durch Wirtschaft und Technik ändert daran wenig oder nur äußerlich. Wir sind darüber vollkommen im Bilde. Lesen Sie nach, wie ganz Griechenland aufbrach wie ein Mann, um Troja zu erobern, wegen Helena; die ollen Griechen kannten kein vernünftigeres Motiv, um einen Krieg zu machen, mir scheint, die neueren Motive

611

sind auch nicht vernünftiger. Und als die würdigen Männer Trojas einmal die schöne, inzwischen längst verstorbene und immer wiedergeborene Dame auf der Mauer an sich vorübergehen sahen, da waren sie glücklich und der Krieg konnte seinen Fortgang nehmen bis zu den vierzehn Punkten Wilsons bzw. Hektors Fall. (Entschuldigen Sie mich einen Moment, es regnet sehr, ich muß das Fenster zumachen.)

Ich lese, nach der Abschweifung ans Fenster, durch, was ich geschrieben habe, und das könnte so aussehen, als bräche ich eine minnige, ritterliche Lanze, einen Spieß für die hohe und hehre, süße Liebe mit oder ohne Zubehör, welch letzteren ich den heutigen frohen Garçons und ihren Garçonmusen zuweise. Ich bin nicht selbiger Meinung, welche vorzutragen ich mir eben auch nicht erlaubt habe. Vielmehr sehe ich mich genötigt festzustellen, nachdrücklich gegenüber allen Quertreibereien, daß das Ganze weder verachtet wird noch auch sträflicherweise verachtet werden darf. »Liebe« reicht weder zur Kinderfabrikation noch zur Ehe; Sexualität gehört dazu. Und das sei mit einem mannhaften und fraulichen Wort ernstlich behauptet. Sexualität ohne Liebe ist eine verflucht ärmliche Sache. Sie kommt bei kümmerlich entwickelten Individuen vor; dem einen fehlt die Liebe, dem andern die Potenz (Schlagerrefrain). Liebe ohne Sexualität aber ist ein vollkommener Greuel. Wo sie vorkommt (wenn), soll man salutieren und ausrücken. Wo sie behauptet wird, in Ehen, soll man ein übles Ende prophezeien. Es stimmt was nicht, und morgen werden die Gerichte den falschen Grund serviert bekommen. Das Ganze aber, wunderbar und höchst erbaulich mit dem Hunger vereint, erhält das Weltgetriebe, und wenn der Hunger nachläßt, ist es die Liebe allein, und wenn er kräftig wird, der Hunger, dann hat die Liebe nichts zu lachen. So heute. Man treibt mit ihr Sport.

Der historische Roman und wir (1936)

I
Jeder Roman hat einen Fonds Realität nötig

Wodurch unterscheidet sich der historische Roman von einem anderen Roman?

Ich habe hier den Beginn eines einfachen Romans: »Die Nacht war über den Garten gekommen. Aus der mächtigen Wand von Baumkronen hinter dem Haus, in deren dichtverschränktem Gezweig er seit Stunden langsam emporgeklettert war, löste sich jetzt in rötlichem Glühen der Mond. Klaus öffnete die Fenster und beugte sich hinaus zu dem nächtlichen Garten. Wie immer nahm der stille schweigsame Zauber seine Sinne gefangen. Ruth, die auf seine Bitten hin hatte spielen müssen, schloß mit einer heftigen Bewegung den Flügel, unwillig, daß er sie plötzlich vernachlässigte. Klaus wandte sich um.« usw.

Jeder von uns, der dies liest, weiß: dies ist nicht vorgekommen, und auch der Autor, als er dies schrieb, hat nicht einen Augenblick den Willen gehabt, uns vorzumachen, dieser Klaus und diese Ruth h[ätt]en gelebt, und es habe sich in jener Mondnacht, einer Nacht mit einem bestimmten Datum, das abgespielt, was er jetzt zu erzählen beginnt. Wir sind eben im Roman, im Bereich der Erfindung, wenngleich – das ist eine eigentümliche Sache – diese Vorgänge hier so vorgetragen werden, als ob sie sich real ereignet hätten und historische wären. Ja, es steht so, und ist außerordentlich kurios, aber wichtig, und muß nachdenklich machen: wenn im simplen Roman die Dinge nicht so erzählt werden, als ob sie sich richtig ereignet hätten, nicht so erzählt werden, daß sie sich haben ereignen können, wenn die Handlungen unglaubhaft, (verglichen mit der Realität) unwahrscheinlich sind, so lehnen wir diesen Roman ab. Es ist ein schlechter Roman.

In unserem Fall, wo der Klaus und die Ruth auftreten, sind wir bereit mitzumachen, und zwar warum? Solche Nächte, wo der Mond langsam im Gezweig von Baumkronen emporklettert – ein deutliches plastisches Bild – gibt es. Und einen Klaus, wohlgemerkt irgendeinen Klaus, der sich hinauslehnt, er kann auch Max oder Erich heißen, kann es auch geben. Und wir sind gar nicht erstaunt, daß sich unter diesen Umständen auch eine Ruth findet, die Klavier spielt und sich ärgert, daß er zum Fenster hinausblickt. Wir machen mit, weil dies alles möglich ist, und es braucht gar nicht vorgekommen zu sein. Wir akzeptieren die Spielregel: es braucht nicht vorgekommen zu sein, aber wir lassen das Spiel nur zu unter der Bedingung: es muß wenigstens möglich sein.

Der einfache erfundene Roman also, schon er hat, damit wir ihn überhaupt annehmen, einen Fonds Realität nötig. Und wenn wir fragen, woher das kommt und warum wir nicht einfach ein völlig und ganz unwahrscheinliches Spiel, eine 100prozentige Spielerei hinsetzen dürfen, so ist die Antwort: dieser unser heutiger Roman zeigt so seine Herkunft. Er ist ein Überbleibsel, besser gesagt: eine Entwicklungsstufe einer Erzählungsart, die wirklich von erfolgten Vorgängen berichtet. Ehemals war Epik überhaupt *die* Mitteilungsform, *die* Verbreitungsform *und* die Aufbewahrungsform für wirklich abgelaufene Vorgänge. Es war die Zeit, wo man noch nicht Schrift und Zeitung hatte. Da man nur mündlich überlieferte, konnte sich Fabelhaftes einmischen. Um besser aufzubewahren, fixierte man damals auch die Mitteilung in Versen; die Versform erleichterte die Wiederholung und sicherte nach Möglichkeit den Inhalt, und dies beides, und keine »ästhetische Absicht« ist der eigentliche Grund, warum die frühen Epen und Erzählungen in Versform auftreten. Die saubere

Trennung von Wahrheit und Dichtung erfolgte erst später, als sie durch neue Überlieferungs- und Aufbewahrungsformen, also Schrift und Buch vor allem, möglich wurde, wonach sich dann auch unsere erzählende und berichtende Prosa entwickeln konnte. Trotz dieser Entwicklung, lange nach Verbreitung von Schrift und Druck, finden sich noch alte, gewissermaßen prähistorische Zeichen in unserm heutigen Roman, und wir haben eines eben genannt: wir wollen in dem zugestandenermaßen erfundenen Roman die Dinge glauben können, und Dinge, wenn sie nicht historisch sind, müssen wenigstens möglich sein. Damit ist dem heutigen Autor eine doppelte Aufgabe zugefallen: einmal erkenntlich und überzeugend Realität zu geben, wenn auch nicht zeitlich, räumlich bestimmte, und das andere Mal aus diesen Realitätsbestandteilen etwas zu machen, wodurch das Ganze Roman wird. Sie müssen zugeben, daß hier eine kuriose Sache erfolgt. Im geheimen Einverständnis setzen Autor und Hörer sich hin, und der Autor fängt an, einen Wunsch des Hörers zu befriedigen, und er setzt ihm dazu Tatsachen der Welt vor, interessante und wichtige, aber reichlich allgemeine und keineswegs so, wie sie irgendwo wirklich verlaufen wären, aber so, wie es dem Hörer gefällt. Autor und Hörer tun da mit verteilten Rollen das, was nächtlich überall der Traum, aber knapper und robuster leistet in der einen Person, die zugleich Autor und Hörer ist, nämlich im Träumer.

Es gibt keine Art der Erzählung, der epischen Dichtung, wo solch Anschein der Realität, wie wir ihn noch im heutigen Roman aufdeckten, nicht gefordert wird. Wenn im Märchen Hänsel und Gretel in den Wald gehen und die Knusperhexe treffen, so sind Vorgänge und Personen, die ganze Situation vollkommen unmöglich. Keine Spur von Historie. Die Situation strotzt von Fehlern. Es ereignen sich Dinge, die gegen bekannte Naturgesetze verstoßen. Aber sogar noch hier, in der reinsten Dichtungsform, wird, wenn das Märchen nicht blöde und albern sein soll, ein gewisser klar durchscheinender Restbestand von Realität, eine echte Wirklichkeit und ihre Überlieferung gefordert. Das Motiv der Kinder, ihr kindliches Verhalten, ihre einfachen Bewegungen, ihre Wünsche: das ist real. Die Begegnung mit bösen Menschen, die die Kinder verlocken und ihre Harmlosigkeit mißbrauchen, das ist real. Und als stummer, aber großer Hintergrund stehen unser eigener Wille und unser Gefühl da, womit wir uns in die Handlung einschalten und das Ganze mittragen helfen: wir sehen, wie die Kinder sich verhalten, wir bemerken, so verläuft es, und wir wollen den Kindern helfen, so soll die Handlung verlaufen. Und damit schöpft die Handlung, die Erzählung, diese Form der Dichtung Realität aus uns selber. Am Märchen sehen wir noch besser als am Roman, der mit Wirklichkeitsresten vollgestopft ist, warum wir das ganze Genre schlucken und wollen. Der Ablauf, der uns in dieser Weise vorgesetzt wird, befriedigt uns. Wir brauchen diese Wirklichkeitsreste, um die Welt vor uns zu haben, als Repräsentanten, als Vertreter der Welt, aber nur, um nunmehr, nach den Unterdrückungen der echten Wirklichkeit, nach allem Mißglücken und Versagen des Alltags, frei und selbständig, selbstmächtig mit ihnen zu schalten. Wir wollen endlich einmal die Gesetze unserer Notwendigkeit, nicht die der physikalischen Welt, an ihnen exekutieren.

Der Roman ist die heutige Form des Märchens. (Das heißt natürlich nicht, daß der Roman eine Art »Märchen« sei, und daß wir uns an den vorliegenden Märchen orientieren müßten, wie wir es heute zu machen haben. Dummköpfe und Verspielte, die das tun, soll man bei ihren Kunststücken nicht stören, sie sind doch unsere »Dichter«.) Unser gesamtes Weltbild, das kausale, ist anders als das der Kinder und der Primitiven. Wir können Zaubereien, Verstöße gegen die Naturwissenschaft nicht vertragen. Wir verlangen eine uns entsprechende Wahrscheinlichkeit und Glaubwürdigkeit auch im Roman. Unser Realitätsanspruch schließt enorm viel ein, nicht nur eine physikalische und kausale Richtigkeit oder Möglichkeit, sondern auch eine politische, gesellschaftliche und psychologische Richtigkeit oder Möglichkeit. Und sind diese Dinge erfüllt, so kann der Erzähler anfangen, und jetzt beginnt sein Reich, also mit Einverständnis von Autor und Leser, gewissermaßen nach ihrer Verabredung, das Reich eines Als ob, einer Scheinrealität, die uns erfreut, entspannt, kräftigt und steigert.

II
Die Allgemeinheit der Realität im Roman

Also eine Realität dieser Art, eine Scheinrealität bauen wir im Roman auf, und dies allgemein und im ganzen. Im einzelnen aber hat die Realität im Roman noch ein Merkmal, das ich hier anzeigen will. Und bevor wir zum historischen Roman kommen, ist es gut, dies noch festzulegen.

Wir wollen uns an das Beispiel jenes Klaus und jener Ruth halten aus dem Roman, der im Anfang zitiert wurde. Es ist, sagten wir schon, irgendein Klaus und irgendeine Ruth, von denen da gesprochen wird. Wir sehen da also vor uns, und zwar im Vordergrund des Romanes, Personen, und Vorgänge, die mit ihnen zusammenhängen, die allgemeiner Art sind. Diese Allgemeinheit der Personen und Vorgänge, welche wir im Vordergrund finden das ist das Merkmal, das wir hier zeigen und näher betrachten wollen.

Wir müssen nach dem Sinn dieser Allgemeinheit fragen. Warum setzt man und will man setzen *irgendeinen* Klaus und *irgendeine* Ruth und ihre Handlungen in den Vordergrund? Hier die Antwort: Schon früher, in der Zeit der mündlichen Überlieferung, war die Realität, die man berichten wollte, nur allgemein überlieferbar. Begreiflicherweise: mündliche Überlieferung vereinfacht und verarmt immer den Inhalt, es erfolgen Abstriche, so werden die Hauptsachen leichter einprägsam. Und man ist da, ohne es zu planen, aus Zwang, auf den Weg geführt, den alles Denken, auch die Philosophie geht, auf den Weg der Abstraktion. Man läßt Bestimmtes fallen und treibt Bestimmtes hervor. Wenn wir später Allgemeinheiten finden, wie irgendein[en] Klaus, irgendeine Ruth, so haben wir zwar keine Begriffe vor uns, wie die Philosophie sie erzeugt, aber Zwischenprodukte und Annäherungen. Wir können formulieren: Figuren und Vorgänge der Epik stehen auf dem Weg zwischen der konkreten und individuellen Wirklichkeit und dem Begriff. Es war also ehemals vorhanden die Notwendigkeit, gegeben durch die Art unseres Gedächtnisses und die mündliche Mitteilung, die die Verarmung und Vereinfachung, in Gestalt der Allgemeinheit hervorbrachte. Hinzukam, daß zugleich und daneben eine andere Kraft arbeitet, gleichsinnig, aber positiv. Man muß nämlich nicht nur, sondern will auch einzelnes fallen lassen und anderes hervortreiben. Man hat nicht akademische Dinge vor. Die Überlieferung betreibt eine Praxis: man will sich orientieren und auf eine Haltung einstellen, sich für Handlungen vorbereiten. Das wird geleistet durch die Erzeugung von Idealfiguren und repräsentativen Handlungen.

Diese beiden alten Kräfte nun, der Zwang wegzulassen und der Wille hervorzuheben, Allgemeines zu schaffen, sind auch das Erbe des heutigen Romans geworden. Der Zwang wegzulassen, wirkt heute nicht mehr aus dem Grund, der für die Zeit der mündlichen Überlieferung galt, – wir können ja Daten schriftlich und durch Druck fixieren –, aber es sind neue Umstände aufgetreten, die genau die gleiche Wirkung üben. Man ist gezwungen, von der konkreten, individuellen, ganzen und vollen Richtigkeit abzusehen, schon weil diese nicht Sache des Romans sein kann. Der Roman vermag sie erstens nicht zu geben. Er vermag nicht mit der Photographie und den Zeitungen zu konkurrieren. Seine technischen Mittel reichen nicht aus. Er beteiligt sich zweitens heute auch offen und planmäßig an jener Idealbildung und Verallgemeinerung. Und zwar arbeitet da eine sehr lebendige Kraft des Schriftstellers: die individuelle Phantasie, die Neigung zu erfinden und zu kombinieren, die Lust am freien Spiel der Einfälle. (Man soll übrigens die »Freiheit« dieser Einfälle nicht überschätzen.)

Die Allgemeinheit, von der wir sprachen, kommt hauptsächlich gewissen Figuren und gewissen Vorgängen zu und zwar solchen, die im Vordergrund stehen und mit denen der Autor fabulieren und phantasieren will. Eingebettet ist das Ganze in eine absolut echte Realität, und zwar allemal, und da verstehen wir keinen Spaß. Wenn im einfachen Roman also im allgemeinen eine Scheinrealität aufgebaut wird, so muß doch als Basis eine solide, kontrollierbare Realität der gesellschaftlichen Umstände gegeben werden. Die Vordergrundshandlung, die Leithandlung kann allgemein sein und in der Hand des Fabulierers liegen, aber auch sie unterliegt den Gesetzen der Realität schon dadurch, daß sie vor dem ganz realen Hintergrund ablaufen und bestehen muß.

III

Der historische Roman ist erstens Roman und zweitens keine Historie[.]

Wie steht es nun mit dem historischen Roman? Ich gebe zwei Proben. »[»]Nein, ich will diesen Kelch nicht trinken!« Jost[s] Fritz rief laut in die Landschaft, und wenn ein Kumpan neben ihm gegangen wäre – Jost[s] lief aber allein und mit Zornesfalten auf der Stirn –[,] so wäre der Begleiter wohl schwer an diesem hellen Tag auf den Gedanken gekommen, daß der in Rittertracht daherstampfende Jost[s] sich mit einem imaginären himmlischen Partner, etwa einem Engel[,] zanke, der [dem modischen fahrenden Herrn] mit einem unangenehmen Trunk zusetze. [Denn] Jost[s] starrte im Laufen auf die [Heerstraße] usw. Dies ist aus dem schönen Roman »Die Saat« von Regler. Oder der Beginn des originellen und kraftvollen Buches von Hermann Kesten: »Ferdinand und Isabella«: »Der König Johann war mißmutig. Er hatte über sein Leben nachgedacht. Seit fünfzig Jahren war er da, auf dieser guten angenehmen Erde. Seit 36 Jahren regierte er, Johann der Zweite. Oder hatte jener regiert. Alvaro, heute in Valladolid enthauptet, Alvaro der Erste im Herzen des Königs? Als das schreckliche Licht der Morgendämmerung durch das Fenster wehte, verließ der König heimlich sein Schlafgemach.« usw.

Wir lesen dies und wissen sofort (wir von heute, vielleicht nicht ein Wilder oder ein Mensch aus einer andern Epoche): Dies ist ein Roman und die Dinge haben sich nicht so abgespielt. Es gilt für den Ablauf und die Person das, was wir vorhin bei der Prüfung des Romans selber festgestellt haben, eine Scheinrealität mit allgemeiner Glaubhaftigkeit, Wahrscheinlichkeit wird gegeben, – hinzukommt nur hier noch etwas Besonders: Der Verfasser benutzt historische Personen und Vorfälle. Daß man überhaupt auf historische Daten zurückgreift, scheint uns nach dem früher Bemerkten nicht auffällig. Es ist einfach die alte Bewegung des alten Epikers nach den Vorgängen der Realität, und besonders nach den großen in die Augen fallenden. Und man erkennt hier die alte ureigene und nicht auszurottende Funktion des Romans, festzuhalten, aufzubewahren und die großen Geschehnisse in das Bewußtsein der Massen, des Kollektivum zu überführen. Jedoch, was soll man zu dieser wirklich atavistischen Bewegung sagen, wenn sie heute, nach Jahrtausenden der Schrift auftritt? Ein Individuum arbeitet jetzt, es greift zu den Büchern, wo diese Dinge schon längst fixiert sind. Die Aufbewahrung ist nicht nötig. Es gibt nun Menschen, die aus diesem letzten Grunde, Benutzung historischer Vorfälle und Personen für die Darstellung einer Scheinrealität, den historischen Roman ablehnen und die ganze Gattung für verfehlt halten. Sie tun unrecht. Nur eine Mischgattung ist schlecht, weil unsauber und irreführend, jene heute recht verbreitete und beliebte der Biographien, Arbeiten, die nicht

Fisch noch Fleisch sind und bei denen die Autoren sich nicht entscheiden und den Charakter ihres Gebietes bestimmen. Man
sieht da eigentlich genauer, was der Autor nicht leistet als was er
leistet: nicht leistet er ein sauber dokumentiertes Geschichtsbild
und nicht leistet er einen historischen Roman. Gegen diese Ver-
manschung und gleichzeitige Verramschung von Geschichtsstof-
fen wendet sich natürlich der Geschmack. Aber die Sachlage bei
dem historischen Roman ist anders. Es besteht nämlich kein
prinzipieller Unterschied zwischen einem gewöhnlichen und einem historischen Roman. Der historische Roman ist erstens ein
Roman und zweitens keine Historie.

Er ist ein Roman. Warum? Er erzählt von Anfang bis zu Ende
Dinge, die bestimmt in dieser Weise historisch nicht nachgewiesen werden können, für die der Autor keine dokumentarische
Unterlage besitzt. Er verleiht ihnen den Anschein einer Realität.
Und schließlich arbeitet er mit Spannung, sucht unser Interesse
zu erregen, uns zu erfreuen, zu erschüttern, uns anzugreifen und
herauszufordern. Also er spielt auf uns wie eben ein Romanautor, überhaupt wie ein Künstler, und er entfaltet dazu die Reize
seines Materials, der Sprache. Das ist also ein Roman.

Und die Historie, die der Roman nicht ist? Der Roman enthält
doch genug Historie, die Autoren haben doch gewiß Bände ge-
wälzt, der Roman verhunzt doch die Historie, er fälscht doch, un-
terschlägt, noch mehr als jener Biograph. Verglichen mit dem
Romanautor ist ja der Biograph geradezu ein Gentleman an Ehrlichkeit. Warum soll denn der historische Roman eine bessere
Zensur bekommen als die Biographie? – Man muß zugeben: dem
enormen Reinlichkeitsanspruch Vieler von heute, ihrem entschiedenen Willen zur Wahrheit und Wahrhaftigkeit entspricht
wirklich nur die echte Historie, die reine unveränderte, die nackte
Darstellung der Dinge, wie sie dokumentiert sind. Wir verlangen,
daß sie so dargestellt werden, ohne Zusatz und Auslassung, wie
sie sich ereignet haben. Schon die Einmischung eines Arrangeurs

empfinden wir als lächerlich, ja unverschämt. Wir wollen die Vorgänge und nicht den Autor. Wir gestatten höchstens eine deutlich getrennte Diskussion dieser Vorgänge. Aber da »Kunst«? Auf solche »Kunst« verzichten wir. Wir sind keine Kinder. Die Wahrheit der historischen Dinge, danach dürsten wir, danach verdürsten wir bei all dem unsäglichen Schwindel, mit dem wir umgeben werden. Ich möchte glauben, daß ein solcher Standpunkt vollständig berechtigt ist. Er würde, wenn er überhaupt Kunst bestehen läßt, den historischen Roman bestimmt verdammen als alberne Fälschung.

Derjenige, der so urteilt, braucht sein Urteil nicht aufzugeben, aber kann es mildern, wenn er mit uns jetzt genau zwei Dinge betrachtet, eines anlangend die Historie selber, und eines betreffend die Rolle der Historie im Roman.

IV
Was ist Historie? Mit Historie will man was[.]

Wir sprechen von der Historie selber.

Die Historie an sich, die Geschichtsschreibung, ist gar nicht solche eindeutige nackte Überlieferung dessen, was sich ereignet hat. Sie ist selber gar nicht die bloße reine Darstellung wirklicher Vorgänge. Wir greifen zu den Geschichtsbüchern, vo[n] Plinius, Tacitus, Cäsar bis zu Burckhardt, Taine, Ranke, Treitschke und den großen Geschichtswälzern. Unzweifelhaft: man zeigt hier nicht den mindesten Willen, Gebiete zu vermanschen. Die Daten stimmen, jedenfalls meistens. Die Vorgänge stimmen, – halt, was sage ich, die Vorgänge stimmen? Darüber sind sich die Gelehrten nicht einig. Siehe da. Die Vorgänge werden von dem einen ganz anders berichtet als von dem andern. Schiller sagt im Prolog vom Wallenstein über die historische Figur seines Helden: »Von der Parteien Haß und Gunst verwirrt, schwankt sein Charakterbild in der Geschichte.« Er sagt »schwankt«, Schiller, der Geschichtsprofessor, der die Geschichtsbücher seiner Zeit gelesen hat. Die Historiker verfügen in der Regel über die gleichen Quellen, aber sie schöpfen sie verschieden aus. Das Überlieferte hat Lücken, sie füllen sie aus, verschieden. Eine Darstellung ohne Urteil ist nicht möglich, schon bei der Anordnung des Stoffs spielt das Urteil mit. Aber das Urteil hat seinen Grund im Historiker, in seiner Person, seiner Klasse, seiner Zeit. Und so schwankt nicht nur das Charakterbild des Wallenstein, sondern vieler, eigentlich aller. In letzter Zeit erschien eine Studie über den römischen Nero, der uns immer als der Gipfel cäsarischer Verrücktheit vorgestellt wurde. Aber plötzlich hören wir, die alten Quellen taugen nichts, die Tacitus und Konsorten haben aus reaktionärer Gesinnung gelogen, entstellt und so weiter, der Nero war ein fortschrittlicher Mann und nicht schlimmer als andere seiner Zeit. Ja, wo kommen wir da hin. Man kann nicht verbürgen, daß morgen nicht die steinernste Figur schwankt. Ein allgemeines Wackeln ergreift schon immer die Geschichtsschreibung, wenn eine neue Klasse auftaucht. Und derjenige, der auf der Flucht vor den Lügnereien und Fälschungen der Biographen und Romanautoren in die solide und wahrhaftige Historie sich begibt, ist aus dem Regen in die Traufe gekommen. Die Verzweiflung wird ihn übermannen, sofern er sich nicht entschließt, bei einem einzigen Buch zu bleiben! Dies ist in der Tat der beste Rat: man halte sich an ein einziges Buch und lege fest, daß dieses Buch die Wahrheit vermittelt! Denn zwei sind schon ärgerlich und drei vernichten jegliche Perspektive. Daß zwei oder drei Bücher möglich sind, ist der eigentliche böse Kulturbolschewismus. Das haben die Kirchen immer gewußt und nur das eine »Buch« zugelassen. Blicken wir also auf die Geschichtsschreibung, so stellen wir fest: *Ehrlich ist nur Chronologie*. Bei der Aufreihung der Daten fängt schon das Manöver an. Und klar herausgesagt: *Mit Geschichte will man etwas*. Und da nähern wir uns in aller Bescheidenheit dem historischen Roman.

Der Historiker kennt, meistens, seinen Willen nicht oder gesteht ihn nicht ein, der Romanautor kennt seinen Willen. Der Historiker, falls er nicht simpel Chronologe ist, will das Bild einer abgelaufenen Realität heraufbeschwören, der Romanautor – auch, jedoch ein kleineres, aber volleres und konkreteres. Wo ist also der Unterschied zwischen dem Historiker und dem Verfasser eines historischen Romans? Robust formuliert: der Künstler arbeitet entschlossen und bewußt, springt mit seinem kleinen Material wie ein Herr und Meister um, der Historiker wühlt im Material, durchsucht es, er ist gehandikapt und hat ein schlechtes Gewissen. Denn er folgt einem wahnhaften Wahrheitsideal, einem wahnhaften Objektivitätsideal, dem jedes seiner Einteilungen und Grundkonzeptionen widerspricht. Der Autor macht sich und uns nichts vor, der Historiker hängt sich einen weißen Bart um und mimt: Weltgeschichte ist Weltgericht.

So haben wir die furchtbare Drohung, man versündige sich an der Geschichte, einigermaßen abgeschwächt. Mehr als eine Abschwächung ist es nicht. Man kann noch immer sagen: wenn auch die Historie des Historikers ein historischer Roman ist, so ist er doch, und er allein, der uns entsprechende.

Aber hat denn überhaupt der Romanautor die Absicht, mit dem Geschichtsschreiber zu konkurrieren, leiten ihn dieselben Absichten oder welche andere? Ich habe schon klar gesagt: der geschichtliche Roman ist erstens Roman und zweitens keine Geschichte. Ich muß noch schärfer sagen: der geschichtliche Roman ist erstens Roman und zweitens und so oft man will Roman.

Aber, sagt man, das ist ja schrecklich, was soll dann überhaupt Geschichte im Roman, welche Rolle spielt sie denn dort, will man denn keine »Echtheit«? Manche Autoren erstreben doch sichtbar »Echtheit« mit einem ungeheuren Aufwand an Belesenheit. Man denke an Flauberts [»]Salambo[«]. Wird denn hier zu dem bloßen Schein eines einfachen Romans noch der besondere Schein und Reiz einer historischen fernen Landschaft nur als »Exotismus« gewünscht? Wir müssen die Frage »Echtheit im historischen Roman« klären. Sie ist die zentrale Frage. Mit ihr steht und fällt die Gattung.

V
Die neue Funktion des Romans: Bericht von der Gesellschaft und von der Person. Jeder gute Roman ist ein historischer Roman[.]

Ich wiederhole: der Autor bedient sich gewisser Stoffe aus der Geschichte, die ihm liegen, für die Zwecke eines Romans genau so, wie er sich gewisser Zeitungsnotizen oder gewisser Vorgänge aus seiner eigenen Erfahrung bedient. Er hat mit sich und seinem Hörer, Leser, jenes merkwürdige Spiel vor, das wir vorhin beschrieben haben.

Aber man bemerkt rasch, daß der einfache Roman von heute sich vom Märchen doch unter anderem durch eine ganz kolossale Betonung und Hypertrophie der aufgenommenen und mitgeschleppten Stoffmasse auszeichnet. Ja, wir sehen: Stoffgebiete, Räume der Realität, die man sonst in der geschriebenen Literatur nicht findet, finden im Roman ihren Platz, und nur hier. Das sind Dinge des intimeren und ganz intimen persönlichen, dialogischen und gesellschaftlichen Lebens, Dinge des Individuums, der Geschlechter zueinander, der Liebe, der Ehe, der Freundschaft. Über alle diese und andere höchst wichtigen und mächtigen Dinge kann man sich genau und mit Eindringlichkeit in keiner Zeitung und in keinem Geschichtsbuch orientieren. Und ein nicht nebensächlicher, sondern ernsthafter Ruhm eines guten heutigen Autors stellt die lebenswahre Darstellung dieser persönlichen und gesellschaftlichen Phänomene dar. Und dies ist keine Forderung von uns, sondern die Feststellung eines Tatbestandes, den jeder Leser bekräftigt und der dem Autor bekannt ist, obwohl der Autor sich je nachdem einen gewissen Spielraum reserviert und bald mehr, bald weniger nach der Märchenseite ausweicht.

Wir stellen also fest, daß nach Wegfall der Berichtfunktion dem einfachen Roman eine *neue eigene Funktion berichtender Art* zugefallen ist: Spezialberichterstattung aus der persönlichen und gesellschaftlichen Realität. *Von hier wächst allgemein dem Roman ein ganz charakteristischer Echtheitscharakter zu.* Ich weise da hin auf die Echtheit, welche unmittelbar empfunden und festgestellt wurde, die etwa der [»]Madame Bovary[«] von Flaubert zukommt, oder dem Raskolnikow von Dostojewski, oder Tolstois [»]Auferstehung[«], nicht zu reden von vielen Büchern Zolas, von Novellen Maupassants. Allen wurde sofort grade diese Echtheit attestiert. Und über diesen Punkt wachen Leser wie Kritik gleichermaßen unerbittlich, und man erkennt daran, daß wir hier ein wichtiges Merkmal des Romans vor uns haben.

Es steht jetzt so, daß nicht nur wichtig sind und eine Niederschrift verdienen die groben, in die Augen fallenden eigentlich historischen Tatsachen, die Spitzengeschichte, wenn ich so sagen kann, sondern auch die Tiefengeschichte, die der Einzelpersonen und gesellschaftlichen Zustände, die sie umgeben. *Im Sinne einer solchen Tiefengeschichte ist jeder einfache gute Roman ein historischer Roman, und er ist unzweifelhaft, wir können es kontrollieren, echt.*

Wir müssen diesen Gedanken weiter verfolgen. Wir haben einen entscheidenden, neuen charakteristischen Tatbestand aufgedeckt. Obwohl der Roman bestimmt nur Roman ist, wird diese Form doch belastet und, wenn man will, zerstört und gesprengt durch eine andere Tendenz, durch den Zwang zur Berichterstattung aus jenen genannten Realitäten. Es ist eine Wendung eingetreten. Der Roman ist auch nach der Erfindung der Schrift und des Drucks nicht eingeengt, verarmt, verkrüppelt zum Märchen.

Wenn wir uns die alte Epik als breiten Grundstamm eines

mächtigen Baumes vorstellen, so hat sich im Laufe der Epochen der Baum aufgespalten in eine Anzahl von Ästen. Nachdem die Zeitung sowohl wie die Geschichtswissenschaft ihren Ast getrieben hatten, entwickelte sich selbständig das Märchen. Aber neben Zeitungswesen, Geschichtswissenschaft und Märchen fand der Roman seinen besonderen Platz an dem Baum selbst, er zweigt sich nicht vom Märchen ab. Wir haben ein neues, eigenes und eigentümliches Gebilde vor uns, das auch Erkenntnis der Wirklichkeit betreibt.

Damit stellen wir fest, daß sich im heutigen Roman Richtungen durchkreuzen. Der Roman steht im Kampf der beiden Tendenzen: Märchengebilde mit einem Maximum an Verarbeitung und einem Minimum an Material, – und Romangebilde mit einem Maximum an Material und einem Minimum an Bearbeitung.

Weil die Erkenntnis der Wirklichkeit, und speziell der persönlichen und gesellschaftlichen Wirklichkeit, eine Sonderaufgabe des Romans ist, konnte sich vom Roman noch ein ganz neuer Zweig abgliedern, eine Form, welche *das alte Verarbeitungsmoment* fast ganz fallen läßt: die Reportage.

In einer widerspruchsvollen Situation steht der heutige Roman. Und wer sich ein Bild davon machen will, wie der Roman von den beiden genannten Tendenzen zerrissen ist, so beachte man ein einzelnes Merkmal des Romans, das ich hier nenne. Eine große Zahl der Leser sagt und verlangt: das Buch darf mich nicht übertrieben viel angehen. Das Interesse an ihm muß fakultiv sein. Verlauf und Personen müssen uns angehen, wir müssen merken, daß wir und unsere Situation sich mehr oder weniger mit dem, was wir da lesen, identifizieren läßt. Aber wir müssen auch merken: ganz wie bei uns ist es doch nicht. Eine Distanz muß gewahrt bleiben. Wir, das heißt eine große Zahl Leser, lassen uns nur unter Kautelen auf eine Sache ein, die einen etwas brenzlichen Charakter hat. Man läßt sich gewissermaßen in eine Situation locken, die unter Umständen aufregend und ängstlich ist, aber man weiß im Hintergrund dabei: es kann uns nichts passieren, es wird ja nur gespielt, und wir sind es nicht. Wir haben nach mancher Ästhetik ein Gefühl von Lösung, Erleichterung und Befreiung am Schluß vieler literarischer Werke, zu denen auch Romane gehören. Ich glaube, ehrlich gesagt, steckt eine gewisse Schadenfreude und Genugtuung dahinter, daß nämlich wir es nicht sind, denen so mitgespielt wurde und denen es so und so ging. Man kann auch sagen, wir fühlen uns hie und da weitgehend beteiligt und mitgerissen, aber wir lassen den Autor einige imaginäre Personen für uns opfern.

VI
Der Autor ist eine besondere Art Wissenschaftler.
Dichtung ist niemals eine Form der Idiotie[.]

Man erkennt nach dieser Klarstellung, wie es an vielen Stellen zu Diskussionen darüber kommen konnte: gehört der Roman der Kunst, der Dichtung an, ist der Romanautor ein Dichter oder ist er »bloß« ein Schriftsteller? Im Augenblick, wo der Roman die genannte neue Funktion einer speziellen Wirklichkeitsentdeckung und Darstellung erlangt hat, ist der Autor schwer Dichter oder Schriftsteller zu nennen, sondern *er ist eine besondere Art Wissenschaftler*. Er ist in spezieller Legierung Psychologe, Philosoph, Gesellschaftsbeobachter. Ich möchte hinzufügen, daß leider in Deutschland relativ wenig Autoren den Namen solcher Wissenschaftler verdienen. Sie schlachten meist lieber bequem alte Beobachtungen aus, und ein Buch lebt vom andern Buch, was man so leben heißt, und dies schreibt sich hin in einer ebenso überkommenen Sprache, die, wenn es hoch geht, gekünstelt ist. Ich bin gar nicht bereit, darum, weil einer kein Verhältnis zur Realität hat, ihm den Namen eines Dichters zuzuerkennen. Abgesehen von der selbstbeobachteten und selbsterlebten Realität ist es die Verarbeitung, die Phantasie und die echte Sprachkunst, die den Dichter macht. Man kann übrigens heute schon feststellen, daß eine gewisse Anzahl anderer Autoren sich von der alten Romanform vergewaltigen läßt.

Sie können, bei der Selbständigkeit ihrer Erlebnisse, Beobachtungen und Erfahrungen für sich in der Verschachtelung des alten Romans keine geeignete Form finden. Der neue Wissenschaftler streitet gegen den Romanautor. Grobe äußere Dinge, die bessere Gängigkeit des Romans im Marktsinne, geben den Ausschlag. Und da ist es kein Zufall, wenn immer wieder Romane von Experimentalcharakter auftauchen und die Unbefriedigung ihrer Autoren mit der alten Form bekunden.

Wir können die Wahrheit dessen, was wir gesagt haben, überprüfen und kontrollieren, wenn wir einen Blick auf Autoren werfen. Sicher ist: sie scheiden sich in Aufgeweckte und Eingeschlafene. Die Aufgeweckten, von denen ich allein reden will, haben ein enges und natürliches Verhältnis zur Realität. Sie schweben absolut nicht in den Wolken, wie es sich die Plüschmöbelzeit gewünscht hat. Manche Dichter haben sich diesem Wunsch gefügt, der Schlaf hat sich über ihre Augen gesenkt, und natürlich lag der ganzen kapitalistischen Zeit nichts so sehr am Herzen, als die Basis ihrer Existenz und ihre fatalen Hintergründe zu verschleiern. Dazu brauchte man Blinde, Schaumschläger, Schönredner, am besten Verseschmiede, Dichter in den Wolken, Entrückte, zum mindesten Idioten. Daß Dichtung eine Form der Idiotie ist, war jedem besseren Bourgeois eine Selbstverständlichkeit. Wenn der Dichter kein Idiot ist, so erzieht man ihn dazu, indem man ihn nicht bezahlt. Es ist aber gelinde gesagt Romantik, wenn Schiller, ausgerechnet der höchst betriebsame Hofrat Schiller, behauptet, bei der Verteilung der Erde sei für den Dichter nur das Himmelreich übriggeblieben. Das ist nichts als Katzbuckelei vor dem Großherzog von Weimar. Gewiß hat die Bourgeoisie ihre Lakaien immer schlecht bezahlt,

aber sie hat sie doch auf Erden intensiv gebraucht, nämlich gemißbraucht, wie sie die Religionen gemißbraucht und um jeden Kre-
dit gebracht hat. Die Schriftsteller und Dichter, nochmals gesagt,
sind aber eine besondere Art Wissenschaftler und stehen daher
fest auf der Erde. Sie haben aus Gründen ihrer Wissenschaft mehr
Zugang zur Realität und zu mehr Realität Zugang als sehr viele andere, denen ihr bißchen Politisieren, Geschäftemachen und Handeln als die einzige Realität vorkommt.

Wenn ich überhaupt etwas für einen heutigen Künstlermen-
schen beanspruche, so dies, daß er sich ausgezeichnet auf der
Erde auskennt. Eine mystische Gabe? Keineswegs. Auch keine
mystische oder neurotische Schwäche. Ein komplexeres Sehen
und Denken, ein tieferes Einfühlen, ein rascheres Kombinieren.
Ich bin übrigens der Meinung, daß der Künstler im allgemeinen
keine Entartung, sondern die Normalität darstellt gegenüber einer sonstigen, reichlich verkümmerten Menschheit.

Stellen Sie den richtigen, nicht verblödeten Künstler nun vor
eine Realität oder stellt er sich selbst vor oder in einen historischen Stoff, so denken Sie, fürchten Sie, er wird dichten, was man
so dichten heißt, nämlich ins Blaue phantasieren? Keine Spur, der
Kerl ist kalt, unbestechlich und hat einen durchdringenden Blick.
Und er beharrt dabei. Mit dem Begriff Resonanz kann man da
einiges verstehen. Er hat in sich einen besonders feinen und entwickelten Resonator. Und wenn bestimmte, ihm gut liegende historische Dinge (sie müssen ihm gut liegen) dicht genug an ihn
herankommen, so schwingt in ihm der Resonator, und er, der
Wissenschaftler, ist ein Schriftsteller oder Dichter, wenn er nun
die Resonanz in Sprache und Bilder umsetzen kann. Nicht die
Beherrschung einer neuen oder alten Form, sondern die Intimi-
tät mit der Realität macht den guten und bessern Autor, also [ihr]
Resonator. Mit jedem gelungenen Werk ist wieder einmal die
Erde größer geworden, unser Reichtum ist vermehrt, eine neue
Kolumbusfahrt ist geglückt, ein neues Indien entdeckt.

Nicht genug kann ich auch hier meinem alten Widerwillen gegen die Unechten, die Mißbraucher, die Spieler in der Kunst, die Spieler mit der Kunst, die Kunstkünstler Ausdruck geben, die einen Stil hinschnörkeln und kräftige Dinge der Natur und der Kunst für den bürgerlichen Salon zurechtmachen. Durch nichts ist das beklagenswerte Abgleiten der Kunst in Gelegenheitspolitik so begünstigt worden als durch die vorangegangene Entartung in die Artistik.

VII
Der sonderbare Entstehungsprozeß eines historischen Romans

Wir werden nun, glaube ich, mehreres, was von Wichtigkeit ist – für die Frage nach der Realität im Roman und besondere nach der Echtheit –, noch klarer sehen, wenn wir einmal den Entstehungsprozeß eines historischen Romanes verfolgen.

Durch ein Etwas, das in seiner persönlichen Situation und seiner gesellschaftlichen Lage begründet ist, wird der Autor vor eine Stoffmasse geschoben. Er bleibt daran hängen, etwa an dem alten Karthago und Salambo, an Spanien und der Judenvertreibung, an dem Bauernkrieg, Wallenstein. Jene Resonanz, von der ich sprach, hat geklungen, eine Affinität zwischen dem Autor und jener versunkenen Zeit ist bloßgestellt, oder hergestellt, und befestigt sich, je mehr ihm die Tatsachen zuströmen. Dem Autor kommt vor, er »verstehe« seine Epoche ausgezeichnet, er könne sie heraufbeschwören. Er hat nicht vor, in diesen Gräbern wie ein Archäologe zu wühlen, um ein Museum zu bereichern, sondern er will das Versunkene lebendig in die Welt setzen, den Toten die Münder öffnen, ihre vertrockneten Gebeine bewegen. Er fühlt sich dazu fähig, je mehr er ins Detail geht. Er ist im Stadium der Begeisterung, eines Zustands, der etwas vom Zustand des Siegfried aus dem Nibelungenlied hat, als er das Drachenblut schmeckte: er versteht die Sprache der Vögel. So kommt ihm vor, er »versteht« diese Zeit, und er wird sie in die Welt setzen, – beinah meint er, er wird sie wieder zur Welt bringen. In diesem Stadium ist er trotz alledem kein Narr, sondern enorm klar und hellhörig. Es setzt nun die sehr charakteristische Auswahl aus dem Stoff ein, wobei schon im großen und ganzen die Linie des Buches festgelegt wird. So sieht es im Beginn aus. Der Autor fühlt, er kann sich ins Boot setzen und abfahren. Und er fährt ab.

Es geschieht nun etwas, was sich nicht sehr unterscheidet von der Entdeckungsfahrt des Kolumbus, obwohl im Roman leider keine Goldfelder am Horizont erscheinen. Der Autor rudert lustig los, und siehe da: alles wird anders. Es wird so, wie er es nie vorausgesehen hat. Alles verändert sich, man hat bestimmte Richtlinien mitgenommen, die Historie schreibt dies und jenes vor, aber viele Punkte passen nicht und andere braucht man nicht. Gewaltig viel wird über Bord geworfen. Und was bringt man nun zur Welt? Bringt man wirklich jene versunkene Zeit, die vorher solche Begeisterung auslöste, wieder zur Welt? Man glaubte, den Wallenstein, den König Philipp, den Bauernführer gut zu haben und zu kennen. Und jetzt, wo alles anscheinend »nur« verkörperlicht zu werden braucht, »nur« verleiblicht wird, verändern sich der Wallenstein und die andern. Sie sind durchaus nicht mehr die, an denen man sich festlas und die man beim Projektemachen im Auge hatte. Was ist das? Der Übergang einer Realität in eine andere. Der Übergang einer übernommenen Realität, einer bloßen schattenhaften Überlieferung in eine echte, nämlich ziel- und affektgeladene Realität. Der Eingang eines bloßen Stoffes in eine feste Form und zugleich seine spezifische Umwandlung. Das ist der eigentliche Augenblick des Romans.

Und fragen wir, was hier geschieht, so sehen wir: hier erfolgt etwas, was dem Historiker nicht passieren kann. Gebot für den

Historiker war: alle Fakten stehen lassen. Der Autor erhält andere Befehle: er durchlenkt und durchtastet Zug um Zug seinen Stoff, und wenn er zugreifen will und zugreift, so wird er nicht getrieben von einem wahnhaften Objektivitätsdrang, sondern von der alleinigen Echtheit, die es für Individuen auf dieser Erde gibt: *von der Parteilichkeit des Tätigen.*

Die leidenschafterfüllte Nähe des Autors zu seinem Stoff ist da und läßt nicht mit sich spaßen. In dem Gegenüber mit dem Stoff wird dem Autor, wenn auch nicht hell, bewußt, was ihm eigentlich dieser Stoff bedeutet und was hier erfolgt: nämlich eine *Auseinandersetzung* auf besondere Art und Weise, nämlich so, daß sie *nicht getrennt vom Stoff* ist, sondern *in den Figuren* und *mit dem Handlungsablauf* erscheint. Wir wissen, daß im Traum die Auseinandersetzung im Traummaterial und an ihm genau so erfolgt. Dem Autor wird nicht ganz bewußt, was ihm eigentlich dieser Stoff bedeutet, warum er hier seine Zähne hineinbohrt, warum er dieser und jener Figur seine Stimme leiht, warum er so merkwürdig diese und jene eigentümliche Situation lebt. Je mehr der Stoff wirklich in guter Wahl gefunden wurde, um so mehr und voller kann er sich selber, seine ganze tätige Menschlichkeit in ihn hineinentfalten. Die Stücke der Geschichte, die Teile, die er übernommen hat, werden Stücke von ihm selbst, die herausgestellt werden, und zwar hintereinander, und so ist dies eine wirklich sich hinlebende und auslebende Welt.

Und mit dieser Belebung nach erfolgter Identifizierung zwischen Autor und Stoff ist noch etwas zweites erfolgt. Denn wenn der Autor ein geöffneter und ganzer Mensch ist, so hat er keine private Auseinandersetzung mit dem gewählten Stoff vorgenommen, sondern er hat das Feuer einer heutigen Situation in die verschollene Zeit hineingetragen. Hier haben wir das, wonach wir immer suchten, die Realität und Echtheit des historischen Romans. Je mehr diese verschollene Zeit wirklich in ihm ihren Mann und Schlüsselträger gefunden hat, um so williger gibt sie sich ihm hin. Ungezwungen reihen sich die Ereignisse, und es ist so, als ob die blind hingestürzten Steine nur auf diesen Stab, den Stab des Lebenden, Leidenden, des Tätigen gewartet haben, um sich wieder zu einer Säule zu erheben.

So weit Menschliches reicht, menschliches Denken, Fühlen, gesellschaftliches Leben, so weit ist Echtheit in der Dichtung, also wahrer Zugang möglich. Denn wir sind aus keinem andern Holz als jene drüben in den Gräbern, und die Zustände und Einrichtungen, unter denen wir leben, machen es möglich, daß uns, zeitweise, auch die scheinbar ganz abweichenden drüben beherbergen.

(...)

IX
Der historische Roman in der Literatur unserer Emigration. Welches ist heute die Parteilichkeit des Tätigen?

Es ist schließlich Zeit zu fragen, wie das Gespräch heute überhaupt auf den historischen Roman kommt.

Viele von uns leben in der Emigration. Eine Gesellschaft, mit deren Schicksal wir verwachsen sind und deren Sprache die unsrige ist, umgibt uns nicht. Wir sind aus dem Kraftfeld der Gesellschaft, in der wir lebten, wenigstens physisch, physikalisch, entlassen und in kein neues eingespannt. Da finden sich wenige Dinge, die der Tätige braucht und die ihm als Lebensreiz dienen. Ein großer Teil des Alltags, der ihn umgibt, bleibt ihm, wenigstens lange Zeit, stumm. Das ist so in allen Emigrationen. Hier entsteht ein gewisser Zwang zum historischen Roman, für den Erzähler. Es ist eine Notlage. An sich ist der historische Roman selbstverständlich keine Noterscheinung. Aber wo bei Schriftstellern die Emigration ist, ist auch gern der historische Roman. Begreiflicherweise, denn abgesehen vom Mangel an Gegenwart, ist da der Wunsch, seine historischen Parallelen zu finden, sich historisch zu lokalisieren, zu rechtfertigen, die Notwendigkeit, sich zu besinnen, die Neigung, sich zu trösten und wenigstens imaginär zu rächen.

Wir hatten auch schon vor der Zeit unserer Auswanderung Emigration zu Hause. Man kann Emigrant im eigenen Lande sein. Und solche Emigranten waren nicht nur viele Schriftsteller in Deutschland, sondern ganze Volksteile, nämlich die, die in gewollter oder gemußter politischer Abstinenz lebten. Wir hatten in Deutschland sehr viel mystische, religiöse und märchenhafte Literatur, die Literatur der Verklärer, der Skeptiker, der Untätigen, viele scheinobjektive Darstellungen. Wir hatten wenig aktive Literatur, die der Parteilichkeit des Tätigen entstammte, welche neu aufgedeckte Gegenwart persönlicher oder gesellschaftlicher Art oder Auseinandersetzung mit ihr gab. Historische Romane gab es in Deutschland viel, von Leuten, die keine Emigranten waren, aber was waren das für welche? Da waren die Erfolgsromane des Ägyptologen Ebers, dann die Romane aus der Römer- und Gotenzeit von Felix Dahn, dann die historischen Bücher von Gustav Freytag: »Die Ahnen«. Warum sind diese Bücher so verstaubt? Nicht wegen der literarischen Unfähigkeit ihrer Verfasser, denn es waren ausgezeichnete Könner dabei. Sondern weil die Autoren durch die politische Kastration, der der Deutsche unterlag, unfähig wurden, historische Stoffmassen zu mobilisieren. Sie drangen daher nicht zu jener einzigen Echtheit vor, die dazu befähigt, nämlich zu der kraftvollen Parteilichkeit des Tätigen, zum Willen des Leidenden und Aggressiven, sie wollten ja nur billigen und verherrlichen. Sie waren einverstanden.

Wir sind nicht einverstanden: Und ich habe vom historischen Roman gesprochen. Mein Thema lautet: »Der historische Roman und wir«. Ich hebe jetzt noch das *Wir* hervor.

Der Leser und Hörer setzt sich zum Roman hin, und es ist *seine* Sache, die er da erfahren will, Es geht um ihn, mehr oder weniger deutlich. Der Autor ist ihm genehm, wenn er ihm *seine* Sache vorträgt. Welches ist heute unsere Sache, die des Autors und des Lesers, welches sind die Prinzipien, mit denen man historische Stoffe wählt, durchdringt und tätig gestaltet? Wenn wir nur einen Augenblick um uns blicken, sind wir darüber im klaren.

Schon drüben im Lande, das wir verlassen haben, wie haben wir nicht nur die Wirtschaftsanarchie, den blödsinnigen Kampf aller gegen alle gesehen, sondern dabei die Ratlosigkeit und Haltlosigkeit der Menschen, ihre innere Leere, den schauerlichen Nihilismus, der alle Gebiete durchdrang und dahin führte zu leben, wie man es konnte, gleichgültig gegen den Nächsten, faul, bequem bei sich selbst. Dabei dieses immense Hinkümmern großer und kräftiger Volksmassen, die voll des Besten steckten, aber abgeschnitten waren nicht nur von einem wirklich politischen Leben, sondern auch von der Teilnahme an der Kultur und vergiftet durch das quälende Gefühl, enterbt zu sein und ohne Hoffnung enterbt zu bleiben. Da konnte nur Haß und Rachsucht wachsen. Und diesem schrecklichen, aber natürlichen Haß gegenüber lebte der Herrenstandpunkt. Die absterbende Herrenklasse warf ihre frechen und hochmütigen Urteile über die Masse des Mittelstandes, des Bürgertums, das sich diese Urteile selig zu eigen machte. Die Masse erfuhr niemals, was wirklich eine Gesellschaft ist, weder in der Schule noch draußen. Statt dessen fing man sie ein und berauschte sie mit Vorstellungen aus der Sphäre des Herren und des Knechtes, mit den Vorstellungen der Gewalt, des Kriegs, der Technik, des Erfolges, des Rekords. Die natürliche Liebe jedes Menschen zu dem Boden, auf dem er lebt, zu den Menschen, mit denen er aufwächst, fälschte man um in einen Haß auf Nachbarn, in die Besitzwut um Grenzen.

Die Entlarvung und Anprangerung dieser ungeheuerlichen Entartung, das ist das Eine, was dem, der heute schreiben will, mit auf den Weg zu geben ist, – als Aufgabe und Kraft, die den Zauberstab bewegt. Es ist das Negative.

Positiv: die Autoren haben sich weit aus der Sphäre der Gewalt, der Menschenverachtung und der Grausamkeit zu entfernen. Sie haben die Feigheit und die bequeme Unklarheit zu vermeiden. Das Schreckliche ist nicht um seiner selbst willen aufzusuchen, sondern als abscheulich und entartet zu zeichnen. Der unermüdliche Kampf aller Menschen, besonders der Armen und der Unterdrückten, um Freiheit, Frieden, echte Gesellschaft und um Einklang mit der Natur, gibt genug Beispiele für Tapferkeit, Kraft und Heroismus. Und wer sie aufsucht, wird in jeder Epoche mehr davon finden, als die toten Menschen drüben, die armseligen Gehäuse der Gewalt, ahnen.

Epilog (1948)

Es ist wohl Zeit, einen Epilog zu schreiben.

Es liegt ein Haufen Bücher da, – »da« ist ein falscher Ausdruck, es muß heißen: er liegt vor, ist geschrieben innerhalb fünf Jahrzehnten, aber nicht da. Einiges erscheint wieder, das meiste ist verschollen. Würde ich nun stolz sein, wenn alles vor meinen Augen stände und wenn es von mir, als wäre ich ein sehr geschätzter Autor »Gesammelte Werke« gäbe? Ich glaube nicht. Dies ist nicht die Zeit für »Gesammelte Werke«, für solchen dicken Prunk. Es soll sich jetzt keiner etwas vormachen.

Wenn die Städte in Ruinen liegen, wenn jeder sich schlecht und recht behilft, jeder am Vergangenen krankt und keiner weiß, was morgen wird und sich auch nirgends Hoffnung regt (noch regen kann), da ist solch Ding wie ein »Sammelband« richtig: Bruchstücke, Torso[s] auf einen Platz nebeneinandergekarrt. Wo fängt es an, wo hört es auf? Man frage nicht danach.

Was wollten diese Bücher? Ich erinnere mich noch. Ich, der ich mich noch als »Ich« fühle, wollte nichts mit ihnen. Es wurde nichts mit ihnen bezweckt, gewollt, beabsichtigt. Da fesselte mich zu irgendeiner Zeit eine Meldung, ein Bericht. Es mußte wohl allemal eine besondere Nachricht und Schilderung gewesen sein, denn wenn sie zündete und wirkte und ich sie festhielt, dann erwies sie sich als Keim in einer Mutterlauge, einer übersättigten Lösung: nun schossen die Kristalle zusammen.

Ich kann auch sagen, mir fiel ein Faden in die Hand, er erwies sich als das Ende eines K[n]äuels, und ich fing an, das ganze aufzurollen, bis ich ans andere Ende gelangte. Was ich aber aufrollte, was da in Bildern aus mir floß, natürlich, das war ich, meine Art zu dieser Zeit, und dann noch mehr: etwas, was unpersönlich, als Natur in mir arbeitete und sich im Geistigen, im Phantastischen zu formen beliebte, ein Meteor, eine Steinbildung, die sich aus meiner Substanz löste.

Am Schluß war ich allemal zufrieden, daß es vorbei war.

Das überfiel mich öfter, im Abstand von Jahren, und Dinge dieser Art gehören (man liest davon) zur Alltagspsychologie der »Produktiven«. Nachher mochte ich die Geburt, mein »Produkt« nicht sehen, und wenn es mir in die Hände fiel, erkannte ich es schlecht wieder, und schob es von mir weg. Ein bißchen ekelte mich davor.

Eigentümlich die Befangenheit, die »Aura« in solcher Periode. Sie verlieh ein eigentümliches Wissen, eine Hellsichtigkeit.

Was wußte ich von China oder vom 30jährigen Krieg? Ich lebte in dieser Atmosphäre nur während der kurzen Spanne des Schreibens. Aufdringlich, grell stellten sich dann plastische Szenen vor mich hin. Ich griff sie auf, schrieb sie nieder und schüttelte sie von mir ab. Da standen sie dann schwarz auf weiß. Ich war froh, nichts mehr mit ihnen zu tun zu haben.

Vom Schreibtrieb besessen war ich früh. Mit 14 Jahren machte ich die ersten Aufzeichnungen, in einem kleinen blauen Heft. Und was notierte ich damals? Gott sei das Gute. Er sei das Gute in der Welt. Das bilde die Auflösung des Rätsels »Gott«.

Früh merkte ich, daß ich der Religion und der Metaphysik verfallen war, – und suchte mich zu entziehen. Ich las unheimlich viel, weniger »schöne Literatur« als Philosophie, (noch in meiner Gymnasialzeit, also bis 1900) Spinoza, Schopenhauer und Nietzsche. Am intensivsten Spinoza.

Warum suchte ich mich der Metaphysik und Religion zu entziehen? Vielleicht weil sie mich in zwei Wesen teilten. Wenig konnte ich mich über die Dinge, die mich beschäftigten, ausspre-chen. Man diskutierte in der Studentenzeit viel, aber da begeg-nete mir nichts, und niemand, der mir geistige Geburtshilfe hätte leisten können. Und so blieb ich, der in der bürgerlichen Gesell-schaft lebte, ein Mediziner und einer, der an den Dingen der Welt sehr interessiert und beteiligt war, der zwischen ihnen so gut er konnte (unordentlich, ohne Disziplin, ohne Direktiven) sich be-wegte. Im Inneren aber trug diese Gestalt eine besondere Figur, die mit jener draußen, mit jenem Mediziner, mit jenem Dahinle-benden zankte und mit ihr zu keiner Verständigung kam. Sie konnte zu keiner Verständigung gelangen.

Ich legte beim Schreiben Wert darauf, nicht mit der Natur zu konkurrieren. Es war mir von vornherein klar, daß man dieser Realität gegenüberstand. Es galt, nachdem überall naturalistische Prinzipien als Forderungen verkündet wurden, dies Gegenüber-stehen zu zeigen.

Um 1900, zu Ende meiner Schulzeit, im Beginn meiner Stu-dentenzeit kam ich mit Her[warth] Walden in Berührung (er wohnte auch im Osten von Berlin, in der Holzmarktstraße, sein Vater war Sanitätsrat). Wir mokierten uns über die damaligen Götzen der Bourgeoisie, Gerhart Hauptmann und seinen unech-ten Märchenspuk, über die klassizistische Verkrampfung Stefan Georges. Es gab schon damals den Autor der »Buddenbrooks«, er kam nicht in Frage.

Man traf sich mit der Lasker-Schüler, Peter Hille im Café des Westens, gelegentlich bei Dalbelli an der Potsdamer Brücke. Man hatte Tuchfühlung mit Richard Dehmel, mit Wedekind, Scheer-bart.

Damals (1905) schrieb ich ein Stück »Lydia und Mäxchen. Tiefe Verbeugung in einem Akt«, das 1906 im Residenztheater in Berlin, bei einer Matinee mit einem Scheerbartstück aufgeführt wurde. Es war der Protest eines geschriebenen und gespielten

Stückes gegen seinen Autor. Die Figuren und die Szenerie werden lebendig und machen sich selbständig. Sie sprechen und agieren anders als der Autor glaubte bestimmen zu können. Sie treiben während der Aufführung den Verfasser und den Regisseur von der Bühne und führen frech und provokant das zahm angelegte Stück zu einem blutrünstigen Ende.

Damals saß ich übrigens in Regensburg als Assistenzarzt in der Kreisirrenanstalt und schrieb eine abstrakte lange Betrachtung (ich weiß nicht mehr, wie ich darauf kam), betitelt: »Gespräche mit Kalypso über die Musik und die Liebe«. Das Opus wurde teilweise im »Sturm« abgedruckt. In den »Sturm« gab ich auch meine früheren Novellen, phantastische, burleske und groteske Stücke, die ich später in dem Band »Ermordung einer Butterblume« sammelte. Die Herrschaften im »Sturm« (zu denen Rudolf Blümner, Lothar Schreyer, Stramm und Maler wie Franz Marc, Kokoschka stießen) goutierten diese Sachen. Sie schienen ihnen »expressionistisch« und Fleisch von ihrem Fleisch und Blut von ihrem Blut zu sein. Als ich aber das Visier hob und vom Leder zog im »Wang-lun« (1912) da war es aus, – dabei fing ich erst an. Kein Wort äußerte Walden oder ein anderer aus dem Kreis der Orthodoxen über den Roman. Wir blieben aber freundschaftlich verbunden. Sie entwickelten sich (geführt von Stramm und Nebel) ganz zu Wortkünstlern, überhaupt zu Künstlern. Ich ging andere Wege. Ich verstand die drüben gut, sie mich nicht.

Expressionismus und die mit ihm zusammenhängenden Kunstarten erinnern an die ostasiatische Zen-Philosophie. Wie dieser der »normalen«, das heißt eingefrorenen Logik und Vernunft ausweicht, so kehrt die Kunstart des Expressionismus der glatten, flachen »Schönheit« den Rücken. Sie attackiert und demoliert sie. Es dreht sich dabei nicht um eine bloß formalistische Abwendung, wenn auch der Kampf bei ihm um die Form geht.

Dies genügte mir aber nicht. Ich drehte der überlieferten

»Schönheit« noch mehr den Rücken als meine Expressionisten, die mich deswegen für einen Abtrünnigen hielten. Ich hielt Literatur und Kunst überhaupt nicht für sehr ernst. Man hat sich, war meine Auffassung, der Werte und der Literatur zu bedienen, für andere Zwecke, für die wichtigen Zwecke. Welche waren das?

Ich sah, wie die Welt, – die Natur, die Gesellschaft – gleich einem tonnenschweren, eisernen Tank über die Menschen, über den Menschen rollt. Wang-lun, der Held meines ersten umfänglichen Romans, erfuhr dies. Er zieht sich, am Leben geblieben, mit einer Anzahl ebenso Blessierter von dieser gewaltigen, menschenfeindlichen Welt zurück, und ohne sie anzugreifen, fordert er sie heraus. Sie rollt dennoch über ihn und seine Freunde. Es ist bewiesen, in diesem Fall, sie ist stärker. Sonst ist nichts bewiesen.

Der Vorgang war zu schwer und finster, als daß ich dabei stehen bleiben konnte. Ich mußte die Dinge weiter verfolgen. Ich wollte mich auch nicht vom Schweren und Finstern fesseln lassen. Und da schlug ich um und geriet ohne Absicht, ja völlig gegen meinen Willen, ins Lichte, Frische und Burleske[.] »Wadzeks Kampf mit der Dampfturbine« sollte noch ein »Kampf mit dem Ölmotor« folgen. Aber als ich die »Dampfturbine« geschrieben hatte, war der Krieg (1914–18) gekommen, ich diente als Militärarzt in Lothringen und im Elsaß, und der Kriegslärm, aber auch das Elend der Kriegskrankheiten umgaben mich. Wochenlang Kanonendonner von Verdun herüber.

Da sprang ich von meinem Pferd »Wadzek« und schwang mich auf einen anderen Gaul, den »Wallenstein«. Im »Wadzek« zappelte der Mensch atemlos hinter der Technik her, er strampelte, schrie, stolperte, lag und streckte alle Viere aus, dann kam ein anderer, lief, rannte, keuchte. Aber im »Wallenstein« stand einer und bewegte sich nicht. Das Buch müßte eigentlich heißen »Ferdinand der Andere«. Ich wußte es. Aber »Wallenstein« bezeichnet die Zeit und die Umstände. Hier ließ ich mich los. Ich planschte in Fakten. Ich war verliebt, begeistert von diesen Akten und Berichten. Am liebsten wollte ich sie roh verwenden. So wie die Dinge in der Geschichte vorkamen, waren sie echt und vollkommen.

Zwischen ihnen, als Anführer und Kommandeur der Fakten, als ihr Motor, stand der Tatsachenmensch, der Kulissenschieber der Historie: Wallenstein, Holz aus ihrem Holz, Eisen von ihrem Eisen, Granit von ihrem Granit, bestimmt nicht Fleisch von ihrem Fleisch, denn da gab es kein Fleisch. Und wenn ich diesen Mann sich selbst überlassen hätte, so wäre es eben dreißigjähriger Krieg geworden. Warum das aber spiegeln und die Erinnerung daran heraufbeschwören, während der Donner von Verdun herüberschlug? Weder der dreißigjährige Krieg noch der Donner von Verdun besagten mir etwas.

Also Ferdinand der andere, der Kaiser (den ich zu machen hatte). Ihn setzte ich ins Gespräch mit den allmächtigen Fakten. Er antwortete auf den Donner. Ergebnis? Er gibt es auf.

So sah ich die Dinge damals. Wie Wang-lun erlosch Ferdinand vor der »Welt«.

Nein, es bleibt einem nichts anderes übrig, als es aufzugeben. Das war meine Generaleinsicht von damals. Ich fand offen und insgeheim Gefallen an den grandiosen Phänomenen. Den Menschen, sein Ich, sein Leiden sah ich wohl. Aber ich erbarmte mich seiner und meiner nicht.

So wurde ich noch einmal hier hergeführt. Denn alle weltfrohe Umhüllung der historischen Vorgänge täuschte mich nicht über die Schwäche der Position, über die Unentschiedenheit, die Mutlosigkeit dieses selbstmörderischen Gegenüber.

Da nahm ich mir dann keinen isolierten historischen Vorgang, sondern die Technik, die im Menschen liegende Kraft, vor, und begann die »Berge, Meere und Giganten«. Thema, diesmal ganz allgemein: Was wird aus dem Menschen, wenn er so weiterlebt? (Die Folgezeit hat einige Proben gegeben.) Ich rief mich quasi zur Ordnung.

Ich konnte in einem Epochen und Räume überfliegenden Buch berichten von der Entwicklung und dem Mißbrauch der Technik, bis sie sich zur biologischen Praxis steigert, Veränderungen am Menschen, dem Urheber selbst, vornimmt, und wie sie den Menschen in die Kreidezeit zurückführt. Entsetzt sinkt nun, was vom Menschen übrig ist, in die Knie und opfert demütig den Urgewalten.

»Opfer« und »Demut« waren gefunden, diese Erkenntnis, noch nicht die innere Macht. Ich war damit den Weg der Massen und großen Kollektivkräfte zu Ende gegangen. Ja, bis hierher, bis zu dem Buch der »Giganten« hatte ich an der Großartigkeit der geschaffenen Welt gehangen und ihre Partei ergriffen. Mit der erschöpfenden Anstrengung des Gigantenbuches war mir hier genug getan.

Es gab eine Pause, – und ich ging wieder daran, festzustellen, wo ich stand. Solch Ermittlungsverfahren stellt der eine an bei einer Lektüre, der andere in Gesprächen und in langer eindringender Besinnung. Ähnliches geht auch meinen Büchern voraus. Aber der eigentliche Prozeß der Besinnung und Feststellung erfolgt im Schreiben selbst. Das Eigentümliche, Bittere, Fatale ist dann: Jedes Buch endet (für mich) mit einem Fragezeichen. Jedes Buch wirft am Ende einem neuen den Ball zu.

Nachdem ich den »Massenweg« abgelaufen war, wurde ich vor den Einzelmenschen, den Menschen geführt. Ich zog nicht bewußt diesen Schluß aus dem Vergangenen, aber mein Unbewußtes, das ich ja auch sonst unbekümmert für mich arbeiten ließ, tat es.

Ich fand einmal (in Berlin, in der Stadtbibliothek am Marstall) einen Reisebericht aus Indien mit vielen Bildern und mancher Historie. Das Milieu war mir fremd, und war abenteuerlich, tropisch reich. Ich blieb hängen an den Berichten von Hinduismus, von Shiwa, dem Gott, von einem Totenreich. Ich sah einen Menschen hier eindringen, einen aus unserer Welt, der sich von dem Jammer, den er in dieser Welt der Toten findet, zerreißen lassen will. Allen irdischen Schmerz will er auf sich stürzen lassen, mit allem Schmerz will er sich verbinden, weil er (aus einem Krieg) weiß, wir sind alle eines und dasselbe, Brüder, die Mörder und Gemordeten, der Henker und seine Opfer.

Er wagt die Schreckensfahrt und bricht zusammen. Aber Sawitri, eine Frau (es ist eine Göttin, die göttliche Liebe) hebt ihn auf; als neuer Mensch, als Halbgott kehrt er zurück.

Das ist, in freien Rhythmen geschrieben, »Manas«, eine epische Dichtung.

Meine Bücher hatten bis da eine Art Achtungserfolg. Die eigentliche Bühne (des Büchermarkts) wurde von anderen Autoren besetzt. Man behandelte da Liebes-, Ehe- und Kriminalgeschichten, gab viel Psychologie und das gebildete Publikum liebte es auch, sich Bildung im Roman vorsetzen zu lassen; man servierte Zeitfragen, kulturelle Probleme mit philosophischem Einschlag. Das ist die feuilletonistische, essayistische Degeneration des Romans.

Meine Bücher konnten da nicht mit. Ich gab Bilder, und alles war dicht, viel zu dicht für Zeitungsleser.

Zudem hatte jedes Buch seinen Stil, der nicht von außen über die Sache geworfen wurde. Ich hatte keinen »eigenen« Stil, den ich ein für allemal fertig als meinen (»Der Stil ist der Mensch«) mit mir herumtrug, sondern ich ließ den Stil aus dem Stoff kommen.

Hier nun, im »Manas«, freie Rhythmen und eine indische Welt: das war zu viel. Dieses Buch wurde abgelehnt.

»Wie sind Sie nur darauf gekommen?«, fragte mich entsetzt, nachdem das Unglück geschehen war, mein Verleger, der alte Fischer.

Das Buch war für mich in Ordnung. Von hier an datieren die Bücher, welche sich drehen um den Menschen und die Art seiner Existenz.

Der »Manas«, auch er entließ mich, obwohl ich ihn in seine myt[h]ische Landschaft als Halbgott zurückkehren ließ, unbefriedigt. Die Frage, die mir der »Manas« zuwarf, lautete: Wie geht es einem guten Menschen in unserer Gesellschaft? Laß sehen, wie er sich verhält und wie von ihm aus unsere Existenz aussieht. Es wurde »Berlin Alexanderplatz« (ein Titel, den mein Verleger absolut nicht akzeptieren wollte, es sei doch einfach eine Bahnstation, und ich mußte als Untertitel dazusetzen »Die Geschichte vom Franz Biberkopf«.) Natürlich schrieb ich dies Buch, besser, schrieb sich dies Buch nicht in freien Rhythmen, sondern im Berliner Tonfall. Aber blind, wie einmal Kritiker unserer Epoche sind, konnten sie bequem mit dem Buch fertig werden: »Nachfolge von Joyce«. Wenn ich durchaus jemandem hörig sein und folgen soll (was ich garnicht nötig habe, ich finde mich stofflich und stilistisch schon selbst zurecht. Mein Vers ist: »Ich wohn' in meinem eignen Haus, hab niemandem nie nichts nachgemacht, und lachte noch jeden Meister aus, der sich nicht selber ausgelacht«), also wenn ich schon einem folgen und etwas brauchen soll, warum muß ich zu Joyce gehen, zu dem Irländer, wo ich die Art, die Methode, die er anwendet (famos, von mir bewundert) an der gleichen Stelle kennen gelernt habe, wie er selbst, bei den Expressionisten, Dadaisten und so fort.

Der »Alexanderplatz« hat den ihm gemäßen Stil, wie der »Manas« oder der »Wallenstein« (die man freilich dazu kennen muß).

Dies Buch war beim Publikum ein Erfolg, und man nagelte mich auf den (als Schilderung der Berliner Unterwelt mißverstandenen) »Alexanderplatz« fest. Es hat mich nicht gehindert, meinen Weg weiter zu verfolgen, und die Leute, die Schablonenarbeit verlangen, zu enttäuschen.

»Das Opfer« war das Thema des »Alexanderplatz«. Die Bilder vom Schlachthof, von der Opferung Isaaks, das durchlaufende Zitat: »Es ist ein Schnitter, der heißt Tod« hätten aufmerksam machen sollen. Der »gute« Franz Biberkopf mit seinen Ansprüchen an das Leben läßt sich bis zu seinem Tod nicht brechen. Aber er sollte gebrochen werden, er mußte sich aufgeben, nicht bloß äußerlich. Ich wußte freilich selbst nicht wie. Die Tatsachen springen den Menschen an, aber bloße Starre rettet nicht.

Ich setzte nun, um das Problem zu ergründen, um hinter das Geheimnis eines Bruchs und solcher Wendung zu kommen, abermals einen Menschen in Bewegung, einen Mann, der gleichfalls gut in seinem Fleisch sitzt, diesmal einen wirklich exzessiv hochmütigen, einen babylonischen Gott. Ich suchte ihn zu drängen, sich aufzugeben. Dieser Gott »Konrad« war schuldbeladen, ein viel schwererer Verbrecher als Franz Biberkopf, der einfache Transportarbeiter aus Berlin. Aber er war noch weniger geneigt, mit sich und an sich etwas vorzunehmen.

Dies Buch, »Babylonische Wanderung«, verspottet schrecklicherweise die Opferidee des »Alexanderplatz«. Der Gott Konrad denkt absolut nicht daran zu büßen, er fühlt sich nicht einmal entthront, abgedankt, und in dieser Haltung verbleibt er. Ich weiß nicht, wie mir mein Plan so im Schreiben ausrutschen konnte. Ein spitzbübiger Kobold spielte mir den Streich. Es war ein Rückschlag. Ich stand im Kampf mit seinem Hin und Her.

So, mit diesem Buch ging ich ins Exil 1933. Es hatte mich nicht weitergebracht, und zeigte einen Widerstand, eine Sperrung und Versteifung in mir an. Es ist, als ob ich etwas nahen fühlte und mich verbarrikadierte.

1934, schon in Maisons-Laffitte bei Paris (ich hatte im Exil viel Zeit zum denken) plänkelte ich herum in einem kleinen Berliner Roman »Pardon wird nicht gegeben«. Eine Familiengeschichte mit autobiographischem Einschlag. »Autobiographisch« sage ich. Das ist ein Fortschritt. Ich wagte mich an den Herd heran. Stolz hatte ich früher gewußt und gesagt: »Die Epiker haben Augen, um nach außen zu sehen.« Ich mochte Lyrik nicht, ich wollte nur Abläufe, Begebenheiten, Gestalten, eine steinerne Front, – und nicht Psychologie. (Dabei beobachtete ich viel, und mein ärztliches Fach war die Psychotherapie – der anderen.)

Sehr bald nach diesem Tasten in Romanform stieß ich auf Kierkegaard, in der Nationalbibliothek in Paris, und blätterte, zuerst ohne Geschmack an ihm zu finden, in dem zweibändigen »Don Juan«. Aber das Buch ließ mich nicht los. Seit langer Zeit zum ersten Male merkte ich bei einer Lektüre auf. Ich schrieb mir einiges ab.

Aber da, in derselben großen Bibliothek, stieß ich auf etwas anderes, das ich schon immer liebte: auf Atlanten. Und dann gab es herrlich bebilderte Ethnographien. Man hatte mich gefangen, von Kierkegaard weggelockt. Die Südamerikakarten mit dem Amazonenstrom: was für eine Freude. Ich hatte immer etwas für das Wasser, für das Element der Ströme und Meere [übrig]. Im »Ich über der Natur« habe ich vom Wasser geschrieben, in dem Utopiebuch die Meere gefeiert.

Nun der Amazonenstrom. Ich vertiefte mich in seinen Charakter, dieses Wunderwesen, Strommeer, ein urzeitliches Ding. Seine Ufer, die Tiere und Menschen gehörten zu ihm.

Eines zog das andere nach sich. Ich las von den indianischen Ureinwohnern, stieg in ihre Geschichte, und las wie die Weißen hier eindrangen. Wo war ich hingeraten? Wieder das alte Lied, hymnische Feier der Natur, Preis der Wunder und Herrlichkeiten dieser Welt? Also wieder eine Sackgasse?

Bald fing ich an zu schreiben, tatsächlich mit der einen Idee: diesem Flußmeer zu geben, was des Flußmeeres war, auch seine Menschen zu zeichnen, und die Weißen nicht aufkommen zu lassen. So wurde der erste Band: »Das Land ohne Tod«. (Oh, sehr langsam macht man Fortschritte.)

Aber zum Schluß mischte sich Las Casas ein. Der Mensch begann zu klagen. Die Stimme ließ sich nicht übertönen vom Rauschen des herrlichen Wassers. Ich ließ den Menschen zu bei der hymnischen Feier, und schon war das nächste Buch beschlossen, der Ball flog.

Las Casas Auftreten am Ende des ersten Bandes machte alles andere zum Vorspiel. Es wurde keine Sackgasse.

Und nun wurde es der großartige Menschheitsversuch, die Jesuitenrepublik am Paran[á]. Das Christentum steht im Kampf mit der Natur, und auch im Kampf mit den unzulänglichen Christen. Ein neues Thema, ich wollte dabei lernen und mich erproben. Ich konnte dem Thema nicht ausweichen, es lief mir nach, es stellte mich, am Schluße des ersten Bandes vom »Land ohne Tod«, als ich so tat, wie wenn ich ihm entronnen wäre.

Und dennoch, ich wich ihm aus, ich entzog mich, so gut und so glatt ich konnte. Von da kommt in den Band »Der blaue Tiger« das Vibrieren und Schillern des Stils, von da auch die Heiterkeit (vom Konrad, der nicht büßen will), von da die Anbetung der natürlichen Urmächte. Aber mitten darin steht unbeweglich eine scheue und tiefe Ehrfurcht. Religion steht da und schweigt –

Der Abgesang dieses Südamerikawerkes (»Der neue Urwald«) kann nicht umhin, die furchtbare, trostlose, brütende Verlorenheit, die nachbleibt, zu zeichnen.

Danach trat Kierkegaard hervor, und jetzt, 1936, verschlang ich einen Band nach dem anderen (oh! damals waren meine Augen noch gut, ich konnte lesen und lesen).

Ich zog lange Partien aus, schrieb Hefte voll. Er erschütterte mich. Er war redlich, wach und wahr. Seine Resultate interessierten mich nicht so wie seine Art, seine Richtung und der Wille. Er drängte mich nicht zur Wahrheit, aber zur Redlichkeit.

Und nachdem ich im Südamerikabuch meine Abenteuerlust befriedigt hatte, wandte ich mich den heimischen Gestaden zu. Ich dachte an Berlin, an die ferne Stadt und prüfte nun im Geist, ähnlich wie 1934 in »Pardon wird nicht gegeben«, wodurch alles gekommen war. Die alte Landschaft wollte ich hinstellen und einen Menschen, eine Art Manas und Franz Biberkopf (die Sonde) in diese Landschaft ziehen lassen, damit er sich (mich) prüfe und erfahre.

Ich warf erst die Landschaft auf, gab (im ersten Band des Erzählwerks »November 1918«) die Szenerie des Elsässer Lazaretts, (in dem ich während der letzten Kriegszeit 1917–18 als ordinierender Arzt arbeitete). Und es trat mir bald der Mann, als Kranker entgegen, den ich formte und bestimmte, seine (und meine) Last in die Erzählung zu tragen.

Es liefen zwei Dinge nebeneinander und zusammen: Das tragische Versanden der deutschen Revolution 1918 und der dunkle Drang dieses Menschen. Es erhebt sich für ihn die Frage, wie er überhaupt zum Handeln gelangen soll. Aber dies will er. Von wo aus, von welcher Basis. Er muß es ablehnen, sich hier zu entscheiden. Er kann nicht zwischen zwei und drei Sandbänken wählen, um sein Haus aufzubauen. Es wird eine himmlische und höllische Geschichte. Der Mann, Friedrich Becker, wird von Halluzinationen umgeben. Durch das »Tor des Grauens und der Verzweiflung« muß er gehen. Er bleibt am Leben. Er findet sich zuletzt gebrochen und gewandelt als Christ. (Das bringt Band zwei und drei.)

Sein gewonnenes Christentum trägt er durch den Schlußband (»Karl und Rosa«). Himmel und Hölle kämpfen weiter in ihm. Er verkommt äußerlich, innerlich wird er zerfressen. Aber – er wird aufgehoben.

Das Buch »1918« war mir vorausgeschwebt. Es wurde im Jahre 1941 in Californien beendet. Zwischen Band drei und vier liegt das Jahr 1940, der finstere Einbruch in Frankreich. Eine »Schicksalsreise« durch das Land habe ich später darüber geschrieben.

Dann war mir selbst das zuteil geworden, was meinem Konrad

nicht, aber Friedrich Becker wurde – eine Klärung. Die Klärung war vollständig. Der Standpunkt war gegeben. Ein anderes Weltbild, ein anderes Denken war da. In einem Buch »Der unsterbliche Mensch« prüfte ich meine neue Situation durch. Ich sah mich in dem Haus um, das ich betreten hatte. Ich schritt durch die Räume, deren Türen sich mir geöffnet hatten. Nichts neues wollte ich sagen, nichts erfinden, wollte nur mitteilen, was ich vorfand und wie es hier aussah. Kein Roman, nein – Mitteilung, Beschreibung – und ein Vergleich mit früher: daher der Dialog und das Auftreten des Jüngeren.

Nachdem ich dies niedergeschrieben, niedergelegt hatte, – ging es mir nicht so, wie sonst nach einem Roman. Ich hatte schon früher lange Besinnungsakte zwischen Werken eingeschaltet, wobei ich mit meinem Bewußtsein, in Gedanken, und nicht in Bildern und Gestalten, das auffing, was die Person, die meinen Namen trug, zu sich und zur Existenz sagte. Da schrieb ich einmal (nach den »Bergen«) das »Ich über der Natur« und nach dem »Alexanderplatz« »Unser Dasein«. Ein wenig war ich mit jeder solchen Klärung weitergekommen, nur [ein wenig.] »Ich« fand: Die Gestaltung und das Vis à Vis mit einer ganzen wirbelnden Welt brachte weiter, der Kontakt mit dieser Wirklichkeit bedeutete etwas. Jetzt, – wie sollte ich mich jetzt vor die Dinge schleppen? Wie sollte ich, der ehemalige Anbeter der »Welt« vor sie treten? Das kam nicht in Frage. Alle meine epischen Bücher bis da waren Teste. Es gab jetzt nichts mehr zu »versuchen«. Ich hatte mich nun vor die »Welt« zu stellen. Es galt sich fester und sicherer auf dem Boden zu etablieren, der keine rutschende Sandbank war.

Ich hatte mich nicht verloren, ich war kein Finsterling geworden. Überraschend schossen ein paar Erzählungen auf, ich schrieb sie schnell nieder und gestehe, ich weiß nicht recht, wie ich zu ihnen kam: wieder Koboldstücke. Das ist »Der Oberst und der Dichter« und die beiden heiteren Geschichten, burleske Späße und Mischungen von Ernst und Clownerie[:] »Märchen vom Materialismus« und »Reiseverkehr mit dem Jenseits«.

Ich hatte aber außer diesen kleinen Erzählungen noch anderes skizziert. Ich kam darauf, sie zusammenzufassen und auszuführen. Man müßte sie, dachte ich formal, für jemanden erzählen, wie in »1001 Nacht«. Also wie und für wen?

Wie ich fragte, schrieb ich schon und bereitete schon den Menschen vor, an den die Geschichten sich richten sollten.

Er lag krank, war verwirrt, zerrissen – es war Edward, der vom Kriege heimkehrend sich nicht mehr in sich zurechtfindet. Er wird ein »Hamlet«, der seine Umgebung befragt. Er will nicht richten, er will etwas Ernstes und Dringliches: er will erkennen, was ihn und alle krank und schlecht gemacht hat.

Und in der Tat: da liegt eine furchtbare Situation vor, und er hellt sie langsam auf. Die Wahrheit, nur die Wahrheit kann ihn gesund machen. Und aus vielen Zerstreuungs- und Ablenkungserzählungen werden indirekte und immer mehr direkte Mitteilungen, schließlich Bekenntnisse und Geständnisse. Ein fauler, träger Zustand enthüllt sich, die Familie kommt mehr und mehr in Gärung. Schließlich ist die Tragödie da, aber mit ihr die Katharsis.

Das Buch könnte eine neue Reihe einleiten, die dritte, wäre ich jünger. Aber einmal endet alles Fragen. Das Buch wurde größtenteils schon auf deutschem Boden geschrieben.

Das also wurde in den Jahrzehnten hingeschrieben und ich kann darauf blicken und soll sagen: »Das bin ich«.

Eine Art Denken ist das Ganze, manchmal (ausnahmsweise) abstrakt, meist gebunden an tausend Fakten und Begebenheiten. Das Denken mag nicht nackt gehen, es reißt eine Unmenge Tatsachen an sich und zieht sie sich wie eine Kapuze über den Kopf. Fragen kann ich stellen und Gedanken fassen. Das Ganze aber, diese Maskerade, und warum diese und nicht jene Maskerade, diese Mixtur ist etwas Besonderes. Es ist Dichtung, Verdichtung, Wachstum, die Bildung eines Gewächses und gehört in das Gebiet der geistigen Keimung, Sprossung und Bildung von Ablegern. (Das Wort »Kunst« ist dunkel.)

Produkte dieser Art durchbrechen die Form des Individuums. Wie im Körperlichen sich bei Geschwulsten Metastasen bilden, so stülpt der Geist solche Produkte aus. Das vorangehende abstrakte Denken ließe sich als Reiz vor der Knospenbildung deuten.

Ob hier irgend etwas Einfluß auf andere, auf »Volk« hat, habe ich nie gefragt. Aber ich war mir bewußt, daß, auch ohne daß man auf die Umwelt blickt, sie immer gegenwärtig ist. Man wächst nicht allein. Sogar wenn man erloschen ist und nicht mehr Knospen treibt, wirkt man in dem ungeheuren geistigen Gewebe und ist gegenwärtig.

Vielleicht träume ich alles.

Was weiß ich eigentlich[?] Ich weiß, daß wir in dieser Weltära, gestoßen, verstoßen, gebannt in den düsteren schweren Kreis dieses [Ä]ons, daß wir Menschen es schwer haben. Wir scheuern uns wund an den Mauern, die uns umgeben. Wir schlagen gegen sie und hören unsere Hände klatschen, und wie wir schreien. Wir suchen auszubrechen aus dem Bagno, und das ist der andere Sinn der »Dichtungen«, solcher »schöpferischen«, denkerischen, poetischen Bemühungen.

Aber wir geben keine Ruhe. Wir können uns nicht bescheiden. Unser verruchter Geist kann nicht still sein. Es ist sein Kainserbe. Jeder unserer Tage wiederholt den Sündenfall. Unser Geist träumt und hofft dennoch, er erreiche etwas, er weiß nicht was.

Satan geht zwischen uns. Man darf nicht daran zweifeln. Man lasse sich durch die Helligkeit des Tages nicht betrügen. Auch die Elektrizität gibt nicht das wirkliche Licht, und die Atombombe sprengt nichts.

Aber es gibt den ewigen, gütigen und gerechten Gott. Nur vor ihm wird der Graus verständlich. Wie sehr wir uns von ihm abgelöst haben, wird deutlich. Die Beklemmung, Trostlosigkeit, die Erbärmlichkeit hier ruft nach ihm.

Wie Sonne und Freude als Zeichen und Reste himmlischer Vollkommenheit da sind, so ist der ganze Himmel da, und der ewige Gott, – »Jesus« unter uns genannt, – hat sich einmal in unser Fleisch gesenkt und in diesem wüsten Gehäuse das alte Feuer angezündet.

Nur Gott preisen, nur die Himmlischen loben sollte man, und zuerst diese Bewegung, die uns vor dem Nichts schützt: Jesus von Nazareth, getragen von der süßen Gottesmutter, gelegen in der Krippe, erwachsen, Gnadenspender, Wundertäter, Lehrer unter den Menschen, der sich geradeaus auf das Marterholz hinbewegte, um unsere Gärung und Verfaulung, die menschliche Verwesung aus der Welt zu schaffen. Denn er sah: – wir können uns nicht helfen.

Was kann die Existenz zum Inhalt haben, welche Aufgabe kann sie uns stellen, wodurch die düstere Art unseres Daseins rechtfertigen, – wenn nicht dies: Reinigung, Erhebung, Aufrichtung verschaffen, die Befreiung von dem Bösen vorbereiten, sich lösen aus der Verstrickung, aus der schändlichen Erniedrigung durch den Bösen.

Wohl dem, der mehr hat als seine Augen, mehr als seine Logik und seine Mathematik. Glückselig der, der mühelos reifen konnte. Aber wohl auch uns, die wir Zeit unseres Lebens gefragt, gesucht und geirrt haben, wohl uns, wenn wir auch als Wrack noch in den Hafen einlaufen und am Fuß des Leuchtturms stehen oder liegen, den unser inneres Auge immer erblickt hatte.

Briefe:
»Ich bitte um eine zuverlässige geschichtliche
Prognose, möglichst postwendend!«

Briefe

An Fritz Mauthner

Berlin 24. Oktober 1903

Sehr geehrter Herr Mauthner, gestatten Sie mir die ergebene Anfrage, ob ich mir erlauben darf, Ihnen einen Roman »Worte und Zufälle« zur Beurteilung vorzulegen. Vielleicht, daß den Sprachkritiker eine Arbeit interessiert, die den Widerspruch zwischen dem durchschauten Blendwerk eines Wortes, – »Liebe« –, und der verführenden Kräfte zum Gegenstand hat, welche es auf den metaphysisch versessenen Helden übt. – Wollen Sie mich gütigst benachrichtigen, ob ich das Manuskript Ihnen einschicken oder auch selbst vorlegen darf, – gesetzt daß Sie überhaupt gegenwärtig Zeit für dergleichen haben.

Meinen Dank für Ihre liebenswürdige Antwort voraus. Ergebenst

Alfred Döblin
cand. med. et phil.
Berlin 24, Kgl. Charité.
Unterbaumstr. 7.

An Herwarth Walden

[Regensburg, 22. (?) November 1905]

Lieber Herr Walden,

Sie haben meinen Brief von gestern erhalten. Einen ernsthaften einführenden Prolog kann ich wirklich kaum schreiben; es wäre ein zu deutliches Armutszeugnis; in einen Groteskenabend paßt auch die Mystifikation da besser, wenn Sie etwas haben wollen.

Wie gehts auf den Proben? Natürlich tut es mir riesig leid, daß ich diese außerordentl[iche] Gelegenheit zu lernen nicht benutzen kann. *Macht* sich die Sache überhaupt scenisch recht? Denk schon, es ist nicht simpel. Ich hoffe auf die Intelligenz und das Interesse der Spieler. Aufs deutlichste muß der »Dichter« es herausbringen, worum es sich handelt, wenn er offen den Geistern vis-a-vis steht; bei seiner Flucht von der Bühne muß sein entsetztes Zusammenbrechen plastisch sprechen: es ist der Wendepunkt des Stücks; er tut den ersten Blick in sich, wagt nicht, es sich einzugestehen, was er sieht. Rembrandt hat im Kaiser Friedrichsmuseum ein Bild, das Daniels Vision so zeigt. Hinter allen drohenden und lärmenden Worten des Dichters am Schluß ringt sich durch und versteckt sich diese immer gewissere Selbsterkenntnis, der Ekel, um ganz schließlich vorzutreten im Ruf: Revolver. Lydia und Max in ihrem Wandel sind nicht wenig diffizil zu spielen, denk ich. Das Zwangsmäßige in ihrem Verhalten und Reden, stockend, zögernd, flüsternd, eine vielfache Inkongruenz von Wort und Ausdrucksweise muß hervorstechen. Bis sie ihre Natur gezeigt haben, die hassenden liebenden Bestien, das eisige, lieblose in ihrer Liebe, der Hohn auf Wärme und Zartheit, das Geständnis ihrer »phönikischen« Lust an Krampf und Mord sich abmoduliert. Lydia erst zart, dann ängstlich, erschreckt, entsetzt, schließlich wild, offen und mänadisch. Max aus dem Weichen hindurch zum härteren Ernst; mehr erstarrend, schließlich eigentlich nicht den Anblick eines Handelnden bietend, sondern wie einem Banne folgend, maskenhaft, wenig Bewegungen.

Nun, Sie werden ja die Sache selbst schon wissen. – Warum haben Sie Kalischer abgesetzt? – Betreff[end] mein Stück: sehen Sie überhaupt erst zu, ob es aufführbar ist; streichen Sie, wie ich es in ½ Jahr selbst tun würde, frisieren Sie nach Lust.

Ich sitze hier unter lauter absolut Verrückten. Wahnsinnig interessante Fälle zum Teil. Hab wenig zu tun eigentlich, sehr netter Direktor; bin bis heute noch nicht aus den Anstaltsmauern gekommen seit fast 1 Woche. Ich habe 150 Weiber in meiner Hut; die Anstalt hat 650 Patienten. Ein Bechsteinflügel steht zu meiner Verfügung; meine Collegen musizieren liebl[ich] trivial Zither und Geige – –.

Reichlich ist alles vorhanden, Ochsen, Hühner und Idioten.

»Sonst« gehts mir gut. Muß jetzt grade zur Visite, zum Füttern der Raubtiere.

Viele Grüße, auch Ihrer Frau Gemahlin   Ihr

ADöblin

P.S. Habe zwei½ wunderschöne Tage in Stuttgart verbracht; aber alle meine pecunia ging auch flöten. Aber hier braucht man auch rein nichts zu bezahlen. Grüßen Sie mir Neimann. –

An Herwarth Walden

[Regensburg, 2. 12. 1905]

Lieber Herr Walden,

eben vom Telephon und unserm Gespräche kommend, möchte ich der Vollständigkeit halber noch sagen, daß ich nicht ganz frei sprechen und fragen konnte, weil zwei Kollegen mit mir zusammen in die Portierloge gekommen waren, die auf mich warteten. Ergo: zunächst danke ich Ihnen natürlich, wie auch Herrn Blümner, für Ihre Liebenswürdigkeit, für das Experiment des Managerns.

Nun schreiben Sie mir auch, mußte viel gestrichen werden? Wie verlief die Aufführung? Wie stellten sich die Spieler an? Wie war das Bühnenbild mit den lebendigen Sachen? Welche Gesamtempfindung hinterließ in Leuten, die Sie gesprochen haben, die Sache, grotesk, tragisch oder Mischmasch? Jeh, wie ich mich darüber ärgere, daß man mich beim Namen genannt hat; es waren auch zu viel »Mitwisser« da. Ich habe, wenn ich zu Besuch nach Hause komme, hämische, ironische etc Bemerkungen in Hülle zu gewärtigen, falls man da etwas gelesen hat.

Auf die Kritiken selbst, mögen sie sein, wie sie wollen, pfeife ich, wie Sie ja wissen. Ich schreibe nicht fürs Publikum, sondern zu meinem Privatvergnügen, woran ich einige Anteil nehmen lasse. Die Kritiker mißverstehen einen zum größten Teil auch, wenn sie loben; das Recht zu tadeln vollends haben ganz ganz wenige; ich kenne ja einige dieser Herren. Aber was geht mich das Publikum an?! Ich bin doch überhaupt keine öffentliche Anstalt; Sie wissen, daß ich nicht größenwahnsinnig bin; aber schließlich ist bei allem doch die Sache so, daß man das Volk zuläßt, nichts weiter als zuläßt, wie bei Fürstenbesuchen zum Spalierbilden etc; ich fasse das Publikum nur als dekoratives Element auf, von brauchen ist ka Räd, von Ehrgeiz – na. Erlauben Sie mir schon dieses Perorieren; aber es fiel mir gestern Abend, als ich auf meinem Zimmer allein saß und an mein Stück dachte, das grade wohl vor sich ging, – es fiel mir schwer auf die Nerven, daß ich mich so gewissermaßen in die Fremde begebe, öffentlich tragiere vor einem wahllosen Tanti tutti. Ob ich gestern wohl in Berlin zu der Aufführung gegangen wär?

Ich bin ein undankbarer Herr, gell? Hab so allerhand dunkle Neigungen, meinethalben konstitutionelle Krankheiten. –

Hier bin ich nicht zu sehr beschäftigt; von meinen Patientinnen schreibe ich Ihnen nächstes Mal allerhand; es giebt viel Rätselhaftes da, höchst Erstaunliches, zugleich genug Düsteres und Beschämendes. – Mein Chef ist reizend; die Leute im übrigen gegen den »Herrn Dokter« natürlich devot. Ich vermisse manches, habe aber manches vor Berlin, vor allem Unabhängigkeit, eine selbständige interessante Tätigkeit, Ruhe vor allen Familienbelästigungen. Wie ich Ihnen sagte, werde ich im Januar höchst wahrscheinlich auf 3 Tage nach Berlin kommen; mehr Urlaub giebts nicht. Wir haben im übrigen jeden 2. Sonntag frei, und jeden Mittwoch Nachmittag, dazu jährlich 4 Wochen Urlaub; bei besonderen Gelegenheiten Urlaub bis 3 Tage, sonst Gesuch bei der Regierung. Gestern habe ich mich den vorgesetzten Behörden, dem Regierungspräsidenten etc, vorgestellt; denken Sie sich mal mich als königl. Beamten im Frack bei der »vorgesetzten Behörde«!

Sie machen einen Mombertabend; haben Sie sich schon von Neimann angesehen, was er von Mombert komponiert hat? Ich weiß genau, er hat was von Mombert. – Grüßen Sie mir Ihre Frau Gemahlin; lassen Sie bald etwas von sich hören; herzliche Grüße Ihr

ADöblin

P.S. *Schicken Sie mir das Stück oder eine Abschrift zu;* ich arbeite gerne noch daran, wenn ich Lust hab.

An Herwarth Walden

DR. MED. ALFRED DÖBLIN

Meine Adresse ist:

Feldpost, geschlossener Brief, unfrankiert.

Dr. A.D., Arzt an der Infanteriekaserne

Saargemünd, Hotel Royal

Saargemünd 3. I. 15 Son[n]tag

Lieber Walden,

Du wirst vermutlich diesen Brief erst am 6. bekommen, die Sachen gehen drei Tage, sonderbarerweise, obwohl mehrere Schnellzüge täglich mit 16 Stunden Fahrt laufen.

Nun sitze ich in diesem lothringischen Nest. Ich sehe keine Autos, keine Droschke; ab und zu einen Handwagen, bäurische Leute mit schiefen schwarzen Filzhüten, den langen Shawl halbitalienisch um Hals und Schulter. Kapläne mit dem breiten Jesuitenhut und langem faltigen Rock. Rotbäckige Kinder auf den Plätzen; der breite tonvolle Dialekt, der sich viel Zeit läßt. Ich wohne in einem der drei Hotels an der Bahn; fünfzehn Minuten gradeaus von hier ist das Städtchen ganz durchschritten; draußen liegt unser Lazarett.

Es ist die bayrische Infanteriekaserne, vier längliche Gebäude, weiß getüncht; dazwischen im Carré die Baracken. Diese Kaserne ist für die inneren Kranken (Gelenkrheuma, Lungenentzünd[un]g, besonders Infektionen, Typhus, Ruhr). Alles kommt aus dem Argonnerwald. Metz liegt nicht weit von hier, wir sind in großer Nähe des Operationsgebietes; es heißt alle Augenblicke, es werden für die Stadt hier die Bestimmungen des Operationsgebietes gelten. Geht man in die Umgebung, so hört man die Kanonen sehr deutlich, wie Schläge auf ein Sofa ein pa[a]r Stock über einem bei offenem Fenster; das Schießen kommt wohl aus dem Oberelsaß.

Meine Uniform ist in zwei Tagen fertig, sie ist obligatorisch hier. Ich bin ordinierender Arzt, habe drei Baracken zu je 20 schweren schweren Fällen. Wir sind 12 Ärzte, an der Spitze ein Chefarzt (Stabsarzt); zwei Berliner Ärztinnen sind drolliger Weise auch hier, freiwillig mit besonderem Vertrag, haben auch Stationen wie wir; also die Ärztenot. Man ißt in einem bestimmten Hotel gemeinsam, – ich mache nicht mit, oder nur gelegentlich. Wer soll diese Gesellschaft in der Nähe aushalten. Sie ist grausig; Kleinbürger, die sich gegenseitig beklatschen, Geschwätz unter einander her tragen. Du weißt, daß das Furchtbarste die Gesinnungsschnüffelei ist; das findet man hier aufs Schönste rechts und links; wie soll ich mit meiner Frivolität und Leichtigkeit in diesen Sachen da aushalten.

Auch in anderer Hinsicht ist es nicht sonderlich schön; Militär. Da müßtest Du drunter stecken, dann würdest Du etwas sehen. Unterordnen, aber wem, und worin, und oft wie entwürdigend. Das klingt schön in den Zeitungen; der und der Professor oder Rechtsanwalt tut Dienste als Pferdeknecht, – alles fürs Vaterland. Man sehe sich aber in der Nähe die Motive an, aus denen jene oder diese »Unterordnung« verlangt wird. Diese Eitelkeit, diese unverhohlene Freude am Ducken. Wir Civilärzte oder Landsturmärzte spielen eine scheußliche Rolle; unsere Situation ist ungeklärt. Sechs sind wir hier; das Schimpfen ändert nichts. Aber warne jeden, der sich etwa freiwillig als Arzt melden will, ohne gerufen zu sein. Ich bekomme Einblick in – militärische Naturen –.

Dabei wollte ich Dich übrigens um etwas ganz Besonderes bitten. Wir sind hier mit dem fehlenden Telephon, dem schlechten Briefverkehr etwas auf dem Isolierschemel. Ich erwähnte eben: unsere Lage ist ungeklärt. Ich hatte mich, wie Du weißt, etwa eine bis zwei Wochen vor meiner Abreise freiwillig für Belgien und Frankreich gemeldet. Der ungediente Landsturm meines Jahrgangs 1878 war damals nicht aufgeboten oder gar einberufen in Berlin. Im Moment nämlich, wo mein Jahrgang rankommt, erlischt meine Freiwilligkeit und meine militärische Situation ist geändert. Ich halte es nach meinen jetzigen Erfahrungen für ausgeschlossen, daß ich als Landsturmmann einberufen bin; auch als ich mich auf dem Bezirkskommando in Berlin meldete, sagte man mir, ich unterstünde mit meinem Jahrgang noch garnicht der Militärbehörde, sondern hätte mich dem Civilvorsitzenden der Ersatzkommission Berlin-Lichtenberg zu melden, wenn ich weggehe; dies schrieb man mir dort sogar auf. Hier nun, in Saargemünd wie in Saarbrücken, wo unser Generalkommando das 21. Korps ist, wurde mir bei meiner Ankunft schlankweg gesagt: »Jawohl, in Berlin ist Ihr Jahrgang auch dran; von einem Vertrag, den wir mit Ihnen zu machen haben, ist gar keine Rede, Sie sind Landsturm und als solcher einberufen.« Ich bestreite das. Mir ist davon nichts bekannt. Bitte also: erkundige dich, genau, auf dem Bezirkskommando (Berlin General Papestraße) oder beim Generalkommando III. Armeekorps Lützowufer Berlin oder auch beim Civilvorsitzenden der Ersatzkommission, der Du oder etwa Kurtchen angehört, ob *1878 ungedienter Landsturm schon einberufen ist oder ob ein einzelner dieses Jahrgangs einberufen werden darf aus Berlin.* Es ist, ich zweifle nicht dran, absolut falsch und dient nur dazu, unsere Gehälter zu drücken. Bitte frage auch Jakobi, Dr. Jakobi; der ist ja noch jünger als ich. Gib mir möglichst rasch authentischen belegten Bescheid. Mein Gehalt ist noch nicht geregelt; aber sie sind bei andern so verfahren. Mir liegt sehr viel an dem Geld, das wirst Du begreifen. – Besten Gruß, auch Deiner Frau!

DrDöblin

An Erna Döblin

[um 1930]

Mein Liebes, liebes Ernamann,

   Du schreibst, ich bin ein Hornochse, weil ich die paar Zeilen, die Du gern möchtest, nicht schreibe. Also muß ich mich von diesem Vorwurf befreien. Und was soll ich Dir nun schreiben? Das Einfachste vom Einfachen, und zugleich das Wahrste vom Wahren, und ich sage es in aller Ehrlichkeit vor mir selbst, es geht da kein Fehler aus meiner Feder: Völlig und vollkommen hänge ich an Dir; so völlig, daß ich nicht weiß, was das sein sollte: mich von Dir ablösen. Darum wird mir oft das so leichte Wort: ›Ich habe Dich lieb, Dich gern‹ so schwer. Ich fühle mich doch viel mehr mit Dir als verheiratet. Würden mich alle Dinge mit Dir denn so aufregen? Ich habe ein unvergeßliches Faktum in Erinnerung: als ich einmal vom Hause wegging, wie ich die Yolla kennenlernte – da waren diese Tage so greulich und so unerträglich für mich, daß ich keine Nacht schlief, wie gemartert war ich – als ich wieder zu Hause, gleich die erste Nacht schlief ich fest, Du warst da, ich war zu Hause; es war das Urteil über die ganze Sache gesprochen.

   Du warst und bist für mich ein Stück von mir selbst – manchmal, zu oft haben wir uns gestritten, – was besagt das dagegen, daß ich über eine ›bloße‹ Neigung für Dich empfinde: Liebe, Zusammengehörigkeit, Zugehörigkeit zu mir. Ich habe bestimmt davon gefühlt, daß ich zu wenig Liebe und gute Worte zu Dir sage, daß ich zu wenig Zärtlichkeiten spreche und Dir antue, aber trag mir das nicht nach – ich fühle all das doch, und will mich sehr darin bessern, weil ich sehe, was es Dir bedeutet, ich bin aus einer so verschlossenen Familie. Ich will zarter und lieber auch äußerlich, auch mit Worten zu Dir sein, Erni – (und vergiß nicht meine blöde Erregtheit, für die ich nichts kann). Ich war, seit ich Dich kenne, Dein und will es immer bleiben, und Du bist mein. –

   [Hier bricht das Ms. ab.]

665

An Ferdinand Lion

Zürich Gladbachstr. 65, 28. IV. 33

Lieber Lion,

ad I: haben Sie schon mein »Unser Dasein« erhalten? Ich habe in Berlin eine Liste hinterlassen, auf der Sie auch stehen, habe aber festgestellt, daß nicht alles ausgeführt wurde, besonders Auslandssendungen. Bitte orientieren Sie mich gleich.

ad II: wie gehts Ihnen? Was macht Ihre Arbeit? Wie weit sind Sie mit der Reinschrift? Und wie stehts mit dem Druck? Es ist ja jetzt so eine Sache im Lande. Am 10. Mai ist autodafé, ich glaube, der Jude meines Namens ist auch dabei, erfreulicherweise bloß papieren. So ehrt man mich. Aber die Sache hat doch zwei Seiten: nämlich wie wird es später sein, in 1 Jahr, in 2 Jahren, wann wird die »Gleichschaltung« der Verlage erfolgen? Arzt kann ich nicht mehr sein im Ausland, und schreiben wofür, für wen? Ich mag über dieses fatale Kapitel nicht nachdenken. Was meinen Sie? Rätselraten.

ad III: mein Buch geht avanti. Eine große Hälfte ist überwunden, ich bin in Konstantinopel, und je nach dem Ort, an dem ich lande, (ich meine real) wird das Buch enden in Berlin, Zürich, Paris, London, Straßburg. 75% stehen auf Paris. Ja, ich alter Germane, Pommer. Aber – vielleicht ist mir ein Schuß Paris gesund (ich meine natürlich ein bildlicher Schuß)? Was meinen Sie zu dieser Perspektive? (Was wirtschaftlich mit mir wird, wissen die Dämonen, deren Namen ich nicht nenne).

ad IV: Wir leben bescheidenst, 3 in 1 Zimmer, Wolf, der hier Mathem[atik] studiert, in 1, meine Frau macht alle Mahlzeiten selbst bis auf das Mittagessen. – Ich bitte um eine zuverlässige geschichtliche Prognose, möglich postwendend! Sehr herzlich Ihr

DDöblin

An Bertolt Brecht

28. I. 35 (Neue Adresse!) 5, *square Delormel*
Paris 14ᵉ

Lieber Brecht, es ist keine so einfache Sache, von Paris nach Dänemark zu kommen, und ich muß es leider bis auf Weiteres
durchaus ins Gebiet der Emigrationsphantasie verweisen. Sicher
lebt man da billiger, gesünder, aber ich habe 4 Jungs und liege
stark, aus materiellen Gründen, in ihrem Schlepptau, denn das
werden (wenigstens 3) bestimmt Franzosen, der Kleine spricht
schon kläglich deutsch, die anderen sind auf französ[ische] Car-
rieren (Mathematik der eine, der andere allerdings freier im Handel) eingestellt und da nützt einem Dänemark nichts (obwohl
das Ganze für mich mit meiner Abneigung gegen andere Sprachen ein ganz saurer Apfel ist). – Ja Ihr Buch hat mir größten
Spaß gemacht, sowohl ich wie zwei meiner Jungs haben vergnügt
drin gelesen, ich habe auch einen deutschen jungen Mann gesprochen, der mich entschieden mit meiner gesamten Produktion abwies und besonders für Ihr Buch optierte, – das sind
unsere Stimmen, was sagt nun der Verleger? Das ist ja jetzt die al-
lerdringlichste Frage. Meiner, wenigstens mein Buch betreffend,
schüttelt sämtliche ihm zur Verfügung stehenden Köpfe; er hofft
jetzt (der eitle Träumer) auf mein neues kleines Buch (»Pardon
wird nicht gegeben«), das sicher (sicher!) reussieren wird, es geht
nichts über die religiöse Überzeugung bei Geldgebern (wir müssen den Verlegern die Religion bewahren). Jedenfalls hat er schon
erheblich weniger vorausbezahlt als das erste Mal, und geht es so
weiter, so wird ihn die Depression übermannen und er wird mich
anpumpen. Ja, lieber Brecht, wir gehen herrlichen Zeiten entgegen, und da Hitler immer neue Triumphe hat und kriegt, so werden wir in absehbarer Zeit wohl einen Berufswechsel vornehmen
müssen, etwa vom Lebenden zum Toten, (was Andres fällt mir
zunächst nicht ein, wissen Sie was? verraten Sie es mir, Gott lohn

es Ihnen!) Im Übrigen sieht und hört man hier nichts von der Welt, aus den Briefmarken und Straßenausrufen ersehe ich, daß hier Frankreich ist, Gott weiß, was ich, ausgerechnet ich hier zu suchen habe, aber wer kann alle Geheimnisse enthüllen? – Lieber Brecht, alles Gute Ihnen und Ihrer Familie! (Grüßen Sie Korsch!)

Ihr Dr.Döblin

An Thomas Mann

4.5.35 5, square Delormel
Paris 14ᵉ

Für Herrn Professor Th. Mann zum 6. Mai 1935

Sehr geehrter Herr Mann, wir stehen in einer kriegsähnlichen Zeit. Sie ist sogar mehr Krieg für uns als der frühere, wo wir als unbekannte Soldaten dienten. Jetzt hat sich der Boden unter uns bewegt (»Standortverschiebung«) und wir achten nun erst – oder schärfer als vorher – darauf, wo wir gestanden (oder geschwankt oder gelegen?) haben. –

War das von früher, von drüben, nun gut? Ich finde nicht. Die Situation heute demonstriert es. Man war wenig, schien etwas, konnte nichts sein. Das machte der Fels, der Standort, auf dem wir ruhten (bezw. schlafen durften). Man bekam seine erbärmliche Rolle von denen, die sich Bürger nannten, ohne es zu sein, aufgehalst, wofür man bezahlt und dekoriert wurde.

Keine neuen Erkenntnisse. Die Erfahrung, das Erleben macht sie nur deutlich, plastisch. Und welche Schlüsse sind zu ziehen? Ich lese jetzt, (nachdem ich endlich französisch zu lesen gelernt habe) viel Voltaire. Der Mann kannte seine Zeit und die Aufgabe der Literatur. Heute »dichten« wollen heißt kneifen. Zum Teil können wir nicht anders, man ist wie die Schale von einem schon toten Tier. Immerhin, man tut was man kann. Ich bin, quant à moi, lieber hier draußen tot als drin »lebendig«.

Es freut mich, Herr Mann, Sie draußen zu sehen. Sie haben es schwerer als ich, der ich Jude bin. Ich wünsche Ihnen zum 6. Mai alles Gute!

Ihr Alfred Döblin

An Thomas Mann

5, square Delormel, Paris 14e 23. V. 35

Sehr geehrter Herr Mann, vielen und herzlichen Dank für Ihren Brief, und Sie verzeihen mir, daß ich zu falscher Zeit mich mit meinem Glückwunsch einstellte, es hat jedenfalls den Vorteil gehabt, daß Sie mir bald ein Zeichen geben konnten, was voraussichtlich nach dem 6. Juni so bald nicht möglich sein dürfte. – Nun, Sie schrieben von Lion. Die Sache zwischen ihm und mir ist ja wieder in Ordnung. Es war so: Lion hatte der »Sammlung«, noch *vor* dem Erscheinen m[eines] letzten Buchs, abgelehnt darüber zu schreiben; er begründete das mit persönlichen Differenzen mit der »Sammlung«, ich hab es nicht recht kapiert und fand, daß er meine Lage begreifen müßte, da ich jetzt gänzlich ohne eine kritische Hilfe bin (eigentlich auch immer war, jetzt aber noch mehr), – denn die Emigranten sind teils »Demokraten« und »Juden«, die mich immer nur »soso« passieren ließen, es war die natürliche Antwort auf meine Abneigung gegen sie, die weder Demokraten noch Juden sind, – teils sind es Kommunisten, mit denen ich in Deutschland auf Hieb und Stechen stand. So also, wie ich voraus wußte, verlassen, in Deutschland verboten (der Fischerverlag bekam besondere Anweisung, meine Werke, jedenfalls die hauptsächlichen waren genannt, nicht zu vertreiben) – da verhält sich Lion so, wegen privater Kinkerlitzchen. Später begründete er es damit, daß ihm das Buch auch nicht gefiele. Das ist nun gar kein Argument. Denn heute giebt es gar kein »Gefallen« oder »Nichtgefallen«, sondern Stehen oder Nichtstehen zu einem Mann. Das warf ich ihm vor. Und hielt ihm, Sie anlangend, noch vor, daß er doch über Sie schreiben konnte; sollte das nun, bei seiner mir lange bekannten Antithese zwischen Ihnen und mir, ein Entscheid gegen mich sein? Eh bien, akzeptiert. Und so stand es. Aber inzwischen schrieb er, klärte möglichst auf, mein Ärger war verflogen, es ist quasi alles wieder in Butter. – (Er hat dabei eine drollige Formel gebraucht: er sei ⅔ für Th. Mann und ⅔ für mich; sehr niedlich, nicht wahr, echt Lion.)

Nun lassen Sie mich, Herr Mann, etwas zu den Dingen sagen, die uns Alle angehen und die Sie in Ihrem Brief berührten, Thema Deutschland von heute. Es ist sehr schön, daß Sie glauben, das »Schicksal« dann drüben werde sich »verhältnismäßig rasch« erfüllen. Kann sein. Ihr Wort in Gottes Ohr. Aber meinen Sie wirklich, es sei nichts geschehen und nach Hitler sei wieder das alte Deutschland da? Was so viel beklemmender ist als der ganze Hitler, ist, daß er (scheint mir) den Deutschen wie angegossen paßt; – den »Deutschen«, da muß ich sagen, der vorangehend herrschenden demokratischen, liberalen etc. Schicht. Die ungeheure Armseligkeit, Schwäche, ja Nichtigkeit der Sozialdemokraten und Liberalen hat sich gezeigt, ihre reale und moralische Nullität, – unter einem Fußtritt dieses Slowaken sind sie zerfallen. Das waren unsere Bürger zu einer Hälfte. Zur anderen waren sie Anbeter und Schleppenträger der Militärs und der alten Feudalität. Unsere Literatur ging entweder den einen oder den anderen Weg, denken Sie an Akademiesitzungen, – und was nicht da war, war die kämpfende Moral, das nationale Gewissen, die Träger der Freiheit und (verstaubtes Wort) der Menschenwürde. Mit fliegenden Fahnen ging man zu Hitler, nämlich zum Machtrausch und anderen Räuschen, – und was hat also unsere Literatur geleistet? Ich finde (ich nehme mich nicht aus): wir haben unsere

Pflicht versäumt. Man hat mich hier neulich aufgefordert, zum 10. Mai, Tag des »verbrannten Buchs«, irgendwo zu sprechen; ich lehnte ab mit der Begründung: jedenfalls meine Bücher sind mit Recht verbrannt. Ich klage uns nicht zu bitter an, denn ich weiß, wir waren gänzlich ohne Schutz und Hilfe. Der Staat sabotierte dauernd seine Selbstrettung. Eine gutmütig schwache Person wie Grimme im Kultusministerium in dieser Zeit war eine tolle Sache. Wie ist man mit uns, die wir eine Revision der Schulbücher gegen nationalistisch-militären Geist vornehmen wollten, eben dort umgegangen, geradezu höhnisch. Hitler war schon jahrelang vor 1933 an der Macht. Wie soll also sein Regime stürzen? Ich denke, Sie haben da etwas Richtiges und Treffendes gesagt: er fällt dadurch, daß er absolut wird. Ich höre von Reisenden: in Deutschland sei etwas Neues fühlbar, was es noch nie gab, nämlich veritabler Haß. Nun, das wäre in der Tat eine Novität. Es verspricht, für den Fall es einmal gegen ihn und seine Bande, die den üblen deutschen kleinen Mittelstand an die Macht gebracht hat, geht, zu einer wirklichen Umwälzung an Haupt und Gliedern zu führen. Jedennoch –: das wird lange brauchen –.

Inzwischen können wir Älteren nichts weiter als unser Garn spinnen, wie bisher. Sie haben recht. Wir können ja nichts anders. Aber vielleicht kann man doch mehr, auf geistige, moralische Weise, seine Politik in der Schrift unterbringen, schärfer härter offener als früher. Ich höre, bei den Linksradikalen geht eine Wandlung (wahrhaftig, eine innere) vor sich; die Debatte auch in der »Sammlung« ist ein Reflex davon; in Paris ist im Juni ein »internat[ionaler] Schriftstellerkongreß«, der »Humanismus« und »der Mensch« auf der Tagesordnung hat, den Herren dämmert langsam etwas. Wer Sturm will, muß Wind säen. (Interessieren Sie sich für die Judenfrage, die ja auch diese Bande schmerzlich aktuell gemacht hat? Das ist, seit ich aus dem Land bin, eigentlich mein tägliches Arbeitsgebiet. Wir haben hier den alten »Territorialismus« wieder aufs Tapet gebracht (das ist:

Freies Land dem jüdischen Volk) »Wir«, das heißt eine Zahl Ost-
juden und ein pa[a]r Westliche. Ich habe zwar nicht französisch,
aber jiddisch, lesen und schreiben, gelernt. Ich werde Ihnen eine
Nummer unserer Zeitschrift »Freiland«, deutsch, nächstens zugehen lassen. Die Judenemancipation tritt in ein neues Stadium).

Und nun will ich mich für heute von Ihnen verabschieden. Es
soll mich wirklich freuen, mit Ihnen weiter, soweit es Ihnen Zeit
und Laune erlaubt, in Correspondenz zu bleiben. Seien Sie versi-
chert, Herr Mann, ich weiß, daß wir ganz centrale geistigmorali-
sche Interessen haben, gemeinsam, obwohl wir mit verschiedener
Erbschaft belastet sind. Es grüßt schönstens Sie und Ihre Familie, in
Zürich, – um welche Stadt ich Sie beneide, sie ist so bequem – Ihr

Alfred Döblin

An Hermann Kesten
METRO-GOLDWYN-MAYER PICTURES   [Hollywood]
                                           Donnerstag 24. Juli 1941

Lieber Kesten, dies ist ein maschinengeschriebener Brief, ich
uebe, die Maschine steht in meinem Officeraum, und da tippe
ich eben und Sie verzeihen die Fehler. Sie haben sich da aufs Land
begeben und fuehlen sich da unglücklich? Sie schreiben nicht
naeher, und ich weiß nicht, was Sie denn aufs Land trieb, die New-
yorker Hitze? Land ist fast immer greulich und nur für eiserne
Nerven zu ertragen. Die Nervenaerzte schicken immer ihre Patienten raus, um sie sich frisch zu erhalten. Und Sie arbeiten schwer
und sind ohne Geld, – ja, ohne Geld kann man doch auch sein,
ohne dazu noch extra zu arbeiten, denke ich. Fuer ohne Geld
wuerde ich nicht schwer arbeiten.

Lieber Kesten, arbeiten Sie denn nun wenigstens was Richtiges und zwar nach Ihrem Geschmack? Ich denke da an mich: ich habe hier in dem office zu sitzen und muss Raubbau an meinem Gehirn ueben und Storys »erfinden«, dass sich Gott erbarm. Jetzt läuft ja der Vertrag auch nicht unbegrenzt und da muss man was abliefern. – Ueblen Stuss, aber ich kann ihn doch nicht uebel genug machen. Goetter sind hier ein gewisser Reisch, auch Froeschel ist gross, und Franz Schultz (von Lustig hoere ich nichts). Jeder von uns murkst hier so rum, und man kanns den Goettern nicht gleich tun. Sonst arbeite ich nichts. Ich hatte ja einen »Robinson in Frankreich« geschrieben, er liegt wohl noch bei Bermann, aber wer soll heute das drucken, – obwohl es nur ein persoenliches Buch geworden ist. Ich glaube nicht, dass man gleichzeitig Herrn Louis B. Mayer und der eignen Arbeit dienen kann. Voilà eine Sklaverei. Es ist keine Prostitution, denn ich bin nicht anwesend bei dieser Art verlogener Druckserei.

»Wenig Hoffnungen«, schreiben Sie. Stimmt. Hoffnungen äussert hier nur Feuchtwanger. Das ist ein Ultraoptimist. Confus. Als ich ihm neulich sagte, dass ich jede Diktatur ablehne, und die von links nicht weniger als die von rechts, da meinte er, ich brauche nichts zu fuerchten, im Links-Deutschland wuerden Heinr[ich] Mann und – er, L. F., bestimmen, was gedruckt wuerde und was nicht. Da haben Sie nun doch eine Hoffnung, lieber Kesten. – Gelegentlich sehe ich hier Markuse, er haelt einen populaeren philosoph[ischen] Kurs, montags, jetzt schliesst er. Als wir neulich den 70. Geburtstag von H. Mann feierten bei der Salka Viertel, war es wie einstmals: Th. Mann zueckte ein Manuskript und gratulierte daraus, dann zueckte der Bruder sein Papier und dankte auch gedruckt daraus, wir sassen beim Dessert, etwa 20 Mann und Weib, und lauschten deutscher Literatur unter sich. Da waren noch Feuchtw[anger], Werfel, Mehring, die Reinhardts, einige vom Film. – Der Krieg sieht nach sehr grosser Laenge aus. Ich sage nichts voraus, vielleicht vertraegt sich Stalin wieder mit

Hitler, nichts ist unmoeglich. – Erzaehlen Sie doch mal mehr von Ihrer Arbeit. Ich waere gern in Newyork. F. Lion ist in Nizza, seine Freunde Jakobi besuchten uns neulich. – Herzliche Grueße Ihnen u[nd] Ihrer l[ieben] Frau Ihr

[gez.] Alfred Döblin

An Elvira und Arthur Rosin

<small>LOEW'S INCORPORATED STUDIOS</small>   17. 9. 1941

901, Genesee Ave,

Hollywood (Calif)

Liebe Rosins, eine Woche etwa habe ich einen Brief an Sie vor und verschiebe ihn dauernd. Es ist ein Brief, den ich Ihnen nach einem ziemlich konfusen und ganz aufgeregten Brief von Peter schreiben wollte. Nun will ich es aber tun.

Peter schreibt, er hätte mit Ihnen über seine religiösen Dinge gesprochen, die ich ja kenne, die sogar nach Gesprächen hier in Hollywood stärker in ihn gekommen sind, – und er hätte da bei Ihnen eine ganz schlimme Reaktion erlebt. Sie, liebe Frau Rosin, hätten – ich weiß nicht, ob in Bezug auf Peter oder auf mich – von »Verrat« gesprochen; nach einer sehr erregten, nicht langen Debatte, schreibt Peter, hätte er sich gradezu »herausgeworfen« gefühlt. Was daran richtig ist, kann ich, da mein alter Peter der Referent ist, nicht exakt wissen. Lassen Sie mich zur Sache jedenfalls etwas sagen.

Es tut mir furchtbar leid, daß Peter irgendetwas überhaupt gesagt hat. Es ist falsch, es ist unrecht, ich habe es ihm jetzt noch mit aller Deutlichkeit und unmißverständlich mitgeteilt, und er hat es, wie er mir nun mitteilt, auch begriffen. Religion ist Privatsache; wie er sich mit gewissen Dingen abfindet, möge er gefälligst bei sich behalten, und um so mehr dann, wenn die Mitteilung, wie in diesem Fall, Ärgernis erregen oder mißverstanden werden kann.

Ich selbst, das ist richtig, beschäftige mich jetzt (wie seit ca 2–3 Jahren) stärker, im Anschluß an Kierkegaard, mit christlicher Mystik und Philosophie. Sie haben ja vielleicht schon in meinem Band »Bürger u[nd] Soldaten 1918« (Figur Becker, Tauler) Einiges davon gefunden; es tritt noch breiter in dem unveröffentlichten 2. Band hervor. Es ist nichts weiter als meine (oder im Grunde die allgemeine) ewige Unterhaltung über das »Ich« und »die Natur«. Soweit dies meine ständige Gedankenlinie ist, liebe Frau Rosin, reden Sie bestimmt nicht [von] »Verrat«, dessen bin ich sicher.

Würde ich mit irgendwelcher christlicher Haltung und entsprechenden Worten an die Öffentlichkeit treten, und gar jetzt, so würde das ein »Verrat« sein, nämlich an dem, was ich ja auch bin, am Jüdischen. Tue ich das? Tat ich das? Es ist mir unbekannt. Das Erzählen von Peter tut mir leid, ist ärgerlich, ja gefährlich, es ist mir ein Greuel. Ich habe vom Jüdischen immer die gleiche Auffassung, und da hat sich nichts geändert: wir sind ein in voller Auflösung und Einschmelzung befindliches Volk. Die jüdische Religion ist eine Nationalreligion. Und so wenig wir – Sie so wenig wie ich – uns noch als jüdisches Volk fühlen, so wenig paßt auf uns und für uns die alte jüdische Religion. Tatsächlich hatten wir, liebe Rosins, auch nie Anlaß, uns über die Religion als solche zu unterhalten; es schien mir nicht, als ob Sie jüdisch »fromm« wären, jedenfalls hatten wir keinen Grund, das zu diskutieren. – Warum, frage ich mich nun ernstlich, sind Sie beide, denen ich ehrlich freundschaftlich und herzlich zugetan bin und die ich persönlich wirklich liebe – und wie wenig Menschen hat man, besonders jetzt, mit denen man solchen Zusammenhang hat – warum sind Sie plötzlich wegen einer – im Grunde absolut nicht geänderten – Gedankenrichtung in mir böse?

Würde ich, was gar nicht der Fall ist, heute oder morgen katholisch oder protestantisch werden, warum sollte ich es nicht, – wofern es »in meinem Busen« bleibt? Es wird jetzt bekannt, daß der Philosoph Bergson, bekanntlich ein Jude, schon jahrelang Katholik war; er behielt es aber als seine Privatsache bei sich und wußte, daß in dieser Zeit ein Hervortreten damit bedeuten würde, dem eigenen Volk in den Rücken fallen. Meine Verbindung mit dem jüdischen Volk war sogar in den letzten Jahren politisch aktiv, – und ich bin öffentlich 1000 × als Jude hervorgetreten, obwohl ich ja schon 1912 in Berlin, also vor dem ersten Krieg, aus der Jüdischen Gemeinde und Religion ausgetreten bin, – was Sie im »Jüd[ischen] Lexikon« etc gedruckt finden können. Trotzdem – bin ich damit nicht in ein Versteck gegangen; weil es um Kampf ging, war und blieb ich Jude. Und so jetzt, – und wenn ich durch meine Betrachtungen philosophischer Art gedrängt werde, Buddhist zu werden. – (Hier in Hollywood sind zahlreiche amerikan[ische] Juden Anhänger der »christian science«.)

Liebe Rosins, das habe ich recht unvollständig und vielleicht noch dazu unklar hingeschrieben. Ich glaube jetzt eigentlich, alles, was Peter da schrieb, war mißverstanden oder übertrieben.

Lassen Sie mich noch anfügen, daß man sonst friedlich lebt (wahrscheinlich meine letzten Wochen bei M. G. M.; man wird wohl unsere Verträge nicht erneuern; Heinrich Mann ist schon gekündigt). Ich hoffe bald Gutes von Ihnen zu hören! Mit den herzlichsten Grüßen Ihr

DDöblin

An Thomas Mann

20. August 1943.
1347 North Citrus Ave.
Hollywood (Cal.)

Sehr verehrter Herr Professor,

ich habe eben noch einmal die schönen, aufmerksamen und sorgfältig formulierten Sätze gelesen, die Sie, im Hinblick auf mich, für die kleine Feier am letzten Sonnabend niederschrieben; sie beschämen mich (wie das Ganze mich beschämt hat; ich bin gegen Tadel und Angriff fest, aber Lob ertrage ich schlecht; ich habe immer das Gefühl, dabei ausrücken zu müssen). Sehr konform bin ich mit Ihnen in dem, was [Sie] zu dem Roman als Kunstform sagen. Unser deutscher Roman ist wirklich in keiner Weise dem »Roman« im engeren Sinne ähnlich, den die romanischen Länder hervorbringen (charakteristisch für sie der klassische französische Roman der 300 Druckseiten, ein subtiles preziöses Gebilde, ein wirklich gelungenes Ding, ein Juwel; aber auch hier sind Balzac und Zola darüber hinweggegangen).

Wir stehen mit dem europäischen Roman in demselben geistigen Raum, in dem sich die großen Umwälzungen, geistige und politische und materielle, vollziehen; und »nah beieinander wohnen die Gedanken«. Im Unterschied aber von anderen Strömungen drängt es sogar in der Prosalitteratur jetzt auf »Kunst«, auf »Dichtung«, auf eine Überwindung des Naturalismus und der bloßen Gegenständlichkeit. Die Frage der Normen wird auch wieder akut. (Hiermit können aber nicht unecht gewordene, schwach gewordene alte Normen und Formen gemeint werden, – was der Irrtum Stefan Georges war; was im französischen Kreis für Mallarmé galt, paßte nicht für das breite wogende und von keinem dictionnaire dirigierte Deutschland.) Ihr Josephroman geht ja auch, gleichfalls unbekümmert um pseudopolitische Tagesansprüche, seinen Weg, ein Gedanken- und Figurengebilde, bewußt gesteigert und im dichterischen hohen Raum (mir besonders nah durch seinen Humor, der mit dem feierlichen Ernst Hand in Hand geht.) Wir gehen alle, die wir deutsch schreiben und von der deutschen Sprache genährt werden, den gleichen Weg, von verschiedenen Seiten her, – zu den »Müttern« des alten Faust.

Es dankt Ihnen nochmals, und grüßt Sie und Ihre Frau Gemahlin ergebenst Ihr

Dr Alfred Döblin

An Elvira und Arthur Rosin

[Hollywood, 2. 5. 1945]

Liebe Rosins, auch von mir schönen Dank für Ihre Worte betreffend unseren guten Wolfgang, der also schon lange diese Welt verlassen hat. Er war jung, ernst, bemüht und hoffnungsvoll; er hatte, beinah sicher, eine Karriere vor sich, der Krieg war für ihn fast schon zu Ende –, dann dies. Jetzt fragen wir uns öfter, nachdem wir den Schock überwunden haben: ob er es nicht so doch besser gehabt hat als den Nazis in die Hände fallen; die französ[ischen] Gefangenen, soweit sie überhaupt zurückkehren, scheinen sich in einem üblen, hoffnungslosen, lethargischen Zustand zu befinden, auch viele körperlich leidend. – Sie haben also den Jüngsten, Etienne, gesehen; er hat Ihnen beiden gefallen, das freut uns. Er ist der Benjamin, er blieb die trüben Jahre über bei uns, er ist geistig und dem Charakter nach sehr gut gediehen; ich finde, er ist (zu seinem Vorteil) sehr amerikanisiert, und ich hoffe, er verliert das. Nun warten wir auf die Nachricht, daß er drüben gut angekommen ist und daß sich drüben wenigstens die beiden Brüder finden.

So erleben wir denn jetzt, wenn auch noch nicht das Ende dieses Krieges, so doch den Sturz des Nazitums. Geht es Ihnen so wie mir: ich kann mich beinah kaum darüber freuen. Daß diese Bestie endlich daliegt, gut; aber was hat sie angerichtet. Den andern Verbrecher, in Italien, hat man auch zur Strecke gebracht. Wenn nun doch ein allgemeiner belebender Wille entstünde, wenn wir nun doch einen Sturm von Freiheit und menschlichem Gefühl, Schmerz und Solidarität erlebten. Aber kaum etwas davon. Eine neue Zeit, eine neue weltpolitische Periode bereitet sich vor, die Mächte gruppieren sich neu, eine lange Schwächeperiode (Gott sei Dank) steht in Aussicht; welch Schlag für uns, daß Roosevelt hinging, – es fehlen Stimmen. Aber vielleicht krabbelt man sich zurecht; wir hatten eine greuliche Zeit der »großen« Männer; vielleicht findet sich die Menschheit, ungestört von den schändlichen Herren, besser zurecht. Mein persönlicher Bedarf an historischen Ereignissen ist nun völlig gedeckt, – Ihrer wohl auch. Immerhin zeigt sich wieder einmal: zuviel Heldentum macht sich auch für die Helden schlecht bezahlt; am Schluß hängt man sie an den Hammelbeinen auf (man sollte eigentlich gleich damit anfangen). Hören Sie aus Italien? Ich habe interessante Briefe aus Rom gelesen (der Hunger und die Unordnung scheinen enorm zu sein, vom politischen Chaos nicht zu reden; aber das wird nun doch rasch besser werden. Apropos schicken Sie Pakete herüber? Es kommt faktisch an. Wenn Sie schicken, denken Sie auch mal an unsere Jungs in Frankreich und schicken ihnen eins, unter der Adresse von Claude Doblin, Hotel Lausanne, Nice). Vielleicht ist in einigen Monaten das Exil zu Ende, – und was kommt nachher? Das Leben eine Serie von Abenteuern.

Herzlichst Ihnen beiden Ihr Alfred Döblin

An Bertolt Brecht

Adresse. ADoblin GMZF-DGAA (Edu)
S. P. 50403 BadenBaden
(french zone Germ)   Baden-Baden 25. 11. 45

Lieber Brecht, da bin ich also seit ca 2 Wochen hier, sitze in einem
Büro und Amt und habe zur Zeit die Aufgabe, eine richtige litte-
rarische Zeitschrift auf die Beine zu stellen, deutschsprachig natürlich, die zunächst einmal in größeren und mehr weniger geschlossenen Proben im Lande zeigen und vorführen will, was
man draußen gearbeitet hat, wer da ist, und dazu die Produktion
im Lande, soweit man sie findet; also die gegenwärtige deutsch-
sprachige Litteratur, wo auch immer sie sitzt, mit alleiniger
100% er Ausschließung alles Nazistischen oder Profaschistischen.
Lieber Brecht, ich brauche Sie, für Lyrik und Dramatik, und Sie
sollen Platz finden. Der Hunger nach geistiger Nahrung ist ebenso
groß wie die Ahnungslosigkeit (begreiflich nach der Absperrung)
und die Desorientierung. Es muß hier alles umgeprägt werden,
und man ist willig. Überall Ansätze und Projekte von Z[ei]tungen,
von Verlagen, alles noch nebulos und durch die Verkehrsnot ge-
hemmt (gesprengte Brücken, langsamer Post- und Eisenbahnver-
kehr; aber die Post geht principiell durch alle Zonen, wie auch die
Mark überall gilt). Diese kleine Stadt hat kaum gelitten, das Kur-
theater spielt billige Provinzstücke; die größeren Bezirke haben
eigene Einblatt-tageszeitungen, in Neustadt Schwarzwald bereitet
Reifenberg von der Fr[an]kf[urter] Zeitung eine Halbwochen-
sch[ri]ft vor, welche sich zur neuen Frkf. Zeitung auswachsen
soll. Die Läden teils geschlossen, teils recht leer, fast kein Buch zu
kaufen, nur Kunstbücher und antiquarische Fetzen. Es wird sich
da bis zum nächsten Jahr und in ihm vieles ändern, zum Bessern.
Ich hörte nichts von der russischen Zone; noch immer sollen
Menschenmassen von Osten nach Westen zur Repatriierung flu-
ten; diese schreckliche Wanderung ist noch nicht zu Ende. In der

Züricher Zeitung las ich einen gut belegten Aufsatz über die Seuchen und das Sterben in der Mark; die Zahlen sind erschütternd; es erinnert an den 30jähr[igen] Krieg. In dieser Zone sind die meisten Schulen geöffnet, die Univers[itäten] Freiburg u[nd] Tübingen geöffnet, man hat provis[orische] Schulbücher (aus der Schweiz) und Schulhefte. – Es ist auch nicht leicht in Paris. Wieviel Zerstörung sah ich beim Durchfahren des Landes; sehr schmal sind die Zuteilungen für die Pariser; das Elend betrifft ganz Europa. In den 3 Wochen, die ich mich in Paris aufhielt, fand ich als das Schlimmste die Kälte: einlogiert in Räumen wohnen, die nicht heizbar sind. Ich legte mich manche Nachmittage einfach ins Bett. Meine Frau wohnt jetzt noch da, mit Stefan (der arbeitet u[nd] verdient, aber was lernen soll); (Adresse chez Tonnelat, 95 bld Jourdan, Paris XIV.), sie reist zur Zeit nach den Vogesen zum Grab unseres Jungen, dann nach Nizza zum Besuch des andern. Ich wohne in einem winzigen Studentenzimmer (aber geheizt), esse mit den andern (recht gut u[nd] ausreichend); Privatleben, auch Schreiben, z. Z. beiseitegelegt. Lieber Brecht, antworten Sie mir mit einer principiellen Zustimmung sofort, sehen Sie bitte auch, daß die andern dort (ich schrieb auch n[ach] New York) davon wissen u[nd] mir zustimmend schreiben. Bald hören Sie dann Details über techn[ische] Dinge.

Herzlichst Ihnen, der Helly und den Kindern Ihr

Alfred Döblin

An Heinrich Mann
[Diktat]   Baden-Baden, den 14. 10. 46

Lieber Herr Mann!

Es ist schon lange her, daß ich Ihnen das letzte Mal schrieb. Die Arbeit mit der Zeitschrift ging in den letzten Monaten nicht recht vorwärts. Es sind nicht die geldlichen Schwierigkeiten, sondern vor allem die praktisch-technischen. Nichts stand zur Verfügung. Wir haben das alles nun überwunden, aber es kostete Nerven. Die erste Nummer der Zeitschrift, welche den frohen Titel »Das Goldene Tor« führt, ist am 1.10. erschienen. Sie geht Ihnen mit gleicher Post zu. Das läuft natürlich viel langsamer als dieser Luftpostbrief. Sie finden in dieser Nummer Ihren Beitrag »Abschied von Europa«. Ich danke Ihnen schönstens für diesen schönen Beitrag. Das Honorar dafür steht Ihnen hier im Lande in Mark zur Verfügung. Sie können darüber verfügen.

Es würde mich nun sehr freuen, nachdem nun das Ganze in Schuß ist, wenn Sie mir für eine oder andere der nächst folgenden Nummern wieder einen Beitrag zur Verfügung stellen könnten, und zwar liegt mir besonders an einem Stück aus einem Roman von Ihnen. Es kann auch ein Stück aus einem älteren sein, den Sie in Deutschland noch nicht publizieren konnten, aber vielleicht ziehen Sie etwas in Essayform vor. Das Rarste jedenfalls sind im Lande nicht die Essays, sondern Erzählungen. Danach kann man mit der Laterne suchen.

Wie geht es Ihnen im übrigen, lieber Herr Mann? Wohnen Sie noch in der Wohnung, die ich kenne? Arbeiten Sie sehr fleißig, und was? Ich selbst habe neben meiner vielen dienstlichen Arbeit eben einen großen neuen Roman beendet, betitelt »Hamlet«, den ich jetzt abschreiben lasse. Ich lebe hier allein in Baden-Baden, einer meiner Söhne ist in New York geblieben, zwei sind in Frankreich mit meiner Frau, die auch hier war für einige Monate, aber nicht hier bleiben wollte. Sie zog Paris vor, was ich verstehen kann. Die französische Zone hier ist am meisten kulturell, sowohl in Zeitungen und im Zeitschriftenwesen, in der Bücherproduktion, wie im Schul- und Unterrichtswesen. Die materiellen Umstände im Lande lassen nicht zu, daß die kulturellen Dinge, die man plant und ausführt, nicht oder noch nicht so recht durchschlagen. Alles braucht seine Zeit. Man hat Widerstände vor sich. Wie gut wäre es, wenn man von den exilierten Schriftstellern und Intellektuellen noch mehr hier hätte, die eine andere Mentalität ausstrahlten. Noch niemals gab es eine solche Verarmung an Schriftstellern, ich meine an richtigen Schriftstellern, wie jetzt im Lande. Die 12 Jahre Naziregierung wirken sich aus. Sie haben das allgemeine geistige Niveau sehr tief gesetzt.

Ich möchte Ihnen bei dieser Gelegenheit gleich auch einen Plan unterbreiten. Wir müssen etwas dazutun, um dieses Niveau zu heben und besonders andere geistige Produkte in das Land hereintragen. Es fehlen dauernd die Werke derer, die verjagt wurden. Wir haben vor, uns an eine Anzahl der Exilierten und noch im Exil lebenden Schriftsteller zu wenden und sie zu fragen, ob sie dieses oder jenes ihrer Werke, welche jetzt nicht mehr im Druck sind, bzw. auch neu erscheinen oder erschienen sind, uns zur Verfügung stellen wollen, um sie in normaler Weise zu den üblichen Prozenten hier zu verlegen, in einer Folge, die auf etwa 2–3 Jahre lizensiert sein könnte. Wir könnten zunächst nur in Mark bezahlen. Jedoch liegt vielleicht den betreffenden Autoren schon jetzt daran, wieder im Lande sichtbar zu sein und auch in ihrer Abwesenheit zu wirken und mitzuwirken bei der Schaffung einer neuen Mentalität. Lieber Herr Mann, teilen Sie mir bitte mit, was Sie, was Feuchtwanger, Marcuse und Brecht davon denken und wie sie diesen Plan aktiv unterstützen wollen. Wollen Sie mir ferner den Titel des oder der Werke nennen und mir eventuell die betreffenden Exemplare zugehen lassen, unter Angabe der jetzigen Verlagsverhältnisse, bzw. der Rechte an den betreffenden Werken.

Damit genug für heute. Ich hoffe, lieber Herr Mann, es geht Ihnen gesundheitlich gut und Sie befinden sich wohl.
Es grüßt Sie herzlichst in alter Freundschaft

Ihr
[gez.] Alfred Döblin

An Theodor Heuss
[Diktat]   Mainz, den 28. April 1953
                                             Philippschanze 14

Hochverehrter Herr Bundespräsident, lieber Herr Heuss,
Vor etwa sieben Jahren meldete ich mich bei Ihnen, der damals in Stuttgart saß, von Baden-Baden aus und kündigte Ihnen meine Rückkehr nach Deutschland an. Es war ein übereilter Brief. Es wurde keine Rückkehr, sondern ein etwas verlängerter Besuch. Ich kann nach den sieben Jahren, jetzt, wo ich mein Domizil in Deutschland wieder aufgebe, mir resumieren: es war ein lehrreicher Besuch, aber ich bin in diesem Lande, in dem ich und meine Eltern geboren sind, überflüssig, und stelle fest, mit jeder erdenklichen Sicherheit: »Der Geist, der mir im Busen wohnt, er kann nach außen nichts bewegen.« Stellen Sie sich vor, lieber Herr Heuss, daß schon vor dreiundeinhalb Jahren mein Verleger Keppler in Baden-Baden mir meine Werke quasi zurückgab und daß jetzt bei der Jahreswende der Herder-Verlag mir mitteilt: »Ihre Sachen bleiben bei uns liegen, wir können Ihrem Werke keine Heimat bieten.« Ich habe es schon lange gemerkt. Ich kenne den politischen Wind, der da weht. Aber keine Polemik, ich habe meinen Entschluß gefaßt, und meine Frau ist glücklich darüber, daß ich mich nach langem Widerstreben doch dazu durchgerungen habe. Ich hatte die französische Nationalität, wie

Sie wissen, die Deutschen sprachen sie mir 1933 ab, 1936 sprang Frankreich ein, ich habe viel François Poncet zu danken, dem ich in Berlin oft in der französisch-deutschen Gesellschaft von Otto Grautoff begegnet bin.

Die letzten Werke konnten in Deutschland überhaupt nicht erscheinen, sie können in Paris in meiner Wohnung im Schreibtisch würdiger ruhen als in Mainz.

Haben Sie Dank, lieber Herr Heuss für alle Liebenswürdigkeit und Güte und auch direkte Hilfe, die Sie mir zuteil werden ließen. Ihre Schrift »Das Mahnmal von Bergen-Belsen« liegt auf meinem Tisch, hätten wir nur tausend solcher Redner. Sie sahen, ich bin krank, aber ich bin nicht matt. Wie herzlich denke ich auch immer an Ihre Frau, die gute, selige. Ich freue mich, daß ich zwar nicht Deutschland wiedergefunden habe, aber Sie beide traf.

Ihr [gez.] Döblin

An Hans Henny Jahnn
31, Boulevard de Grenelle
Paris XV   4. Juni 1953

Lieber Jahn[n], ich bin sehr im Schreiben behindert, mit dem kantigen Bleistift geht es etwas besser. Haben Sie vielen und herzlichen Dank für Ihren Brief vom 15. Mai!, ich schrieb schon Ulbricht darüber. Meine Abfahrt bezw. mein Abtransport zum Zug in Mainz verlief in der Tat kläglich, aber so ist eben der Zustand meiner Bewegungsorgane. Ich ging weg, weil ich wirklich nichts im Lande zu suchen hatte. Heuss schrieb mir, mein Brief, der »so etwas wie ein Abschiedsbrief sei«, habe ihn »sehr bewegt«, da er die »Erwartungen und Enttäuschungen«, die hinter seinen Worten stünden, spürte, an dem »Zerbrechen einer geistigen Kontinuität werde D[eu]tschland noch lange zu leiden haben«. Wir

685

seien »in der leidvollen Lage, nicht mehr eine Schicht oder Generation unmittelbar ansprechen zu können«. Ich denke, lieber Jahn[n], wir können es, aber gewaltiger als wir ist eben die braune Pest, die heute anders auftritt als unter Adolf. Es war sehr lieb von Ihnen, daß Sie sich mit Br[echt] u[nd] Be[cher] über mich unterhielten und ich danke beiden vielmals für ihre Vorschläge; ich fühlte und fühle mich ja immer beiden alten Mitkämpfern trotz ideeller Divergenzen freundschaftlich verbunden; – sie wollen mir helfen, aber zunächst geht es noch. Sie wissen, man nimmt nichts ein, aber man schleppt sich hin; grüßen Sie beide schönstens von mir, und ich danke ihnen aufrichtig!

Lassen Sie, l[ieber] Jahn[n], gelegentlich etwas von sich hören; daß die Klasse »Literatur« in der Akademie, zu deren Gründern ich mitgehörte, solche jämmerliche Rolle spielen muß, gehört auch zu den Dingen, die mich vertrieben.

Abermals Emigration, lieber Jahn[n]! Herzliche Grüße Ihr

Döblin

An Walter Molo
[Diktat]   Buchenbach b/Frbg i/B.
                                            Sanat. Wiesneck
                                            12. 12. 56

Lieber Molo, heute will ich Dir selbst für Deinen Brief danken, in dem Du von meiner Neuerscheinung des Hamlet schreibst, ich habe den Brief, der auch an Erna gerichtet war, gleich an sie weiter gehen lassen und nehme an, sie hat Dir selbst geschrieben. Du mußt wissen, dies Buch habe ich beendet vor langen Jahren, nämlich 1945/46 in Baden-Baden, es hat bei dem und jenem Verleger gelegen. Dann als ich schon recht krank war und mich im

Kurhaus »Höchenschwand« befand, erhielt [ich] einmal den Besuch von einigen Herren aus der Ostzone, dabei den Herrn Huchel und den Literatur-Professor Hans Mayer. So kam ich in das Gespräch mit der Ostzone, Huchel lud mich ein, wenn ich etwas Neues hätte, es an Rütten & Loening zu schicken, einen Verlag, der aber jetzt zwei Verlage ist, mit demselben Namen, einer östlich einer westlich. Die Herren waren sehr nett, von westlicher Seite hatte ich noch nicht solchen Besuch empfangen, ich saß nachher staunend da und dachte über die merkwürdige Erfahrung nach: Dies sollen Herren aus der Ostzone sein, hinter dem Eisernen Vorhang, und kamen mich zu besuchen, aber wer saß hinter einem eisernen Vorhang? nämlich unser Verleger. Tatsächlich werden ja meine Bücher nicht mehr verlegt, die Bestände werden verramscht etc. etc. Ich war verblüfft, als ich jetzt das Buch in die Hand bekam. Stelle Dir vor, lieber Molo (ich puste eben meiner Sekretärin ins Ohr und sie glaubt, ein Fenster ist aufgegangen, aber es ist mein Mund): Die haben von drüben 50 Exemplare an mich abgesandt, nichts ist angekommen, ein eiserner Vorhang muß also doch da sein. Ich habe weder Korrekturen noch Umbruch von dem Opus gelesen, ich werde mich hüten, es jetzt zu tun.

Aber nun etwas anderes, Neuigkeiten, Neues vom Tage, um Gottes willen nicht Ungarn. Wie geht es Deiner Gesundheit, wie geht es Anne? Ich hause schon ¾ Jahr hier im südlichen Schwarzwald in einem Sanatorium, einem anthroposophischen, Erna kommt ab und zu auf einige Tage aus Paris herüber, mit mir ist nicht viel los, ich kann nicht gehen stehen auch nicht schreiben, und sonst gibt es noch mehrere »und nicht«. Weißt Du, als 1940 der selige Adolf in Frankreich eindrang und auch wir uns auf die Flucht begaben, da erschienen in jeder Stadt in den Schaufenstern besonders für Lebensmittel kleine Schilder mit den Worten »Pas de« – auch nicht, etwa Brot, Butter. So stehe ich, ein entlaubter Stamm. Jetzt will ich aber Schluß machen, die Schwester, die mir schreibt, haucht: »Herr Dr. es ist ½7 Uhr« und sie muß das Essen holen gehen. Ich wollte Dir und Anne noch erklären, was anthroposophisch ist, aber ich verschiebe es auf das nächstemal. Jetzt habe ich Dir das weitschweifige Lebenszeichen eines Mannes Ende der 70 gegeben, der sich freut, mit Dir wenigstens noch in Korrespondenz zu stehen. Du gehörst also nicht zu den »Pas de«. Und eben erfahre ich von Erna, daß der gen. Hamlet italienisch herauskommen soll.

Sei recht herzlich gegrüßt und bewahre Dir eine gute Gesundheit, eine noch bessere, ja die allerbeste, im Wettbewerb mit Deiner Anne, der auch meine Wünsche gelten.

> Dein alter Freund vor dem
> eisernen Vorhang
> Alfred Döblin.

An Hans Henny Jahnn
Dr. Alfred Döblin   Sanatorium Wiesneck
[Diktat]   b. Buchenbach b/Freiburg i/B
                                     7. 1. 57

Lieber Herr Jahnn, ich danke Ihnen für Ihren Weihnachts- und Neujahrsgruß, der mich hier im Sanatorium traf, wo ich mich seit März vorigen Jahres befinde. Zur allgemeinen Orientierung für Sie und für andere: Ich stehe jetzt im 79. Jahre, bin von einem fortschreitenden Nervenleiden befallen, das mich schon fast unbeweglich gemacht hat und mich seit etwa zwei Jahren am Schreiben, auch an längerem Sprechen hindert. Zweitens: nach der Exilierung 1933 bin ich ab 1936 französischer Staatsbürger geworden, mit meiner Frau und vier Söhnen, von denen der zweite, Wolfgang Vincent, schon 25 Jahre alt im Jahre 1940 im Kampf gegen die eindringenden Nazis als einfacher Soldat in den Vogesen fiel, nachdem er mehrere militärische Auszeichnungen erhalten hatte, und zuletzt posthum durch die höchste Auszeichnung, die Medaille militaire, ausgezeichnet wurde. Sein Grab steht in unserer Obhut, er war bereits Doktor der Mathematik und veröffentlichte in mehreren in- und ausländischen Zeitschriften. Drittens: man spricht von einem eisernen Vorhang. Ein solcher geht mitten durch Deutschland. Ich habe als Chef des Bureau des Lettres ab 1946 bis 1951 die Monatszeitschrift »Das Goldene Tor« herausgegeben (ich kann hier ihr Programm nicht wiedergeben, da ich die Bände hier nicht besitze). Das »Goldene Tor« – so heißt die Einfahrt nach Osten in den Hafen von San Franzisko aus dem großen Ozean, es war der Platz der ersten Friedenszusammenkunft nach der Abwehr der Barbaren. Gleichzeitig habe ich selbst weiter episch und essayistisch gearbeitet, aber der geistige eiserne Vorhang, installiert bei den deutschen Verlegern und beim deutschen Publikum, ließ mich nicht durch: ich hatte die alte Einsamkeit des Künstlers zu tragen. So sind ganz wenige meiner Bücher nach 1945 in Deutschland erschienen. Ein Publikum, das taub für uns war, empfing die Rückkehrer, die sich aber wie ich nicht wunderten. So erscheint eben erst der Roman »Hamlet oder die lange Nacht«, beendet 1946/47. Das große dreibändige aufklärende Erzählwerk »November 1918« hat kaum durch das Schlüsselloch Deutschland betrachten dürfen. Viertens: Ich bin auf meiner Schicksalsreise schon um 1939 zum Christentum gelangt. In diesen Hafen gelangt kein eiserner Vorhang. Die Starre und Lähmung, die meine Organe progressiv befällt, besagt: Es ist genug mit deiner physischen Existenz, von jetzt ab hast du eine andere Blickrichtung nötig.

Dies, lieber Herr Jahnn, wollte ich Ihnen persönlich und dem Verfasser Ihrer Fragebogen mitteilen. Ich stelle Ihnen anheim, mit meinen Darstellungen zu machen, was Ihnen recht ist. Wenn man, wie ich, sich dem 80. Jahr nähert, kein Zuhause mehr kennt und nicht weiß, was aus einem morgen wird, hat man kein Verlangen mehr nach Jahrbüchern, Sonderheften usw. Ich wünsche Ihnen selbst, der genug umgetrieben wurde, eine gute Gesundheit und ein ausreichend langes Leben.

In alter Kameradschaft Ihr

Dr. Alfred Döblin

An Ludwig Marcuse
[Diktat]

Sanatorium Wiesneck
b. Buchenbach b/Freiburg i. B.
25. 1. 1957

Lieber Marcuse, habe mich riesig gefreut über Deinen Brief. Das war nun eine ausgezeichnete Idee von Erna, Dir einen Band »Hamlet« zu schicken; sie bekam in Paris vom Verlag einen Stoß Bücher, ich saß schon Gott weiß wie lange hier in dem verlassenen südlichen Schwarzwald, hörte und sah nichts. Irgendwo geht übrigens in der Nähe, wie ein richtiger Bauer, der keineswegs entschlafene Heidegger um.

Soll ich nun schreiben »mein, – [«] aber es wurde beendet, wie ich bestimmt weiß, 1946, und seit da habe ich manches geschrieben und kaum noch in diesen verlorenen Band geblickt, der kein Aas interessierte; was kann ich dafür, wenn die so blöde sind. Staunend und kopfschüttelnd las ich jetzt die Geschichte in einem Band »Hamlet«, der schließlich auch an mich gelangte; weder Korrekturen noch Fahnen habe ich gesehen, das war eine Geburt hinter dem Rücken der Mutter. Ich selbst hätte allerlei dazu zu sagen, beneidenswert frisch und elastisch war ich noch damals, es brach nur so wie ein Sturm aus mir, und nun steht es auf dem gedruckten Papier und ist in vielen Teilen nicht schlecht; was doch noch alles in einem steckt und glimmt und gelegentlich zu brennen beginnt.

Die Glaubensfrage, mein lieber Marcuse, berührst Du bei Gelegenheit Kierkegaards, der meinen armen Hamlet berührt. Ja, frage mich nur nach Details; am besten Du liest vorher mein autobiographisches Buch (also kein Roman) »Schicksalsreise«, Verlag Josef Knecht, Herder-Verlag Freiburg i.B. Hermann-Herderstr. Ich habe kein Exemplar, er soll Dir eines schicken, falls er noch welche hat (das Buch blieb nach etwa *3000* Exemplaren stecken, unbemerkt von der Mehrzahl unserer treuen Freunde; es laufen mehrere eiserne Vorhänge durch das Land und hinter einem stecke ich, verurteilt, weil nämlich emigriert, zu dem Boykott des Schweigens). In der »Schicksalsreise« wirst Du bestimmt mehrere Fragen, die Du stellst, beantwortet finden, aber gib mir an, was *Du* meinst, ich werde jede Klarheit geben, über die ich verfüge.

Hier gab es im Herbst eine Buchmesse in Frankfurt am Main, ungeheurer Klimbim, mein Name kam nicht vor, der ehrenwerte Reinhold Schneider erhielt den Friedenspreis. So krank ich bin, fast völlig gelähmt an Armen und Beinen und isoliert, so bin ich noch immer auf dem Wege bis zu meiner letzten Stunde, und zugleich immer angelangt.

Und nun genug vom »Hamlet«. Glaubensfragen erweisen sich mehr und mehr als Existenzfragen, wir haben die Sprache in uns und sie läßt sich nie zu Ende sprechen. Erna wird Dir auch bald schreiben, sie liegt wieder einmal zur Behandlung der Amöbenruhr, die sie sich drüben zugezogen hatte, in der Universitätsklinik Freiburg, in paar Tagen nun beendet, und bleibt noch einige Tage hier in meiner Nähe. Freue Dich, lieber Marcuse, daß Du noch in alter Weise arbeiten kannst; ich gratuliere Dir auch dazu, daß Du die tapfere Sascha neben Dir hast und daß Ihr beiden Euch nicht ins Wotansland verirrt habt. Nun erwarte ich wieder Nachricht von Dir, ich bin und bleibe Euch treu verbunden

Alfred Döblin

An Elvira und Arthur Rosin
[Diktat]   Sanatorium Wiesneck
                                            Buchenbach/Freiburg
                                            7. 5. 57

Liebe Rosins,

   meine Frau brachte mir heute Ihren gemeinsamen Brief, und
Sie schreiben, Sie wissen nicht, wie es mir eigentlich geht. Ich war
schon in Paris kaum mehr fähig, auch mit Unterstützung, durch
die Stube zu gehen. Seit vierzehn Monaten bin ich hier in einem
Sanatorium, sitze in einem Sessel einige Stunden, mache mühsam
rechts und links gestützt einige Schritte im Raum, liege dann wieder einige Zeit. Es handelt sich um eine fortschreitende Muskel-
schwäche, hervorgerufen durch eine Knochenwucherung im Gebiet der Nervenbahn, Ausgangspunkt [in] der Halswirbelsäule.
Zugleich versteifen die Finger und Hände. Seit zwei Jahren kann
ich nicht mehr schreiben. Viele Schmerzen dauernd dabei. Da ich
kein Buch halten kann, muß man mir vorlesen. Unabhängig davon
eine Prostatitis mit Höhlenbildung der Drüse. Ich bin recht ge-
plagt, dabei funktioniert der Appetit im allgemeinen. So weit, liebe
Rosins, Arturo und Elvira, mein Befinden. Ich komme kaum aus
dem Zimmer heraus, und natürlich nicht in eine andere Umgebung. Hier betrachte ich vom Fenster aus die Bäume und Vögel.

   Was den »Hamlet« anlangt, so hat diesen Roman überraschend Rütten & Loening, Berlin-Ost, erworben. Meine anderen
Bücher konnten im Westen zwar erscheinen, aber ich gehörte zu
den Emigranten und habe bei dem armseligen Bildungsstand
hier im Lande nichts anderes [zu] erwarten. Das Buch ist ein
wirklicher Erfolg im Osten, er erscheint italienisch in Mailand.

   Die französische Zeitschrift »Deutschland heute«, redigiert
von Prof. Minder, wird in der nächsten Nummer sich mit dem
Buch und mir ausführlicher beschäftigen. Die Umstände locken
mich nicht sehr, etwas Neues zu schreiben. Die Weltlage, liebe

Rosins, ist greulich, wir leben in einem historischen Strudel, unsere Kinder und Enkel müssen »große« Zeiten erleben, aber das bringt die Entwicklung mit sich.

Erna war recht krank von ihrer Amöbenruhr her, wieder lag sie in der Klinik in Freiburg, wurde von Prof. Heilmeyer in das bekannte Fangobad Abano geschickt, das Sie, liebe Frau Elvira, gut kennen. Vor acht Tagen kam sie zurück, nach einem Verweilen in Padua, Venedig, Florenz.

Nun habe ich Ihnen Bericht erstattet, liebe Rosins. Lassen Sie sich recht herzlich grüßen von Ihrem alten

Dr. Döblin

An Claus Döblin
[Diktat]   Sanatorium Wiesneck
                            b/Buchenbach-Freiburg i/B.
                            14. 5. 57

Lieber Claus, guter Junge,

nun hast Du am 20. d. Mts. wieder Geburtstag, und diesmal ist es Dein 40. Ich erinnere mich noch Deiner früheren Jahre, wo Du als kleiner Junge in Berlin Frankfurter Allee, durch den Korridor gelaufen kamst, Du trippeltest, und von daher nannten wir Dich »Füßchen«, Petit-Pied. Später hießest Du auch oft bei Tisch einfach »F«, d. h. füttern, Du wolltest nicht allein essen, Mama mußte Dich füttern. Diese Zeit ist lange vorbei und Peter schreibt aus Amerika, daß bei der Mary ein zweites Baby in Sicht sei, für Dezember. Ich wünsche Dir also, lieber Claus, alles Gute für Deinen 40. Geburtstag, den Du ja glücklich mit einer so entzückenden Frau wie Lilou in Deiner eigenen hübschen Wohnung verbringen kannst. Gönnt Euch etwas an diesem Tag und feiert nach Kräften, trotz des Atomgeredes.

Von hier will ich berichten, daß ich in etwa 14 Tagen meinen Aufenthalt verändere, weil man hier keine Patienten auf die Dauer zur Pflege behält. Eine Idiotenbande. Nun ist Mama aus Italien zur Zeit zurückgekehrt und sucht nach einem neuen Aufenthalt. Es ist nicht leicht. Ich treibe es wie bisher, habe viel auszuhalten, und im nächsten Jahr werde ich 80.

Ich hoffe, lieber Claus, daß Lilou sich wohlbefindet, nicht zuviel arbeitet, und so auch Du. Es umarmt Dich und Lilou

Euer Papa.

An Peter Rühmkorf Sanatorium Wiesneck
Buchenbach b. Freiburg i. B.
20. 5. 1957

Lieber Herr Rühmkorf,

es hat mich gefreut, nach so langer Zeit wieder von Ihnen zu hören. Ich habe auch über die Mainzer Akademie einige Nummern Ihres Studentenkurier erhalten. Bin traurig mit Ihnen, daß inzwischen der junge, begabte Werner Riegel (der damals mit Ihnen die hektografierten Blätter »Zwischen den Kriegen« herausgab) nicht mehr ist; es tut mir herzlich leid, es rührt mich – und nun suchen Sie sich für die Redaktion neu zu organisieren. Der neue Studentenkurier ist sehr frisch, die alte Antimilitärhaltung besteht fort. Ich freue mich, in Ihrem Kurier bekannten Namen zu begegnen wie Kurt Hiller, Leslie Meier und besonders dem guten alten bekannten Ton.

Ich bin nicht mit allem einverstanden in bezug auf die gebotene Lyrik. Sie können im Feuilleton mehr Leute brauchen. Sie haben bemerkt, daß ich selbst in die Ecke gedrängt bin und schon als Friedhofsgemüse verwelke, da wollen Sie bringen eine Besprechung meines Buches »Hamlet oder die lange Nacht nimmt ein Ende«, welches seit 1946 in meinem Schubfach liegt und erst jetzt im Verlag Rütten und Loening in Ostberlin herausgekommen ist; nun, eine Besprechung im Westen sollten Sie schon bringen, es steht ein ganzer Block von Buchhändlern, Verlegern und sog. Kritikern mir gegenüber, vom Osten wurde mir zugesandt eine Besprechung von Arnolt Bronnen, »Die Tragödie Alfred Döblins«, sonstiges Ungedrucktes hätte ich wohl im Schub, aber ich bin seit über einem Jahr fern von meinem Pariser Schreibzimmer, von wo ich in dies Sanatorium gebracht wurde. Man fand, ich pfiffe auf dem letzten Loch, aber es war nicht das letzte, ich pfeife noch immer. Neu und zum erstenmal wurde übrigens schon meine große Romantrilogie »November 1918« (Teiltitel: »Verratenes Volk«, »Heimkehr der Fronttruppen«, »Karl und Rosa«) im Verlag Albers beim Herderverlag, Freiburg i. Br.

Verschollen und nicht aufgenommen ist mein autobiografisches Werk »Schicksalsreise« (Verlag Knecht, Frankfurt a. M.). Es ist genug Material da, sofern einer will. Blicken Sie hin, lieber Rühmkorf.

Schönste Grüße von Ihrem

Dr. Alfred Döblin

Erna D. an Peter Huchel   31, Bvd de Grenelle, Paris 15^e, den 5. 7. 57

Sehr geehrter und lieber Herr Huchel,

Ihnen danke ich ganz besonders für Ihre Anteilnahme. Ihr Name wird für mich immer einen rettenden Klang behalten. Wie gut war es, daß Sie damals nach Friedenweiler kamen, sonst läge noch heute der »Hamlet« im Schubkasten. Und was für herrliche Dinge sind noch geblieben. Es ist mein einziger Trost, daß ich noch etwas für Döblins Werk tun kann. Augenblicklich ist um mich freilich eine schmerzliche Leere. Hinzu kommt die tropische Hitze – und man kann schwer arbeiten.

Wahrscheinlich gehe ich nächste Woche zunächst nach Freiburg, den August möchte ich in Lothringen verbringen, dort ruht nun mein Mann und mein Sohn, meine liebsten Menschen.

Nochmals Dank, lieber Peter Huchel!

Ihre E. Döblin

Erna D. an Theodor Heuss Paris 15ᵉ, den 8. 7. 57

Sehr geehrter Herr Professor Heuss,

dies ist ein Brief doppelter Trauer. Mein lieber Alfred Döblin, einer der wenigen ganz Großen Ihres Landes, ist nicht mehr.

Wir haben ihn seinem Wunsch entsprechend in völliger Stille – nun vor einer Woche – in Lothringen an der Seite seines Sohnes beigesetzt.

Eine Reporterwelle ergoß sich über den letzten behandelnden Arzt, die Zeitungen schrieben – und auch ein paar Freunde.

Sie blieben still. Er hat Sie immer für einen anständigen Menschen gehalten in dem Deutschland, das ihn so gemein behandelt hatte. Er war der erste, der zurückkam, weil er helfen wollte, er kannte beide Mentalitäten. Er hat trotz seiner Bemühungen, denen er jahrelang sein Schreiben opferte und dafür Büroarbeit tat, von allen Seiten nur Undank erfahren, die einen sahen in ihm den Franzosen, die anderen den Deutschen, die einen den Realisten, die anderen den Katholiken – und er saß zwischen allen Stühlen. Sie erhielten seinen einzigen Lederband seines letzten Romans. Ihre eigene Krankheit hinderte Sie an einem Besuch.

Er sah in Ihnen den alten Kameraden aus Berlin. Gedenken Sie seiner. Ihr Land hat ihn ein Jahrzehnt totgeschwiegen. Oft sagte er mir: »Meine ganze Arbeit für dies Volk war vergeblich, wenn sie können, fangen sie morgen genau so wieder an.«

Daß dies nicht wahr sein möge, ist mein herzlicher Wunsch.

Ich grüße Sie im Gedenken an meinen lieben Mann.

Ihre Erna Döblin

Erna Döblin an Sascha und Ludwig Marcuse

Medizinische Universitätsklinik
Freiburg i. B., den 23. 7. 57

Liebe Freunde,

Euer Brief nach Emmendingen folgte mir, gestern kam dann auch der Brief nach Paris, und der »Aufbau«. Ich danke Euch von Herzen, es ist so gut, daß noch ein paar Menschen auch menschlich Erinnerungen teilen und mit einem zusammenhängen. Wie gern hätte ich Euch gesprochen und berichtet. Nun bin ich hierher geflüchtet – Ihr könnt nicht mal meine Schrift entziffern –, ich bin im Bett, kann nicht tippen. Bald fahre ich mit einem Herder-Verlag-Wagen an meine Gräber (über Fres Geburtstag), will versuchen, Frieden zu finden.

Fre hat die letzten Jahre furchtbar gelitten, trotzdem immer wieder – wenn die Qual nachließ – Freude am Leben, Interesse am Geschehen der Welt und an den kleinen Dingen um ihn gehabt. Zuletzt versagte das Herz, Kreislaufstörungen, schreckliche Cystitis, dann eine Lungenentzündung. Er ist eingeschlafen, im Tode sehr jung geworden, ein leichtes Lächeln war auf seinem Gesicht, schöner Friede. Am Mittwoch ist er gegangen, am Sonntag hatte er mir noch die liebsten Worte gesagt, die ich mir immer wiederhole.

Nach dem 10.8., wenn ich Zeit und Ruhe finde, will ich Euch Maschine schreiben. Es ist ein großer literarischer (noch unveröffentlichter) Nachlaß vorhanden, Jugend- und Alterswerke. Lieber Marcuse, sei mir nicht böse, ich hab Dich lieb und kenne Deine innere Beziehung zum Fre. Trotzdem ist Dir allerhand entgangen, sonst könntest Du nicht von »Sonntagstraktätchen« sprechen. Er hat im Fabulieren gesucht, seit frühester Kindheit nach Erkenntnis verlangt, in das 1. Notizbuch – er war ca. 7 Jahre – schrieb er: »Was ist Gott?« Du kennst ja »Unser Dasein«, »Wissen und Verändern«. Er versuchte es mit der Philosophie, den Religionen, sein Weg zu Christus (den Du nicht mit der Kirche verwechseln mußt) war sein ganzes Leben vorbereitet – auch in der »Reise nach Polen« (1926!) kannst Du davon lesen. Thomas von Aquin hat er täglich über Jahre stundenlang gelesen. Und nun gar die Evangelien. Er hat ein herrliches Buch (den 2. Teil von »Der unsterbliche Mensch«) »Der Kampf mit dem Engel; ein Gang durch die Bibel« hinterlassen. Großartige Visionen – aber Herder hatte Angst, daß er dafür kein Imprimatur kriegen würde, und druckte es nicht. »Die Pilgerin Aetheria«, ein Buch von der Gnade, das Lieblingswerk von Fre, blieb ungedruckt usw. usw. Aber was schreibe ich da – und Ihr könnt es doch nicht lesen, meine blöde Schrift.

Vielleicht sieht man sich nochmal wieder. Ich grüße Euch und habe Euch lieb,

Eure
Erne Döblin

»Die wichtigste Position ist die menschliche.
Halten Sie fest zu ihr.«

Merkwürdiger Lebenslauf eines Autors

Ich bin auch Mediziner, und ich bin es nicht im Nebenberuf. Meine bisherige Laufbahn ist innerlich immer sehr ruhig und gleichmäßig, äußerlich recht still, um nicht zu sagen trist gewesen.

Ich wurde vor zahlreichen Jahren jung nach Berlin verschlagen, wo ich seitdem auf die sonderbarste Weise lebe. Das ist so. Erst wurde ich ernährt durch meinen ältesten Bruder, dessen Name darum in Gottes Mund sei. So habe ich auch studiert, Medizin – Medizin darum, weil ich schon auf der Schule schrieb, aber die Literatur und noch mehr ihre Hersteller verachtete. Auch von meinem eigenen Schreiben hielt ich etwa so viel, wie ein Mensch, der an einem chronischen Schnupfen leidet, von dem Schnupfen etwas hält. Als ich fertig war mit dem Medizinstudieren, war ich Mitte Zwanzig und hatte nichts so eilig, als mich dem Kampf um das sogenannte Dasein zu entziehen. Ich ging als Assistenz in mehrere Irrenanstalten. Unter diesen Kranken war mir immer sehr wohl. Damals bemerkte ich, daß ich nur zwei Kategorien Menschen ertragen kann neben Pflanzen, Tieren und Steinen: nämlich Kinder und Irre. Diese liebte ich immer wirklich. Und wenn man mich fragt, zu welcher Nation ich gehöre, so werde ich sagen: weder zu den Deutschen noch zu den Juden, sondern zu den Kindern und den Irren.

Ich habe mich Jahre hindurch in Irrenanstalten herumgetrieben, habe auch einiges über meine Kranken geschrieben. Und mir fällt ein, ich habe aus der Anstalt Buch einmal einen Fall von Hysterie mit Dämmerzuständen veröffentlicht – das war etwa

1906/07 –, den ich analysierte und dessen Störungen ich auf Veränderungen in der seelischen Dynamik und Energetik zurückführte: ich will sagen, mir persönlich hat Freud nichts Wunderbares gebracht. Dann mußte ich aber aus den Anstalten, die mir lieb und heimisch geworden waren, hinaus. Das Dunkel, das um diese Kranken war, wollte ich lichten helfen. Die psychische Analyse, fühlte ich, konnte es nicht tun. Man muß hinein in das Leibliche, aber nicht in die Gehirne, vielleicht in die Drüsen, den Stoffwechsel. Und so gab ich mich einige Jahre an die Innere Medizin.

In dem Land nun, das ich da betrat, wußte man nichts von Joseph. Sie hatten Lungenentzündungen, waren herzkrank, zuckerkrank, und das fiel alles über Menschen, die freundlich oder böse, gedankenvoll oder -arm waren. Ich trieb mich jahrelang durch die Krankensäle und besonders die Laboratorien. Mäuse, Meerschweinchen, Hunde begegneten mir da in den Laboratorien; vorn im Pavillon suchte man die Menschen zu heilen, hinten die Tiere zu töten. Es herrschte ein frischeres, aktiveres Leben als in den Irrenanstalten, ein ständiges Flottieren der Kranken. Dazu kam dort eine Unmasse gar nicht zu bewältigender Beobachtungen und Daten in Büchern und Zeitschriften, und alles wunderbar exakt, mitteilbar, kontrollierbar. Bis spät in die Nächte lag ich in den biologischen Laboratorien, und auf dem Rückweg strich ich durch die Krankenstation: da kamen die Fiebernden, die Vergifteten herein; war das ein Leben. Ich hatte schon vergessen, daß ich in den Irrenanstalten gewesen war und warum ich hierher kam. Ich zählte dreiunddreißig Jahre, da – ließ ich auch dies Leben. Nicht freiwillig. Ich hatte geheiratet, darum durfte ich nicht bleiben.

So war ich also mit Schläue lange Jahre dem sogenannten Existenzkampf ausgewichen – und mußte jetzt hinein. So hatte ich mich in die Medizin festgebissen und mußte sie loslassen. Es war in dieser Krise, dieser Verlorenheit, daß ich wieder schrieb, nach einigen Novellen einen dicken chinesischen Roman. Ich wirkte jetzt als praktischer Arzt am Halleschen Tor in Berlin, tat viel Dienst auf Rettungswachen, Tag und Nacht, fuhr monatelang morgens in ein Privatkrankenhaus, vertrat hier und da. Auf den Treppen, in den leeren Wartestunden schrieb ich, konnte schreiben, wo ich ging und stand. Und dachte unendlich oft mit Sehnsucht zurück an die Laboratorien, an die Krankenbetten. Damals, oder etwas später, belegte ich auch einen Arbeitsplatz in der Charité zu biologischer Weiterarbeit. Es war – kurz vor dem Weltkrieg – nur ein letztes Aufflackern. Ich war nach Lichtenberg gezogen: die freie Praxis zeigte ihre Vorzüge – und die Wissenschaft begann ich von draußen mit Skepsis zu betrachten. Die Einschachtelung in den Krankenhäusern wollte ich zu meiner Existenz nicht mehr. Die Wissenschaft: ich verfolgte noch immer, was die Zeitschriften brachten, hörte, was die Kollegen arbeiteten. Aber es bekam langsam ein anderes Gesicht. Ich konnte sehr wenig von dem brauchen, was ich die langen Jahre gelernt hatte. Und ich verlernte auch mehr und mehr davon. Es war wirklich nicht brauchbar. Es war Gelehrsamkeit, aber es waren keine wirklichen Kenntnisse. Ich sah, mit wie wenig man auskommt. Und dann war es lauter Diagnostik. Ja, was hatte ich die Jahre über in den Irrenanstalten und Krankenhäusern gelernt? Wie die Krankheiten verliefen, welche es waren – und ob sie es wirklich waren, woran diese Leute litten. Es schmeichelte meinem Denktrieb – auch dem meiner Chefs –, zu wissen, wie alles verlief. Wir wußten, und damit basta. Behandlungen, Einfluß – lernte man nur nebenbei. Nein, man lernte es nicht, man luchste es den anderen ab. Draußen, wie ging es da zu? Sie wußten nicht soviel wie ich, manche Kollegen, unter die ich geriet – aber das Leben war kurios. Die Patienten waren kurios. Zu Tausenden liefen sie notorisch zu Kurpfuschern, Magnetopathen und was weiß ich. Und wurden – auch gesund. Was für drollige Sachen man in der Sprechstunde erlebt, ist nicht zu sagen. Jeder Arzt kennt das. Eine Anzahl Mittel trifft den Nagel auf den Kopf, andere wieder … Da kam monatelang ein alter Mann in meine Sprechstunde, zog regelmäßig eine kleine Flasche und eine Schachtel aus der Tasche und stellte sie vor mich; ich sollte verschreiben. Er hatte Altersbeschwerden; die Tropfen waren blaues Wasser, die Pillen enthielten Eisen, Blaudsche Pillen; die nehmen bleichsüchtige Mädchen. Ich fragte ihn im Beginn manchmal, wozu das sei. Ja, er nimmt die immer, und damit gut. Später kam heraus, daß seine Schwester, die schon tot war, die Sachen auch genommen hatte. Übrigens erkannte mich der alte Mann offenbar gar nicht; ich hatte eine Wohnung, in der auch vorher ein Arzt gewohnt hatte; der hatte ihm oder seiner Schwester die Tropfen und Pillen verschrieben, und nun ging er automatisch immer in diese Wohnung und stellte die Sachen auf den Tisch. Einmal durchbrach er sein Geheimnis und meinte, die Hämorrhoiden würden schon besser. Ein andermal erwähnte er, das sei für das Wasserlassen. Er scheint tot zu sein, oder vielleicht sitzt er im Siechenhaus. – Die Menschen sind eine wunderbare Gesellschaft; man kann eigentlich nur gut zu ihnen sein und sich seines Hochmuts schämen. Ich fand meine Kranken in ihren ärmlichen Stuben liegen; sie brachten mir auch ihre Stuben in mein Sprechzimmer mit. Ich sah ihre Verhältnisse, ihr Milieu; es ging alles ins Soziale, Ethische und Politische über. Ich fragte mich da öfter, ob ich einen schlechten Tausch gemacht hatte, als ich die klinischen Kurven und die Meerschweinchen verließ. Mir schien: nein.

Mein chinesisches Buch (›Die drei Sprünge des Wang-lun‹) irrte von Verleger zu Verleger, von Stadt zu Stadt durch das große Deutschland. Als S. Fischer es nahm, kam der Krieg, und da – blieb es wieder liegen. Ich kam wirtschaftlich nicht weiter als Doktor; die Schriftstellerei war auch nichts. Und um der ganzen Affäre noch einen besonderen Schwung zu geben, hatte ich ein Kind, und das zweite sollte kommen. Aber eigentlich hat es der Himmel immer gut mit mir gemeint.

Zum Beispiel jetzt, als ich auf dem Nullpunkt saß: da brach der Krieg aus, ich mußte weg, und als Doktor verkam ich nicht und Frau und Kinder nicht. Nach dem Krieg stieg mir, mit drei Jungens, das Wasser bald wieder an den Hals. Es ist nicht leicht, sich eine Praxis zu gründen und kein Geld zum Warten zu haben. Rüstig hatte ich schon drei Romane, zwei Novellenbände, zwei Dramen geschrieben, was ja an Selbstmord grenzt. Da fiel die Inflation vom Himmel. Sie hat viele ruiniert, mich saniert. Ich war nämlich kurz zuvor Berliner Kritiker für ein Prager Blatt geworden, was erst nichts war, aber jetzt. Als auch dieses Manna in der Wüste zu fallen aufhörte, hatte ich in meines Herzens Verblendung noch einen Roman geschrieben, einen utopischen (›Berge Meere und Giganten‹). Ich reiste nach Polen, aber auch das war nichts. Da kam ich auf den Gedanken, ein indisches Buch zu schreiben und meinen Verleger, der gutmütig meine Bücher druckte, großzügig, gewissermaßen tropisch anzupumpen. Über utopische Perspektiven, die ich ihm zu diesem Zweck vorsetzen konnte, verfügte ich noch aus dem vorletzten Roman, der eigentlich eine Vorübung zu diesem Schritt war. Der Schritt gelang. Der vierte Junge wurde geboren. Und ich lebe auf Vorschuß.

Jetzt übe ich in Berlin eine neurologisch-psychiatrische Kassenpraxis aus. Ich muß aber gestehen, daß mir das interessanteste Objekt für meine psychologischen Überlegungen mein Verleger ist. Er leiht mir ununterbrochen Geld. Was in dem Mann vorgeht, möchte ich wissen. Ich möchte nicht in seiner Haut stecken. Es ist, um einfach und relativ ernst zu sein, so, daß ich nach meilenlanger medizinischer Vorbereitung, nach jahrzehntelanger literarischer Arbeit weder ärztlich noch literarisch existenzfähig bin. Warum? Das ist leicht auszurechnen, wenn man eine Kassenpraxis hat und nicht wie ein Tier von früh bis in die Nacht arbeitet. Da kann aus mir, der sich in letzter Zeit einige Mittagsstunden freigehalten hat (nicht zum Schlafen), nichts werden. Und die Literatur? Oh, mein armer Verleger. Das Herz bricht mir, wenn ich an ihn denke: denn mir fehlt es ja an nichts.

Und da muß ich ein großes Wort sagen, das, seitdem ich schreibe und arzte, eine Wahrheit in mir ist. Es ist eigentlich eine fabelhafte, aber komische Einrichtung, daß, wenn ich mich hinsetze, phantasiere und schreibe, mir einer dafür noch etwas bezahlt! Wenn ich zu einem Kranken gehe, und ich habe eine nachdenkliche Viertelstunde mit ihm verlebt, habe vielleicht das Gefühl, ihm wohlgetan zu haben, dann – soll ich mir dafür noch etwas bezahlen lassen? Als ich Assistenzarzt war, habe ich oft ein merkwürdiges, beschämtes Gefühl beim Gehaltsempfang gehabt: ich kann jeden Tag hier durchgehen durch die Säle, ich erlebe und erfahre viel – und man bezahlt mich dafür. Wenn man eine Familie hat und sechs Kopf stark ist, wird man zwar gedrängt, an Geld zu denken. Aber etwas stimmt dabei nicht. Und ich kann nur lachen, wenn Theoretiker von Wirtschaft und Wirtschaft sprechen und sonst nichts sehen.

Zum Schluß ein Wort zur medizinischen Wissenschaft und eines zur Praxis. Man kann, wenn man Lust dazu hat, von mir ein Buch mit Betrachtungen und Gedanken über die Natur lesen (›Das Ich über der Natur‹). Ich habe da nichts, noch nichts über Krankheit und Gesundheit gesagt. Dazu bin ich noch nicht vorgedrungen. Aber ich ahne etwas. Und die Praxis ist Arbeit, Tätigkeit und viel Inhalt. Es gibt Privat- und Kassenpraxis. Die Kassenpraxis – ich spreche es aus – ist die natürliche, dem Arzt angemessene, weil sie einfach und anonym Arzt und Patient gegenüberstellt und das Finanzielle aus dem Spiele bleibt. Die heutige Art dieser Betätigung taugt nicht viel. Doch ist ihr Prinzip richtiger, natürlicher als das der Privatpraxis. Nur insofern sehe ich etwas Gutes an den hohen Honoraren, als – solch Honorar ein Opfer bedeutet; es ist eine aktive Leistung des Kranken, die ihn zu weiteren verpflichtet, auch: sich zur Gesundung anzuspannen.

Ich versichere: ich werde, wenn die Umstände mich drängen, eher, lieber und von Herzen die Schriftstellerei in einer geistig refraktären und verschmockten Zeit aufgeben als den inhaltsvollen, anständigen, wenn auch sehr ärmlichen Beruf eines Arztes.

Im Arztkittel
um 1910

Eine kassenärztliche Sprechstunde

Mein Gebiet ist: Nerven- und Gemütsleiden; meine Patienten – ich wohne weit im Osten Berlins – gehören fast ausschließlich den Arbeiter- und kleinen Angestelltenkreisen an. Selten verirrt sich jemand aus den gehobenen Ständen zu mir. Und ich gestehe, nicht betrübt darüber zu sein. Die »Gebildeten« und Bessersituierten habe ich vor dem Kriege einige Zeit als Arzt genossen; ich habe sie mit Vergnügen verlassen, als ich sah, was vielen, den meisten unter ihnen der Arzt war: einer, den man für seine Leistung bezahlt (oft auch nicht bezahlt). Sie kaufen sich für ihr Geld einen Arzt, am liebsten eine Kapazität. Man muß sich anstrengen, um sie zufriedenzustellen. Ich möchte nicht. Ich mag nicht. Ich leiste, was ich kann und bin. Sie können nichts von mir mit Bezahlung erreichen. Ich bin sehr altmodisch, liebe Damen und Herren, wie Sie sehen, gar kein Amerikaner; ich bin nicht für »neue« Sachlichkeit, sondern für die alte Persönlichkeit.

Was sich bei meiner Praxis an »sozialer Fürsorge« ereignet, – ja, ich will Ihnen einiges davon sagen, was mir einfällt. Was war heut? Ich war verreist, war einen Tag in Zürich gewesen, wo ich aus meinen Büchern vorlas, es war nichts Rechtes, schien mir, ich klang nicht recht, dann hatte ich in Mailand Freunde besucht und mich an ihnen gelabt; nun saß ich wieder an meinem Schreibtisch, ging zur Wartezimmertür und öffnete. Lauter Männer, an zwanzig Männer, eine einzige alte Frau in der Ecke; so ist es an manchen Tagen. Einer kommt herein; er sieht mich zweifelnd an, er riecht stark nach Fusel. Er fängt loyal mit mir zu sprechen an, es ginge noch nicht recht mit der Luft bei ihm, und so weiter. Er sieht mich immer weiter zweifelnd an, schließlich meint er, ich sei wohl ein Vertreter von dem Fräulein Doktor, und ich geleite ihn brüderlich zur Tür: er hat sich in seinem freudigen Zustand um eine Hausnummer geirrt, aber das schadet nicht, sagt er, nächstes Mal kommt er zu mir, falls sie ihn gesund schreibt.

Ein älterer Mann, ehemals selbständiger Handwerker, jetzt hilft er seiner Frau im Gemüsekeller; ihn hat auf seinem Rad von hinten ein Auto angefahren, vor fünf Wochen; der feine Herr konnte sich Zeugen suchen, während er bewußtlos lag, er hat bloß einen, der auch wacklig ist. Ich habe den Mann schon öfters gesehen; er kann im Geschäft nichts mehr recht machen, vergißt viel; aber die Versicherung, die hinter dem Auto steht, zahlt nichts, weil er angeblich falsch gefahren ist. Aber das sei unwahr; der Mann weint wieder und flucht. Ich muß schwer mit ihm arbeiten. Was nutzt da Psychoanalyse und Suggestion und Coué und Willenstrainierung; ich muß mit ihm kämpfen – und das ist hier »soziale Fürsorge« –, muß ihm den ganzen Fall und Unfall ausreden, da die Sache offensichtlich aussichtslos ist. Er hat kein Geld zum Rechtsanwalt, jetzt soll sich der Staatsanwalt der Affäre annehmen. Der Mann wird trotz alledem kein Querulant werden; er wird verbittert aus der Sache hervorgehen, aber wir werden uns schon durchsteuern; es wird auch etwas Honig für das Selbstgefühl daraus abfallen.

Übrigens: er kommt auch für seine Tochter. Sie ist 23 Jahre alt, ein strammes, rotbäckiges, blondes Mädchen, – aber –. Seit einem Jahr bleibt sie in keiner Stellung, überall rückt sie aus: man »schikaniert« sie. Fragt man sie: wie, in welcher Weise, so schweigt sie zu Hause; mir aber hat sie erklärt, es fielen gelegentlich Worte, die auf sie gemünzt seien, man lacht manchmal über sie, jetzt geschieht es auch zu Haus. Eine Fensterscheibe ist im Hausflur zerbrochen, natürlich ist sie daran schuld; man hat es noch nicht gesagt, aber es wird bald kommen. Der Mann, der Vater, sitzt hier heute, weil er, der selbst so geschlagen ist, nun dies mit dem Mädchen erlebt und nicht weiter weiß. Das Mädchen – kenne ich selbst gut, sie ist ein paarmal in meiner Sprechstunde gewesen; warum doch? Wegen – Anämie! Das hab' ich selbst gesagt und geschrieben. Sie hat mich hinters Licht geführt. Da ist nun die primitivste soziale Fürsorge, die ich da zu üben habe: den Mann langsam lehren, das schwere Wort »Geisteskrankheit« auszusprechen, und das Mädchen mit der üblichen Schlauheit aus der Gesellschaft für einige Zeit zu entfernen. Sie ist ja gefährlich; heute lachen sie im Haus über sie, morgen knallt sie einen nieder.

Es sitzen dann nacheinander Fälle bei mir auf dem Stuhl, die das tägliche Brot des Kassenarztes sind: sie sind »krankgeschrieben«, aber sind sie auch wirklich voll, hundert Prozent, arbeitsunfähig? Das ist hier die Frage. Sie wollen ihr Krankengeld, sie wollen etwas »ausruhen«, es sind morbide, brüchige Menschen, sie sind ja auch passager »krank«, eigentlich ein bißchen immer »krank«. Soll man sie zur Arbeit schicken? Die Krankenkassen wissen, wieviel hier dem Takt und Feingefühl des Beurteilers überlassen ist, ihre »Vertrauensärzte« durchschauen die soziale Krankheit des Patienten hier, es bleibt nicht bei meiner Entscheidung, auch die Seite drüben, die Kasse, kann sich melden. Da setzen sie sich nacheinander hin, zeigen ihre Krankenscheine vor, blicken mißtrauisch oder ernst vor sich, und das Geplänkel geht los. Man ist Arzt und doch nicht bloß Arzt. Organisch ist an den Leuten nichts oder fast nichts zu finden. Schmerzen hier und Schmerzen da, im Kopf, im Hals, im Rücken – er sagt es –, der eine sieht schwach und abgearbeitet aus, der andere ist muskulös, aber das besagt schließlich auch nichts. Oft drängen mißliche Arbeitsverhältnisse sie zum Arzt, oft sehen sie Arbeitslosigkeit voraus und melden sich und werden auch rasch krank. Es heißt: geben, was möglich ist, aber auch den Gesundheitswillen, nein den Arbeitswillen drüben anfachen, – ein schwieriges Kapitel, wir können die Wirtschaftsordnung nicht ändern und müssen auf unsere Weise suchen, die Schärfen in ihr zu mildern.

Es tritt ein jüngerer Mann herein, mit Hornbrille, ein unterer Angestellter. Er setzt sich nicht; die körperliche Untersuchung ergibt nur Zeichen einer leichten Gefäßneurose. Aber er geht, nachdem er die Anordnungen erhalten hat, nicht, er zieht sich übermäßig langsam an, das letzte Wort ist noch nicht gesprochen. Ich frage zum dritten Male, ob zu Hause alles in Ordnung sei, bei der Frau, bei dem Kind, dränge auf Details, trotzdem er alles ablehnt, dabei einen glühroten Kopf hat. Dann stellt sich heraus: es ist ein Ehefall, und meine Medikamente und Anordnungen werden nicht viel wirken. »Kümmert die Frau sich nie um Sie?« »Nein, – es liegt an mir. Es ist eine andere dazwischen.« »Bei Ihnen?« »Ja.« Und dann kommt es heraus: er hat seine Frau, vor drei Jahren, »nur aus Dankbarkeit« geheiratet, weil er in ihrer Familie aufgenommen wurde nach dem Tod seiner Mutter, hatte mit dem Mädchen ein Verhältnis, konnte sich den Konsequenzen nicht entziehen. Nun hat er eine kennengelernt, eine Freundin seiner Frau, er liebt sie, aber sie will nicht. Sie will die Ehe nicht zerstören. Es ist ein strenges ernstes Mädchen; er will sich »am liebsten heute« scheiden lassen, seine Frau weiß nichts davon, aber das Mädchen, das schon Pech mit ihrem ersten Verlobten hatte, will nicht. Warum sucht der Mann mich auf? Weil er Kopfschmerzen hat, gedankenlos ist, sich in der Nacht von einer Seite auf die andere wirft. Begreiflich, auch ohne Medizin. »Können Sie nicht mal mit dem Fräulein herkommen?« Es wird schwer gehen; sie will sich überhaupt von ihm lossagen. Jetzt weint er und setzt sich. »Dann kommen Sie mit ihrer Frau her; die wird bestimmt kommen.[«] Daß er's verspricht, ist auffällig; er gibt die Partie schon auf; es scheint, der Mann hat seelisch sehr dunkle Hintergründe.

Ist das nun, oder das Ganze, Seelsorge oder Sozialfürsorge? Es geht Hand in Hand. Ich kann ihnen keine Kohlen verschaffen oder nicht zu einer anderen Wohnung oder Frau oder zur Arbeit verhelfen. (Ach, die Wohnungsfrage. Es könnten ganze Abhandlungen geschrieben werden über die Wirkung der Wohnungsnot auf den Verlauf der Ehen, auf den Alkoholismus, auf die Abtreibung und ihre Folgen, auf den Bevölkerungszuwachs, also auf die Kriminalität.) Sie wollten etwas von der sozialen Fürsorge und den Ärzten wissen; ich habe Ihnen etwas aus meiner heutigen Nachmittags-Sprechstunde erzählt. Es geht so Tag um Tag. Wir sind alle nur so private Sozialbeamte mit ärztlicher Erfahrung. Wir sind, wenn ich es recht sehe, an einem kritischen, wenn auch öffentlich nicht sichtbaren Punkt als leise Puffer zwischen den jedem bekannten gesellschaftlichen Gewalten eingefügt. –

Vor der Bücherwand mit den Söhnen Wolfgang und Peter

Ich nähere mich den Vierzig

Es sind nicht leichte Erschütterungen und Erregungen, unter denen ich diese Lebensbeschreibung beginne, die mich treiben, sie anzufangen. Es ist ein unnatürliches körperliches Feuer, eine Hitze, der ich mit der Selbstbetrachtung, der Rückschau begegnen will. Mir hilft nicht Brom, ich kann nicht schlafen, mein Appetit ist wie erloschen. Ich muß nachdenken, das Drängen in meiner Brust besänftigen, die rastlose Unruhe, die mich über die Straßen und Plätze treibt und wieder auf mein Zimmer zurück, hinlegen, hinschweigen. Ich gehe und sehe kaum einen Menschen, ich verlaufe mich, da ich nicht nach dem Straßenschild blicke; gequält bin ich sehr, verfolgt. Und ich hoffe, verfolgt von mir selbst.

Ich nähere mich jetzt den Vierzig. Viele graue Haare habe ich an den Schläfen, vieles, was mich früher sehr gelockt hat, ist mir jetzt nichts. Ich gehe über die Straßen, sehe stolze Wagen fahren – und ich bin neidisch; ich möchte auch meine Ruhe haben, die Sorge los sein, die sich mir immer nähert. Schöne Mädchen, stolze Fräulein mit lächelnden Herren: es ist mir nichts, das geht mich nichts an, das ist laues ödes Wasser; ich bin zu sehr gebrannt und geglüht worden; wie soll mein Organismus nicht so vernünftig sein und noch irgendein Gefühl dafür hergeben, noch irgendeine Kraft daran vergeuden. Ich verstecke mich nicht vor diesen Weibern; etwas wie Mitleid gegen sie habe ich und ein ganz fernes, kaum gezeichnetes schmerzliches Erinnern, eine blasse Traurigkeit, die ich belächeln kann. Ja, das ist ein Fortschritt: sie schreien mir nicht mehr zu: du bist allein, einsam, durchaus und völlig verlassen – so daß mir die Kehle zugeschnürt war, ich auf mein Zimmer kroch, mich verkroch, die Fenster zuschloß, um nicht Tritte zu hören, nicht Lachen, nicht Lautenklimpern, nicht die heimkehrenden Spaziergänger. Mir wurden solche entsetzlichen Abende und Halbnächte in Freiburg gut in die Erinnerung geätzt, wo ich tagelang, tagelang keine Silbe sprach, öfter vor mich summte und sang, bloß um wieder meine Stimme zu hören, die mir tröstlich wie die eines Fremden klang; ich sprach auf der Straße Kinder an, meine Stimme war mein einziger Freund. Ich suchte nicht diese Einsamkeit, ich habe sie so nie gesucht; ich lief frei herum, blieb in Einzelhaft! Was nützten mir die Berge, das blitzend schöne Wetter, die Berge und Wälder und Seen? Ich habe jahrelang und noch jetzt einen Haß auf sie gehabt, einen Widerwillen; sie bereiteten mir Pein; es ist, als ob ich allein in ein großes Vergnügungslokal trete und niemand spielt, alle Tische leer: wer soll sich da freuen. Bitterkeit: das ist der richtige Ausdruck; so empfinde ich oft genug jetzt noch Wälder. Wenn ich nicht schwermütig verliebt in sie bin, reif, weich, zärtlich, sohnsmäßig ergeben mich auf eine Wurzel setze, zu den Blättern aufblicke und mich in einem Grabe dünke – in einem schönen weltfremden Raum. Die Tierchen um mich herum, die Käfer: alles stumm, sargmäßig, und doch mich rufend, daß ich mich lang hinstrecke, ausstrecke.

Ich lüge in diesen Zeilen nicht, ich will mir ja helfen. Noch freilich bin ich nicht ruhig, noch gar nichts.

Gibt es einen Vater, zu dem man aufblicken kann? So schön einhüllend müßte das sein. Es ist schlimm für jemand wie mich, daß er viele Stunden über, Tage, ja Monate gehetzt ist und niemand ihn aufnimmt. Ein Gott – es ist ein schöner Gedanke; er ist stolz und menschenkennerisch, der Gedanke – er sagt: nicht an einen Menschen kann ich mich wenden, mir hilft nur Gott; das Mißtrauen gegen die Menschen hat uns diesen Gott eingegeben.

Sonderbar ist, daß mich oft der Trieb befällt, eine Selbstbiographie zu schreiben. Ich wehre mich dagegen: ich sei noch jung genug, ich habe mehr zu tun als rückzublicken; aber meine frühere tiefinnerliche Überzeugung: ›ich habe noch Zeit‹ ist sehr verblaßt. Manchmal kommt es mir vor, als ob ich diese russische Weite in dem Gefühl meines Lebens nicht mehr habe; die Kraft ist mir irgendwie geknickt, alle meine alten, sehr stolzen, kalten Gefühle kann ich nur noch denken: die Sicherheit ist weg; ich habe das Gefühl: so weit ist das Leben nicht, so viel Zeit habe ich nicht; nicht mehr. Manchmal sitzt es mir sogar im Nacken: ich soll noch etwas literarisch arbeiten, es hetzt mich, ich solle nicht faul sein. Und dabei war früher mein köstlichstes Gefühl: ›Ich kann faul sein, ich kann flanieren.‹ Dies und daneben die tiefinnere Sicherheit, rocher de bronze: ›Mir kann nichts passieren. Das Schlimmste ist sterben, eine größere Variation bietet das Leben nicht, und was tut mir das Sterben? Es ist mein Schicksal, ich bleibe, ich verbleibe darin, mein Bett ist größer geworden, ich kann mich besser strecken.‹ Darum fühl ich mich auch in manchen Stunden dem Wald so nahe, den Tieren so freundlich, wahrhaft brüderlich, auch der Luft, dem Donner, dem Eisen, Stein: so bewußtlos stumm und sicher inwendig bin ich wie sie; ich donnere und es ist vorbei, es war eine unzeitliche Regung trotzdem; so unberührbar stolz ist all dieses Tote, Bewußtlose, und doch Seiende. Der Tod hat für mich keinen Stachel, wir kennen uns, innerlich sitzt er in mir, er ist meines Wesens Kern: So war es früher, so fühlte ich. Und etwas auch jetzt. Aber die Angst des Daseins überwältigt mich oft, sie erstickt mich, ich vergesse mich, bin eine arme, umgetriebene Kreatur, der der Tod nur der Erlöser, Retter heißt, dem er sich als Flüchtling naht – nicht mehr um als Zechgenosse mit ihm die Beine unter einen Tisch zu strecken. So verwandelt, zermürbt, aufgerührt bin ich jetzt. Und fast von Jahr zu Jahr mehr. Wie schmählich werde ich noch hinsterben. Wie meiner unwürdig wird da vieles sein.

Es hilft mir nicht, daß ich schreibe und schreibe. Es beruhigt mich nicht. Es wird wieder Geschriebenes. Es soll nicht geredet werden von mir, sondern von Doktor Döblin.

Dieser ziemlich kleine bewegliche Mann von deutlich jüdischem Gesichtsschnitt mit langem Hinterkopf, die grauen Augen hinter einem sehr scharfen goldenen Kneifer, der Unterkiefer auffällig zurückweichend, beim Lächeln die vorstehenden Oberzähne entblößend, ein schmales, langes, meist mageres, farbloses Gesicht, scharflinig, auf einem schmächtigen, unruhigen Körper – dieser Mensch hat kein bewegtes äußeres Leben geführt, dessen Beschreibung abenteuerliche oder originelle Situationen aufzeigen könnte. Hat nur in zwei Städten, Stettin und Berlin, gelebt, eigentlich nur in Berlin, nämlich von seinem zehnten Jahr ab, vorübergehend ein halbes Jahr als Knabe in Hamburg, hat in Freiburg seine beiden letzten Studiensemester abgemacht in seinem sechsundzwanzigsten Jahr, war dann als Medizindoktor etwa ein Jahr an einer Irrenanstalt bei Regensburg, weitere zwei Jahre an der Irrenanstalt Buch bei Berlin, dann immer noch Assistenzarzt, trotz seinen nunmehrigen dreißig Jahren, in Berlin an einem Krankenhaus. Nach drei Jahren verheiratet, Innerer Arzt in Berlin. Kaum daß er einmal einen Ausflug nach Basel machte auf seiner Rückkehr als junger Doktor von Freiburg, daß er zur Weltausstellung ein, zwei Wochen Brüssel, Antwerpen, Ostende sah; auch ein paar Tage München passierte. Er war Berliner mit blasser Ahnung von anderen Orten und Gegenden.

Stettin, eine trübe, verkommene Provinzstadt nach seiner Erinnerung, mit einem grellen Jahrmarkt auf dem Paradeplatz, Spielplätzen auf den Treppenabsätzen eines tief herabsteigenden Rathauses, hatte er als zehnjähriger Junge mit seiner Familie unter schlimmen Umständen verlassen: Sein Vater hatte das vermocht. Der war ein – ja sage ich: besserer Schneidermeister oder Konfektionsfabrikant; er hielt sich jedenfalls eine Anzahl Schneider und Zuschneider, auch Schneiderinnen, Näherinnen; diese hatten in oder bei der Wohnung einen oder mehrere Arbeitsräume: lange Zuschneidetische, auf denen Tuche mit ungeheuren Scheren zerschnitten wurden; dann waren riesige Regale da mit Tuchballen. Gearbeitet wurde im Auftrage einiger fremder Firmen, er entsinnt sich, häufig den Namen einer solchen angeblich großen Hamburger Firma mit Respekt, mit tiefem Respekt aussprechen gehört zu haben. In der Wilhelmstraße, dann in der Friedrichstraße Ecke Unter den Linden – aber in Stettin – wohnte seine Familie, man sah auf die baumbestandene Allee; einmal zog hier, wie er sich entsinnt, der alte Kaiser Wilhelm nach dem Paradeplatz zu; Fürst Bismarck war dabei, der hatte einen runzligen gelben kleinen Kopf unter einem ungeheuren blanken Kürassierhelm; dieser Zug verwunderte ihn mehr, als er ihm imponierte, besonders der viel gepriesene Bismarck enttäuschte ihn. Der alte Kaiser starb; das wurde ihm in der Schule, dem Friedrich-Wilhelm-Realgymnasium, gesagt, wo er Sextaner war und schlecht, sehr schlecht Latein und Rechnen kapierte. Nach der Todesnachricht ging er mit dem Taschentuch in der Hand nach Hause; er schien sich dann und wann eine Träne zu trocknen; er glaubte, das gehöre sich so – er war aber gar nicht traurig, sondern nur unklar, wie er sich nach den wehmütigen großartigen Redewendungen des Klassenlehrers benehmen sollte. Nicht viel später wehten zum zweiten Male die Fahnen halbmast beim Tode des Sohnes jenes Kaisers; er sah sich aus dem Eckfenster oft diese Fahnen an; er konnte mit dem Ereignis nichts anfangen und ging viel auf die Straße, um zu sehen, was die anderen, die Erwachsenen, machten.

In dem Hause seiner Eltern wohnte zuletzt die alte Mutter seines Vaters; sie hatte ein langes, schmales Zimmer. Da fand man sie eines Morgens tot im Bett. Bei der Beerdigung lief er, als nicht offizieller Teilnehmer, nebenher ein Stückchen mit; da fand er vor einem Hause einen Auflauf, ließ den Leichenwagen fahren, fragte, was es da im Flure gäbe; ein Mann sagte: »Da hat ein Mann ein Kind bekommen.« Worüber der Junge nachdachte. Das unbegriffene, von ihm nicht als Spott erkannte Wort ist ihm noch heute ins Gedächtnis eingeprägt.

Er war ein sanfter, sehr besonderer, auch stark vom Vater gehätschelter Junge. Wegen seines großen Schädels hatte er den Beinamen ›Dickkopf‹ bei seinen Geschwistern – sie waren vier Brüder und eine Schwester; er war das vorjüngste Kind. Leidlich lernte er in der Vorschule, schwer wurde ihm schon die Sexta; er saß weit hinten. Aber zu Hause las und las er, schmökerte, was ihm in die Hände fiel. Während die Geschwister auf der Straße, am Rathaus, mit Peitsche und Kreisel spielten, las er. Seine Augen waren schon damals kurzsichtig; die schlichte Anlage dazu hatte ihm der Vater vererbt. Eine Brille, die der Augenarzt anordnete, lehnte aber der Vater ab; er mußte schon damals bei manchen Fächern ganz vorn vor der Tafel sitzen. Er hatte blonde, hellblonde Haare, die bis auf die Schultern fielen; damals galt er als hübsches Kind. Er lief viel allein auf den Straßen herum; einmal lief er auf den Jahrmarkt; da war an einer Bude eine Moritat angemalt, grell bemalte Leinwand, entsetzliche Totschlagsszene; der Junge lief ganz verwirrt nach Hause, das Bild konnte er nicht loswerden, es ängstigte ihn viel; lange Jahre später noch verließ ihn nicht der schreckliche Eindruck, dessen Pein er sich zu entziehen suchte. Dunkel präludierte geschlechtliche Dinge, zwischen dem neunten und zehnten Jahre. Er bemerkte öfter mit Erstaunen den wechselnden Füllungszustand seiner Geschlechtsorgane, aus dem Bad aussteigend sagte er einmal einem seiner erwachsenen Brüder, wie lästig das doch eigentlich sei; er schämte sich weder des Vorgangs noch daß einer ihn in dieser Verfassung sah; er wußte nicht, was das war; es war nicht mehr als eine ärgerliche Sache. Ein andermal aber lag er mit mehreren andern Kindern – sie waren erst zwischen acht und neun Jahren – auf einer Kellertreppe; was sie da wollten und warum man ihn dahin gezogen hatte, wußte er nicht. Da lag ein etwa gleichaltriges, vielleicht noch jüngeres Mädchen; sie berührten es – es lag auf dem Gesicht – an den heimlichen Stellen; er auch, ohne daß er etwas anderes als ein unklares Gefühl von etwas Unanständigem hatte, worüber man nichts sagen darf. Es übte keinerlei Einfluß auf ihn aus, noch lange lange Jahre später hatte er keine Vorstellung von den weiblichen organischen Besonderheiten und ihrer Funktion. Ja, als er das erste Semester Medizin studierte in seinem dreiundzwanzigsten Jahr, wußte er noch nichts Genaues und wunderte sich bei seinem ersten Gang durch die Anatomiesäle in Berlin über die weiblichen Leichen, die offenbar einen Schnitt in der Mitte unterhalb des Schambogens hatten; er wollte immer einen der Arbeitskameraden danach interpellieren, tat es nicht aus Schamgefühl – er hätte sich unsterblich blamiert. Denn es hieß so tun, als wäre man mit allen Wassern gewaschen – damals und schon viel viel früher; es hieß so tun.

Öfter ging er in die Synagoge, wo sein Vater mitsang im Chor. Der Vater war sehr musikalisch, spielte Geige und Klavier, beides mäßig, lehrte die ältesten Kinder die Anfangsgründe. Er hatte eine lockere Hand und schlug nicht selten. Der Vater zeichnete auch kleine Bilder, die er austuschte.

Am besten konnte aber der vielseitig begabte, flatterhafte, energielose Mann etwas anderes. Seine Frau hatte vielen Grund, auf ihn eifersüchtig zu sein. Zuletzt tat es ihm eine seiner Schneidermamsells an; es ging zu Hause die Rede davon, daß er mit dieser jungen, recht hübschen Person sich in Gärten treffe. Der Vater war auch sonst wenig zu Hause, von einem Familienleben war kaum die Rede; jetzt blieb er viele Abende auch weg. Einmal erwischte ihn die Mutter in irgendeiner Stettiner Gartenöffentlichkeit, zerbrach ihr unter Geschrei den Sonnenschirm. Später schlug der Vater seine Frau im Korridor, ich glaube mit einer Elle, nach einer Szene. Eines Tages erklärte der Vater, eine Reise nach Mainz vorzuhaben, verabschiedete sich in jeglicher Ruhe, der Junge half ihm noch beim Anziehen der rechtzeitig von der Reparatur gebrachten Zugstiefel. Eines frühen Morgens aber kam die Mutter mit vielem Geschrei und Weinen in die Stuben, wo wir schliefen; ein Telegramm oder ein Brief des Vaters war gekommen; er schrieb aus Hamburg, er ginge nach Amerika, ›goldene Berge will ich Euch bieten‹.

Damit war die Familie zerstört. Es war vorher da eine sich gut entwickelnde Wohlhabenheit. Momentan mußte alles liquidiert werden; zur Aufnahme der Warenbestände kamen Vertreter aus Hamburg. Der Junge ging mit seiner Mutter später einmal durch die Linden, er guckt nach allen Seiten, ob man ihm nichts ansieht, er schämt sich des stadtbekannten Eklats, daß sein Vater mit einer Schneidermamsell nach Amerika durchgebrannt.

Sofort wurde er aus der Schule genommen, kam in traurige Privatstunde. Die Frau hieß Sauter, sie wohnte irgendwo hoch, es war sehr hell bei ihr, meist unterrichtete sie Mädchen. Man saß da vormittags an einem Tisch, sie ließ schreiben, schreiben, schreiben; man meldete: »Frau Sauter, zwei Seiten!« Dann schrieb sie auf die erste Zeile des neuen Blattes einen frischen Satz – den hatte man sorgfältig wieder an zwanzigmal nachzuziehen. Also Erziehung zur Kalligraphie. Die Mädchen lernten auch französische Gedichte: ›France adorée, douce contrée!‹

Das jammervolle Intermezzo dauerte nicht lange. Meine zuerst ganz kopflose Mutter wurde von ihren wohlhabenden Brüdern nach Berlin gezogen. Eine endlos lange Eisenbahnfahrt dritter Klasse. Schließlich dicht vor Berlin konnte der Junge ein natürliches kleines Bedürfnis kaum mehr bewältigen, wagte es aber nicht zu melden; denn die Mutter unterhielt sich über die Berliner Verhältnisse mit Reisegefährten. Als der Schlesische Bahnhof kam, drängte sich der Junge fassungslos an die Tür, und ein dünner, lang fließender Bach bezeichnete seine Tätigkeit und seine Erlösung; schleunigst wie ein Dieb stieg er an der Jannowitzbrücke mit aus. Unterwegs erfuhr er, daß sie Blumenstraße wohnen würden; ein Herr sagte, das sei mitten in der Stadt; da sei viel Qualm.

Die Wohnung war klein. Man war in recht ärmliche Verhältnisse geraten. Der Vater schickte nichts, die Mutter besaß kaum etwas, ihre Brüder hielten alles über Wasser; der älteste Sohn, eben Tertianer in Stettin, mußte als Lehrling ins Geschäft zu dem großen N. Israel in der Spandauer Straße. Es hieß, daß das etwas Kolossales sei, man sprach von dem kleinen alten Chef wie von einem König, die kleinen Geschäftsdetails waren das Gesprächsthema. Sie wohnten eng aufeinandergepackt in wenigen Zimmerchen zur ebenen Erde; am Morgen des ersten Tages sah der Junge als erstes Zeichen der Großstadt Berlin einen Aushängekasten schräg rechts gegenüber am Haus von dem Schreiblehrer Rackow. Vor dieser Tafel stand er oft, er bewunderte die fabelhaft gezirkelten sicheren Figuren, er hielt es nicht für möglich, daß man so schreiben könne; aber er war in Berlin.

Man gab ihn in eine Gemeindeschule in der Nähe. Die Schule befand sich in einem Hinterhaus. Er kam in die dritte Klasse. Er hatte nicht den geringsten Eindruck, degradiert zu werden, erst allmählich im Lauf der Jahre wurde ihm eingeprägt, besonders durch den Umgang mit den reichen unterstützenden und nicht unterstützenden Onkels, daß er einer armen Familie angehöre. In dieser Schule reüssierte er. Er bekam sogar einmal eine Prämie, einen Atlas; da in diesem Atlas vorn ein Zettel eingeklebt war, daß das Buch aus der und der ›Buchhandlung und Antiquariat‹ stamme, war er besonders stolz, denn er wußte nicht, was ein Antiquariat sei. Und seiner Tante bemerkte er, daß er ein antiquarisches Buch erhalten habe – und wußte sich dann, belehrt, nicht genug zu schämen und wußte nicht, wie sich herausdrehen.

In dieser Schule gab es einen Turnlehrer, dessen Leidenschaft Dauerlauf war. Man turnte wenig, marschierte selten, er übte Dauerlauf. Fünf Minuten, zehn Minuten, zwanzig Minuten; immer mehr fielen ab, machten schlapp. Der Stettiner hielt meist gut mit; ihn hielt der Ehrgeiz. Dann kam ein schönes halbes Jahr:

da war der Vater in Amerika gar nicht gut vorangekommen, nichts war ihm geglückt, alles war so teuer dazu im Dollarland – das Ganze war nur ein verlängerter Ausflug mit Begleitung gewesen. Die Mutter ließ sich bewegen, die Armut drängte ja auch die Frau, die sich von früh bis spät plackte, kochte, wusch, ein Zimmer vermietete, den Herrn bediente für seine paar Pfennig, man zog nach Hamburg im Frühjahr. Da hatte der Vater eine Stellung gefunden in dem Geschäft, mit dem er schon früher gearbeitet hatte. Man wohnte viel schöner als in Berlin, im dritten Stock, ein Feld resp. ein umzäunter rasiger Exerzierplatz lag viereckig weit vor ihnen, drüber stand die Kaserne. Er kam in eine Volksschule. Schwer konnte er sich unter den neuen Schulverhältnissen einleben. Als es hieß, daß er und sein neben ihm sitzender Bruder Juden seien, mußten sie ein kleines jüdisches Gebet, das sie konnten, in der Stunde dem Lehrer vorsingen. Ein andermal nahm ihn auch der Lehrer mit, über die Treppe ging man, in einem Zimmer saß eine Lehrerin, da mußte er ein Frühlingslied, das er kannte, dem Fräulein darbieten; er sang frei ohne Scham. Wenig hat er von Hamburg gesehen, bisweilen half er der Mutter die Markttasche vom Altonaer Markt tragen. Die Elbe hat er nie gesehen, ein-, zweimal die Alster. Denn man blieb nicht lange im dritten Stock dort vor dem Exerzierplatz. Rasch hatte sich der Ehehimmel wieder verdunkelt. Von anonymen Briefen war zu Haus die Rede. Es stellte sich bald heraus, daß jene infame Schneidermamsell, unseligen Stettiner und Amerikaner Angedenkens, von ihrem Herrn und Meister nach Hamburg placiert war, daß der Vater eine Art Doppelleben führte; er war ein Amphibium, aber bei der Familie saß er auf dem Trockenen. Die Mutter hatte dringenden Verdacht, daß ihr Gemahl sich in Amerika zum zweiten Mal habe trauen lassen; das Wort ›Bigamie‹ fiel oft, aber es waren nur Besprechungen der Mutter mit den ältesten Geschwistern. Man war eine geschlossene Gruppe gegen den Vater, den man sehr wenig sah. Es hieß auch gelegentlich, der Vater und jene Mamsell hätten ein Kind; das waren solche ängstliche verwirrenden Behauptungen, die aus den anonymen Briefen stiegen.

Und als dann die Anwesenheit der jungen Dame in der Nähe durch Beobachtung erwiesen war, zog die Familie wieder nach Berlin. Es war ein schöner Sommerausflug gewesen. Dem Jungen, dem späteren Doktor Döblin, mehrfachen Autor von Kindern, Büchern und planlosen Handlungen, gelang es nur, eine und die andre Erinnerung aus dem Ort zu retten. Man sah ihn in der Schule als etwas Feineres, Vornehmes an, begleitete ihn nach Hause, drängte sich ihm auf; er war noch immer merkwürdig sanft und hörte gern zu. In dem großen Abortraum und vor Gartenzäunen bewunderten sie auch gelegentlich sein dort tätiges wasserspeiendes Organ und fanden die Weiße auffallend, was sie ihm später bei einer Invektiven nicht vergaßen. Einmal sollte er etwas einkaufen, hatte das Eingekaufte in die Tasche gesteckt, wollte vor dem Exerzierplatz einen Stein mit der Linken über den Zaun werfen; siehe: da verwechselte er die Begriffe, warf mit der Rechten – in der er das Restgeld im Papier trug! Das war ein Jammer. Er kletterte über den Zaun; es dauerte lange, bis er alles beisammen hatte. Einmal kam er auch blutüberströmt nach Hause: man schoß gemeinsam mit Bogen aus Korsettstangen, ein Pfeil traf ihn; gegen den Jungen resp. seinen Vater erstattete der Vater Anzeige, ein Kriminalkommissar beguckte sich die Narbe, die Sache las er mit Stolz in der Zeitung. Er hatte nicht geschrien aus Schmerz, sondern weil es ihm schien, daß sich das so gehöre bei fließendem Blut, und weil er so Aufsehen erregte und den andern Jungen ärgerte.

Im Gespräch mit dem Komponisten Berghaus

Ohne Weltbild?

Mit der Medizin ging es mir so: ich konnte mich an der heutigen Medizin nie erfreuen. Warum? Sie ruht auf keinem Weltbild, dem ich zustimme. Sie scheint mir klar und hell, aber nicht tief genug. Der Mensch, seine Gesundheiten; seine Krankheiten sind ohne solch Weltbild nicht erkennbar und nicht zu behandeln. Daher bleibt all unser Diagnostizieren äußerlich und ebenso das Verordnen. Wer sieht nicht am Meer den Einfluß des Mondes auf das Meer, Ebbe und Flut? Was tun die Gestirne mit uns? Wie roh sind wir in der Auswahl der Nahrung! Ebenso roh wie in der Auswahl der Menschen, mit denen wir uns umgeben. Aber wähle einer in dieser chaotischen, zusammengewürfelten Welt!

Daher hielt ich mich immer mehr an das Gesellschaftliche und suchte das Einfache, Natürliche, Wahre in dem Einzelnen zu sehen. Im Ganzen glaube ich sagen zu können: sehr leidet heute der kleine Mann, der ärmere, bürgerliche Mann, der Arbeiter, in den Städten. Er fühlt deutlich, wie er verkommt, besonders jetzt, wo es zu Ende ist mit dem alten Sozialismus, der noch Hoffnung gab.

Ich habe viel Ärger in meinem Leben damit gehabt, daß ich meine Gedanken nicht von anderen bezog, sondern von Anfang an selbst durchdachte; ja, ich nahm sie nicht an, wenn ich nicht auf eigenem Wege zu ihnen gekommen war. Immer gab es Menschen, die einen zu ihrer Meinung bekehren wollten, und zwar mit Haut und Haaren, und auf die Weise, die ihnen gut dünkte. Das gelang ihnen bei mir in keinem Fall; und es wurde mir nachgetragen. So habe ich mit dem Expressionismus Fühlung gehabt, weil wir uns eben trafen, und ich konnte manchem Expressionisten eine gewisse Hilfe und Reverenz erweisen. Wenn ich selber aber schrieb, so ging das weit über den Rahmen einer bloßen »Schule« hinaus, und sie wandten mir den Rücken und stießen mich in den Haufen des ahnungslosen Pöbels. Ebenso erging es mir bei der Psychoanalyse, ebenso bei dem Sozialismus, beim Marxismus. Die Dinge müssen in *meinem* Garten wachsen! Ich kaufe nicht auf einem Markt.

Das Ehepaar Döblin

Schriftsteller und Politik

Die letzte Hauptversammlung hatte sich zwei erregte Stunden zu befassen mit dem Versuch, politische Gruppen im Rahmen des S. D. S. zu bilden. Die Versammlung entschied, daß keine politischen Fraktionen und fraktionsartige Gebilde zu dulden seien. Das Motiv des Entschlusses war, Fraktionsbildung politischer Art hat nichts zu suchen in einem Verband, der neutral, apolitisch ist und politisch divergente Schriftsteller zusammenschließt zur Erreichung gemeinsamer wirtschaftlicher und schriftstellerisch ideeller Ziele. In der Tat genügt ein kurzes Nachdenken, um festzustellen, daß die Zulassung von Fraktionen nicht eine verstärkte Aktivierung, sondern die Auflösung der Organisation bedeutet hätte und Lahmlegung der Restkörper.

Die Schwierigkeit, Schriftsteller zu wirtschaftlichen und standes-ideellen Zwecken zusammenzuführen, ist nicht nur dadurch bedingt, daß der Schriftsteller Heimarbeiter ist; Kenner der Gewerkschaften wissen und betonen immer, daß die Heimarbeiter ebenso leicht ausgenutzt wie schwer organisiert werden. Die Schwierigkeit beim Schriftsteller liegt noch an seiner bis zur Neuropathie besonderen, eigentümlichen Person – er ist Einzelmensch – und liegt zuletzt im Politischen. Das heißt: Schriftsteller, der einzelne Schriftstellermensch ist, ob er es weiß oder nicht, intensiv politisiert, wenn auch nicht im Sinn der zufälligen Parteien. Es gibt keine unpolitischen Schriftsteller. Und dieses meist unbewußte Gefühl von der Verschiedenheit der Einstellung hier, kompliziert durch persönliche Varianten, macht den Schriftsteller, den Geistigen überhaupt, wie wir beobachten, organisationsfremd und -feind.

Was in der Organisation sich nicht geltend machen kann, kann es außerhalb. Die Frage, ob der Schriftsteller, der Geistige, der schreibt, sich politisieren soll, ist dahin beantwortet, daß er politisiert ist. Die Frage, ob er – und wie er – im landläufigen Sinne »Politik« treiben soll, steht für sich. Es kann aber meines Erachtens nicht gleichgültig sein, ob einer, der Politik treibt, Geistiger, Schriftsteller ist oder nicht. Die Beschäftigung mit geistigen Dingen, mit Dingen der eigenen und fremden Kulturen, der jetzigen und früheren Zeit, kann, länger getrieben, nicht wirkungslos sein. Was sind das für Wirkungen? Erweiterungen des Horizonts, Überblick: dies zunächst. Ich stelle fest, daß eine Anzahl Schriftsteller ohne Vorteil für sich und andere sich mit geistigen Dingen befaßt hat und daß sie nicht Geistige zu nennen sind. Schärfung und Neigung des Artikels, Intensivierung und Fassung des politischen Grundgefühls bringt die Beschäftigung mit dem Geistigen mit sich, dazu Ruhe und Verantwortungsgefühl im Kampf.

Soll der Schriftsteller, dieser Geistige, Politik treiben? Ja, und durchaus ja. Von Hölderlin stammt das bekannte, noch immer gültige Wort von dem »Schlachtfeld« des Lebens in Deutschland, »wo Hände und Arme und alle Glieder zerstückelt untereinander liegen, indessen das vergossene Lebensblut im Sande zerrinnt«. Man sieht jetzt allgemein, wie schädlich einem Lande das Abgeben der Politik an einen Haufen Professionals ist. Der Schriftsteller muß Politik als einen integrierenden Teil des Geistigen, als wesentliche Äußerung des Geistes erfassen. Er darf, vom Kopf bis zu den Füßen Geistiger, sich nicht verstümmeln, indem er sich politisch willenlos macht. Er darf sich nicht abschrecken lassen durch die ironischen Worte der Professionals und der Matten, die auf ihre Professionals stolz sind. Es ist mir nicht unwahrscheinlich, daß eine große Zahl guter deutscher Geistiger und Schriftsteller durch die lange Abstinenz politisch unfähig geworden ist.

Das kann nicht hindern, auf die Wichtigkeit des verlorenen

Terrains hinzuweisen, besonders die jüngeren und heranwachsenden Schriftsteller darauf hinzuweisen, und sie zu ihrem eigenen Gewinn und zu dem der Gesellschaft, zur Wiedereroberung des Terrains anzuspornen.

Im übrigen bin ich ein Mensch
und kein Schuster

Ich lebe weder jetzt von meiner ›produktiven‹ literarischen Arbeit, noch habe ich früher davon gelebt. Man konnte nämlich schon im Jahre 1910 nicht von einem Jahreseinkommen von 2000 Mark leben, und die großartigen 3000 Mark, die ich eine lange Anzahl Jahre später einzog, waren, in Butter umgerechnet, noch nicht 100 Pfund, oder gerade ein Anzug. Ich bin Arzt und habe eine große Abneigung gegen Literatur. Viele Jahre habe ich keine Zeile geschrieben. Wenn mich der ›Drang‹ befiel, hatte ich Zettel bei mir und einen Bleistift, kritzelte im Hochbahnwagen, nachts auf der Rettungswache oder abends zu Hause. Alles Gute wächst nebenbei. Ich hatte weder eine Rente noch einen Mäzen, dagegen, was ebensoviel wert ist, eine erhebliche Gleichgültigkeit gegen meine gelegentlichen Produkte. Und so geht's mir noch heute gut. Auch jetzt beziehe ich, bei einfacher Existenz, nur einen Bruchteil meines Bedarfs aus ›produktiver‹ Arbeit – voriges Jahr habe ich mir die erste Sommerreise in den Spreewald gestattet –, aber das Bruchteil macht mir Spaß, auch darum, weil es mir Gelegenheit gibt, mich schimpfend mit den Verlagsunternehmern herumzuschlagen. (Bekanntlich bedroht jeder Anspruch des Autors die Existenzbasis der Verleger, und der Autor hat doch schließlich nur eine vom Verleger konzedierte Existenzbasis.) Ich tue meine Facharbeit, bin aktiv in allen möglichen Organisationen, ärgere mich, tanze (ziemlich schlecht, aber dennoch), mache Musik, beruhige einige Leute, andere rege ich auf, schreibe bald Rezepte, bald Romankapitel und Essays, lese die Reden Buddhas, sehe mir gern Bilder in der ›Woche‹ an, das alles ist meine ›Produktion‹. Wenn mir eins davon oder das andere Geld bringt: herzlich willkommen. Im übrigen bin ich ein Mensch und kein Schuster.

»Pioniere haben es nie leicht.
Es wird aber sehr einsam um den Älteren und Alten.«
Alfred Döblin 1952

Tod

Ich halte den Tod, wenn er nicht zu früh kommt, für ein sehr natürliches, uns angepaßtes Ereignis. Im Laufe einiger Jahrzehnte haben wir reichlich Zeit, uns mit den Mängeln und Ecken unserer Person zu befassen.

Man kennt sich allmählich gründlich und möchte umziehen.

Die Gans

Unvergeßlich aus meiner Kindheit ist mir, es fällt mir gerade ein, noch folgende Szene: wir wohnten in der Blumenstraße und unsere Mutter hatte – großes Ereignis – eine Gans gekauft. Und wie sie morgens in die Küche kommt, wir wohnten parterre, war die Gans weg, gestohlen. Gans, einschließlich Gänseklein. Meine Mutter weinte; groß der Schmerz der Familie, wir waren fünf Kinder und klagten wochenlang. Mein Magen sehnt sich noch heute nach dieser Märtyrergans. Erst im Paradies werde ich sie essen.

Anhang

Zeittafel zu Alfred Döblins Leben und Werk

10. August 1878: geboren in Stettin als viertes Kind jüdischer Eltern, des Schneidermeisters Max Döblin (1846 Posen – 1921 Hamburg) und seiner Frau Sophie, geb. Freudenheim (1844 Samter/Posen – 1920 Berlin).

1888: Döblins Vater verläßt die Familie. Die Mutter zieht mit den fünf Kindern nach Berlin.

1891–1900: Köllnisches Gymnasium in Berlin. Lektüre Kleists, Hölderlins, Dostojewskis, Schopenhauers, Spinozas, Nietzsches. 1896 Entstehung von *Modern. Ein Bild aus der Gegenwart* (zu Lebzeiten unveröff.).

um 1900: erster Roman *Jagende Rosse* (zu Lebzeiten unveröff.).

1900–1905: Medizinstudium in Berlin und Freiburg i. Br. Freundschaft mit Herwarth Walden und Else Lasker-Schüler. 1902/03 Entstehung des Romans *Worte und Zufälle,* veröff. 1919 unter dem Titel *Der schwarze Vorhang,* und u. a. der Erzählung *Die Ermordung einer Butterblume.*

1905: Promotion in Freiburg. Assistenzarzt an der Kreisirrenanstalt Karthaus-Prüll in Regensburg.

1906–1908: Assistenzarzt an der Irrenanstalt in Berlin-Buch. Beziehung zu der Krankenschwester Frieda Kunke (1891–1918). Publikationen in medizinischen Fachzeitschriften.

1908–1911: Assistenzarzt am Krankenhaus Am Urban in Berlin. Dort lernt er die Medizinstudentin Erna Reiss (1888–1957) kennen. Wohnung im Gertraudenstift am Spittelmarkt.

1910: Mitgründung der Zeitschrift *Der Sturm.*

1911: Kassenpraxis und Wohnung in der Blücherstraße 18 (praktischer Arzt und Geburtshelfer, später Nervenarzt und Internist). Geburt von Döblins und Frieda Kunkes Sohn Bodo Kunke in Berlin. Nachtwachen auf der Unfallstation.

1912: Heirat mit Erna Reiss. Austritt aus der jüdischen Gemeinde. Geburt des Sohnes Peter. Häufige Treffen mit Ernst Ludwig Kirchner.

1914: Entstehung des Romans *Wadzeks Kampf mit der Dampfturbine.* Döblin wird Autor bei Samuel Fischer (bis 1933).

1915: Militärarzt in Saargemünd bis 1917. Wohnung Neunkircherstr. 19. Geburt des Sohnes Wolfgang in Berlin.

1916: Fontane-Preis für den Roman *Die drei Sprünge des Wang-lun.* Entstehung des Romans *Wallenstein.*

1917: Geburt des Sohnes Klaus in Saargemünd. Typhuserkrankung.

1918: Kriegsende und Revolution in Hagenau/Elsaß. November Rückkehr nach Berlin.

1919: Wohnung und Kassenpraxis in der Frankfurter Allee 340 (bis 1931); politische und zeitkritische Glossen unter dem Pseudonym Linke Poot in der *Neuen Rundschau.*

1921: Freundschaft mit der Fotografin Yolla Niclas (1900–1977).

1921–1924: Berliner Theaterreferat für das *Prager Tagblatt.*

1923: Als Vertrauensmann der Kleiststiftung verleiht Döblin den Kleistpreis an Wilhelm Lehmann und Robert Musil.

1924: Vorsitzender des »Schutzverbandes Deutscher Schriftsteller«, gemeinsam aktiv mit Theodor Heuss. Von September bis November Reise durch Polen.

1925: Beteiligung an der »Gruppe 1925«, einem losen Zusammenschluß linksliberaler und kommunistischer Autoren. Begegnung u. a. mit Bertolt Brecht.

1926: Festvortrag zum 70. Geburtstag Sigmund Freuds. Nach Inkrafttreten des sog. Schund- und Schmutzgesetzes Distanzierung von der SPD. Geburt des jüngsten Sohnes Stefan.

1927: Die epische Dichtung *Manas* wird von Robert Musil enthusiastisch besprochen.

1928: Wahl in die Sektion für Dichtkunst der Preußischen Akademie der Künste. Vortrag *Schriftstellerei und Dichtung.* Festgabe des Fischer Verlages zu Döblins 50. Geburtstag: *Alfred Döblin. Im Buch – Zu Haus – Auf der Straße.* Döblin in der Berliner »Funkstunde«. Vortrag *Der Bau des epischen Werks* in der Universität.

1929: Der Erfolg des Romans *Berlin Alexanderplatz* befreit Döblin von finanziellen Sorgen.

1930: Votum für die Verleihung des Frankfurter Goethe-Preises an Sigmund Freud. Hörspielbearbeitung von *Berlin Alexanderplatz.* Uraufführung des Stückes *Die Ehe* in München im November.

1931: Im Januar Umzug an den Kaiserdamm 28. Vortragsreise durch das Rheinland. Ab Mai Donnerstagsrunde in Döblins Wohnung. Mitwirkung am Drehbuch für die Verfilmung von *Berlin Alexanderplatz.* Döblin und Heinrich Mann erstellen nein Lesebuch für Schulen in Preußen (verschollen). Rede in der Berliner Sezession.

1932: Vortragsreise in Deutschland und der Schweiz. Besuch bei dem Psychiater Binswanger in Kreuzlingen und bei Kirchner in Davos.

28. Februar 1933: Flucht in die Schweiz: Die Familie folgt nach Zürich. Döblin kann nicht mehr als Arzt praktizieren. Austritt aus der Preußischen Akademie der Künste. Im Mai fallen seine Werke der Bücherverbrennung anheim. Im September Übersiedelung nach Paris.

1933–1940: Exil in Frankreich. In den ersten Jahren Mitarbeit in jüdischen Organisationen, er lernt jiddisch. 1936 Einbürgerung in Frankreich.

1934: Wohnung 5 Square Henri Delormel in Paris (bis 1939).

1935: Der Sohn Peter wandert in die USA aus.

1939: Teilnahme Döblins am Kongreß des Internationalen PEN-Clubs in New York. Nach Kriegsausbruch Mitarbeit im Pariser Informationsministerium an der Propaganda gegen Nazideutschland. Wolfgang und Klaus Döblin französische Soldaten an der Front.

1940: Flucht durch das kapitulierende Frankreich und Spanien, Überfahrt von Lissabon nach Amerika am 7. September. Vom Freitod des Sohnes Wolfgang, der sich am 21. Juni in Housseras/Vogesen das Leben nimmt, um nicht in deutsche Kriegsgefangenschaft zu geraten, erfahren die Eltern erst im März 1945.

1940–1945: Döblin lebt mit Frau und Sohn Stefan in Hollywood und arbeitet für ein Jahr als Scriptwriter für MGM, danach Arbeitslosenunterstützung, schließlich Zuwendungen aus dem »Writers Fund«. Das Epos *November 1918* wird abgeschlossen.

1941: Alfred, Erna und Stefan Döblin empfangen in der Blessed Sacrament Church in Hollywood die Taufe und werden katholisch. Peter lässt sich in Philadelphia taufen. Wohnung 1347 North-Circus Avenue (bis 1945).

743

1943: Festrede Heinrich Manns zu Döblins 65. Geburtstag in Santa Monica, Lesungen aus Döblins Werken, Döblin deutet seine religiöse Entwicklung in einer Rede an.

1945: Im Oktober Rückkehr nach Paris, Unterkunft bei dem Germanisten Ernest Tonnelat.

9. November 1945: Fahrt über Straßburg nach Baden-Baden, dem Sitz der Militärregierung der französischen Besatzungszone. Als französischer Kulturoffizier beobachtet er zum Druck vorgelegte Manuskripte. Unterkunft zunächst allein in der Pension Bischoff, Römerplatz 2.

1946: Ende Juni Wohnung Schwarzwaldstraße 6 in Baden-Baden mit seiner Frau. Gründung der Zeitschrift *Das Goldene Tor,* deren Schriftleitung er bis zur Einstellung 1951 innehat. Veröffentlichung einiger im Exil entstandener Werke. Im Oktober Beginn der Sendereihe »Kritik der Zeit« im Südwestfunk.

1947: Im Juli erster Berlin-Besuch nach 1933, Vortrag *Unsere Sorge der Mensch* in Charlottenburg (auch in Freiburg, Frankfurt, Göttingen). Rede beim Empfang des »Schutzverbandes Deutscher Autoren«. Döblin gründet den »Verband südwestdeutscher Autoren« in Lahr.

1948: Im Januar zweiter Berlin-Besuch. Die Festschrift »Alfred Döblin zum 70. Geburtstag« erscheint im Limes Verlag.

1949: Mitgründung der Akademie der Wissenschaften und der Literatur in Mainz. Im September Ehrengast beim Kongreß des Internationalen PEN-Clubs in Venedig. Mit der französischen Kulturbehörde Umzug nach Mainz-Gonsenheim, Centre Mangin, Wohnung Philippschanze 14.

1950: Abschluß der Erzählung *Die Pilgerin Aetheria* (zu Lebzeiten unveröff.). Vortrag *Die Dichtung, die Natur und ihre Rolle* in der Mainzer Akademie.

1951: Begründung der Akademie-Reihe *Verschollene und Vergessene,* Auswahl mit Werken von Arno Holz. Zunehmende Verbitterung, Döblin fühlt sich boykottiert.

1952: Ende September Herzinfarkt, bis Januar 1953 im Mainzer Hildegardishospital. Von einer französischen Abfindung und Überweisung des Entschädigungsamts Berlin Kauf einer kleinen Wohnung in Paris, 31 Boulevard de Grenelle.

1953: Döblin unterrichtet Bundespräsident Heuss über seinen Entschluß, Deutschland zu verlassen, da er sich überflüssig fühle. 29. April Umzug nach Paris. Autobiographische Aufzeichnungen *Journal 1952/53* (zu Lebzeiten unveröff.). Im Juli Wahl zum Ehrenmitglied der Mainzer Akademie.

1954: Verschlimmerung der Parkinson-Krankheit, Aufenthalt in verschiedenen Kliniken und Sanatorien in Baden. Großer Literaturpreis der Mainzer Akademie.

1955: Mai – Juni stationär im Freiburger Uni-Klinikum, dort Feier seines 50jährigen Doktorjubiläums, Juni – September Kurhaus Höchenschwand. Rückkehr nach Paris.

1956: im März Aufnahme im Sanatorium Wiesneck, Buchenbach bei Freiburg. Döblin erhält vom Berliner Entschädigungsamt eine monatliche Rente von 500 DM, die die Pflegekosten nur zu 1/3 deckt.

26. Juni 1957: Tod Döblins im Landeskrankenhaus Emmendingen, wo er seit 1. Juni gepflegt wird. Beerdigung am 28. Juni neben seinem Sohn Wolfgang in Housseras/Vogesen. Freitod Erna Döblins am 15. September in Paris; sie wird ebenfalls in Housseras beigesetzt.

Editorischer Hinweis

Im Herbst 2008 ist im S. Fischer Verlag eine zehnbändige Leseausgabe mit Romanen von Alfred Döblin erschienen. Die im Quellenverzeichnis verwendeten Siglen (Romantitel, S. Fischer 2008) beziehen sich auf diese Bände.

Wenn nicht anders angegeben, sind alle anderen Texte bzw. Textauszüge der im Walter-Verlag erschienenen Ausgabe der »Ausgewählten Werke in Einzelbänden« entnommen. Die im Quellenverzeichnis verwendeten Siglen (AW, Titel des Bandes) beziehen sich auf diese Ausgabe:

Alfred Döblin: Ausgewählte Werke in Einzelbänden, begründet von Walter Muschg, in Verbindung mit den Söhnen des Dichters herausgegeben von Anthony W. Riley und Christina Althen, Walter-Verlag Düsseldorf (früher Olten und Freiburg im Breisgau).

Quellenverzeichnis

Günter Grass:
»Über meinen Lehrer Döblin«

Günter Grass: Über meinen Lehrer Döblin. Rede zum zehnten Todestag Döblins in der Akademie der Künste Berlin am 26. Juni 1967, in: Günter Grass: Werke, Göttinger Ausgabe, Band 11: Essays und Reden 1955–1979, Steidl Verlag, Göttingen 2007, S. 270–290.
© Steidl Verlag, Göttingen 2007

Döblin über Döblin:
»Ich halte nichts von den sogenannten Autobiographien«

Autobiographische Skizze, in: AW, Autobiographische Schriften und letzte Aufzeichnungen, S. 20–21.
Erster Rückblick, in: ebd., S. 37–62.
Zwei Seelen in einer Brust, in: AW, Schriften zu Leben und Werk, S.103–106.
Selbstporträt, in: AW, Autobiographische Schriften und letzte Aufzeichnungen, S. 98.
Dichten heißt, Gerichtstag über sich selbst halten, in: AW, Schriften zu Leben und Werk, S. 329–331.

»Heran an das Leben! Dichter! Dichter!«
Romane, Erzählungen und Erfahrungsberichte aus sechs Jahrzehnten

Die nachgestellten Jahreszahlen beziehen sich, wenn nicht anders vermerkt, auf die Erstausgaben der Texte zu Lebzeiten Döblins.

Modern. Ein Bild aus der Gegenwart, in: AW, Jagende Rosse, Der schwarze
   Vorhang und andere frühe Erzählwerke, S. 7–20 (das unvollendete Ma-
   nuskript entstand 1896 und wurde erst posthum veröffentlicht).
Die Ermordung einer Butterblume, in: AW, Die Ermordung einer But-
   terblume. Sämtliche Erzählungen, S. 56–67.
Die drei Sprünge des Wang-lun. Chinesischer Roman, S. Fischer 2008,
   S. 7–8, S. 11–21, S. 469–482.
AW, Wadzeks Kampf mit der Dampfturbine, S. 7–22.
Der schwarze Vorhang. Roman von den Worten und Zufällen, in: AW,
   Jagende Rosse, S. 107–112.
Wallenstein, S. Fischer 2008, S. 589–602, S. 881–895.
Die beiden Freundinnen und ihr Giftmord, zitiert nach: *Die beiden Freun-
   dinnen und ihr Giftmord.* Mit einem Nachwort von Jochen Meyer und
   zwei Handschriftenproben. Artemis & Winkler Verlag, Düsseldorf und
   Zürich 2001 (Text nach der Erstausgabe im Verlag *Die Schmiede*, Ber-
   lin, 1924, Band I der Reihe *Außenseiter der Gesellschaft. Die Verbrechen
   der Gegenwart*, hrsg. von Rudolf Leonhard), S. 5–83.
Berge Meere und Giganten, S. Fischer 2008, S. 359–362, S. 417–427,
   S. 495–502.
Die Zeitlupe, in: AW, Die Ermordung einer Butterblume. Sämtliche Er-
   zählungen, S. 359–365.
AW, Reise in Polen, S. 9–18, S. 71–80, S. 136–139, S. 330–331, 344–345.
Berlin Alexanderplatz. Die Geschichte vom Franz Biberkopf, S. Fischer
   2008, S. 9, S. 11, S. 13–16, S. 133, S. 150–158, S. 343, S. 391–404.
Kleine Alltagsgeschichte, in: AW, Die Ermordung einer Butterblume.
   Sämtliche Erzählungen, S. 369–371.
AW, Unser Dasein, S. 6, S. 33–45.
AW, Babylonische Wandrung oder Hochmut kommt vor dem Fall,
   S. 6–40, S. 310–311, S. 353–354.
Pardon wird nicht gegeben, S. Fischer 2008, S. 11–29.
Die Fahrt ins Land ohne Tod, unter dem Titel *Das Land ohne Tod* in: AW,
   Amazonas. Romantrilogie. Erster Teil. S. 255–281.
November 1918. Eine deutsche Revolution, S. Fischer 2008, Erster Teil,
   S. 9–34, Dritter Teil, S. 674–694.
Abschied und Wiederkehr, in: AW, Autobiographische Schriften und
   letzte Aufzeichnungen, S. 427–435.

Schicksalsreise. Bericht und Bekenntnis, in: ebd., S. 105–111, S. 417–420.

Hamlet oder Die lange Nacht nimmt ein Ende, S. Fischer 2008, S. 232–252.

»Tatsachenphantasie!«
Essays und kleine Schriften zu ästhetischen und politischen Fragen

Futuristische Worttechnik. Offener Brief an F. T. Marinetti, in: AW, Schriften zu Ästhetik, Poetik und Literatur, S. 113–119.

An Romanautoren und ihre Kritiker, in: ebd., S. 119–123.

Der deutsche Maskenball, in: AW, Der deutsche Maskenball (von Linke Poot), Wissen und Verändern!, S. 36–55.

Die Verirrung der mathematischen Naturwissenschaft, zitiert nach: Das Ich über der Natur, S. Fischer Verlag, Berlin 1928, S. 16–20.

Der Bau des epischen Werks, in: AW, Schriften zu Ästhetik, Poetik und Literatur, S. 215–234, S. 240–245.

Kunst ist nicht frei, sondern wirksam: ars militans, in: ebd., S. 245–251.

Katastrophe in einer Linkskurve, in: AW, Schriften zur Politik und Gesellschaft, S. 247–253.

Sexualität als Sport?, in: AW, Kleine Schriften III, S. 283–287.

Der historische Roman und wir, in: AW, Schriften zu Ästhetik, Poetik und Literatur, S. 291–316.

Epilog, in: AW, Schriften zu Leben und Werk, S. 304–321.

Briefe:
»Ich bitte um eine zuverlässige geschichtliche Prognose,
möglichst postwendend!«

An Fritz Mauthner, in: AW, Briefe, S. 21. (24.10.1903)

An Herwarth Walden, in: ebd., S. 32–33. (22.[?] 11.1905)

An Herwarth Walden, in: ebd., S. 33–35. (2.12.1905)

An Herwarth Walden, in: ebd., S. 61–63. (3.1.1915)

An Erna Döblin, in: AW, Briefe II, S. 61. (um 1930)

An Ferdinand Lion, in: AW, Briefe, S. 179–180. (28.4.1933)

An Bertolt Brecht, in: ebd., S. 200–201. (28.1.1935)

An Thomas Mann, in: ebd., S. 204–205. (4.5.1935)

An Thomas Mann, in: ebd., S. 205–208. (23.5.1935)
An Hermann Kesten, in: ebd., S. 255–256. (24.7.1941)
An Elvira und Arthur Rosin, in: ebd., S. 257–260. (17.9.1941)
An Thomas Mann, in: ebd., S. 293–294. (20.8.1943)
An Elvira und Arthur Rosin, in: ebd., S. 314–316. (2.5.1945)
An Bertolt Brecht, in: ebd., S. 328–330. (25.11.1945)
An Heinrich Mann, in: ebd., S. 355–357. (14.10.1946)
An Theodor Heuss, in: ebd., S. 458–459. (28.4.1953)
An Hans Henny Jahnn, in: ebd., S. 459–460. (4.6.1953)
An Walter Molo, in: ebd., S. 480–481. (12.12.1956)
An Hans Henny Jahnn, in: ebd., S. 482–484. (7.1.1957)
An Ludwig Marcuse, in: ebd., S. 484–486. (25.1.1957)
An Elvira und Arthur Rosin, in: ebd., S. 496–497. (7.5.1957)
An Claus Döblin, in: ebd., S. 497–498. (14.5.1957)
An Peter Rühmkorf, in: AW, Briefe II, S.454–455. (20.5.1957)
Erna Döblin an Peter Huchel, in: ebd., S. 456–457. (5.7.1957)
Erna Döblin an Theodor Heuss, in: ebd., S. 457. (8.7.1957)
Erna Döblin an Sascha und Ludwig Marcuse, in: AW, Briefe, S. 500–501.
  (23.7.1957)

»Die wichtigste Position ist die menschliche. Halten Sie fest zu ihr.«

Merkwürdiger Lebenslauf eines Autors, in: AW, Autobiographische
  Schriften und letzte Aufzeichnungen, S. 25–29.
Eine kassenärztliche Sprechstunde, in: AW, Schriften zu Leben und
  Werk, S. 98–102.
Ich nähere mich den Vierzig, in: AW, Autobiographische Schriften und
  letzte Aufzeichnungen, S. 11–19.
Ohne Weltbild?, in: ebd., S. 241.
Schriftsteller und Politik, in: AW, Schriften zur Politik und Gesellschaft,
  S. 233–235.
Im übrigen bin ich ein Mensch und kein Schuster, in: AW, Autobiogra-
  phische Schriften und letzte Aufzeichnungen, S. 19–20.
Tod, in: ebd., S. 102.
Die Gans, in: ebd., S. 100.

Quellenverzeichnis

Zeittafel zu Alfred Döblins Leben und Werk, zitiert nach: Alfred Döblin. Leben und Werk in Erzählungen und Selbstzeugnissen. Mit einem Essay von Günter Grass. Herausgegeben von Christina Althen, Patmos Verlag, Artemis & Winkler, Düsseldorf, 2006, S. 211–214. (Dem Verlag und der Herausgeberin sei ausdrücklich gedankt.)

Bildnachweise:

Bilder S. 38, S. 39, S. 71 aus: Alfred Döblin: Im Buch – Zu Haus – Auf der Straße. Vorgestellt von Alfred Döblin und Oskar Loerke. Mit einer Nachbemerkung von Jochen Meyer. Marbacher Bibliothek 2, Stuttgart 1988, S. 16 f., S. 33.

Bilder S. 76, S. 77, S. 708, S. 714, S. 726, S. 729, S. 735 aus: AW, Autobiographische Schriften und letzte Aufzeichnungen, S. 590 f., S 587, S. 598, S. 600, S. 596, S. 604.